Janke.

HET VERLANGEN VAN HE

Ook verschenen van Anne Jacobs bij Xander Uitgevers

Het weesmeisje (2019)
De moed van het weesmeisje (2019)
De erfenis van het weesmeisje (2020)
De terugkeer van het weesmeisje (2021)
De belofte van het weesmeisje (2022)

Het landhuis (2020)
Storm rond het landhuis (2021)
Hoop voor het landhuis (2022)

Liefde op de savanne (2022)

ANNE JACOBS

Het verlangen van het weesmeisje

XANDER

Uitgegeven door Xander Uitgevers
www.xanderuitgevers.nl

Oorspronkelijke titel: *Wiedersehen in der Tuchvilla.*
Oorspronkelijke uitgever: Blanvalet Verlag
Vertaling: Sylvia Wevers
Omslagontwerp: Sander Patelski
Omslagbeeld: Dreamstime
Auteursfoto: Marlies GbR
Zetwerk: Michiel Niesen, ZetProducties

Eerste druk 2023

ISBN 978 94 0161 902 8 | NUR 302

De bewoners van de villa

Johann Melzer (*1852-1919) Oprichter van de textielfabriek
Alicia Melzer (*1858) Geboren Von Maydorn, weduwe van Johann Melzer

Paul Melzer (*1888) Zoon van Johann en Alicia Melzer
Marie Melzer (*1895) Geboren Hofgartner, echtgenote van Paul Melzer, dochter van Luise Hofgartner en Jacob Burkard
Leopold, roepnaam Leo (*1916) Zoon van Paul en Marie Melzer
Dorothea, roepnaam Dodo (*1916) Dochter van Paul en Marie Melzer
Kurt, roepnaam Kurti (*1926) Zoon van Paul en Marie Melzer

Elisabeth Winkler, roepnaam Lisa (*1893) Geboren Melzer, gescheiden van Klaus von Hagemann, echtgenote van Sebastian Winkler, dochter van Johann en Alicia Melzer
Sebastian Winkler (*1887) Tweede echtgenoot van Lisa Winkler
Johann (*1925) Zoon van Lisa en Sebastian Winkler
Hanno (*1927) Zoon van Lisa en Sebastian Winkler
Charlotte (*1929) Dochter van Lisa en Sebastian Winkler

Katharina Scherer, roepnaam Kitty (*1895) Geboren Melzer, weduwe van Alfons Bräuer, echtgenote van Robert Scherer, dochter van Johann en Alicia Melzer

Alfons Bräuer (*1886-1917) Eerste echtgenoot van Kitty Scherer, zoon van Edgar en Gertrude Bräuer
Henriette Bräuer, roepnaam Henni (*1916) Dochter van Kitty Scherer en Alfons Bräuer
Robert Scherer (*1888) Tweede echtgenoot van Kitty Scherer

Andere familieleden
Gertrude Bräuer (*1869) Weduwe van Edgar Bräuer
Tilly Kortner (*1896) Geboren Braüer, gescheiden van Ernst von Klippstein, echtgenote van Jonathan Kortner, dochter van Edgar en Gertrude Bräuer
Jonathan Kortner (*1895) Tweede echtgenoot van Tilly Kortner
Edgar (*1936) Zoon van Tilly en Jonathan Kortner
Ernst von Klippstein (*1891) Ex-echtgenoot van Tilly Kortner
Elvira von Maydorn (*1860) Schoonzus van Alicia Melzer, weduwe van Rudolf von Maydorn

De personeelsleden in de villa
Fanny Brunnenmayer (*1863) Kokkin
Else Bogner (*1873) Kamermeisje
Hanna Weber (*1905) Dienstmeisje
Humbert Sedlmayer (*1896) Huisknecht
Christian Torberg (*1906) Tuinman, echtgenoot van Liesl Bliefert
Auguste Bliefert (*1893) Kamermeisje, weduwe van Gustav Bliefert
Liesl Torberg (*1913) Tweede kokkin, echtgenote van Christian Torberg, dochter van Auguste Bliefert en Klaus von Hagemann
Annemarie Torberg (*1936) Dochter van Christian en Liesl Torberg
Maxl (*1914) Zoon van Auguste en Gustav Bliefert
Hansl (*1922) Zoon van Auguste en Gustav Bliefert
Fritz (*1926) Zoon van Auguste en Gustav Bliefert

Deel 1

1

April 1939

Het silhouet van het Vrijheidsbeeld in de verte werd steeds kleiner en was algauw nog maar een dunne grijze streep aan de horizon, totdat het uiteindelijk helemaal in de mist verdween. De Bremen voer de Atlantische Oceaan op, de golven werden krachtiger, het schip ging omhoog en omlaag. Je voelde dat de machinerie van het schip op volle toeren draaide.

'Zien we mama nu nooit meer?' vroeg de dertienjarige Kurt. Hij stond naast Paul aan de reling en staarde naar het punt waar een paar minuten geleden de stad New York en de kustlijn waren verdwenen.

'Natuurlijk zien we haar weer, domkopje,' antwoordde Dodo voordat Paul zich ertoe had kunnen zetten om het uit te leggen.

'Volgend jaar gaan we weer naar New York en bij haar op bezoek. Misschien nog wel eerder.'

'Volgend jaar duurt nog verschrikkelijk lang...'

'Het is sneller dan je denkt, Kurti!'

De jongen zweeg. Met zijn handen om de witte metalen staven van de reling geklemd staarde hij naar beneden naar de donkere golven die langs de romp van het schip stroomden. Sommige hadden vuilwitte schuimkronen.

'Ik word geloof ik weer misselijk,' mompelde hij.

Eindelijk lukte het Paul om de verlammende depressieve stemming waar hij al dagen last van had en die vandaag was toegenomen tot een pijnlijke benauwdheid van zich af te schudden.

'Nee, joh, dit keer word je niet zeeziek,' zei hij, terwijl hij het donkere haar van de jongen streelde. Het was krullend en zacht. Kurt had Maries mooie haar geërfd.

'Wel,' hield Kurt vol. 'Ik moet zo overgeven.'

'Laten we naar de hut gaan,' stelde Dodo voor. 'Dan kunnen we de cadeautjes uitpakken die we van mama hebben gekregen.'

De afleiding werkte. Kurt knikte en pakte de hand van zijn oudere zus, die hem langs de andere passagiers naar de deur leidde.

'Ik kom zo,' riep Paul. 'Ik heb nog behoefte aan wat frisse lucht...'

Hij nam aan dat ze hem niet meer hadden gehoord, want ze liepen weg zonder zich om te draaien. Hij vond het niet erg. Het was een zegen dat Dodo zo lief voor haar broertje zorgde. Het zou de jongen helpen om het verdriet van het afscheid beter te verdragen en gaf Paul zelf de kans om zijn balans te hervinden.

Het was het tweede bezoek aan Marie en Leo in New York. Het eerste weerzien was twee jaar geleden. Toen was hij alleen gegaan, want Kurt moest naar school en Dodo zat op een kostschool in Zwitserland. Na de eerste keer was hij in een hoopvolle stemming naar Duitsland teruggereisd, er vast van overtuigd dat de kwellende toestand van de scheiding snel voorbij zou zijn en Marie vroeg of laat naar Duitsland zou terugkeren. Waar hij dat optimisme vandaan had gehaald, was hem nu een raadsel. Ook in die tijd waren de tekenen van een beklemmende toekomst in Duitsland duidelijk merkbaar, maar hij had ze waarschijnlijk niet willen zien. Het weerzien met Marie had al het andere overschaduwd. De paar dagen van geluk die ze samen in de kleine flat, tijdens wandelingen in Central Park, tijdens excursies en aan de kust hadden doorgebracht waren voorbijgevlogen. In het begin waren ze nog wat verlegen geweest, maar daarna waren ze weer net zo verliefd op elkaar geweest als toen ze elkaar voor het eerst hadden ontmoet. Door dat euforische gevoel wist hij destijds zeker dat niets en niemand hen van elkaar kon scheiden. Niet de vreemde beschaving, niet de machtige Atlantische Oceaan en zeker niet Adolf Hitler, die ooit als een naar spook zou verdwijnen.

Wat had hij zich vergist! Verraderlijk en onstuitbaar had de tijd hen tegengewerkt en hen steeds verder uit elkaar gedreven. De afgelopen twee jaar hadden ze elkaar veel brieven geschreven en voor dit tweede bezoek had hij geweten dat Marie nu haar eigen modezaak had. Ze verdiende zo veel dat ze een aanzienlijk deel van de kosten van Dodo's internaat had kunnen betalen. Zijn blijdschap over Maries succes was echter maar deels oprecht geweest, want hij wist wie deze winkel voor haar had bemiddeld en haar in het begin financieel had gesteund: Karl Friedländer, de altijd vriendelijke, joviale vriend van zijn vrouw, die heel gewiekst en sympathiek overkwam en die toch – ja, zo was het en niet anders – zijn geliefde vrouw van hem had gestolen. Zeker, Marie was hem trouw. Hij wist dat ze niet met die man naar bed ging. En toch had Karl, zoals ze hem noemde, alles wat voor een oneindig groot deel zijn liefde voor Marie uitmaakte: de vertrouwde gesprekken, de dagelijkse ontmoetingen, de intieme blikken, de gestolen glimlachen, het gevoel bij elkaar te horen en er voor elkaar te zijn. Om nog maar te zwijgen van de financiële bijdragen, waarvan Marie zei dat ze ze had terugbetaald. Karl Friedländer genoot het voorrecht om aan Maries zijde te zijn, wat hem, haar man, werd ontzegd. En hij kon niet eens zijn ergernis daarover uiten, nee, hij moest zijn boosheid en jaloezie opkroppen en in het bijzijn van die man doen alsof hij dankbaar was.

Dit alles was hem tijdens dit tweede bezoek deprimerend duidelijk geworden, maar dat was niet de enige reden waarom hij zich nu zo slecht voelde. De hoop dat er snel een einde aan deze toestand zou komen, was ook vervlogen.

Roberts voorspellingen waren nog milder geweest dan de huidige realiteit. Terwijl de Joden in Duitsland aanvankelijk nog het recht hadden om handel te drijven en alleen bepaalde beroepen niet meer mochten uitoefenen, was dat inmiddels ook voorbij. Sinds de gruwelijke gebeurtenissen in november vorig jaar, toen in alle Duitse steden synagogen in brand waren gestoken en Joodse mannen massaal naar kampen waren gebracht, was het eindelijk duidelijk wat de nazistaat van plan was: het afpakken van alle rechten van de Joden en de verdrijving van alle Joden die in Duitsland waren gebleven. Met kaalgeschoren hoofden en paniek in hun ogen waren de Joodse Augsburgers uit de kampen teruggekeerd. Ze hadden bijna allemaal besloten om te emigreren, maar Robert had verteld dat de staat hoge bedragen van de emigranten eiste, waardoor ze helemaal berooid waren als ze vertrokken. Paul geloofde nog steeds dat Marie als zijn echtgenote tegen deze ellende beschermd zou zijn gebleven, maar hij had het onderwerp tijdens dit bezoek niet aangeroerd.

Plotseling voelde hij dat hij het koud had. Hij knoopte zijn jas dicht, die in de wind opbolde. De passagiers die bij hem aan de reling hadden gestaan om naar het verdwijnende continent te kijken, hadden zich inmiddels over het dek verspreid. Velen waren rillend hun hut in gevlucht, anderen hadden zich in dekens gewikkeld en het zich op de ligstoelen comfortabel gemaakt. Paul haalde nog eens diep adem en verliet toen het dek om zijn belofte na te komen en naar Kurt en Dodo te gaan.

Ze reisden in de tweede klas. Hij deelde een buitenhut met Kurt. Dodo sliep met een jonge Spaanse in een minder luxe binnenhut, maar ze beweerde dat ze dat niet erg vond.

'Voor Kurti is het geweldig om vanaf zijn bed naar de zee te kunnen kijken,' had ze gezegd. 'Mij maakt het niet uit. Als ik de zee wil zien, ga ik gewoon aan dek.'

Natuurlijk wist zijn volwassen dochter – Dodo was nu drieëntwintig – dat deze reis niet bepaald goedkoop was. In eerste instantie wilde ze niet mee omdat de familie al zo veel geld had betaald voor het Zwitserse internaat. Maar uiteindelijk had Paul haar kunnen overtuigen om mee te gaan, want Marie en vooral Leo verheugden zich er na zo'n lange tijd heel erg op om haar weer te zien.

Hij trof Dodo en Kurt in de buitenhut aan, te midden van een berg dozen en inpakpapier. Marie was gul geweest met cadeautjes voor haar jongste. Leo had ook een cadeautje voor hen meegegeven en natuurlijk had ook de onvermijdelijke Karl zich niet onbetuigd gelaten. Kurt zat stralend van geluk op de grond en probeerde de nieuwe raceautootjes uit, die je niet met een sleutel hoefde op te winden maar die helemaal vanzelf door de kamer zoefden. Thuis in de villa hadden Paul en zijn zoon een houten racebaan gebouwd voor de blikken autootjes, die bijna de hele kinderkamer in beslag nam. Alleen de dure modelauto's van blik waren daarvoor geschikt, de autootjes van rubber die hij af en toe kreeg, stonden keurig op de plank te verstoffen.

'En, zat er iets leuks bij?' vroeg Paul gemaakt vrolijk.

'De Mercedes heb ik al,' zei Kurt. 'Maar het is niet erg dat ik nu twee zilverpijlen heb. Dat is een Auto Union Type D. Die is gloednieuw, papa. Ik heb hem van Leo gekregen. En van Karl heb ik een tankstation gekregen. Kijk! Je kunt de slang echt pakken en benzine tanken.'

'Helaas moet je in dollars en centen betalen,' zei Paul, die vlug de Amerikaanse teksten op het kleurrijke blikken speelgoed had gelezen.

'Dat maakt niet uit, papa. We hebben toch nog dollars over?'

'Dan kan ik nu bij jou tanken,' antwoordde Paul.

'En ik ook!' riep Dodo. 'Als ik eenmaal mijn nieuwe auto heb.'

Ze hadden Maries kleine auto, waar Dodo al een tijdje in reed, aan Kitty gegeven, omdat haar 'autootje' het tot haar grote verdriet uiteindelijk had begeven. Inmiddels had tante Elvira een spaarcontract voor Dodo gesloten voor een van de nieuwe Volkswagens die binnenkort voor negenhonderdachtennegentig rijksmark te koop zouden zijn. Je betaalde vijf mark per week en als je meer dan zevenhonderd mark had gespaard, kon je op de kandidatenlijst worden geplaatst. Volgend jaar wilde de Volkswagen-fabriek al starten met de eerste leveringen van de gezinsauto.

'Eén dollar voor een liter benzine!' bepaalde Kurt.

'Wat?' riep Dodo. 'Dat zijn woekerprijzen! Een liter kost negenendertig cent, dat is al duur genoeg!'

'Bij mijn tankstation kost het een dollar,' hield Kurt koppig vol. Hij pakte zijn nieuwe zilverpijl en reed ermee over Pauls schoenen. 'Brrrrrroemmm!'

Van zeeziekte was niets te merken. Paul was opgelucht, knikte waarderend naar Dodo en begon de dozen en het inpakpapier op te ruimen. In de grote reiskoffer zaten nog meer cadeaus, die bestemd waren voor Kitty, Henni en Robert, voor Gertrude en Tilly en haar gezin, voor Lisa en de kinderen en natuurlijk ook voor de personeelsleden van de villa. Paul had aanvankelijk geweigerd al die pakjes mee te nemen, uit angst dat de douane roet in het eten zou gooien, maar toen hij Maries teleurgestelde gezicht zag, was hij gezwicht. Uiteindelijk was het een bewijs van haar hechte band met de familie en de villa. Waarom zou hij zich er dan tegen verzetten?

Hij voelde zich inmiddels iets beter. Het lukte hem met moeite om het pijnlijke moment waarop ze afscheid hadden genomen even uit zijn hoofd te zetten. Paul en Marie hadden dat in haar flat gedaan. De koffers waren al gepakt en beneden stond de gele taxi te wachten die Dodo, Kurt en hem naar de haven zou brengen. Marie had zich gekleed om naar haar *shop* te gaan, ze rook naar Amerikaans parfum en leek ineens een andere vrouw dan de Marie met wie hij die laatste nacht verstrengeld en vol hartstocht had geslapen.

'Tot ziens, mijn liefste,' had ze in zijn oor gefluisterd.

Hij had haar gekust, maar had geen antwoord kunnen geven. Wanneer zouden ze elkaar weer zien? Niemand kon het voorspellen, want Duitsland stevende onverbiddelijk op een oorlog af. Paul wist wat dat betekende. Hij was immers soldaat geweest in de Wereldoorlog.

Hij knielde op de grond om een poosje met Kurt te spelen. Straks zou in de eetzaal van de tweede klasse het middagmaal worden geserveerd en als Kurt niet zeeziek werd, wilde Paul met hem het schip verkennen en misschien een paar potjes sjoelen. De jongen was alles wat hij nog had: zijn zoon, die nu al veel talent liet zien om een goede ingenieur te worden en die, als God het wilde, op een dag zijn werk zou voortzetten. Marie respecteerde zijn beslissing om Kurt in Duitsland te laten, hoewel de kleine net als zijn broer en zus werd geclassificeerd als 'half Joods'. Ze had het onderwerp tijdens zijn bezoek niet aangeroerd en toen Kurt vanmorgen zeurde dat hij liever bij zijn moeder wilde blijven, had ze de jongen op haar intelligente en liefdevolle manier gekalmeerd.

'Wat moet er dan met Willi gebeuren als je niet bij hem terugkomt?'

Willi was de grote bruine viervoeter die eigenlijk van Liesl was, maar die Kurts favoriete speelkameraadje was. Het argument had inderdaad geholpen. Kurt had met bange ogen naar Marie opgekeken en gezegd: 'Je hebt gelijk, mama. Ik kan Willi echt niet alleen laten.'

Paul had de kwetsende uitspraak maar genegeerd. Het zou belachelijk zijn geweest om te denken dat een hond belangrijker was voor zijn zoon dan zijn eigen vader. De jongen kon nog niet begrijpen hoe zo'n uitspraak op een ander overkwam.

Onwillekeurig dwaalden zijn gedachten weer af naar de belevenissen van de afgelopen twee weken. Wat was zijn oudste zoon Leo veranderd. Hij kende hem amper nog terug. De gesloten, onzekere jongen die vier jaar geleden met Marie naar New York was vertrokken, had zich ontwikkeld tot een volwassen man die zijn roeping had gevonden en vaste voet had gekregen in zijn werk. Een jonge Amerikaan die zich op de Amerikaanse manier kleedde, het nieuwste New Yorkse kapsel droeg en moeiteloos met iedereen op straat kon kletsen, of diegene nu zwart, wit of oosters was. Zijn grote muzikale talent, dat Paul jarenlang als nutteloos had afgedaan, was nu zijn beroep geworden. Leo leidde een particulier orkest, had veel optredens en schreef daarnaast filmmuziek, wat hem veel geld opleverde. Om ongestoord te kunnen werken – zoals hij beweerde – had hij een flatje gehuurd waar hij af en toe overnachtte. Natuurlijk diende die flat vooral als liefdesnest, want Leo had een vriendin, een danseres genaamd Richy, die hij aan zijn vader voorstelde als '*my sweetheart*'. Een huwelijk leek niet gepland, wat Marie ook vreemd vond, maar Paul was niet van plan om er tegen zijn zoon over te beginnen. Hij vond dat hij daar het recht niet toe had.

Paul had gemengde gevoelens over dit meisje. Ze was beeldschoon en erg slank. Ze had blond haar, een bijna witte huid en donkere ogen waarin een uitdagende fonkeling te zien was. Als man was hij zeker gefascineerd door haar. Waarschijnlijk zou hij ook verliefd op haar zijn geworden als hij Leo's leeftijd had gehad. Maar als vader had hij zijn bedenkingen, want Richy was even ambitieus als mooi. Momenteel was ze werkloos omdat de dansgroep waarvan ze deel had uitgemaakt was opgeheven. Dat gebeurde vaak in New York, want er waren veel particuliere culturele instellingen die zichzelf moesten financieren, veel meer dan in Duitsland. Bij een faillissement hadden de artiesten helaas het nazien. Ze kwamen op straat te staan en moesten zien dat ze elders aan de slag konden. Richy had verschillende afspraken voor audities en hij had het idee dat ze nerveus en prikkelbaar was, wat Leo ook leek te voelen.

Maar vooral Dodo merkte het. Het weerzien van broer en zus, dat in het begin erg hartelijk was geweest, had ongetwijfeld vanwege Richy een vervelende wending genomen. Wat er precies was gebeurd, hadden Marie en hij niet meegekregen. Zeker was alleen dat Dodo niet met Richy kon opschieten en Leo uiteindelijk de kant van zijn vriendin en niet die van zijn zus had gekozen. Dodo was hierdoor diep gekwetst en had het contact met haar broer verbroken. Ze had de afgelopen dagen in Maries Atelier des Modes doorgebracht. Walter Ginsberg had ze ook een paar keer ontmoet, die erg blij was geweest om haar weer te zien en haar mening over Richy helemaal deelde. Net als Marie had Walter geprobeerd Dodo ervan te overtuigen het Amerikaanse staatsburgerschap aan te vragen en in de Verenigde Staten te gaan studeren. Dodo had het echter afgewimpeld. Nee, ze wilde in Duitsland blijven en hoopte op een plek aan de technische universiteit in München, waar ze vliegtuigbouw wilde studeren. Ze had contact opgenomen met de constructeur Willy Messerschmitt, bij wie ze in Augsburg stage had gelopen, en hij had beloofd zich voor haar in te zetten.

'Je weet wat voor vliegtuigen er in Duitsland worden gebouwd!' had Marie gezegd. 'Jachtvliegtuigen voor een oorlog.'

Maar Dodo was eigenwijs geweest. Ja, er werden vooral gevechtsvliegtuigen ontworpen, dat was waar. Maar ook lijntoestellen en sportvliegtuigjes. 'Dat is in Duitsland niet anders dan in andere landen,' beweerde ze. 'Je wilt me toch niet vertellen dat de VS geen gevechtsvliegtuigen bouwt.'

Paul was blij dat Dodo nu weer met hem en Kurt op weg naar huis was, maar hij vreesde dat ze uiteindelijk toch voor de VS zou kiezen. Hij geloofde er niet in dat Willy Messerschmitts invloed groot genoeg was om een jonge vrouw van Joodse afkomst in staat te stellen vliegtuigtechnologie te studeren. Ook al was Dodo wat uiterlijk betrof het type vrouw dat de heersers in Duitsland prefereerden: blond haar en blauwe ogen. Bovendien was ze erg slank en kon ze bijna doorgaan voor een jongen met haar kortgeknipte krullen. Maar het zou waarschijnlijk niet lang meer duren voordat hij ook zijn dochter aan de VS verloor.

Het heldere besef dat de toekomst van zijn tweeling niet meer in hun thuisland Duitsland lag maar in Amerika was meer dan zuur. De nazi's hadden zijn gezin verscheurd, zijn geliefde vrouw van hem afgepakt en ook zijn kinderen het land uit gedreven. Wat had hij nog over? Waarom keerde hij eigenlijk naar Augsburg terug?

Het was de fabriek, de erfenis van zijn vader. Plus een handvol geliefden die in zijn vaderland op hem wachtten. En zijn jongste zoon, op wie hij al zijn hoop had gevestigd.

Hij had weer behoefte aan een frisse neus, ging aan dek en liep een tijdje rusteloos heen en weer. Dodo was inmiddels ook aan dek gekomen en was in een levendige discussie verwikkeld met een groep jongeren. Hij bleef staan om bij de jonge mensen te kijken die aan het sjoelen waren en voelde meteen weer de depressie als een zware wolk op hem neerdalen. Paul wendde zich af en ging naar de andere kant van het dek.

'3s Nachts kwam de deining op en tot de vroege ochtend vocht hij tegen een nare misselijkheid, waar hij op de heenreis geen last van had gehad.

2

Wacht maar, dacht Henni boos. Op een dag krijg ik je te pakken. En dan zet ik je alles wat je ons nu aandoet betaald.

Ze keek meewarig naar oom Paul, die zich zo diplomatiek mogelijk tegen de eisen van Ernst von Klippstein verzette. Maar de kans dat het hem lukte was klein. Ernst von Klippstein was een functionaris van de Rijkskamer van Koophandel en bezocht regelmatig bedrijven om 'de directie met behulpzame hand te ondersteunen'. In werkelijkheid controleerde hij gewoon de loyaliteit. Hij was een belabberde spion en juist daarom extreem gevaarlijk.

'Laten we naar het volgende punt gaan,' zei Von Klippstein, die een lijst met aantekeningen voor zich had. Eerder was hij met oom Paul door de fabriek gelopen. Hij had overal rondgesnuffeld, met de voormannen en de arbeidsters gepraat en in het administratiegebouw de boeken ingezien.

'Ik ben van mening dat je de productie van bedrukte katoenen stoffen verder moet verminderen en in plaats daarvan moet overgaan op grof linnen met katoen. Strak geweven en resistent.'

Oom Paul vertrok geen spier en liet niet merken wat hij van dit voorstel vond, dat niet voor het eerst werd gedaan. Grove, duurzame stof waarvan rugzakken en andere uitrusting voor de Wehrmacht gemaakt konden worden, daar ging het om.

'Dat zou jammer zijn, want we hebben juist voor bedrukte katoenen stoffen veel klanten. Die stoffen gaan bij wijze van spreken als warme broodjes over de toonbank.'

'Dat zou kunnen, Paul,' antwoordde Von Klippstein niet onder de indruk. 'Maar particuliere klanten zijn van ondergeschikt belang voor de fabriek. Als je voldoende grondstoffen wilt blijven ontvangen, moet je je vooral richten op staatsorders.'

'Dat doen we ook,' schoot Henni haar oom te hulp. 'We produceren voornamelijk stof voor de uniformen van de Wehrmacht. Slechts een klein deel van de productie gaat naar de kledingindustrie. De Duitse vrouwen willen immers wel mooi en modieus gekleed zijn.'

Zoals gewoonlijk negeerde Von Klippstein Henni's bijdrage aan het gesprek. Hij richtte zich heel vals op zijn aantekeningen of dronk koffie terwijl zij iets zei en ging dan verder zonder op haar opmerking in te gaan. Ze haatte hem erom. In Von Klippsteins wereldbeeld moest een vrouw thuisblijven, kinderen krijgen en voor het eten zorgen. Dat zij, Henriette Bräuer, hier in de fabriek minstens zo goed overal van op de hoogte was als oom Paul, was voor Klippi, zoals mama hem noemde, onvoorstelbaar.

Ook nu was hij niet van plan Henni antwoord te geven. 'Ik verwacht hierover binnen twee weken een beslissing,' zei hij tegen Paul.

Die walgelijke afperser zette dus het pistool op oom Pauls borst. Henni kreeg heel veel zin om de inhoud van haar koffiekopje in zijn gezicht te gooien. Natuurlijk deed ze dat niet, dat zou dom zijn geweest. Maar het idee alleen al gaf haar een beetje voldoening.

'Trouwens, en nu kom ik op een ander punt,' vervolgde de kwelgeest. 'Op de lange termijn lijkt de dubbele werkbezetting van spinnen en weven mij onrendabel. Nog afgezien van de drukkerij. Die kun je eigenlijk ook wel sluiten.'

Natuurlijk. Uniformen hadden geen mooie, kleurrijke patronen nodig. En rugzakken ook niet. Alles moest grijs en lelijk zijn. En wat er met de arbeiders van de inktdrukkerij zou gebeuren interesseerde hem niet.

'Dat lijkt me erg lastig,' wierp oom Paul tegen. 'Als ik de spinnerij sluit, moet ik de garens inkopen. En de productie van de weverij zal niet toenemen omdat ik daar de machines niet voor heb.'

'De garens kan ik voor je regelen,' zei Von Klippstein met een glimlach. 'Je kunt de oude spinmachines, die toch niet meer up-to-date zijn, buiten gebruik stellen. En in plaats daarvan zet je mechanische weefgetouwen op. Over de prijs van de garens zullen we wel onderhandelen, daarbij sta ik uiteraard aan jouw kant. Denk maar eens over mijn suggestie na. Ik denk dat die veelbelovend is voor de fabriek.'

'Onze ringspinmachines zijn nog steeds uitstekend, er zijn in heel Duitsland geen betere,' beweerde Henni dapper. 'Het zou zonde zijn om ze stil te zetten.'

Ook dit keer reageerde Von Klippstein niet op haar bezwaar. De ringspinmachines, evenals alle andere machines, waren ontworpen door Jacob Burkard, de vader van tante Marie. Hij was een Jood geweest en dat wist Von Klippstein.

'Waar wil je de machines voor een uitgebreide weverij vandaan halen?' probeerde oom Paul het voorstel ook te ondermijnen. 'Je zou dan eerst veel geld moeten uitgeven om machines te kopen. Nee, ik vrees dat zo'n reorganisatie alleen al om die reden onzinnig zou zijn.'

Von Klippstein was ook van dit bezwaar niet onder de indruk. Hij glimlachte geheimzinnig en zei dat Paul zich daar geen zorgen over hoefde te maken.

'Ik denk dat ik je daarbij zou kunnen helpen, Paul. Er zijn een paar bedrijven die om diverse redenen niet meer in bedrijf zijn. Je zou de benodigde machines voor een prikkie kunnen krijgen.'

Oom Paul knikte zwijgend en staarde naar de schaal met koekjes die Angelika von Lützen, de nieuwe secretaresse, 'voor de heren' had klaargezet. Volgens haar maatstaven namen alleen heren deel aan een vergadering, Henni zag ze meer in de functie van notuliste.

'Je weet, Paul,' vervolgde Von Klippstein op een vriendelijke toon. 'Ik heb altijd speciaal aandacht voor textielfabriek Melzer, omdat ik destijds partner was. En er zijn ook om andere redenen bepaalde banden met de familie Melzer.'

'Daar ben ik me terdege van bewust,' antwoordde oom Paul, zonder op de joviale toon van zijn gesprekspartner in te gaan.

Helaas kon niet worden ontkend dat de fabriek puur dankzij de steun van Von Klippstein op volle capaciteit kon draaien, terwijl veel andere textielfabrieken in het industriegebied van Augsburg vanwege een gebrek aan grondstoffen werktijdverkorting hadden ingevoerd. Voor dit doel produceerde textielfabriek Melzer in opdracht van de staat steeds meer stoffen voor Wehrmacht-uniformen. En binnenkort ook nog grove, duurzame stof voor rugzakken en dergelijke.

'Zijn we klaar?' vroeg oom Paul ongeduldig en hij keek op zijn horloge. 'In de villa wachten ze al met het middageten op ons.'

Von Klippstein keek ook nerveus op zijn horloge. Zijn liefste Gerti, die zich sinds enige tijd 'Gertraut' liet noemen, hechtte er veel waarde aan dat de maaltijden stipt op tijd werden genuttigd.

'Een paar kleinigheden nog,' mompelde hij en hij ging met zijn pen over zijn lijstje.

'Hou het dan alsjeblieft kort, ik wil de familie niet laten wachten.'

'Het betreft je arbeidsters. Ik heb vernomen dat slechts een deel van hen lid van het Duitse Arbeidsfront is. Dat is jammer, want wij vertegenwoordigen immers de rechten van de arbeiders en hebben hun 1 mei als betaald verlof gegeven. Ik stel daarom voor om een bonte avond te organiseren waarop een DAF-functionaris zal spreken.'

Henni rolde met haar ogen. Ze kende dat soort sprekers. Het waren rattenvangers van het zuiverste water. Maar de arbeidsters in de textielfabriek hadden niet veel interesse in de nationaalsocialistische DAF. Velen van hen waren vroeger lid geweest van de vakbonden van de SPD en KPD, maar die hadden de nazi's allang ontbonden en opgenomen in het Duitse Arbeidersfront.

'Voor mijn part,' bromde oom Paul, die waarschijnlijk hoopte dit verzoek te kunnen uitstellen.

'Fantastisch!' zei Von Klippstein tevreden en hij schoof zijn aantekeningen bij elkaar om ze in zijn aktetas te stoppen. 'Dan dank ik je voor het geslaagde gesprek, beste Paul, en ik kijk uit naar het middagmaal in aangenaam gezelschap.'

Hij bedankte hem ook nog, dacht Henni boos. Wat een doortrapte acteur. Hopelijk blijft het eten straks in zijn keel steken.

Ineens leek Von Klippstein zich haar aanwezigheid te herinneren, want hij hield ridderlijk de deur voor haar open. Ze liepen langs de secretaresses in de voorkamer, die demonstratief ijverig aan het werk waren.

'Eet smakelijk, heren,' zei Von Lützen met haar mooiste glimlach, die uitsluitend aan Von Klippstein was gericht. Hij glimlachte terug. Angelika von Lützen was lang, had weelderige vormen en lichtblond haar. Hij hield ongetwijfeld van dit type vrouw. Hilde Haller glimlachte slechts zwak en keek meelevend naar oom Paul. Ze was schuchter, las graag boeken en was dol op directeur Melzer. Henni vermoedde dat Haller stiekem verliefd was op oom Paul.

Beneden op de binnenplaats wachtte de chauffeur van Von Klippstein in de patserige Mercedes-Benz. Toen hij hen zag aankomen, stopte hij snel zijn boterham weg en sprong hij uit de auto om voor zijn baas het portier te openen.

'Na jou, lieve Henni,' zei Ernst von Klippstein met een uitnodigend gebaar.

'Bedankt,' antwoordde ze koeltjes. 'Maar ik loop liever. Ik heb frisse lucht nodig. Tot straks.'

Zijn verbijsterde blik interesseerde haar niet. Nu zou oom Paul hem moeten sussen en uitleggen dat zijn nichtje Henni het wandelingetje in het gezelschap van haar verloofde wilde maken. Hij zou er waarschijnlijk gekscherend aan toevoegen: 'Helaas maken wij beiden geen kans!' Waarop Klippi zou reageren met zijn geforceerde glimlach waardoor hij er altijd uitzag alsof hij kiespijn had.

Felix wachtte bij het portiershokje op haar. Hij knikte beleefd naar de twee heren die hem in de auto passeerden, draaide zich vervolgens naar Henni om en toonde een scheve grijns.

'Is de controleur weer eens op pad?'

Ze gunden zichzelf een begroetingskusje, die de portier Knoll met een grimmige uitdrukking observeerde. Hij was vrijgezel en zou dat waarschijnlijk ook blijven, ten eerste omdat hij mager en lelijk was en ten tweede omdat hij een griezel was. Althans, dat was Henni's mening.

'We hebben het doorstaan,' zei Henni lachend. 'Helaas blijft hij tot morgen. Hij heeft vanavond op eigen gezag een paar "belangrijke persoonlijkheden" uit Augsburg in de villa uitgenodigd.'

Felix gaf geen commentaar. Hij pakte Henni bij de hand en samen sloegen ze een zijpad in dat door de weilanden naar de villa leidde. Felix had inmiddels zijn rechtenstudie in München hervat, waardoor ze elkaar alleen af en toe in het weekend zagen, maar tijdens de vakanties hielp hij in de fabriek en logeerde hij in de Frauentorstraat. Hij was niet erg gelukkig op de juridische faculteit; ook daar was de geest van de nationaalsocialisten voelbaar, die de interpretatie van bestaande wetten in een zeer specifieke richting stuurden. Maar hij had het geaccepteerd. Hij wilde een behoorlijk beroep leren, niet in de laatste plaats omdat hij van plan was met Henni te trouwen. Over zijn geheime activiteiten in een communistische groepering spraken ze allang niet meer. Henni wilde er liever niet naar vragen, maar ze wist dat een aantal leden van deze groep ontmaskerd en gearresteerd waren. Dat gold ook voor haar arme oom Sebastian, de man van tante Lisa, had Felix haar onder het zegel van geheimhouding verteld. Felix wist niet waar hij nu was, maar hij had het sterke vermoeden dat Sebastian naar het kamp Dachau was gebracht.

'Heb je enig idee waarom Von Klippstein de laatste tijd zo vaak in de fabriek komt?' vroeg Felix.

'Ik maak me daar ook zorgen om,' zei Henni. 'Het betekent in elk geval niets goeds.'

Felix bleef even staan om zijn jas uit te trekken. De zon brandde genadeloos en het was zo droog dat er nauwelijks water in de beekjes stond. In de weilanden zoemden bijen en klonk het indringende getjilp van krekels.

'Ik heb zo'n vermoeden,' zei hij, terwijl hij Henni's hand weer vastpakte. 'Ik hoop dat ik het mis heb, maar alle tekenen wijzen erop.'

'Je denkt toch niet dat hij onze fabriek wil inpikken?'

'Dat zou te min voor hem zijn,' zei Felix grimmig. 'Maar ik denk dat hij naar Augsburg wil komen. En de fabriek zou bij wijze van spreken een toegift zijn.'

Henni schudde haar hoofd. Waarom zou Ernst von Klippstein München willen verlaten? Had hij daar niet een heel goede positie? Was hij niet een bobo in de partij?

'Hij wilde vroeger toch gouwleider worden,' herinnerde Felix haar. 'Maar dat lukte niet. Iemand anders kreeg de functie en hij kwam er bekaaid van af. Zo was het toch?'

'Ja,' zei Henni. 'Maar van München naar Augsburg, dat zou voor hem eerder een achteruitgang zijn.'

Felix joeg een opdringerige mug weg.

'Ze gaan niet bepaald zachtzinnig met elkaar om als het om belangrijke functies gaat,' zei hij. 'Misschien zijn er in München een paar partijgenoten die verhinderen dat hij kan opklimmen en denkt hij dat hij hier meer kans heeft. Het is in elk geval opvallend dat hij mensen in jullie villa uitnodigt. Ik kan me wel indenken wie er allemaal wordt uitgenodigd.'

'De burgemeester, voor zover ik weet. En de directeur van de bontweverij. En ook enkele mensen van de districtsleiding van de NSDAP.'

'Nou, zie je wel...'

Henni was niet overtuigd. Klippi was een functionaris bij de

Rijkskamer van Koophandel, waarin de nazi's alle sectoren van de industrie, ambachten en handel hadden samengevoegd die eerder in vrije bonden waren georganiseerd. Wel had hij altijd met een scheef oog naar textielfabriek Melzer gekeken, waarvan hij een tijdje vennoot was geweest. Vroeger dacht Henni dat het kwam doordat Klippi verliefd was op tante Marie. Maar nu had hij Gerti en tante Marie was al vier jaar in Amerika.

De massieve bakstenen villa leek te gloeien in de zon. Alleen uit een van de schoorstenen steeg een dunne rookpluim op, die afkomstig was uit de keuken, waar het fornuis brandde. Een paar vermoeide duiven zaten op de reling van het balkon op de eerste verdieping, maar het bloemperk op het voorplein schitterde in felle zomerkleuren. De tuinman Christian gaf ze twee keer per dag water zodat ze de hitte overleefden. Bij de ingang stond de Mercedes van Von Klippstein. De chauffeur zat er niet meer in. Hij was vast naar de keuken van de villa gegaan om van eten en drinken te worden voorzien.

Hanna deed de deur voor hen open en fluisterde: 'Gaat u maar snel naar boven, juffrouw. Ze zijn al begonnen.'

'Dank je wel, Hanna,' zei Henni. 'Maar ik wil me eerst opfrissen.'

Felix had ook geen haast. Ze wasten hun handen en koelden hun bezwete gezichten. Henni hield haar hand dicht bij de kraan zodat Felix een kleine douche kreeg en hij nam wraak met een paar heftige zoenen.

'Dan gaan we maar...' verzuchtte Henni. 'Anders is er straks geen eten meer over.'

In de eetzaal was gedekt voor twaalf personen. Tante Lisa had Henni en Felix tussen Gerti von Klippstein en oom Paul geplaatst, wat betekende dat Felix Gerti als tafeldame kreeg toegewezen en Henni naast oom Paul mocht zitten. Toen ze te laat binnenkwamen, merkte tante Lisa vinnig op: 'Zozo... Jullie hebben zeker weer een kleine omweg gemaakt, hè?'

Oom Paul keek ook verwijtend en grootmoeder Alicia wees erop dat het vroeger gebruikelijk was om stipt op tijd voor het middageten aan tafel te zitten.

Felix haastte zich om uit te leggen dat ze snel hadden gelopen en glimlachte beleefd naar Gerti von Klippstein terwijl hij naast haar ging zitten.

'Het is vandaag ook zo vreselijk warm,' zei Gerti. 'Dan moet je ook wel langzaamaan doen, anders krijg je nog een zonnesteek. Ga maar zitten, Humbert heeft vast nog soep voor jullie.'

Humbert, die het hoofdgerecht al serveerde, pakte haastig de soepterrine en vulde hun borden met een sterke runderbouillon met ei, die ze gulzig oplepelden. De anderen begonnen al aan het gebraden rundvlees met rode kool en spätzle.

Henni vond Gerti helemaal niet zo verkeerd. Ze had zich vrij goed ingeleefd in haar rol als de vrouw van Von Klippstein en verbazingwekkend genoeg had ze haar man stevig onder de duim. Waarschijnlijk spraken ze niet over zijn beroepsmatige zaken, maar in alle andere dingen wilde hij haar graag behagen en elke wens van haar vervullen. Hij scheen echt van haar te houden en het leek erop dat zij zijn gevoelens beantwoordde. Nou ja, ieder zijn smaak. Terwijl Gerti de laatste jaren zichtbaar ronder was geworden, was Ernst von Klippstein nogal afgevallen. In zijn nek was hij al behoorlijk gerimpeld.

Als zo iemand mijn slaapkamer binnen zou komen, zou ik gillend wegrennen, dacht Henni geamuseerd. Maar Gerti leek er geen probleem mee te hebben.

'Is dat meneer Von Klippstein, Elvira?' vroeg grootmoeder Alicia aan de andere kant van de tafel. Omdat haar gehoor achteruit was gegaan, sprak ze meestal luid. De veertienjarige Johann, de oudste zoon van tante Lisa, rolde met zijn ogen. Kurt fronste zijn wenkbrauwen en staarde aandachtig naar zijn grootmoeder, terwijl de tienjarige Charlotte zich leek te schamen. Wat een rare vraag. Von Klippstein was vandaag immers niet voor het eerst te gast in de villa. Alleen de twaalfjarige Hanno negeerde het tafereel, want hij was zoals meestal in zijn eigen gedachten verzonken.

Tante Elvira zuchtte. Ze vond het erg moeilijk dat haar lieve schoonzus Alicia de laatste tijd steeds zonderlinger werd.

'Natuurlijk is hij dat. Kijk goed, Alicia!'

'Dat doe ik ook, Elvira. Maar ik weet het niet zeker. Heeft Ernst von Klippstein geen blond haar?'

Von Klippstein had het gesprek natuurlijk gehoord. Het was ook duidelijk gênant voor hem, maar hij probeerde dat met een grapje te verhullen.

'Ook ik was ooit een jongeman met krullen, mevrouw,' riep hij naar haar. 'Helaas ben ik door de tand des tijds grijs geworden.'

'Hij had toen ook geen krullen,' vertelde grootmoeder Alicia tegen tante Elvira. 'Was hij niet met onze Tilly getrouwd? Ja, zo was het. Waar is onze lieve Tilly eigenlijk?'

Humbert redde de situatie door de vleesschotel aan grootmoeder aan te bieden en zei dat de randstukken bijzonder zacht en lekker waren. Waarop grootmoeder Alicia klaagde dat de saus slecht gekruid was en de spätzle te hard waren.

'Ik begrijp niet wat er met het personeel aan de hand is. Toen mijn goede Johann nog leefde, zou hij de kokkin in zo'n geval ter verantwoording hebben geroepen. Niet dat dikke randstuk. Het smalle schijfje ernaast, Humbert.'

Von Klippstein schraapte gegeneerd zijn keel en nam een slok wijn. En omdat oom Paul erg zwijgzaam was aan tafel, wendde hij zich tot Henni.

'Ik ben altijd blij om te merken, beste Henni, hoe gretig je de notulen van onze gesprekken bijhoudt. Paul mag heel blij zijn met zo'n capabele secretaresse aan zijn zijde...'

3

September 1939

Kitty stuurde haar auto haarscherp langs het ronde bloemperk, haalde net de bocht zonder de zandstenen entreetrap te raken en trapte vervolgens hard op de rem. De motor sputterde kort en verontwaardigd en sloeg toen af.

'O jee!' kreunde Kitty. 'Ik heb hem alweer laten afslaan. Nou ja, maakt niet uit. Ik ben er. Humbert? O, Humbert, hallo...'

Humbert had de voordeur al geopend en haastte zich de treden af om het portier te openen voor mevrouw Kitty Scherer, de jongste dochter van Alicia Melzer. Zoals gewoonlijk kwam hij te laat. Kitty was al uitgestapt en sjorde aan een immense tas die op de achterbank stond.

'Wacht, mevrouw. Ik zal u helpen... Dat is te zwaar voor u...'

'O, mijn hemel, hij blijft ergens aan hangen. Wees wel voorzichtig want er zitten cadeautjes in voor de kinderen. Niet dat er iets kapotgaat... Hebt u de krant gelezen, Humbert? Is het niet verschrikkelijk?'

'Dat is het zeker, mevrouw...'

'Maar het was te verwachten... Ik zeg u, morgen begint het, Humbert... O, als u mijn autootje straks een stukje aan de kant zou kunnen zetten? Stelt u zich voor, hij is alweer verzopen, net toen ik hem daar wilde parkeren zodat hij niet in de weg staat voor mijn broer als hij terugkomt van de fabriek...'

Humbert was aan Kitty Scherers woordenvloed gewend. Hij knikte beleefd, glimlachte en wachtte op het gepaste moment om de tas ongeschonden van de achterbank te halen.

Kitty was de treden voor de ingang al op gelopen en begroette Hanna, die in de hal stond te wachten.

'O, Hanna, is het niet verschrikkelijk? Weet je het nog niet? Heb je de krant niet gelezen? Is mijn moeder op? Nee? Godzijdank. Laat haar maar slapen, Hanna. Ik moet eerst met Lisa praten. Humbert moet de tas naar de aanbouw brengen...'

Ze liep de trap op en ging door de verbindingsgang naar het bijgebouw. Kitty Scherer was nu vierenveertig, maar dat was nauwelijks aan haar te zien. Ze was nog steeds sierlijk en extreem slank, droeg bijna alleen jurken en mantelpakjes die Marie voor haar in New York ontwierp en liet naaien, en in haar donkerbruine haar, dat in een pagekopje was geknipt, zat geen enkele grijze haar. Dat kwam doordat ze haar dochter Henni regelmatig met een pincet elke witte haar liet uittrekken die in haar haardos verscheen.

Haar zus Lisa wachtte op haar in de woonkamer van de aanbouw, die jaren geleden was gebouwd om plek te creëren voor het jonge gezin Winkler. Het waren gelukkige tijden geweest voor Lisa, die eerste huwelijksjaren toen ze drie kinderen had gekregen en Sebastian als liefhebbende echtgenoot en plichtsgetrouwe vader aan haar zijde had gehad. Met het begin van de heerschappij van de nationaalsocialisten was Sebastian echter veranderd. Als de overtuigd communist die hij vanaf het begin was geweest, kon hij zich niet aanpassen aan de nieuwe machthebbers. Gevangenisstraf en intimidatie waren het gevolg geweest. Uiteindelijk had hij zich bij een verzetsbeweging aangesloten en inmiddels was hij verdwenen. Lisa koesterde nog steeds de hoop dat haar geliefde nog leefde en op een dag naar de villa zou terugkeren. De kansen daarvoor waren niet goed, maar niemand in de familie kon het over zijn hart verkrijgen om haar die mooie illusie te benemen.

'Kitty!' riep ze wrevelig toen haar zus binnenkwam. 'Wat is er vandaag weer met je aan de hand? Ik ben blij dat je op bezoek komt, maar het zou fijn zijn als je jezelf iets eerder zou kunnen aankondigen. Het is me net gelukt om de kinderen klaar te maken voor school en wat dingen voor het huishouden te regelen...'

Hoofdschuddend zag Kitty dat haar zus nog in haar kamerjas was en haar haar niet gekapt was.

'Heb je de krant nog niet gelezen, Lisa?' riep ze uit.

'De krant?'

'Mijn god, ja! De *Neue Augsburger Zeitung*!'

Lisa leek zoals altijd uitgeput en in een slecht humeur. Het drukke gedoe van haar zus werkte haar op de zenuwen.

'Denk je nu echt dat ik de tijd heb om 's ochtends in alle rust de krant te lezen?' vroeg ze geïrriteerd. 'Ik moet een huishouden van negen personen leiden, voor de kinderen zorgen, me om het personeel bekommeren... En stel je voor, we hebben nu geen tuinman want Christian is opgeroepen voor een Wehrmacht-oefening...'

Kitty rolde met haar ogen, maar omdat Humbert op dat moment met de cadeautas de woonkamer binnenkwam, hield ze even haar adem in voordat ze losbarstte. Nooit ruziën in bijzijn van het personeel. Zo had Alicia Melzer haar dochters opgevoed en zelfs Kitty had het verinnerlijkt.

'Het ziet ernaar uit dat er oorlog komt, Lisa!' riep ze opgewonden zodra Humbert de kamer had verlaten. 'In de *Neue Augsburger Zeitung* staat een oproep van de Führer aan de Wehrmacht. Ze moeten zich gereedmaken. De laatste bemiddelingspoging met Polen zou zijn mislukt. Hij gaat het doen, Lisa! Hij zal Polen binnenvallen.'

Lisa slaakte een vermoeide zucht en schudde haar hoofd bij het idee om al in de vroege ochtend over Adolf Hitlers inname van het ten oosten van hen gelegen land te praten.

'Mijn god, ja,' kreunde ze. 'Laat hem toch lekker Polen binnenvallen. Hij viel ook Tsjechoslowakije binnen. Het belangrijkste is dat we een niet-aanvalsverdrag met Rusland hebben, want de Russen zijn heel gevaarlijke mensen. En verder heb ik andere zorgen aan mijn hoofd dan dat politieke gedoe...'

'Politiek gedoe!' riep Kitty verontwaardigd. 'Dit gaat ons allen aan, Lisa! Robert zei dat dit nog maar het begin is en dat Hitler niet zal rusten voordat hij heel Europa in zijn klauwen heeft. De tekenen wijzen op oorlog, Lisa! En jij dwaalt volkomen blind en onwetend in je dagelijkse beslommeringen rond...'

Lisa vertrok haar gezicht en drukte op de bediendenknop bij de lamp.

'Wil je thee, Kitty?' vroeg ze gelaten. 'Of liever koude limonade? Ik denk dat de hitte niet goed is voor je bloeddruk. Ga zitten en probeer een beetje te kalmeren.'

'Jij hebt echt stalen zenuwen, Lisa! Maar als je me niet wilt geloven... Wacht maar tot Paultje uit de fabriek komt, hij zal je wel vertellen hoe laat het is. Thee? Nee, bedankt. Hooguit een kopje sterke koffie. Dat kan ik nu wel gebruiken, na deze schrik...'

Else, die net de kinderkamers in orde bracht, stak haar hoofd door de deuropening en beloofde voor koffie en limonade te zorgen.

'Ga nou eindelijk eens zitten, Kitty,' klaagde Lisa huilerig. 'Je maakt me erg zenuwachtig met dat heen-en-weergeloop. Vertel me wat er in de tas zit die Humbert heeft meegenomen. Toch niet alweer cadeaus uit Amerika?'

Kitty zette met een diepe zucht haar ergernis opzij. Ze had kunnen bedenken dat Lisa alleen oog had voor haar eigen zorgen en geen flauw idee had van de naderende catastrofe. Wat was haar zus toch vreselijk kleingeestig. Alleen het huishouden, het gezin, de kinderen. Alles daarbuiten interesseerde haar niet. De wereld kon vergaan en Lisa riep de kokkin om het menu te bespreken.

'O ja, de cadeautjes,' zei ze, terwijl ze op de bank ging zitten. 'Marie heeft ze twee weken geleden gestuurd. Ik was de spullen vergeten. Ze stonden in de gang en ik struikelde erover toen ik vanmorgen naar jou ging...'

'Organisatorisch ben je altijd al een meester geweest, lieve Kitty,' merkte Lisa bits op. 'Het zou niet veel hebben gescheeld of we zouden deze cadeaus pas na de zogenaamd dreigende oorlog hebben gekregen.'

'Vroeger waren je grapjes beter!'

Lisa begon te lachen en Kitty leunde beledigd op de bank naar achteren. Hanna kwam binnen met een dienblad en de zussen zwegen totdat ze het blad met de koffie en limonade had neergezet.

'Nou, kom, Kitty,' zei Lisa terwijl ze koffie voor haar inschonk. 'Laat me zien wat je hebt meegenomen, voordat mama komt. Zoals je weet haalt ze de laatste tijd alles door elkaar.'

'Arme mama,' zei Kitty zuchtend. 'We moeten geduld met haar hebben.'

'Jij hebt makkelijk praten. Jij woont hier niet,' antwoordde Lisa op een geprikkelde toon.

Zelfs de cadeautjes die Kitty een voor een uit haar tas haalde en op tafel legde, waren niet naar Lisa's zin. Kitty raakte steeds geïrriteerder. Haar lieve schoonzus had er immers veel geld aan uitgegeven, dus Lisa mocht wel wat dankbaarder zijn.

'Mijn god, zulke bonte kleuren!' riep Lisa bij het zien van de prachtige zijden sjaal met het Perzische patroon. 'Wat denkt Marie nou? Daar kan ik op mijn leeftijd toch niet mee rondlopen!'

Kitty hield haar commentaar voor zich. Ze had haar zus al regelmatig verweten dat ze zichzelf verwaarloosde. Haar haar was onverzorgd en slordig achter op haar hoofd opgestoken, haar jurk was ongestreken, haar voeten staken in lelijke versleten pantoffels. Ze was ook te dik en beet sinds kort op haar nagels.

'Voor wie moet ik mezelf nu mooi maken?' had Lisa tegen haar gezegd. 'Jij hebt Robert, jij kunt gelukkig zijn. Ik heb niemand. Alleen drie lastige kinderen en een moeder die haar verstand verliest. Dat is het verschil!'

Natuurlijk had ze het moeilijk, dat was wel duidelijk. Aan de andere kant was Kitty's leven op dit moment ook niet makkelijk, alleen had zij niet de gewoonte om constant te klagen, zoals haar zus Lisa graag deed. Lisa was er haar hele leven al van overtuigd dat haar jongere zus Kitty het beter had getroffen dan zij.

'Een dure vulpen voor Hanno!' kreunde Lisa. 'De jongen is twaalf, wat moet hij ermee? Op school schrijven ze met een potlood en een stalen pen...'

'Hij verzint toch verhaaltjes?'

Lisa maakte een wegwimpelend gebaar. 'Ach, dat is alleen maar een gril, Kitty. De jongen leest veel te veel, hij heeft alweer een nieuwe bril nodig. Ik wilde dat hij met zijn klasgenoten ging wandelen en kamperen, net als Johann.'

Hanno was een 'boekenwurm', zoals zijn oudere broer Johann hem minachtend noemde. Sinds de jongen had leren lezen, verschanste hij zich in zijn kamer en kroop hij in bed met een boek voor zijn neus. Karl Mays *Winnetou* of *Tarzan van de apen*, *Naar het middelpunt der aarde* of *Schateiland*. Hij verslond alles wat hij te pakken kreeg en was een fervent bezoeker van de stadsbibliotheek. In het voorjaar had Lisa een paar schoolschriften in zijn kamer gevonden die in een klein handschrift volgeschreven waren met teksten, en ze was geschokt door de vele inktklodders en doorhalingen.

'Dat ziet er niet uit! Dat moet je netjes overschrijven, Hanno!'

Hij had zijn hoofd laten zakken alsof ze hem op een ernstige wandaad had betrapt en zachtjes gemompeld: 'Dit is niet voor school, mama. Ik heb het gewoon zomaar geschreven. Voor mezelf.'

Lisa had spijt dat ze het schrift aan haar zus Kitty had laten zien, die het met veel enthousiasme had gelezen. Het was een avontuurlijk verhaal over een jongen die van huis wegliep, als scheepsjongen aanmonsterde en naar Amerika voer.

'Het is prachtig, Lisa!' had Kitty geroepen. 'Vlot geschreven, vol bijzondere ideeën en heel spannend. Je zoon wordt nog eens schrijver! Zoals Lion Feuchtwanger, Jakob Wassermann of zelfs Thomas Mann!'

Lisa was geschokt toen Kitty deze namen noemde, want ze wist dat de werken van deze auteurs door de nationaalsocialisten waren verbrand. Maar dat was typisch Kitty, dat soort onbenulligheden interesseerden haar niet.

'Een schrijver! Jij altijd met je artistieke gebazel! Hij moet eindexamen doen en voor mijn part gaan studeren. Voor leraar misschien. Of advocaat. Maar geen schrijver. Dat is een beroep voor hongerlijders!'

Maar natuurlijk had Kitty Marie over deze onzin geschreven en het gevolg was nu dit stomme cadeau.

Kitty legde het doosje met de vulpen demonstratief op de salontafel en pakte het volgende geschenk, dat voor Hanno's oudere broer Johann bestemd was.

'Een zakmes, mijn god!' riep Lisa en ze legde het hoesje zuchtend op tafel.

'Ik denk dat Johann het wel leuk zal vinden,' zei Kitty na een lichte aarzeling. 'Hij is op zijn veertiende immers oud genoeg om met zoiets om te gaan. 'Kijk! Het heeft twee messen, een grote en een kleine, en dit hier is een blikopener en daarboven zit ook nog een kurkentrekker. Dat is toch handig?'

Lisa keek toe terwijl Kitty heel behendig het mes openklapte.

'Misschien vindt hij het leuk,' zei ze, terwijl ze haar schouders ophaalde. 'Maar het is niet wat hij wil. Hij zit eindelijk bij de Hitlerjugend en natuurlijk moest ik daarvoor al die spullen voor hem kopen. Een bruin overhemd en een zwarte doek. Een leren schouderband, een riem met een koppelgesp, een zwarte baret en nog wat andere dingen. En nu wil hij per se een dolk. Het is niet echt nodig, maar de meesten hebben er een...'

'Waarom kan hij niet het zakmes nemen?' vroeg Kitty, die geen gevoel had voor uniformen en alles wat daarmee te maken had.

Lisa wierp haar alleen een vernietigende blik toe. 'Je weet hoe hij is,' zei ze verwijtend. 'Hij moet overal nummer één zijn. En in de Hitlerjugend kan dat niet zonder dolk. O, ik denk dat hij veel weg heeft van onze lieve vader...'

Johann Melzer, naar wie Johann was vernoemd, had textielfabriek Melzer eind vorige eeuw opgericht. Hij was nog een echte patriarch geweest, zowel thuis in de villa als in de fabriek, een opvliegend persoon die er niet voor terugschrok om harde beslissingen te nemen en zich door niemand iets liet dicteren.

'Als hij het goede zakelijk inzicht van papaatje heeft,' antwoordde Kitty, die altijd de lieveling van hun inmiddels overleden vader was geweest, 'kun je trots zijn op je zoon. Dan zal hij het ver schoppen.'

Maar nee, zakelijk inzicht vertoonde de kleinzoon van Johann Melzer eigenlijk niet. Johann was een sterke jongen met rood haar. Hij was mollig en altijd bereid om zijn vuisten in te zetten als hij iets wilde. Een 'vechtersbaas', zoals zijn broer Hanno hem noemde. Toen zijn vader Sebastian nog bij zijn gezin in de villa woonde, waren er regelmatig aanvaringen geweest. Sebastian was verbijsterd door het heerszuchtige karakter van zijn oudste zoon en had er alles aan gedaan om hem te leren tolerant te zijn en zich te beheersen. Helaas zonder veel succes. Sinds Sebastian Winkler de villa had verlaten om ondergronds tegen het naziregime te vechten, had Johann niet meer over zijn vader gesproken. Wel was er vorig jaar een schrikbarend incident geweest op school, wat leidde tot een ernstig gesprek tussen Lisa en zijn klassenleraar. Johann had op het schoolplein met een klasgenoot gevochten. Er was bloed gevloeid en zijn tegenstander had een gescheurd oor en een wond aan de zijkant van zijn hoofd.

'Hij noemde mijn vader een smerig communistisch zwijn,' had Johann gezegd om het incident uit te leggen. En hij had eraan toegevoegd: 'En ook al is dat honderd keer de waarheid, hij is nog steeds mijn vader. En wie mijn vader beledigt, sla ik in elkaar.'

Lisa was heel blij geweest dat Johanns klassenleraar er verstandig mee was omgegaan en er geen grote ophef over had gemaakt. Maar mogelijk was hierbij van invloed geweest dat Johann zich met veel enthousiasme bij het Jungvolk inzette, waar hij een leidende positie had. Inmiddels had de Hitlerjugend grote invloed gekregen in de scholen en hadden de meeste leraren zich ook bij de NSDAP aangesloten.

'Hij zal wel weer bedaren,' zei Kitty, die dit verhaal kende. 'Zeker als hij een keer verliefd wordt.'

Lisa kon alleen maar wanhopig haar ogen naar het plafond richten. 'Als Marie ook een cadeau voor Charlotte heeft gestuurd, krijgt ze dat pas over twee weken,' zei ze. 'Zolang ze huisarrest heeft, krijgt ze geen cadeaus.'

'Huisarrest?' vroeg Kitty fronsend en ze haalde het pakketje voor Charlotte uit haar tas, waar kleurrijke haarclips en een zilveren kettinkje met een hanger in zaten. 'Waarom ook alweer? Ik begrijp echt niet waarom je zo streng bent voor je dochter. Ze is zo'n lieve meid.'

'Bij jou misschien, Kitty,' verdedigde Lisa zich. 'Jij bent haar moeder ook niet. Als je hier bent, herken ik Charlotte nauwelijks. Maar zodra je de villa verlaat, is ze een gemeen, brutaal en weerbarstig kind dat me alleen maar verdriet bezorgt.'

'Echt?'

Kitty was al lang van mening dat Lisa haar kinderen volkomen verkeerd aanpakte. Eigenlijk was Lisa een vreselijk bezorgde, angstige moeder die veel te veel van haar drie kinderen accepteerde. En als ze toch een keer meende te moeten ingrijpen, schoot ze haar doel ver voorbij. Twee weken huisarrest voor het arme meisje, nou ja, zeg!

'Stel je voor,' begon Lisa, en ze moest een slok limonade nemen voordat ze verder kon praten. 'Gisteren betrapte ik haar aan mijn naaitafel terwijl ze met een schaar al mijn klosjes zijden naaigaren doorknipte.'

'Dat is inderdaad... niet aardig,' gaf Kitty toe. 'Waarom doet ze zoiets?'

'Ik heb geen idee,' antwoordde Lisa nerveus. 'Je weet het, er is elke dag narigheid met haar. De ene keer wil ze niet naar school, de andere keer wil ze een bepaalde jurk niet aan of maakt ze brutale opmerkingen.'

Kitty wist dat ze ooit tegen haar moeder had gezegd dat ze op een oude vrouw leek. Dat was erg ongepast, maar in Kitty's ogen niet helemaal onjuist. Lisa verwaarloosde zichzelf nu eenmaal en dat vond het meisje niet leuk.

'Stuur haar een keertje na schooltijd naar mij in de Frauentorstraat,' stelde ze voor. 'Misschien heeft ze wat afwisseling nodig.'

'Geen sprake van!' Lisa bleef erbij dat Charlotte huisarrest had en direct na school naar de villa moest komen. 'Bovendien wil ik niet dat ze je bezoekt als Felix bij jullie is,' zei ze gepikeerd. 'Ik begrijp niet dat je die jongelui gewoon in één kamer laat wonen terwijl ze niet eens getrouwd zijn. In feite ben je schuldig aan koppelarij!'

'Mijn god, sinds wanneer ben jij zo preuts?' vroeg Kitty lachend. 'Ze hebben al drie jaar een relatie. Moet ik ze in aparte kamers onderbrengen?'

'Ik wil in elk geval niet dat Charlotte zo'n slecht voorbeeld krijgt. Als Felix na zijn vakantie weer teruggaat naar München – dan misschien. Is je tas nu leeg?'

'Ja. De cadeaus voor Paultje en Kurt had ik al gegeven. En het rubberen bot voor Willi ook.'

Lisa zweeg, maar keek met de beledigde blik die Kitty maar al te goed van haar zus kende. Zij hebben hun cadeaus al gekregen, zelfs de hond. Maar die van ons was je vergeten en liet je wekenlang in de gang staan, las Kitty op haar gezicht.

'Wil je mama de groeten doen van mij?' vroeg ze aan Kitty. 'Als het goed is, is ze inmiddels opgestaan en zit ze samen met tante Elvira te ontbijten.'

'Natuurlijk wil ik dat doen,' zei Kitty, die heel goed wist dat Lisa van haar af wilde.

'En als je mij dan nu zou willen verontschuldigen,' zei haar zus prompt. 'Ik moet voor het huishouden zorgen. Bovendien komt er zo iemand langs om zich voor te stellen, om het tuinwerk over te nemen zolang Christian in de Wehrmacht...'

Lisa onderbrak zichzelf ineens en keek even naar de krant, die nog opgevouwen op de bank lag.

'O, nou ja,' zei ze met een afwimpelend gebaar. 'Hij is over vier weken terug.'

4

Oktober 1939

Lieve Leo,

Dank je wel voor je brief. Ik wilde je allang schrijven, maar ik bleef het maar uitstellen. Ja, ik was boos op je en niet zonder reden, want ik vind Richy nog steeds niet bij je passen. Ze is egoïstisch, meedogenloos, harteloos en maakt misbruik van je goedmoedigheid. Ze behandelde me als een stuk vuil omdat ze jaloers is en je helemaal alleen wil bezitten.
Zo, dat moest er nog even uit. Gooi de brief alsjeblieft niet meteen weg, want ondanks dit wil ik toch sorry zeggen.
Ja, het spijt me dat ik zo boos werd. Ze is tenslotte jouw vriendin. Je hebt voor haar gekozen en je houdt van haar, en dat moet ik respecteren. Dus accepteer alsjeblieft mijn excuses. Je kent me, ik schiet mijn doel altijd voorbij, en uiteindelijk was ik gewoon teleurgesteld en ongelukkig omdat het tussen ons niet hetzelfde was als vroeger. Ik weet dat dat voor een deel ook aan mij ligt.
Als jullie het goed met elkaar kunnen vinden, zou ik er geen moeite mee moeten hebben. Dan moet het voor mij 'okay' zijn, zoals jullie altijd zeggen. Je bent en blijft mijn broer en mijn beste vriend, die ik altijd vertrouw en tegen wie ik open en eerlijk ben. Ook als ik me problemen op de hals haal.

Wat er inmiddels hier in Duitsland gaande is, heb je misschien in de Amerikaanse pers gelezen. Hitler heeft Polen ingenomen en het land met Stalin gedeeld. Onze kranten zijn in een overwinningsroes en dwepen met onze geniale Führer die het 'volk zonder land' eindelijk de zogenaamd noodzakelijke ruimte in het oosten heeft gegeven. Tante Lisa is van mening dat het onderwerp oorlog daarmee van tafel is. Bovendien ligt Polen ver weg en hoeven wij ons er volgens haar dus geen zorgen over te maken. Papa denkt daar anders over. Hij maakt zich wel degelijk zorgen, maar praat er niet veel over. Hij bekommert zich toch bijna alleen om Kurt en zijn fabriek. Kurt heeft de meest zorgzame vader die je je maar kunt voorstellen, maar dat doet hem geen goed. In de fabriek lijkt het momenteel niet slecht te gaan. De spinnerij is gesloten, er komen nieuwe weefgetouwen en er worden stoffen voor uniformen en dergelijke geproduceerd. Deze verandering heeft Von Klippstein op gang gebracht, over wie Henni helemaal niet te spreken is, want hij bemoeit zich sterk met de leiding van de fabriek. Hij is een of andere hoge pief bij de Rijkskamer van Koophandel en daarom kunnen ze zich er niet tegen verzetten. Maar zolang de fabriek op volle toeren draait, zou het ons niet moeten uitmaken. Ik vind het alleen zonde van onze goede oude ringspinmachines. Die hadden zeker nog tientallen jaren meegekund, maar nu staan ze in het magazijn en roesten ze weg.
Maar nu komt het belangrijkste. Hou je vast, Leo! Ik ben inmiddels toegelaten tot de studie vliegtuigbouwkunde. Ik mag aan de universiteit van München studeren! Toen ik de brief kreeg, heb ik twee dagen als een dolle rondgelopen. Ik vertelde het aan iedereen die het maar horen wilde en kon 's nachts niet slapen van geluk. Zo zie je maar wat voor een onzin ze hier allemaal kletsen. Ja, ik ben half Joods. Nou en? Messerschmitt heeft me aanbevolen en het is gelukt. Zo

gaat dat hier in Duitsland: als je ergens goed in bent, krijg je een kans!
Ja, ik weet wat jij hebt meegemaakt aan de universiteit van München. Maar bij de ingenieurs van de technische faculteiten gaat het er heel anders aan toe. En Joodse docenten zijn hier sowieso niet meer...
Dat was het voor vandaag, lieve Leo. Ik hoop van harte dat het goed met je gaat en dat je veel prachtige composities schrijft en aan de man kunt brengen. Doe mama de groeten van mij, ik zal haar apart schrijven.

Lieve knuffel van je berouwvolle en momenteel dolgelukkige zus,
Dodo

Leo legde de brief naast zich neer en glimlachte even. Dodo, zijn zus! Terwijl hij haar brief las, hoorde hij haar stem, zag hij haar gezichtsuitdrukkingen, haar opgewonden gebaren en haar boos of blij fonkelende ogen. Hij had haar maanden geleden al een lange brief geschreven waarin hij haar zijn kijk op dit onnodige geschil uitlegde, over wat hij haar verweet en wat hij zelf verkeerd had gedaan. Vervolgens had ze zo lang niet meer geantwoord dat hij heel boos was op zijn koppige zus. Maar hij had haar ook enorm gemist. Nu was het dus eindelijk opgelost en hij was blij en opgelucht.

Ongelofelijk dat ze was toegelaten. Hij had durven wedden dat dit niet zou gebeuren, maar blijkbaar had hij de invloed van Messerschmitt onderschat. Geen wonder, die man bouwde de beste oorlogsvliegtuigen voor Hitler.

Zijn glimlach vervaagde. Duitsland was Polen binnengevallen en had een akkoord bereikt met Stalin. Dat wist hij. Er was een bioscoop op Times Square waar je in een journaal de laatste oorlogsgebeurtenissen in Europa kon zien. Of Hitler tevreden zou zijn met deze verovering was nog maar de vraag. Mama was van mening dat dit nog maar het begin was en dat het door zou gaan. Hij zou ook Frankrijk en Engeland veroveren, en zodra hij de baas was over Europa, zou hij zijn tentakels naar Amerika uitstrekken. Leo beschouwde dit echter als een utopie.

Hij stond van zijn bed op, liep naar het raam en deed het open om wat frisse lucht in de piepkleine flat te laten. Sinds enkele maanden woonde hij hier met Richy, die nog steeds werkloos was en geen kamer meer kon betalen. Hij had haar overgehaald om bij hem in te trekken, want hij had gezien hoeveel moeite ze had om het hoofd boven water te houden en dat ze elke cent drie keer moest omdraaien. In het begin was het best goed gegaan. Ze hadden samen gekookt en terwijl hij aan de piano zat om nieuwe ideeën door te spelen, deed zij haar oefeningen in de kitchenette. Met dansen was het hetzelfde als met pianospelen: stilstand is verval. Drie keer per week trainde ze met vriendinnen in een gehuurde gymzaal, maar dat was natuurlijk veel te weinig, ze moest haar oefeningen minstens vier tot vijf uur per dag doen, anders kon ze haar beroep wel vergeten. Om wat geld te verdienen had ze sinds een tijdje een bijbaantje als serveerster in een restaurant op Times Square. Maar ze deed dat werk niet graag. Meestal kwam ze 's avonds pas heel laat thuis en dan douchte ze lang om de etenslucht uit haar kleren en haar haren te krijgen. Dat had geleid tot ruzies met de buren, die in hun slaap gestoord werden door het nachtelijke douchen. Maar dat kon Richy niets schelen. Het was toch Leo's flat.

Als hij eerlijk was, moest hij voor zichzelf toegeven dat ze van begin af aan al ruzie hadden gemaakt. In het begin hadden ze zich na elke woordenwisseling weer snel verzoend en was hij ervan overtuigd geweest dat het niet meer zou gebeuren. Maar er was geen einde gekomen aan de ruzies. Ze werden juist steeds heftiger. Ze schreeuwden naar elkaar, Richy gooide borden en bekers naar hem en één keer had hij een kan koud water over haar heen leeggegoten om haar 'tot rede' te brengen. Hij wist niet wat hij moest doen. Goed, ze had auditie gedaan bij verschillende gezelschappen die voor een project op zoek waren naar nieuwe leden. Vijf keer was ze meteen afgewezen en één keer hadden ze haar aan het lijntje gehouden en haar later per post afgewezen. Hij daarentegen was succesvol en schreef kleine composities voor de radio, films of het bioscoopjournaal. Hij had ook dansmuziek gecomponeerd. Allemaal dingen waar hij vroeger van gruwelde, maar waar hij nu plezier aan beleefde en die vooral verkochten en overal gespeeld werden. Dat was Amerika. Hier zei niemand dat je 'oppervlakkige' muziek schreef. Hier was een componist van lichte muziek evenveel waard als iemand die 'serieuze' stukken componeerde. Je moest je werk goed doen, dan was alles *okay*.

Hij sloot het raam want er stond een sterke wind en hij was bang dat de bladmuziek die op de piano lag wegwaaide. Het uitzicht vanaf de achtste verdieping in 39th Street was toch niet mooi, je keek op de bruine gebouwen aan de overkant van de straat en daarachter rezen de wolkenkrabbers op in de grijze lucht. In de verte, op het uitzichtplatform van het Empire State Building, had hij drie weken geleden met Richy gestaan en neergekeken op Downtown. Het was geweldig geweest. Je kon helemaal tot aan Lower Manhattan kijken, waar de Hudson en de East River stroomden. De eilanden voor de kust waren als donkere vlekken te herkennen en aan de rechterkant lag het piepkleine Liberty Island met het Vrijheidsbeeld. Hij had niet langer het gevoel een vreemdeling in deze stad te zijn, zoals vier jaar geleden toen hij hier met zijn moeder was aangekomen. New York was zijn stad, zijn nieuwe thuis waar hij trots op was.

Hij miste Duitsland niet. Hij miste alleen de mensen van wie hij hield die er waren gebleven. Heel erg zelfs. Vooral Dodo. Maar ook zijn vader, zijn broertje Kurt en alle anderen…

Hij zette een kopje koffie voor zichzelf en liep ermee naar de piano. Hij keek vluchtig naar de compositie waar hij aan was begonnen en legde de bladmuziek weer op de uitgeklapte notenstandaard. Lusteloos nam hij een slok, zette de beker neer en knielde op het bed om de rommelige kussens en lakens enigszins glad te strijken en de sprei eroverheen te leggen. Hij hield niet van rommel. Ook dat was een twistpunt tussen hem en Richy, die hem ervan beschuldigde een 'burgerlijke Duitser' te zijn. Waarbij ze het woord 'burgerlijk' vreselijk irritant uitsprak. Maar dat waren slechts kleine irritaties, die kwamen nu eenmaal weleens voor en konden worden opgelost. Alleen de ruzie die ze gisteravond hadden gehad lag hem zwaar op de maag en hield hem nog steeds bezig.

Ze had verteld over een vriendin die de vorige dag was ingehuurd door een gezelschap waar ze zelf tevergeefs bij had gesolliciteerd.

'Geen wonder, ze sliep ook met de manager,' had Richy gezegd. 'Zo werkt het nu eenmaal.'

Hij wist dat veel banen op deze manier werden verkregen. Het was niet altijd de schuld van de mannen, sommige meisjes lokten het uit en wierpen zich letterlijk om hun nek. Maar er waren ook smeerlappen die hun macht misbruikten en de meisjes onder druk zetten. Dat was helaas zo. Maar waar hij die avond van schrok, was de toon waarop Richy het vertelde. Hij had gemerkt dat er iets in doorklonk. Een lichte zweem van verleiding...

'Het kan ook anders, Richy,' had hij gezegd.

Ze had haar schouders opgehaald en gezegd dat je natuurlijk ook als fatsoenlijk meisje iets kon worden. Serveerster of schoonmaakster bijvoorbeeld.

'Vroeg of laat lukt het, Richy. Je moet gewoon in jezelf geloven.'

'En wanneer? Als ik te oud ben en niet meer kan dansen?'

'Dan vind je iets anders. Neem acteerlessen. Leer zingen...'

Ze maakten de halve nacht ruzie. Ze wilde dansen en niets anders. Daarom was ze naar New York gekomen. Ze was gekomen om het te maken als danseres en het zou haar lukken. Het maakte niet uit hoe...

Ze hadden zich oppervlakkig met elkaar verzoend, en zoals zo vaak na een ruzie sliepen ze met elkaar. Maar het was meer een verdoving geweest. De ruzie was niet opgelost, de angel was er nog niet uit. Toen hij 's ochtends wakker werd, had ze de flat al verlaten. In de keuken vond hij een gebruikt koffiekopje en een opengescheurde doos cornflakes. Geen briefje waar ze naartoe ging of wat ze van plan was, zoals onder hen gebruikelijk was. Niets.

Hoezeer hij zich ook verzette, Dodo had waarschijnlijk gelijk. Misschien pasten Richy en hij inderdaad niet bij elkaar. Maar hij hield van haar. Hij hield nog steeds van haar. En hij kon zich geen leven zonder Richy voorstellen.

Hij besloot dat het geen zin had om in de krappe flat rond te hangen als hij toch niet in de stemming was om te werken. Hij had frisse lucht nodig en moest zijn hoofd leegmaken. Dan voelde hij zich vast beter. Hij trok stevige schoenen aan, pakte zijn jas en hoed en deed de deur van de flat op slot. De lift was een oude, wiebelige kooi. Zijn buurman had gezegd dat hij al twee keer was blijven steken, maar Leo had tot nu toe geluk gehad. Beneden op 39th Street werd hij begroet door een koude wind die het stof van de weg deed opwaaien en een leeg sigarettenpakje voor zich uit dreef. Hij drukte zijn hoed steviger op zijn hoofd en zette zich schrap tegen de wind. Op 42nd Street kocht hij bij een kiosk een sandwich met ei en rosbief en at het gulzig op. Hij had nooit kunnen wennen aan een ontbijt met melk en cornflakes. Om hem heen woedde het dagelijkse New Yorkse leven. Mensen liepen gehaast voorbij, auto's, pick-ups en bussen maakten lawaai en her en der verzamelden nieuwsgierige mensen zich rond een spreker van een vrome groepering, een verkoper die eenmalige goedkope goederen aanbood of zelfs een straatmuzikant. Het waren meestal zwarten en sommigen maakten echt goede muziek.

Hij keek op zijn horloge. Half elf. Zijn moeder zou nu waarschijnlijk klanten bedienen in Atelier des Modes, maar hij kon in de achterkamer zitten, een kopje koffie drinken en wachten tot ze tijd voor hem had.

Atelier des Modes was gevestigd aan 5th Avenue, vlak bij 46th Street. Het was echt een goede locatie. Begin vorig jaar had zijn moeder van een klant vernomen dat daar een sigarenwinkel zou sluiten en dat had ze aan Karl Friedländer verteld. Hij had het geregeld, de winkel voor mama gehuurd en zelfs de renovatiekosten betaald. Mama betaalde hem nog steeds een maandelijks bedrag. Ze wilde het niet als geschenk van hem aannemen. Bovendien vond ze het tegenover papa niet prettig dat Friedländer haar financieel had gesteund.

Leo probeerde het ongemakkelijke gevoel te onderdrukken dat hij altijd kreeg als hij aan zijn vader dacht. Ze hadden elkaar niet veel meer te vertellen, dat was tijdens de bezoeken wel gebleken. Maar wat erger was, was dat hij inmiddels medelijden met zijn vader had. Bij zijn laatste bezoek in april leek hij erg somber. Hij leed er erg onder dat hij van zijn vrouw gescheiden leefde. Maar bovenal had hij zich geërgerd aan Karl Friedländer, die voortdurend aan mama's zijde stond en haar bij elke gelegenheid een helpende hand bood. Wat dat betreft kon Leo zijn vader heel goed begrijpen. Hij leefde met hem mee, maar dat kon hij hem niet zeggen. Daarvoor was hun relatie te afstandelijk.

Atelier des Modes bevond zich tussen een parfumwinkel en een drogisterij. Daarnaast was een kleine juwelierszaak, daarna kwam een Mexicaans restaurant en daarnaast een hotel met een rode luifel boven de ingang. Mama's atelier liep erg goed. Ze had veel rijke klanten die ze kleedde in de stijl van de Amerikaanse filmsterren. Vooral haar avondjurken waren populair, die zag je zelfs op de premièreavonden van de Metropolitan Opera, waar de dames van de high society gehuld in witte bontjassen uit luxe auto's stapten. Dit succes was vooral te danken aan mama's vaardigheid om voor iedere klant de juiste jurk te ontwerpen, die haar voordelen benadrukte en de probleemgebieden geraffineerd verborg. Bovendien was ze een goede verkoopster. Ze had waardigheid en stijl, wist wat ze waard was en praatte haar klanten nooit iets aan. De dames mochten zich gelukkig prijzen als ze een afspraak met Mrs. Melzer hadden. Haar Engels was ook verbeterd, hoewel je nog duidelijk hoorde dat ze Duits was.

Zoals verwacht waren er twee klanten in het atelier, waarschijnlijk moeder en dochter, van wie de moeder knapper was dan de mollige dochter. Leo groette hen slechts kort en ging naar achteren, waar een gemeenschappelijke ruimte voor het personeel was. Zijn moeder had drie naaisters in dienst, bovendien een jong meisje dat in opleiding was en een oudere vrouw die hielp bij het passen. Twee van de naaisters waren zwart, het jonge meisje was een latina. Ze konden het allemaal heel goed met elkaar vinden. Als ze pauze hadden, werd er volop gekletst en gelachen. Alleen de oudere vrouw was een beetje nors en maakte vaak sarcastische opmerkingen over de klanten.

Op dat moment zat alleen Karl Friedländer in de kamer een krant te lezen. Toen Leo binnenkwam, liet hij de krant zakken en knikte vriendelijk naar hem.

'Goedemorgen, Leo! Wil je een kopje koffie? Ik meen dat ik gisteren op de radio een melodie van je hoorde. Volgens mij was het een reclame voor cornflakes...'

'Goedemorgen, meneer Friedländer. Dat zou kunnen. Die heb ik vorig jaar geschreven. En ja, graag, ik lust wel een kopje koffie met dit druilerige weer...'

Friedländer wilde per se Duits met hem praten, wat soms een beetje irritant was, omdat Friedländer lang geen Duits meer had gesproken en het nogal gebrekkig klonk. Leo vond het ook niet fijn dat hij die stomme opdracht voor cornflakes noemde. Het had hem wel een flink bedrag opgeleverd, maar ze hadden hem de compositie drie keer laten herschrijven en uiteindelijk slechts een fragment in de advertentie opgenomen. Inmiddels had hij dat soort opdrachten gelukkig niet meer nodig.

Friedländer verdiepte zich weer in zijn krant. Hij wachtte waarschijnlijk op mama om iets zakelijks met haar te bespreken. Hij had voortdurend nieuwe ideeën. Leo had vaag opgevangen dat hij erover dacht om filialen op te zetten waarbij mama dan alleen nog de ontwerpen hoefde te maken, die vervolgens in de winkels aan de klanten werden verkocht. Zijn moeder kennende vond ze dat helemaal niks, maar Friedländer was volhardend en probeerde het telkens weer. Leo ging bij hem zitten en pakte verveeld een modeblad van tafel om erdoorheen te bladeren, maar legde het meteen weer weg omdat een van de modellen sprekend op Richy leek. Waarom probeerde ze het niet als mannequin? Ze had een perfect figuur en een prachtig gezicht. Nou ja, hij zou het maar niet noemen. Wat hij ook voorstelde, ze wilde dansen. Alleen maar dansen. En niets anders.

Toen zijn moeder de kamer binnenkwam, leek ze boos. Ze ging naast Friedländer zitten en liet zich een glas sodawater inschenken.

'Sommige dingen gaan me echt te ver,' zei ze, terwijl ze onrustig met haar hand door haar haar ging. 'Stel je voor, dat mens feliciteerde me zojuist met Hitlers grote militaire successen.'

'Het is niet waar,' zei Friedländer bedachtzaam en hij vouwde de krant op. 'En wat zei je?'

Leo was altijd verbaasd dat Karl Friedländer, die goed op de hoogte was van de omstandigheden in Duitsland, in dergelijke gevallen kalm kon blijven. Dat zou hij zelf niet hebben gekund.

'Nou, ik wees haar erop dat Adolf Hitler een dictator is die alle Joden uit Duitsland verdrijft en zijn tegenstanders in concentratiekampen opsluit.'

'En hoe reageerde ze?' vroeg Friedländer.

Mama nam een slok water en leunde uitgeput in haar stoel achterover. 'Ze zei dat waar licht is, ook schaduw is. En dat hij evengoed een groot man is en Amerika er goed aan zou doen om met hem samen te werken.'

'Hoe kan iemand zo dom zijn?' zei Leo. 'Waarom legt niemand hier de mensen uit wat er echt gaande is in Duitsland?'

Friedländer maakte een geruststellend gebaar. 'Dit zijn uitzonderingen, Leo. Er zijn bepaalde kringen die Adolf Hitler inderdaad verheerlijken. Maar iedereen met een beetje verstand ziet de dingen anders. Het is het niet waard om je er druk over te maken, Marie. Behalve een paar gekken is niemand in dit land van plan om met Adolf Hitler te verbroederen.'

'Natuurlijk niet,' zei mama terneergeslagen. 'Heb ik je verteld wat Kitty me schreef? Ze hebben de arme Christian opgeroepen en naar Polen gestuurd. Liesl hoopt dat hij snel weer thuiskomt, maar daar lijkt het niet op.'

Als je tante Kitty kon geloven, zou er binnenkort bij de Franse grens gevochten worden. Engeland en Frankrijk hadden Duitsland de oorlog verklaard, maar stonden passief toe te kijken toen Polen werd binnengevallen. De situatie in Europa was nog steeds gespannen.

'Misschien gebeurt er niets, Marie,' zei Friedländer. 'Of denk je echt dat Frankrijk zijn leger stuurt om Polen te bevrijden?'

'Nee,' antwoordde mama. 'Maar Hitler zal de Wehrmacht naar Frankrijk sturen om het land te veroveren. En zijn jachtbommenwerpers vliegen naar Engeland. Is het niet waanzin dat mijn dochter nu in München vliegtuigbouwkunde wil gaan studeren?'

'Ze is dus tot de studie toegelaten?' vroeg Friedländer verbaasd.

'Ik kreeg vandaag een brief van haar.'

De oudere medewerkster deed de deur open en vroeg mama naar de winkel te komen. Er was een klant die een avondjurk wilde die ze in een reclamefolder had gezien. Door de halfopen deur kon Leo de verkoopruimte in kijken, die grote glazen ruiten had waardoor hij ook de voorbijgangers op straat kon zien. Leo dacht eerst dat het bedrog moest zijn. De laatste tijd zag hij Richy overal, zelfs in dat modeblad dacht hij haar te hebben herkend. Toch stond hij op en liep door de winkel de straat op.

Het leed geen twijfel. Ze was het. Dat was haar rode jas met de donkere bontkraag. Haar rode hoedje met de gebogen rand waar haar blonde krullen onderuit kwamen. En ze was niet alleen, maar liep naast een man. Een slanke kerel in een donkere jas, met een hoed op en pas gepoetste zwarte lakschoenen aan. Ze waren langs het atelier gelopen en stonden nu voor de juwelierszaak en keken in de etalage. Leo's adem stokte even toen hij zag hoe levendig ze praatte en hoe uitdagend ze naar de man glimlachte. Omdat hij hen nu van opzij kon bekijken, besefte hij dat Richy's metgezel geen jonge man was. Hij kon geen collega zijn. Maar wie was hij dan?

Leo rilde. Waar ben ik nou mee bezig, dacht hij. Is het nu al zo ver dat ik haar bespioneer? Ze zal me vanavond wel vertellen wie deze man is. Hij wierp nog één blik op de juwelierszaak en trok zich daarna terug in het atelier. Ze stonden er niet meer. Ze waren verder geslenterd. Ze stonden nu bij de rode luifel en bleven er even onder staan. Toen gingen ze het hotel binnen.

5

Het was Henni's idee geweest om met z'n allen bij tante Kitty te ontbijten. Ze had speciaal vrij genomen in de fabriek om Dodo en Felix met hun bagage naar het treinstation te brengen. Zij zouden met z'n tweeën naar München gaan, waar Felix in zijn gedeelde flat een kamer voor Dodo had ingericht. Dodo was er erg blij mee, want op die manier zou ze zich minder een vreemde voelen in de grote stad. Felix was echt een goede jongen, altijd behulpzaam en niet op zijn achterhoofd gevallen.

'Eten jullie eerst maar eens jullie buikje rond,' zei grootmoeder Gertrude met een glimlach. 'In München zullen jullie vast alleen op brood en bietsuiker leven. Zo gaat dat immers met studenten.'

'Zo erg zal het niet zijn,' stelde Felix haar gerust. 'We hebben een keuken in de flat en als het krap wordt, kook ik aardappelsoep voor iedereen.'

'Kun jij koken, Felix?' verwonderde tante Tilly zich.

Ze was vandaag met haar kleine Edgar naar de Frauentorstraat gekomen om afscheid te nemen van Dodo. Sinds ze gelukkig getrouwd was met dokter Jonathan Kortner en als arts in het hoofdziekenhuis werkte, was tante Tilly letterlijk opgebloeid. Dodo vond haar tante er mooier uitzien dan vroeger, wat misschien te danken was aan haar moderne krullen, maar misschien ook kwam doordat ze een enthousiaste en gelukkige moeder was. De kleine Edgar was nu drie. Hij had een volle haardos met witblonde lokken en zijn grijsblauwe ogen straalden een verbazingwekkende wilskracht uit.

'Natuurlijk kan Felix koken,' antwoordde Henni met volle mond. 'Gebakken eieren, roerei, eieren met mosterdsaus, gepocheerde eieren...'

'Zo is het wel genoeg,' zei Felix en hij gaf haar een por met zijn elleboog. 'Ik kan ook gehaktballetjes in roomsaus maken.'

'Een man die kan koken is altijd een goede vangst,' grapte tante Tilly, terwijl ze Edgar een stukje van haar broodje met leverworst gaf.

'Dat klopt!' zei Henni. 'Daarom heb ik hem meteen aan de haak geslagen.'

Iedereen moest lachen. Tante Kitty vroeg voor de honderdste keer hoelang Felix nog wilde studeren en zei dat het gewoon mishandeling was dat een verliefd stel zo veel maanden van elkaar gescheiden was.

'Nog vier semesters,' verzuchtte Henni. 'Want de vuile nazi's hebben hem twee jaar lang in militaire dienst gehouden.'

Dodo nam nog een broodje, hoewel ze eigenlijk vol zat, en smeerde er frambozenjam op. Natuurlijk zat die vol met pitjes. Mevrouw Brunnenmayer zeefde ze er altijd uit als ze jam kookte. Maar hij smaakte wel goed.

'Het is gezellig bij jullie,' zei ze zuchtend en ze glimlachte naar tante Kitty. 'In de villa is het maar een sombere boel. Ik ben blij dat ik weg kan.'

De stemming in de villa was momenteel op een dieptepunt beland. Tante Lisa maakte zich zorgen om Hanno, die de bof had en vast Charlotte en Johann zou besmetten, tante Elvira lag plat omdat ze haar rug weer eens had verrekt en papa had betere dingen te doen dan zich te verheugen over het succes van zijn dochter Dodo.

'Je mag niet onbillijk zijn, Dodo,' zei tante Tilly meelevend. 'Je vader heeft een grote last te dragen, dat weet je.'

'Natuurlijk weet ik dat,' bromde Dodo. 'Maar dat is toch niet mijn schuld? Waarom moet hij voorrekenen hoeveel geld mijn studie kost? Ik denk dat papa liever heeft dat ik als administratief medewerkster in zijn fabriek werk dan dat ik techniek ga studeren.'

Henni wisselde een begrijpende blik met haar moeder uit, maar zei niets. Ze wisten heel goed dat Dodo gelijk had, maar omdat Henni niet tegen haar oom Paul in wilde gaan, hield ze haar mond. Alleen tante Kitty verzuchtte dat Paultje in sommige dingen helaas erg ouderwets was, maar dat haar lieve Marie in New York er godzijdank anders over dacht.

'En grootmoeder dan,' vervolgde Dodo, die blij was dat ze eindelijk haar ergernis van zich af kon praten. 'Toen ze eindelijk begreep dat ik ging studeren, gaf ze me een preek tijdens de lunch. Ze zei dat ik de familie verraadde omdat ik naar de universiteit ging in plaats van op zoek te gaan naar een geschikte echtgenoot die mijn vader in de fabriek zou kunnen helpen. En alsof dat nog niet genoeg was, deed ze er nog een schepje bovenop en vertelde ze me dat ik veel te dun en vanboven en vanachter hartstikke plat ben en dat ik zo ook niet een man kan behagen.'

Haar stem trilde terwijl ze dit vertelde. Ze begreep zelf niet goed waarom de woorden van haar grootmoeder haar zo hadden geraakt. Nee, ze gaf niet om mannen, haar eerste en enige liefde voor de testpiloot Ditmar was teleurstellend geëindigd en ze zat echt niet te wachten op nog zo'n ervaring.

Henni lachte harteloos, ze vond het ongelofelijk grappig. 'Typisch onze grootmoeder,' zei ze. 'Ze woont nog steeds in het keizerrijk en gelooft dat een meisje er alleen is om een "goede partij" voor een man te zijn. Ze gelooft trouwens dat Felix de erfgenaam is van een grote bank. Ik heb geen idee wie haar dat heeft wijsgemaakt.'

'O, help!' riep Felix geschrokken. 'Dat vind ik heel ongemakkelijk.'

Henni wuifde het weg. 'Maak je niet druk,' zei ze lachend. 'Morgen is ze het weer vergeten.'

Dodo voelde plotseling tante Tilly's hand op haar arm, die haar zacht streelde. 'Och, meisje,' zei ze meelevend. 'Ik kan je goed begrijpen. Vroeger kreeg ik dat soort dingen ook te horen en soms voelde ik me er erg ongelukkig over. Er werd toen zelfs gezegd dat alleen lelijke muurbloempjes studeerden, omdat zij geen man konden krijgen.'

Ze wierp een voorzichtige blik op haar moeder, maar grootmoeder Gertrude had niets gehoord. Ze was opgestaan om nieuwe koffie te zetten.

'Des te blijer ben ik voor je dat het met je studie is gelukt,' vervolgde tante Tilly. 'Je bent op de goede weg, meisje, en ik zal voor je duimen. Als je ooit advies nodig hebt of gewoon behoefte hebt aan een gesprek, ben ik er altijd voor je.'

'Je bent een schat, tante Tilly,' zei Dodo. 'Weet je dat je altijd mijn grote voorbeeld bent geweest?'

Tante Tilly lachte schaapachtig en wendde zich tot haar zoon, die in de oude kinderstoel zat waar Henni als kind al in had gezeten.

'Kijk nou eens,' zei tante Tilly glimlachend. 'Hij heeft de leverworst eraf gelikt, maar het broodje hoeft hij niet.'

'Het is gewoon een echte jongen,' beweerde grootmoeder Gertrude. 'Hij houdt van vlees en niet van brood. Wie wil er nog koffie? Vers gezet.'

Henni keek naar de pendule op het dressoir en vroeg Felix of hij alles had ingepakt. Ze moesten over een half uur vertrekken.

'De rugzak staat in de gang,' stelde hij haar gerust.

'Vergeet de boterhammen niet die ik voor jullie heb gesmeerd,' riep grootmoeder Gertrude. 'En de thermoskan met moutkoffie en de appels!'

'Kalm aan,' riep tante Kitty. 'We zitten net zo gezellig bij elkaar. Trouwens, waar is Robert? Hij wilde nog afscheid van jullie nemen. Bovendien zou...'

Op dat moment ging de deurbel en ze sprong van haar stoel op. 'Laat maar, Gertrude, ik ga wel.'

Grootmoeder Gertrude pakte hoofdschuddend de koffiepot om de kopjes van Felix en Dodo te vullen. 'Nog een van haar beschermelingen,' zei ze zachtjes tegen tante Tilly. 'Die kunstenaars komen hier af en aan. Ze hangen hier rond, eten mijn kasten leeg en soms brengen ze hier zelfs de nacht door. En wat een spullen slepen ze mee! Allemaal schilderijen die niemand wil. Maar Kitty is weer veel te goed en koopt ze van hen. De hele zolder staat er vol mee...'

Ze onderbrak zichzelf omdat tante Kitty's heldere stem vanuit de gang te horen was. 'O, Marek, wat leuk dat je langskomt. Kom binnen, we zitten net te ontbijten. Zet de schilderijen hier maar neer. Nee, niet bij de rugzak, zet ze hier voor de keukendeur. Geef je jas maar aan. O, hij is helemaal nat... Regent het? Hemeltjelief, het regent pijpenstelen... Je kunt beter je schoenen uitdoen, anders wordt Gertrude boos. Stel je voor, ze vroeg vanochtend al naar je.'

Aan grootmoeder Gertrudes gezicht was duidelijk te zien dat tante Kitty dat laatste ter plekke verzon. Een paar tellen later kwam ze met een stralende glimlach de woonkamer binnen en duwde een man van middelbare leeftijd voor zich uit, die nogal vreemd gekleed was. Zijn jas was te groot en hing slordig om zijn lichaam, zijn broek was bij de knieën gekreukeld en de open kraag van zijn overhemd was op twee plekken gerafeld. Hij liep op kousen omdat hij in de gang zijn schoenen had uitgedaan en Dodo zag met haar scherpe ogen meteen het gat bij zijn rechterteen.

'Dit is mijn vriend Marek Brodskij,' stelde tante Kitty haar kennis met een onbevangen glimlach voor. 'Een groot kunstenaar. Vooral zijn stillevens zijn ongeëvenaard. Beste Marek, dit is mijn schoonzus Tilly met haar kleine Edgar. Henni en Felix ken je natuurlijk al. En dit is mijn nichtje Dodo. Ze gaat vandaag naar München om daar te studeren. Ze wil ingenieur worden...'

Tante Kitty kletste weer aan één stuk door en liet de arme man niet aan het woord komen. Uiteindelijk duwde ze hem op de stoel die grootmoeder Gertrude eigenlijk voor oom Robert had bedoeld. Marek leek zich behoorlijk ongemakkelijk te voelen, wat Dodo hem niet kwalijk kon nemen. Afgezien van zijn versleten kleding zag hij er wel sympathiek uit. Hij had een breed gezicht, vriendelijke, donkere ogen en dik grijs haar met krulletjes. Hij leek geen fan te zijn van de 'opgeschoren nek' die momenteel in de mode was.

'Goedemorgen,' zei hij verlegen toen tante Kitty even een pauze inlaste om op adem te komen. 'Sorry dat ik stoor. Ik wist niet dat hier een familiefeest gaande was...'

'Maakt u zich geen zorgen,' zei Dodo. 'Dit is geen familiefeest. We ontbijten alleen samen. Bovendien moeten Felix, Henni en ik zo toch weg.'

'Dank u wel,' mompelde hij terwijl hij een broodje uit het mandje pakte dat Felix naar hem toe schoof. Hij smeerde er zorgvuldig boter op en begon te eten.

'Hebt u soms schilderijen meegebracht?' vroeg grootmoeder Gertrude. Tante Kitty wierp haar schoonmoeder een wrevelige blik toe en legde uit dat Marek op haar speciale verzoek een aantal van zijn werken had meegenomen.

'Hij heeft op dit moment geen mogelijkheid om ze ergens te stallen,' zei ze. 'En wij hebben op zolder toch een kunstmagazijn ingericht.'

'Volgens de laatste voorschriften ten aanzien van luchtaanvallen moeten alle zolders worden leeggeruimd,' drong grootmoeder Gertrude aan.

De arme Marek stopte met kauwen en keek tante Kitty verschrikt aan. Ze maakte nonchalant een wegwimpelend gebaar en verklaarde dat het allemaal onzin was.

'Dat is geen onzin,' sprak grootmoeder Gertrude haar tegen. 'Als we geraakt worden en er op zolder genoeg brandbaar materiaal is, stort de brandende zolder op de eerste verdieping en gaat alles in vlammen op. Dat heeft de luchtaanvalwachter uitgelegd! En daarom moeten de zolders leeggeruimd worden.'

'Sinds wanneer hecht je waarde aan het gezwam van die Neumeier?' vroeg tante Kitty geïrriteerd. 'Normaal zeg je altijd dat hij alleen maar gewichtig doet.'

‘Ik denk dat het tijd is,’ besloot Henni en ze stond op. ‘Ik rij mama’s auto alvast uit de garage.’

De grote afscheidsceremonie begon. Tante Kitty omhelsde en kuste hen alle drie, wenste Felix en Dodo een goede reis en maande Henni dat ze voorzichtig moest rijden in haar ‘autootje’. Er waren al problemen met de versnellingspook. Deze auto was gewoon niet hetzelfde als haar oude auto, waar ze nog steeds om treurde. Marek nam ook beleefd afscheid, grootmoeder Gertrude stond al in de gang met de ingepakte boterhammen en een thermoskan en mopperde over de schilderijen die in de weg stonden. Net toen ze naar buiten liepen, kwam oom Robert haastig aangelopen. Hij was helaas opgehouden en vond het erg jammer dat hij niet bij het afscheidsontbijt was geweest. Ze schudden elkaar in allerijl de hand en wensten elkaar het beste. Daarna stapten Dodo en Felix in de auto en Henni manoeuvreerde tante Kitty’s kleinood veilig van de oprit de Frauentorstraat op.

‘Vind je ook niet dat oom Robert de laatste tijd erg gespannen lijkt?’ vroeg Felix aan zijn vriendin.

‘Dat klopt,’ antwoordde Henni. ‘Maar je krijgt maar heel weinig uit hem. Hij praat hooguit met oom Paul over zakelijke dingen. Over de andere dingen, die met de emigranten te maken hebben, praat hij met niemand.’

Robert Scherer was de tweede echtgenoot van tante Kitty. Voordat ze getrouwd waren had hij lang in Amerika gewoond. Waarschijnlijk had hij daar bezittingen en vast ook aandelen. Hij had Dodo’s moeder en broer geholpen om naar New York te emigreren en vermoedelijk hielp hij nog steeds Joden die Duitsland wilden verlaten. Dat was de laatste tijd steeds moeilijker geworden.

Het station van Augsburg kwam in zicht. Henni parkeerde de auto zo dicht mogelijk bij de ingang en hielp Dodo de zware koffer te dragen. Natuurlijk stond er uitgerekend vandaag een rij bij de kassa. Dat kwam door een oudere man die een week eerder een kaartje had gekocht, maar de reis niet had gemaakt. Nu eiste hij de volle prijs terug en hij wilde zich niet met een of ander regelement laten afschepen. Henni kocht een perronkaartje, anders mocht ze niet naar het spoor. Ze waren net op tijd bij de trein naar München, die al stond te wachten.

'Wanneer kom je? Schrijf me. Ik denk aan je. Over twee weken kan ik in het weekend misschien zorgen dat ik vrij ben en bij je op bezoek komen...'

'Je weet dat het aan het begin van het semester altijd lastig is. Ja, ik schrijf zodra ik ben aangekomen. Wees braaf, mijn liefste, en blijf me trouw. Ja, ik denk ook aan jou...'

Dodo zat al op de bank in de derde klasse, terwijl Henni en Felix nog op het perron stonden te tortelen, omringd door de stoom van de locomotief. Hemel, waarom treuzelden ze zo lang? Nu kusten ze elkaar ongegeneerd. Hielden ze daar ooit nog mee op? Wat gênant, er liepen mensen langs!

Dodo wendde haar blik af en tilde haar grote koffer in het bagagenet. Daar had ze Felix niet voor nodig, ze was sterk genoeg om het gevaarte zelf op te tillen. Precies op het moment dat het fluitje van de stationschef klonk, sprong Felix in de trein. De deur ging dicht en hij kwam in de wagon.

'Je hebt je koffer al in het bagagenet gelegd,' zei hij verbaasd en hij zette zijn rugzak naast hem op de grond. 'En? Vind je het spannend? Morgen moet je je eerst in het hoofdgebouw aanmelden en daarna meteen naar de technische faculteit gaan om je daar in te schrijven. Weet je al welke colleges je moet volgen?'

'Ja, ze hebben me een overzicht gestuurd. De eerste twee semesters zijn helaas erg saai. Wis- en natuurkunde, elektrotechniek, materiaalkunde, enzovoorts. Pas in het derde semester gaat het over vliegtuigen...'

Ze grijnsde en voegde eraan toe dat het natuurlijk ook verplicht was om naar de lezingen over Duitse ingenieurskunst te gaan en deel te nemen aan sportevenementen.

Felix knikte alleen meewarig, maar ging er verder niet op in, want niet ver bij hen vandaan was een groep van de Hitlerjugend gaan zitten. Sinds de machtsovername door de nationaalsocialisten hadden de universiteiten zich vrij snel ondergeschikt gemaakt aan het systeem. De eerste daad van de nazi's was geweest om alle Joodse docenten en professoren uit hun functie te ontslaan. Joodse studenten werden ook niet meer toegelaten. Inmiddels hadden de universiteiten geen zelfbestuur meer. De rector werd niet langer gekozen, maar benoemd door de Rijksminister van Wetenschappen en noemde zichzelf 'leider van de universiteit'. Wie in dit land iets wilde leren en worden, ontkwam niet aan de nazi's.

Ze zaten een tijdje zwijgend naast elkaar en keken naar de verdwijnende stad Augsburg. De bouwactiviteiten, die bedoeld waren om 'woonruimte voor Duitse kameraden' te creëren, waren met het begin van de oorlog onderbroken. Het begon weer te regenen en ze zagen onvoltooide gebouwen en een paar van de schaarse en zeer gewilde vrijstaande huizen die omringd waren door een stuk tuin. Daarna zagen ze alleen nog kale velden en herfstachtige bossen, die er met dit weer nogal treurig uitzagen. De jongens van de Hitlerjugend-groep in hun bruinhemden en korte broek hielden de voor hun leeftijd gebruikelijke opschepperige praatjes. Wanneer ze te luidruchtig werden, floot de groepsleider hen fel terug en gehoorzaamden ze onmiddellijk.

'Je tante had het idee dat Marek misschien als tuinman in de villa zou kunnen invallen. In elk geval totdat Christian er weer is,' zei Felix zachtjes. 'Maar Henni was ertegen en dus ging het niet door.'

Dodo voelde een kleine steek. Haar vader luisterde vaak naar wat Henni zei. Geen wonder, ze was zijn steun en toeverlaat in de fabriek, zoals hij soms grinnikend beweerde, terwijl zijzelf, Dodo, alleen maar verwijten en kritiek te horen kreeg.

'Maar... dat zou toch een goede oplossing zijn?' vroeg ze. 'Nu in de herfst is er veel te doen. Later in de winter kan het wel een tijdje zonder tuinman. Waarom was Henni ertegen?'

Felix keek naar de jongens van de Hitlerjugend, die nu muisstil waren omdat de groepsleider iets uitlegde. De arme jongens moesten later tenten opzetten en er de nacht in doorbrengen, wat geen pretje was met dit regenachtige weer.

'Omdat Marek Joods is,' zei Felix met een gedempte stem. 'Maar hij staat hier in Augsburg niet ingeschreven, snap je? Hij glipte door hun netten. Toch wil Henni niet dat jouw vader in de problemen komt.'

'Ik begrijp het,' mompelde Dodo. 'Maar als hij Joods is, kan oom Robert regelen dat hij naar Amerika kan emigreren.'

'Ik geloof dat ze het hebben geprobeerd, maar hij wil niet.'

'Dat is dan dom van hem,' zei Dodo hoofdschuddend. 'Mama zou hem in New York wel ergens kunnen onderbrengen.'

Felix zuchtte en pakte een wettekst om door te nemen. Dodo keek uit het raam, dat nu bedekt was met een dicht netwerk van waterdraden. Alles was grijs en nat. In München zou het niet veel beter zijn. Ze had zich erg op haar studie verheugd, maar voelde zich op dit moment helemaal niet zo blij. Ze zouden straks met de tram naar de flat rijden die Felix tot nu toe met twee medestudenten had gedeeld. Een van hen had in de zomer examen gedaan, dus zijn kamer was vrijgekomen. Het was de kleinste kamer van de flat, slechts acht vierkante meter. Felix had haar aangeboden te ruilen, want zijn kamer was twee keer zo groot.

'Nee joh, dat hoeft niet,' had ze tegengesproken.

'Maar ik wil het graag,' had hij gezegd, terwijl hij haar met een scheve glimlach aankeek. 'Ik maak me geen illusies, Dodo. Als het echt begint, roepen ze me op voor de Wehrmacht, of ik nu studeer of niet. Ik sta bij hen sowieso op de zwarte lijst. En dan heb jij tenminste de grote kamer.'

Waarom werd ze uitgerekend nu overvallen door slechte herinneringen en sombere voorgevoelens? De vorige dag, tijdens het inpakken van haar koffer, had ze nog vol enthousiasme naar haar studie uitgekeken. Het kwam vast door die stomme regen. Dodo besloot om een boterham te eten en stond op om ze uit haar koffer te halen. Daarbij voelde ze de dikke envelop die ze van de universiteit van München toegestuurd had gekregen. Ze haalde hem er ook uit om het studieprogramma en de afzonderlijke evenementen door te nemen.

Kauwend bladerde ze door de papieren. Inschrijfformulier… Al ingevuld en ondertekend, dat kon ze direct inleveren. Informatiebrieven en wegwijzers, de colleges in het eerste semester. Alles was nauwkeurig geregeld, het was echt een rooster zoals op school. Verder een lijst van docenten en professoren aan de technische faculteit. De namen waren alfabetisch gerangschikt, sommigen hadden een doctorstitel en er waren enkele professoren. Onderaan de lijst stond: Wedel, Ditmar, ing. – Vliegtuigbouw en Mechanica.

6

Mei 1940

Lisa had zich uitgeput op de bank laten zakken om met een kopje thee en wat koekjes bij te komen van de inspanningen van de ochtend. Het was om gek van te worden. Alles kwam op haar neer. Voor alle zorgen en ergernissen van de familie moest zij opdraaien. Haar moeder had haar verweten dat ze niet genoeg voor haar zorgde, tante Elvira klaagde omdat ze bang was dat haar geliefde paarden weggehaald zouden worden door de Wehrmacht en er waren problemen in de keuken omdat mevrouw Brunnenmayer hardnekkig weigerde rattengif tegen muizen te gebruiken. Ook de koekjes waren niet zo lekker als vroeger, doordat er havermout aan was toegevoegd. En dan die eeuwige pepermuntthee... Alleen de geur al stond haar tegen. In goede tijden werd die thee alleen gezet als iemand ziek was. Pepermunt gemengd met kamille, een oud huismiddeltje tegen maagklachten. Walgelijk!

Zuchtend pakte ze de krant en ze las snel de koppen op de voorpagina.

NEDERLAND HEEFT ZICH OVERGEGEVEN!

O god. Nog een overwinningsaankondiging. Dat kende ze uit de Wereldoorlog: als je toen de krant moest geloven hadden ze ook elke keer gewonnen en toch had het keizerrijk verloren. Wat stond er nog meer?

ROTTERDAM GEVALLEN! DE DUITSE TROEPEN BEREIKEN DE MAAS BIJ DINANT. FRANSEN OP DE VLUCHT!

Hitler had Noorwegen en Denemarken bezet, daarna was de Wehrmacht door Luxemburg, België en Nederland getrokken en nu hadden ze Frankrijk bereikt. Lisa wierp de krant weg, gunde zichzelf nog een koekje en nam een slok pepermuntthee. De Duitse troepen hadden tijdens de Wereldoorlog al in Frankrijk gefaald. Ze hadden loopgraven gegraven en bij Verdun waren duizenden soldaten omgekomen. Alfons Bräuer – Kitty's eerste echtgenoot en Henni's vader – was daar gesneuveld. O, hij was zo gelukkig geweest met zijn dochtertje, maar hij had Henni maar kort gezien. Hij was na een verlof van tien dagen teruggekeerd naar het front en hij was niet meer teruggekomen. Henni had geen herinnering aan haar vader.

De arme Humbert had ook in Verdun gevochten. Hij had geluk gehad en het overleefd. Hij was wel gewond geraakt, maar had er alleen twee stijve vingers aan overgehouden. Maar sindsdien was er iets niet meer helemaal in orde in zijn hoofd, want bij elke onweersbui verstopte hij zich bevend onder de tafel en begon hij verward te praten.

Waarom alweer oorlog, dacht Lisa ongelukkig. Was het toen niet erg genoeg? Wat moeten we met Frankrijk? Ik heb Frankrijk niet nodig. Maar mij wordt natuurlijk niets gevraagd. Adolf Hitler kan het helemaal niets schelen dat we geen tuinman meer hebben omdat die is opgeroepen voor de Wehrmacht. En wie moet het allemaal weer oplossen? Ik!

Geïrriteerd dacht ze aan het gesprek dat ze na het ontbijt met haar broer Paul had gehad. Hij had haar gevraagd om naar zijn kantoor te komen en ze wist meteen dat het om iets vervelends ging. Anders had hij het wel aan tafel met haar kunnen bespreken. En haar voorgevoel was tot haar ongenoegen bevestigd.

'Nee, Paul,' had ze gezegd. 'Met alle goede wil, maar daar ben ik niet toe bereid. Ik begrijp ook niet hoe je zoiets aan mij kunt voorstellen. Denk alleen maar aan Ernst!'

Natuurlijk zat Kitty erachter. Maandenlang had ze de arme Paul met deze kwestie lastiggevallen en nu had ze hem eindelijk overgehaald. Typisch haar zus Kitty. Vroeger zeurde ze bij hun vader ook altijd net zo lang tot ze haar zin kreeg.

'Ik ben me volkomen bewust van het probleem, Lisa,' had Paul tegen haar gezegd. 'Maar ik heb erover nagedacht en toch besloten het te doen. Marek is een fatsoenlijk persoon, hij is bereid om zijn handen uit de mouwen te steken en houdt van de natuur, vertelde Kitty me. Ik denk dat we hem een kans moeten geven.'

'Waarom werkt hij niet bij MAN of Messerschmitt als hij zo graag wil werken?'

Paul had haar met ernstige ogen aangekeken en zachtjes gezegd: 'Je weet waarom, Lisa.'

Natuurlijk wist ze het, Kitty had het haar verteld. Marek Brodskij was niet alleen van Poolse afkomst, hij was ook Joods. Hij had zich al enige tijd geleden uitgeschreven uit zijn oude woonplaats en een nieuwe woonplaats opgegeven, maar daar was hij nooit aangekomen. Sindsdien woonde hij bij verschillende vrienden en kennissen en was hij uiteindelijk bij Kitty terechtgekomen, die zich voortdurend over werkloze kunstenaars ontfermde.

'Hoe stel je je dat voor, Paul?' had ze boos gezegd. 'Je zult hem moeten registreren, dat kan niet anders. En dan krijgen we veel problemen. Alleen al de constante bezoekjes van Ernst von Klippstein... Stel je voor dat hij erachter komt dat we stiekem een Joodse tuinman in dienst hebben...'

Pauls gezicht kreeg een harde trek die ze vroeger nooit bij hem had gezien. Ze werd zich er weer van bewust dat haar broer voortdurend tegen zijn overtuigingen in moest gaan om de fabriek, de erfenis van de Melzers, voor de familie te behouden. Maar hoe hard hij ook zijn best deed, het kon niet over het hoofd worden gezien dat de leiding van de fabriek hem steeds meer uit handen werd genomen. Door de dagelijkse strijd om een verloren positie was haar broer Paul, die ooit zo'n vrolijke jongeman was geweest, veranderd in een verbitterde man.

'Laat Ernst von Klippstein maar aan mij over, Lisa. En ik zal ook de registratie regelen,' zei hij.

Lisa wilde aanvoeren dat haar zoon Johann ook niet zijn mond zou houden als hij achter de waarheid zou komen. Maar ze zweeg, want anders zou ze weer van Paul te horen krijgen dat ze veel te mild was voor haar zonen en dat ze Johann daardoor juist in de armen van de Hitlerjugend dreef. Terwijl Paul zijn tanden ook stukbeet op haar oudste. Hij had de jongen diverse keren aangepakt, maar niets bereikt.

'Goed dan,' bond ze in. 'Als hij hier vanmiddag per se wil solliciteren, zal ik hem ontvangen en luisteren naar wat hij te zeggen heeft. Maar ik denk niet dat ik hem ga aannemen.'

Paul was voorlopig tevreden met dit antwoord en wees haar er alleen nog een keer op dat hij er zelf voorstander van was dat de man werd aangenomen. Wat voor Lisa de druppel was die de emmer deed overlopen.

'Ik vind het echt schandalig van Kitty om ons in zo'n hachelijke situatie te brengen,' mopperde ze. 'Laat haar Marek Brodskij zelf als tuinman inhuren als ze per se iets goeds voor hem wil doen!'

Paul schudde zijn hoofd. Hij leek moe en uitgeput en moest zo naar de fabriek, waar een heleboel problemen op hem wachtten. Hij stond er momenteel alleen voor. Henni was naar München gegaan om Felix te zien.

'In deze moeilijke tijden moeten we allemaal proberen onze menselijkheid te behouden, Lisa,' zei hij en hij voegde er kalm aan toe: 'Op zijn minst voor zover we kunnen.'

Lisa vond menselijkheid erg belangrijk, het was immers synoniem aan naastenliefde. Ze gingen zondags naar de kerk, alleen al omdat haar moeder daarop aandrong. De laatste tijd werd de mis echter door steeds minder Augsburgers bezocht. De nationaalsocialisten deden hard hun best om de invloed van de kerk in te perken.

Paul was na deze indrukwekkende uitspraak opgestaan, had bemoedigend naar haar geglimlacht en was op weg gegaan naar de fabriek. Goed, hij had laten zien dat hij menselijk was, wat op zich heel lovenswaardig was. Maar hij had de schuld op haar geschoven: als zij, weliswaar met het oog op de familie, vasthield aan haar afwijzing, was zij natuurlijk weer de slechterik.

Geïrriteerd pakte ze de krant weer op en bekeek een foto van een Wehrmachtsoldaat met helm en geweer, die met een zelfverzekerde overwinningsblik in de verte staarde, waar Frankrijk waarschijnlijk lag. Benauwd bedacht ze dat Johann dit jaar al vijftien was geworden. Over drie jaar kon hij ook worden opgeroepen. Maar waarschijnlijk zou deze stomme oorlog niet zo lang duren...

Tijdens het middageten was haar moeder bij wijze van uitzondering in een goed humeur. Ze kletste over het aangename meiweer, prees de groentebouillon die met verse bieslook was bestrooid en vroeg Johann wanneer hij bij zijn oom in de fabriek zou beginnen.

'Hij is nog te jong, mama,' legde Lisa uit. 'Hij moet eerst zijn school afmaken.'

'Laat de jongen vooral niet studeren, Lisa,' raadde Alicia haar aan terwijl ze haar soeplepel in de lucht stak. 'Het studentenleven kost veel geld en de jongeren leren niets anders dan bier drinken en achter de rokken aan lopen.'

Johann grijnsde breed en keek naar Paul, die zich duidelijk ergerde aan het oeverloze geklets van zijn moeder. Hij zweeg echter, want zijn moeder duldde geen tegenspraak van hem. Maar tante Elvira zei er wel wat van. Zij nam bij haar schoonzus nooit een blad voor de mond.

'Dat was vroeger misschien zo, Alicia,' zei ze. 'Tegenwoordig werken studenten hard. Onze Dodo is in het eerste semester voor alle examens geslaagd.'

'Dodo?' vroeg mama zich af. 'Maar zij vloog toch naar Amerika? Of haal ik nu iets door elkaar?'

'Dat was Marie. En ze vloog niet, maar ging met een schip,' corrigeerde tante Elvira haar en ze overhandigde Humbert haar lege soepbord. 'Soms word ik gek van je, Alicia, als je constant alles door elkaar haalt!'

Lisa keek naar haar dochter Charlotte, die met Kurt zat te fluisteren en weer soep had gemorst. Ook Pauls bijdrage aan het gesprek hielp niet om haar gedeprimeerde stemming te verbeteren.

'Ernst von Klippstein heeft trouwens een huis in de Steinsteeg gekocht. Een heel mooi, groot pand dat hij grondig gaat verbouwen.'

'Dus hij wil echt naar Augsburg verhuizen?' vroeg Lisa met een wee gevoel in haar maag.

'Dat is nog niet besloten, denk ik. Het kan zijn dat hij het als tweede residentie wil gebruiken.'

'Dat is een heel goed idee!' zei tante Elvira. 'Dan kunnen ze daar slapen als ze in Augsburg zijn en hebben we die twee niet de hele tijd in de villa te eten.'

'Dat zou ook voor mij heel fijn zijn,' zei Lisa blij.

Dat was ten minste één goed nieuwtje op deze sombere dag! Paul leek er minder positief over te denken, maar hij liep sowieso de hele tijd met een bezorgd gezicht rond. Ook de ruzie die tussen Johann en Hanno had gewoed leek beslecht, in elk geval maakten ze geen nare opmerkingen en schopten ze elkaar niet onder de tafel. Ze propten zich allebei vol met spätzle en saus, maar lieten de frisse salade staan.

Zodra het dessert was geserveerd en opgegeten, vroeg Johann of hij mocht opstaan omdat hij naar zijn dienst moest. Natuurlijk richtte hij dit verzoek niet tot zijn moeder, maar tot zijn grootmoeder, wier gezag hij vreemd genoeg accepteerde.

'Ga maar, mijn jongen... En gedraag je. Maak je familie niet te schande...'

Paul nam ook afscheid. Kurt en Charlotte gingen meteen mee, Hanno volgde hen lusteloos. Alleen de twee oude dames bleven nog een poosje aan tafel zitten, maar gelukkig verwachtten ze niet dat Lisa hen gezelschap hield. Ze had immers veel werk te doen. Ze vroeg Hanna om Charlotte naar het bijgebouw te brengen, want het meisje moest huiswerk maken. Auguste zou voor mama zorgen, die straks een dutje zou doen en nog steeds medicijnen moest nemen. Was Hanno eindelijk klaar om naar het Jungvolk te gaan? Johann was in elk geval al onderweg...

'Mevrouw, er is een man gekomen die op zoek is naar een baan als tuinman,' meldde Auguste.

O jee! Ze was hem helemaal vergeten. Wat een vervelend gedoe, maar ja, dat had ze aan Kitty te danken. Kon ze die Marek beter beneden in de hal ontvangen? Nee, dat zou Paul haar kwalijk nemen. Bovendien was het beter als de personeelsleden niet meeluisterden.

'Breng hem naar de woonkamer!' Ze stuurde haar pruilende dochter naar haar kamer en kondigde aan dat ze later haar huiswerk wilde zien als het af was. Ze was net op tijd in de woonkamer toen Auguste aanklopte.

'Binnen!'

De persoon die binnenkwam, maakte een uitgesproken verwaarloosde indruk. Zelfs als hij als tuinman wilde werken, had hij op zijn minst een fatsoenlijke jas aan kunnen trekken. Om nog maar te zwijgen van zijn broek, die bij de omslagen helemaal gerafeld was. Niet te geloven met wat voor mensen haar zus omging.

'Goedendag, mevrouw Winkler,' zei hij, terwijl hij aarzelend bij de deur bleef staan. 'Uw zus is zo vriendelijk geweest om me naar u te sturen. Mijn naam is Brodskij.'

'Heil Hitler, meneer Brodskij. Komt u alstublieft binnen. Ja, ik ben op de hoogte.'

Ze hield niet echt van de Hitlergroet en vermeed hem zo veel mogelijk. Hier leek hij haar echter wel gepast. Dan wist die man tenminste meteen waar hij bij haar aan toe was.

Auguste sloot de deur achter haar en Marek Brodskij kwam dichterbij. Hij glimlachte op een manier die haar een ongemakkelijk gevoel gaf omdat het haar geweten roerde. Zijn glimlach was gelaten en een tikkeltje ironisch. Hij had haar toespeling begrepen en leek te weten wat hem te wachten stond. Lisa vermande zich.

'U werd mij aanbevolen als tuinman, meneer Brodskij. Kan ik uw getuigenissen of werkboek zien?'

Natuurlijk had hij die niet. Maar ze hoefde haar afwijzing natuurlijk niet per se te rechtvaardigen met het feit dat ze geen Jood wilde inhuren. Er waren andere mogelijkheden.

'Ik ben schilder en beeldhouwer, mevrouw Winkler,' zei hij. 'Uw zus heeft u vast verteld waarom ik niet meer in mijn vak kan werken. Ik ben een Jood.'

Lisa werd onrustig. Hij was eerlijk tegen haar. Bovendien had hij een prettige, vriendelijke manier van spreken en leek hij ondanks zijn slonzige kleding een intelligente man. Het was een ellende dat je zo hard moest zijn...

'Ik weet het, ik weet het,' zei ze gegeneerd. 'Maar we hebben nu eenmaal een tuinman nodig. Met een schilder zijn we niet geholpen.'

'Dat begrijp ik...' zei hij en hij glimlachte weer op die alwetende manier waardoor ze innerlijk in tweestrijd stond. Menselijkheid... Wat dacht Paul nou? Ze had immers drie kinderen en twee oude dames voor wie ze verantwoordelijk was.

'Het spijt me heel erg,' zei ze. 'Ik wens u verder veel succes.'

Wat klonk dat flauw. Terwijl ze het oprecht meende. Ze wenste hem echt geluk. Ergens anders. Maar niet uitgerekend hier in de villa.

'Ik bedoel,' voegde ze er onzeker aan toe. 'Het is ook mogelijk om

Duitsland te verlaten... Mijn zwager zou u zeker helpen... Het is immers zonde van uw talent... en ook voor de rest... Maar helaas is de situatie van de Joden in Duitsland momenteel een beetje... ingewikkeld...'

Ze was van verlegenheid gaan bazelen en onderbrak zichzelf omdat ze besefte dat ze het er maar beter niet erger op kon maken. Hemel, waarom maakte hij het haar zo moeilijk? Ze voelde zich een monster, terwijl ze zich alleen maar zorgen om haar familie maakte. Vooral om de kinderen...

'Ik kan het niet, mevrouw Winkler,' zei hij, terwijl hij openhartig naar haar glimlachte. 'Er is iets wat me aan Duitsland bindt en me niet loslaat.'

'O,' zei ze. 'U bedoelt omdat het uw geboorteland is? Welnu, veel Joodse Augsburgers zijn al geëmigreerd. Mijn schoonzus is vier jaar geleden al naar New York gegaan en voelt zich daar nu bijna thuis.'

Hij schudde verdrietig zijn hoofd.

'Dan is ze gelukkiger dan ik, mevrouw Winkler. Drie jaar geleden is mijn dochtertje aan difterie overleden. Ze was negen jaar. Mijn vrouw is haar in de dood gevolgd omdat ze het overlijden van haar kind niet kon verdragen. Ik kan hun graven niet verlaten. Misschien ben ik gek, maar ik kan het niet...'

Lisa verstarde. Hij had zijn dochtertje verloren. Het meisje zou nu iets ouder zijn dan Charlotte. Wat verschrikkelijk! Er kon niets ergers in de wereld zijn dan je eigen kind te zien sterven.

'Sorry,' zei hij zacht. 'Ik wilde u er niet mee belasten, maar het kwam eruit zonder dat ik het wilde. Mensen moeten sterven, ook kinderen. Zo is het leven. Ik wens u het allerbeste, mevrouw Winkler.'

Hij glimlachte droevig en had zijn hand al op de deurklink gelegd terwijl Lisa in tweestrijd stond. Ze kon het niet doen. Ze mocht het niet doen! Maar haar hart bloedde als ze aan het kleine meisje dacht.

'Wacht!' riep ze, terwijl ze opstond van de bank om achter hem aan te gaan. 'Wacht... Ik heb er nog even over nagedacht... Misschien op proef? Voor een paar weken...'

7

Juni 1940

Hij had de brief van Marie na het ontbijt vluchtig doorgelezen en hem daarna in de doos gestopt waarin hij al haar brieven bewaarde. Het was al de tweede doos. De eerste was helemaal vol en stond afgesloten met een deksel in de slaapkamerkast tussen zijn schoenen. De nieuwe doos bewaarde hij in zijn bureau in zijn werkkamer in de villa. Soms vroeg hij zich af waarom hij al die brieven eigenlijk bewaarde en of het niet beter was om ze te vernietigen.

Doe het niet, lieverd, had ze hem geschreven toen hij zijn twijfels aan haar openbaarde. Op een dag, als ik weer bij jullie ben, zullen we deze brieven samen nog één keer lezen en ze daarna verbranden omdat er een nieuwe, betere tijd is aangebroken.

Ondertussen zag hij totaal geen tekenen van een 'betere tijd', wat gelijk zou staan met het einde van de heerschappij van de nationaalsocialisten. Integendeel, Hitler snelde van overwinning naar overwinning. De Wehrmacht had met een verrassingsaanval Nederland, België en Noorwegen ingenomen en een paar dagen geleden was Parijs gevallen. Met de nog bestaande Franse regering werd onderhandeld over een wapenstilstand. Het was duidelijk dat het volgende veroveringsdoel Engeland was; puur om die reden had Hitler het hele noorden van Frankrijk en de Atlantische kust bezet. De Führer en zijn NSDAP zouden binnenkort heel Europa onder controle hebben. Hoe zou Marie dan kunnen besluiten om naar hem terug te keren? Hij was nog steeds van mening dat ze net zo goed bij hem had kunnen blijven, want er gebeurde nog altijd niets met Joodse vrouwen van arische mannen.

Hij ging lopend naar de fabriek. Het was mooi weer, de natuur stond in bloei, de vogels floten en de beekjes kolkten vrolijk door de weilanden. Het was de weg die zijn vader elke dag had afgelegd, decennialang, in goede en in slechte tijden. Volhardend en er vast op vertrouwend dat de fabriek die hij had opgebouwd zou blijven bestaan en dat zijn zoon het werk zou voortzetten. Paul had deze opdracht aanvaard en de fabriek met doorzettingsvermogen, vaardigheid en geluk door vele crises geleid, maar door de nieuwe ontwikkelingen voelde hij zich steeds machtelozer.

Bij de poort begroette de portier Samuel Knoll hem met de gebruikelijke onverschilligheid. Zijn 'Heil Hitler, meneer de directeur' klonk beleefd maar afstandelijk. Het was een totaal andere ontvangst dan de manier waarop de trouwe Gruber hem altijd had begroet. De lieve man was tot zijn laatste ademtocht op zijn post gebleven en een paar jaar geleden overleden. Knoll daarentegen was een van die werknemers die de huik naar de wind hing en in het gevlei trachtte te komen van de man die duidelijk meer te zeggen had in de fabriek dan directeur Melzer: Ernst von Klippstein, de geheime baas van textielfabriek Melzer.

Ook de nieuwe secretaresse, Angelika von Lützen, was er zo een. Paul reageerde meestal stoïcijns vriendelijk op haar, maar bij Henni lokte ze dagelijks een woordenstrijd uit. Ze kon Von Lützen gewoon niet uitstaan en als Henni en Paul onder elkaar waren, noemde ze haar 'blond gif' of 'valse slang'. Laatst had ze zelfs zachtjes gezegd: 'Je moet voor haar uitkijken, oom Paul. Ze is een nazispion.'

Dat vond hij nu weer wat overdreven. Toch was hij voorzichtig. De belangrijke brieven dicteerde hij altijd aan juffrouw Haller, van wie hij wist dat ze loyaal aan hem was. Hilde Haller was een aardig meisje. Hij begreep eigenlijk niet waarom ze geen man kon vinden, maar ergens was hij er blij mee, want hij wilde haar niet verliezen als secretaresse. Alleen de bezorgde blik waarmee ze hem constant volgde stoorde hem een beetje. Voor een goede secretaresse had ze te veel 'gevoel'. Bovendien las ze nog steeds verboden boeken.

'Heil Hitler, meneer de directeur!' begroette Von Lützen hem in de voorkamer met een stralende nepglimlach. Juffrouw Haller glimlachte ook naar hem, maar dan op haar rustige, warme manier.

'Heil Hitler, dames. Goedemorgen.'

Von Lützen vertelde meteen dat er weer drie arbeidsters ontslag hadden genomen. Natuurlijk gingen ze naar Messerschmitt, want daar zouden ze beter betaald worden. 'De ontslagbrieven liggen op uw bureau, meneer de directeur.'

'Hartelijk dank, mevrouw Von Lützen. Heeft er iemand gebeld?'

'Meneer Von Klippstein. Hij vraagt of u terug wilt bellen.'

Juffrouw Haller zweeg. Ze liet het praten meestal over aan haar collega, die zichzelf toch altijd op de voorgrond plaatste en haar soms zelfs verhinderde te spreken. Maar des te spraakzamer was ze als ze bij hem was wanneer hij een brief wilde dicteren, dan hoorde hij van Hilde Haller dingen waar Von Lützen liever over zweeg.

Paul besloot dat de ontslagbrieven en het telefoongesprek met Ernst von Klippstein konden wachten en klopte op de deur van Henni's kantoor. Tenminste, dat was het nu nog. Ernst had het kantoor al meerdere keren opgeëist, maar Henni verdedigde haar plek met hand en tand.

Ze zat achter het bureau over een blad papier gebogen, dat hij op het eerste gezicht herkende als een veldpostbrief.

'Van Felix?' vroeg hij.

'Goedemorgen, oom Paul,' zei ze met een zwakke glimlach. 'Ja, van Felix. Stel je voor, hij is in Parijs, die boef. Drinkt champagne en eet kikkerbilletjes. Oesters vindt hij walgelijk, schrijft hij. En ik zit hier tranen met tuiten te huilen!'

Felix was twee weken geleden opgeroepen voor de Wehrmacht.

Het was niet geheel onverwacht, hij had al vermoed dat dit ging gebeuren. Henni was onmiddellijk naar München gereisd om de paar dagen die ze nog hadden samen door te brengen. Ze had er niet veel over verteld en dat begreep Paul wel. Er waren dingen die zo ingrijpend waren dat je er niet over kon praten. Hij voelde zich net zo. Maar Dodo had in een brief geschreven dat het 'hartverscheurend' was geweest. Ze had het amper kunnen aanzien en was blij geweest dat ze het druk had met haar studie.

'Dan lijkt het dus heel goed met hem te gaan,' zei hij met een glimlach.

'Daar lijkt het wel op.' Ze vouwde de brief op en stopte hem in haar handtas. 'Drie ontslagbrieven,' zei ze boos. 'Maar wie kan het de vrouwen kwalijk nemen? Ze hebben kleine kinderen en van sommigen is de echtgenoot opgeroepen voor de Wehrmacht. Van het geld dat ze bij ons verdienen kunnen ze absoluut niet rondkomen.'

Er moest alweer werktijdverkorting komen, wat volgens Henni de schuld was van 'Klippi', die hen min of meer had gedwongen de spinnerij te sluiten. Nu waren er problemen met de levering van de garens, zowel wat de benodigde hoeveelheid als de kwaliteit betrof. De overheid had twee orders geannuleerd en de geleverde stoffen teruggestuurd omdat ze die kwalitatief niet goed vonden. Natuurlijk moesten de reeds betaalde bedragen worden teruggestort. Op dit moment draaide de fabriek nog op een derde van de vroegere capaciteit en ondanks werktijdverkorting zou het moeilijk zijn om de lonen te betalen. De lonen opnieuw verlagen, zoals Von Klippstein had geëist, was voor Paul niet bespreekbaar.

'Zodat de overgebleven arbeidsters ook nog weglopen?' had hij Ernst von Klippstein voorgehouden.

Die had een afwijzend gebaar gemaakt en beweerd dat velen hier in het bedrijf aan hun werkplek gehecht waren. Vooral de oudere arbeidsters hadden volgens hem niet veel zin om ergens anders te solliciteren.

De situatie van de arbeiders in de textielindustrie was op dit moment inderdaad wanhopig. Het afgelopen jaar was er in de bontweverij bij de uitbetaling van de lonen een rel ontstaan, die alleen met behulp van de politie gesust kon worden. Levensmiddelen en andere benodigdheden werden steeds duurder, veel vrouwen met jonge kinderen stonden er praktisch alleen voor omdat hun man was opgeroepen voor de Wehrmacht en de lonen waren nauwelijks hoog genoeg om te overleven. Er waren kinderen die niet eens fatsoenlijke schoenen droegen. En dat ondanks de winterhulporganisatie, die overal posters ophing, kerstpakketjes uitdeelde en voortdurend bij alle medeburgers geld inzamelde.

'Er zit gewoon opzet achter,' zei Henni boos. 'Ik heb eens rondgevraagd. Ze willen alle textielfabrieken in Augsburg sluiten. Zodat MAN en Messerschmitt hier kunnen uitbreiden. Motoren voor oorlogsvoertuigen en gevechtsvliegtuigen. Die moeten in Augsburg geproduceerd worden. En wel op volle toeren.'

Paul wist natuurlijk van deze aspiraties van de Führerstaat. Ze waren ook niet helemaal nieuw, voor de oorlog was er al naartoe gewerkt. Veel ooit grote en gerespecteerde textielfabrieken lagen nu stil, maar hij had gehoopt zijn fabriek in leven te kunnen houden door stoffen voor uniformen te produceren.

'In elk geval kwam er gisteren een levering van de kamgarenspinnerij,' zei hij. 'Maar helaas niet in de gehoopte kwaliteit.'

Henni wist dat ook, want ze hadden de levering samen gecontroleerd.

'Precies!' zei ze. 'Heb je het nog steeds niet door, oom Paul?'

Hij wist wel wat ze bedoelde. Maar hij was nog steeds niet bereid om de dingen zo pragmatisch te zien. Hij wilde op zijn minst een sprankje hoop houden.

'Ernst heeft beloofd weefgetouwen te laten plaatsen...'

Henni snoof minachtend. 'En? Zijn die er inmiddels?'

'Hij is het aan het regelen...'

'En jij gelooft hem?'

Nee, hij moest voor zichzelf toegeven dat hij er niet meer in geloofde. Of Ernst had zijn mogelijkheden overschat, of – maar daar zag Paul hem ondanks alles niet voor aan – hij had van begin af aan tegen hem gelogen.

'Het is inmiddels overduidelijk wat hij van plan is, oom Paul,' benadrukte Henni. 'De ringspinmachines staan in de kelder in de mottenballen en de hal is leeg. Hetzelfde geldt voor de hal van de drukkerij. Denk je echt dat hij daar weefgetouwen neerzet?'

Ze keek hem aan en er lag een harde blik in haar blauwgrijze ogen. Henni had veel van haar vader Alfons Bräuer geërfd, die een sympathieke man was geweest, maar tegelijkertijd een bankier die compromisloos en met helder inzicht zaken deed.

'Denk je dat hij de hallen aan Messerschmitt wil verhuren?'

Ze knikte langzaam en somber. 'Maar eerst wil hij onze fabriek overnemen, oom Paul. En als we niet heel erg uitkijken, gaat het hem nog lukken ook.'

Paul liet een kort lachje horen dat niet erg echt klonk.

'Hoe kom je erbij dat hij de fabriek wil overnemen?'

Henni wierp een korte blik op de deur, die weliswaar dubbel en min of meer geluiddicht was, maar ze dempte toch haar stem terwijl ze verder sprak. 'Dat vermoed ik al heel lang, oom Paul. Maar Hilde Haller gaf me gisteren het definitieve bewijs. Ze hoorde hem laatst bellen, toen hij weer in de fabriek was. Hij sprak met een of andere partijman en noemde onze textielfabriek "mijn fabriek".'

Paul verzette zich tegen het idee slachtoffer te zijn geworden van een sluipende onteigening. Ernst von Klippstein was ooit zijn vriend geweest en Paul had altijd geloofd dat hij ondanks zijn eigenaardigheden uiteindelijk een fatsoenlijk mens was.

'Misschien heeft juffrouw Haller het verkeerd verstaan,' zei hij onzeker. 'Ik kan me voorstellen dat Ernst de taak heeft om de textielindustrie in Augsburg terug te schroeven ten gunste van de industrieën die belangrijk zijn voor de oorlog. Het zou kunnen dat hij in dit kader van plan is om onze hallen aan Messerschmitt te verhuren. Maar dat wil niet zeggen dat hij ook de eigenaar van de fabriek wil worden, Henni.'

Henni haalde gelaten haar schouders op en zei alleen dat Hilde Haller niet dom was.

'We hebben maar één kans, oom Paul,' vervolgde ze. 'Een kleine. We moeten zorgen dat we aan fatsoenlijk garen komen. Anders annuleren ze ook de resterende bestellingen en komt alles hier tot stilstand. Ik heb al een aantal bedrijven geselecteerd die goede goederen leveren...'

Terwijl hij met Henni de lijst doornam, verbeterde zijn humeur iets. 'Ik denk dat we zelf voor weefgetouwen moeten zorgen, Henni. Ik zal eens bij Riedinger informeren. Daar zijn bedrijven stilgelegd.'

'Heel goed, oom Paul,' prees ze. 'Doe dat. Zolang wij goede goederen leveren aan de overheid, zullen ze de orders niet annuleren. Soldaten hebben immers uniformen nodig, toch?'

'Dat zou je denken,' antwoordde hij met een glimlach.

Hij vroeg haar offertes op te vragen en die aan hem voor te leggen, en ging naar zijn eigen kantoor. Hij accepteerde de ontslagaanvragen en schreef positieve getuigschriften uit. Daarna pakte hij pas de hoorn van de telefoon op om een interlokaal gesprek naar München aan te vragen.

'Hallo? Ah, jij bent het, Paul. We wilden net vertrekken. Gertraut heeft alleen nog een paar cadeautjes ingepakt. Je weet hoe vrijgevig ze altijd is. We zijn tegen de avond in Augsburg.'

Natuurlijk. Het was geen verrassing, hij had al vermoed dat dit de reden was geweest voor Ernsts telefoontje. 'Dat is goed. Dan laat ik de logeerkamer klaarmaken.'

'En zorg alsjeblieft voor verse limonade. Gerti heeft altijd vreselijk dorst na de lange autorit.'

'Natuurlijk...'

'Tot vanavond. Ik heb een verrassing voor je...'

'Echt? Ik ben benieuwd.'

Met een naar voorgevoel legde Paul de hoorn op de haak. Een verrassing van Ernst kon niet veel goeds betekenen. Nou ja, afwachten maar.

Henni's telefoontjes leverden niet veel op. Slechts twee kleinere spinnerijen in de buurt van München wilden offertes sturen. Waarschijnlijk zouden ze veel te hoge prijzen vragen. Een van hen suggereerde een slimme ruilhandel: regelmatige levering van de beste garens tegen de ringspinmachines van de textielfabriek van Melzer, die blijkbaar toch niet gebruikt werden.

'Dat gaat niet gebeuren,' zei Paul. 'Deze machines zijn de erfenis van Maries vader, Jacob Burkard. Ik geef ze niet weg.'

Henni had weinig begrip voor dit 'sentimentele gedoe'. Het ging immers om het voortbestaan van de fabriek. 'Jacob Burkard was misschien wel een goede constructeur, maar de machines zijn inmiddels verouderd. En als ze jarenlang werkloos in de kelder staan, worden ze er niet beter van.'

'Laten we op andere aanbiedingen wachten.'

'Die komen niet meer, oom Paul. De spinnerijen hebben allemaal slechts een kleine hoeveelheid vezels gekregen en de garens worden als het ware uit hun handen gerukt.'

'Ik zal morgen een besluit nemen,' beloofde hij haar. 'Laten we naar de villa gaan. Het is tijd voor de lunch.'

'Ben je alweer te voet gegaan?' kreunde ze. 'Waarom neem je je auto niet?'

'Lopen is gezond en benzine is duur.'

De auto van Ernst von Klippstein reed al om half zes door de poort van de fabriek, die de portier Knoll met een gedienstige buiging persoonlijk voor hen opende. Bij wijze van uitzondering bleef Ernst vandaag niet al te lang in het kantoor van Paul. Hij stelde slechts een paar vragen, reageerde met een schouderophalen op de ontslagbrieven en zei dat hij in onderhandeling was over de weefgetouwen.

'Voordat we in de villa gaan eten, wil ik je snel iets laten zien, Paul,' kondigde hij opgewekt aan. 'Mijn chauffeur staat beneden te wachten.'

Tot Pauls opluchting bleek de aangekondigde verrassing de bezichtiging van zijn nieuwe huis in de Steinsteeg te zijn. Het gebouw had meerdere verdiepingen, elektrische bedrading, moderne badkamers, een telefoonvoorziening en een telex. Gerti had op hen gewacht en liet de reeds volledig ingerichte salon, de herenkamer, nog een paar woonkamers en zelfs de – in Pauls ogen nogal kitscherig ingerichte – echtelijke slaapkamer zien. Er stond een hemelbed met een roze zijden baldakijn en voor de ramen hingen spierwitte vitrages.

'En, wat vind je ervan?' vroeg Ernst met de trots van een eigenaar.

'Heel indrukwekkend!'

'Weet je, Paul,' zei Gerti. 'Ik wilde in de gastenkamers graag muurschilderingen hebben. Begrijp je? Net als in het atelier van je vrouw in de Karolinenstraat.'

Ze had er geen moeite mee om haar voormalige werkgever te tutoyeren, maar Marie noemde ze altijd 'je vrouw'.

Paul haalde zijn schouders op en zei dat het zeker mogelijk zou zijn om een kunstenaar te vinden die een mooie muurschildering kon maken.

'Ik dacht aan je nieuwe tuinman,' zei Gerti met een naïef lachje. 'Hanna vertelde me laatst dat hij eigenlijk schilder en beeldhouwer is.'

8

Juli 1940

Lieve Marie,

Ik ben blij dat je nog steeds met veel succes je modeatelier kunt leiden. Maar je hebt natuurlijk ook een trouwe helper die je met raad en daad terzijde staat en je behoedt voor verkeerde beslissingen. Het feit dat sommige klanten zich terugtrekken omdat je een Duitse bent, kan te maken hebben met de luchtoorlog die Hitler momenteel tegen Engeland voert. Voor zover je me hebt verteld, zijn dat echter maar een paar dames, dus je atelier kan het verlies waarschijnlijk gemakkelijk dragen.

Bij ons is er weinig nieuws. Er is in de fabriek momenteel een gebrek aan garens, die hier in Duitsland moeilijk te krijgen zijn omdat de vezelverordening slechts een klein quotum aan elk bedrijf toekent. Een aanbod om garens van de beste kwaliteit te ruilen voor de ringspinmachines die nutteloos in de kelder staan heb ik afgeslagen.

Lisa zal je waarschijnlijk al geschreven hebben dat we nu zekerheid hebben over Sebastians verblijf in Dachau. In antwoord op mijn vraag kreeg ik de nogal onbeschofte mededeling dat het de gevangenen vrijstond om contact op te nemen met hun familie. Als de heer Winkler dat na bijna

twee jaar in het kamp nog niet had gedaan, was het zijn persoonlijke aangelegenheid. De arme Lisa twijfelt nu heel erg of ze haar man moet schrijven of zelfs geld of pakketten moet sturen. Ik adviseerde haar om hem een vriendelijke brief te sturen en zijn reactie af te wachten. Ze lijkt er echter veel moeite mee te hebben, want tot nu toe heeft ze niets op papier gezet.
Ik kan deze brief niet afsluiten, Marie, zonder mijn eerlijke gedachten over onze relatie met je te delen. Ik ben er nog steeds vast van overtuigd dat je 'vlucht' naar New York een onnodige actie was die je tegen mijn wil in hebt doorgezet en waar niemand echt iets aan heeft. Als mijn vrouw had je ongehinderd in Augsburg kunnen wonen. We hadden de moeilijkheden in de familie en de problemen in de fabriek samen kunnen aanpakken en oplossen. Maar nu, na deze inmiddels bijna vier jaar durende scheiding, lijkt het me steeds moeilijker om te geloven in een gemeenschappelijke toekomst hier in Duitsland. Ik zie geen oplossing voor deze moeilijke situatie, die jij uiteindelijk hebt veroorzaakt.
Ik ben me ervan bewust dat de dingen niet teruggedraaid kunnen worden. Het leed dat hieruit is voortgekomen is er echter en ik voel het elke dag opnieuw. Er zijn dagen dat ik wanhopig ben en niet weet hoe ik zonder jou de last van de verantwoordelijkheid voor de fabriek en het gezin moet dragen.
Vergeef me deze laatste, misschien onnodige woorden. Ik schrijf je in een slapeloze nacht en zie de wereld somber in.
Ik omhels je in gedachten, mijn Marie. Laten we de hoop niet opgeven, ook al lijkt alles zich tegen ons te keren.

In liefde,
Paul

Marie las de brief nu voor de derde keer en weer kreeg ze het beklemmende gevoel dat ze haar houvast verloor en in een donkere afgrond viel. Hoe had ze er zo naïef op kunnen vertrouwen dat hun liefde bestand was tegen zo'n zware beproeving? Had ze egoïstisch gehandeld? Had ze zich aan alle verantwoordelijkheid onttrokken en Paul opgezadeld met de gevolgen? O, ze had geloofd dat ze door te vertrekken kon voorkomen dat hij de fabriek verloor. Het was bekend dat echtgenoten die niet van hun Joodse vrouw scheidden, konden rekenen op gevolgen op professioneel gebied. Maar het leek erop dat de textielfabrieken van Augsburg toch al met grote problemen kampten. Was haar beslissing misschien onnodig en overhaast geweest? Wat zou ze doen als ze zijn liefde zou verliezen?

Ze leunde achterover in de fauteuil waarin ze zat en sloot haar ogen. Had ze niet alles wat ze hier in New York had bereikt alleen kunnen doen omdat ze altijd heilig had geloofd in haar liefde voor Paul? Was die liefde niet haar houvast geweest, haar hoop, alles wat haar de kracht had gegeven om in het eerste moeilijke begin door te zetten?

Hij is jaloers, dacht ze ongelukkig. Ik kan dat goed begrijpen, maar hij moet toch weten dat Karl Friedländer nooit de rol in mijn leven zal spelen die Paul toebehoort. Hoe moet ik hem dit duidelijk maken?

Ze had zelf gevoeld dat alle liefdesbetuigingen die ze in haar brieven naar hem zond in zijn oren nietszeggend moesten klinken. Je kon nog zo veel en mooi schrijven, maar wat ontbrak was het fysieke contact. Elkaar zien, samen iets doen, de lange gesprekken 's avonds in bed, de lichamelijke tederheid. Een liefde die alleen op papier bestond, was vluchtig. De wind blies hem weg, de storm verscheurde hem.

Het was vroeg in de avond en beneden in de straten van Greenwich Village was het nog een levendige, vrolijke en kleurrijke drukte. Vanuit de andere kamer drongen pianoklanken. Leo probeerde een compositie uit. Het klonk niet als filmmuziek. Blijkbaar werkte hij aan zijn rapsodie, die hij voor een wedstrijd schreef. Leo had hier in New York zijn roeping gevonden en was zichzelf geworden, waar Marie blij en gelukkig om was. Maar had hij het niet ook zonder haar hulp gekund? Ja, zeker. Misschien was het zelfs makkelijker voor hem geweest, want dan had hij in de eerste slechte periode niet de angsten en zorgen van zijn moeder hoeven te doorstaan.

Had ze echt alles verkeerd gedaan? Ze had haar huwelijk kapotgemaakt, Dodo en haar kleine Kurt in de steek gelaten en de liefde van haar man verspeeld en verloren. De zwarte afgrond opende zich weer voor haar en ze zocht wanhopig naar houvast. Naar iets wat haar hoop gaf om niet weg te zinken.

En als ze nu naar hem terugging? Alles opgaf, alleen om bij hem te zijn, om samen voor hun eigen toekomst en die van hun kinderen te zorgen, wat er ook gebeurde? Het leek haar ineens een reddend licht aan het einde van een donkere tunnel: gewoon alles achterlaten en aan boord stappen van een passagiersstomer. Dan zou ze over minder dan een week weer bij hem zijn.

'Slaap je, mama?'

Geschrokken opende ze haar ogen en keek in het gezicht van haar zoon, die haar kamer was binnengekomen en haar aandachtig aankeek.

'Nee, nee,' zei ze beschaamd. 'Ik... dacht alleen maar na. Ben je verder gekomen met je rapsodie? Het klinkt apart, maar ik vind het leuk.'

Hij leek opgelucht, schonk zichzelf een glas water in en ging bij haar zitten. 'Ik ben nog niet helemaal tevreden,' zei hij zelfkritisch. 'Maar het begint erop te lijken. Is dit een brief van papa?'

'Ja,' zei ze, en ze aarzelde even voordat ze verder sprak. 'Wil je hem lezen?'

Leo en zijn vader schreven elkaar vrijwel nooit, afgezien van korte felicitatiekaartjes met verjaardagen. Marie had ook de kerstpost geschreven, Leo had er alleen een paar regels onder gezet. Hij schreef echter wel veel met zijn zus Dodo en soms ook met Henni.

'Alleen als jij dat niet vervelend vindt, mama.'

'Anders zou ik het je niet aanbieden.'

Hij pakte de brief met een trage, bijna voorzichtige beweging van tafel, keek haar nog een keer onderzoekend aan en begon te lezen. Hij had gemerkt wat deze brief bij haar teweeg had gebracht. Leo voelde haar stemmingen goed aan.

'Geen goed nieuws,' zei hij na het lezen. 'Oom Sebastian in Dachau… Dat was bijna te verwachten. Arme tante Lisa. Zouden ze het de kinderen hebben verteld?'

'Waarschijnlijk niet.'

Dat dacht Leo ook. Hij las het einde van de brief nog een keer.

'Dat laatste had papa niet hoeven schrijven,' zei hij geïrriteerd. 'Waarom moet hij je voortdurend verwijten dat je egoïstisch zou zijn geweest en het tegen zijn wil in hebt gedaan? Je deed het enige juiste, mama. Hij weigert alleen koppig om dat in te zien.'

Marie zweeg. Leo's steun deed haar goed, maar ze was er niet van overtuigd dat hij gelijk had.

'Trek je je dit zo erg aan?' vroeg hij bezorgd. 'Dat is nergens voor nodig, mama. Denk je nu echt dat hij gelukkiger zou zijn als de ss op een dag naar de villa zou komen om je op te halen?'

'Maar dat gaat niet gebeuren, Leo. Als vrouw van een "arische" man…'

'Denk je dat?' onderbrak hij haar boos. 'Laat je niet verblinden, mama! Ze zeiden ook dat de Joden hun bedrijven mochten voortzetten. En hoe is het nu? Ze hebben de synagogen in brand gestoken en de Joodse Augsburgers naar Dachau gedeporteerd en mishandeld. Inmiddels is er in heel Augsburg geen enkele winkel meer met een Joodse eigenaar. De meesten zijn geëmigreerd en de enkelen die overblijven hebben ze in een paar huizen opeengepropt, zodat ze hen constant in de gaten kunnen houden. En dat niet alleen. Er wordt gezegd dat sommigen van hen zijn opgehaald en ergens naartoe zijn gebracht. Begrijp je het niet, mama? Ze schrikken nergens voor terug...'

'Hoe weet je dit allemaal?' vroeg ze ontzet. 'Schreef Henni dat?'

'Zij ook,' zei hij en hij keek verlegen langs haar heen naar het raam dat omringd was met klimop. 'Maar vooral Liesl schreef het, want zij doet altijd boodschappen en praat vaak met mensen.'

Marie was verrast en tegelijkertijd een beetje bezorgd. Negen maanden geleden had Leo het uitgemaakt met Richy en kort daarna had hij zijn flatje opgezegd. Sindsdien woonde hij weer bij haar. Hij werkte hard en verdiende veel geld. Hij had nog geen nieuwe vriendin, waarschijnlijk had hij nog steeds last van de teleurstelling die zijn eerste liefde helaas was geworden. Nu had hij dus Liesl geschreven. Marie wist dat Leo een tijdje verliefd was geweest op het meisje, maar dat was vier jaar geleden. Liesl was inmiddels getrouwd en had een dochtertje.

'O, Liesl,' zei Marie glimlachend. 'Wat aardig dat je haar schreef. Ze is vast heel eenzaam omdat Christian al aan het begin van de oorlog is opgeroepen voor de Wehrmacht.'

'Ja, ze is verdrietig en hoopt dat de oorlog snel voorbij is,' zei hij. 'Maar ze is tenminste niet alleen, de personeelsleden steunen en helpen elkaar. Ze stuurde me een foto.'

Hij sprong op, liep naar zijn kamer en vond de foto meteen, wat een wonder was in zijn chaos.

'Kijk, deze heeft tante Kitty met kerst van hen gemaakt. Christian was toen een paar dagen met verlof.'

Kitty was een enthousiaste en goede fotografe die de foto's zelf ontwikkelde. Op deze foto was te zien hoe Liesl en haar man Christian op een bankje voor het tuinhuisje zaten. Zij droeg een warme jas, hij was in Wehrmacht-uniform. De kleine Annemarie droeg een gebreid vestje en een bijpassend rokje. Ze zat op Christians schoot en naast het drietal zag je de snuit en dikke poten van de hond Willi, die maar gedeeltelijk op de foto paste.

'O, wat leuk,' zei Marie. 'Ze zien er heel gelukkig uit, hè?'

'Ja,' zei Leo met een glimlach. 'Ze schrijft ook dat Christian een goede echtgenoot is en dat ze zich geen betere had kunnen wensen.'

Hij bracht de foto weer naar zijn kamer en keerde terug met een zomers jack dat hij over zijn schouder hing.

'Walter komt me zo ophalen,' zei hij. 'We hebben beneden op een terras met twee muzikantes afgesproken om een optreden te bespreken.'

'Dat komt goed uit,' zei ze. 'Karl komt straks langs, hij wil me een idee voorleggen. Je kent hem. Hij plant constant iets nieuws, hij kan denk ik niet anders.'

Leo opende het raam om te zien of Walter al in de buurt was, maar omdat hij hem niet zag, draaide hij zich om en keek hij toe terwijl ze Pauls brief terugstopte in de envelop.

'Je komt toch niet op het idiote idee om terug naar Duitsland te gaan, hè, mama?' vroeg hij abrupt.

Ze voelde zich betrapt en probeerde haar gêne te verbergen.

'Natuurlijk niet, Leo. Dat zou toch zeker niet verstandig zijn?'

'Zeker niet, mama,' zei hij resoluut. 'Het zou niemand helpen. Vooral papa niet.'

'Maak je alsjeblieft geen zorgen, Leo,' zei ze glimlachend.

De deurbel ging en Leo haastte zich om open te doen voor zijn vriend. Walter was nonchalant gekleed in een overhemd en een zomerbroek en had zijn mouwen opgestroopt. Zijn donkere, krullende haar was kortgeknipt. Hij begroette Leo met een vriendelijke klap op zijn schouder en wendde zich glimlachend tot Marie, die in haar fauteuil was blijven zitten.

'Hallo, mevrouw Melzer. Ik benijd Leo altijd omdat hij zo'n geweldige moeder heeft.'

Marie lachte om die uitspraak en schudde hem de hand. 'Nou, ik ben eigenlijk verbaasd dat hij het zo lang bij me volhoudt.'

'Dat verbaast mij helemaal niet,' antwoordde Walter serieus.

Hij woonde al jaren alleen in een piepklein flatje en had geen contact meer met zijn moeder, die al een tijd geleden was hertrouwd. Sinds Leo het had uitgemaakt met Richy trokken de twee vrienden vaak met elkaar op. Ze maakten samen muziek zoals ze als jongens hadden gedaan en Leo deed flink zijn best om goede jobs voor zijn vriend te regelen. Marie was blij met deze vriendschap, die ze al vanaf de kleuterschool deelden en die blijvend was gebleken. Walter was aan Leo gehecht en bleef hem trouw. En hij was compromisloos eerlijk tegen hem.

'Tot later, mama!'

De deur van de flat sloeg dicht en ze hoorde hen de trap af lopen. Wat hebben we het hier goed, dacht ze benauwd. Dit mooie bakstenen gebouw, begroeid met klimop en gelegen in een rustige straat omzoomd met kleine bomen. Een eiland in deze luidruchtige, hectische stad. Ik leid een succesvol atelier en verdien genoeg geld om Dodo's studie mede te financieren. Terwijl ze in Augsburg wreed met Joodse mensen omgaan en mijn arme Paul te kampen heeft met vijandigheid en duizend zorgen. Nee, Leo heeft natuurlijk gelijk, het kan geen oplossing zijn om terug te gaan naar Duitsland. Ik zou alleen maar nog een blok aan Pauls been zijn. Het enige wat ik kan doen is proberen hem vanuit hier te helpen en hopen dat het lot ons beiden genadig is.

Ze pakte briefpapier en een pen uit de lade van de kleine damessecretaire en dacht na over wat ze hem wilde schrijven. De ringspinmachines van haar vader stonden 'nutteloos in de kelder' omdat Ernst had geëist dat de spinnerij werd stilgelegd. Ze kon niet inschatten in hoeverre dit gerechtvaardigd was, maar het deed haar pijn dat de machines waren afgedankt. Pauls vader, met wie ze tijdens de Wereldoorlog samen de fabriek had geleid, was overleden aan een hartaanval toen hij wilde voorkomen dat zijn kostbare machines werden weggehaald. Wat waren Paul en zij later blij geweest toen ze in een geheim vakje van het bureau in de villa de constructietekeningen van haar vader hadden gevonden. En nog maar een paar jaar geleden was het haar getalenteerde dochter

Dodo gelukt om een ringspinmachine weer aan de praat te krijgen die de experts al hadden opgegeven. Deze machines hadden ervoor gezorgd dat de fabriek kon floreren en de lonen van de arbeiders en andere medewerkers betaald konden worden. En niet in de laatste plaats hadden ze de welvaart van de familie gewaarborgd. Ze hadden gestaag en betrouwbaar in de fabriek gezoemd en gerammeld, hun garenrollen laten dansen en stevig, goed garen gedraaid van donzig katoen. Nu was hun tijd voorbij.

Hij had een aanbod om de machines in te ruilen voor garen en zoals hij het formuleerde was hij er graag op ingegaan, maar aarzelde hij omwille van haar. Moest ze hem schrijven dat ze akkoord ging met de ruil? Zou dat de beslissing voor hem makkelijker maken?

Ze stond op en haalde een glas limonade met ijsblokjes uit de keuken. Daarna ging ze weer zitten en ze wilde net de vulpen oppakken toen er twee keer kort achter elkaar werd aangebeld. Het belsignaal van Karl Friedländer.

Zoals altijd was hij perfect gekleed. Vandaag droeg hij een lichtgrijs zomerpak met stropdas en bijpassende hoed. Zijn schoenen had hij bij een van de schoenenpoetsers laten poetsen waardoor ze glommen. Ondanks deze inspanningen had hij altijd de uitstraling van een oudere heer, wat misschien te wijten was aan zijn wat stijve bewegingen en geforceerd rechte houding.

'Hallo, lieve Marie,' zei hij, terwijl hij haar een hand gaf. 'Ik slenterde vandaag langs je atelier, maar omdat je klanten in de winkel had, wilde ik je niet storen.'

'Dat was te attent van je,' zei ze glimlachend. 'Ik had het leuk gevonden om je te zien.'

Ze moest glimlachen om de uitdrukking 'slenterde'. Dat paste helemaal niet bij Karl. Hij slenterde nooit, maar liep meestal snel en volgde gestaag zijn weg.

'Ga zitten. Wil je een glas wijn met spuitwater en ijs of liever limonade?'

Hij koos voor de wijn, hing zijn hoed aan de kapstok en knoopte zijn jasje los voordat hij ging zitten.

'Heb je een leuke dag gehad?' vroeg ze, terwijl ze hem de wijnfles en de kurkentrekker overhandigde.

'Ach, wat heet leuk... de gebruikelijke dingen die geregeld moesten worden, zakelijke problemen, post die te laat kwam en het geklaag van mijn fabrieksmanager, die mopperde over de incompetente, luie arbeiders...'

'Wat vervelend...'

Ze had twee glazen klaargezet en wat zoutjes, waar hij dol op was. Hij schonk de wijn in, zij mengde er water bij.

'Laten we genieten van de mooie, stralende zomeravond,' zei hij en hij proostte met haar. 'Is Leo weer op pad met zijn vriend Walter?'

Hij vroeg van alles, informeerde naar de gebeurtenissen in Augsburg, schudde zijn hoofd over de recente ontwikkelingen in de fabriek en uitte zijn onbehagen over Ernst von Klippstein, die naar zijn mening een fatale invloed op Paul uitoefende.

'Ik zou hem garens kunnen leveren,' zei hij. 'Natuurlijk niet op de gebruikelijke manier, de nazi's willen immers deviezen besparen. Maar als hij stoffen aan ons verkoopt, zouden we daarmee de aankoop van de garens kunnen verrekenen.'

'Dat zou geweldig zijn. Mag ik dat aan hem voorstellen?'

'Natuurlijk!'

Ze spraken een tijdje over de luchtoorlog tussen Duitsland en Engeland, die al enkele weken de krantenkoppen haalde. Karl geloofde dat Hitler de Engelsen onderschatte, maar Marie meende dat Hitler deze aanval al jaren had voorbereid en de Duitse Luftwaffe had bewapend. 'Als hij Engeland verovert, heeft hij bijna heel Europa,' vreesde ze.

'Hij krijgt de Engelsen er niet zo snel onder!' antwoordde Karl met overtuiging.

Hoeveel jonge piloten zouden hun leven verliezen bij deze onzinnige actie? En de arme mensen die stierven in de bommenregen. Een nieuwe dimensie van oorlog: zonder vijandelijke legers, zonder tanks... De dood daalde vanuit de lucht op de mensen neer.

Ze zwegen een tijdje terneergeslagen. Karl schonk wijn in en proostte nog een keer met haar. 'Laten we het over wat leukere dingen hebben, Marie,' stelde hij voor. 'Ik loop al een tijdje met een idee rond, maar durfde het nog niet aan je voor te leggen.'

Natuurlijk, ze had erop gewacht. Wat was het dit keer?

'Nou, voor de draad ermee dan!'

Hij zette zijn glas neer en schraapte zijn keel, zoals hij altijd deed als hij ergens onzeker over was. 'Nou ja, het is puur een voorstel, meer niet. We kennen elkaar immers lang genoeg om vrijuit over dit soort dingen te praten...'

Hij pauzeerde om haar uitdrukking te bestuderen en omdat ze verwachtingsvol bleef glimlachen, ging hij verder.

'Ik heb een paar weken geleden hier in de buurt een pand gekocht. Iets groter dan dit maar zeer goed onderhouden. De appartementen zijn licht en ruim en er is zelfs een serre aan de achterkant. Ik ben van plan om daar te gaan wonen en ik zou het leuk vinden als je zou besluiten om ook een van de appartementen daar te nemen.'

Ze was overdonderd. Hij woonde nu in een huis in de buurt van Central Park, dat hij jaren geleden had gekocht en waar hij met zijn inmiddels overleden vrouw had gewoond. Af en toe had hij gezegd dat hij zich een beetje eenzaam voelde in het grote pand. Maar hij had haar nooit gevraagd of ze daar wilde intrekken. Hij wist heel goed dat ze dat onder geen beding zou hebben gedaan.

En nu dit voorstel. Twee gescheiden woningen in hetzelfde huis. Dat betekende een zekere nabijheid, maar geen afhankelijkheid. Of wel?

'Ik heb het hier eigenlijk prima naar mijn zin,' zei ze voorzichtig. 'Ik heb niet veel meer ruimte nodig...'

'Ik hou van je bescheidenheid, Marie,' zei hij opgewekt. 'Maar een mooie serre en een werkruimte waar je je helemaal kunt uitleven... Zou dat niet aantrekkelijk zijn?'

Dat was het zeker. Maar ze vond het niet fijn om naast hem te wonen. Het was één stap te dichtbij. Hij zou op elk moment bij haar binnen kunnen vallen, misschien zelfs de sleutel van haar appartement hebben...

'Ik moet erover nadenken, Karl.'

Hij was opgelucht dat ze niet meteen nee zei en voegde eraan toe dat ze de flat waarin ze nu woonde aan haar zoon kon overlaten. Het zou immers kunnen dat hij op een gegeven moment weer een vriendin zou hebben en dan zou hij toch weer op zoek moeten naar een flat.

Ook dat was waar. Ze beloofde het hem snel te laten weten en ze moest er natuurlijk ook met Leo over praten.

'Neem de tijd, Marie. Ik wil absoluut geen druk op je uitoefenen.'

Ze praatten nog een tijdje over koetjes en kalfjes en daarna stond hij op. Hij bedankte haar voor de gastvrijheid en schudde haar de hand om afscheid te nemen.

'Ik zou het heel fijn vinden, Marie,' zei hij, terwijl hij haar hand even vasthield. 'Maar je bent nergens toe verplicht, dat weet je wel, toch?'

'Dat weet ik, Karl,' antwoordde ze ontroerd.

Nadat hij was vertrokken, bracht ze in gedachten verzonken de glazen en flessen naar de keuken, zette de zoutjes terug in de kast en liep naar het raam. De avond viel, de straatverlichting was aangegaan, achter de ramen zag ze de silhouetten die zich in het licht bewogen. Beneden op straat liep een vrouw langzaam met haar hond voorbij. Onder een van de jonge boompjes stonden twee jonge mensen dicht tegen elkaar aan, ze zag alleen de contouren van hun lichamen.

Ik kan dit niet doen, dacht ze. Paul zou het nooit accepteren. Voor hem zou dit het einde van ons huwelijk betekenen.

9

Augustus 1940

Luchtalarm! Niet voor het eerst en natuurlijk weer midden in de nacht. Ze hadden het al eerder meegemaakt. Sinds de luchtoorlog met Engeland was begonnen, was er vaker een luchtalarm geweest en elke keer had mevrouw Brunnenmayer geweigerd uit bed te komen en de trap naar de kelder af te dalen.

'Het is toch elke keer voor niets!' riep ze. 'Je zit een uur lang in de kelder, daarna komt het signaal "veilig" en als ik eindelijk weer in bed lig, doen mijn benen zo'n pijn dat ik niet in slaap kan vallen...'

Zowel Hanna als Liesl, die met de huilende Annemarie het tuinhuisje uit kwam rennen, konden de kokkin niet overtuigen.

Alleen Marek kreeg haar zover. 'Ik draag u in mijn armen naar beneden en weer naar boven, mevrouw Brunnenmayer. Gelooft u me niet? Laten we het proberen.'

Ze moest lachen en gaf toe. Nee, ze wilde niet gedragen worden, zo ver heen was ze nog niet.

De meneer was altijd de eerste die met Kurt in de hal kwam, want hij had de sleutel van de kelder en hield in de gaten of alle bewoners van de villa zich in veiligheid brachten. Hij had een felle zaklamp waarmee hij op de trap scheen zodat niemand viel.

'Doe geen licht aan,' waarschuwde hij. 'Langzaam lopen op de trap, zodat niemand valt. Hebben jullie Else wakker gemaakt? Ze slaapt altijd vast.'

Auguste had de lastigste taak. Zij moest de twee oude dames naar beneden brengen en aan mevrouw Alicia uitleggen waarom ze midden in de nacht naar de kelder moest afdalen.

'Kuchalarm?' vroeg mevrouw Alicia niet-begrijpend.

'Lllluchtalarm, mevrouw. We moeten naar de kelder omdat de Engelsen misschien bommen op de villa werpen!'

'Dat is klinkklare onzin, Auguste. Waarom zouden ze dat doen? De Engelsen zijn over het algemeen zeer beschaafde mensen die weten hoe ze zich moeten gedragen...'

'Trek je ochtendjas aan en kom, Alicia!' riep mevrouw Elvira, die godzijdank nog wel helder van geest was. 'Of wil je helemaal alleen boven blijven?'

'Mijn hemel, Elvira! Jaag me niet zo op. Als Johann nog zou leven, zou hij zeker niet naar de kelder gaan, hij zou in plaats daarvan...'

'Als je niet komt, ga ik zonder jou!'

Beneden in de kelder was een ruimte met houten balken gestut. Er waren stoelen neergezet, er lag een stapel dekens en er waren wat voorraden en een vat water. Bovendien de gebruikelijke gasmaskers, schoppen en houwelen voor het geval ze onder het puin zouden komen en Hindenburglichten voor als de stroom uitviel. De deur, die de meneer nadat ze allemaal binnen waren goed met twee hendels sloot, was van staal en moest het vuur buitenhouden.

Comfortabel was het niet daarbeneden. Er hing een muffe geur die uit de afvoer kwam, omdat dit vroeger de wasruimte was geweest. Niemand pakte een deken, want die waren vochtig doordat ze al zo lang in de kelder lagen. Het elektrische licht aan het plafond was zwak waardoor de gezichten van de mensen er bleek uitzagen.

De personeelsleden zaten aan de ene kant en de familie zat aan de andere kant. Verder was er geen onderscheid.

'Ze komen...'

Hanna had een goed gehoor en Charlotte hoorde ook het zacht

dreunende geluid van naderende vliegtuigen. Er klonken talloze schoten, die elkaar kort na elkaar opvolgden.

'Dat is de Flak!' jubelde Johann. 'Ze schieten de vijandelijke vliegtuigen neer. Als er iemand komt is het peng, peng… En wanneer de tank wordt geraakt, hoor je een harde knal en zie je een vuurbal in de lucht.'

Niemand ging erop in, alleen Charlotte zei: 'Hou je bek! Daar zit iemand in die levend verbrandt.'

'Nou en?' riep Johann minachtend. 'Hij verdient het. Of wil jij graag een bom op de villa?'

'Ik wil niets,' zei Charlotte koppig. 'Ze moeten wegvliegen en die rotoorlog moet stoppen!'

'Let op je woorden, Charlotte,' berispte Elisabeth Winkler haar. 'Ondanks alles moeten we…'

Ze hoorden ontploffingen. Eerst een, toen nog een… en nog een. Willi, die naast Kurt op de grond had gelegen, begon boos te blaffen.

'Jezus!' fluisterde Auguste verschrikt. 'Nu is het raak.'

'Dat was heel dichtbij!' zei Kurt. 'Willi, koest!'

Het was ernst, bittere ernst. Geen luchtalarmoefening, zoals ze die al tientallen keren hadden gehad. Er waren Engelse bommen op Augsburg gevallen. De Flak had de vijandelijke vliegtuigen niet neergeschoten. Die hadden hun dodelijke lading naar hun bestemming gebracht.

'Dat was in het noorden,' zei de meneer zacht. 'Waarschijnlijk bij MAN.'

Dat was maar een paar kilometer verderop. Ineens drong het tot iedereen door dat zelfs een klein briesje de dodelijke lading van de Engelse vliegtuigen naar de villa kon brengen. Als ze niet toch al van plan waren om de fabrieken aan de Proviantbeek te bombarderen. Plotseling begon Else hysterisch te gillen.

'Ik wil hier weg… We stikken hier allemaal als de villa in brand vliegt…'

Annemarie begon hard te huilen van angst. Auguste probeerde Else aan haar ochtendjas vast te houden, maar ze rukte zich los en stortte zich op de deur. De meneer sprong op, maar Marek was sneller. Hij sloeg zijn armen om Else heen en hield haar vast tot ze gekalmeerd was.

'Alles is goed,' mompelde hij in haar oor. 'We zijn hier allemaal samen. Hier is het veilig. Ga weer zitten, het is zo voorbij...'

Ze hoorden weer een ontploffing, tussen de schoten van de Flak door. Hanna sloeg haar armen om Humbert, die verlamd was van afschuw en over zijn hele lichaam beefde. Marek leidde de nu willoze Else terug naar haar plek, waar Auguste en de kokkin haar overnamen. Kurt knielde naast Willi, die nog steeds blafte, Charlotte hurkte naast hen en aaide de hond. Mevrouw Winkler probeerde haar moeder te kalmeren, die naar bed wilde omdat het hier te koud was en ze zo een blaasontsteking kreeg. Johann hurkte op de grond, balde zijn vuisten en mompelde telkens: 'De klootzakken. Hier krijgen ze spijt van. Hier zullen ze voor boeten...'

Na een tijdje hoorden ze de sirenes van de brandweer, blijkbaar moest er iets geblust worden. Ze hoorden geen ontploffingen meer. Af en toe werd er nog Flak afgeschoten, maar het gevaar leek voorlopig geweken. Ze zaten allemaal nog in de kelder, het was er benauwd en ademhalen kostte moeite, maar de angst dat de Engelse vliegtuigen zouden terugkeren was erger. Pas na ruim een half uur kwam de langgerekte toon: het signaal 'veilig'.

'Laten we weer naar bed gaan,' zei de meneer. 'Het is voorbij.'

Hij opende de deur en bleef onderaan de trap staan totdat iedereen de kelder had verlaten. Alleen Humbert, die helemaal van slag was, wilde zijn plek niet verlaten en uiteindelijk moesten Marek en de meneer hem samen naar boven brengen.

'Zo gaat dat dus,' zei mevrouw Brunnenmayer terwijl ze kreunend de keldertrap weer op klom, zich vastklampend aan de ijzeren leuning. 'Zo gaat een luchtoorlog. Nu weten we het. Het is een ellende. Een zonde. Het is al erg genoeg als de soldaten elkaar doodschieten. Maar zo'n bom valt naar beneden en doodt alles wat daarbeneden leeft. Dat de lieve Heer dit toestaat... Het is onbegrijpelijk!'

Nog steeds durfde niemand het elektrische licht aan te doen, hoewel alle ramen volgens de voorschriften met verduisterend papier waren beplakt. Auguste scheen de twee oude dames met de zaklamp bij om te voorkomen dat ze van de trap vielen en moest mevrouw Alicia daarna haar druppels brengen. Hanna had de taak om mevrouw Elisabeth Winkler warme melk met honing te brengen als slaapdrankje. In de keuken had Liesl het vuur in het kolenfornuis opnieuw aangestoken en melk in de pan gegoten. De kleine Annemarie was op de schoot van de kokkin in slaap gevallen. Marek was naast Humbert aan tafel gaan zitten. Else was ook nog niet naar bed gegaan, ze zei dat ze erg last van hartkloppingen had en dus niet meer kon slapen. Dat gold ook voor de anderen. Deze eerste, serieuze luchtaanval had hun een idee gegeven van wat hun te wachten stond.

'Ze hebben de bontweverij geraakt,' meldde Auguste toen ze weer in de keuken kwam. 'De meneer staat in Dodo's kamer, die ligt op het noordwesten en van daaruit kun je de vuurgloed zien. De meneer was heel bleek. Hij vroeg me waarom ze de bontweverij hadden gebombardeerd en niet het terrein van MAN. Natuurlijk kon ik hem dat ook niet vertellen...'

Marek sprong op en haastte zich de bediendentrap op. Hij wilde het vast ook zien. Of misschien wilde hij met de meneer praten. Dat deed hij soms. Hij nam in de villa een bijzondere positie in. Marek was hier als tuinman, maar in werkelijkheid was hij geschoold en was hij een kunstenaar. En daarom sprak hij op een andere manier en over andere dingen met de familie dan de personeelsleden gewoonlijk deden. Niemand nam daar echter aanstoot aan, want ze mochten Marek allemaal graag.

In de keuken werd opgewonden gepraat. Hanna zei dat ze nog nooit zo bang was geweest.

‘Wat een knallen en klappen,’ zei ze met een bevende stem. ‘Ik dacht dat de grond onder ons trilde.’

Else klaagde dat het volgende doelwit zeker de textielfabriek van Melzer en de villa zou zijn.

‘De Führer wilde een luchtoorlog tegen Engeland,’ mopperde de kokkin. ‘En daar betalen wij het gelag voor!’

‘Niet alleen wij,’ zei Humbert met een ijle stem. ‘Dat is in Engeland vast niet anders.’

10

Oktober 1940

De snelweg naar München, die poëtisch 'het witte lint van de Führer' werd genoemd, werd voornamelijk gebruikt door Wehrmachtvoertuigen op weg naar Ulm. In tegengestelde richting was het best aangenaam rijden. Henni trapte het gaspedaal in en was blij dat de auto waarmee haar moeder vrijwel alleen binnen Augsburg reed eindelijk eens een wat langere trip kon maken. Helaas was de benzine haast onbetaalbaar voor particulieren, maar tante Marie maakte maandelijks een royaal bedrag over aan Dodo en zij had beloofd de brandstof voor de terugreis te betalen terwijl oom Paul de heenreis financierde. Dodo was in juni opgeroepen voor de zes maanden durende arbeidsdienst, die voor iedere student verplicht was. Daarbij had ze een rugblessure opgelopen en ze had een week in het ziekenhuis gelegen. De rest van de arbeidsdienst zou ze nu in de fabriek van haar vader in Augsburg vervullen en Henni had aangeboden om haar nicht met de auto op te halen.

Oom Paul had geïrriteerd opgemerkt dat deze ellende niet zou zijn gebeurd als Dodo van begin af aan naar zijn advies had geluisterd en niet aan deze onnodige studie was begonnen. Henni had hem tegengesproken, maar was door haar oom onvriendelijk op haar nummer gezet, waarover ze erg teleurgesteld was geweest. Ze probeerde hem immers al jaren in het bedrijf te helpen. Hij had zelf herhaaldelijk gezegd dat hij zo blij was dat hij zijn nichtje aan zijn zijde had. Maar oom Paul was de afgelopen maanden helaas erg veranderd, in ongunstige zin.

Het verkeer in München was druk, waarbij de motorvoertuigen in de minderheid waren. Net als in Augsburg werden er weer paardenkarren ingezet, vooral voor het zware transport van vaten en kisten. Henni vond de weg naar de studentenflat – een klein zolderappartementje vlak bij de universiteit – zonder problemen. Ze had Felix daar immers vaak genoeg bezocht. Vandaag had ze de droevige taak om zijn spullen in te pakken en naar Augsburg te brengen, want hij had de kamer definitief opgezegd. In een brief schreef hij:

> *Voorlopig zal ik waarschijnlijk niet de kans krijgen om verder te studeren, dus het zou alleen maar een onnodige kostenpost zijn om de kamer te houden. Bovendien zijn er andere studenten die op zoek zijn naar betaalbare huisvesting...*

Hij was niet meer in Frankrijk, maar in Noorwegen. Maar tussen de regels door las ze dat hij daar ook niet lang zou blijven. Er waren troepenbewegingen in zuidoostelijke richting gaande. Naar de Balkan. Hij leek dit een bedreiging te vinden en Henni was het met hem eens. Wilde Hitler echt Rusland aanvallen? Hij had tenslotte een niet-aanvalsverdrag met Stalin gesloten. Het was triest dat ze deze dingen niet openlijk met Felix kon bespreken, maar ze vreesden allebei dat de veldpost werd gelezen. Ze moesten dus voorzichtig zijn.

Ze trof Dodo in haar eentje in de driekamerflat aan. Ook de derde student die er woonde, theologiestudent Johannes, was inmiddels opgeroepen voor de Wehrmacht. Dodo leek zich behoorlijk eenzaam te hebben gevoeld, want ze viel Henni om de nek nadat ze de deur voor haar open had gedaan. 'Wat fijn dat je er bent,' zei ze. 'Hoe was de rit? Ik ben al begonnen met het inpakken van Felix' boeken...'

'Laat mij dat maar doen,' zei Henni. 'Het is vast niet goed voor je rug als je met boeken gaat sjouwen.'

Dodo haalde haar schouders op en zei dat het al veel beter ging. Bovendien had ze de doos op de tafel gezet zodat ze niet hoefde te bukken.

'Slimme meid!' prees Henni haar en ze schoof twee koffers de flat in die ze voor Felix' kleren en de andere spullen had meegenomen.

Dodo trok haar eerst mee naar het keukentje, waar de waterketel al op het gasfornuis stond. Een typische studentenkeuken, dacht Henni geamuseerd. Geen enkel kopje paste bij het andere, de borden waren beschadigd, de twee pannen hadden deuken en poetsen leek hier bijzaak te zijn.

'Lust je een kopje koffie? Ik heb speciaal voor ons taart gekocht.'

Henni ging op een van de drie wiebelige keukenstoelen zitten en veegde een paar kruimels van de tafel voordat ze er met haar armen op steunde.

'Echte bonenkoffie?' vroeg ze verbaasd. 'Je lijkt hier een luxeleventje te leiden.'

'Die heeft mama me uit Amerika gestuurd. Maar zeg het niet tegen mijn vader. Hij is wat dat betreft vreselijk lichtgeraakt.'

'Dat heb ik gemerkt!'

Dodo had kruimeltaart met een vruchtenvulling gekocht en de twee grote stukken in kleine stukjes gesneden, die Henni op een van de gehavende dinerborden rangschikte. De koffie rook goddelijk. Thuis in de Frauentorstraat hadden ze ook Amerikaanse bonenkoffie, maar grootmoeder Gertrude was er zo zuinig mee en zette hem zo slap dat het net thee leek.

Dodo mopperde over de stomme arbeidsdienst waardoor ze nu zo'n last van haar rug had. 'Ze vinden het gewoon leuk om mensen als wij naar de verste uithoek van het rijk te sturen waar we ons dood moeten zwoegen tijdens de oogst. Ze stuurden me naar Oberhintertupfingen, dat ligt echt aan het einde van de wereld. In het begin verstond ik er geen woord, want ze spreken zo'n vreselijk dialect dat je denkt dat je in het buitenland bent...'

Ze had een rugblessure opgelopen toen ze hooi aan een vork moest steken. Dat was eigenlijk de taak van de mannen, maar het had al gedonderd en gebliksemd en ze waren bang dat het hooi niet meer droog in de schuur zou komen. Daarom had ze geholpen. Ze had de zware balen opgetild en daarbij was het in haar rug geschoten. Het had verschrikkelijk veel pijn gedaan.

'Eerst zeiden ze dat het normaal was en dat ik me niet zo moest aanstellen. Pas twee dagen later, nadat ik me al helemaal had afgetobd, kwam eindelijk iemand van de arbeidsdienst langs en hebben ze me naar het ziekenhuis in München gebracht...'

'En?'

'Hernia. Ik moet mezelf ontzien, bij voorkeur gaan liggen, het niet belasten, niet te veel bukken... Dan gaat het wel weer over...'

'Dan ben je bij de textielfabriek aan het juiste adres!' zei Henni lachend. 'Je kunt op je gemak in mijn kantoor zitten en rustig aan doen.'

'Dat zal nauwelijks mogelijk zijn. Ik moet in de productie werken, staat in de brief. Ik moet bij de machines in de hal staan en rollen garen opsteken.'

'Dat is definitief voorbij, Dodo,' zei Henni en ze zuchtte. 'De ringspinmachines zijn opgehaald. In ruil voor de levering van garens waarvan we stof voor uniformen weven.'

Dodo wist van de ruilhandel omdat haar moeder het haar had geschreven, maar ze had betwijfeld of haar vader het werkelijk zou doen.

'Ik weet niet of dat verstandig was,' zei ze hoofdschuddend. 'Waarom heeft hij de garens niet uit Amerika laten leveren, zoals mama voorstelde?'

Henni staarde haar verbaasd aan. Oom Paul had het helemaal niet over dit aanbod gehad.

'Dat begrijp ik niet,' verwonderde Dodo zich. 'Karl Friedländer had voorgesteld om garens te leveren en in ruil daarvoor stoffen te kopen. Dat zou toch zeker een goede deal zijn geweest?'

Dat was zeker een goede deal geweest. Waarom was oom Paul er niet op ingegaan? Onbegrijpelijk.

'Ja, er zijn heel wat dingen die momenteel niet goed gaan bij ons in Augsburg,' zei Henni benauwd en ze dronk de rest van haar koffie op. Koud smaakte de sterke bonenkoffie helemaal niet lekker. Veel te bitter.

'Dat is niets nieuws,' verzuchtte Dodo. 'Laten we aan de slag gaan. Ik heb al bijna alle boeken in de doos gedaan. De andere dingen kun je beter zelf inpakken, want daar wil ik liever niet in snuffelen...'

De deurbel rinkelde. Dodo stond op en vertrok daarbij even haar gezicht, waarschijnlijk omdat haar rug nog steeds pijn deed. 'Het is vast iemand die de kamer wil bekijken,' zei ze. 'Ik heb gisteren in de universiteit een kaartje op het prikbord gehangen.'

Zo snel gaat dat, dacht Henni droevig.

Nog niet zo lang geleden was dit kamertje alleen van haar en Felix geweest. Het was hun liefdesnest geweest. Hier hadden ze samen de laatste dagen doorgebracht voordat Felix zich bij de Wehrmacht moest melden. En ook nu lagen zijn boeken en kleren er nog en veel andere spullen die van hem waren en die haar zo vertrouwd waren.

Verdomde oorlog. Het was maar de vraag wanneer hij zijn studie kon voortzetten. Als hij al...

Ze zette de sombere gedachten van zich af en stond op om de koffers naar Felix' kamer te brengen. Maar plotseling bleef ze staan en luisterde.

'Jíj? Wat doe jíj hier?' vroeg Dodo bij de deur van de flat.

Het klonk eerder geschrokken en afwijzend dan verbaasd.

'Hallo, Dodo. Ik las je kaartje... En toen dacht ik: ik ga even vragen hoe het zit. Maar als je me beslist niet wilt zien, ga ik wel weer...'

Dat was toch de stem van... Henni dacht even na. Natuurlijk. Van Ditmar, Dodo's eerste grote liefde. Hij was testpiloot bij Messerschmitt geweest en Dodo was tijdens haar stage verliefd op hem geweest. Ze hadden een tijdje een relatie gehad, maar toen de gladde Ditmar erachter kwam dat Dodo Joods bloed had, was hij ervandoor gegaan.

'Als je interesse hebt in de kamer,' zei Dodo op een koele toon, 'kun je die gerust even bekijken.'

'Dank je wel. Dat is aardig van je.'

'Geen probleem.'

Wat een vreemd toeval, dacht Henni. Dodo en Ditmar gingen naar Felix' kamer en ze volgde hen. Het beviel haar niet dat Ditmar naar Felix' persoonlijke spullen staarde en dan vooral naar zijn boeken, waarvan sommige tot de verboden literatuur behoorden. Ze zaten in de doos, maar het deksel stond open.

'Hij is niet erg groot...' zei Ditmar. Ineens zag hij Henni staan en hij keek verbaasd.

'Hallo, Ditmar,' zei Henni met een ironische grijns. 'Goh, dat we jou ook weer eens te zien krijgen. Je was toen nogal plotseling verdwenen.'

Tot haar genoegen zag ze dat hij rood werd. Het was goed te zien want hij had blond haar en een lichte huidskleur. Hij leek wat bleker geworden. Misschien had zijn studie hem geen goed gedaan?

'Ja, dat is waar,' gaf hij beschaamd toe. 'Ik moest toen snel weg omdat ik ineens de toelatingsbrief kreeg en alle formaliteiten nog moest regelen.'

'Natuurlijk!' antwoordde Henni spottend. 'Als je deze kamer wilt huren, ik maak hem vandaag leeg.'

'Neem maar de tijd,' zei hij, terwijl hij een afwijzend gebaar maakte. 'Ik wilde alleen even informeren... Op dit moment heb ik onderdak.'

'En waarom wil je dan verhuizen?'

Hij haalde zijn schouders op.

'Het is niet iets voor de lange termijn... Ik heb iets voor mezelf nodig, snap je?'

'Tuurlijk,' zei Henni. 'Ze heeft je eruit gegooid, nietwaar?'

Hij reageerde niet maar wendde zich tot Dodo, die in de gang was blijven staan.

'Kunnen we heel even praten, Dodo?'

'Ik heb geen tijd,' zei ze afwijzend. 'We moeten snel weg en moeten alles nog inpakken.'

'Een paar minuten maar. Alsjeblieft!'

Wat zegt hij dat vleiend, dacht Henni jaloers. En helaas leek Dodo er gevoelig voor te zijn, want ze stemde toe en ging met hem naar de keuken. Ze deden de deur achter zich dicht. Nou ja, haar nicht zou wel weten wat ze deed.

Henni deed gelaten de koffers open en legde Felix' kleren erin. Wat was hij netjes. Alles was gewassen en zelfs gestreken, zijn schoenen waren gepoetst, zijn sokken opgerold. Tussen de shirts zat een envelop. Daarin zaten de foto's die hij met zijn camera had gemaakt. De meeste ervan kende ze, want hij had ze in de Frauentorstraat met de apparatuur van haar moeder ontwikkeld. Sommige foto's die hij van haar had gemaakt had ze nog nooit gezien. Waar waren de negatieven eigenlijk? Die zag ze nergens.

Nu nog het beddengoed en de spullen die op het bureau lagen. Ook hier waren geen negatieven. Zijn bureau leek trouwens toch al leger dan voorheen. Een paar foto's, souvenirs van hun reizen, wat prullen. Het leek erop dat hij alles grondig had uitgezocht. Had hij misschien nog steeds contact met de verzetsmensen en wilde hij daarom alle sporen uitwissen?

Het gesprek in de keuken duurde eindeloos. Henni keek op de klok en vroeg zich af of ze moest aankloppen. Maar dat zou Dodo haar kwalijk kunnen nemen. Daarom deed ze alleen luidruchtig de koffers dicht en zette ze de doos met een klap in de gang. Als Dodo daar niet op reageerde, was het haar eigen schuld. Het duurde inderdaad niet lang voordat Ditmar de keukendeur opende, Henni een onvriendelijke blik toewierp en zonder te groeten de flat verliet. Nou, mooi!

‘Ik breng de doos alvast naar beneden,’ riep ze naar Dodo. ‘Waag het niet de koffers te dragen, die haal ik wel als ik weer boven ben.’

‘Oké,’ antwoordde Dodo vanuit de keuken. Haar stem klonk een beetje gesmoord. ‘Ik was alleen nog snel het bord en de kopjes af.’

‘En? Heeft de blonde Ditmar je om vergiffenis gevraagd?’ vroeg Henni nadat ze hadden getankt en weer op de snelweg reden.

Dodo gaf vol gas en reed bijna alleen op de linkerstrook. Henni liet haar gaan. Dodo was een goede chauffeur en het kon voor de auto van haar moeder vast geen kwaad als de motor weer eens flink werd doorgeblazen.

‘Zo kun je het niet noemen,’ zei Dodo uiteindelijk aarzelend. ‘Laten we zeggen: hij kwam met een paar smoezen. Ik heb alles aangehoord maar er niet op gereageerd.’

‘Wil hij echt in de flat intrekken?’

Dodo schudde heftig haar hoofd terwijl ze een Wehrmachtkonvooi inhaalde. ‘Ik denk het niet. Ik heb hem al duidelijk gemaakt dat ik dat niet wil. Hij zoekt gewoon iets omdat hij het heeft uitgemaakt met zijn vriendin.’

Ah, dat had ze dus goed geraden.

‘En zo kwam hij toevallig bij jou terecht?’

‘Dat beweerde hij.’

‘Of hij zag dat je het kaartje op het bord prikte!’

Dodo antwoordde niet, maar Henni had het sterke vermoeden dat het zo was gegaan. Ditmar was bij de deur van de flat in elk geval totaal niet verbaasd geweest toen Dodo opendeed. Hij wist precies wie er woonde.

‘Heb je hem ooit op de universiteit ontmoet?’

Dodo gaf toe dat ze hem twee of drie keer op de campus was tegengekomen, maar ze hadden elkaar alleen kort begroet, verder niets. Hij was docent en gaf colleges op het gebied van vliegtuigtechniek.

Henni dacht er het hare van. Als daar maar niets broeide. Hij was een waardeloze vent, die niet bij Dodo paste.

'Hij vertelde me dat hij wetenschappelijk onderzoek wil doen en aan een verhandeling werkt. Maar het schijnt niet goed te lukken. Hij zei niet waarom. Maar zijn aanstelling als docent is slechts tijdelijk. Die heeft hij via de studentenbond gekregen.'

Een deel van de studenten was lid van de Nationaalsocialistische Duitse Studentenbond, de NSDStB. Voor de vrouwelijke studenten was er ook een naziorganisatie, die de Werkgemeenschap Nationaalsocialistische Studentes heette. Het lidmaatschap was vrijwillig, maar de functionarissen hadden een grote invloed op het studentenleven. Gelukkig hadden veel van deze ijverige volgers van Adolf Hitler zich aan het begin van de oorlog vrijwillig aangemeld voor de Wehrmacht, zodat ze voorlopig van hen af waren.

'Waarom is Ditmar niet meteen onder de wapenen gegaan als hij bij de NSDStB zit? Voor zo iemand is dat toch een erezaak?' vroeg Henni grijnzend.

'Dat wilde hij ook,' antwoordde Dodo traag. 'Maar hij heeft het nog niet gedaan. Ik denk dat er iets was wat hem niet zinde. Hij zei dat er een hoop onzin werd uitgekraamd.'

'O!' zei Henni verbaasd. 'Hij zal toch niet zijn verstand nodig hebben gehad?'

'Ik weet het niet. Misschien zei hij het ook alleen maar...'

Wat wel zeker was, was dat veel van deze enthousiaste jongeren inmiddels waren gesneuveld. Vooral de piloten. De luchtoorlog tegen Engeland had aan beide kanten talloze slachtoffers geëist. Hitler had de gevechtskracht van de Royal Air Force en het doorzettingsvermogen van de Engelse bevolking danig onderschat. Londen was zwaar gebombardeerd, maar ook op Berlijn waren bommen gevallen. Ondanks onafgebroken krantenberichten over overwinningen werd langzaamaan duidelijk dat de geplande verovering van Engeland vanuit de lucht was mislukt. Er waren wel nog steeds Duitse aanvallen en tegenaanvallen van de RAF, maar die werden zeldzamer. Gelukkig waren er sinds de aanval op de bontweverij in Augsburg geen bommen meer gevallen. Op München hadden ze slechts een paar lichtbommen geworpen.

Toen ze door Augsburg naar de villa reden, zag Dodo voor het eerst de veranderingen die aan het begin van de oorlog waren doorgevoerd om monumenten en belangrijke gebouwen te beschermen. Planken moesten de prachtige gevels tegen bomscherven beschermen en het beeld van Hercules hadden ze in zijn geheel uit de fontein gehaald en ergens anders naartoe gebracht zodat hem niets kon overkomen.

Tegen half zeven reden ze door de poort van het park van de villa en Humbert kwam aangesneld om Dodo's tas naar boven te dragen.

'Blijf je voor het avondeten, Henni?'

'Zeker. Ik sterf van de honger.'

'Geen woord over Ditmar, oké?'

'Waar zie je me voor aan?'

11

Hij was bang dat hij gek zou worden in de kleine ruimte. Het was de duisternis. Het maakte niet uit of hij zijn ogen opende of sloot, de duisternis was overal en omringde hem met schreeuwende, kleurrijke fantasieën. De duisternis ontnam hem zijn gevoel van tijd, de wetenschap wat boven en onder was. Hij voelde zichzelf langzaam wegglijden in waanzin. Hij wist niet waar hij zijn huidige straf aan te danken had. De bewakers besloten willekeurig, soms trof het de een, dan weer de ander. Het meest onbenullige vergrijp kon er al voor zorgen dat je kennismaakte met de grootste perversiteiten die iemand kon bedenken om een medemens te vernederen en vernietigen.

Sebastian was geen nieuwkomer in Dachau. Ruim twee jaar eerder was hij tijdens een grootschalige operatie gearresteerd in het appartement waar hij met drie kameraden verbleef. Hun geheime activiteiten tegen het naziregime waren steeds verder bemoeilijkt, vrienden waren ondergedoken of zaten in de gevangenis. Toch hadden ze besloten om door te zetten, voorzichtig te blijven en contact te houden. De Gestapo was er waarschijnlijk in geslaagd een van hun vrienden net zo lang te mishandelen totdat hij namen en adressen had prijsgegeven. Ze kwamen 's nachts, omsingelden het huis en Sebastian en zijn vrienden hadden geen kans om te ontsnappen. Enkele dagen later was hij naar Dachau gebracht.

Het concentratiekamp was een fort, omringd door een muur en wachttorens, een gracht, een grasveld en een omheining met hoogspanningsdraden die elke poging tot ontsnapping verhinderden. De dag in het kamp begon om vijf uur met het doordringende geluid van de sirene. Ze kregen koffie en wat brood en daarna was het appèl op het plein. Vervolgens marcheerden ze in colonnes naar het werk. Het werk was zwaar en zinloos. Ze moesten greppels graven, grind en bouwmaterialen vervoeren, zakken cement slepen, stenen blokken uitgraven en afvoeren en kabels leggen. De gevangenen moesten de bouw van nieuwe barakken voorbereiden, wat hun het angstaanjagende besef gaf dat het concentratiekamp Dachau nog veel meer ongelukkige mensen zou opnemen. Om twaalf uur was het middag, dan kregen ze bonen- of koolstamppot. Om half twee ging het werk door, tot zeven uur 's avonds. De bewakers waren er altijd met hun zwepen bij en hielden iedereen in de gaten. Degenen die ziek of te oud waren en het zware werktempo niet konden volhouden, werden net zo lang afgeranseld totdat ze doorwerkten. Degenen die bleven liggen, moesten worden gedragen zodat ze voor het avondappèl op het plein waren. Het ergste wat er kon gebeuren was dat er een gevangene miste, dan werden de bewakers hysterisch, werd alles doorzocht en regende het straffen.

In november 1938 werden er talloze Joden in vrachtwagens naar het kamp gebracht. Sommigen van hen leefden niet meer toen de deuren opengingen. Ze werden onverschillig naar de begraafplaats gesleept, waar de doden niet werden begraven, maar in een kuil in de grond werden gegooid. In de weken waarin deze mensen in Dachau werden vastgehouden, werden ze slechter behandeld dan alle andere gevangenen. Ze kregen weinig eten en geen behoorlijke kleding, terwijl ze hetzelfde zware werk moesten verrichten. Degenen die het overleefden werden later weggevoerd, maar sommigen moesten in Dachau blijven en werden in het isolatieblok ondergebracht. Het waren Augsburgers die Sebastian uit betere tijden kende, mensen die fabrieken en winkels hadden gerund, ambtenaren, leraren, advocaten. Hij hoorde dat ze allemaal in één nacht waren gearresteerd, na jarenlang bedreigd en geïntimideerd te zijn. De nazi's hadden hen als woestelingen in hun huizen overvallen. De enige reden dat de synagoge niet in brand was gestoken, was dat ze vreesden dat het vuur zich zou kunnen uitbreiden naar de omliggende gebouwen.

'Mevrouw Melzer, die het atelier in de Karolinenstraat had,' vertelde een Joodse advocaat hem, 'die is slim geweest. Zij is op tijd gevlucht. Als je nu pas overweegt om te emigreren, pakken ze al je bezittingen af. En als je arm bent, dan kun je het wel vergeten.'

Het deed Sebastian geen goed om eraan herinnerd te worden dat hij ook had kunnen emigreren om zijn werk voor de zaak van het communisme in Amerika voort te zetten. Destijds beschouwde hij het als een laffe daad om Duitsland te verlaten. Zijn plek was onder zijn landgenoten, hij wilde hier vechten voor een rechtvaardiger staatsvorm. Nu was zijn plek in Dachau onder de gevangenen van de Gestapo en was het enige waarvoor hij kon vechten zijn eigen leven.

Ondanks alle controles wisten de gevangenen regelmatig berichten uit de buitenwereld te krijgen. Het was oorlog, de Wehrmacht had Polen en Frankrijk veroverd, maar er was ook sprake van dat er in deze landen verzetsstrijders waren, partizanen die het de bezetters erg lastig maakten.

'Ze duiken overdag onder in de bossen en verstoppen zich bij de plattelandsbevolking in schuren en kelders,' zei een Sinti die in bezet Frankrijk was gearresteerd. 'Ze overvallen de Wehrmachtsoldaten vanuit een hinderlaag, gooien explosieven of sluipen 's nachts hun kwartieren binnen en steken ze in hun slaap dood. Als ze gepakt worden, hangen ze. Maar ik heb met Fransen gesproken die zeiden dat ze liever doodgaan dan onderdanen te worden van de boches.'

Sebastian vroeg zich af of hij in staat zou zijn geweest om dat soort verzetsacties uit te voeren. Hij was niet iemand die een slapend persoon kon neersteken. Hij had hooguit explosieven kunnen plaatsen, maar ook dat vond hij verschrikkelijk. Hij was meer iemand die vocht met woorden, vertrouwend op de rede en menselijkheid. Hij en zijn strijdmakkers hadden pamfletten geschreven en verspreid om de ogen van de mensen te openen, maar de meeste mensen waren verblind door de slogans van de NSDAP en waren blindelings achter hen aan gelopen. Een oorlog kon alleen maar rampspoed brengen. Degenen die in de Wereldoorlog hadden gediend wisten dat maar al te goed. Hoe was het mogelijk dat ze voor de tweede keer vrijwillig in dienst waren gegaan en hun ondergang tegemoet renden?

Johann was nu al vijftien, Hanno dertien. Ze zouden nu zeker zijn gehersenspoeld met de nazi-ideologie. Ook zijn kleine Charlotte, zijn dochter, van wie hij – ook al gaf hij dat niet graag toe – meer hield dan van de jongens, zou in de geest van Adolf Hitler worden opgevoed. Zou zij zich tenminste herinneren wat haar vader haar had geleerd? De droom van een rechtvaardige samenleving waarin alle mensen gelijk waren en er geen rijk of arm was? Het grote idee van een wereld zonder oorlogen, zonder honger, zonder ellende? Ach, hij had zelf moeite om er nog in te geloven. Hoe moest een klein meisje zich dan tegen de propaganda en wat de school haar influisterde staande te houden?

Hij kwam tot de bittere overtuiging dat hij geen sporen zou nalaten als zijn bestaan hier in Dachau ophield. Noch bij degenen die hij met behulp van al zijn krachten tot inzicht had willen brengen, noch bij degenen die hij liefhad en die hem na aan het hart lagen. Zijn leven en dood waren nutteloos geweest.

Plotseling kwam er een einde aan de duisternis. De bewaker opende rammelend de deur en deed de plafondlamp aan. Fel licht scheen in zijn nachtblinde ogen, hij voelde een stekende pijn en sloeg zijn handen voor zijn gezicht. Toen hij ze langzaam weghaalde en met tranende ogen de omgeving waarnam, zag hij op de grond voor hem een kop koffie en een stuk brood. Vol ongeloof raakte hij het eten met zijn uitgestrekte wijsvinger aan, twijfelend of dit een van zijn fantasieën of werkelijkheid was. Maar hij voelde de warmte van de blikkerige beker, rook de geur van de koffie en begon met kleine slokjes te drinken. Hij brak het brood in stukken, kauwde er langzaam en aandachtig op, maar verbood het zichzelf het stuk helemaal op te eten. De rest verborg hij in de mouw van zijn kamphemd. Hij kon immers niet weten hoelang ze hem nog wilden laten verhongeren.

De bewaker had het licht laten branden, waardoor hij de kleine ruimte die hij eerder alleen had betast in al zijn lelijkheid kon zien. Er was geen raam, de kamer was ongeveer vier vierkante meter groot, de muren waren kaal en grijs geschilderd, er was een ijzeren bedframe met planken en een grijze legerdeken erop en er stond een lege waterfles. In de hoek stond de emmer met het deksel. Die was vrij leeg, Sebastian had immers geen water of voedsel gekregen. Hij was zo zwak dat hij maar heel even kon staan, maar toen hij na de maaltijd terugzonk op het bed, voelde hij zich ondanks alles beter. Hij zou het overleven. Of dat een geluk of ongeluk was, wist hij niet. Er waren gevangenen geweest die aan de voortdurende vernedering en fysieke kwelling waren ontsnapt door zelfmoord te plegen. Sommigen waren tegen het hoogspanningshek aan gelopen, anderen hadden zich aan hekken of verwarmingselementen opgehangen. Het harde werk, de kou en de honger hadden echter de meeste slachtoffers geëist.

Na een tijdje verscheen de bewaker weer om een kom soep en nog een stuk brood te brengen. Het gezicht van de man was onverschillig, maar Sebastian dacht dat hij een zekere goedmoedigheid in zijn blik waarnam.

'Je hebt het bijna achter de rug,' zei de bewaker. Ook dit keer liet hij de plafondlamp branden en Sebastian begon de soep op te eten. Er zaten bonen en kool in, en zelfs piepkleine stukjes spek. Hij dacht dat hij nog nooit in zijn leven iets lekkerders had gegeten. In de uren erna had hij last van buikkrampen, maar hij hield het eten binnen en at ook het brood helemaal op. 's Avonds lagen er aardappelen en haring, die hij tot op de laatste graat opat. Daarna werd de plafondlamp gedoofd en viel hij in een diepe, droomloze slaap.

Hij werd wakker doordat de bewaker de celdeur ontgrendelde. Hij ging rechtop zitten op zijn bed en knipperde met zijn ogen in het licht. Er was koffie en brood en de bewaker gooide een witte envelop op zijn brits.

'Je hebt post.'

Vol ongeloof pakte hij de brief, schoof zijn bril recht – zijn kostbaarste, onvervangbare bezit – en keek wie de afzender was. Er ging een hevige pijn door hem heen, de brief gleed uit zijn hand, zeilde over de vloer en verdween onder de brits. De brief was van Lisa. Geen twijfel mogelijk. Hij herkende haar handschrift.

Ze wisten dat hij in Dachau was.

Wie kon hun dat verteld hebben? Had de Gestapo hen ingelicht? Of was het Felix geweest, een van zijn strijdmakkers, die zich ter wille van zijn vriendin zo veel mogelijk van hun werk had teruggetrokken, maar nog altijd contacten had?

Ondanks alles deed hij het meest voor de hand liggende. Hij dronk de koffiebeker leeg en at het brood op. Als hij het niet meteen deed, kon het zijn dat het eten weer van hem werd afgepakt. Daarna zat hij een tijdje op zijn brits, met zijn handen rustend op zijn knieën en starend naar de stalen deur, waarin een raampje voor de bewaker zat met tralies ervoor. Zijn hart bonkte. Als ze hadden aangekondigd dat hij vijfentwintig zweepslagen zou krijgen, zou hij minder onthutst zijn geweest dan door het vooruitzicht deze brief te moeten lezen.

Wat zou ze hem geschreven kunnen hebben? Hij had haar verlaten en hun liefde vertrapt. Zijn kinderen hadden al vier jaar geen vader meer. Menselijkerwijs kon ze alleen maar haat voor hem voelen.

Als dat zo is, dacht hij, en dat kan niet anders, zal ik deze brief lezen. Daar heeft ze recht op. Of ik de kracht zal vinden om de brief te beantwoorden, weet ik niet.

Hij knielde op de grond en viste de brief onder de brits vandaan.

De envelop was geopend. Oorspronkelijk was de brief, die hij er met zijn eeltige en trillende vingers uit trok, twee keer zo lang geweest. Hij was in het midden doorgeknipt en alleen het bovenste deel was terug in de envelop gestopt.

Augsburg, 17 augustus 1940

Sebastian!

Ik heb besloten je te schrijven omdat we vanavond een bombardement op Augsburg hebben meegemaakt. Er is niet veel gebeurd, dankzij het luchtalarm en het luchtafweergeschut. Maar het heeft me doen beseffen hoe vluchtig ons leven is en hoe snel het kan eindigen, en ik wil niet op een dag voor God staan zonder een verzoenende hand naar je te hebben uitgestoken.
Het gaat goed met de kinderen en mij. Johann en Hanno zitten bij de Hitlerjugend, Charlotte is bij de Jungmädels. Met mij gaat het ook goed, we hebben geleerd om het zonder jou te redden.
Ook al ben ik diep teleurgesteld en verwacht ik niets meer, ik wil in het belang van de kinderen toch graag proberen om je lot te…

Hier was de brief afgeknipt en de rest ontbrak. Sebastian voelde tranen over zijn wangen lopen en op zijn kamphemd druppen. Zijn bril was nat en de regels vervaagden voor zijn ogen.

Hij had zich grondig in zijn vrouw vergist. Ze schreef niet om haar woede over hem uit te storten. Nee, ze was kalm, vertrouwde op God en was zo nobel om hem hulp te bieden. Want dat stond ongetwijfeld in de begonnen zin.

Was het makkelijker geweest om een boze en kwetsende brief te lezen? Waarschijnlijk wel. De zinnen 'We hebben geleerd om het zonder jou te redden' en 'verwacht ik niets meer' deden meer pijn dan alle nare verwijten die ze had kunnen schrijven en die hij verdiende.

Hij las de korte tekst nog een keer, voelde weer de pijn die de brief veroorzaakte en probeerde er toch iets positiefs in te ontdekken. Ze had hem geschreven... Betekende dat op zich niet al heel veel? Ook al had ze het waarschijnlijk gedaan op een moment dat ze doodsbang was vanwege een bombardement. Hij zocht verder en vond wat hij zocht. Zijn kinderen zaten in de klauwen van de nationaalsocialisten, zoals hij al had gevreesd. Maar ze schreef wel 'in het belang van de kinderen'. Wat stond er in de rest van de zin? Was er misschien nog een klein vonkje genegenheid? Bij haar? Bij zijn kinderen?

Hoop. De vervloekte hoop. Nu had de hoop hem gegrepen en zou die hem kwellen.

Hij stopte de brief terug in de envelop, vouwde hem op en schoof hem in zijn mouw. Daarna stond hij op en liep rondjes door de cel, ging weer zitten, piekerde en voelde dat hij pijnlijk werd overweldigd door een wereld waarvan hij had gedacht dat hij die was verloren. Toen de bewaker weer rammelend en rinkelend de celdeur ontgrendelde, verwachtte hij het middagmaal, maar in plaats daarvan kreeg hij het bevel mee te komen.

Hij zette zijn bril af en hield hem in zijn hand. Het was goed mogelijk dat hij in het gezicht zou worden geslagen. Maar hij kreeg slechts een paar schoppen toen ze de uitgang van de bunker naderden.

Het sneeuwde buiten. De donkere barakken waren bedekt met een flatterende witte laag, op het appèlplein ruimden gevangenen de sneeuw. Midden op het plein stond een dennenboom, blijkbaar was het over een paar dagen kerst. Onder de dennenboom was de sneeuw felrood. Er lagen twee gevangenen te bloeden in de sneeuw. Zij hadden hun straf bij de bok gekregen.

De anderen zaten aan het middagmaal: bonenstamppot met

kool. Ook voor hem was een tinnen kom neergezet. Zijn kameraden ontvingen hem hartelijk, klopten hem op de rug en zeiden dat ze blij waren hem weer te zien.

'Ze hebben de Sinti en de Joodse dokter ook gehaald,' vertelden ze hem. 'Zij zijn nog niet terug.'

'Hoelang ben ik weggeweest?'

'Vier dagen.'

Dat was bijna niets. De theoloog hadden ze ooit twee maanden opgesloten en anderen hadden al enkele weken in de donkere cel gezeten. Hij had geluk gehad en mocht blij zijn dat hij er nog vrij goed van af was gekomen.

Hij stopte de brief in een blikje waarin hij zijn schaarse bezittingen bewaarde. Zijn lepel, een zakdoek, 's nachts ook zijn bril zodat hij die niet per ongeluk in zijn slaap brak. Het werk was bijzonder inspannend doordat de grond bevroren was, maar het verbaasde hem dat hij ondanks de vier dagen dat hij honger had geleden niet instortte. Misschien kwam het door de frisse lucht dat hij het zware werk beter aankon.

Zodra het begon te schemeren, werden de schijnwerpers aangezet om de gevangenen in de gaten te houden. Toch waren de bewakers rusteloos. De beulen sloegen telkens weer met de bullenpees op de lichamen van de uitgeputte, bevroren mannen en zetten ook hun vuisten en laarzen in. Tijdens het avondappèl lieten ze de gevangenen een half uur langer in de kou staan dan normaal en Sebastian zag in het blauwachtige licht van de schijnwerpers dat de twee mannen onder de dennenboom waren verdwenen. Alleen de bloedvlekken waren er nog.

Later zat hij in gedachten verzonken aan tafel tussen de anderen.

'Je hebt post gekregen, hè?' vroeg de theoloog.

'Hoe weet je dat?'

'Er was een pakketje voor je. Ze hebben het weer meegenomen omdat je in de bunker zat.'

Hij kreeg een warm gevoel vanbinnen. Ze had hem een pakketje gestuurd. Ze meende haar aanbod om hem te helpen serieus.

'Ik weet niet of ik het kan accepteren,' mompelde hij.

'Waarom niet?'

'Omdat ik haar te veel heb aangedaan. Daarom.'

De theoloog zweeg een poosje. 'Je kunt niet alleen aan jezelf denken, Sebastian,' zei hij verwijtend. 'Ze heeft je een teken gestuurd. Waarom wil je dat hooghartig negeren?'

'Je bedoelt dat ik haar zou moeten schrijven?'

'Om haar een plezier te doen, ja!'

12

Januari 1941

Mijn lieve Paul,

Gisteren ontving ik na een lange radiostilte weer een brief van je en ik was enorm opgelucht, want ik vreesde dat de verschrikkelijke oorlog de verbinding tussen ons tweeën had verbroken. Je brief was buitengewoon kort, wat me een beetje verdrietig maakte, maar ik weet hoe moeilijk je situatie is en begrijp dat je niet de tijd hebt om uitgebreide brieven naar New York te sturen.

De meningen hier over de Europese oorlog zijn verdeeld, maar de meesten vinden dat Amerika zijn neutraliteit moet behouden en overal buiten moet blijven. Wij, de mensen die uit Duitsland zijn geëmigreerd, zien het anders. Wij denken allemaal dat Amerika Hitler vroegtijdig een halt moet toeroepen en de dappere Britten moet steunen in hun strijd om te overleven.

Mijn gedachten zijn elke dag bij jou en de kinderen. Dodo schreef me dat ze snel terug wil naar München. Kurt is helaas te lui om te schrijven, wat ik hem kan vergeven, want dat is normaal voor zijn leeftijd.

Karl vroeg me laatst waarom je niet op zijn aanbod om garens aan Augsburg te leveren bent ingegaan. Ik kon geen an-

der antwoord bedenken dan dat het aan de vertraagde post moest liggen...

Paul wierp de half gelezen brief geïrriteerd op zijn bureau. Waarom dacht ze dat hij uitgerekend met haar lieve 'Karl' zaken zou doen? Die man kon nog zo'n grootmoedig aanbod doen, hij had zijn hulp niet nodig. Afgezien daarvan zou Ernst snel een einde hebben gemaakt aan deze zaak omdat Friedländer Joods was.

Hij keek op de klok. Het was al half acht. Over een uur verwachtte Ernst von Klippstein hem voor een overleg in de fabriek. Zoals gewoonlijk had hij er geen goed gevoel over. Telkens als hij erheen ging, ging hij bij wijze van spreken met gebalde vuisten.

Besluiteloos pakte hij de brief van Marie weer op, las een paar alinea's en liet hem weer zakken. Waarom deed ze alsof ze zich dag en nacht zorgen maakte over de textielfabriek? Hij wist heel goed dat dat niet zo was. Ze was een succesvolle zakenvrouw – niet in de laatste plaats dankzij de steun van haar 'kennis' – en de jaren die ze samen met haar man in de villa had doorgebracht interesseerden haar niet meer. Dat was de trieste waarheid die hij in elke brief van haar tussen de regels door las, zelfs als ze hem telkens weer verzekerde dat ze hem vanaf de overkant van de Atlantische Oceaan steunde. Het beste bewijs daarvan was haar brief van juli vorig jaar, waarin ze hem onbekommerd had geadviseerd de ringspinmachines weg te geven als dat nuttig was voor de fabriek. Ze leek te zijn vergeten dat die machines een stukje van hun gemeenschappelijke verleden waren, dat ze onlosmakelijk met hun lot en dat van hun ouders verbonden waren. Ze was een nieuw leven begonnen in New York, Augsburg lag achter haar en haar huwelijk met hem bestond in feite alleen nog op papier.

Hij besloot de rest van de brief 's avonds te lezen en wilde hem weer in de envelop stoppen toen het hem opviel dat het papier op de gelijmde plekken vreemd hard was. Hij schrok, hield de envelop in het licht, voelde het papier tussen zijn vingers en kwam tot de onthutsende conclusie dat Maries brief was geopend en gelezen.

Ze controleerden zijn post! Waarom? Dat was niet moeilijk te raden: hij onderhield een briefwisseling met zijn Joodse vrouw in Amerika. De Verenigde Staten stelden zich dan wel neutraal op, maar het was bekend dat ze wapens en waarschijnlijk ook vliegtuigen aan de Britten leverden en dus aan de vijandelijke kant stonden.

Nou, geweldig! En Marie sprak openhartig over de mening van de Amerikanen met betrekking tot de oorlog en schreef dat ze heel erg hoopte dat de VS aan de oorlog zou deelnemen. Als ze zulke naïeve brieven bleef schrijven, kon ze hem in de grootste problemen brengen.

Met een wee gevoel in zijn maag stopte hij de brief in de doos en hij vroeg zich af hoeveel van haar brieven al geopend en gelezen waren. Alleen de brieven die ze elkaar sinds het begin van de oorlog hadden geschreven? Dat waren er niet al te veel. Of hielden ze hem al veel langer in de gaten? Misschien al een paar jaar? In elk geval moest hij Kitty en Lisa hierover informeren, want Henni en Dodo schreven ook naar Amerika.

Hij hoorde dat beneden de auto werd gestart en stond op. Humbert zou Dodo naar het station brengen. Ze had haar zes maanden durende dienst voltooid en wilde zo snel mogelijk terug naar München om zich in te schrijven voor de tentamens. Zijn dochter was ervan overtuigd dat ze die zou halen, ook al had ze alle colleges van het wintersemester gemist. Het was allemaal belachelijk makkelijk, had ze hem vol vertrouwen verzekerd.

'Papa? Ik moet gaan en wilde even afscheid van je nemen,' hoorde hij haar stem in de gang.

'Kom binnen, Dodo!'

Ze kwam binnen – een extreem slank, bleek meisje, slordig gekleed en met kortgeknipt blond krullend haar. Je kon zijn dochter makkelijk voor een jongen aanzien. Ook haar technische en wiskundige talent wees in die richting. En niet in de laatste plaats haar jongensachtige manier van doen, die zo anders was dan Henni's verleidelijke maar doelbewuste vrouwelijkheid.

'Ik wilde je nogmaals bedanken, papa,' zei ze. 'Ik ben heel blij dat ik die stomme arbeidsdienst op zo'n comfortabele manier heb kunnen voltooien.'

Ze grijnsde vrolijk en hij was blij dat hij de kans had gehad om het haar makkelijker te maken, ook al was het alleen maar de laatste twee maanden. Ze had in haar kamer in de villa gewoond en was elke dag naar de weverij gelopen om daar mee te werken. Maar meestal had ze voor de machines gezorgd en wat handigheidjes bedacht om de productie efficiënter te maken. Ze beweerde dat haar rug weer helemaal genezen was, ook al moest ze nog voorzichtig zijn.

'En je wilt je echt inschrijven voor de tentamens?' vroeg hij.

'Tuurlijk. Ik heb geen zin om een semester te verliezen. De studie wordt immers pas interessant als het om vliegtuigbouw gaat.'

Hij had haar eigenlijk willen voorhouden dat haar studie met 'andermans geld' werd betaald en dat hij vond dat ze haar vaardigheden beter in de fabriek van haar vader kon inzetten. Maar gezien de huidige situatie kon hij haar vrijwel niets aanbieden. Ook de weverij zou binnen afzienbare tijd worden stilgelegd. Alle pogingen om geschikte garens voor stoffen voor uniformen geleverd te krijgen waren mislukt. De toekomst van textielfabriek Melzer zag er somber uit.

'Nou, dan wens ik je veel succes,' zei hij en hij glimlachte bemoedigend naar haar. 'Misschien heb je toch wel het juiste pad gekozen, Dodo.'

Ze wist heel goed waarom hij dit zei. Ze had immers gezien hoe de situatie zich de afgelopen twee maanden had ontwikkeld. 'Er komen ook weer andere tijden, papa,' zei ze glimlachend. 'Als de oorlog voorbij is, zal het ook weer bergopwaarts gaan met de fabriek.'

'Dat denk ik ook...'

Het raakte hem dat ze hem wilde troosten. Het was jammer dat ze terugging naar München, het was fijn geweest om haar hier in de villa te hebben.

'Ik moet je nog iets zeggen, Dodo...'

'Bedoel je vanwege de brieven?' vroeg ze fronsend. 'Ik weet dat ze gelezen worden. Dat vertelde tante Kitty ons gisteren.'

Ze hadden het dus ook gemerkt. Dodo leek er niet zwaar aan te tillen en hij wist niet of hij daar blij of bezorgd over moest zijn. Zijn dochter was volwassen.

'Dan weet je dat dus, meisje. Laat snel iets van je horen en als je iets nodig hebt, ben ik er altijd voor je.'

Ze gaven elkaar een hand en hij voelde haar kleine maar sterke hand, die hem aan Marie deed denken.

'Het is binnenkort vakantie, dan kom ik jullie weer op de zenuwen werken,' grapte ze.

Nu nam hij haar toch in zijn armen om afscheid te nemen. Hij drukte zijn dochter tegen zich aan en mompelde dat hij ernaar uitkeek haar snel weer te zien.

'Hou je taai!' riep hij haar na toen ze de gang in liep.

'Jij ook, papa!' riep ze terug terwijl ze de trap naar de hal afdaalde.

Een paar minuten later liep hij zelf naar de hal. Hanna bracht hem zijn jas, sjaal en hoed.

'Ik dacht dat u vandaag de wollen sjaal nodig zou hebben, meneer,' zei ze zorgzaam. 'Er staat een ijzige wind. Zou u niet liever willen wachten totdat Humbert terug is zodat hij u met de auto naar de fabriek kan brengen?'

'Nee, dank je, Hanna. Ik loop er snel naartoe want ik heb een belangrijke afspraak. Zeg tegen mijn zus alsjeblieft dat ik haar nog voor het middagmaal even kort wil spreken.'

'Zoals u wenst, meneer.'

Onderweg naar de poort van het park zag hij nog net Johann, Hanno en Charlotte naar de tramhalte lopen om naar school te gaan. Toen hij de poort bereikte, waren ze al ingestapt en passeerde de tram hem. Charlotte zag hem en zwaaide. Hij zwaaide terug, bond zijn sjaal strakker vast, zette zich schrap tegen de wind en ging op weg naar de fabriek.

De fabriekspoort stond open want er was net een vrachtwagen het terrein op gereden om de laatste balen stof in te laden. Portier Knoll hield de hoorn van de telefoon aan zijn oor en knikte als begroeting met de gebruikelijke onverschilligheid naar hem. De twee arbeiders die de balen in de vrachtwagen laadden, begroetten hem vriendelijker. Ze waren al lang bij hem in dienst en hadden betere tijden meegemaakt in de fabriek.

'Heil Hitler, meneer de directeur! Verdomd koud vandaag, hè?'

'Dat kunt u wel zeggen, meneer Ditmann!' antwoordde hij glimlachend en hij liep de treden naar het administratiegebouw op.

Angelika von Lützen had zich de vorige dag ziek gemeld, naar het scheen tot opluchting van Hilde Haller, want ze begroette hem met een blije glimlach.

'Goedemorgen, juffrouw Haller,' zei hij en hij voegde er gekscherend aan toe: 'Redt u het wel, zo helemaal in uw eentje?'

Ze werd rood en de blos stond haar goed. Ze was trouwens toch een mooie vrouw, ook al deed ze niet veel moeite voor haar uiterlijk. Ze stond op om zijn jas, sjaal en hoed aan te nemen, wat ze heel behoedzaam deed, alsof deze voorwerpen bijzonder kostbaar en kwetsbaar waren.

'Meneer Von Klippstein wacht op u in uw kantoor, meneer de directeur. Hij is nu aan de telefoon...'

'Dank u wel, juffrouw Haller. Is er post gekomen?'

'Ja, meneer de directeur. Die ligt nog hier, ik zal hem later naar u brengen.'

Ze had de post niet zoals gewoonlijk in zijn kantoor gelegd omdat ze wist dat Ernst von Klippstein er zou neerstrijken. Paul was dankbaar dat ze zo voorzichtig en loyaal was. Op Hilde Haller kon hij tenminste rekenen.

Ernst von Klippstein was achter Pauls bureau gaan zitten. Hij zat op zijn gemak op de stoel naar achteren geleund en hief zijn rechterarm op om Paul te begroeten. Hij onderbrak het telefoongesprek niet.

'... dat is ook helemaal mijn mening... zal per omgaande worden geregeld... je kunt op mij vertrouwen... Heil Hitler! Ja, ik wens jou ook veel succes...'

Paul liep langs hem heen en ging in een van de leren fauteuils zitten om te wachten tot Ernst klaar was met bellen. Zouden ze ook telefoongesprekken kunnen afluisteren? Technisch gezien was dit waarschijnlijk mogelijk. Als ze het deden, hadden ze net ook Ernsts telefoongesprek afgeluisterd. Trouw aan de partijlijn zoals hij was, had hij waarschijnlijk niets te vrezen. Zelf moest Paul voortaan echter heel voorzichtig zijn. Het voelde beklemmend. De strop die om zijn nek was gelegd, werd millimeter voor millimeter aangetrokken.

'Heil Hitler,' begroette Ernst hem nadat hij de hoorn op de haak had gelegd. 'Er is groot nieuws over de fabriek. Je weet dat textielfabriek Melzer mij nog steeds na aan het hart gaat en ik heb me er daarom voor ingezet om te zorgen dat onze hallen zinvol worden benut.'

Dus toch. Hij wist wat deze aankondiging betekende: de fabriekshallen zouden voortaan als productiehallen voor de oorlogsindustrie dienen.

'Ik heb de opdracht om onze productiefaciliteiten met onmiddellijke ingang ter beschikking te stellen aan de vliegtuigfabriek Messerschmitt. Je weet dat de luchtoorlog tegen de Britten de grootst mogelijke inspanningen van ons vergt. Er zullen hier vliegtuigonderdelen worden geproduceerd om onze luchtmacht de nodige aanvoer van gevechtsvliegtuigen te garanderen.'

Paul wist niet wat hij moest zeggen. Het was toch zinloos om te protesteren, hij moest het accepteren. Hij was blij dat op dat moment Hilde Haller binnenkwam om te vragen of de heren koffie wilden. 'En juffrouw Bräuer staat buiten te wachten...'

'Graag koffie. We hebben op dit moment geen notuliste nodig. Zegt u tegen juffrouw Bräuer dat ik haar later nodig zal hebben om een rondleiding door de hallen te geven,' beval Von Klippstein autoritair.

Hilde Haller trok zich met een bezorgde blik terug. Natuurlijk wist ze wat hier besproken werd, ze was van bijna alles wat met de fabriek te maken had op de hoogte. Paul besloot op zijn minst enkele zorgen te uiten. Hij wilde zich niet zo gedienstig en onderdanig schikken als Ernst van hem verwachtte.

'Het is wel jammer dat we nu ook de weverij moeten stilleggen, aangezien we immers waren overgestapt op de productie van stoffen voor uniformen, die ook van belang zijn voor de oorlog.'

Ernst von Klippstein maakte een afwimpelend gebaar en stond van de bureaustoel op om naast Paul te komen zitten. Hij had moeite met opstaan, maar vertrok geen spier. Hij had al jaren last van de littekens die hij over zijn hele lichaam had, maar hij was gewend geraakt aan de pijn.

'Wat dat betreft hoef je je geen zorgen te maken, beste Paul,' zei hij. 'Er zijn andere textielfabrieken die deze taak op zich nemen. Gelukkig is alle schade in de bontweverij hersteld. Ze hebben de productie hervat.'

Paul wist dit en was er al heel boos over geweest. Het was wel duidelijk dat Ernst van meet af aan van plan was geweest om textielfabriek Melzer volledig stil te leggen om de hallen voor andere doeleinden beschikbaar te kunnen stellen. De stoffen voor uniformen werden geproduceerd door de bontweverij. Zo simpel was dat.

'Ik heb nog meer nieuws voor je,' vervolgde Ernst nadat hij zich op een fauteuil naast Paul had laten zakken. 'Het gaat om de fabrieksleiding.'

Paul voelde zijn hart een slag overslaan. Wat kwam er nu nog? Had Henni gelijk gehad met haar vrees? Wilden ze zijn fabriek afpakken?

Hij moest wachten totdat Hilde Haller de koffie had geserveerd. Nadat ze het kantoor had verlaten, roerde Ernst op zijn gemak melk en suiker door zijn koffie en zei: 'Je weet dat je volgens de rassenwetten wordt beschouwd als een familielid van een Jood omdat je koppig weigert van Marie te scheiden. Daarom zou het niet te rechtvaardigen zijn om jou de leiding toe te vertrouwen van een bedrijf waar strategische militaire goederen worden geproduceerd.'

Paul stond perplex. Om zo'n maatregel te voorkomen was Marie naar Amerika gegaan. Nu bleek dat dat zinloos was geweest. De fabriek werd toch van hem afgepakt. Hij had gelijk gehad: Marie had net zo goed in Duitsland kunnen blijven.

Ernst wist natuurlijk welk effect zijn aankondiging had. Hij keek Paul met een mengeling van ironie en mededogen aan en leek de klap die hij Paul had gegeven te willen verzachten met wat gebabbel.

'Onder ons gezegd, ik kan je goed begrijpen, Paul. Van een vrouw als Marie laat je je niet zo makkelijk scheiden. Ook al is ze Joods, ik moet bekennen dat ik persoonlijk altijd veel sympathie voor haar heb gekoesterd...'

Paul liet het gezwets zwijgend over zich heen komen. Ernst had meer dan sympathie voor Marie gevoeld, dat wist hij maar al te goed. Als Paul destijds niet was teruggekeerd uit de Wereldoorlog had Marie het moeilijk gehad, want Ernst was erin geslaagd om de fabrieksleiding binnen te sluipen en Marie van hem afhankelijk te maken. Zijn 'vriend' Ernst von Klippstein had toch al altijd hart gehad voor de vrouwen van de villa. Hij had Kitty ook achternagelopen en uiteindelijk de arme Tilly ongelukkig gemaakt.

'Het was een wijs besluit van je vrouw om naar New York te emigreren,' vervolgde Ernst glimlachend en hij nam een slok koffie. 'Ik zou het ook een triest gezicht vinden om haar met de gele Jodenster te zien.'

Dat was helaas waar. Sinds 1 september vorig jaar bestond het decreet dat Joden een gele ster op hun kleding moesten naaien. Iedere Jood die zonder dit teken in het openbaar werd gezien, kon rekenen op zware straffen.

'O ja, nu schiet me te binnen,' zei Ernst. 'Die Marek die voor jou als tuinman werkt is toch ook een Jood? Hij moet de ster dragen als hij in het park werkt. Er komen immers ook bezoekers naar de villa, die moeten weten dat er een Jood werkzaam is zodat ze weg kunnen blijven. Heb je hem eigenlijk wel officieel geregistreerd?'

Paul had Marek niet geregistreerd. Hij had gehoopt dat hij door de mazen van het Gestapo-web was geglipt. Maar zoals Lisa al had gevreesd was Ernst von Klippstein erachter gekomen. Gerti kon het niet op haar geweten hebben, zij was sinds ze naar het huis in de Steinsteeg was verhuisd niet meer in de villa geweest.

'Ik ben van plan het te doen,' probeerde hij zichzelf eruit te praten. 'Hij werkt tot nu toe alleen op proef bij ons. Hij heeft geen opleiding als tuinman, dus het is de vraag of we hem wel kunnen houden.'

'Toch moet je hem zo snel mogelijk registreren,' adviseerde Ernst hem. 'O ja, nu er in de winter toch weinig te doen is in het park, kun je hem wellicht naar ons sturen. Gerti heeft er al een paar keer naar gevraagd want ze wil graag muurschilderingen...'

Paul keek op. Wilde Ernst echt een Jood in zijn huis laten werken? Dat was in zijn positie niet zonder gevaar. Maar Ernst was buitengewoon meegaand met alles wat met Gerti te maken had. Toch moest Paul voorzichtig zijn, vooral in Mareks belang, maar ook voor zichzelf. Ernst zou van plan kunnen zijn om hem met de Joodse tuinman te chanteren.

'Ik zal het hem zeggen,' zei hij traag. 'Overigens moet er zodra de grond niet meer bevroren is wel een blusvijver in het park van de villa gegraven worden. Dan heeft Marek het druk.'

Dat had het stadsbestuur hem inderdaad bevolen en hij was blij dat het hem nu te binnen schoot.

'Nou, dat kan nog wel een paar dagen of misschien zelfs weken duren,' zei Ernst. 'In de tussentijd kan hij gerust alvast langskomen en met Gerti de tekeningen bespreken.'

'Zeker...'

Ernst keek op zijn horloge en riep de secretaresse. 'Is meneer Stromberger er al?' vroeg hij aan Hilde Haller.

'Hij wacht in de voorkamer.'

'Goed. Zeg hem dat we eraan komen. Hij kan zijn mantel aanhouden.'

Aan Paul legde hij uit dat deze man het waarnemend hoofd van de fabriek was, die door de Rijkskamer van Koophandel was gestuurd en vandaag zijn positie zou innemen.

'Natuurlijk had ik de hand in het spel,' voegde hij er met een welgemeende glimlach aan toe. 'Wilhelm Stromberger is een capabele man en absoluut betrouwbaar. Wat dat betreft kun je op mij vertrouwen, Paul.'

Daar twijfelde Paul absoluut niet aan. Hij zou dus binnen een paar minuten de leiding van zijn fabriek moeten overdragen en in de handen van deze man moeten leggen. De coup was goed voorbereid.

'Ben ik nog nodig in mijn fabriek?' vroeg hij ironisch. 'Of heb je ook geregeld dat ik voortaan werkloos ben?'

Ernst, die al was opgestaan en naar de deur was gelopen, draaide zich naar hem om. 'Hoe kom je daar nu bij, Paul?' zei hij verwijtend. 'Stromberger hecht veel waarde aan nauwe samenwerking en ik zal voor zover mijn tijd het toelaat ook regelmatig langskomen.'

'Dat stelt me enorm gerust,' zei Paul sarcastisch.

Hij kon zich voorstellen hoe deze samenwerking eruit zou zien. In de toekomst was hij in zijn eigen fabriek slechts een ontvanger van orders. Maar hij kon in elk geval wel proberen om het ergste te voorkomen door invloed op Stromberger uit te oefenen.

In de voorkamer was Wilhelm Stromberger levendig in gesprek met Henni. Hij was een nogal onopvallend persoon, van gemiddelde lengte, gespierd en met kort blond haar dat boven op zijn hoofd dun was. Zijn gelaatstrekken getuigden eerder van dienstbaarheid dan van intelligentie. Paul merkte dat Henni's charme al had gewerkt. De man glimlachte en zijn ogen hadden die speciale glans die Henni graag bij het mannelijk geslacht opwekte als haar dat goed uitkwam. Toen hij Ernst von Klippstein en Paul uit het kantoor zag komen, verdween die uitdrukking echter onmiddellijk en stak hij zijn rechterarm op.

'Heil Hitler!'

'Heil Hitler, mijn beste,' antwoordde Ernst joviaal, maar met de houding van een leidinggevende. 'We gaan. Mijn jas en hoed alstublieft, juffrouw Haller!'

Hilde Haller had Paul eerst in zijn jas geholpen en hij voelde even haar hand op zijn schouder, alsof ze wilde laten merken dat ze met hem meeleefde. Het deed hem goed.

Tijdens de rondleiding moest Henni de beslissingen van de heren notuleren, wat ze zonder protest deed. De weefgetouwen moesten worden opgehaald om plaats te maken voor werkbanken en machines. De kantine werd weer ingericht, de arbeiders kregen een lunch en konden ook drankjes en snoep kopen. Maar wat er toen werd aangekondigd, deed Paul schrikken. Henni haperde ook met haar potlood terwijl ze meeschreef.

'Hier moet een poort gemaakt worden, zodat we de mensen beter kunnen controleren,' legde Ernst von Klippstein uit, wijzend naar de muur die de fabriek scheidde van een weidegebied.

Achter de fabriek zouden barakken worden gebouwd. Messerschmitt zou het werk laten uitvoeren door buitenlandse arbeiders.

13

Mijn lieve vrouw,

Ik was blij met je brief. Het gaat goed met me, het werk is inspannend, maar we hebben genoeg te eten. Ik denk vaak aan jullie en aan onze jaren samen. Het stelt me gerust dat je het zonder mij redt en dat de opvoeding van onze kinderen geregeld is.
Ik heb veel bewondering voor je moed en je daadkracht. Sta me toe dat ik ondanks alles diep in mijn hart mijn liefde voor jou bewaar. Ik kan niet anders.

Sebastian

Nu was het hem toch gelukt! Met twee kleine zinnen had hij het dikke ijs gebroken dat de afgelopen jaren op haar gemoed was gegroeid en dat ze als ondoordringbaar had beschouwd. En nu zat ze hier op haar bank en huilde tranen met tuiten.

Sta me toe dat ik ondanks alles diep in mijn hart mijn liefde voor jou bewaar. Ik kan niet anders.

Lisa had de brief eigenlijk ongeopend willen verbranden. Waarom was ze in hemelsnaam in de verleiding gekomen om hem te schrijven? Om hem zelfs een pakketje te sturen? O, het was die verschrikkelijke nacht van de bombardementen geweest, toen ze in doodsangst verkeerde. Toen was plotseling alle woede verdwenen en had ze extreem naar hem verlangd. Later had ze er spijt van gehad en zichzelf uitgescholden voor een sentimentele tuthola. Maar toen waren de brief en het pakket al verstuurd. God, wat beschamend dat er een brief uit het kamp Dachau bij de villa was afgeleverd. De postbode had het natuurlijk gezien en zou het overal rondvertellen. En het personeel wist het ook, want Humbert deelde de post altijd in huis uit. Zeker, de huisknecht was discreet, hij had haar de brief persoonlijk overhandigd en zich van enig commentaar onthouden. Maar in de keuken zou hij zeker niet zwijgen. Als de kinderen er maar niet achter kwamen. Ze moest Humbert nog een keer op het hart drukken om nooit meer dat soort post aan haar te overhandigen in het bijzijn van de kinderen.

Er zullen geen brieven uit Dachau meer komen, dacht ze, terwijl ze zich vermande. Ik antwoord gewoon niet, dan schrijft hij me niet meer. Over het algemeen leek het niet heel slecht met hem te gaan, hij had genoeg te eten en het werk was te doen. Dit verbaasde haar echter een beetje, want hij was niet de sterkste en de vorige keren dat hij in de gevangenis had gezeten was hij daarna lichamelijk gesloopt teruggekeerd. Maar blijkbaar had hij onvermoede reserves in zijn zwakke lichaam.

En wat als het helemaal niet waar is, schoot het door haar hoofd. Zijn brieven worden ongetwijfeld gecontroleerd. Hoe zou hij dan kunnen schrijven hoe het in werkelijkheid met hem gaat? Misschien is hij eigenlijk wel heel ziek? De dood nabij? Ze keek nog eens naar de laatste twee regels en kreeg weer tranen in haar ogen.

Sta me toe dat ik ondanks alles diep in mijn hart mijn liefde voor jou bewaar. Ik kan niet anders.

O, hij hield nog steeds van haar. Hoe kon ze dan zo wreed zijn en deze brief onbeantwoord laten? Hij hield van haar en... ze voelde zelf ook dat het nog niet helemaal over was tussen hen.

Ze snoot haar neus en zocht haar briefpapier. Ze vond het in de lade onder allerlei correspondentie die ze allang wilde sorteren.

Opgelucht ging ze weer aan tafel zitten, pakte de vulpen en schreef op wat er in haar opkwam.

Lieve Sebastian,

Je brief ontroerde mij tot tranen toe. Ik dacht serieus dat ik je uit mijn leven en mijn hart had verbannen, maar ik geef eerlijk toe: dat was een vergissing. Je hoort nog altijd bij mij en onze kinderen, en daarom heb ik besloten om deze briefwisseling voort te zetten. Het is triest dat je nu in het kamp Dachau moet verblijven, waar je het vast niet makkelijk hebt, maar ik hoop van harte dat je op een dag naar ons...

Ze moest even stoppen omdat er zacht op de deur werd geklopt.

'Mevrouw, sorry dat ik u stoor. Ik kom vanwege het weekschema.'

Het was Liesl, de tweede kokkin. Sinds enige tijd wisselde ze om de beurt met mevrouw Brunnenmayer om het weekschema te bespreken, omdat die steeds meer moeite had met traplopen. Lisa zuchtte geïrriteerd. Ze kreeg nog geen tien minuten rust om een belangrijke liefdesbrief te schrijven. Het huishouden lag als een zware last op haar schouders en benauwde haar.

'Kom binnen,' zei ze en ze draaide het schrijfblok om zodat de scherpe ogen van het meisje niets zouden zien wat haar niet aanging.

Och, hemel! Het meisje had rode ogen en had kennelijk gehuild. Hopelijk was er niets met haar dochtertje, dat was zo'n lief en tenger meisje.

'Liesl?' vroeg ze meelevend. 'Gaat alles goed met je? Je ziet er een beetje bedroefd uit.'

'Nee, nee,' antwoordde het meisje dapper terwijl ze met de rug van haar hand over haar ogen wreef. 'Het is allemaal in orde. Ik schrok alleen heel erg toen ik een brief uit een lazaret kreeg.'

Altijd die brieven! Net als in de Wereldoorlog, toen hadden de mensen ook alleen op brieven geteerd, en heel wat post had veel leed en tranen veroorzaakt.

'Ligt Christian in een militair hospitaal?' vroeg ze angstig. 'Hopelijk niets ernstigs?'

Dat ontbrak er nog aan. Ze konden echt geen tuinman gebruiken met slechts één arm of een gebroken voet.

'Hij schrijft dat hij weer snel gezond zal zijn en dat ik me geen zorgen hoef te maken,' zei Liesl. 'Ik wilde hem bezoeken, maar het is ver weg. Bij de stad Dresden. Hij kreeg een schot in zijn bovenbeen. Maar gelukkig zijn zijn botten niet beschadigd en is de wond aan het genezen.'

'Nou, godzijdank,' zei Lisa. 'Dat was dan een geluk bij een ongeluk, nietwaar?'

Liesl knikte en boog haar hoofd omdat ze weer moest huilen. 'Hij krijgt herstelverlof, schreef hij,' zei ze snikkend, terwijl ze in haar schort naar haar zakdoek zocht. 'Maar ik zweer u, mevrouw, ik heb geen rust voordat ik hem in levenden lijve voor me zie.'

'Dat kan ik goed begrijpen, Liesl,' verzuchtte Lisa.

Het meisje had geen idee hoe blij ze mocht zijn dat ze haar geliefde zo snel weer bij zich zou hebben, ook al was hij gewond. Zelf zou ze haar Sebastian waarschijnlijk heel lang niet meer zien. Misschien zelfs nooit meer...

Ze probeerde zich te beheersen. Als vrouw des huizes kon je je niet in het bijzijn van het personeel door je gevoelens laten overmannen. Ze kon later huilen, als ze alleen was.

'Ik heb het menu voor de week voorbereid,' zei ze, terwijl ze opstond om het huishoudboek van het dressoir te pakken. 'Helaas is het niet erg gevarieerd. Als mevrouw Brunnenmayer een geheim recept kan bedenken waarvoor je alleen aardappelen, wortels en uien nodig hebt, zou dat heel fijn zijn. Hier zijn de bonnen voor de komende week, zodat jullie boodschappen kunnen doen. En het huishoudgeld.'

Liesl veegde haar gezicht droog en pakte de gevulde beurs en het menu aan, samen met de kleurrijke bonnen voor de aankoop van vlees, bloem, boter, kaas en diverse andere voedingsmiddelen. Zonder deze bonnen, die exact aangaven hoeveel er per persoon werd verstrekt, kon je niets krijgen in de winkels. Het kwam hooguit eens voor dat er voor bijzonder goede klanten iets onder de toonbank werd doorgeschoven. Maar alleen als er geen andere klanten in de winkel waren en je er veel geld voor betaalde.

'Is er verder nog iets?' vroeg Lisa, die zo snel mogelijk verder wilde met haar brief.

'Dat was het,' antwoordde Liesl en ze stopte de beurs in de zak van haar schort. 'En neemt u het me alstublieft niet kwalijk dat ik zo van slag ben. Het komt ook door Annemarie. Ze is erg gehecht aan haar vader...'

'Dat is heel natuurlijk, Liesl.'

Toen het meisje de deur achter zich had dichtgetrokken, pakte Lisa haar schrijfblok weer en las ze wat ze had geschreven. Was het niet iets te emotioneel? Hij had immers al die tijd geen contact met haar opgenomen...

'Pardon, mevrouw...' Nu was het Hanna die voor de deur stond.

'Wat is er, Hanna?' vroeg ze geërgerd en ze legde de pen weer neer.

Aan Hanna's gezicht te zien had ze een onaangename boodschap. 'Uw moeder stuurt me. Ze vraagt of u meteen kunt komen. Er is iets ernstigs.'

'Dank je wel, Hanna. Vertel haar dat ik zo kom.'

Haar moeder ook altijd met haar dwaasheden! Lisa besloot haar moeder dit keer te laten wachten, ze moest immers een belangrijke brief schrijven. Energiek pakte ze de vulpen op en voegde er een paar zinnen aan toe. Maar er werd weer op de deur geklopt. Nu was het Auguste.

'Pardon, mevrouw. Uw moeder...'

'Ik kom eraan!'

Toen ze nadat ze bij haar moeder was geweest, met wie weer eens niets bijzonders aan de hand was, de deur van de woonkamer opende, schrok ze vreselijk. Op de bank zat haar dochter Charlotte met haar benen gekruist. In haar handen had ze de brief van Sebastian.

'Wat doe jij hier?' fluisterde Lisa. 'Ik dacht dat je op school zat.'

'Ik heb keelpijn. Ze hebben me naar huis gestuurd.'

Charlottes gezicht gloeide van opwinding. Met stralende ogen keek ze naar haar moeder op en ze hield de brief uit Dachau omhoog. 'Dit is een brief van papa! Nu weet ik eindelijk waar hij is. In Dachau! Dat is niet ver weg!'

Lisa moest eerst even gaan zitten. O god, iets ergers had er niet kunnen gebeuren. Waarom had ze het blok niet omgedraaid en zijn brief eronder verstopt? Het was de schuld van haar koppige moeder met haar domme ideeën. Als ze niet zo had aangedrongen...

'Mama, ik wil papa bezoeken!'

Daar had je het al! Natuurlijk was dat het eerste wat in het meisje opkwam nu ze wist waar Sebastian was.

'Dat gaat helaas niet, Charlotte. Papa zit in een... in een kamp. Daar mag je niemand bezoeken.'

'Hij zit in het strafkamp Dachau. Waar de misdadigers en Joden naartoe gaan. Dat weet ik, mama,' zei het twaalfjarige meisje met een ernstig gezicht. 'Maar je mag toch mensen bezoeken die in de gevangenis zitten.'

Ongelofelijk wat de kinderen op school leerden. Ze wist van de kampen en vond het waarschijnlijk zelfs goed dat de nazistaat mensen in strafkampen opsloot.

'Maar niet de mensen in dat kamp,' legde ze uit. 'Daar mag niemand naartoe.'

Charlotte fronste ontevreden haar wenkbrauwen en keek koppig. Zoals meestal als iets haar niet zinde. Dit kind was duidelijk vastberaden om altijd haar zin door te drijven.

'Toch wil ik ernaartoe,' zei ze. 'Misschien laten ze me wel binnen als ik hun uitleg dat Sebastian mijn vader is. Of misschien kan ik hem op zijn minst vanuit de verte zien en naar hem zwaaien.'

'Dat kan niet, Charlotte!' Lisa kreunde. 'Niemand mag daar naar binnen om een familielid te bezoeken. Ze zouden je meteen terug naar huis sturen. En je kunt papa ook niet vanuit de verte zien, want het kamp is omgeven door een hoge muur.'

'Zoals een burcht?'

'Ja. Zoals een burcht. Met torens waar bewakers op staan. Heb je de foto's in de krant niet gezien?'

'Maar...'

Het meisje liet haar hoofd zakken, maar leek nog niet te willen opgeven.

'Maar je kunt hun wel schrijven. Jij schrijft nu toch ook een brief aan papa. Ik heb het gelezen.'

'Ik was inderdaad bezig met een brief aan hem,' gaf Lisa toe. 'Je mag ook pakketjes sturen.'

'Dan ga ik hem ook schrijven,' kondigde Charlotte aan. 'En ik zal hem iets sturen.'

Lisa slaakte een zucht van verlichting. Haar dochter liet het krankzinnige plan om haar vader in Dachau te bezoeken in elk geval varen. Eigenlijk was ze ook een slimme meid, alleen helaas vreselijk koppig.

'Dat kan, Charlotte. Maar ik wil je brief graag lezen voordat we hem versturen.'

'Waarom?' vroeg haar dochter fel.

Lisa moest zich inhouden, het was nu belangrijk om rustig te blijven. 'Omdat je in geen geval iets mag schrijven wat papa in de problemen kan brengen, snap je?'

'Dan wil ik jouw brieven ook lezen!'

Waarom had het lot haar met zo'n dochter geplaagd?

'Goed,' gaf Lisa schoorvoetend toe. 'Maar vertel alsjeblieft niemand op school dat we brieven naar Dachau sturen, Charlotte.'

Haar dochter kneep haar ogen tot spleetjes en keek haar moeder fonkelend aan.

'Denk je dat ik dom ben? Ik zal Johann er ook geen woord over vertellen. En Hanno en Kurt ook niet. Dit is ons geheim, mama. Jij mag het ook aan niemand vertellen.'

'Afgesproken!'

Charlotte ging tevreden naar haar kamer om aan de brief te beginnen. Lisa zuchtte diep. Nog een zorg erbij. Natuurlijk zouden Johann, Hanno en Kurt er snel achter komen. Het kon niet geheim worden gehouden, waarschijnlijk wist de halve stad het al en werd er volop over gekletst. O, waarom was ze in godsnaam aan deze ellendige correspondentie begonnen? Nu was Charlotte er ook bij betrokken. Als het op school bekend zou worden, zou het arme kind nog meer problemen krijgen dan ze al had.

Ze stelde het beantwoorden van Sebastians brief uit tot de avond. Ze was niet meer in de stemming om een liefdesbrief te schrijven. Zeker niet als haar dochter hem wilde lezen.

Vlak voor de lunch kwam Johann haastig de woonkamer binnen, uiteraard in zijn uniform van de Hitlerjugend en ondanks het koele weer in korte broek.

'De krant, mama! Geef hem snel. De Führer heeft Joegoslavië aangevallen. Nu gaat het tegen Griekenland. Hoera!'

Lisa had de krant vandaag niet eens gelezen. Waarom ook? Er stond toch niets anders in dan oorlogsverslagen en berichten over overwinningen. Overal werd de vijand op verwoestende wijze verslagen, er waren honderdduizenden soldaten in krijgsgevangenschap genomen, de dappere Luftwaffe bombardeerde vijandelijke doelen en Duitse tanks rolden over de linies van de tegenstanders. In het verleden hadden er verslagen uit het culturele leven van de stad Augsburg in gestaan. Toen kon je artikelen lezen over kerkelijke gebeurtenissen en het verenigingsleven, interessante lezersbrieven en veel advertenties van winkels. Maar nu werd de krant steeds dunner. Er werd hooguit iets over de turnvereniging gemeld, andere clubs bestonden niet meer en er werd ook niets over de kerken geschreven. Maar je werd wel voortdurend gemaand om

’s avonds de ramen te verduisteren, op te passen voor spionnen en geen voedsel te verspillen. En dat Duitse vrouwen zo veel mogelijk kinderen moesten baren. Waarbij je je kon afvragen: van wie? De meeste mannen waren immers aan het front.

Het middagmaal was weer onplezierig. Mama klaagde over de soep, die volgens haar ‘te papperig’ was, en wilde sterke runderbouillon. Humbert, die dit soort kritiek gewend was, beloofde plechtig het in de keuken te zeggen. Hanno was diep beledigd want hij had een slecht cijfer gekregen voor een Duits opstel. ‘Verkeerde onderwerpskeuze’ stond er in het rood onder. Johann sprak over de briljante overwinningen van de Wehrmacht. Hij zei dat ze algauw naar Rusland zouden trekken en dat hij jaloers was op iedere Duitse man die voor de Führer mocht vechten.

‘Ze hebben Hansl Bliefert opgeroepen,’ zei hij jaloers. ‘Ik moet nog twee jaar wachten! Maar wij van de Hitlerjugend mogen binnenkort wel naar de Flak. Dat is ook niet verkeerd. Helaas zijn er momenteel geen vijandelijke vliegtuigen die we zouden kunnen neerschieten.’

‘Wat ontzettend jammer,’ antwoordde Henni ironisch. ‘Maar misschien kun je schietoefeningen doen met kleiduiven?’

Johann vond haar opmerking geen antwoord waard. Ze was tenslotte ook maar een meisje, ook al was ze een paar jaar ouder dan hij.

Het gesprek aan tafel ging nu over de fabriek. Mama vroeg aan Paul hoe het ging en haar arme broer was gedwongen een vriendelijk antwoord te geven.

‘Alles gaat zijn gangetje, mama. We hebben het behoorlijk druk.’

‘Daar ben ik blij om, Paul. Nee, ik hoef geen soep meer, Humbert. Ik neem een glas wijn bij het hoofdgerecht…’

‘Wat zijn dat voor vrouwen die in de kazerne naast de fabriek wonen, papa?’ vroeg Kurt.

‘Dat zijn arbeidsters,’ zei Paul kortaf.

‘En waarom wonen ze in die lelijke hutten?’

'Ze komen uit Polen en zijn hier maar voor een poosje.'

'En gaan ze daarna terug naar Polen?' wilde Kurt weten.

Nu kon Johann zich niet meer inhouden. Hij leek erop te hebben gewacht om zijn oom op zijn nummer te zetten. 'Dat zijn allemaal vuile Poolse Joden,' zei hij hard.

Even was het stil aan tafel. Zelfs Alicia verstarde en keek verward naar de andere kant van de tafel. Lisa's hart sloeg een paar slagen over en Pauls gezicht was asgrijs. Henni was de eerste die zichzelf weer onder controle had. Ze stond rustig van haar stoel op, liep om de tafel heen en voordat Johann er erg in had, kreeg hij een knallende klap in zijn gezicht.

'Als je dat woord nog één keer zegt,' zei ze dreigend en met kwaad fonkelende ogen. 'Dan zwaait er wat, mijn vriend.'

Johann was compleet overdonderd door deze plotselinge aanval. Hij bleef een paar tellen roerloos zitten en staarde onnozel voor zich uit. Daarna sprong hij zo wild op dat zijn halfgevulde soepbord met lepel en al rinkelend op de grond viel.

'Ik heb een rotfamilie!' schreeuwde hij wanhopig en woedend. 'Mijn vader is een communistenzwijn en mijn tante een verdomde Jodin. Ik word afgemaakt door de kameraden!'

Hij stormde naar de deur en liep in de gang bijna Humbert omver. Ze hoorden hem door de hal lopen en de voordeur achter zich dichtsmijten.

'Waar is mijn wijn?' vroeg Alicia in de beklemmende stilte. 'Humbert, u kunt nu het hoofdgerecht serveren.'

14

Juni 1941

Liesls geduld was lang op de proef gesteld, want het aangekondigde herstelverlof van Christian werd keer op keer uitgesteld. Er waren een paar 'onbeduidende complicaties' opgetreden, schreef hij haar. Ze hadden elkaar talloze brieven geschreven, Liesl had stiekem vele zakdoeken nat gehuild en uiteindelijk had niemand in de keuken meer durven vragen wanneer het eindelijk zover was. En toen, op een mooie middag, werd Christian door een militair voertuig voor de villa afgezet.

In de keuken zaten ze net aan een stoofpot. Alleen Humbert stond op om te zien wie er was voorgereden, want Willi hield maar niet op met blaffen. Meteen daarna stormde Humbert opgewonden de keuken in en riep: 'Liesl, je man is er!'

Liesl werd bleek van schrik en blijdschap. Ze trilde helemaal toen ze opstond en naar de achterdeur rende. Daarna hoorden de anderen een gesmoorde kreet en iedereen liet zijn eten staan om naar de twee keukenramen te rennen.

'Hemel, wat een vreugdevol weerzien,' zei Auguste. 'Ze trekt de arme man bijna van zijn krukken.'

Mevrouw Brunnenmayer was als laatste bij het raam gekomen omdat haar benen haar niet meer zo snel konden dragen. Hanna, die de vijfjarige Annemarie bij de hand had genomen, maakte plaats voor de kokkin zodat zij ook het gelukkige, herenigde stel op het voorplein kon zien. Inderdaad, Christian had krukken nodig om te kunnen staan.

'Die is nog lang niet over het ergste heen,' zei Marek rustig. 'Hij zet zijn linkervoet helemaal niet neer.'

'Wat is hij bleek,' zei Hanna zachtjes tegen Humbert. 'En zo mager. Het Wehrmacht-uniform hangt slobberig om zijn lijf.'

'Oorlog is de hel op aarde,' mompelde Humbert somber. 'Arme kerel.'

'Ze heeft hem in elk geval terug,' zei Else geëmotioneerd. 'Dat is het enige wat telt. Hoe ze hem kust... Je weet gewoon niet waar je moet kijken...'

Mevrouw Brunnenmayer had slechts een korte blik op het stel geworpen en gaf vervolgens energiek instructies. 'Ga weer aan tafel zitten. We moeten niet zo staren, het gaat ons niks aan.'

Iedereen gehoorzaamde, want het woord van mevrouw Brunnenmayer was nog steeds geldend in de keuken. Humbert ging ook op zijn plaats zitten en nam de opscheplepel in zijn hand. Alleen Else klaagde dat ze alleen maar meeleefden en dat dat toch niet slecht was.

'Zet een bord voor hem neer, Hanna,' beval de kokkin. 'Hij zal honger hebben.'

Het duurde niet lang voordat ze met z'n tweeën de keuken binnenkwamen. Liesl liep met stralende ogen en een blozend gezicht voorop en Christian volgde haar met zijn krukken. Hij glimlachte schaapachtig toen ze allemaal opsprongen om hem te begroeten. Als hij iemand een hand wilde geven, moest hij snel zijn ene kruk onder zijn arm klemmen en op één been gaan staan. Uiteindelijk ging hij op zijn stoel zitten. Hij gaf zijn rugzak en krukken aan Humbert en Liesl bracht Annemarie naar haar vader. Het meisje stond met grote, angstige ogen voor de man met het magere gezicht en de donkere wallen onder zijn ogen, daarna draaide ze zich weg en verborg ze haar gezicht in Liesls schort.

'Annemarie,' zei Christian liefdevol. 'Ken je me niet meer? Ik ben je papa!'

Het meisje schudde heftig haar hoofd en kroop nog dichter tegen haar moeder aan. Uiteindelijk pakte Liesl haar dochter bij de schouders en draaide haar om zodat ze naar haar vader kon kijken, maar het meisje glipte weg en kroop onder de tafel.

'Gekke meid!' zei Liesl lachend. 'Maar wacht maar af, Christian. Ze komt nog wel tot bezinning. Ga maar eten en vertel ons hoe het met je gaat. En hoe het komt dat je er ineens bent. Kom, geef me je bord...'

Hij knikte braaf, maar keek toch nog een keer onder de tafel, waar Annemarie naast de hond Willi was gekropen. Willi was minder verlegen. Hij snuffelde aan Christians schoenen en kwispelde vrolijk. Dat kon je horen want zijn staart tikte tegen een van de tafelpoten.

'Een hond is slim,' zei Auguste. 'Eet smakelijk, Christian. Er zit een stuk gerookt vlees in en verse kruiden uit de tuinderij.'

Christian wilde niet veel vertellen, maar dat verbaasde niemand, want hij was nooit een prater geweest. Hij kauwde aandachtig op het eten, dronk appelcider uit zijn beker en zei alleen dat hij erg blij was om terug te zijn.

'Ik heb zo vaak gedroomd dat ik hier bij jullie in de keuken zat. Dat mevrouw Brunnenmayer bij het fornuis stond en Liesl de kleine in haar armen hield. Ik heb zulke rare dromen gehad.'

Humbert zei dat hij dat heel erg herkende. Toen hij in Frankrijk in een lazaret had gelegen, had hij ook allerlei vreemde dingen gedroomd. Omdat Christian verder niets wilde vertellen, begonnen de anderen te praten. Hij hoorde dat de tuinderij er niet best voor stond, want na Maxl hadden ze nu ook Hansl voor de Wehrmacht opgeroepen. Riecke, de vrouw van Maxl, moest de tuinderij voortzetten met een buitenlandse arbeider uit Frankrijk. Hij mocht niet bij haar en haar kind in het huis wonen, maar had een onderkomen in de schuur.

'Ze hebben al drie paarden van mevrouw Elvira opgehaald en de andere zullen ze waarschijnlijk binnenkort weghalen,' zei Auguste.

'Fritz is er erg verdrietig over, want hij is gek op de paarden. Hij hoopt dat ze hem minstens één merrie en één veulen laten houden.'

Christian luisterde zwijgend en wisselde telkens een blik uit met Liesl, die naast hem zat en haar hand op zijn arm hield. Soms reikte hij onder de tafel om Willi te aaien, waarbij hij wat dieper bukte om te kijken of hij zijn dochter kon zien. Maar ze zat nog steeds gehurkt in de hoek waar Else zat en durfde niet tevoorschijn te komen.

'En wie ben jij?' vroeg hij aan Marek, die tot nu toe nauwelijks een woord had gezegd.

'Ik probeer te tuinieren,' zei Marek beschaamd. 'Maar ik ben blij dat je er nu bent, want ik heb er niet veel verstand van.'

'Nou, dan kom ik precies op het juiste moment,' zei Christian glimlachend. 'Ik maakte me al zorgen over het park. Jullie hebben een vijver gegraven.'

'Dit is een blusvijver. Voorschrift van het stadsbestuur.'

Aan het eind van de tafel, waar Else zat, verscheen het blonde hoofdje van Annemarie nu boven de rand van de tafel. Langzaam en nog steeds angstig kwam ze onder de tafel vandaan. Ze staarde Christian aan, keek weer weg en liep aarzelend naar haar moeder. Liesl trok het meisje tegen zich aan.

'Gekke meid. Wil je eindelijk hallo zeggen tegen je papa?'

De kleine knikte en ze strekte haar hand naar Christian uit.

Christian pakte het kinderhandje heel voorzichtig vast en liet het meteen los toen Annemarie eraan trok.

'Jullie gaan nu met z'n drieën naar het tuinhuisje,' zei mevrouw Brunnenmayer. 'Vandaag hoeven jullie niet terug te komen, Liesl heeft vrij. En morgenochtend kunnen jullie de tijd nemen. Ik heb Liesl pas nodig als ik begin met koken.'

Liesl en Christian bedankten haar hartelijk, maar op dat moment werd Humbert naar de hal geroepen omdat mevrouw Winkler met Charlotte naar beneden was gekomen om de tuinman Christian te verwelkomen. Nu moest hij wel de vragen beantwoorden over hoe het met zijn been ging, en de personeelsleden in de keuken spitsten hun oren.

'Het is aan het genezen, mevrouw. Het was ontstoken en ze moesten het opereren. Daarom duurde het langer.'

'Dan hopen we dat het snel weer goed komt, beste meneer Torberg. We zijn zo blij dat u weer bij ons bent. Morgen bel ik mijn schoonzus, mevrouw Kortner, zodat zij nog eens naar uw been kan kijken. Rust u nu maar goed uit.'

'Dank u wel, mevrouw...'

Christian en Liesl waren de volgende ochtend al vroeg in de keuken. Annemarie zat naast haar vader tijdens het personeelsontbijt en praatte aan een stuk door. Godzijdank, dacht mevrouw Brunnenmayer. Dat is in elk geval goed gekomen. Maar verder leek niet alles in orde te zijn bij het kleine gezin Torberg.

'Ik hield het gewoon niet uit,' legde Christian met een glimlach uit. 'Het is gewoon niets voor mij om lui rond te hangen en niets te doen. Ik maak straks met jou een rondje door het park, Marek. Dan kijken we eens wat er moet gebeuren.'

Liesl was ongewoon stil, wat niet veel goeds voorspelde. Maar ze zorgde liefdevol voor Christian, schoof de jam en margarine naar hem toe en leek te genieten van het feit dat Annemarie nu ontdooid was en net als vroeger aan haar vader hing. Maar het merendeel van de tijd waren Auguste en Else aan het woord, die zich tot het uiterste inspanden om Christian op de hoogte te brengen van de laatste ontwikkelingen in de villa.

'De mevrouw stuurt brieven. Naar Dachau, naar haar man, die zit daar namelijk...'

'Ze hebben de fabriek van de arme meneer afgepakt. Daar voert nu zo'n nazi het bevel en in de hallen worden vliegtuigonderdelen gebouwd.'

'Er zitten daarginds dwangarbeidsters. Het zijn Joodse vrouwen. Uit Polen.'

'Onze Dodo is in de vakantie helemaal niet thuisgekomen. Dat is nog nooit gebeurd. Als daar maar niets gaande is...'

Liesl had Christian al verteld dat Marek Joods was en dat hij er met niemand van buitenaf over mocht praten. Wat hij na enige aarzeling ook had beloofd. Toen hij opstond en de krukken pakte om een rondje door het park te maken, keek Marek sceptisch, maar hij zei niets en liep langzaam met hem mee.

Auguste, die bij het raam stond en hen nakeek, zei tevreden: 'Nu heeft Marek zijn tekenboekje in de kamer laten liggen. Christian zal hem wel aan het werk krijgen. Christian is heel ijverig.'

Ze bleven zo lang weg dat Annemarie uiteindelijk ongeduldig werd en met de hond het park in liep om haar vader te zoeken. Else en Auguste gingen algauw aan het werk, ze moesten schoonmaken en allerlei taken voor de familie doen. Humbert keek de kledingkast van de meneer door en Hanna bereidde de grote was voor, want om kosten te besparen had mevrouw Winkler besloten om van de wasvrouw af te zien, die vroeger twee keer per week naar de villa was gekomen. En zo bleef mevrouw Brunnenmayer alleen met Liesl in de keuken achter. Ze schraapten wortels en schilden aardappelen. Er was ook kool en het kleine stukje rundvlees sudderde met de soepgroenten op het fornuis.

'Je bent zo stil, meisje,' zei de kokkin. 'Ben je niet blij dat je Christian terug hebt?'

'Natuurlijk ben ik blij dat hij weer bij ons is,' antwoordde Liesl. 'Maar hij is veranderd.'

'Dat is wat oorlog doet, Liesl. Mannen maken dingen mee die enorm ingrijpend zijn en dan kan het een tijd duren voordat ze weer de oude zijn.'

Ze werkten een tijdje zwijgend door. Liesl sneed de wortels in kleine stukjes en de kokkin schilde de laatste aardappelen en deed ze in de pan. Mevrouw Brunnenmayer dacht aan Humbert, die nog altijd onder de tafel vluchtte als het onweerde, ook al was de Wereldoorlog al meer dan twintig jaar geleden. Sommige oorlogservaringen veranderden een man ook voor altijd. Maar dat zei de kokkin maar niet. In plaats daarvan vroeg ze: 'Heeft hij gisteren niets verteld?'

Liesl schudde haar hoofd. 'Hij heeft de hele tijd met Annemarie gespeeld. Daarna brachten we haar naar bed en dacht ik dat Christian wel met me wilde praten. Maar hij wilde meteen slapen omdat hij zo moe was, zei hij.'

'Je moet geduld hebben,' adviseerde de kokkin.

'Natuurlijk heb ik geduld,' verzuchtte Liesl. 'Maar over twee weken moet hij weer weg.'

'Over twee weken al?' vroeg mevrouw Brunnenmayer twijfelend. 'Ik geloof niet dat hij dan weer helemaal beter is. Ik denk eerder dat Christian langer bij ons zal blijven.'

'Ik hoop het,' zei Liesl zachtjes. 'Nu de Wehrmacht naar Rusland trekt, zou het beter zijn als hij niet mee hoefde.'

De Britten boden nog steeds hardnekkig weerstand tegen de Duitse luchtaanvallen. De wapenstilstand die Hitler had aangeboden was afgewezen. Dat was de schuld van Winston Churchill, die in mei vorig jaar tot premier was opgeklommen en tevens minister van Oorlog was. Hij had de hand die de Führer hem had toegestoken afgewezen, werd er gezegd. Nou ja, die zou er wel achter komen of dat slim was. Ondertussen rukte de Duitse Wehrmacht op naar het oosten en zoals gewoonlijk berichtten de radio, de kranten en het bioscoopjournaal onafgebroken over grote overwinningen en over Stalins soldaten van het Rode Leger die er als hazen vandoor gingen voor de oprukkende Duitse tanks.

'Wie gelooft dat?' mompelde mevrouw Brunnenmayer. 'Niemand heeft Rusland ooit verslagen. Napoleon is het niet gelukt en zelfs keizer Wilhelm II niet. Want het land is te ver en de winter te koud. Daarom.'

Liesl zweeg, maar aan haar bezorgde gezicht zag de kokkin dat ze er net zo over dacht. Daarom hield ze verder haar mond om het meisje niet nog ongeruster te maken.

Christian werd de volgende dagen inderdaad wat spraakzamer en vrolijker. Hij prees Mareks bloemperken, vroeg Hanna om even te helpen met het aanharken van de paden en kreeg ook de grasmaaier weer aan de praat, maar omdat de benzine nu zo duur was, bleef het wonder uit Engeland het maar kort doen. Aan tafel vertelde hij dat hij samen met Marek de moestuin wilde uitbreiden en dat ze ook nu nog sla, radijs en soepgroenten konden planten om later te oogsten. Hij sprak nooit over de oorlog, hij zei alleen één keer dat Polen een mooi en vruchtbaar land was waar beren, lynxen en wilde zwanen leefden. Wat Marek met een glimlach bevestigde.

'Christian is dol op Marek,' beweerde Auguste toen ze weer eens urenlang in het park waren. 'En de kleine meid is er ook altijd bij. Ik geloof niet dat er veel gewerkt wordt. Annemarie zei dat oom Marek en papa vaak samen in het gras zitten te kletsen.'

Liesl was nu tevreden met Christian. Ze was vooral blij met de vele kleurrijke tekeningen die Annemarie maakte en als cadeautje aan haar moeder gaf. Vaak zaten er ook tekeningen bij die Marek had gemaakt, waarbij het gras en de bloemen zo gedetailleerd waren alsof ze met een vergrootglas waren getekend. Een andere keer was er een tekening van Annemarie met haar vader, terwijl ze lachend in het gras ravotten, en ook een van Christian alleen, diep in gedachten verzonken en een beetje verdrietig. Liesl liet de tekeningen trots in de keuken rondgaan en stopte ze daarna thuis allemaal in een map. Christian had beloofd er fotolijstjes voor te maken zodat ze aan de muren konden worden opgehangen.

Alleen met zijn been ging het maar niet beter. Dokter Tilly Kortner had naar de wond gekeken en was niet tevreden geweest.

'Het is gaan etteren omdat de plek waar het projectiel door het lichaam is gegaan niet zorgvuldig genoeg is gespoeld en gedesinfecteerd,' was haar conclusie. 'Helaas heeft de operatie daar weinig aan veranderd.'

Ze moest de reeds genezen plekken weer openmaken om de wond opnieuw schoon te maken. Het was een pijnlijke ingreep, die

Christian echter gewillig doorstond. Daarna mocht hij een paar dagen niet lopen. Hij zat in de keuken en liet zijn verbonden been op een krukje rusten, want hij wilde niet helemaal alleen in het tuinhuisje blijven.

'De dokter zei dat er ook een zenuw beschadigd is,' zei hij. 'Daarom wil het been me niet goed gehoorzamen. Maar ze zei dat het wel weer goed komt. Omdat het op een gegeven moment vanzelf aan elkaar groeit.'

Als de familie had ontbeten en de afwas was gedaan, was het meestal rustig in de keuken. Vandaag was mevrouw Brunnenmayer alleen met Christian, want Liesl was boodschappen gaan doen en had Annemarie meegenomen. Het was een warme zomerdag, de vliegen zoemden bij de ramen, in de bloembakken bloeiden rode geraniums en buiten op het voorplein lag Willi in de brandende zon. Waarschijnlijk zou hij straks wankelend van de warmte weer naar de keuken komen om onder de tafel af te koelen. Christian keek peinzend uit het raam en leek geen behoefte te hebben aan een praatje, wat mevrouw Brunnenmayer wel prima vond, want ze was slaperig. Haar oogleden zakten naar beneden en ze doezelde in.

'Dus het is waar,' hoorde ze Humbert zeggen. 'Ik heb er alleen mensen over horen praten, maar ik kon het niet geloven.'

De kokkin opende haar ogen een klein stukje en ontdekte dat Humbert de keuken was binnengekomen en naast Christian was gaan zitten.

'Niemand mag erover praten,' zei Christian rustig. 'En er ook niet over schrijven in veldpostbrieven. Maar ik heb het zelf gezien omdat we ze moesten controleren. Ze worden in treinwagons gepropt. In van die wagons zonder ramen, weet je?'

'En dan?'

Christian keek schichtig naar mevrouw Brunnenmayer, die deed alsof ze sliep. Toen hij verder sprak, dempte hij zijn stem iets meer zodat het klonk als een fluistering.

'Je mag het absoluut niet tegen Marek zeggen,' verlangde hij van Humbert.

'Natuurlijk niet.'

'Er zijn kampen in Polen. Strafkampen zoals in Dachau, maar toch totaal anders. Slechter. Ik weet het alleen van kameraden die het gehoord hebben. Maar er wordt gezegd dat ze hen doden. Met gifgas.'

'Allemaal?' fluisterde Humbert vol afschuw.

'Alleen degenen die niet kunnen werken.'

'En... de kinderen?'

Christian antwoordde niet meteen. Het was waarschijnlijk moeilijk voor hem om deze dingen uit te spreken. 'Ze halen hen weg bij de moeders. Wat ze met hen doen, weet ik niet precies. Maar hou er nu over op, ik denk er niet graag aan.'

'Misdadigers zijn het,' mompelde Humbert. 'God zal hen straffen. Hij zal ons allemaal straffen...'

'Ik zou willen dat ik niet meer terug hoefde te gaan,' zei Christian. 'Ze mag mijn been gerust nog drie keer opensnijden. Al zouden ze het amputeren, het zou me onverschillig laten. Als ik maar hier kan blijven...'

'En als we je verbergen?'

De kokkin hoorde Christian licht spottend lachen.

'Ze vinden me. Deserteurs worden vermoord. Ik wil het Liesl en de kleine niet aandoen dat ik zo'n onterende dood...'

Hij onderbrak zichzelf en zweeg.

'Hé, Marek,' zei Humbert luid. 'Ga je weer naar de Steinsteeg?'

Marek was uit de bediendengang gekomen en stond voor de lange tafel, vlak bij de stoel van de kokkin. Mevrouw Brunnenmayer deed alsof ze net wakker was geworden en keek hem knipperend met haar ogen aan.

'O, het spijt me, mevrouw Brunnenmayer,' zei Marek geschrokken. 'Ik had helemaal niet gemerkt dat u in slaap was gevallen. Kunt u me nog één keer vergeven?'

Ze geeuwde en zei dat het nu toch tijd was om het middagmaal voor te bereiden en dat Liesl elk moment terug kon komen met de boodschappen.

'Gelukkig,' zei Marek glimlachend en hij keek naar Humbert. 'Waarom denk je dat ik naar de Steinsteeg ga?'

'Omdat je een schoon overhemd hebt aangetrokken,' antwoordde Humbert.

Marek maakte een geïrriteerd gebaar. Iedereen wist dat hij met veel tegenzin naar dat huis ging, dat van Ernst von Klippstein was. Maar de meneer had het hem gevraagd en Marek had begrepen dat als hij weigerde, hij zijn weldoener in een lastige positie zou brengen. Het schilderij leek tijdrovend te zijn, hij was er al een paar maanden mee bezig. Onlangs had mevrouw Von Klippstein geklaagd over de zweetlucht van de kunstenaar en twee gloednieuwe overhemden voor Marek gekocht.

'Ik ben tegen de avond weer terug,' zei Marek tegen Christian en hij knikte naar Humbert en de kokkin. 'Vandaag is de kinderkamer aan de beurt. Dat gekke mens wil een Afrikaans landschap.' Hij liep naar buiten en volgde het pad naar de poort, om naar de tramhalte aan de Haagstraat te lopen. Humbert en de kokkin keken hem lichtelijk verbaasd na.

'Kinderkamer?' vroeg mevrouw Brunnenmayer. 'Gerti richt een kinderkamer in?'

'Misschien...' zei Humbert en hij schraapte zijn keel. 'Misschien willen ze een kind adopteren?'

'Dat zou kunnen,' zei de kokkin.

Christian had niet geluisterd. Hij staarde naar het voorplein, waar ze Marek nog net de weg op konden zien lopen. 'Hij draagt geen ster,' zei hij nauwelijks hoorbaar. 'Eigenlijk zou hij de Jodenster moeten dragen, toch?'

15

December 1941

Het deed nog steeds pijn. Als Leo in de drukke straten van New York een tenger meisje met blond haar en een rode jas zag, voelde hij een steek in zijn borst. Nee, ze was het niet. Het kon Richy niet zijn, want vrienden hadden hem verteld dat ze de stad had verlaten. Ze was naar Los Angeles verhuisd, waarschijnlijk omdat ze haar geluk in Hollywood wilde beproeven. Hij had nooit meer iets van haar gehoord. Geen brief, geen kaartje, geen telefoontje. Ze had vast allang een nieuwe vriend, een met relaties in de film- en theaterbusiness, die haar vooruit kon helpen. Leo had zijn boosheid laten varen. Hij wenste haar het succes waar ze zo compromisloos naar streefde en hoopte voor haar dat ze haar weg vond en gelukkig werd. Maar de teleurstelling deed nog steeds pijn. De pijn zat diep vanbinnen, ging maar niet over en vloeide in zijn muziek.

'Hé, dat is verdomd goed wat je hebt geschreven,' had een van zijn klanten laatst gezegd. 'Ik weet niet waarom, maar op de een of andere manier is het ontroerend. Zoet en bitter tegelijk. Heb je meer van dat soort stukken?'

'Een heleboel,' had hij geantwoord. 'Zeg maar wat je wilt en ik schrijf het voor je.'

Hij had een nieuwe, goedbetaalde opdracht gekregen. Het ging om een toneelstuk met muzikale intermezzo's en hij moest de liedjes schrijven. Het was niet ingewikkeld, dit soort dingen schudde hij inmiddels zo uit zijn mouw. Maar hij moest nu eenmaal geld verdienen, het leven in New York werd steeds duurder. Met de symfonie die hij had gecomponeerd was het niet zo goed gegaan. Hij had die aan drie verschillende orkesten aangeboden, maar had te horen gekregen dat het stuk te moeilijk was om te spelen en dat het publiek weinig waardering had voor dergelijke muziek. Dit irriteerde hem mateloos, want er waren wel degelijk componisten die met nieuwe muziek furore maakten. George Gershwin of Aaron Copland. En Igor Stravinsky. Misschien pakte hij het verkeerd aan. Of misschien was hij gewoon geen goede componist.

'Praat jezelf dat alsjeblieft niet aan!' zei Walter met een smekend gebaar. 'Dat is gewoon niet waar, Leo. Je bent goed. Je bent de beste componist die ik ken.'

'Dat zeg je alleen omdat we vrienden zijn,' beweerde Leo.

'Nee, ik zeg het omdat ik een muzikant ben en goede muziek van slechte muziek kan onderscheiden,' zei Walter.

'En waarom wil niemand mijn symfonie dan uitvoeren, als die zo goed is?'

'Wacht het af. Op een dag ga je het helemaal maken. Dat weet ik, Leo. Ik voel het...'

Walters onwankelbare geloof in zijn capaciteiten deed hem goed, maar nam zijn zelftwijfel niet weg. Maar het was fijn om een vriend als Walter te hebben. Ze trokken de laatste tijd veel met elkaar op, spraken 's middags in Walters kleine flat af om een hapje te eten en te praten, of maakten samen muziek bij Leo, die nog steeds bij zijn moeder in de flat in Greenwich woonde. Daar hadden ze genoeg ruimte, want Leo's moeder werkte de hele dag in haar atelier. En als ze honger kregen, ging Walter aan het fornuis staan en toverde hij de lekkerste gerechten tevoorschijn.

'Aan jou is een kok verloren gegaan,' prees Leo hem. 'Hoe zorg je ervoor dat de biefstuk sappig blijft? Bij mij wordt hij altijd zo taai als de zool van een schoen.'

'Geheim van de kok,' zei Walter grijnzend. 'Schrijf jij je noten maar op, ik componeer onze lunch.'

Hij kookte altijd voor drie personen zodat Leo's moeder 's avonds ook wat te eten had. Walter was erg op haar gesteld. Hij vroeg vaak hoe het met haar ging en soms bracht hij bloemen mee om 's avonds de tafel voor haar te decoreren.

'Je hebt een geweldige moeder, Leo,' zei hij vaak. 'Ik benijd je om haar.'

'Ik mag niet klagen,' antwoordde Leo opgewekt.

Walters enthousiasme voor Marie was nog meer toegenomen sinds ze het voorstel van Karl Friedländer om in zijn huis te gaan wonen had afgewezen. Ze had het zo vriendelijk mogelijk gedaan, Karl uitgelegd wat haar redenen waren en hem tegelijkertijd verzekerd hoe waardevol zijn vriendschap voor haar was. Dat ze er altijd voor hem was, maar dat ze toch afstand nodig had.

'Ik ben een gehuwde vrouw, Karl. Ik hou van mijn man en heb hem niet vrijwillig verlaten. Ook al leven we gescheiden van elkaar en is contact op dit moment moeilijk, ik wil hem niet het gevoel geven dat ons huwelijk uit elkaar valt.'

Leo was niet bij dit gesprek aanwezig geweest, maar Marie had de kwestie van tevoren met hem besproken en hem verteld wat ze tegen Karl Friedländer zou zeggen.

'En denk je dat hij het zal begrijpen?' had Leo sceptisch aan zijn moeder gevraagd.

'Ik hoop het, Leo. Tot nu toe is hij in dit opzicht erg grootmoedig geweest, vind ik. Hij bood Paul zijn vriendschap aan en was zelfs bereid hem op zakelijk vlak te helpen. Dus waarom zou hij plotseling zo kleinzielig zijn en me mijn beslissing kwalijk nemen?'

'Nou, hij heeft veel moeite gedaan om je dit aanbod te doen. Hij heeft dit huis speciaal gekocht en het huis waarin hij tot nu toe heeft gewoond staat te koop.'

Zijn moeder gaf toe dat Friedländer misschien wat voorbarig had gehandeld. 'Toch was het een goed idee,' zei ze. 'Het is praktisch om de hoek. Als hij daar woont, kunnen we elkaar bezoeken wanneer we maar willen.'

Leo had uiteindelijk zijn schouders opgehaald en zijn moeder veel geluk gewenst. Misschien zag hij de zaak te veel vanuit zijn eigen mannelijke, egoïstische standpunt. Als hij serieus verliefd zou zijn op een meisje, zou het voor hem niet genoeg zijn dat ze om de hoek woonde. Hij zou haar dan helemaal bij zich willen hebben.

Zijn intuïtie had hem niet bedrogen. Karl Friedländer nam het zijn moeder wel degelijk kwalijk dat ze zijn aanbod afwees. Hij had rustig naar haar argumenten geluisterd, haar niet tegengesproken en niet geprobeerd haar op andere gedachten te brengen. Toen ze klaar was met haar uitleg, stelde hij maar één vraag: 'Is dat je laatste woord, Marie?'

Ze had bevestigend geantwoord. Toen trok hij zijn jas aan, zette zijn hoed op en pakte zijn stok. Hij had de flat zonder een woord te zeggen verlaten en zij had met een kloppend hart naar zijn voetstappen geluisterd. Hij was snel de trap afgedaald zonder zijn stok te gebruiken. Pas toen hij beneden op straat was, hoorde ze het getik van zijn wandelstok, dat zich haastig verwijderde.

Dat was zes weken geleden. Sindsdien had hij zich niet meer bij hen laten zien en hij was ook niet meer in Atelier des Modes verschenen. Zijn moeder vertelde benauwd dat ze Karl al een paar keer had gebeld, maar thuis had hij niet opgenomen en op kantoor liet hij zijn secretaresse zeggen dat hij er niet was.

'Ik begrijp het niet,' verzuchtte ze.

Leo wilde niet zeggen 'zie je wel' en haalde alleen zijn schouders op. Maar hij begreep het heel goed. Karl Friedländer had jarenlang met veel geduld en wijsheid geprobeerd zijn moeder in te palmen. En nu hij had uitgehaald voor de grote coup, had hij gefaald. Dat moest voor hem enorm deprimerend zijn geweest. Leo betwijfelde of hij weer zou herstellen van deze klap.

Aan de andere kant was Leo het helemaal met de beslissing van zijn moeder eens. Hij had haar daarin ijverig gesteund en was trots op haar dat ze geen concessies had gedaan. Ook al had hij zelf inmiddels zijn eigen weg gevonden en was de relatie met zijn vader niet bepaald hartelijk, het was voor hem belangrijk dat zijn ouders ondanks alle ongunstige omstandigheden bij elkaar bleven. Waarom dit zo was, wist hij niet precies. Het had te maken met de term loyaliteit, die voor hem belangrijk was als het ging om liefdeszaken.

Karl Friedländer had zich niet persoonlijk laten zien, maar liet Marie zijn boosheid op een andere manier voelen. Er kwam een brief waarin hij een forse huurverhoging aankondigde voor de ruimtes van het atelier.

'Het is normaal voor een winkel in dit gebied,' zei zijn moeder toen ze Leo de brief liet zien. 'Tot nu toe had ik speciale voorwaarden, dat is nu waarschijnlijk voorbij.'

Leo vond dat de vereiste huur overdreven was. Het was aan de bovengrens van de gebruikelijke huurprijzen op 5th Avenue en zijn moeder zou haar zaak moeten uitbreiden om die kosten terug te verdienen.

'De zaken gaan nog steeds goed,' zei ze zelfverzekerd. 'De bottleneck ben ikzelf. Ik kan niet meer doen dan werken en ik wil het ontwerpen van de kleding niet overlaten aan werknemers.'

'Misschien ben je wat dat betreft een beetje... ouderwets, mama? Zou het niet lonen om een goede modeontwerpster in te huren?'

Ze schudde heftig haar hoofd en zei dat hij zijn composities ook niet door een andere muzikant zou laten schrijven. In dat opzicht had ze wel gelijk.

En toen, op 7 december, veranderde in één klap alles. Er ging een schreeuw van woede door de Amerikaanse natie: de Japanners hadden Pearl Harbor, de Amerikaanse marinebasis op Hawaï, aangevallen en verschillende oorlogsschepen tot zinken gebracht of ernstig beschadigd. Het leek erop dat deze verrassingsaanval zorgvuldig was gepland, waarbij het Witte Huis slechts een half uur na het begin van het offensief de officiële oorlogsverklaring van de Japanners ontving. De balans van de twee aanvalsgolven was beangstigend: meer dan vierentwintighonderd Amerikanen waren gedood, acht slagschepen waren vernietigd of zwaar beschadigd en het Amerikaanse leger verloor meer dan driehonderd vliegtuigen. Gelukkig waren de drie grote Amerikaanse vliegdekschepen aan de ramp ontsnapt omdat ze op zee waren geweest.

In de dagen daarna volgden de berichten elkaar razendsnel op. Een dag na de vernederende aanval verklaarde president Roosevelt de oorlog aan Japan en de Britten onder Churchill sloten zich aan. Hitler bleef niet inactief: hij verklaarde de oorlog aan de vs, net als Mussolini, zijn Italiaanse bondgenoot.

Leo had gemengde gevoelens. Hij voelde zich verscheurd tussen verbijstering over de bloedige gebeurtenissen en opluchting dat de vs eindelijk een van de actieve tegenstanders van nazi-Duitsland en zijn bondgenoten was. De Amerikanen kookten over van woede en strijdvaardigheid. Overal hingen posters met daarop een Amerikaanse soldaat die tegen de achtergrond van de zinkende oorlogsvloot met zijn vuist zwaaide. *Avenge Pearl Harbor*, stond erop. En daaronder: *Our bullets will do it!*

's Avonds zaten ze met z'n drieën in de flat en discussieerden ze er eindeloos over. Ze bespraken mogelijke scenario's, wankelden tussen de nieuw ontwaakte hoop op een einde aan de naziheerschappij in het Duitse thuisland en de angst voor een uitbreiding van de oorlog naar het Amerikaanse continent.

'Hoe willen de Amerikanen dat voor elkaar krijgen?' vroeg Marie angstig. 'Aan de ene kant de Japanners, en in Europa willen ze het samen met de Britten tegen Duitsland opnemen. Wie is hier in dit land voorbereid voor zo'n oorlog?'

'Vooral omdat onze vloot niet meer operationeel is na die geniepige aanval,' zei Walter.

Hij zei 'onze vloot', wat Leo erg verbaasde. Walter was Amerikaans staatsburger, maar in tegenstelling tot Leo had hij zich nooit een Amerikaan gevoeld. Dat was nu ineens veranderd.

'We hebben nog drie intacte vliegdekschepen,' zei Leo. 'En de vloot heeft de verliezen binnenkort weer gecompenseerd. De Britten staan aan onze kant. Het moet lukken. Net als in de Wereldoorlog...'

Hij stopte, want met de deelname van de VS aan de Europese oorlog was dit nu ook een wereldoorlog geworden. De Tweede Wereldoorlog was een paar dagen geleden begonnen.

'Is het niet verschrikkelijk dat we hier in New York zitten en blij zijn met de deelname van de VS aan de oorlog tegen ons vaderland?' vroeg zijn moeder bedroefd. 'Ze zullen bommen op Duitsland gooien. Moge God onze geliefden in Augsburg beschermen!'

Walter en Leo verstomden. Waar was hun thuis eigenlijk? Hier in de VS? Absoluut. En toch was een groot deel van hen Duits, dat kon niet ontkend worden en wilden ze ook niet verbergen. Ooit was hun thuis in Duitsland geweest, in een tijd die gepaard ging met mooie en rijke herinneringen. Hun jeugd. Hun familie. Hun schooltijd. Hun vrienden. Maar dat alles bestond niet meer. Het Duitse thuisland was door de nationaalsocialisten verwoest. Die hadden hun lelijke, misdadige stempel op het land gedrukt. Voor Joodse mensen was geen plek meer in hun Duitse vaderland. Ze wisten inmiddels dat degenen die daar waren gebleven een gele ster op hun kleding moesten naaien. Het teken van de inferieure mensen en de verstotelingen.

'Het gaat er niet om dat Duitsland vernietigd wordt,' zei Walter na een tijdje. 'We moeten het bevrijden. Van Hitler en van de NSDAP.'

'Maar de bommen vallen op alle mensen,' zei Marie. 'Niet alleen op de nazi's, maar ook op de anderen.'

'De goeden moeten onder de kwaden lijden,' zei Walter meedogenloos.'

Leo zag het anders, maar hij zweeg. Walter had geen familieleden meer in Duitsland en geen enkele band met zijn moeder, die hier in de VS hertrouwd was. Voor hem was het anders.

'Nu zullen er waarschijnlijk helemaal geen brieven meer komen,' zei hij benauwd. 'Ik heb al tijden geen post van Dodo ontvangen. Eerlijk gezegd maak ik me zorgen over haar.'

De postverbinding met Duitsland was sinds het begin van de oorlog zeer beperkt geweest, maar zo nu en dan was er een brief gekomen. Vooral van tante Kitty, die een onvermoeibare briefschrijfster was.

'Heeft papa nog een keer geschreven?' vroeg Leo aan zijn moeder.

Ze schudde haar hoofd. De laatste brief die Paul haar had gestuurd was een jaar geleden geschreven. Ze had een paar brieven naar Duitsland gestuurd en Kitty gevraagd of ze waren aangekomen. Kitty wist het niet omdat er over dit punt niet met 'Paultje', zoals zij hem noemde, te praten viel. Leo vermoedde sterk dat zijn vader de post had ontvangen, in elk geval gedeeltelijk, maar simpelweg niet wilde reageren. Hij was boos op zijn vader. Zijn moeder had nu een heleboel problemen met Karl Friedländer doordat ze trouw was gebleven aan haar echtgenoot in Duitsland. En wat deed papa? Hij was beledigd!

'Ik heb erover nagedacht of ik me vrijwillig bij het Amerikaanse leger moet melden,' zei Walter. 'Als het om nazi-Duitsland gaat, wil ik niet passief toekijken.'

Leo was net zo verbijsterd als zijn moeder. Uitgerekend Walter, die zeker niet in zich had wat nodig was om een soldaat te zijn, kwam op zo'n idioot idee.

'Wacht nou voorlopig maar af,' adviseerde Leo. 'Het Amerikaanse leger heeft genoeg goede mensen. Bovendien zullen nu veel jonge mannen in dienst gaan. Je bent tenslotte een violist en geen doorgewinterde oorlogssoldaat, toch?'

Walter zweeg en bewoog peinzend de vingers van zijn linkerhand. Toen Leo en hij in Augsburg door een bende jonge pestkoppen waren aangevallen, had hij zijn pols gebroken. Ondraaglijk lange weken hadden ze zich afgevraagd of hij ooit nog zijn vingers zou kunnen gebruiken. Gelukkig had hij ze geleidelijk aan weer kunnen bewegen. Het had Walter maanden gekost om met veel moeite weer viool te leren spelen. Toch was hij van mening dat hij zonder deze handicap meer had kunnen bereiken. Vooral omdat hij ook nu nog telkens problemen had met zijn linkerhand.

'Jij denkt toch hopelijk niet aan zoiets, Leo,' zei zijn moeder bezorgd. 'Of wil je soms op een dag als Amerikaanse soldaat tegenover Maxl of Hansl Bliefert staan, die in de Wehrmacht moeten vechten?'

'Maak je geen zorgen, mama,' zei hij grinnikend en hij streelde haar arm. 'Ik ben niet geschikt als soldaat. Ik ben te zacht. En gehoorzamen is al helemaal niet mijn ding.'

'Het mijne ook niet,' zei Walter. 'Maar ik vind dat wij, als Amerikanen, zijn geroepen om onze bijdrage te leveren.'

In de volgende dagen werd het echter duidelijk dat er voortaan twee soorten Amerikanen waren: degenen die van Duitse of Japanse afkomst waren en de anderen.

Leo merkte het tijdens een radio-opname van een van zijn composities. Hij was het niet eens met de interpretatie en probeerde zijn mening duidelijk te maken aan de muzikanten.

'Doe niet zo gewichtig, nazi!' zei de cellist.

'Hoe noemde je me net?' vroeg Leo verbouwereerd.

'Nazi. Wat anders? Je komt toch uit Duitsland!'

Hij legde uit dat hij Duitsland moest verlaten omdat hij en zijn moeder Joods waren. Maar dat interesseerde de cellist niet. Jood of niet, Leo was een Duitser en een Duitser was een nazi.

Het zou niet de laatste keer zijn dat hij op deze manier werd beledigd. Walter en andere kennissen van Duitse afkomst maakten hetzelfde mee. Leo's moeder had er ook mee te kampen. Veel klanten meden ineens haar atelier, ze kreeg minder bestellingen en twee van haar medewerkers zegden hun baan op omdat ze niet voor een nazivrouw wilden werken.

'Maar nu gooien ze het kind met het badwater weg,' klaagde

Marie 's avonds bij Leo. 'Waarom geloven ze dat iedere Duitser een nazi is? Zijn we naar Amerika geëmigreerd omdat we het zo goed hadden in nazi-Duitsland?'

Het was een raar gevoel voor haar om plotseling ook in het land van de grote vrijheid, dat haar nieuwe thuis was geworden, buitengesloten te worden. In Duitsland werden ze verbannen omdat ze Joods waren, in de vs werden ze als vijand gezien omdat ze Duits waren.

Er gingen zelfs verhalen rond over kampen waarin Japanners die in Amerika verbleven werden opgesloten. Zelfs degenen die Amerikaans staatsburger waren verdwenen en werden in speciale kampen geïnterneerd.

Marie had ondertussen geprobeerd Karl Friedländer te bereiken om te onderhandelen over de huur van de winkel. Natuurlijk was ze bereid om de huur te betalen, maar ze wilde hem vragen om een tijdelijke huurverlaging. Hij was immers zelf van Duitse afkomst en had ongetwijfeld ook al het een en ander van de nieuwe situatie gemerkt.

Op een avond, toen Leo na een vermoeiende repetitie thuiskwam, zag hij zijn moeder met een bleek en bezorgd gezicht in de keuken zitten.

'Ik heb naar het kantoor van Karl gebeld,' zei ze. 'Ze zeiden dat meneer Friedländer voorlopig niet bereikbaar is en vroegen of ik de directeur, meneer Bridgewater, wilde spreken.'

'Ja, en?' vroeg Leo. Hij liet zich vermoeid op een stoel zakken. 'Dat is toch niets nieuws?'

'Meneer Bridgewater vertelde me dat Karl geïnterneerd is.'

Nu begreep Leo het eindelijk.

'Interneren ze nu ook ons Duitsers?' vroeg hij geschrokken.

'Daar lijkt het inderdaad op, ja. We zijn vijanden en zouden kunnen spioneren.'

'Maar... wij zijn Amerikaanse staatsburgers!'

'Dat lijkt hun niet uit te maken.'

Zijn moeder had haar atelier gesloten en ook andere zakenlieden van Duitse afkomst hadden zich teruggetrokken. Leo had zelf nog niet veel van dat soort acties gemerkt. Hij had veel goede vrienden die vanuit landen over de hele wereld waren geëmigreerd. Maar er waren ook opdrachten die hij had verwacht maar niet had gekregen.

'En wat gebeurt er in deze kampen?' vroeg hij aan zijn moeder.

Ze wist het niet precies. Maar als het hun zou overkomen, zouden ze geloofwaardig kunnen uitleggen dat ze als Joodse mensen door de nazi's waren vervolgd en uit het land waren verdreven.

'Waarom is Walter er eigenlijk nog niet?' zei Leo plotseling. 'Hij zou vanavond toch voor ons koken?'

'Hij heeft gebeld,' zei zijn moeder met een glimlach. 'Hij is opgehouden en komt iets later.'

Leo veegde over zijn voorhoofd en voelde zich belachelijk. Leed hij al aan vervolgingswaanzin?

16

24 december 1941

Dodo was met een wee gevoel in haar maag naar huis gegaan. Maar met kerst in München blijven was ook geen optie, want dan zou ze alleen in de flat zitten. Johannes, de theoloog, was niet teruggekeerd, want hij was opgeroepen voor de Wehrmacht. Er waren nu twee eerstejaarsstudenten bij haar ingetrokken, Stefan en Georg, die net als zij aan de technische universiteit studeerden. Ze vond hen nogal onervaren, maar ze waren verbazingwekkend zelfverzekerd en arrogant. Het feit dat een meisje ingenieur wilde worden, konden ze maar niet bevatten. Ze hielden allebei vast aan de domme overtuiging dat vrouwen niets van technologie begrepen.

Ze was gisteren in de villa aangekomen en had de grote dennenboom in de hal bewonderd. Wat dat betrof was er in elk geval niets veranderd. Zelfs de sterren en de rode en gouden ballen waren nog steeds dezelfde als in haar kindertijd. Er zaten alleen veel minder kaarsjes in de boom dan vroeger en ze zouden er morgen waarschijnlijk niet zo veel geurige koekjes in hangen als andere jaren. Veel erger was echter dat kerst dit jaar weer zonder mama en Leo gevierd zou worden. Waarschijnlijk was dit de reden voor het nare gevoel in haar buik. De gelukkige tijden in de villa waren voorbij, er was alleen nog een droevige schaduw van over.

Papa had haar heel liefdevol begroet en hartelijk omhelsd. Hij had geen woord gezegd over het feit dat hij en tante Elvira inmiddels alleen voor haar studie moesten opdraaien. Omdat Amerika nu als een vijandig land werd beschouwd, kon mama haar geen geld meer sturen. Ze probeerde de kosten zo laag mogelijk te houden, maar ze had de huur voor haar kamer moeten doorbetalen, ook al had ze in de zomer bij Messerschmitt in Regensburg stage gelopen. Bovendien had ze voor het huidige semester een aantal vrij dure boeken moeten aanschaffen en ze moest ook nog het collegegeld betalen.

Papa zag er afgetobd uit, vond ze. Hij probeerde vriendelijk en ongedwongen over te komen, maar dat lukte niet. Vooral als hij probeerde te lachen, hoorde je dat het geforceerd klonk. Geen wonder: in de fabriek had hij amper iets te zeggen. Er was nu een nazifunctionaris, meneer Stromberger, die geen idee had hoe hij een fabriek moest leiden. Maar textielfabriek Melzer was nu sowieso alleen nog een filiaal van de vliegtuigfabriek van Messerschmitt. Dat had Henni haar in een brief naar Regensburg geschreven.

Op de ochtend van 24 december was er een klein kerstfeest voor de werknemers van de fabriek en omdat ze Henni daar zou ontmoeten, had ze haar vader gevraagd of ze erbij mocht zijn. Hij had zijn schouders opgehaald en alleen gezegd: 'Voor mijn part, als jij dat wilt.'

In het verleden, toen de fabriek nog onder zijn leiding stoffen en garens produceerde, zou hij heel blij zijn geweest met haar belangstelling. Maar nu leek hij het eerder vervelend te vinden.

Toen ze met haar vader de voorkamer in liep, kwam Henni haar kantoor uit en viel ze haar om de nek. 'Daar ben je, Dodo!' riep ze. 'Tjonge, wat ben ik blij! We hebben elkaar de hele zomer niet gezien.'

'We hebben elkaar veel te vertellen, hè?' Dodo lachte.

'Nou, je zult versteld staan!'

Ondertussen had papa de secretaresses begroet en hij keek op de klok. De viering zou zo beginnen.

'Mag ik de dames verzoeken om met ons mee te gaan naar de feestzaal?' zei papa uitnodigend tegen de twee secretaresses.

Juffrouw Haller werd rood, zoals altijd als papa haar aansprak. Ze stond op en wilde haar jas aantrekken, maar de andere vrouw, die blonde snol met de adellijke naam, bleef op haar achterwerk zitten.

'We gaan ernaartoe zodra de heren in de directiekamer ons daarom verzoeken,' zei ze. 'Op dit moment zijn de heren Stromberger en Von Klippstein nog in gesprek.'

Papa reageerde niet slecht op haar brutale gedrag. 'Als dat zo is, mevrouw Von Lützen,' zei hij vriendelijk, 'dan gaan wij alvast met juffrouw Haller voor, en u volgt met de twee heren.'

De ogen van Von Lützen puilden uit toen papa haar collega Hilde Haller galant in haar mantel hielp en zelfs de deur voor haar openhield. Zelf bleef ze op haar post in de voorkamer. Ze zou de arme Hilde Haller nu zeker zwartmaken bij de twee 'heren'.

Het zogenaamde kerstfeest zou plaatsvinden in de kantine. Ze hadden de Duitse arbeidsters en medewerkers bij elkaar geroepen, de tafels waren versierd met dennentakjes en slingers, er stonden grote kannen klaar met koffie die naar slootwater rook en ze zouden een dun sneetje kerststol krijgen. De Poolse arbeidsters waren er niet. Naar verluidt zouden zij in hun barakken ook een kerstfeest krijgen. Ze werden streng bewaakt. Er liepen mannen en vrouwen in naziuniformen rond die Dodo nog nooit in de fabriek had gezien. Ze zag trouwens toch veel nieuwe gezichten, wat waarschijnlijk kwam doordat de meeste jongere mannen in de Wehrmacht zaten en alleen de oudere waren overgebleven. Onder de nieuw aangenomen mensen waren ook een paar vrouwen, zelfs in de boekhouding en op de calculatieafdeling werkten er nu een paar. Ook de onaangename portier Knoll was opgeroepen, wat Dodo totaal niet erg vond. Maar nu zat er een vrouw aan de poort die haar op de tanden had. Ze heette Erika Pichlmayer, had een diepe stem als van een kerel en wist bij al het personeel ontzag af te dwingen. Maar Henni fluisterde tegen Dodo dat Pichlmayer een prima mens was.

Toen ze binnenkwamen, zat het personeel al aan de tafels. De koffie en kerststol was nog niet geserveerd, ze moesten eerst wachten op de kersttoespraken van de directie. Zodra papa binnenkwam ging er een golf van solidariteit door de zaal. Veel van zijn mensen – arbeidsters en medewerkers – applaudisseerden of trommelden met hun vlakke hand op de tafels waardoor het servies rinkelde. Papa knikte in de rondte en bedankte hen met een glimlach. Je kon aan zijn gezicht zien hoe goed het hem deed dat de mensen zo aan hem gehecht waren.

'Er komen ook weer andere tijden, meneer de directeur!' riep Josef Sauer, zijn oude boekhouder.

Alfons Dinter, die naast hem zat, gaf hem een por in zijn ribben, maar Josef Sauer mompelde alleen geïrriteerd: 'Het is zo.'

Een tijdje gebeurde er niets. De mensen praatten zachtjes met elkaar, op de achtergrond draaide een plaat met kerstliederen. Daarna zwaaide iemand de deur open en Wilhelm Stromberger kwam binnen, gevolgd door de blonde secretaresse en Ernst von Klippstein. De gesprekken verstomden en iedereen keek verwachtingsvol naar de drie mensen die zonder naar rechts of links te kijken langs de aanwezigen liepen. Vooraan aangekomen ging de blonde snol naast Henni zitten, terwijl Stromberger en Von Klippstein een van de nieuwe medewerkers verwelkomden, die verantwoordelijk was voor het verloop van het evenement. Uiteraard met een stramme Hitlergroet.

Direct daarna moest de blonde secretaresse haar plek afstaan omdat Von Klippstein die opeiste en met een knalrood hoofd en haastige excuses ging ze op de tweede rij zitten. Dodo grijnsde tevreden.

'Waarom ben je niet naar het directiekantoor gekomen, Paul?' vroeg Von Klippstein, die naar voren leunde om langs Henni heen papa aan te kunnen kijken.

'Ik wilde jullie niet storen.'

'Onzin. Er zijn nieuwe instructies die jou ook aangaan.'

Papa antwoordde niet, want op dat moment stopte de plaat en viel er een stilte. Wilhelm Stromberger schraapte zijn keel, trok een verkreukelde tekst uit zijn jasje en ging achter het spreekgestoelte staan.

'Heil Hitler! In deze turbulente tijden, waarin het genie van de Führer en de onweerstaanbare aanvalsgeest van de dappere soldaten die met doodsverachting ons Duitsland van overwinning naar overwinning brengen...'

Het was het gebruikelijke gezwets dat je overal kon horen. Zelfs aan de universiteit van München waren er evenementen die op deze manier begonnen, maar gelukkig maar een paar. De meeste mensen in het publiek toonden geveinsde aandacht, maar sommigen keken de spreker enthousiast en stralend aan. Dat waren vooral de mensen die Von Klippstein had meegenomen. En Neumeier, de luchtaanvalwachter.

De spreker ontving een klein applausje. Stromberger vouwde opgelucht het blad papier op, veegde het zweet van zijn voorhoofd en gaf het podium vrij. Daarna was het de beurt aan Ernst von Klippstein, die het veel beter deed. Hij sprak losjes, prees de arbeidsters en medewerkers voor hun onafgebroken inzet, wees hen op het belang van de wapenindustrie voor het oorlogvoerende Duitsland en zei tot slot dat de Führer dag en nacht voor het welzijn van iedereen werkte en dat daarom hetzelfde van iedere Duitse kameraad verwacht moest worden.

Papa mocht na afloop ook nog een paar woorden tegen zijn mensen zeggen en hij kreeg een ongepast luid applaus.

'Mijn lieve collega's,' zei hij, terwijl hij de volle zaal in keek. 'Ik denk dat de vorige sprekers alle belangrijke dingen al hebben gezegd. Dus het enige wat mij rest is u met heel mijn hart een vrolijk en gezegend kerstfeest te wensen.'

Daarna werd de platenspeler weer aangezet en oude melodieën

overstemden de gesprekken, terwijl de mensen zich te goed deden aan de stollen en de slappe moutkoffie. Ten slotte kondigde Von Klippstein aan dat er nu een 'klein kerstcadeau' uitgereikt zou worden en Stromberger deelde samen met de blonde secretaresse zakjes van kerstpapier uit, waarin waarschijnlijk koekjes zaten.

Voor het middagmaal was er nog een bespreking in het kantoor van de directeur. Papa was er ook bij, maar Henni leek er vandaag niet veel zin in te hebben en besloot om alvast samen met Dodo naar de villa te gaan.

Het was een koude winterdag, ze moesten hun muts over hun oren trekken en hun voeten veranderden ondanks hun wollen sokken in ijsklompen. Langs de rand van de straten lag vuile, hard geworden sneeuw. De veldweg die ze namen om sneller in de villa te zijn was een smal pad door de besneeuwde weilanden, dat op sommige plaatsen ijzig was. Van hieruit zagen ze hoe lelijk de barakken van de oosterse arbeidsters waren. Het waren platte houten gebouwen met kleine ramen. Er steeg geen rook op uit de lage schoorstenen, waarschijnlijk verwarmden ze de barakken alleen als de arbeidsters na het werk terug werden gebracht.

'Mogen ze op een gegeven moment weer naar huis?' vroeg Dodo.

Henni haalde haar schouders op. Te oordelen naar haar gezichtsuitdrukking zag het er niet goed uit voor de vrouwen.

'Je hoort er niets over,' zei ze. 'Maar ik ben bang dat ze moeten blijven zolang ze kunnen werken. Het zijn allemaal jonge vrouwen, de meesten zijn nog geen twintig.'

'Krijgen ze er geld voor?'

Henni keek haar aan alsof ze dom was. 'Het zijn Poolse vrouwen,' zei ze. 'En ook nog Joods. Denk je dat ze hun salaris geven?'

Dodo beet op haar lip en zweeg. Zouden de vliegtuigen die ze wilde construeren door zulke ongelukkige vrouwen worden gebouwd? Geen leuke gedachte, die het plezier van het studeren kon bederven. Ze ging over op een ander onderwerp.

'Die Stromberger heb je waarschijnlijk al in je greep, hè?' vroeg ze.

Henni bond haar sjaal strakker vast en stopte haar handen weer in haar jaszakken, ook al droeg ze handschoenen.

'Hij is alleen maar een stroman,' zei ze denigrerend. 'Dom in zijn hoofd, maar altijd met zijn rechterarm omhoog. Als Klippi er niet is, is hij heel mak en luistert hij naar me omdat hij nergens verstand van heeft. Maar Klippi is helaas behoorlijk slim. Ik moet heel voorzichtig zijn. En hij heeft iets tegen vrouwen die wat in hun mars hebben en inspraak willen hebben.'

Dat had Dodo ook al gemerkt. Papa liep in dit opzicht ook achter, maar Ernst von Klippstein was onverbeterlijk.

'Dan heeft hij een goeie aan Gerti,' zei ze grijnzend. 'Ze gedraagt zich huiselijk, speelt het lieftallige vrouwtje en krijgt op deze manier alles wat ze wil van hem.'

Henni begon te lachen en gaf haar samenzweerderig een knipoog. 'Ze is zwanger!' onthulde ze.

Dodo moest een gewaagde sprong maken om te voorkomen dat ze op een ijzige plek uitgleed. 'Nee!' riep ze uit van verbazing. 'Van wie? Toch niet van Klippi?'

'Officieel wel. Onofficieel zou ik aannemen dat het iets te maken heeft met de organisatie Lebensborn.'

Dodo had ervan gehoord. Naar verluidt kwamen arische vrouwen die graag een kind wilden baren daar samen met arische mannen die bereid waren een kind te verwekken om puur arische nakomelingen te 'fokken'. De kinderen werden vervolgens vaak geadopteerd door stellen of gezinnen die loyaal waren aan de partij, zodat ze konden worden opgevoed volgens de ware Duitse mentaliteit.

'Dan is ze misschien helemaal niet echt zwanger, maar doet ze gewoon alsof,' speculeerde Dodo. 'En als de tijd om is, ligt er een Lebensborn-baby in de wieg.'

'Maar dan speelt ze de zwangerschap zo goed alsof ze een volleerd actrice is,' zei Henni sceptisch. 'Toen ze bij ons was, bleef ze maar opspringen omdat ze moest overgeven.'

'Ja, en? Kun je dat controleren, als ze de badkamer in rent en een beetje kokhalst?'

'Ik niet,' zei Henni. 'Maar Hanna zei dat het echt was.'

'Ach, Hanna!' zei Dodo denigrerend. 'Zij is makkelijk voor de gek te houden. Als Auguste het had gezegd, zou ik het geloven.'

Het bleef dus raadselachtig. Inmiddels waren ze bijna bij het park van de villa, dat er stil en verlaten uitzag in de sneeuw. De grasvelden lagen onder een witte laag en de sparren en coniferen waren ook bedekt met sneeuw. Alleen de loofbomen langs de oprijlaan strekten hun kale takken naar de hemel uit alsof ze de grijze wolken om verlossing van de vorst en de kou wilden vragen.

'En hoe gaat het verder met jou?' vroeg Henni nieuwsgierig.

Dodo vertelde dat de stage bij Messerschmitt in Regensburg geweldig was geweest. Niet alleen omdat ze op de ontwerpafdeling mocht werken, maar ook om andere redenen.

'Ik mocht in mijn geliefde Bf 108 vliegen,' zei ze enthousiast. 'En ik kon mijn vliegbrevet vernieuwen. Terwijl ik al bang was dat het niet meer geldig zou zijn omdat ik niet de benodigde vlieguren kon maken.

'O, leuk!' zei Henni, maar het klonk niet erg enthousiast. Eerder beleefd instemmend. 'En verder?'

'En verder?'

'Nou, je weet wel... Die onbesuisde piloot van je...'

Dodo vond Henni's grijns een beetje suggestief. De kwestie met Ditmar was ingewikkeld en niet in drie woorden uit te leggen.

'Ik heb hem één of twee keer op de universiteit gezien. Hij is inmiddels opgeroepen en vliegt in de Bf 109.'

'Het jachtvliegtuig?'

'Precies.'

Ze zwegen allebei. Het was bekend dat de Wehrmacht in juli en augustus in de grote luchtstrijd meer dan duizend jonge piloten had verloren. Ze waren neergestort, verbrand, gewond of in Engelse krijgsgevangenschap beland.

Het middageten begon stipt op tijd, dankzij grootmoeder, die nog steeds sterk aandrong op vaste tijden. Papa en Ernst von Klippstein, die pas arriveerden toen Humbert de soep wilde afruimen, kregen een berisping van de oude dame.

Ernst von Klippstein reageerde alleen met een spijtig lachje en raakte levendig in gesprek met Johann over de nieuwe oorlogstegenstander, de vs, die de Britten waarschijnlijk zou steunen.

'Daar zullen ze niet veel aan hebben,' zei Johann arrogant. 'Ten eerste hebben we de Engelsen toch bijna op de knieën en ten tweede zijn de Amerikanen veel te zwak en slecht uitgerust.'

Von Klippstein was ook van mening dat Duitsland op het gebied van militaire bewapening superieur was aan alle andere staten. 'De Führer werkt hier al jaren doelbewust naartoe,' zei hij. 'Duitse tanks en vliegtuigen zijn wereldwijd onovertroffen. Daarnaast hebben we het radarsysteem en de radio die onze piloten nauwkeurige trefzekerheid geeft. Is het niet, juffrouw Melzer? U hebt daar tijdens uw studie vast van gehoord?'

'Natuurlijk...' zei Dodo beleefd.

Wat schepte die kerel op! Terwijl het heel simpel was. Vanaf twee stations op het continent werden 's nachts radiogolven op het beoogde doelwit gericht. De Duitse bommenwerpers volgden de ene straal, en daar waar die de andere kruiste, moesten de bommen worden losgelaten. Het luchtgevecht boven Engeland woedde al een jaar, maar het was niet gelukt om de Britten tot overgave te dwingen. Sinds oktober las je niets meer over de ophanden zijnde overwinning op Churchill. De Luftwaffe voerde nu missies uit in het oosten. Duitse bommenwerpers moesten helpen Moskou te veroveren.

Gelukkig was Von Klippstein niet van plan hen te betrekken bij een inhoudelijke discussie over gevechtsvliegtuigen. Hij begon nu over Japan en zei dat de Japanners dappere soldaten waren en als bondgenoten voor Duitsland een echte gelukstreffer waren.

'Maar het zijn geen ariërs, maar slechts spleetogen,' zei Johann denigrerend.

'Er is een gezegde van Machiavelli dat zegt: het doel heiligt de middelen,' antwoordde Von Klippstein glimlachend.

'Ze hebben Christian begin augustus weer teruggeroepen naar de Wehrmacht,' vertelde tante Lisa verdrietig. 'Terwijl zijn been nog lang niet in orde was. Ik geef de arme Liesl twee jurken van Charlotte en een paar schoenen die zij niet meer past. Die zijn nu bijna niet verkrijgbaar...'

Auguste stak haar hoofd door de deuropening en meldde: 'Beneden in de hal zit een jongeman die mevrouw Dorothea Melzer wil spreken.'

'O,' zei tante Lisa. 'Een nieuwe vriend? Daar heb je ons nog niets over verteld, Dodo!'

'Er valt niets te vertellen!'

Dodo rende zo snel naar de hal dat Auguste haar met haar gezette lijf niet kon bijhouden. Dodo's hart bonsde als een gek. Hemel, haar nieuwsgierige tante was echt vreselijk. En Auguste was bijna nog erger.

Ditmar stond in zijn eentje in de hal op haar te wachten. Hij zag er vreemd uit in het Wehrmacht-uniform. Zijn gezicht was ook veranderd. Het was ingevallen en hij keek heel ernstig. Toen hij haar bovenaan de trap zag, glimlachte hij naar haar.

'Sorry dat ik hier zo kom binnenvallen,' zei hij. 'Ik ben op doorreis, ik wil vandaag nog naar mijn ouders in Ulm.'

Ze liep de trap af en ging tegenover hem staan. Natuurlijk was het uit tussen hen, maar toch was het fijn om hem te zien. Opwindend fijn.

'Naar Ulm? Maar dan kom je pas vanavond laat aan,' zei ze, terwijl ze zijn glimlach beantwoordde.

'Het kan niet anders. Ik kreeg vandaag pas vrij en moet overmorgen terug naar Berlijn.'

'O.'

Er viel een stilte en ze keken elkaar verlegen aan. Dodo dacht na wat voor aardigs ze tegen hem kon zeggen, maar ze kon niets geschikts bedenken.

'Ik wilde je graag zien, Dodo,' zei hij onzeker. 'Zomaar, uit vriendschap. En omdat je nog steeds veel voor me betekent. Helaas is het destijds nogal ongelukkig gelopen tussen ons...'

Dodo zweeg. Hij was veranderd. Maar wat zei dat? Hij had haar destijds verraden en in de steek gelaten. Ze was niet iemand die zoiets zomaar aan de kant kon schuiven.

Hij verwachtte geen antwoord. Hij slikte en schraapte zijn keel.

'We gaan naar Rusland, weet je? Ik wilde vragen of ik je mag schrijven.'

'Ja, natuurlijk,' zei ze snel. 'Dat... vind ik leuk.'

'Zul je me ook antwoorden?'

Nu was ze veel verder naar voren gestapt dan ze had gewild. Maar ze kon de smekende, hoopvolle blik waarmee hij zijn vraag stelde niet weerstaan.

'Als je dat graag wilt...'

'Ik zou er heel blij mee zijn, Dodo,' verzekerde hij.

Even dacht ze dat hij haar wilde omarmen. Maar hij gaf haar gewoon een hand om afscheid te nemen en hield de hare een tijdje vast. 'Ik moet weer gaan. Het ga je goed, Dodo. En... dank je wel!'

Hij drukte haar hand nog een keer stevig, liet hem toen los, schonk haar een blije glimlach en liep haastig weg.

'Vaarwel,' mompelde Dodo zachtjes.

17

13 april 1942

Lieve Henni,

We hebben de kou overleefd en marcheren verder, ergens in Rusland. Het gaat tot nu toe goed met mij, anderen zijn slechter af. Ik heb erover nagedacht of we niet beter nu al zouden moeten trouwen. We kunnen een huwelijk bij volmacht regelen en het na de oorlog samen vieren. Schrijf me alsjeblieft wat je daarvan vindt.

Ik hou van je,
Felix

Henni zat in haar kamer in de Frauentorstraat en las voor de derde keer de met kleine letters beschreven veldpostkaart. Hij wilde trouwen. Terwijl ze hadden afgesproken dat ze pas na de oorlog zouden trouwen. Wat maakte dat hij de dingen nu anders zag?

Rusland, dacht ze. Er zijn daar zo veel soldaten gesneuveld.

Elke keer als de postbode kwam waren ze bang, want hij kon een doodsbericht brengen. Als held gevallen voor Duitsland. Afgelopen. Einde. Je ziet hem nooit meer terug. De Russische aarde bedekt hem ergens in een massagraf. Waar, dat zul je nooit weten. Als er een tijdje geen veldpost kwam, vreesden de vrouwen, ouders en bruiden ook dat er iets was gebeurd.

Een huwelijk bij volmacht was het laatste waar Henni van had gedroomd voor haar bruiloft. Aan de andere kant, wat maakte het uit hoe en waar ze trouwden? Als het voor hem belangrijk was, dan maar een huwelijk bij volmacht. Ze zou hem vanavond meteen terugschrijven.

Ze zuchtte en legde de kaart, waarop bloemetjes waren afgedrukt, bij de veldpost in haar bureaula. Ze had deze ochtend vrij genomen in de fabriek, want tante Tilly's zoon Edgar ging vandaag voor het eerst naar school. Dat was een feestelijke gebeurtenis en mama had hen allemaal in de Frauentorstraat uitgenodigd voor het middagmaal na afloop.

Henni sloot het raam en ging naar de woonkamer, waar haar moeder ook was.

Even later trok grootmoeder Gertrude de deur van de woonkamer open, zag Kitty en Henni bij het raam staan en zette haar armen in haar zij.

'Wat staan jullie daar nou te kletsen? Het is al negen uur geweest en we moeten om tien uur bij de rode poort zijn voor het evenement. Wil je daar in je kamerjas naartoe, Henni?'

'Rustig aan,' zei Kitty. 'Met de tram zijn we er in twintig minuten. Trek dat mooie voorjaarsmantelpakje aan, Henni. Dat lichtblauwe. En dan mag je van mij de bijpassende schoenen lenen.'

Henni liet zich overhalen, maar sloeg de schoenen af omdat haar moeder kleinere voeten had en ze in haar moeders schoenen altijd haar tenen moest opkrullen. Dat kon in de loop van de dag behoorlijk pijn gaan doen. Alleen waren er bijna geen schoenen te koop en haar moeder had een fantastische collectie...

Toen ze allebei gekleed beneden kwamen, stond grootmoeder Gertrude in haar jas en met haar hoed op bij de voordeur. Ze deed vreselijk druk. 'Ik ben speciaal om vijf uur vanochtend opgestaan omdat ik nog een taart wilde bakken. En nu zijn jullie allebei zo aan het treuzelen dat we te laat komen!'

Natuurlijk kwamen ze niet te laat, maar precies op het moment dat de deuren van de school werden geopend om de nieuwe scholieren met hun moeders, broers, zussen en grootouders binnen te laten. Twee kinderen werden zelfs vergezeld door hun moeder én vader. De vaders droegen Wehrmacht-uniformen en waren met verlof. Natuurlijk had tante Tilly ook vrij genomen, ze droeg een groen mantelpakje met een kleurrijke blouse en Edgar droeg een korte broek.

'Hij wilde die per se aan, mama,' zei Henni. 'Tante Tilly wilde dat hij een lange broek aantrok omdat hij anders kou zou vatten.'

'Tilly verwent de arme jongen vreselijk,' zei Kitty. 'In de winter kleedde ze hem zo dik aan dat hij eruitzag als een wandelende theemuts.'

Tante Tilly had laatst bezorgd verteld dat Edgar geen enthousiasme had getoond voor school. 'Hij zei dat hij geen school nodig heeft,' verzuchtte ze. 'Hij kan al lezen en schrijven, en rekenen vindt hij heel makkelijk.'

'Dat krijg je ervan,' had Kitty geantwoord. 'Waarom hebben jullie hem die dingen al geleerd? Nu zal hij zich vervelen en niet opletten op school.'

'We hebben het hem niet geleerd,' verdedigde tante Tilly zich. 'Hij heeft het zichzelf geleerd.'

De kleine Edgar had inderdaad een keer aan de ontbijttafel gevraagd: 'Papa, wat zijn soldaten van de *Rote Armee*? Hebben die allemaal rode armen?'

Oom Jonathan had de krant laten zakken en uitgelegd dat het Russische soldaten waren.

'Hoe kom je daarbij, Eddi?' had tante Tilly gevraagd.

Het jongetje had op de krant getikt en Tilly zag een artikel met de kop: VERRADERLIJKE AANVAL VAN DE ROTE ARMEE AFGESLAGEN.

Terwijl oom Jonathan tijdens het ontbijt in de krant verdiept was, had Eddi de woorden op de achterkant van de krant ontcijferd.

'Maar… Hoe heb je dat gedaan?'

'Ik verveelde me omdat je altijd zo lang de krant leest...'

Vandaag had de zesjarige geen zin in dergelijke kunsten. Hij zat lusteloos naast Henni, had zijn schooltas voor zich op de grond gezet en schopte telkens met zijn voet tegen het sponsje dat aan een touwtje uit de tas hing. In zijn schooltas zaten een gloednieuwe lei en een houten, met brandschilderkunst versierd griffeldoosje dat ooit van Henni's vader was geweest. Grootmoeder Gertrude had het aandenken aan haar zoon, die in de Wereldoorlog was omgekomen, al die jaren bewaard, gevuld met nieuwe griffels en aan haar kleinzoon gegeven nu hij voor het eerst naar school mocht.

Eerst hield de rector, een kale man met felblauwe ogen en een roze gelaatskleur, een welkomstwoord, waarbij hij zich vooral tot de volwassenen richtte.

Henni was elders met haar gedachten tijdens zijn toespraak. Ze moest denken aan het feestje en de cadeautjes toen zij zelf voor het eerst naar school ging. Ze had een gloednieuwe schooltas gekregen en een knuffelhaasje dat ze nu nog had. Hoelang was dat geleden? Twintig jaar. Hemel, wat was ze al oud. Daarna dacht ze weer aan Felix' veldkaart en plotseling voelde ze angst. Wilde hij trouwen zodat zij op zijn minst zijn naam zou dragen als hij niet terug zou komen? Moest ze er eens met haar moeder over praten? Ze sprak er liever met Dodo over, maar die was in München en enthousiast met haar studie bezig. *Het wordt nu eindelijk echt interessant*, had ze haar geschreven en ze had verteld over nieuwe materialen en krachtige motoren, wat Henni niet echt kon boeien. Ze had niets over Ditmar geschreven, maar Henni wist dat hij met kerst in de villa was geweest. Dat had Auguste haar verteld. Waarschijnlijk schreef Dodo hem nu brieven. Hoe kon een meisje zo dom zijn?

Tot slot werd er een lied gezongen. Gelukkig niet het lied van Horst Wessel, maar een ander lied. Daarna marcheerde het hele gezelschap door de lange gang naar de klaslokalen. De scholieren werden door de jonge leraar bij naam genoemd en mochten op een vaste plek in de schoolbanken gaan zitten. Ze moesten die plek onthouden, want daar zouden ze het hele schooljaar zitten. Edgar zat op de derde rij naast een bruinharig meisje dat een enorme witte strik in haar haar had. Het leek alsof er een reusachtig koolwitje op haar hoofd zat.

Na deze eerste kennismaking met het dagelijkse schoolleven waren de festiviteiten gelukkig afgelopen en begon 'het aangename deel van de dag', zoals haar moeder het uitdrukte. Oom Robert was 's ochtends met haar moeders auto weggeweest en zat nu in de auto voor het schoolplein op hen te wachten. Ze wurmden zich er allemaal in. Grootmoeder Gertrude zat comfortabel op de passagiersstoel, terwijl Henni, tante Tilly en mama de achterbank deelden en Edgar ondanks felle protesten op de schoot van zijn moeder moest zitten. Onder de jaloerse blik van de andere scholieren en hun familieleden tuften ze in de richting van de Frauentorstraat.

Henni wist nog steeds niet waarmee oom Robert precies zijn geld verdiende. Hij bezat aandelen en had in Amerika een aantal kleine bedrijven opgebouwd die van alles produceerden, van waskommen tot radio's. Met zijn slimme, vooruitziende blik had hij deze bedrijven voor de oorlog verkocht en het geld overgemaakt naar Zwitserland. Ze wist niet wat hij er nu mee deed. Het enige wat ze wist was dat hij nog steeds Joden hielp emigreren. Wat nu uiterst gevaarlijk was, want sinds vorig jaar was het Joden verboden om Duitsland te verlaten.

Aangekomen in de Frauentorstraat pakte Edgar eerst zijn schooltas uit. Daarin zaten schriften, een inktpotlood, twee appels en een kleine bruine knuffelbeer. Tot Henni's grote verbazing was deze vreemde jongen het meest blij met de schriften en het inktpotlood. Dat leek op een potlood, maar als je het in water doopte, schreef het donkerblauw.

'Daarmee ga ik aan papa schrijven,' zei hij tevreden.

Hij schreef nogal krabbelig en in blokletters. Net als in de krant. Maar je zou het kunnen ontcijferen.

Het middagmaal was een samenwerking van grootmoeder

Gertrude en tante Tilly, die een stuk vlees voor de soep, eieren voor de taart en zelfs honderdvijfentwintig gram echte bonenkoffie had bijgedragen.

Om twee uur nam tante Tilly met veel knuffels en kusjes afscheid. Ze moest naar haar werk in het ziekenhuis en zou Edgar 's avonds ophalen. In haar plaats verschenen twee van mama's protegés: de witharige Karla, die haar ogen altijd zwart omrandde en schilderes van beroep was, en de kleine, magere Ludwig, een beeldhouwer die volgens mama enorme, monumentale beelden had gemaakt die niet onderdeden voor het Vrijheidsbeeld in New York.

Daarna ging de deurbel weer en mama riep: 'O, wat fijn! Dat zijn vast Krista en Eduard. Ze zijn naar de dorpen gegaan om te hamsteren...'

Maar het was Erna Siebert van de overkant. 'Jullie hebben de ramen niet verduisterd,' zei ze verontwaardigd. 'Als iemand dit meldt, krijgen jullie narigheid.'

'O, hemel!' riep mama. 'We hebben een familiefeest. Daardoor zijn we het helemaal vergeten. Bedankt dat je ons eraan herinnert...'

'Heil Hitler.'

'Wat een onzin,' mopperde ze toen Erna weer weg was. 'Alsof die vervelende verduistering van enig nut zou zijn. Ze hebben immers radars...'

Op dat moment klonk de griezelig op en neer gaande loeitoon van de sirenes. Luchtalarm! Dat was in Augsburg al bijna twee jaar niet meer gebeurd. Grootmoeder Gertrude haastte zich naar het raam en pakte het stugge verduisteringspapier. De dunne beeldhouwer probeerde haar te helpen, waardoor het alleen maar moeilijker ging.

'Licht uit!' commandeerde Henni. 'Naar de kelder!'

Oom Robert rende naar boven om snel wat belangrijke documenten te pakken en Kitty stond met een zaklamp bij de kelderdeur. Ze hoorden het gedreun van de naderende bommenwerpers al. Henni moest Karla op de keldertrap helpen omdat ze een stijve enkel had. Een paar minuten later waren ze allemaal in de kelder. In het donker botsten ze tegen de plank met grootmoeder Gertrudes weckpotten en ze luisterden angstig naar de geluiden boven hen. Het suisde en knalde. Dat moest de Flak zijn. Henni dacht aan Johann, die eindelijk op een vijandelijke bommenwerper mocht schieten, en voelde dat Edgar haar hand pakte.

'Je hoeft niet bang te zijn, Henni,' zei hij. 'Het is zo weer voorbij.'

Ze hoorden ontploffingen. Ze zaten allemaal op de grond, het schijnsel van mama's zaklamp trilde en Henni zag dat ze haar armen om grootmoeder Gertrude heen had geslagen.

'Dat was in het noorden,' fluisterde oom Robert. 'Misschien in Oberhausen.'

Er klonk weer een explosie, gesuis, gedreun, gefluit, geknal... En tussendoor nog steeds het jankende geluid van het luchtalarm. De hel brak los boven Augsburg. Henni hield haar oren dicht en wilde dat dit dodelijke geluid eindelijk ophield.

Het duurde niet langer dan twintig minuten, daarna hoorden ze de sirenes van de brandweer. Er woedde ergens een brand, de bommen waren ingeslagen. Ze moesten een tijdje wachten tot het sein veilig werd gegeven, maar ze voelden zich al opgelucht.

'We zijn de dans weer eens ontsprongen,' mompelde de beeldhouwer Ludwig.

Henni was blij toen ze eindelijk de kelder konden verlaten, want Karla had overgegeven.

'Te veel mousserende wijn,' zei ze schuldbewust. 'Ik verdraag dat spul niet meer.'

Oom Robert liep net als een paar buren de straat op om informatie te krijgen. Toen hij terugkwam, vertelde hij: 'Het is zoals ik dacht. Ze hebben de MAN bij Oberhausen gebombardeerd. Met veel precisie, ondanks de duisternis. Het schijnen acht Britse Lancasters te zijn geweest. Drie ervan zijn door ons luchtafweergeschut neergeschoten.'

Tante Tilly kwam pas rond tien uur naar de Frauentorstraat om haar zoon op te halen. Tegen die tijd lag Edgar al diep te slapen in Henni's bed, terwijl Henni het zich comfortabel had gemaakt op de bank in de woonkamer. 'Ik was al onderweg toen het begon,' zei tante Tilly. Ze zag er uitgeput uit. 'De tram stopte en we moesten allemaal uitstappen. Eerst wisten we niet waar we heen moesten...'

In het oude centrum hadden wildvreemde mensen haar meegenomen naar hun schuilkelder. Anders had ze hulpeloos op straat gestaan.

Deel II

Twee jaar later

18

Februari 1944

Marie rook een muffe geur toen ze de deur van de flat openmaakte. Er is hier niet geventileerd, dacht ze. Al ruim drie weken niet. O god, de spullen in de koelkast zullen wel bedorven zijn. Ze zette haar koffertje in de gang neer en raapte de post op die door de gleuf in de deur naar binnen was gegooid. Daarna liep ze naar de badkamer om de kleren die ze wekenlang had gedragen uit te trekken, uitgebreid te douchen en haar haar te wassen. Ze hadden elke dag kunnen douchen – er was daar veel aandacht besteed aan hygiëne – maar de zeep was goedkoop geweest en ze had de geur ervan gehaat.

Ze had al gedacht dat ze geluk had gehad, totdat ze drie weken geleden midden in de nacht was opgehaald om verhoord te worden. Omdat ze Duitse roots had en dus een *enemy alien* was. Naar de reden waarom haar dit was overkomen en anderen niet kon ze alleen maar gissen. Iemand moest de aandacht van de autoriteiten op haar hebben gevestigd. Een klant? Een buurman? Ze had geen idee.

Ze hadden haar eerst naar een politiekantoor gebracht, waar ze door een man in burger was ondervraagd. Waarschijnlijk was het iemand van de FBI, want hij stelde strikvragen, dus ze moest goed over de antwoorden nadenken. Of ze sinds het begin van de oorlog had geprobeerd om correspondentie met Duitsland tot stand te brengen. Ze zei dat ze het via de normale post had geprobeerd, maar dat het niet gelukt was.

'Ook niet via Zwitserland?'

'Ik heb kennissen in Zwitserland aan wie ik een of twee keer heb geschreven. Mijn dochter zat daar op een internaat...'

Daar leek hij genoegen mee te nemen. Ze mocht niet terug naar haar flat, maar werd opgesloten in een gevangeniscel, waar ze bijna de hele nacht wakker lag en zichzelf duizend angstige vragen stelde. Wat zou er met haar gebeuren? Hadden ze Leo ook opgepakt en opgesloten? Hadden ze hen misschien al een tijdje geobserveerd? Hadden ze hun post gelezen? Zo ja, dan wisten ze dat er bij de brieven aan Zwitserland ook brieven aan Duitsland waren bijgevoegd. Met het verzoek om ze naar Augsburg door te sturen. Of het hoofd van het internaat haar die gunst had bewezen, wist ze niet. Ze had nooit antwoord gekregen.

De volgende dag werd ze samen met een paar andere mensen van Duitse afkomst naar het interneringskamp op Ellis Island gebracht. Toen ze vanuit Duitsland naar New York was geëmigreerd, was ze hier maar een paar uur geweest. Destijds waren hun papieren gecontroleerd, er waren foto's gemaakt en daarna mochten ze naar het vasteland. Ze had slechts een vage herinnering aan het grote gebouw met de brede aankomsthal, waar ze moesten wachten totdat ze een voor een werden gecontroleerd. Ook nu ging ze die hal in. Haar paspoort werd bekeken en ze werd naar een kantoor geleid voor het eerste verhoor. Het werd uitgevoerd door een vrouwelijke functionaris, die er blijkbaar heilig van overtuigd was dat de persoon die voor haar zat een nazispion was die in New York een vijandig zendstation had geïnstalleerd om nazipropaganda te verspreiden. Het was vermoeiend om telkens dezelfde vragen te beantwoorden, keer op keer te verzekeren dat ze als Jodin Duitsland had moeten ontvluchten en geen reden had om zich voor het naziregime in te zetten.

'En waarom bent u dan niet van uw Duitse man gescheiden?'

'Omdat ik van hem hou.'

'Hoe kunt u van een nazi houden als u Joods bent?'

'Hij is geen nationaalsocialist. Hij is in Duitsland gebleven omdat wij een fabriek hebben die zijn vader heeft opgericht en die hij niet wil opgeven.'

Daarna wilde de vrouw weten of ze een radio had. Een fototoestel? Had ze in New York films gemaakt en naar Duitsland gestuurd?

'Ik heb geen filmcamera. Ik heb wat foto's naar mijn familie gestuurd, maar dat was voor de oorlog.'

'Wat hebt u gefotografeerd?'

'Mijn flat... mijn zoon Leo... de muziekacademie... Central Park tijdens een wandeling... Ik kan me niet alle foto's herinneren.'

De ambtenaar bleef maar vragen stellen. Ze begon telkens weer van voor af aan en wachtte tot Marie in tegenstrijdigheden verstrikt raakte. Hoe oud zou ze zijn, vroeg Marie zich af. Zeker al boven de vijftig. Ze is te dik en maakt zich te opvallend op, dacht ze. Maar ze heeft een verbazingwekkend uithoudingsvermogen. Ze is vast een perfecte medewerker van de FBI.

Het verhoor had lang geduurd. Ze kregen één keer koffie, die haar ondervraagster afsloeg, terwijl Marie hem gulzig in kleine slokjes opdronk. Het verhoor leek niet naar de zin van de FBI-functionaris, want aan het eind zei ze: 'We gaan dit controleren. En tot die tijd blijft u geïnterneerd, mevrouw Melzer.'

Ze werd naar een ander gebouw overgebracht, waar ze een kamer kreeg toegewezen die ze met twee andere geïnterneerden moest delen. Beide vrouwen kwamen uit New York. De ene was ook Joods en had als kantoormedewerkster bij een bouwbedrijf gewerkt, de andere kwam uit een rijk milieu, sprak vaak over de hoge positie van haar man, die ook geïnterneerd was, en was ervan overtuigd dat ze hier niet lang hoefde te blijven omdat alles op een misverstand berustte. 'Gelukkig hebben we vrienden met invloedrijke relaties,' zei ze. 'Ze moeten weten dat ze al onze kennissen ondervragen en daar verslagen van maken. Als een gerespecteerd persoon verklaart dat je onschuldig bent, heeft dat een grote invloed...'

Ze had niet het Amerikaanse staatsburgerschap zoals Marie en de kantoormedewerkster. Ze was een burger van Liechtenstein, maar kwam uit Hamburg.

Het dagelijks leven in het interneringskamp was draaglijk. Er was zelfs een winkel waar ze boodschappen konden doen. Er werden kerkdiensten en religieuze voordrachten aangeboden. Er waren boeken en tijdschriften beschikbaar en ze mochten brieven naar het binnenland versturen. Toch was de stemming onder de geïnterneerden gespannen, omdat niemand wist hoelang ze hier zouden worden vastgehouden. Misschien maar een paar weken, maar misschien wel maanden. Later ontmoette Marie geïnterneerden die er al jaren gevangenzaten.

Het laatste verhoor dat uiteindelijk tot haar vrijlating leidde, was kort maar heel verhelderend. Haar zaak was minutieus onderzocht en ze hadden diverse inlichtingen ingewonnen. Dat ze Joods was en daardoor Duitsland moest verlaten deed er nauwelijks toe, want ze had zich alsnog met spionage kunnen bezighouden. Er zouden dergelijke gevallen zijn geweest. Nee, het ging over de brieven die ze via Zwitserland naar het vijandige buitenland, naar Duitsland, had willen sturen. Deze brieven waren geopend en lagen op het bureau voor de jonge FBI-functionaris.

'Het hoofd van het internaat heeft uw post aan het Amerikaanse consulaat overhandigd, mevrouw Melzer. Natuurlijk moesten we de zaak onderzoeken.'

Ze werd duizelig. Volgens haar dochter Dodo was de vrouwelijke directeur een vriendelijke dame die graag midden in de les de klas in kwam om even mee te luisteren en die veel genegenheid voor Dodo had. Marie had haar nog nooit in levenden lijve ontmoet, maar ze was de enige Zwitserse vrouw die ze kende. Hoe had ze haar kunnen vertrouwen?

De jonge functionaris had donker haar. Misschien was hij een afstammeling van Spaanse immigranten. Zijn zwarte ogen achter zijn brillenglazen keken onderzoekend, maar niet onvriendelijk naar de vrouw die voor hem zat.

'Het is jammer dat uw man deze brieven niet heeft ontvangen,' zei hij met een glimlach. 'Hij zou blij zijn geweest.'

Hij schoof de twee brieven over het bureau en Marie durfde ze eerst niet aan te raken. Pas toen hij naar haar knikte, pakte ze de papieren op.

'Er staat niets belastends in,' merkte hij op.

Ze ging er niet op in. Het was een vreselijke gedachte dat deze brieven, die ze vol verlangen en liefde aan Paul had geschreven, door zo veel handen waren gegaan en door zo veel mensen waren gelezen.

'U mag vandaag rond elf uur het kamp verlaten.'

Ze was zo verbaasd dat ze het nauwelijks kon geloven. Ze werd vrijgelaten? Hoewel ze deze brieven Duitsland had willen binnensmokkelen, mocht ze het kamp verlaten? Had ze het goed gehoord of was het een ongelukkig misverstand?

Hij gaf haar over het bureau een hand, grijnsde om haar verbaasde blik en vermaande haar: 'Doe geen illegale pogingen meer om contact op te nemen met familieleden in het vijandige buitenland. Voor de rest mag u u vrij bewegen en uw beroep uitoefenen.'

Twee uur later stond ze met haar koffertje, dat ze haastig had ingepakt toen ze was gearresteerd, weer op het vasteland en keek ze uit over het eiland dat voor veel mensen een gevangenis was geworden. Het kleine eiland bestond eigenlijk uit twee rechthoekige stukken land omzoomd door betonnen muren, die door een sluis waren verbonden. In de zomer zag het er mooi uit omdat er bomen en gazons waren, maar nu in de winter lag het eiland grijs en afwijzend in de monding van de Hudson, niet ver van Liberty Island, waar het Vrijheidsbeeld de aankomende schepen begroette.

Thuis in haar flat deed ze na het douchen alle ramen open, gooide de spullen die ze uit de koffer had gehaald in de wasmand en controleerde de inhoud van de koelkast. Slechts een paar voedingsmiddelen waren nog eetbaar, dus ze zou iets moeten kopen. Ze zette koffie en vond een ongeopend blikje melk. Ze ging op de bank zitten met de stapel post en begon de brieven te sorteren. Facturen, reclame. Twee brieven van oude vaste klanten van het atelier, die ze opzijlegde om later te lezen. Haar atelier had weer een lichte opleving doorgemaakt sinds het Amerikaanse publiek zich bewust werd van het lot van de Duitse Joden. Er waren krantenartikelen over verschenen en er waren demonstraties geweest, flyers uitgedeeld en bijeenkomsten gehouden. Als gevolg daarvan waren veel van haar klanten, die haar aanvankelijk hadden gemeden omdat ze een Duitse was, teruggekomen. Sommigen hadden haar zelfs hun excuses aangeboden.

Leo's brief lag onder op de stapel en ze schrok, want op het ronde stempel stond: US ARMY POSTAL SERVICE. Ze scheurde de envelop haastig open en vond een kort briefje van haar zoon.

Mijn lieve moeder,

Ik wilde je mijn besluit persoonlijk vertellen, maar je was gisteravond helaas niet thuis. Ik heb me een week geleden gemeld bij het Amerikaanse leger. Vandaag gaan we naar Engeland, waar we wachten op onze missie. Ik weet dat je niet blij zult zijn met mijn beslissing, maar het was voor mij onmogelijk om een normaal, comfortabel leventje te leiden terwijl zo veel van mijn collega's en vrienden bereid zijn om deel te nemen aan de strijd tegen de naziheerschappij. Niet in de laatste plaats ook mijn vriend Walter, die momenteel in Italië is gestationeerd en me verschillende brieven heeft geschreven.

Laten we hopen dat deze oorlog snel zal eindigen met de ca-

pitulatie van het naziregime. We zijn goed op weg en ik ben er trots op dat ik mijn steentje kan bijdragen.
Je kunt mij schrijven op het bovenstaande adres, de UAPS stuurt de post door.
Ik omhels je, mijn lieve moeder, en maak je alsjeblieft niet al te veel zorgen. Ik ben niet iemand die in de eerste rij naar voren stormt, dat weet je. Maar ik ben erbij.

Je zoon Leo

Marie leunde uitgeput naar achteren en liet de brief op haar schoot vallen. Hij had het dus toch gedaan. Ze had het al die tijd al vermoed. Zijn beslissing was niet van de ene op de andere dag genomen. Hij had lang geaarzeld en het onderwerp vermeden. Maar als ze het over Duitsland hadden, had hij somber voor zich uit gestaard, alsof hij diep vanbinnen met een gedachte speelde die hij haar niet wilde vertellen. Ze keek naar de datum. Een dag na haar internering. Natuurlijk had hij haar die avond niet getroffen. Wat een gemene streek van het lot! Leo was ten strijde getrokken en ze hadden geen afscheid van elkaar kunnen nemen.

Er drupten tranen op Leo's brief. Wat zouden ze haar nog meer aandoen, die misdadigers die de controle over haar vaderland hadden overgenomen? Kurt werd dit jaar achttien. Ze had haar jongste al bijna vijf jaar niet meer gezien en nu zouden ze hem waarschijnlijk oproepen voor de Wehrmacht. Kurt zou voor Hitler moeten vechten, terwijl Leo aan de andere kant stond. Wat was dit voor een wereld? En Paul? Dodo? Kitty en al haar geliefden in Augsburg? Hoe zou het met hen gaan? Er was geen postverbinding met Duitsland, maar in de kranten stond dat Duitse steden werden gebombardeerd, waaronder de hoofdstad Berlijn. Augsburg zou er ook niet zonder kleerscheuren vanaf komen. Stond de villa er nog wel? Of waren haar geliefden allang bedolven onder het puin van het gebombardeerde gebouw?

Nadat ze had gegeten besloot ze eerst maar het meest voor de hand liggende te doen: de flat in orde brengen, de koelkast schoonmaken en de was doen. De rekeningen kon ze morgen ook betalen, maar het was belangrijk dat ze zich weer op haar gemak voelde in haar kleine woning. Al het andere kon ze toch niet veranderen. Ze kon alleen maar hopen en bidden dat het lot genadig zou zijn met haar en haar geliefden.

Terwijl ze de keuken opruimde, ging de telefoon. Zuchtend stopte ze met waar ze mee bezig was en ze nam op.

'Marie? Je spreekt met Karl. Hang alsjeblieft niet meteen op...'

Karl Friedländer! Twee jaar lang had ze niets meer van hem gehoord, maar ze had zelf ook geen enkele poging gedaan om weer met hem in contact te komen.

'Wat een verrassing,' zei ze een beetje ironisch. 'Waarom zou ik ophangen als je me na zo'n lange tijd weer belt?'

'Ik weet het,' zei hij. 'Er zijn meningsverschillen geweest. Misschien was het mijn fout. Maar nu ben ik ondanks alles blij om je stem te horen.'

'Dat verbaast me, want je kon heel lang zonder...'

Er viel een korte stilte en ze vroeg zich af of hij boos was geworden. Maar toen sprak hij verder. 'Ik weet dat ze je hebben geïnterneerd en ik heb me zorgen gemaakt. Ik heb een paar keer gebeld.'

Had hij spijt gekregen nu ze in hetzelfde schuitje hadden gezeten? Zijn reactie twee jaar geleden had haar teleurgesteld, zelfs verbitterd. Ze was niet bereid om zomaar weer terug te keren naar de amicale sfeer die ooit tussen hen had geheerst.

'Ja, ik ben geïnterneerd. Gelukkig maar drie weken. Ze hebben me vanmorgen vrijgelaten,' legde ze bondig uit.

'Je hebt echt geluk gehad. Ze hebben mij maar liefst zeven maanden vastgehouden. Al ben ik al heel lang Amerikaans staatsburger.'

'Wat naar...' antwoordde ze beleefd.

Hij schraapte zijn keel, wat bij hem altijd een teken van verlegenheid was.

‘Luister, Marie… Ik wil je graag ergens ontmoeten om met je te praten. Zou je daartoe bereid zijn?’

‘Ik heb het op dit moment erg druk, Karl. Het atelier was drie weken dicht. Ik moet zorgen dat ik alles weer op gang krijg.’

‘Natuurlijk, dat begrijp ik. Maar misschien kan ik je uitnodigen voor een etentje? Voor een kort gesprek?’

Ze dacht erover na. Ze wilde hem niet afwijzen, maar als hij een nieuwe poging wilde doen om toenadering te zoeken, zou ze haar grenzen duidelijk moeten aangeven. Het zou dus een inspannend gesprek worden en daar had ze op dat moment geen zin in.

‘Misschien volgende week… Of nee, liever de week daarna…’

‘Ik begrijp het,’ zei hij. ‘Je wilt me niet ontmoeten, klopt dat?’

‘Niet meteen. Geef me alsjeblieft wat tijd.’

Hij zweeg even en daarna zei hij iets wat ze nooit van hem had verwacht. ‘Ik heb tijd gehad om over ons na te denken, Marie. En ik ben tot de conclusie gekomen dat je een bewonderenswaardig persoon bent die alle respect van de wereld verdient. Ik moet bekennen dat ik je man heel erg benijd…’

Ze wist niet wat ze op deze verrassende bekentenis moest zeggen en omdat ze zweeg, sprak hij verder.

‘De wereld gaat door, Marie. Als alles zich ontwikkelt zoals wij willen, kan het zo zijn dat Hitler vroeg of laat verslagen is. Wist je dat hij in Rusland zware nederlagen heeft geleden? De Russen zijn in opmars. Ze heroveren hun land en het is de vraag of ze op een dag de Duitse grenzen niet zullen oversteken…’

‘Maak me niet bang!’

Ze had erover gelezen in de krant, maar de berichtgeving over de gebeurtenissen in Rusland was schaars. Meestal gingen ze over de gevechten van het Amerikaanse leger tegen Japan of over de invasie bij Anzio in Italië. Toch was ze bezorgd geweest omdat de Russische soldaten altijd als bijzonder wreed en meedogenloos waren omschreven.

‘Ik wilde alleen maar zeggen dat je hoop kunt koesteren dat je je man en familie zult weerzien. Namelijk als Hitler is verslagen en de terreur voorbij zal zijn.'

'Misschien,' zei ze verbitterd. 'Maar tegen welke prijs?'

'Laten we op het beste hopen, Marie. En laten we in contact blijven. Mijn oude vaderland ligt me ook na aan het hart. Vertel me wanneer je tijd voor me hebt.'

Misschien was hij echt tot inkeer gekomen? Het zou in elk geval goed zijn om met hem van gedachten te wisselen, het verdriet van zich af te praten en zijn veelal pragmatische opvattingen te horen. Waarbij ze heel voorzichtig zou zijn.

'Wat vind je van volgende week woensdag? Rond lunchtijd?'

'Prima. Ik haal je op bij Atelier des Modes.'

'Tot dan, Karl. En… bedankt dat je me hebt gebeld.'

'Ik moet jou juist bedanken, Marie.'

Toen ze ophing, voelde ze zich vreemd opgelucht.

19

25-26 februari 1944

Het was een koude winterdag. Er lag een dunne deken van sneeuw over het park en er hingen ijspegels aan de daken. Paul was pas rond negen uur naar de fabriek gegaan. Op dat moment brak er af en toe een bleek winterzonnetje door de wolken en in het schijnsel ervan zag de fabriek er nog somberder uit. Bij de poort werd hij inmiddels weer vriendelijk begroet. De portierster Erika Pichlmayer liet geen kans onbenut om haar sympathieën en antipathieën kenbaar te maken. Von Klippstein moest genoegen nemen met een kort aangeduide Hitlergroet en bij Wilhelm Stromberger, het waarnemend hoofd van de fabriek, was het 'Heil Hitler' een nuance grimmiger. Directeur Melzer schonk ze echter een glimlach en ze zei altijd iets vriendelijks tegen hem: 'Wat is het weer koud vandaag, meneer de directeur. Gaat u maar snel naar binnen, juffrouw Haller heeft al gestookt.'

'Dank u wel, mevrouw Pichlmayer,' antwoordde hij en hij nam zijn hoed voor haar af. 'Ik hoop dat u het ook warm hebt in het portiershokje.'

'Het gaat wel, meneer de directeur. Ik ben niet zo gevoelig.'

Hij had geen haast, liep ontspannen de trap op en ging slechts kort langs de boekhoudafdeling, waar twee medewerksters volgens de wensen van Stromberger allerlei lijsten en overzichten maakten. De calculatieafdeling was gesloten en werd nu gebruikt als magazijn. Maar in de voorkamer heerste nu meestal drukte, omdat daar vaak langeafstandsgesprekken uit Regensburg of zelfs Berlijn binnenkwamen. De wapenproductie draaide op de uiterste grens van de capaciteit. De gevechtsvliegtuigen, die hier in verschillende kleine productiefases werden gemaakt, zouden de bommenwerpersquadrons van de Wehrmacht vergezellen en dodelijke gevechten met de vijandelijke verdediging aangaan. Bij elke gevechtsmissie werden verliezen van man en materiaal ingecalculeerd, waarbij de neergestorte machines gemakkelijker te vervangen waren dan de piloten die in hun vliegtuigen verbrandden of in krijgsgevangenschap raakten.

In het trappenhuis hoorde hij al de doordringende stem van Von Lützen, die kennelijk geloofde dat ze tijdens een langeafstandsgesprek harder moest praten dan bij een lokaal gesprek.

'Maar natuurlijk, directeur Messerschmitt... Ik zal u meteen doorschakelen... Pardon? Niet? Moet hij rond elf uur terugbellen? Ik zal het hem zeggen, meneer de directeur... Heil Hitler, meneer de directeur...'

Willy Messerschmitt persoonlijk. Waarschijnlijk waren er weer eens onderdelen met gebreken geleverd, wat de laatste tijd vaker was gebeurd, waardoor Paul al aan sabotage had gedacht. In elk geval zou Stromberger ervoor op moeten draaien. Ernst von Klippstein had al gezegd dat hij 'die incompetente idioot' naar het front zou sturen.

Terwijl Von Lützen zich naar de kamer van de directeur haastte, stond Hilde Haller op om Pauls jas, sjaal en hoed aan te nemen. Zoals gewoonlijk maakten ze een kort praatje met elkaar.

'Goedemorgen, meneer de directeur. Er zijn weer problemen met de instrumentenpanelen. Messerschmitt schijnt nogal kwaad te zijn. Zal ik meteen een kopje koffie voor u zetten?'

'Dat zou fijn zijn, juffrouw Haller. Gaat het? U ziet er een beetje bleek uit.'

'Dat lijkt maar zo door het schemerige winterlicht, meneer de directeur. Het gaat goed met me. U weet hoe graag ik in de fabriek van Melzer werk.'

Ze waren de afgelopen jaren hechter geworden. Hilde Haller had altijd een vriendelijk woordje en een glimlach voor hem klaar, wist hem op te vrolijken en hield hem op de hoogte van de laatste ontwikkelingen in de fabriek. Ze deed dit nooit in het bijzijn van haar collega, maar koos handig momenten uit waarop ze alleen waren. Met haar kalme en intelligente aard deed ze hem een beetje denken aan Marie, zijn vrouw die hem had verlaten om een ongebonden leven in Amerika te leiden. Hij had ondertussen geleerd zijn pijn over zijn volgens hem ontrouwe vrouw met boosheid te verdoven. Het werkte niet altijd. Feit was alleen dat de gedachte dat Hilde Haller hem in de fabriek opwachtte vaak de enige reden was om ernaartoe te gaan. Want eigenlijk was er niets voor hem te doen.

'Meneer Melzer?' zei Von Lützen toen ze terugkwam uit de kamer van de directeur. 'Meneer Von Klippstein wil u graag spreken.'

Ze noemde Paul altijd bij zijn naam, terwijl ze Wilhelm Stromberger aansprak met 'meneer de directeur'.

Ernst von Klippstein zat zoals gewoonlijk aan het bureau en was verdiept in een brief toen Paul binnenkwam.

'Goedemorgen...'

'Ga alsjeblieft zitten,' zei Ernst, zonder op te kijken.

Paul liet zich in een van de leren fauteuils zakken en vocht tegen de opkomende woede die hij elke keer voelde als hij Ernst von Klippstein zelfgenoegzaam in zijn directeurskamer zag zitten. Afgunstig keek hij naar de man die ooit zijn vriend was geweest en die zich in de loop van de jaren had opgewerkt tot de baas van textielfabriek Melzer. Hoelang zou het duren voordat de villa ook in handen van deze man was?

Ondanks al zijn successen leek Ernst niet gelukkig te zijn. Hij was nog magerder geworden, zijn ogen lagen dieper en zijn haar was dunner geworden. Het fysieke verval was nog meer merkbaar in zijn ongecontroleerde bewegingen. Zijn handen, waarop zijn blauwachtige aderen zichtbaar waren, trilden een beetje. Eindelijk stopte hij de brief in een map en hij steunde met zijn armen op de stoelleuningen om op te staan.

'Neem me niet kwalijk,' zei hij. 'Er komen op dit moment veel dingen op mij af, soms loopt mijn hoofd over.'

'Dat kan ik me voorstellen,' antwoordde Paul beleefd maar onverschillig.

Waren het de actuele oorlogsontwikkelingen die Von Klippstein zo erg aangrepen? Het was zelfs voor de simpelste mensen duidelijk geworden dat deze oorlog niet meer gewonnen kon worden, maar het was uiterst gevaarlijk om dergelijke inzichten te uiten. Wie in het openbaar niet enthousiast sprak over de naderende 'eindoverwinning' kon makkelijk worden beschuldigd van 'ondermijning van de militaire kracht' en in het ergste geval worden geëxecuteerd. Ernst von Klippstein was in de Wereldoorlog officier geweest en zeker na de gruwelijke ramp in Stalingrad een jaar geleden, waar duizenden Wehrmachtsoldaten, omringd door het Rode Leger, zinloos waren omgekomen, moest hij weten hoe dramatisch de situatie van de Wehrmacht op bijna alle fronten was.

Maar Von Klippstein leek ook geplaagd te worden door andere zorgen. 'Ik wilde iets heel vertrouwelijks met je bespreken,' zei hij terwijl hij naast Paul in een fauteuil ging zitten. 'Het gaat over mijn lieve vrouw en onze kleine Herrmann.'

In juni 1942 was Gerti bevallen van een jongetje, een stevige baby van bijna negen pond, die met de oer-Duitse naam Herrmann was gedoopt. Er was inderdaad een doopceremonie geweest, hoewel Ernst von Klippstein de kerk had verlaten. Maar Gerti had erop aangedrongen en uiteindelijk had hij ingestemd. Over het algemeen werd de jongen beschouwd als zijn biologische zoon. Degenen die beter wisten, hielden zich op de vlakte.

'Zoals je weet...' vervolgde Von Klippstein terwijl hij met een nerveuze beweging over de stoelleuning wreef. 'Zoals je weet ben ik veel op reis en Gerti klaagt vaak over het feit dat ze met het kind alleen is in het grote huis.'

'Ik dacht dat je personeel had,' zei Paul verbaasd.

'Ja, dat wel. Maar helaas heeft Gerti nog geen goed kindermeisje of een ander betrouwbaar persoon kunnen vinden,' legde hij uit. 'Daarom zou het fijn zijn als ze met de kleine een tijdje bij jou in de villa kan logeren.'

'In... in de villa?' vroeg Paul verbaasd.

Ernst vertrok zijn gezicht tot een gemaakte glimlach. 'Ik begrijp je verbazing. Toch vraag ik je om welwillend over dit voorstel na te denken. Er staan nu immers een paar kamers in de villa leeg, waardoor het personeel eigenlijk te weinig te doen heeft. Ik zou me uiteraard erkentelijk tonen, zowel financieel als met andere mogelijkheden die mijn positie mij biedt...'

Wat een verzoek! Vooral het noemen van de lege kamers in de villa verbitterde Paul. Nog geen week geleden was zijn geliefde jongste zoon Kurt voor de Wehrmacht opgeroepen, twee maanden voor zijn achttiende verjaardag. Daardoor was behalve de kamers van Dodo en Leo nu ook Kurts kamer leeg. Als deze oorlog zou voortduren, zou Hanno volgend jaar ook aan de beurt zijn. Johann was vorig jaar tot zijn grote enthousiasme soldaat geworden en schreef brieven vanuit Italië.

'Ik kan dit niet in mijn eentje beslissen,' zei hij behoedzaam. 'Maar ik zal het in de familie bespreken.'

'Natuurlijk. Ik ben zo vrij geweest om ons vandaag met z'n drieen in de villa aan te kondigen voor de lunch en bij deze gelegenheid kunnen we de zaak in alle rust bespreken. Onder ons gezegd, ik zou heel gerustgesteld zijn als ik weet dat mijn kleine gezin in goede handen is.'

Zinspeelde hij op de bombardementen die al verschillende Duitse steden zwaar hadden getroffen? Hamburg, Schweinfurt, Wilhelmshaven en Berlijn waren het slachtoffer geworden van geallieerde aanvallen, evenals Regensburg, waar Messerschmitt ook vliegtuigen bouwde. Aan de rand van het Ruhrgebied hadden ze twee stuwdammen verwoest, met vreselijke gevolgen voor de mensen die er woonden. Overdag oefenden de Amerikanen luchtaanvallen uit, 's nachts bombardeerde de Royal Air Force Duitse steden.

'We moeten allemaal op onze hoede zijn,' merkte Paul op. 'Waarom wordt de buitenlandse arbeidsters nog steeds de toegang tot de schuilkelder van de fabriek ontzegd?'

Von Klippstein slaakte een verveelde zucht en stond moeizaam uit de fauteuil op. Het was niet voor het eerst dat Paul dit vroeg. Von Klippstein had het eerder afgewezen door te zeggen dat de schuilkelder te klein was voor zo veel mensen.

'Ik zal het met Stromberger bespreken... Ik moet nu een belangrijk telefoontje plegen en wil graag niet gestoord worden. Ik zie je straks tijdens de lunch in de villa.'

Hoewel Paul zich eraan ergerde dat hij op deze manier werd afgescheept, benijdde hij Von Klippstein niet om het aanstaande telefoongesprek met de boze Messerschmitt in Regensburg. Paul maakte van de gelegenheid gebruik om even bij Henni langs te gaan, die tot haar ergernis haar kantoor met Wilhelm Stromberger moest delen. Maar alleen als Von Klippstein in de fabriek was, anders gebruikte Stromberger de directeurskamer.

Tot zijn grote verrassing reageerde Henni met een kort lachje op het voorstel van Von Klippstein. 'Wat een uitgekookt mens,' zei ze hoofdschuddend. 'Wil met haar kind in de villa gaan wonen. En hij gaat er zelfs in mee, die pantoffelheld!'

'Ik vind de hele kwestie een onredelijke eis,' zei Paul. 'Ik kan er helemaal niet om lachen.'

Henni was meteen serieus. Ze was de afgelopen jaren veranderd, haar vrolijke onbevangenheid was verdwenen. Ze was serieuzer geworden, maar streefde nog steeds met een onfeilbare kijk op de werkelijkheid haar doelen na. Het huwelijk bij volmacht dat ze enige tijd geleden met Felix had gepland, was nog niet voltrokken. Felix' eenheid was betrokken geweest bij gevechten en sindsdien hadden ze niets meer van hem gehoord. Ze sprak er nooit over. Ze verwerkte haar verdriet in haar eentje.

'O, hemel, oom Paul!' verzuchtte ze. 'Hoe kun je het nu niet snappen? Heb je het spelletje nog steeds niet door?'

'Wat bedoel je?' vroeg hij niet-begrijpend.

Ze dempte haar stem omdat ze vreesde dat Von Lützen hen misschien afluisterde. 'Zeg alsjeblieft niet dat je geen idee hebt wie de vader van de lieve kleine Herrmann is...'

Paul had wel een vaag vermoeden gehad, maar had het snel van de hand gewezen. Dat kon niet. Dat zou ze niet durven.

'Onze Marek is de vader van Herrmann,' zei Henni fluisterend. 'Dat is voor iedereen in de villa zo klaar als een klontje. En het lijkt erop dat de kwestie tussen die twee nog niet voorbij is.'

Paul schudde resoluut zijn hoofd. 'Dat kan ik niet geloven. Als Ernst erachter zou komen, zou hij Marek meteen laten oppakken!'

Marek was nog steeds niet bij de autoriteiten geregistreerd en dat wist Von Klippstein heel goed. Zijn verlopen identiteitsbewijs lag op Pauls bureau.

'Dat vreesden we eerst,' zei Henni. 'Maar hij heeft niets gedaan, ook al zal hij het beslist weten. Waarschijnlijk is hij bang voor een schandaal.'

Bovendien kon Gerti in geval van nood getuigen dat haar man maandenlang een niet-geregistreerde Jood in zijn huis had laten werken. Dat soort dingen konden een carrière snel om zeep helpen, want er was veel intrige onder nazifunctionarissen. Velen wachtten gewoon op een kans om de concurrent uit te schakelen. Langzaam begon Paul te begrijpen waarom Ernst von Klippstein het zo moeilijk had en hij kreeg bijna medelijden met hem. Ernst had van zijn vrouw gehouden en waarschijnlijk hield hij nog steeds van haar. Maar Paul kon niet begrijpen waarom hij haar in hetzelfde huis wilde laten wonen waar haar minnaar woonde. De zin 'als ik weet dat mijn kleine gezin in goede handen is' klonk in zijn oren spottend.

'Toch is het een krankzinnig idee,' zei hij benauwd. 'Ik kan me niet voorstellen dat Lisa het daarmee eens is.'

'Waarom niet?' zei Henni sarcastisch. 'Het brengt leven in huis.'

Ernst von Klippstein leek zeker van zijn zaak, want toen Paul met Henni in de villa kwam voor het middageten, stond zijn auto al op het voorplein. Op de achterbank zagen ze koffers liggen.

Alicia nam al sinds een paar weken niet meer deel aan de maaltijden. Ze was ziekelijk en lag in bed. Tilly had haar onderzocht en de diagnose zag er niet goed uit. Haar nieren waren beschadigd, haar hart was ook zwak en ze was nog verwarder dan eerst. Ze had Tilly niet herkend, maar dacht dat ze een verpleegster was. Tante Elvira had zich erbij neergelegd dat ze haar schoonzus niet meer lang bij zich zou hebben. Ze zat elke dag urenlang aan haar bed en praatte met haar over oude tijden. Zelfs de herinneringen van lang geleden haalde Alicia soms door elkaar, maar Elvira had een engelengeduld met haar.

'Ik wil het afscheid voor haar zo draaglijk mogelijk maken,' zei ze verdrietig. 'Ze verdient het.'

Het was stil geworden in de villa. Normaal zaten er 's middags vijf mensen aan tafel, vandaag waren het er met Gerti en Ernst von Klippstein zeven. De kleine Herrmann werd tijdens de maaltijd verzorgd door Hanna, die geen idee had dat ze deze taak voortaan vaker op zich zou moeten nemen. Lisa, die voordat ze aan tafel gingen door Paul op de hoogte was gebracht, had verrassend weinig weerstand geboden tegen het verzoek van Von Klippstein.

'Voor mijn part komt ze,' had ze gezegd. 'Maar alsjeblieft niet bij Charlotte en mij in de aanbouw. Ze kan in Leo's kamer logeren zolang ze hier is.'

Zo werd de zaak opgelost. Tijdens het middageten hoorden ook Charlotte en tante Elvira het nieuws. Beiden waren niet bepaald enthousiast.

'We zijn hier niet meer ingesteld op kleine kinderen,' zei tante

Elvira. 'Mijn schoonzus slaapt licht en mag niet gestoord worden.'

Charlotte zei alleen vinnig: 'Nog twee eters erbij. Geweldig! Maar mij wordt natuurlijk niets gevraagd.'

Ze was nu vijftien, een lang, bleek meisje dat zich nonchalant kleedde, een afwijzende uitstraling had en weinig vriendinnen had. Sinds de correspondentie met haar vader was verbroken, had ze zich aangewend om te pas en te onpas bijtende, sarcastische opmerkingen te maken. Ze hadden te horen gekregen dat de gevangene Sebastian Winkler buiten het kamp tewerk was gesteld. Waar wisten ze niet.

'We zullen het wel met elkaar kunnen vinden, Charlotte,' zei Gerti zelfverzekerd.

'Als u dat denkt...' antwoordde Charlotte koeltjes. 'Maar ik zeg u meteen dat ik niet tegen kleine kinderen kan.'

Vervolgens zweeg Gerti. Paul, die normaal gesproken zijn nichtje een scherpe berisping zou hebben gegeven, liet het vandaag rusten. Ernst mocht gerust merken dat Gerti's intrek in de villa weinig vreugde opriep bij de bewoners. Omdat verder niemand iets zei, konden ze Herrmann boven in Leo's kamer horen jammeren. De jongen was een moeilijk kind dat om elke kleinigheid begon te schreeuwen en zelfs met zijn vuistjes om zich heen sloeg als hij niet tevreden was.

De stemming aan tafel bleef ijzig. Zodra het dessert was geserveerd, nam Von Klippstein gehaast afscheid. Hij gaf Paul een hand, gaf zijn vrouw een vluchtige kus op haar wang en liep snel naar zijn auto. Hij stond er even ongeduldig naast, want hij moest wachten tot Auguste en Humbert de koffers hadden uitgeladen. Daarna reed hij langzaam over sneeuwresten en bevroren plassen naar de poort van het park van de villa.

Paul liet het aan Lisa over om het personeel van de nieuwe situatie op de hoogte te brengen en de komst van de nieuwe huisgenoten te organiseren. Henni zat tijdens de middagrust samen met Charlotte in de bibliotheek. Paul had geen idee waarover die twee met elkaar zaten te kletsen, maar Henni was de enige die enigszins met Charlotte kon opschieten. Zelf voelde hij zich moe en uitgeput en hij besloot even een dutje te gaan doen.

Hij had net de slaapkamerdeur achter zich dichtgetrokken en wilde de deken openslaan toen de sirenes begonnen te loeien. Luchtalarm!

Een aanval overdag. Het waren dus Amerikaanse bommenwerpers die Augsburg naderden. Mechanisch pakte hij het koffertje waar hij belangrijke documenten in had gedaan. De zaklamp lag er direct naast. Ze waren op een noodgeval voorbereid. In de hal stond de kokkin al met Liesl, en Annemarie had de hond aan de lijn, die ze wilde meenemen naar de schuilkelder. Paul haastte zich naar beneden om de kelderdeur te openen, riep Marek bij zich en liep met hem naar de eerste verdieping omdat ze de bedlegerige Alicia naar beneden moesten dragen. Hanna had Herrmann in haar armen, die hard huilde, maar Gerti stelde zich behulpzaam op en steunde tante Elvira, die vanwege haar rugkwaal moeite had met de trap.

Er was niet veel tijd meer om alle inwoners in veiligheid te brengen. Ze hoorden het brullende geluid van het naderende eskader bommenwerpers al, die blijkbaar laat door het luchtaanvalswaarschuwingscommando van de stad waren opgemerkt. Ze zaten dicht bij elkaar in het schemerige plafondlicht van de kelder en luisterden angstig naar de gebeurtenissen boven hen. Ontploffingen!

'Dat is bij Haunstetten,' zei Auguste toonloos. 'Ze hebben het op Messerschmitt gemunt.'

Niemand antwoordde. Gerti hield haar kind in haar armen en Marek was naast haar gaan staan om hen te beschermen. Op dat moment kon het hun niet schelen wat anderen van hen dachten. Bij de volgende golf van ontploffingen begon Willi boos te blaffen. De achtjarige Annemarie knielde naast de hond en probeerde hem te kalmeren, Charlotte hurkte aan de andere kant en aaide de opgewonden viervoeter. Auguste en Hanna ontfermden zich over de zieke vrouw, die de hele tijd schreeuwde dat ze haar een kop koffie en wat ijswater moesten brengen. Tante Elvira mompelde dat ze blij was dat haar paarden nu allemaal weg waren, want die zouden van dit gebulder helemaal schichtig zijn geworden. Paul stond zwijgend in een hoek van de kelder en staarde naar de scène, die hem bizar en onwerkelijk voorkwam, als een waanidee of een fragment uit een film.

De aanval duurde niet erg lang. Na een half uur hoorden ze de sirenes van de brandweerwagens, die onderweg waren om de branden te blussen. Toen kwam het sein veilig.

Met een angstig gevoel liepen ze de kelder uit en droegen eerst de zieke vrouw terug naar haar kamer. Gerti hielp ook goed mee, wat Paul erg waardeerde. Ze leek zich als 'mevrouw Von Klippstein' niet beter te voelen dan de rest.

Paul liep met Humbert naar de tweede verdieping om uit de ramen naar de stad te kijken. In het zuiden steeg donkere rook op in de winterhemel. Augustes vermoeden was juist, de Messerschmitt-fabriek bij Haunstetten was geraakt.

'Dit is vast niet alles,' zei Humbert rustig. 'Er komt vannacht nog meer.'

Paul hoopte dat hij ongelijk had, maar helaas hadden de recente aanvallen op Duitse steden aangetoond dat de bombardementen overdag heel vaak werden gevolgd door de nachtelijke aanvallen van de Royal Air Force.

Hij voelde zich onrustig. Hij liep naar de hal, trok zijn jas aan en begaf zich naar de fabriek. Daar was de binnenplaats vol met mensen. Sommige medewerkers en arbeidsters die uit Augsburg kwamen wilden naar huis naar hun familieleden, maar Stromberger vond het niet goed omdat het werk ook na de aanval moest worden voortgezet. Paul liep de trappen van het administratiegebouw op en trof Hilde Haller alleen in de voorkamer aan. Ze had haar jas nog aan en zag er bleek en angstig uit.

'Meneer de directeur!' riep ze opgelucht. 'Het is nog eens goed gegaan.'

'Hoe zit het met de buitenlandse arbeidsters? Heeft Stromberger ze de kelder binnengelaten?'

'Niet in de schuilkelder, daar mochten alleen de medewerksters en de Augsburgse arbeidsters in. Maar ze mochten wel beschutting zoeken in de andere kelderruimtes.'

De resterende kelderruimtes waren niet als schuilkelders uitgebouwd en gestut. Bij een bombardement konden ze gemakkelijk instorten. Maar de vrouwen waren daar in elk geval iets veiliger dan in hun barakken.

'Gaat u naar huis, juffrouw Haller,' zei hij tegen haar. 'En zorgt u goed voor uzelf.'

'Dank u wel, meneer de directeur,' antwoordde ze zachtjes. 'Zorgt u alstublieft ook goed voor uzelf.'

'Dat beloof ik u,' zei hij met een glimlach en hij wachtte tot ze haar handtas en sjaal had gepakt. Ze liep vlak langs hem heen terwijl hij de deur voor haar openhield. Ze keek naar de grond, maar hij voelde haar nabijheid overduidelijk en verlangde er ineens naar om haar in zijn armen te nemen, haar tegen zich aan te trekken, vast te houden en te beschermen.

Misschien had hij het wel gedaan als Wilhelm Stromberger niet op dat moment op de trap was verschenen, gevolgd door de ijverige Von Lützen.

'Ah, daar bent u, meneer Melzer,' zei Stromberger. 'Ze hebben bij Messerschmitt een paar hallen vernield en ook de woongebouwen in de omgeving zijn getroffen. Alles staat in brand, het is...'

'Hebben de buitenlandse arbeidsters vanavond toegang tot de schuilkelder?' onderbrak hij de man kortaf.

Stromberger knikte chagrijnig. Het voortdurende verhoor van de afgezette fabrieksleider werkte hem al langer op de zenuwen. 'De bewakers hebben de sleutels. Wij hebben geen invloed op hun beslissing,' antwoordde hij nors.

'Geeft u de medewerkers vrij,' vervolgde Paul. 'De dag is toch al bijna voorbij.'

Stromberger keek op zijn horloge en schudde zijn hoofd. 'Nog bijna twee uur. Op dit moment is het noodzakelijk om al onze krachten te bundelen om ons vaderland te verdedigen tegen de laffe aanvallen!'

Het had geen zin. Deze kerel was even bekrompen als koppig.

'Juffrouw Haller gaat naar huis. Ze voelt zich niet goed,' zei Paul en hij liep langs hem heen de trap af.

Bij de fabriekspoort namen ze afscheid. Hilde Haller hoefde niet ver, ze woonde in een huurflat in Lechhausen.

'Moet ik even met u meelopen?' vroeg hij, een plotselinge impuls volgend.

Hij zag aan haar dat ze graag ja had willen zeggen, maar het niet durfde.

'Heel erg bedankt, maar het is maar een klein eindje. Tot morgen, meneer de directeur. En dank u wel.'

'Geen dank, juffrouw Haller.'

Hij kreeg een vreemd gevoel toen hij terugliep naar de villa. Er hing iets donkers en zwaars over de stad, als naderend onheil. Hilde Haller woonde alleen sinds haar moeder vorig jaar was overleden. Hij had juffrouw Haller graag bij hem in de buurt gehad. Hij maakte zich zorgen om haar. Hij wilde haar onder geen beding verliezen.

Toen hij in de villa aankwam, nam Humbert hem meteen mee naar de telefoon. Kitty was aan de lijn.

'Hallo, Paultje. Ik wilde alleen even doorgeven dat Henni goed bij ons is aangekomen. Ze zei dat de straten vol waren met mensen die de stad uit wilden. Ze verdringen elkaar in de tram met koffers en kisten en vluchten naar het platteland. Hemel, de dorpelingen zullen niet blij zijn...'

Hij was niet in de stemming om langer met zijn zus te kletsen en gaf alleen eenlettergrepige antwoorden. Het gesprek was snel voorbij. Ze aten op de gebruikelijke tijd en hij was blij dat Gerti met Lisa over haar zoontje sprak en Charlotte tante Elvira over het landgoed in Pommeren ondervroeg. Daardoor kon hij zich in zijn eigen gedachten verdiepen. Hij moest aan Dodo denken, die nog in München was en binnenkort examen ging doen. Daarna voelde hij weer de pijn om zijn zoon Kurt, van wie nog steeds geen veldpost was gekomen en hij dacht dat hij zijn kind misschien nooit meer zou zien.

Na het avondeten trok hij zich terug in de bibliotheek om een boek te lezen om zichzelf af te leiden van zijn innerlijke onrust, maar zelfs de *Meditaties* van de filosoof en keizer Marcus Aurelius, die hij sinds kort probeerde te lezen, hielpen niet. Rond half tien kwam Humbert om aan te kondigen dat het personeel zich nu terugtrok.

'Ik wens u en ons allen een rustige nacht,' zei hij tegen Paul en hij nam het glas mee waaruit Paul een beetje cognac had gedronken.

Hij had de deur amper achter zich dichtgetrokken of de sirenes begonnen met hun griezelige waarschuwingsgeluid te loeien.

Dus toch! Alles begon weer van voor af aan. Liesl en Annemarie kwamen in winterjassen vanuit het tuinhuisje aanrennen, Marek haastte zich met Paul naar boven om de zieke mevrouw weer naar de kelder te dragen. De hond blafte onafgebroken, Herrmann brulde zijn longetjes uit zijn lijf en mevrouw Brunnenmayer, die net naar bed was gegaan, mopperde boos dat ze voortaan maar meteen in de schuilkelder ging liggen om te slapen. Doordat Alicia Melzer zich er hevig tegen verzette om uit bed te worden getild, duurde het dit keer een hele tijd voordat ze allemaal de steile keldertrap waren afgedaald. Tante Elvira zei boos dat ze haar schoonzus in haar toestand beter boven konden laten en dat ze zelf wel bij haar wilde blijven.

'Op onze leeftijd hebben we niet veel verwachtingen meer,' zei ze. 'Als de Hemel het wil, zullen wij gespaard blijven. Zo niet, is het ook goed.'

‘Praat niet zo’n onzin, tante Elvira!’ had Paul gezegd en hij had er energiek voor gezorgd dat de twee oude dames in veiligheid werden gebracht.

Eerst gebeurde er niets. Was het vals alarm? Paul liep, gevolgd door Charlotte, de keldertrap weer op en opende de voordeur om naar buiten te kijken. Op dat moment was het gezoem van de motoren in de lucht te horen. Ze zagen de stroken licht die de schijnwerpers van de Flak wierpen om de vijandelijke vliegtuigen te spotten en daarna begonnen ze te schieten.

‘Daar!’ riep Charlotte, wijzend op de lichten die overal uit de lucht naar beneden daalden. Het waren de lichten die de vliegtuigen van de Royal Air Force lieten vallen om hun aanvalsdoelen beter te lokaliseren. Ze werden door sommige mensen ‘kerstbomen’ genoemd.

‘Naar de kelder!’ riep Paul en hij trok Charlotte, die de lichten gefascineerd bekeek, met zich mee. Ze hadden de kelderdeur amper achter zich dichtgetrokken of boven hen brak het los. Ze wankelden de kelder in en hurkten tussen de anderen. Charlotte bedekte haar oren en Paul merkte tot zijn ontzetting dat de grond onder hen trilde. Het bombardement hield maar niet op. Ze voelden de inslagen in de directe omgeving en op dat moment wist Paul dat ze het op de fabriek hadden gemunt.

Plotseling begon het licht te flikkeren en werd het pikdonker in de kelder. De stroomvoorziening was uitgevallen. Stijf van angst wachtten ze tot de aanval eindelijk voorbij was. Bij elke nieuwe schok krompen ze ineen. De zieke vrouw kreunde, Lisa snikte, Hanna sprak zachtjes tegen Humbert, die waarschijnlijk helemaal in paniek was. Op een gegeven moment klonk de sirene van een brandweerwagen, maar de langgerekte toon van het sein veilig liet lang op zich wachten.

‘Ze kunnen helemaal niet het signaal veilig geven,’ zei Gerti in het donker. ‘De stroom is uitgevallen.’

Dat klonk logisch. Paul besloot de stalen deur voorzichtig te openen en had geen idee wat hij buiten zou aantreffen. Ze liepen de keldertrap op en ontdekten opgelucht dat de hal van de villa intact was. Ook boven op de eerste verdieping leek alles op het eerste oog in orde te zijn.

'Waarom is het zo licht?' vroeg Charlotte.

Er kwam een onrustig flikkerend lichtschijnsel door de ramen.

'Er is overal vuur!' riep Marek. 'Alles staat in brand buiten.'

Ze haastten zich de trap op naar de eerste verdieping, waar het flikkerende licht op de muren en meubels scheen. Schijnend met de zaklamp klommen ze in de dakspant om te controleren of daar brand was, maar alles was donker. Ze waren gespaard gebleven. Daarna renden ze steeds wanhopiger van raam naar raam, starend naar de brandende stad.

'Het oude centrum!' zei Marek toonloos. 'Een vlammenzee!'

O god! Kitty, Henni en Robert! Was de Frauentorstraat ook verwoest? En hoe zat het met Tilly, Jonathan en Edgar? Zaten ze vast in de schuilkelder? Waren ze bedolven en zouden ze stikken?

In het oosten sloegen de vlammen uit de vernietigde hallen van zijn fabriek. Ook de barakken van de buitenlandse arbeidsters stonden in lichterlaaie. En het Lechfeld, dat niet ver van de fabriek lag? Daar stonden ook verwoeste gebouwen in brand.

'Zorgt u alstublieft voor de anderen,' zei Paul tegen Marek. 'Ik moet erheen.'

'Naar de fabriek? Maar u kunt niets doen… Pas als de brandweer komt…'

Paul antwoordde niet en haastte zich weg. Hij gaf de zaklamp aan Lisa, die hem huilend tegemoetkwam, trok in allerijl een wollen sjaal van de kapstok en rende het huis uit. Buiten was het ijskoud, de thermometer had 's avonds min achttien aangegeven. Het zou lastig zijn voor de brandweer om te blussen want de vijvers en waterreservoirs waren bevroren. De dakspanten van de getroffen huizen brandden als een fakkel. Waarschijnlijk waren er fosforbommen gedropt, die de branden aanwakkerden. Onderweg door de bevroren graslanden moest hij een paar keer stoppen om op adem te komen en zijn wild bonkende hart tot bedaren te brengen.

Al vanuit de verte was te zien dat textielfabriek Melzer, het levenswerk van zijn vader en ook van hemzelf, die nacht was uitgewist. Zelfs het portiershokje stond in brand. Het administratiegebouw was een zwarte ruïne die spookachtig verlicht werd door de vlammen die uit de hallen sloegen. Er was geen mens te bekennen. Of de buitenlandse arbeidsters zich met hun bewakers in de schuilkelder hadden kunnen redden, kon hij niet nagaan. Daarvoor had hij het binnenplein moeten oversteken, maar er lag fosfor op het plaveisel dat fel brandde.

Vanuit Lechhausen kwamen hem mensen tegemoet. In hun gezichten stond doffe wanhoop. Een vrouw trok een ladderwagen met allerlei spullen erop, een andere vrouw duwde een kinderwagen en een oude man droeg een halfvolle plunjezak over zijn schouder. Ze wilden de stad uit en wisten niet waar ze heen moesten. Paul stopte, niet goed wetend of hij hun een onderkomen in de villa moest bieden, toen hij Hilde Haller tussen de vluchtelingen ontdekte. Hij herkende haar haast niet, want haar gezicht was zwart van het roet en ze had een doek om haar haar gewikkeld.

'Hilde!' riep hij. 'Juffrouw Haller!'

Ze stopte, herkende hem pas op het tweede gezicht doordat ze zo van slag was, maar liep toen naar hem toe. 'Meneer Melzer… Wat doet u hier? Is de villa…'

'Nee, we hebben geluk gehad. En u? U ziet er vreselijk uit.'

Ze veegde verlegen over haar vuile wangen, maar haar handen zaten ook onder het roet.

'Alles is vernietigd. We… we konden met moeite uit de schuilkelder komen. De deur was bedolven, we zijn door een raam gekropen…'

'Kom,' zei hij, terwijl hij zijn arm om haar heen sloeg. 'Er zijn kamers beschikbaar in de villa. U kunt bij ons blijven.'

'Maar... Ik heb niets meer... Alles is verbrand. Mijn meubels, mijn kleren...'

'We zullen iets voor u vinden,' zei hij, terwijl hij vreemd genoeg midden in dit inferno glimlachte. Omdat ze leefde en bij hem was.

'Dank u wel,' fluisterde ze zo zachtjes dat hij het amper kon verstaan.

Op de Haagstraat naderden twee brandweerwagens, die afsloegen naar Lechhausen en vlak langs hen reden. Wagens met vrijwilligers en ambulancepersoneel volgden. Ergens deed een nieuwe explosie de grond trillen. Misschien hadden ze bommen met tijdontstekers gedropt? Paul pakte Hildes hand en trok haar naar het pad door de wei dat naar de villa leidde. Ze moesten langzaam lopen om niet op de ijzige plekken uit te glijden. Ze draaiden zich allebei niet meer naar de verwoeste fabriek om, maar keken vol afschuw naar de brandende vlammenzee in de stad, waar de torens en gevels zwart uit oprezen.

Ze werden opgeschrikt door een nieuwe explosie. Daarna volgden er nog twee, niet ver van hen vandaan in de weilanden.

'Ze zijn terug,' riep Hilde in paniek en ze wees naar de zwarte nachtelijke hemel. 'Er vallen nieuwe bommen!'

Ze had gelijk. De Britten vielen kort na de eerste aanval nog een keer aan en deze aanval was nog sterker. Dit keer hadden ze geen lichten nodig, de brandende stad bood een helder doelwit. De mensen die net uit de schuilkelders waren gekropen haastten zich terug en de reddingswerkers moesten ook beschutting zoeken. Van de Flak was bijna niets meer te horen. Even later brak de hel weer los om hen heen. De bommen vielen dicht op elkaar, brokken ijs, stenen en aardklompen werden opgeworpen, bomen vielen om, takken vlogen in brand en het ijskoude water van de beken stroomde over de besneeuwde velden. Ze wierpen zich op de grond en Paul hield Hilde vast. Hij beschermde haar met zijn lichaam tegen de rondvliegende projectielen. Ze bleven lang zo liggen, zich aan elkaar vastklampend, wetende dat elk moment hun laatste kon zijn en dat ze weerloos waren tegen het vallende puin.

Toen na een eeuwigheid de ontploffingen afnamen, kropen ze van de half bevroren grond overeind en Paul staarde vol ongeloof naar het roodachtige schijnsel van de vlammen die vlak voor hen in de nachtelijke hemel oplaaiden. Nu stond ook de villa in brand.

20

Twee dagen later

'Het had erger gekund,' zei mevrouw Brunnenmayer. 'We leven nog en hebben een dak boven ons hoofd. Anderen zijn er veel slechter aan toe.'

Ze stond aan het fornuis en roerde in de grote pan, waar behalve aardappelen en drie dikke uien alleen bonen uit een pot in zaten. Vlees en spek waren niet meer in huis, maar er waren nog drie bouillonblokjes over. Die moesten het compenseren.

'Het is erg genoeg,' kreunde Else. 'De hele aanbouw is weggerukt, alles is weg, mevrouw Winkler heeft niet eens meer een jurk om te dragen. Vandaag hebben ze haar sieradenkistje gevonden. Alles is gesmolten tot één klomp...'

'Beter dat de sieraden weg zijn dan dat ze zelf om het leven zou zijn gekomen,' reageerde de kokkin en ze ging uitgeput op haar keukenstoel zitten. Het deed haar geen goed om aan het fornuis te staan.

Hoeveel mensen er in die verschrikkelijke nacht waren omgekomen, was nog niet bekend. Het enige wat zeker was, was dat duizenden dakloos waren geworden en dat de ziekenhuizen de vele gewonden nauwelijks konden opnemen. Talloze inwoners die het er levend vanaf hadden gebracht, hadden hun hele hebben en houwen ingepakt om naar het platteland te trekken, waar ze meenden veilig te zijn als er nog meer bombardementen zouden komen. Ze kregen onderdak toegewezen in de dorpen, wat waarschijnlijk tot problemen leidde omdat de plattelandsbevolking niet om hun toestemming werd gevraagd.

De bewoners van de villa waren er nog redelijk goed vanaf gekomen, want alleen de aanbouw was geraakt en het hoofdgebouw was blijven staan. Het vuur was echter overgeslagen naar het dak van het hoofdgebouw en had daar wat schade aangericht. Boven de droogvloer was het dak beschadigd, maar de kamers van het personeel waren nog intact. Het had tot gisteren geduurd om de brand eindelijk te blussen en vandaag doorzochten ze voorzichtig het puin op bruikbare resten. Al snel bleek echter dat bijna alles verloren was gegaan, omdat het brandende dakgebint in het gebouw was gevallen en de plafonds had meegesleurd.

Het was een geluk bij een ongeluk geweest dat een paar inslagen in het park het ijs van de vijver hadden gebroken, waardoor er water beschikbaar was om te blussen. Iedereen was die avond het huis uit gerend, had emmers en kommen meegenomen en geprobeerd het vuur te bestrijden. De meneer was uiteindelijk ook met juffrouw Haller gekomen en zij hadden meegeholpen. Maar pas toen tegen de ochtend de brandweer arriveerde, konden de vlammen enigszins worden bedwongen. Zo was tot ieders opluchting voorkomen dat het vuur naar het hoofdgebouw oversloeg. Ook was niemand ernstig gewond geraakt, alleen juffrouw Haller moest 's ochtends met hoge koorts op bed gaan liggen. Ze was ernstig verkouden.

Inmiddels was het krap geworden in de villa, want mevrouw Kitty Scherer was hier met haar schoonmoeder en dochter Henni ook komen wonen omdat de bommen het huis in de Frauentorstraat hadden getroffen. Ze waren allemaal erg terneergeslagen want Robert Scherer, de man van mevrouw Kitty, was een van de gewonden en lag in het hoofdziekenhuis. Hij had geholpen met het bluswerk en was in een put gevallen.

Ze hadden plaats voor elkaar moeten maken in de villa en het was een geluk geweest dat op zolder nog de oude bedframes stonden die mevrouw Alicia jaren geleden had afgedankt. Voor de meneer hadden ze een bed in de linnenkamer ingericht omdat hij de echtelijke slaapkamer aan zijn zus Lisa en haar dochter Charlotte had afgestaan. Mevrouw Gerti von Klippstein sliep in Dodo's kamer met haar kleine Herrmann, Kurts kamer was beschikbaar voor mevrouw Gertrude Bräuer en juffrouw Haller sliep in Leo's kamer. Ze had eigenlijk liever in de linnenkamer geslapen, maar de meneer had bevolen dat ze een goede kamer kreeg omdat ze ziek was en ontzien moest worden.

'Hij is wel heel erg bezorgd om juffrouw Haller,' had Auguste gezegd. 'Ze waren in de weilanden toen de bommen vielen. Ze lagen samen op de grond. Jemig, wat had er wel niet kunnen gebeuren!'

Hanna had verdrietig naar Auguste geknikt. Ze had de bijgedachte niet meteen begrepen. Maar Else zei dat Augustes fantasie een loopje met haar nam.

'Wat zou er gebeurd moeten zijn terwijl overal om hen heen bommen vielen?'

'Nou ja, ik zeg het maar...' was Augustes reactie en ze haalde haar schouders op. 'Omdat de arme meneer al zo lang alleen moet leven.'

'Ben jij je kwatong nog steeds niet verloren, Auguste?' had de kokkin gebromd. 'Hilde Haller is een aardige, bescheiden meid. Ik wil niet dat er slecht over haar gesproken wordt. En over onze meneer al helemaal niet!'

Auguste had beledigd gezwegen en was naar boven gegaan om mevrouw Alicia een kopje kamillethee te brengen.

'Weest u niet zo hard voor mijn moeder,' had Liesl tegen mevrouw Brunnenmayer gezegd. 'Ze heeft al genoeg verdriet.'

'En jij niet minder, Liesl,' had de kokkin droevig gezegd. 'De oorlog, die ellendige, verdomde, vuile oorlog, die niemand spaart. Dat was in de Wereldoorlog al zo en nu is het niet anders. Het is godgeklaagd!'

Auguste had kort na elkaar twee doodsberichten ontvangen.

Maxl was in Italië gesneuveld en Hansl in Afrika. Hij was maar eenentwintig jaar geworden. Alleen Fritz had vorige week geschreven dat hij al een tijdje in het lazaret lag en binnenkort weer naar het front zou worden gestuurd. Hij wist nog niet waar.

Auguste had dus twee van haar drie zonen verloren en Liesl twee halfbroers. En ook van Liesls man Christian was al weken geen veldpost meer gekomen, wat geen goed teken was.

Maar sinds de verschrikkelijke luchtaanval was er zo veel werk in de villa dat niemand meer alleen aan zijn eigen verdriet kon denken. De kamers moesten klaargemaakt worden en er werden twee bedden in de bibliotheek opgezet voor mevrouw Kitty Scherer en Henni. Bovendien moest je uren in de rij staan voor eten. Overal in het stadscentrum waren rokende ruïnes en lag het puin van de verwoeste huizen. Hanna en Liesl hadden gezegd dat het moeilijk was om de straten terug te vinden. Het station was ook gebombardeerd, de toegangswegen werden langzaam weer vrijgemaakt, maar er kwam nauwelijks voedsel de stad in. De regering had wel depots met basisvoedingsmiddelen opgezet, die nu werden uitgedeeld om in de belangrijkste behoeften te voorzien. Er stonden lange rijen en het kleine beetje dat Hanna en Liesl uiteindelijk meenamen naar de villa was nauwelijks genoeg om zo veel monden te vullen.

'Mevrouw Brunnenmayer!' riep Hanna door de keukendeur. 'Ik geloof dat mevrouw Kortner met Edgar aan komt rijden. Ze wil vast voor mevrouw Alicia zorgen.'

'Jezus!' zei de kokkin bezorgd en ze stond op om naar het eten te kijken. 'Nu zitten er nog twee mensen extra aan het middagmaal, dus moet ik de stoofpot aanlengen. Geef de ketel eens, Liesl. En het zoutvat. Ik heb in mijn hele leven nog nooit zo'n waterige soep gekookt. Zelfs niet in de Wereldoorlog, toen waren er tenminste nog rapen...'

Humbert verscheen met een blij gezicht bij de keukendeur die naar de hal leidde en had een heel brood en een pakje koffie in zijn handen. Hij had een afgedankte jas van de meneer aan omdat hij buiten hielp met de herstelwerkzaamheden.

'Van onze dokter, mevrouw Kortner,' zei hij, terwijl hij de geschenken op de keukentafel legde. 'Ze kreeg ze cadeau van een patiënt en geeft ze aan ons omdat ze met Edgar mee-eet.'

'Snijd het brood in sneetjes, Liesl,' zei de kokkin. 'Iedereen krijgt een sneetje brood bij de soep. En na de maaltijd serveren we koffie. Je kunt alvast naar buiten gaan en iedereen bijeenroepen voor het middagmaal, Humbert.'

Humbert haastte zich weer het huis uit, want het had niet veel zin om de gebruikelijke etensgong te luiden. De meneer stond met Marek op het dak van het hoofdgebouw om de open plekken te dichten met hout en dakvilt, zodat het niet binnen kon regenen of sneeuwen. Henni Bräuer en haar nicht Charlotte hielpen mee en waren in het puin van de aanbouw op zoek naar bruikbaar materiaal. Ze sleepten verbrande balken, houtresten en dakpannen naar boven omdat er niets beters te vinden was. Ze hadden allebei Kurts kledingkast doorgewoeld en een lange broek aangetrokken omdat dat handiger was als je in het puin rondsnuffelde. Hanna, Humbert en mevrouw Kitty Scherer hielpen ook mee met de herstelwerkzaamheden.

De ramp had ervoor gezorgd dat alle bewoners van de villa – de familie en het personeel – samen aan het werk waren om hun huis te beschermen tegen grote schade. Niemand wist of hun inspanningen bij de volgende luchtaanval niet weer teniet zouden worden gedaan.

Het duurde een poosje voordat de familie in de eetkamer bijeen was. Twee plaatsen bleven vrij, want de meneer en juffrouw Henni lieten weten dat ze het werk niet wilden onderbreken omdat het nu goed weer was. Marek en Hanna waren ook nog buiten.

'Het is maar goed dat mevrouw Alicia in bed ligt en niet aan de maaltijd kan deelnemen,' zei Humbert, die zich haastig had omgekleed en zijn witte handschoenen had aangetrokken om te serveren. 'De kleding waarin enkele familieleden aan tafel zitten, komt absoluut niet overeen met de gebruiken van het huis.'

Mevrouw Winkler was in een gewatteerde kamerjas verschenen en droeg wollen sokken. Behalve haar nachthemd en pantoffels had ze alleen nog de dikke winterjas die ze op de avond van het bombardement had aangetrokken omdat het ijskoud was in de kelder. Mevrouw Kitty Scherer had niet veel meer kunnen redden, maar zij, Charlotte en Henni hadden kleren uit Dodo's kast gepakt. Zij konden de kleding van de slanke Dodo dragen. Niemand hechtte deze dag waarde aan een keurig kapsel, wat vroeger gebruikelijk was bij de maaltijden.

Na enige aarzeling wees Humbert juffrouw Charlotte er voorzichtig op dat er een spinnenweb in haar haar hing.

'Wie maakt zich daar nu druk om?' antwoordde Charlotte schouderophalend.

'Vooral jijzelf, Charlotte,' zei mevrouw Kitty Scherer. 'Je kunt puin slepen en verkoolde balken de trap op dragen als dat nodig is. Maar je mag jezelf nooit verwaarlozen. Als een vrouw er als een vogelverschrikker bij loopt, is ze haar zelfrespect kwijt.'

Humbert was zo onder de indruk van deze uitspraak van mevrouw Scherer dat hij die in de keuken doorvertelde. Niet zonder eraan toe te voegen dat mevrouw Kitty Scherer ondanks alle zorgen en ongewone werkzaamheden perfect gekleed en gekapt aan tafel zat.

'Iedereen is anders,' reageerde de kokkin niet onder de indruk. 'Maar ik vind het bijzonder dat ze zo hard meehelpt met het vuile werk. Mevrouw Kitty was altijd al goed voor een verrassing. Hier, vergeet het brood niet, Humbert. Er is ook een toetje, ik heb twee potten appelcompote geopend.'

De porties waren klein, want alleen de familie bestond al uit elf personen en er moest ook nog een beetje overblijven voor de personeelsleden. Elke portie was versierd met een kloddertje aardbeienjam, waar de kokkin aan het begin van de oorlog met een wijze vooruitziende blik ontzettend veel van had gekookt. Terwijl boven in de eetkamer de bonenkoffie die mevrouw Tilly Kortner had meegenomen werd gedronken, was de dokter naar mevrouw Alicia gegaan om haar te onderzoeken. Meteen daarna stapte ze weer in haar auto om terug te rijden naar het hoofdziekenhuis, waar alle handen nodig waren om de talrijke gewonden van het bombardement te verzorgen. Edgar mocht in de keuken van de villa blijven, samen met Willi en Annemarie, maar ze gingen even later naar buiten. Beide kinderen hadden geen school. Alle scholen en vele andere faciliteiten in de stad waren gesloten, voor zover ze niet door de bommen waren vernietigd.

'Het is een geluk dat we Marek hebben,' zei Humbert. 'Anders zou de meneer alleen op het dak staan, want ik heb hoogtevrees.'

Marek bleek in tijden van nood een grote hulp te zijn. De tijden van creatieve ledigheid waren voorbij. Marek was opgewassen tegen bijna elke taak die hij kreeg. Hij was zelfs geschikt als ambachtsman en was bij de herstelwerkzaamheden handiger dan de meneer.

'Als er maar niemand van het dak valt,' zei Else. 'Ze zeggen toch altijd: een ongeluk komt zelden alleen.'

'Kun jij die domme spreuken nu eindelijk eens voor je hou...' begon de kokkin boos, maar Liesl, die voor het raam stond, onderbrak haar haastig.

'Er rijdt een auto over de oprijlaan naar de villa!' riep ze. 'Jezus, ik geloof dat ze van de Gestapo zijn. Ze hebben uniformen aan...'

'Dan zijn ze niet van de Gestapo, die komen in burger,' zei Humbert en hij liep naar het raam. 'Maar je hebt gelijk, Liesl... Ze zijn van de politie... Ik loop snel het dak op en waarschuw Marek... Niet dat ze hem zoeken...'

'Zei ik het niet?' fluisterde Else. 'Een ongeluk komt...'

'Stil!' riep mevrouw Brunnenmayer, die nu als vanouds de touwtjes in handen nam. 'Als iemand het ons vraagt, er is hier geen Marek!'

Er was niet veel tijd meer voor voorzorgsmaatregelen, want de auto stopte al voor de ingang van de villa en er stapten drie mannen in bruine uniformen uit.

'Liesl, loop naar de eetkamer en zeg het tegen Hanna en de familie. Auguste, doe de deur zo laat mogelijk open en probeer hen op te houden,' beval de kokkin. 'Else, jij zoekt Edgar en Annemarie, ze zijn met Willi in het park!'

Er werd indringend aangebeld. Liesl liep zo snel mogelijk weg om de familie te waarschuwen en Auguste streek haar schort glad om op haar gemak naar de voordeur te lopen. Else trok haar jas aan en wikkelde haar sjaal om haar nek.

'Ga nu,' riep de kokkin. 'Niet dat de kinderen iets zeggen als ze naar Marek gevraagd worden!'

'Moet ik kouvatten?' mompelde Else. 'Ik moet toch wachten tot die agenten binnen zijn, anders zien ze me over het voorplein lopen.'

Dat was ook weer waar. Gespannen liep mevrouw Brunnenmayer naar het raam, maar ze zag alleen de auto waar nu niemand meer in zat. Het waren er dus maar drie.

Toen hoorde ze stemmen vanuit de hal en ze liep snel naar de deur om haar oor ertegenaan te leggen. Dat was in dit geval vast geoorloofd, want het ging om het welzijn van alle bewoners van de villa.

'We hebben informatie dat mevrouw Gertraut von Klippstein bij u is,' hoorde ze een mannenstem zeggen. 'Is dat zo?'

'Mevrouw Gertraut von Klippstein?' zei Auguste traag. 'Weet u, we hebben veel dakloze kennissen opgenomen in de villa... Ik moet er even over nadenken... Wie zei u? Mevrouw Von...'

'Von Klippstein!' antwoordde de mannenstem ongeduldig. 'Doet u niet alsof. We weten dat mevrouw Von Klippstein hier is en moeten haar spreken.'

'Tja, als u zo'n haast hebt... Ik zal even gaan kijken... Maakt u het zichzelf alstublieft gemakkelijk hier in de hal, ik ben zo terug...'

'We gaan mee!'

Mevrouw Brunnenmayer was verbaasd. Wat wilden ze van Gerti? Ze liep terug naar het raam en zag nog net dat Marek over het ijzige grasveld naar de paardenstal rende. Hij moest in bochten lopen omdat er her en der bomkraters in het gras zaten. De kokkin stuurde een schietgebedje naar de hemel dat geen van de geüniformeerde mensen nu uit het raam keek. In de paardenstal had Marek zelf een schuilplaats gegraven, die – zoals hij beweerde – absoluut veilig was. Waar die was en hoe hij eruitzag, had hij aan niemand onthuld.

Mevrouw Brunnenmayer besloot weer op haar stoel te gaan zitten omdat haar benen heftig protesteerden. Zodra ze zat, kwam Else de keuken in met Annemarie en Edgar op sleeptouw.

'Haal de hond binnen,' beval ze, want ze was bang dat Willi Mareks schuilplaats zou verraden.

Direct daarna kwam Liesl terug en ze vertelde opgewonden dat drie politieagenten Gerti von Klippstein in de eetkamer ondervroegen.

'Wat willen ze van haar?' vroeg Else zich af terwijl ze haar jas uittrok.

'Dat weet ik niet. Maar het moet wel om iets belangrijks gaan, want ze willen ook mevrouw Winkler en de meneer spreken.'

Mevrouw Brunnenmayer vreesde het ergste. Had Ernst von Klippstein misschien uit wraak de arme Marek verraden aan de Gestapo en zat de meneer nu in de problemen omdat hij een Jood had beschermd?

'Zei ik het niet?' zei Else weer. 'Een ongeluk...'

'Hou je mond!' viel de kokkin boos tegen haar uit. 'Als ik dat nog een keer moet horen, sta ik nergens voor in!'

Liesl zette twee kopjes op tafel en schonk warme thee in voor de verkleumde kinderen.

'Als iemand jullie naar Marek vraagt, zeggen jullie dat we geen tuinman in de villa hebben,' zei ze tegen hen.

'Waarom?' wilde Edgar weten.

'Omdat onze tuinman in de oorlog is.'

'Maar Marek...'

'Hij is geen tuinman. En hij is er ook niet.'

'Waar is hij?' vroeg Annemarie.

'Weg.'

Mevrouw Brunnenmayer zuchtte. Als een gewiekste Gestapoman de kinderen zou ondervragen, zou hij snel achter de waarheid komen.

In de personeelsgang klonken Augustes zware voetstappen. Ze kwam hijgend de keuken in, haar wangen gloeiden en ze moest gaan zitten om op adem te komen.

'Dat is me wat! Jullie zullen het niet geloven. Ze ondervragen nu Humbert. Mevrouw Winkler en de meneer hebben ze ook ondervraagd. En juffrouw Henni ook...'

'Van mij krijgen ze geen woord te horen!' zei de kokkin boos. 'Ik verraad Marek niet. Al sluiten ze me op... uit mij krijgen ze niets...'

'Ach, het gaat helemaal niet om Marek!' zei Auguste. 'Ernst von Klippstein is dood. Ze hebben hem in het huis in de Steinsteeg gevonden. Doodgeschoten...'

'Meneer... meneer Von Klippstein?' fluisterde Else en ze sloeg geschrokken haar hand voor haar mond. 'Doodgeschoten? Heilige Maria, wees genadig voor zijn arme ziel.'

'Hij lag daar morsdood,' vervolgde Auguste. 'En nu denken ze dat zijn vrouw Gerti het gedaan zou kunnen hebben. Maar zij was de hele tijd hier in de villa. Dat is de waarheid, dat kunnen we allemaal bevestigen!'

Ze had gelijk. Meneer Von Klippstein had zijn vrouw op de ochtend van de onheilsdag naar de villa gebracht en sindsdien was Gerti niet meer weggeweest.

'Hoe weet je dit allemaal, Auguste?' vroeg Liesl verbaasd.

Die vraag was overbodig. Augustes oren bereikten al vele jaren gemakkelijk alle kamers van de villa.

21

Juli 1944

Een koeriersvliegtuig had hen naar Neurenberg gebracht, vanwaar ze de trein naar Regensburg-Prüfening moesten nemen. Dodo had de stoel bij het raam overgelaten aan haar collega Lilly Schweinsberg, de overige vier passagiers waren Wehrmachtsoldaten die na hun verlof terugkeerden naar hun eenheid aan het front. Het was al na elven 's avonds. Drie van de mannen sliepen, de vierde probeerde in het schemerige licht van de noodverlichting een ansichtkaart te schrijven. Het licht ging telkens uit en uiteindelijk stopte hij de kaart en de pen in de borstzak van zijn uniform en strekte hij zijn benen uit om ook te gaan slapen.

Dodo zat somber te piekeren. In de vroege ochtend had het Rijksministerie van Luchtvaart hen na het succesvol voltooien van de omscholingscursus voor verschillende vliegtuigtypes in Berlijn-Rangsdorf naar de plek gestuurd vanwaar ze zouden worden ingezet. Lilly en zij behoorden voortaan tot het 3e transfersquadron-zuid en waren in Regensburg bij de Messerschmitt-fabriek gestationeerd.

'Dat is toch geweldig?' had Lilly enthousiast gezegd. 'We gaan met de Bf 109 vliegen. Dat is fantastisch! En misschien ook in andere toestellen, misschien zelfs in buitenlandse vliegtuigen die onze piloten hebben buitgemaakt en die gerepareerd en klaar zijn voor gebruik door onze luchtmacht!'

Lilly had haar tijdens de twee weken durende cursus al constant op haar zenuwen gewerkt. Ze was twee jaar jonger dan Dodo en had voor de oorlog als kunstvliegenierster gewerkt. Ze had een eigen vliegtuig gehad en reclamevluchten gedaan voor verschillende industriële fabrieken.

'Weet je,' had ze enthousiast gezegd. 'Ik ben heel blij dat ik eindelijk weer kan vliegen en ons vaderland kan dienen in deze tijden van volkerenstrijd. Eindelijk hebben ze zich gerealiseerd dat Duitse meiden ook geschikt zijn voor de luchtmacht.'

Dodo had hier geen commentaar op gegeven. Natuurlijk vond ze het ook leuk om weer een vliegtuig te besturen. Maar niet onder deze omstandigheden. En zeker niet als oorlogsmissie.

'De Engelsen en de Russen, die zijn niet zo pietluttig,' vervolgde Lilly vrolijk. 'Er schijnen ook vrouwen te zijn die gevechtsmissies vliegen. Of het waar is, weet ik niet. Maar ze hebben het vaak over de Russische nachtheksen die aan het oostfront zijn gespot...'

'Ach, dat zijn maar fabeltjes!'

'O, ik zie de Sovjets er wel voor aan. Zij laten hun vrouwen ook stenen sjouwen en huizen bouwen. Maar ik vind het wel fantastisch dat wij Duitse meiden nu ingezet worden als transferpiloten.'

Inmiddels hadden de nationaalsocialistische heersers moeten inzien dat de Duitse vrouw, die eigenlijk alleen moeder, echtgenote en hoedster van het huiselijk leven diende te zijn, in deze tijden van nood ook andere taken kon uitvoeren, die tot dan toe alleen aan mannen waren voorbehouden. Vrouwen en meisjes stonden in de fabrieken, ze bedienden de Flak en bewezen zich als brandweerlieden, tramconducteurs, machinisten en in vele andere beroepen. Het Rijksministerie van Luchtvaart had ook beseft dat de capaciteiten van Duitse vliegeniersters niet benut werden en maakte het voor hen mogelijk om de luchtmacht te ondersteunen als koeriers, test- of transferpilotes. Aanvankelijk konden ze zich vrijwillig melden, maar ondertussen werden de vrouwelijke piloten net als de mannen voor de dienst opgeroepen.

'Ik ga liever vliegen dan dat ik doodga van angst in een schuilkelder,' had Lilly tot slot gezegd en ze had uitdagend naar Dodo geglimlacht.

'Daar zit iets in,' had Dodo vermoeid bevestigd.

Daarna mochten ze gelukkig in het koeriersvliegtuig klimmen en tijdens de vlucht was Lilly niet goed te verstaan omdat het vliegtuiglawaai alles overstemde. Dodo's humeur was evengoed niet verbeterd. Ze had het toestel liever zelf willen vliegen in plaats van achterin te moeten zitten en te kijken naar de gewichtig doende jonge piloot. Maar ze deed hem vast onrecht. De jonge jongens hadden een verkorte vliegopleiding achter de rug en vlogen hun eerste missies veel te vroeg. De oorlog had al het leven gekost aan vele ervaren piloten. De volgende generatie piloten werd steeds jonger en de opleiding werd steeds korter.

Uiteindelijk waren ze veilig maar wel wat hobbelig in Neurenberg geland. Dodo had de jongeman de hand geschud en hem het allerbeste gewenst.

'Dat wens ik u ook, juffrouw. Waar gaat u naartoe? Naar het Rode Kruis?'

'Naar Messerschmitt. Oorlogsmissie als pilote.'

Hij keek verbaasd op. Blijkbaar was hij ook zo iemand die geloofde dat vrouwen niet in staat zouden zijn om een vliegtuig te besturen.

'Ah, oké… Heil Hitler. En goede vlucht!'

'U ook!'

Nu zaten ze dus in de D-trein van de Rijksspoorwegen en reden ze in de richting van Regensburg. Na een tijdje realiseerde Dodo zich dat Lilly ook was ingedommeld. Ze leunde met haar hoofd tegen de met stof beklede achterwand en had haar armen over elkaar geslagen. Ze snurkte zachtjes. Twee van de soldaten maakten ook hijgende en fluitende geluiden. Dodo had het liefst het raam een stukje naar beneden geschoven omdat de lucht nogal bedompt was, maar dan maakte ze Lilly misschien wakker en dat wilde ze niet. Het zou beter zijn om even te slapen, want ze wist niet wat ze 's ochtends in Regensburg kon verwachten. Maar hoewel ze moe en uitgeput was, kon ze de slaap niet vatten.

In plaats daarvan voelde ze boosheid opkomen over het gemiste examen aan de technische universiteit. Het was al moeilijk genoeg geweest om in de laatste twee semesters de leerstof onder de knie te krijgen en de nodige colleges bij te wonen. München had zware bombardementen meegemaakt en het kostte erg veel moeite om de universiteit open te houden. Mensen ontmoetten elkaar in leegstaande huizen, zaten samen in ruïnes of in de woningen van de professoren. Na de luchtaanvallen waren ze weggerend om bij het blussen van de branden te helpen of de gewonden te redden. In sommige nachten waren ze nauwelijks aan slaap toegekomen. Omdat veel studenten in de Wehrmacht zaten, studeerden er nu meer vrouwen, maar ook buitenlandse studenten uit Frankrijk en Italië. Ondanks alle tegenslagen had Dodo zich ingeschreven voor het eindexamen en ze had de examendata al ontvangen toen ze onverwacht het bevel van het Rijksministerie van Luchtvaart kreeg.

'In de huidige strijd om de wereld moet iedere volksgenoot bereid zijn om met de vaardigheden die hem zijn geschonken bij te dragen aan de uiteindelijke overwinning van ons vaderland...'

Het examen werd geannuleerd, ze werd opgeroepen als transferpiloot van de luchtmacht en mocht ter voorbereiding op deze grote taak in Berlijn-Rangsdorf een omscholingscursus van twee weken volgen. Daarna volgde haar inzet op een locatie waar gevechtsvliegtuigen werden geproduceerd of gerepareerd. Na hun voltooiing moesten deze toestellen worden overgebracht naar de vliegbases van de luchtmacht, waar ze door de gevechtspiloten werden overgenomen en in de oorlog werden ingezet. Deze transfers waren allerminst ongevaarlijk, want de gevechtspiloten van de geallieerden waren overal en de kans dat je tijdens zo'n vlucht werd neergeschoten was groot.

Dodo was niet bang voor een missie. Ze was niet laf en vertrouwde op haar vliegkunsten. Maar ze vond het een rotstreek dat ze haar examen verpestten, waar ze vier jaar voor had gezwoegd.

Ze kon haar studie na de oorlog hervatten, stond in de brief. Na de oorlog! Hoe zou dat moeten als het voor de technische universiteit nu al niet meer mogelijk was om goed te draaien? Terwijl ze de dwaze en volstrekt overbodige cursus in Berlijn-Rangsdorf deed, hadden de geallieerden ook het hoofdgebouw van de universiteit van München in de as gelegd. Als er ooit een einde aan deze ellendige oorlog zou komen, zou niemand in Duitsland denken aan zoiets als een eindexamen. Dan moesten ze de universiteiten eerst weer herbouwen.

Natuurlijk viel ze pas vlak voordat ze in Regensburg-Prüfening aankwamen en moesten uitstappen in slaap. Doodmoe waggelde ze achter Lilly aan, vergat bijna haar rugzak en was blij dat ze met een Wehrmachtvoertuig naar het fabrieksvliegveld werden gebracht.

'Jullie zien er allebei behoorlijk moe uit,' zei de jonge chauffeur. 'Goede reis gehad? Geen laagvliegende vliegtuigen?'

De vraag was terecht, want de treinen van de Rijksspoorwegen werden vaak aangevallen door laagvliegende vliegtuigen, waarvan de projectielen moeiteloos door de wanden van de wagons drongen. Meestal stopte de trein dan en moesten alle passagiers uitstappen en zich ergens buiten, in een sloot, in het bos of in een gebouw in veiligheid brengen. De vijandelijke vliegtuigen vlogen laag bij de grond en schoten op bewegende doelen, vaak ook op boeren en hun paarden om te voorkomen dat ze het land konden bewerken.

'Niets van dat alles,' zei Lilly met een stralende glimlach. 'We sliepen als een roos, hè, Dodo?'

'Ja, het was heel... comfortabel.'

'Jullie worden nu voorgesteld aan commandant Weissmüller, de leider van Groep Zuid, en dan krijgen jullie je missieschema...'

Dodo zat in een hoekje van de wagen en hoopte dat ze niet vandaag al hun eerste opdracht zouden krijgen, want ze had dringend een bed en een paar uur slaap nodig.

Het Messerschmitt-terrein in Regensburg was veel groter dan dat in Augsburg, maar je zag meteen dat vijandelijke bommen ook hier veel hallen hadden vernietigd. Toch ging de productie door. Er werd gewerkt, het puin werd verwijderd, de hallen werden weer gerepareerd en op het vliegveld een eindje verderop stonden verschillende toestellen. Er was ook een Bf 108, Dodo's favoriete toestel. De andere waren jachtvliegtuigen van het type Bf 109.

Ook de administratieve gebouwen waren beschadigd en de delen van de gebouwen die intact waren gebleven werden nu als kantoor gebruikt. Terwijl de jonge piloot hen de trap op leidde naar het kantoor van de commandant van het squadron, had Dodo door de kleine ramen een goed uitzicht over het terrein. Prüfening was een mooie plek, met bos en groene weiden en omslingerd door een sierlijke lus van de Donau. Op een afgebakend terrein stonden lage houten barakken, waar vermoedelijk buitenlandse arbeiders woonden. Het terrein was omgegeven door een greppel – de enige bescherming die de dwangarbeiders tijdens bombardementen tot hun beschikking hadden.

Commandant Weissmüller bleek een begripvol man te zijn die zich vaderlijk zorgen maakte over de troepen die hem waren toevertrouwd. Ze hoorden dat hier zo'n zestig transferpiloten waren gestationeerd, waarvan een groot deel vrouwen.

'Went u eerst maar even aan de omstandigheden, dames. En dan meldt u zich morgenochtend om acht uur bij mij.'

De accommodatie was spartaans. Ze sliepen met zijn achten in een kleine kamer met vier stapelbedden, een tafel en voor ieder een smalle kast. De wasruimte was er vlak naast. Ze moesten met z'n allen één douche en vier wastafels delen. De toiletten waren aan de andere kant en de schuilkelder was amper honderd meter verderop. Beddengoed was ook aanwezig, het rook vreselijk naar ontsmettingsmiddel en voelde zo ruw aan als een rasp.

'Er is daarginds een winkel, misschien kunnen we daar shampoo en wat snoep kopen,' zei Lilly nadat ze hun bedden had opgemaakt.

'Later...'

'O, ouwe slaapkop!' riep Lilly teleurgesteld en ze vertrok zonder Dodo.

Dodo sliep tot diep in de middag. Zelfs toen er twee kamergenotes kwamen, aan tafel gingen zitten, luid kletsten en een reep chocolade deelden, werd ze niet wakker. Pas toen het luchtalarm plotseling afging sprong ze uit bed, waarbij ze pijnlijk haar hoofd tegen het stalen bed stootte dat boven haar hing. Mechanisch trok ze haar trainingsbroek aan om met de anderen naar de schuilkelder te gaan.

Ze hadden geluk vandaag, want de bommen van de Amerikaanse luchtmacht raakten alleen een gebouw dat toch al beschadigd was. De meeste misten hun doel en ontploften ergens in het bos. Niemand maakte veel ophef over de aanval, het was tenslotte niet de eerste keer dat het complex werd aangevallen en er waren ergere bombardementen geweest. Ze brachten de avond door in de kantine, waar diverse alcoholische dranken beschikbaar waren en een propagandaman een saaie lezing gaf over het onderwerp 'De Duitse vliegeniers – het sterkste wapen van de Führer in de eindstrijd om de overwinning van ons vaderland'.

Dodo trok zich algauw terug om in alle rust nog wat brieven te schrijven. Ze schreef eerst aan haar vader, vervolgens aan Henni en ten slotte aan Ditmar, met wie ze af en toe veldpostbrieven uitwisselde. Zijn laatste brief was afkomstig van de vliegbasis Stuttgart. Hij werd daar omgeschoold voor een speciale missie, waarover hij niets mocht onthullen. Voor de rest waren zijn brieven heel oprecht en had ze de indruk dat de vriendschap met haar heel belangrijk voor hem was, misschien zelfs van levensbelang. Hij schreef vaak en in zijn laatste brief had hij zelfs nagedacht over wat hij na de oorlog wilde doen. Hij wilde een vliegschool openen en had haar in alle ernst gevraagd of ze mee wilde doen. Ze was er blij mee geweest.

Natuurlijk had zij heel andere plannen. Ze wilde geen vlieginstructeur worden, maar nieuwe vliegtuigen ontwerpen. Maar ze vond het leuk dat hij samen met haar iets wilde opbouwen. Ze schreef hem terug dat ze na de oorlog eerst alsnog examen wilde doen, maar nog wel over zijn voorstel zou nadenken. Ze zou de brieven morgen naar het postkantoor brengen. De veldpost was snel en betrouwbaar. Alles wat met de Wehrmacht te maken had was in Duitsland goed georganiseerd, ook hier in het kamp van het transfersquadron waren veel dingen te koop waar ze in München alleen maar van had kunnen dromen. Vooral sterkedrank, maar ook parfum, chocolade, koffie en specialiteiten uit Frankrijk. Ook het eten was uitstekend.

Een galgenmaal, dacht Dodo terwijl ze de heerlijke melkchocolade naar binnen propte. In Berlijn had iemand gezegd dat in de afgelopen twee maanden meer dan tien vrouwelijke piloten niet van hun transfermissies waren teruggekeerd. Vooral vluchten naar het westen waren uiterst gevaarlijk omdat de geallieerden in sommige gebieden luchtsoevereiniteit hadden. Ze stonden er alleen voor en hadden geen bescherming van de Duitse luchtmacht. Een maand geleden waren geallieerde troepen in Normandië aan land gegaan, die de Wehrmacht nu moest terugdrijven, en de luchtmacht ondersteunde de Duitse tankeenheden zo goed mogelijk.

De volgende dag had ze de gelegenheid om de vliegtuigen die voor de transfer klaarstonden te bekijken en een paar rondjes in een Bf 109 te vliegen. Ze had al met de Emil gevlogen tijdens haar omscholing en kon er zonder problemen mee overweg. Zijn Daimler-Benz-motor was uitgerust met een injector in plaats van een carburator, waardoor een harde duikvlucht mogelijk was zonder dat de motor uitviel. Dit maakte het toestel superieur aan de Britse jachtvliegtuigen, maar het probleem was dat de Emil slechts een beperkt bereik had. Hij kon maximaal zeshonderd kilometer vliegen, daarna moest hij aan de grond gezet worden om te tanken.

Wat jammer dat ze de vliegkwaliteiten van dit jachtvliegtuig niet volledig kon testen. Haar taak was alleen om het toestel veilig naar de plek te brengen waar hij zou worden ingezet.

Een dag later ontving ze al haar eerste opdracht. Ze vond het leuk om in de Emil te vliegen. Het jachtvliegtuig was slank en soepel, hij vloog uitstekend en de motor werkte zonder uitval. De mecaniciens hadden goed werk geleverd bij de reparatie. Ze had ruim een half uur op gemiddelde snelheid gevlogen en Stuttgart zou over ongeveer twintig minuten in zicht moeten komen. De luchthaven lag aan de zuidelijke stadsgrens op een licht golvend plateau. Toen ze de Neckar zag, kon ze langzaam de daling inzetten.

Plotseling brak er vóór haar een Spitfire door de wolken, gevolgd door nog twee, en ze realiseerde zich dat de vijandelijke jagers haar hadden gezien en haar op de hielen zaten. De Bf 109 was uitgerust met twee kanonnen en twee machinegeweren en zelfs met munitie, maar ze was niet opgeleid tot gevechtspiloot en het zou zelfmoord zijn geweest om de strijd tegen een paar Spitfires aan te gaan.

Dalen, dacht ze. Dat is mijn enige kans.

Er liep een brandgang door het bos. Die was onregelmatig maar net breed genoeg om er met de Emil doorheen te vliegen. Ze liet het toestel onder boomhoogte zakken en volgde het pad. Het was een levensgevaarlijke actie, want ze kon makkelijk de vleugels eraf scheren en de tank laten ontploffen. Ze vloog met uiterste concentratie, hopend dat er niet ergens een tak in het pad uitstak of dat een mast haar de weg zou versperren. Minuten voelden als uren. Ze zag dat het pad verderop begroeid raakte met jonge aanwas en er verder vooraan geen doorkomen meer aan was. Daar zou ze het toestel op moeten trekken om niet tegen de bomen te botsen. Maar op dat moment keerden haar achtervolgers zich af. Ze was gelukkig ontsnapt. Toen ze het toestel weer liet opstijgen en na een kwartier de huizen van Stuttgart zag, voelde ze dat haar trui drijfnat was. Ze was kalm en vastberaden gebleven in de gevaarlijke situatie, maar toch was het zweet haar uitgebroken.

De landing op het vliegveld van Stuttgart verliep zonder problemen. Ze klom met licht trillende benen uit het toestel en klopte als afscheid nog een keer op de stalen romp van de goede Emil.

‘Goed gedaan, jongen,’ mompelde ze. ‘Goed gedaan.’ Het was haar eerste ontmoeting met de vijand geweest.

22

Augustus 1944

Lieve mama,

We zijn momenteel ten zuiden van de Franse stad Falaise gelegerd, die er vanuit de verte prachtig uitziet met de witte kasteeltoren. Een kameraad die Engelse geschiedenis studeerde, vertelde me dat in deze stad Willem de Veroveraar is geboren, een hertog van Normandië die er in de elfde eeuw voor zorgde dat hij de koning van Engeland werd. Hij zou met eenvoudige roeiboten naar Engeland zijn gevaren en zijn paarden hebben meegenomen. Ik weet nu wat voor een enorme prestatie dat is, want inmiddels heb ik zelf ondervonden hoe verraderlijk het Kanaal bij slecht weer is. De golven van het Kanaal hebben veel van mijn kameraden opgeslokt.

Het 1e Amerikaanse leger, waarbij ik ben ingedeeld, zal zich in de nabije toekomst verenigen met het 3e Amerikaanse leger, dat zich vanuit het zuiden bij ons zal voegen. De Canadezen komen uit het noorden. Als alles volgens plan verloopt, hebben we de Wehrmacht binnen een paar dagen omsingeld en dan hebben ze geen andere keuze dan zich over te geven. Niets staat de bevrijding van Frankrijk van Hitlers troepen in de weg.

Ik hoop dat het goed met je gaat, lieve mama. Je hoeft je geen zorgen over mij te maken, het gaat goed met me en ik zie de komende dagen ontspannen tegemoet.
Heb jij veldpost van Walter ontvangen? Ik heb al weken niets meer van hem gehoord. Het is erg jammer dat we niet in dezelfde eenheid vechten. Ik mis hem heel erg.
Ik omhels je, lieve mama!

Je zoon Leo

Hij plakte de envelop dicht en gaf de brief aan een kameraad die de post inzamelde. De post ging eerst naar Engeland en van daaruit naar de VS. Leo ging bij zijn kameraden liggen om nog even te slapen voordat zijn wachtdienst begon. Ze moesten heel goed opletten, want ondanks de luchtsoevereiniteit van de geallieerden verschenen er telkens weer jagers met doodsverachting van de Luftwaffe in de lucht om de Amerikaanse grondtroepen met hun bommenwerpers en machinegeweren aan te vallen. Het waren zinloze acties die de opmars van hun eenheid niet konden stuiten, maar ze hadden sommige kameraden al wel het leven gekost.

Ook de piloten zelf overleefden hun missie meestal niet. Ze werden neergeschoten door de kanonnen of door de geallieerde gevechtspiloten en verbrandden in hun vliegtuigen. Sommigen waren erin geslaagd zichzelf met een parachute te redden, maar als ze naar beneden zweefden waren ze een makkelijk doelwit. En als ze er daadwerkelijk in slaagden om de grond levend te bereiken, vielen ze in de handen van de Résistance. Dit waren de Franse verzetsstrijders die overal onderweg waren om de opmars van de geallieerden te ondersteunen. Leo wilde liever niet weten wat ze met de Duitse piloten deden. De verzetsstrijders waren woedend en hadden daar alle reden toe. Overal langs de kust hadden de nazitroepen bunkers gebouwd en mijnen ingegraven. Het Amerikaanse leger had speciale commando's ingezet om ze op te sporen en onschadelijk te maken, zodat de tanks niet de lucht in zouden vliegen als ze eroverheen reden.

Leo had met afgrijzen gemerkt dat hij langzaamaan gevoelloos werd. Hij had de eerste dode kameraden gezien toen ze ten oosten van het schiereiland Cotentin landden en in het mitrailleurvuur van de Wehrmacht terechtkwamen. Dit deel van de kust was toegewezen aan het 1e Amerikaanse leger en het was gebleken dat de Wehrmacht daar de zwaarste weerstand bood. De eerste soldaten die met rubberbootjes de woelige zee overstaken, waren speciale troepen. Van deze dappere kameraden waren duizenden gesneuveld. Velen waren met de boten en amfibische voertuigen in de grijze golven gekapseisd en gezonken, anderen waren in de kogelregen van de Wehrmacht beland. Leo was er pas de volgende dag bij geweest. Ook toen was de zee nog onrustig, maar inmiddels waren er al Amerikaanse eenheden op Franse bodem neergestreken, die de Wehrmacht voor hen zo ver mogelijk op afstand hielden. De rubberboot waar hij en zijn kameraden in zaten was veilig geland, maar op het strand had hij geholpen de dode Amerikaanse soldaten te bergen die waren aangespoeld. Twee van hen had hij goed gekend. Ze hadden samen in Engeland gewacht op hun missie, stonden net als hij te popelen dat het eindelijk zou beginnen, en waren bitter teleurgesteld omdat D-Day, de dag van de grote landingsoperatie op de Franse kust, keer op keer werd uitgesteld. Nu lagen de twee jongens doorweekt door de golven van het Kanaal en met gezwollen gezichten voor hem in het zand. De een was student geweest, de ander had verteld over zijn bruid die in Philadelphia op hem wachtte en heel trots op hem was.

Oorlog was iets ellendigs. Het was mensonterend. Het had niet veel te maken met heldenmoed, maar meer met zweet, vuil en bloed, mismakende verwondingen en gekreun van stervende kameraden. Wat had hem in godsnaam bezield om zich vrijwillig voor deze oorlog aan te melden? Hoe naïef had hij zich laten meeslepen met de algemene stemming van optimisme, omdat ze iets wilden doen om nazi-Duitsland te verslaan en het vaderland te bevrijden? Hij was geen held. Hij was geen soldaat. Hij was een muzikant en niet geschikt om te vechten. Hij had niet de wil om te doden, misschien was dat het wel. Hij kon de aanblik van de vele doden niet verdragen, kon niet meer goed slapen en kreeg waan-ideeën. In zijn oren klonk het gedreun van de motoren van de gepantserde voertuigen, sloegen de golven van het Kanaal en klonk het geschreeuw van de stervenden en het gefluister van de doden. Eerst dacht hij dat hij gek werd, later was deze reactie langzaam weggeëbd en verspreidde zich een angstaanjagende kalmte in hem. Als een dik, zacht tapijt legde de gelijkmoedigheid zich over zijn aangeslagen innerlijk en verstikte de verbijstering, horror en afschuw en maakte hem ongevoelig. Het hielp hem te overleven. Het was goed en verschrikkelijk tegelijk. Hij had geen idee hoe hij er later, als hij deze oorlog zou overleven, in zou slagen om weer een gevoelig mens te worden. Of zelfs te componeren.

Dit alles kon hij zijn moeder niet schrijven. Ze zou het niet begrijpen. Niemand daar in het vredige Amerika kon zoiets begrijpen, alleen de kameraden hier wisten het. Maar ook zij spraken er niet over. Iedereen verwerkte het op zijn eigen manier.

Hij ging naast George liggen, die als een baby sliep en een beetje glimlachte in zijn slaap. Althans, zo leek het.

George vertelde altijd veel over zijn familie. Leo kon niet alles volgen omdat het nogal ingewikkeld was met al zijn broers en zussen en andere bloedverwanten, maar George was een openhartige en loyale jongen. Ze waren vrienden geworden en trokken zo vaak mogelijk samen op.

Toen het tijd was maakte Leo George wakker, want ze waren samen voor de wachtdienst ingedeeld. Ze namen hun positie in naast een van de stapels stenen die ooit een muur hadden gevormd om de kameraden daar af te lossen.

'Waarom vecht je eigenlijk tegen Duitsland?' vroeg George zacht.

Eigenlijk was het niet toegestaan om te praten omdat ze dan

minder geconcentreerd waren, maar velen deden het toch. Vooral George, die beweerde dat zijn hoofd in slaap zou vallen als hij niet praatte.

'Wat bedoel je?'

'Omdat je zelf een Duitser bent.'

'Ik ben Amerikaan.'

'Maar ook Duits, toch? Je spreekt Duits en je hebt me verteld dat je in een stad in Duitsland bent geboren.'

Hij had George al heel vaak uitgelegd waarom hij naar Amerika was geëmigreerd. George had telkens geknikt, maar blijkbaar begreep hij het nog steeds niet helemaal.

'Ik kom uit Duitsland, dat klopt. Maar ik ben geen nazi.'

'Ik weet het. Je bent de nazi's ontvlucht omdat je moeder Joods is. Maar je bent toch een Duitser, of niet soms?'

'Zo gezien wel, ja. Ik vecht tegen Duitsland omdat ik wil dat de nazidictatuur omvergeworpen wordt. Zodat Duitsland weer kan worden zoals het was. Zonder nazi's. Begrijp je?'

'Ja, natuurlijk. Ik begrijp het. Maar de nazi's zijn toch ook Duitsers?'

Soms kon George wel heel lastige vragen stellen.

'Het zijn Duitsers, net als ik. Maar de verkeerde. Het zijn misdadigers die over Duitsland heersen en die we moeten uitschakelen.'

George knikte en zweeg een tijdje. Leo staarde naar de stad Falaise, waar de contouren van de massieve kasteeltoren in het maanlicht zichtbaar waren. Er bewoog niets. Stilte voor de storm.

'Maar hoe kun je de nazi's onderscheiden van de andere Duitsers?' begon George opnieuw. 'Bij jou weet ik het omdat ik je ken en je mijn vriend bent. En bij de Wehrmachtsoldaten is het ook duidelijk, dat zijn nazi's, anders zouden ze niet tegen ons vechten. Maar de anderen? Je familie in Duitsland… Zijn zij ook nazi's?'

'Nee, natuurlijk niet. Tenminste… Niet allemaal.'

Hij twijfelde omdat hij zich Dodo's brieven herinnerde die ze voor het begin van de oorlog had geschreven. Ook tijdens haar laatste bezoek hadden ze erover gesproken. Dat was alweer vijf jaar geleden. Helaas hadden ze elkaar toen maar kort gesproken, omdat in die tijd dat gedoe met Richy speelde, waar hij nu verdomd veel spijt van had omdat het zo onnodig was geweest. Maar hij wist dat Ernst von Klippstein altijd een fervent NSDAP-aanhanger was geweest en dat Johann vol geestdrift lid van de Hitlerjugend was. Ook zijn eigen vader had zich bij de partij aangesloten. En Maxl, die het op school vaak met zijn vuisten voor hem had opgenomen, was er ook lid van geworden. Kon hij hen veroordelen? Hij vroeg zich af wat hij zelf zou hebben gedaan als hij geen Joodse moeder had gehad. Zou hij dan in alle rust zijn muziekstudie aan de universiteit van München hebben afgerond en misschien succesvol zijn geweest als componist in nazi-Duitsland? Zoals zijn grote rolmodel Richard Strauss, die in Duitsland nog altijd enorm vereerd werd? Nee, waarschijnlijk niet. Hij was er getuige van geweest hoe de studenten in hun bruine hemden zijn leraar hadden aangevallen en bijna in elkaar hadden geslagen. Vanaf dat moment wist hij dat hij niet in dit land wilde wonen en werken.

'Niet allemaal, maar wel een flink aantal, toch?' vroeg George door.

Leo gaf daar geen direct antwoord op. In plaats daarvan zei hij: 'Ik denk niet dat alle soldaten van de Wehrmacht nazi's zijn,' zei hij zachtjes. 'Veel wel, maar niet allemaal.'

'En waarom vechten ze dan voor Adolf Hitler?'

'Omdat het moet.'

'Ze kunnen het toch ook niet doen?'

'Als ze niet vechten, worden ze doodgeschoten.'

'Dat is best gek, hè?' zei George.

'Ja,' antwoordde Leo.

Het gesprek stokte en ze zwegen een poosje. Leo dacht aan zijn broertje Kurt, die ze nu waarschijnlijk ook voor de Wehrmacht hadden opgeroepen. Aan Hanno, de dromerige jongen die ongetwijfeld een slechte soldaat was. Aan Augustes zonen Maxl, Hansl en Fritz, aan zijn vroegere klasgenoten, de leerlingen van het conservatorium... Zij waren nu allemaal vijandelijke Wehrmachtsoldaten. Vuile nazi's in de ogen van zijn kameraden. Uiteindelijk verbood hij het zichzelf om verder te denken. Hij had de juiste kant gekozen en vocht voor een goed doel. Dat was het enige wat telde.

Alles bleef rustig. Nadat ze waren afgelost, probeerden ze nog even te slapen. Ze hadden nog een uur tot aan het ochtendgloren.

'Morgen krijgen we ze,' zei George zelfverzekerd.

Hij had het geweldige vermogen om meteen in slaap te vallen. Leo kon dat alleen als hij extreem uitgeput was. Nu lag hij wakker en staarde naar de langzaam verdwijnende sterrenbeelden aan de bleke, nachtelijke hemel. Hij deelde het optimisme van zijn kameraad niet. Het was al een paar keer gebeurd dat de plannen van de Amerikaanse legerleiding werden gedwarsboomd doordat de Wehrmacht fel verzet bood, hoewel de Duitsers qua aantallen inferieur waren en geen nieuw materieel kregen. Op dit moment was het belangrijk om de terugtrekkende Duitse troepen niet te ver op te drijven, zodat de Canadezen de tijd hadden om het omsingelde gebied in het oosten te sluiten. Wat er dan zou gebeuren was moeilijk in te schatten, maar vermoedelijk had Hitler zijn officieren het bevel gegeven om tot de laatste man te vechten. Oorlog, wat een gruwelijk ambacht.

Hij was een van de eersten die de naderende vliegtuigen hoorde en waarschuwde zijn kameraden. Vriend of vijand?

'Dat zijn Duitse jagers,' riep hij, want met zijn fijne gehoor kon hij de geluiden van de vliegtuigen onderscheiden.

De mannen haastten zich naar de kanonnen en vloekten omdat de gevechtspiloten van de Air Force niet te zien waren om de indringers neer te schieten. Toen deed een enorme explosie de omgeving schudden. Uit een kleine hoeve in de buurt sloegen vlammen en onmiddellijk daarna verschenen verschillende P-51 Mustangs in de lucht, op jacht naar de Duitse toestellen. Iedereen was in rep en roer, bevelen suisden heen en weer, een kolonel schreeuwde kwaad dat de kanonnen op de grond moesten stoppen met vuren omdat ze anders hun eigen vliegtuigen konden raken.

Het luchtgevecht duurde maar enkele minuten, daarna waren de Duitse vliegtuigen niet meer zichtbaar. Boven een weiland, niet ver van de brandende hoeve, zweefde een Duitse piloot aan zijn parachute naar de grond. Sommige soldaten vuurden met hun machinegeweren op hem. Het bevel om het vuur te staken kwam te laat, ze hadden hem al een paar keer geraakt. Dat was vervelend, want aan een dode piloot had je niet veel, terwijl je uit een krijgsgevangene met enige behendigheid belangrijke informatie kon lospeuteren.

De hoeve stond in lichterlaaie. De kracht van de explosie wees op een behoorlijke hoeveelheid explosieven.

'Dat was een bom,' schatte George.

'Onmogelijk,' zei een kameraad. 'Ik heb het gezien. Het waren een Ju 88 en een Bf 109. Dat zijn jagers en geen bommenwerpers.'

'Dan hebben ze die omgebouwd,' zei George. 'De Duitsers zijn overal toe in staat. Die maken nog van een koekblik een jachtbommenwerper...'

'Als wij waren geraakt, waren we allemaal naar de hel gegaan!' zei de ander met een doffe stem.

'Daar kom je vroeg genoeg, man.'

'We zien elkaar daar!'

Galgenhumor was aan de orde van de dag. Het hielp om de verschrikkingen van de oorlog te verdoezelen.

'Ik weet wat het was,' zei een kameraad terwijl hij snel zijn koffie dronk. 'Dat was een maretakteam. Een heel vuile truc van de Wehrmacht.'

'En hoe gaat dat?' vroeg Leo.

'Ze hebben daarvoor twee jachtvliegtuigen nodig. De ene is bemand, de andere heeft in plaats van de cockpit een bom met afstandsontsteking. Ze zijn met elkaar verbonden met een beugelframe...'

'Maar als hij de bom tot ontploffing brengt, explodeert hij zelf toch ook...' zei George.

'Nee,' antwoordde de ander. 'Hij koppelt zich kort na de ontsteking los en brengt zichzelf in veiligheid terwijl het onbemande vliegtuig neerstort en explodeert.'

'Het zijn duivelse kerels,' mompelde George. 'Dat ze zulke gruwelijke dingen bedenken.'

'Het was de piloot bijna gelukt,' vervolgde de ander. 'Maar we schoten zijn toestel neer en de parachute hielp hem niet.'

De voorhoede van de troepen was al in beweging gekomen toen de mannen met de dode Duitse piloot gehaast naar hen toe liepen. Ze hadden allebei een been van de dode man gepakt en sleepten zijn lichaam zo over het gras en het puin. De Duitser droeg geen helm of vliegenierskap en de bovenste knopen van zijn grijze uniformjasje waren open. Je kon het ronde, met bloed besmeurde gat zien waar het projectiel hem had geraakt en aan de donkere vlekken op zijn kleding was te zien dat hij meerdere keren was getroffen.

Een majoor hurkte naast de dode en begon hem te fouilleren. Hij kon immers papieren of andere dingen bij zich hebben die iets onthulden wat voor hen van nut kon zijn.

'Soldaat Melzer! Kom eens hier. Jij spreekt Duits.'

Hij had een opgevouwen, dichtbeschreven vel papier uit de borstzak van de piloot getrokken. Het papier was besmeurd met bloed maar was wel leesbaar. Een veldpostbrief.

'Waarschijnlijk van zijn meisje. Maar kijk even, en als het iets belangrijks is, meld het dan aan me.'

Hij doorzocht de zakken van de dode verder en vond een zakmes, een kompas en een pakje druivensuiker. Dat was alles.

'Laat hem hier liggen,' beval hij. 'Laat de Fransen maar voor hem zorgen. En anders moeten de meeuwen hem maar opeten.'

Ze namen alleen hun eigen doden mee om ze te begraven of naar hun vaderland te brengen. Ook de Duitsers hadden tijdens hun terugtrekking niemand van hun eigen mensen aan de vijanden overgelaten. Maar deze man was als een eenzame strijder aan zijn einde gekomen. Niemand was verantwoordelijk voor hem.

De opmars was in volle gang. Ze moesten opschieten om niet achter te blijven. De tanks rolden, de kanonnen werden verplaatst, de motoren van de voertuigen ronkten. Boven hen dreunde een squadron van de Royal Air Force in de lucht.

Leo zat naast George op een wagen. De zon brandde genadeloos op hen, het zweet liep over hun gezichten en hun helmen leken te gloeien.

'Wat is er?' mompelde George, toen ze 's middags een korte pauze namen en de veldflessen werden bijgevuld. 'Voel je je niet goed? Je hebt ogen als glazen knikkers.'

'Alles is in orde. Het komt gewoon door de hitte...'

'Het is inderdaad heet. Bijna zoals in Louisiana met de katoenoogst...'

Ze hoorden dat de Wehrmacht er die nacht in was geslaagd om naar het oosten uit te breken. Vijftigduizend man was te voet door een slechts acht kilometer breed gat in de linies ontsnapt. Ze hadden talloze tanks, voertuigen en kanonnen achtergelaten.

'Wat een klerezooi,' vloekte George. 'We hadden ze bijna te pakken en nu zijn ze erdoorheen geglipt.'

Het kon Leo niet schelen. In zijn borstzak zat de brief van de dode piloot, wiens naam en identiteit hem nu bekend waren.

Lieve Ditmar...

Hij kende het handschrift van zijn zus Dodo maar al te goed. Het was niet nodig geweest om de naam onderaan te lezen. Maar hij had het natuurlijk wel gedaan.

Tot we elkaar weer ontmoeten.
Je vriendin Dodo

23

November 1944

Drie maanden lang waren nieuwe bombardementen Augsburg bespaard gebleven, maar niemand in de stad geloofde dat het al voorbij kon zijn. Overal werden leuzen verspreid over de eindstrijd, over de grote ophanden zijnde overwinning op het Rode Leger dat in het oosten oprukte. Ze werden gekalkt op de muren van de gebombardeerde huizen, afgedrukt op posters waarop soldaten dreigend hun vuisten balden en een onbedwingbare wil om te winnen uitstraalden. In de kranten werd terloops geschreven dat de Wehrmacht in het westen tegen geallieerde troepen vocht die in Normandië waren geland. Parijs was 'op schandelijke wijze' zonder slag of stoot aan de vijand overgedragen, de verantwoordelijke stadscommandant was door Hitler afgezet en de Wehrmacht zou de stad binnenkort heroveren, stond er. Velen geloofden nog steeds dat de kranten de waarheid schreven en geloofden in de hoogdravende toespraken van de Rijkspropagandisten. Maar binnen de familie en onder goede vrienden durfden ook velen hun twijfels te uiten. In het openbaar waren de mensen voorzichtig en verkondigden ze ijverig dat ze vastbesloten waren om hier aan het 'thuisfront' alle offers te brengen om de dappere soldaten van de Wehrmacht in de rug te dekken.

Eind oktober was in Augsburg gebeurd wat iedereen had gevreesd. De USAAF-bommenwerpers vielen rond het middaguur de stad aan. Ook de voorsteden rechts en links van de Wertach werden getroffen, vooral Lechhausen. Bijna twee weken later werd het horrorscenario herhaald: opnieuw werd het stadscentrum getroffen, evenals de wijken Pfersee, Kriegshaber en weer Lechhausen.

In de villa hadden ze het ergste verwacht, maar wonder boven wonder bleef het beschadigde hoofdgebouw gespaard. Alleen in het park sloegen verschillende projectielen in. Het koetshuis waarin Pauls auto stond werd vernield en de bommen sloegen verschillende kraters in de grasvelden.

'Ach, wat maakt het uit?' had Lisa benauwd gezegd toen de schade werd opgenomen. 'Er is toch geen benzine meer, waarvoor heeft de Duitse burger nog een auto nodig?'

Kort na de aanval hadden vrijwilligers zich in de hal van de villa verzameld om te helpen bij het blussen van de branden en het uitgraven van de mensen die in Lechhausen bedolven waren. Paul stond als eerste klaar, Hanna en Humbert kwamen er algauw bij en ook Hilde Haller wilde helpen. Van de eerdere aanslagen wisten ze dat het belangrijk was om zo snel mogelijk aan de slag te gaan, vooral als het ging om het bevrijden van mensen uit de schuilkelders van de ingestorte huizen. Marek droeg schoppen en spades en leek vastbesloten om zich bij de helpers aan te sluiten.

'U kunt beter in de villa blijven, Marek,' eiste Paul. 'Het is te gevaarlijk.'

'Maar ik wil helpen!' riep Marek. 'Elke hand is nodig. In deze puinhoop vraagt niemand wie ik ben.'

'De Gestapo is overal,' antwoordde Paul kortaangebonden.

Marek had zich er met tegenzin bij neergelegd. Hij wist dat hij alle bewoners van de villa in gevaar zou brengen als hij als Jood zou worden herkend. Maar hij had het erg moeilijk met zijn situatie, vooral sinds Ernst von Klippstein dood was. Nadat alle bewoners van de villa hadden getuigd dat Gerti het niet gedaan kon hebben, hadden de autoriteiten aan de weduwe van Ernst von Klippstein hun excuses aangeboden en hun medeleven betuigd met de dood van haar geliefde echtgenoot. Het lichaam van de overledene werd overgebracht naar München en daar met alle eer als een gevallen held van het vaderland begraven. Officieel was zijn tragische dood het gevolg van het bombardement. Er werd gezegd dat hij in de tuin van zijn huis had gestaan en was getroffen door een bomscherf. De waarheid lekte echter al snel uit in Augsburg: Ernst von Klippstein had zelfmoord gepleegd. Het pistool, waarmee hij zichzelf in de borst had geschoten, had hij nog in zijn hand. Marek was er vast van overtuigd dat hij schuldig was aan zijn dood en had het daar erg moeilijk mee. Sindsdien had hij zich van Gerti en het kind teruggetrokken en was hij tijdens de bombardementen niet meer naar de schuilkelder gegaan. Als ze Auguste moesten geloven, dacht hij er zelfs aan om weg te gaan om zich ergens in het bos of in de dorpen te verstoppen, omdat hij niemand tot last wilde zijn.

'Doet u niet zo onzinnig,' had Paul hem tijdens een gesprek onder vier ogen vermaand. 'U hebt een kind verwekt. Dat is een verantwoordelijkheid die een man niet mag ontlopen.'

'Ik wilde het niet...' had Marek gezegd. 'Zij wilde het per se... Ik was te zwak. Ik heb me laten meeslepen...'

'Dan hebt u nu de kans om de consequenties te aanvaarden, Marek. Weglopen is geen oplossing.'

'Er is geen oplossing voor mijn situatie, meneer Melzer. Wat ik ook doe, het kan alleen maar tot onheil leiden...'

Paul had zich zorgen gemaakt en Kitty gevraagd om haar vriend toe te spreken. Wat Kitty heel actief had gedaan en het leek erop dat het had geholpen. Marek kalmeerde en was er altijd als hij nodig was, maar bleef wel nog steeds uit de buurt van Gerti en zijn zoon.

De weg naar Lechhausen leidde de vier helpers langs de fabriek. Zelfs van een afstand was te zien dat daar weer projectielen waren ingeslagen en de hal, die zo goed en zo kwaad als het ging was gerepareerd, was opnieuw vernield. Er waren bluswerkzaamheden aan de gang, die voornamelijk door de buitenlandse arbeidsters werden uitgevoerd, want sinds de vernietiging van de hallen in augustus werkten er nog maar weinig vrouwen uit Augsburg in de fabriek. Paul mocht het terrein nu niet betreden, waarom wist hij niet. Na de dood van Ernst von Klippstein was Wilhelm Stromberger naar het front gestuurd en vervangen door een andere functionaris.

'Weest u blij, meneer de directeur,' zei Hilde Haller tegen Paul terwijl ze even stopten om ernaar te kijken. 'Het is beter om niets te maken te hebben met wat daar gebeurt. Op een dag, wanneer deze ellende voorbij is, zal textielfabriek Melzer herrijzen en zullen we weer in het administratiegebouw zitten. U in de directiekamer en ik in de voorkamer.'

Hij glimlachte vermoeid. Hij geloofde er niet echt in. Toch was hij dankbaar voor haar poging om hem te troosten. Sinds Hilde Haller in de villa woonde voelde hij zich beter. Hij sliep rustiger, piekerde niet meer en had zijn oude energie teruggekregen. Misschien kwam het door de gesprekken die ze 's avonds vaak met elkaar hadden, waarin hij haar dingen toevertrouwde die hij met niemand in zijn familie kon bespreken. De zorgen om zijn geliefde jongste zoon bijvoorbeeld, en om zijn dochter, die inmiddels voor de luchtdienst was opgeroepen. Hij had haar verteld hoe verdrietig hij was om zijn moeder, die duidelijk stervende was. Aanvankelijk had hij geaarzeld om haar deze zeer persoonlijke zorgen toe te vertrouwen die hij vroeger alleen met Marie had gedeeld. Maar Marie was al heel lang niet meer aan zijn zijde. Ze had hem verlaten en hij zag niet in waarom hij zich in deze slechte tijden niet zou openstellen voor een ander. Vooral omdat Hilde Haller heel rustig naar hem luisterde en haar mening gaf.

In Lechhausen was hun hulp meer dan welkom. Vooral de schoppen en spades waar een groot tekort aan was waren dringend nodig. Humbert was in de afgelopen weken boven zichzelf uitgestegen. Hij had zijn angsten overwonnen en stond nu met Hanna in de rij om de gevulde wateremmers van de bron naar de brandhaard door te geven. Paul en Hilde hielpen de bewoners om de gewonden naar de ambulance te dragen. Veel brandweerlieden en verplegers waren jonge vrouwen en halfvolwassen jongens, want alle mannen tussen de achttien en achtenveertig jaar waren voor de Wehrmacht opgeroepen. De aanblik was ook moeilijk te verdragen voor Paul, die in de Eerste Wereldoorlog had gevochten. Een jonge vrouw werd levend, maar met verbrijzelde benen uit het puin opgegraven. Twee kleine kinderen werden dood gevonden. De wanhoop van hun moeder was hartverscheurend. Ze had als een krankzinnige samen met hen het puin weggeschept in de hoop haar kleintjes te redden. Hilde nam de huilende vrouw in haar armen en probeerde haar te troosten, waarbij ook over haar eigen wangen tranen liepen.

Tegen de avond had de brandweer de branden geblust, hadden de dakloze bewoners bij familieleden onderdak gevonden en keerden de helpers uitgeput terug naar de villa.

Ze zeiden niet veel tegen elkaar. Iedereen had de beelden van gewonden en doden op zijn netvlies, van verwoeste huizen, die vaak nog half overeind stonden waardoor je in de open woningen kon kijken, en van de mensen die in het rokende puin op zoek waren naar de resten van hun spullen.

'Het bombardement duurde amper een half uur,' zei Hanna angstig. 'En het heeft zo veel ellende aangericht.'

'Het zal niet het laatste zijn,' zei Humbert somber.

'Ooit is het voorbij,' zei Hilde Haller rustig.

'Ja, als er geen steen meer op de andere staat en de eindoverwinning een feit is!' antwoordde Humbert spottend.

'Sst! Stil!'

Hanna pakte hem geschrokken bij zijn arm, want ze zagen nu dat er een auto voor de ingang van de villa stond. Particulieren hadden geen auto's meer, dus deze moest van een overheidsinstantie zijn. De Gestapo? Hadden ze Marek opgespoord en wilden ze hem oppakken?

'Rustig blijven,' zei Hilde. 'Misschien is het wel iets heel onschuldigs.'

Zo onbevangen mogelijk naderden ze het terrein. Ze liepen over het voorplein, zetten de schoppen en spades naast het huis en liepen de treden naar de voordeur op. Auguste opende de deur voor hen.

'Gestapo, meneer,' fluisterde ze tegen Paul. 'Ze zijn boven en snuffelen in alle spullen. Ik moest het hun laten weten als u terug bent.'

Paul wisselde een blik met Hilde. Dus toch! Het was al het tweede bezoek van de Gestapo aan de villa sinds de dood van Ernst von Klippstein. Drie weken geleden waren er twee heren in uniform verschenen om de radio van tante Elvira in beslag te nemen en de oude dame naar het politiebureau te brengen. Naar verluidt was er een anonieme klacht geweest dat ze naar een vijandig station luisterde, wat tante Elvira fel ontkende. Uiteindelijk was er vanwege de ernstig zieke Alicia Melzer afgezien van een dagvaarding, maar ze kreeg wel een zeer duidelijke waarschuwing.

'Ongelofelijk,' had tante Elvira gemopperd toen de heren eindelijk waren afgedropen. 'Ik luister al vijf jaar elke dag naar de BBC en nu willen ze het me verbieden!'

Nu waren er drie mannen die zich over verschillende kamers van de villa hadden verdeeld om ongestoord individuele personen te ondervragen.

'In de eetkamer,' legde Auguste fluisterend uit, 'is mevrouw Winkler met iemand die een lange neus en afstaande oren heeft. En in de herenkamer zit een magere, slecht geschoren kerel met juffrouw Henni. In de rode salon zit er een die er echt goed uitziet, een blonde met felblauwe ogen achter zijn bril, die...'

'... mijn zus Kitty ondervraagt,' verkortte Paul haar uitleg, want Kitty's verontwaardigde stem drong de gang binnen. 'Bedankt, Auguste, ik weet genoeg.'

'Wat denkt u nu?' hoorde hij Kitty boos roepen. 'Mijn man heeft zijn botten gebroken tijdens een hulpmissie en moet verzorgd worden, mijn moeder is ernstig ziek... Denkt u dat ik tijd heb om door het park te lopen om briefjes te verzamelen?'

'En hoe verklaart u dat verschillende van deze vijandige leugenpamfletten in de hal van uw huis zijn gevonden?'

'Iemand van het personeel zal ze uit voorzorg hebben meegenomen om ze te verbranden. Dergelijke geschriften mogen immers niet rondslingeren. Stel dat de kinderen ze in handen krijgen.'

'Het is strafbaar om pamfletten met vijandelijke propaganda te lezen of door te geven, mevrouw Scherer!'

'Dat weet ik, meneer de officier. Ik zal ze verbranden met mijn ogen dicht. Bent u nu tevreden?'

'Dat is niet nodig. We nemen de pamfletten mee en sturen een delegatie die het park van de villa van dit vuilnis zal reinigen.'

'Doet u wat u niet laten kunt, meneer de officier.'

De deur ging open en een blonde man van middelbare leeftijd stapte de gang in. Zijn grijsblauwe ogen achter zijn nikkelen bril hadden de blik van iemand die gewend was de ander scherp te observeren en te taxeren.

'Meneer Melzer?' zei hij toen hij Paul herkende. 'Mij is verteld dat u in Lechhausen was om de slachtoffers van de bombardementen te helpen. Goed. In deze tijden van hevige gevechten aan het thuisfront is het belangrijk dat iedere burger zijn steentje bijdraagt.'

Hij nam Paul in zijn stoffige kleren, gescheurde mouwen en vuile schoenen van top tot teen op.

'U wilde mij spreken?' vroeg Paul.

De Gestapo-man klopte hem minzaam op de schouder en veegde vervolgens zijn hand af.

'Het gaat om de vijandige pamfletten die in de omgeving zijn afgeworpen. U weet toch dat ze onmiddellijk vernietigd moeten worden?'

Hij keek Paul strak aan, die geen emotie probeerde te tonen. Natuurlijk hadden ze die pamfletten gelezen, waarin werd opgeroepen tot verzet tegen het Duitse regime en waarin de oorlogssituatie van de Wehrmacht als hopeloos werd beschreven. Wat daarvan waar was of eerder wensdenken van de geallieerden was niet bekend.

'Natuurlijk. Helaas zijn we er nog niet aan toegekomen vanwege de luchtaanval. Het leek me belangrijker om de mensen in Lechhausen te helpen.'

'Maakt u zich geen zorgen, meneer Melzer. Wij zorgen ervoor. Heil Hitler.'

'Heil Hitler...' zei Paul en het irriteerde hem dat die gehate begroeting inmiddels zo makkelijk over zijn lippen rolde.

Een paar minuten later stonden de drie bezoekers alweer in de hal. Ze namen de vijandelijke pamfletten die daar lagen in beslag en verzamelden buiten in het park ook wat van de witte briefjes. Vervolgens stapten ze in hun auto en reden ze naar de poort van het park, waarbij ze moeite hadden om om de twee bomen heen te rijden die bij een bomaanslag waren gevallen.

Paul moest een poos wachten omdat de badkamer constant bezet was door de vele bewoners. Daarna waste hij zich, trok schone kleren aan en ging naar de herenkamer, waar Kitty en Robert sliepen. Lisa had zich bij hen gevoegd om te praten over het plotselinge bezoek van de Gestapo.

'Dit was al de tweede keer dat ze bij ons rondsnuffelen,' zei Lisa bezorgd. 'En nog wel vanwege zoiets onbelangrijks. Ik begrijp het niet.'

'Ik ben bang dat we deze kerels hier vaker zullen zien,' zei Robert, die op de bank lag. Zijn knie was verbonden en zijn voet zat in het gips. 'Ik zeg het niet graag, maar het lijkt erop dat Ernst von Klippstein een beschermende hand boven de villa hield. Dat is nu voorbij. We staan op de lijst.'

'Gelukkig hebben ze Marek niet gezien,' verzuchtte Kitty. 'Ik maak me zorgen om hem, Paul. We moeten goed voor hem zorgen.'

'We moeten allemaal goed voor onszelf zorgen,' zei Lisa, terwijl ze met een verwijtende blik naar haar zus keek. 'Jij hebt dit ei in ons nest gelegd, Kitty, en nu zitten we allemaal in de ellende.'

Kitty haalde verontwaardigd adem om antwoord te geven, maar Paul greep snel in. 'Het is nu eenmaal zo besloten,' zei hij duidelijk. 'We hebben de verantwoordelijkheid voor Marek op ons genomen en ik geloof nog steeds dat het het juiste was om te doen.'

'Het is allemaal de schuld van Gerti,' mopperde Lisa. 'Waarom moest zij die arme man verleiden omdat ze per se een kind wilde? Het feit dat dat mens hier in de villa onderdak heeft gevonden, irriteert me mateloos.'

'Daar heb je helemaal gelijk in, Lisa,' gaf Kitty toe. 'Ik begrijp ook niet waarom ze hier moet blijven. Ze is een rijke erfgename en zou prima in de Steinsteeg in haar luxe huis kunnen wonen. Het is nog steeds niet beschadigd door de bombardementen, terwijl mijn arme huis in de Frauentorstraat nog maar een ruïne is. Ik kan wel huilen. Alle schilderijen die op zolder stonden zijn in vlammen opgegaan...'

Paul had ook niet veel begrip voor Gerti's liefdesrelatie met Marek, maar ze gedroeg zich heel voorkomend en stond altijd klaar als iemand hulp nodig had. Ze had het huis in de Steinsteeg ter beschikking gesteld aan gebombardeerde gezinnen en wilde er zelf niet meer wonen. Waarschijnlijk meed ze het huis omdat haar man zich daar van het leven had beroofd.

'Als de oorlogssituatie echt is zoals de pamfletten beschrijven,' zei Robert, 'kan het niet lang meer duren voordat de Wehrmacht moet capituleren. Het schijnt dat de geallieerden Aken al hebben ingenomen.'

'En dan?' vroeg Lisa bang.

'Dan vallen de Amerikanen en de Britten ons vanuit het westen aan en komen de Russen vanuit het oosten,' zei Kitty fatalistisch. 'Het arme, arme Duitsland.'

'Als Hitler slim is, sluit hij een wapenstilstand voordat het te laat is,' zei Paul.

'Je gelooft zeker ook dat de aarde plat is, hè?' zei Kitty spottend.

Ze zwegen omdat ze aan de jonge mensen moesten denken die in deze zinloze oorlog moesten vechten en sterven. Johann en Hanno, Kurt en Dodo. Twee van Augustes zonen, die hier voor hun ogen waren opgegroeid, hadden hun leven al verloren, en de tuinman Christian had al maanden geen veldpostbrief gestuurd. Alleen Felix, die al een tijdje vermist was, had zich weer gemeld. Hij lag in een lazaret bij Königsberg en was niet in staat geweest om de pen zelf vast te houden. Een jonge arts had een kort bericht naar Henni gestuurd, dat niet erg optimistisch klonk.

Geachte juffrouw Bräuer,

Helaas moet ik u mededelen dat uw verloofde Felix Burmeister een acuut levensbedreigende verwonding heeft opgelopen waardoor hij deze brief niet zelf kan schrijven. Ik verzeker u dat we onze uiterste best doen om het leven van uw verloofde ten koste van alles te behouden. Bijgevoegd is een wilsverklaring die door hem is ondertekend voor een huwelijk bij volmacht.

Ik groet u namens het volk, het rijk en de Führer,
G. Schleicher, majoor-arts

Henni had deze brief twee dagen voor zich gehouden. Daarna had ze hem aan Paul en haar moeder laten zien.

'Och, Henni, lieverd,' had Kitty zuchtend gezegd terwijl ze haar omarmde. 'Je moet er nu gewoon heilig in geloven dat hij het gaat redden. Heb je hem geschreven? Je moet hem schrijven dat je op hem wacht en dat je van hem houdt. Dat zal hem helpen, dat weet ik zeker.'

'Ik ga met hem trouwen,' had Henni vastberaden geantwoord. 'Dat is wat hij wil en ik ga het nu doen.'

'Een huwelijk bij volmacht?' vroeg Kitty verschrikt. 'Maar Henni, dat vind ik nou echt helemaal niks. Trouw met hem als hij terug is, dan kun je een leuke bruiloft vieren en een mooie woning inrichten...'

Henni was niet eens op de bezwaren van haar moeder ingegaan, maar had alleen gezegd: 'Ik heb twee getuigen nodig. Ben jij daartoe bereid, oom Paul? Als mama deze huwelijksceremonie maar stom vindt, hoeft ze er niet bij te zijn. Ik zal het Hilde Haller vragen.'

'Waarom uitgerekend Hilde Haller?' riep Kitty beledigd. 'Als je me er niet bij wilt hebben, vraag het dan in elk geval aan je tante Lisa en niet aan een vreemde!'

'Dat maak ik zelf wel uit, mama!' zei Henni. 'Tante Lisa zou de hele tijd huilen, daar kunnen mijn zenuwen niet tegen.'

Opnieuw had Paul een dreigende familieruzie moeten beslechten. Juist nu, in deze uitzichtloze situatie waarin ze elkaar moesten steunen, braken er telkens ruzies uit onder de bewoners van de villa. Ze woonden samen in een kleine ruimte, er waren vaak storingen in de gas-, elektriciteits- en watervoorziening, het was lastig om aan levensmiddelen te komen, de maaltijden waren klein en ze stonden eigenlijk altijd hongerig van tafel op. Daarbij kwam nog de constante angst voor nieuwe luchtaanvallen. Alle bewoners waren op van de zenuwen.

Drie dagen later ging hij samen met Henni en Hilde Haller naar de stad om getuige te zijn van de ceremonie van een huwelijk bij volmacht. Het was een regenachtige herfstdag, de wind scheurde de laatste gekleurde blaadjes van de bomen en joeg de natte bladeren door de straten. De tram reed nog maar af en toe omdat de stroom telkens uitviel en in de Jakoberwijk was de rails volledig verwoest. In het stadscentrum kon je je alleen te voet verplaatsen.

De aanblik van de uitgebrande huizen met de lege ramen en bergen puin rechts en links van de straten was ongelofelijk triest. Het Weberhaus was verwoest, het klooster Heilig Kreuz nog slechts een stapel stenen. In de Maximilianstraat lag aan de linkerkant puin opgestapeld: kapotte meubels, borden, dakpannen, wasbakken, kinderspeelgoed en andere voorwerpen lagen door elkaar. Telkens weer zag je mensen met ladderwagens die wat bruikbare spullen uit het puin haalden, op hun wagen zetten en ermee wegliepen.

'Wat een bruiloftsfeest,' merkte Henni sarcastisch op.

Ze hadden hun zondagse mantel aangetrokken. Paul droeg een net pak en Hilde had een mantelpakje met een bijpassende cape van Henni geleend. Ook al was het maar een huwelijk bij volmacht, ze wilden er wel iets plechtigs van maken. Zoals veel gemeentelijke gebouwen was het stadhuis getroffen door bommen en vanbinnen uitgebrand. De huwelijksceremonie vond plaats in een van de huizen die nog overeind stonden en waar verschillende kamers waren ingericht voor officiële doeleinden.

Een bureau en enkele stoelen, daarachter een halfgevulde archiefkast en meteen daarnaast de onvermijdelijke foto van Hitler aan de muur. Meer moeite werd er niet gedaan voor een huwelijk bij volmacht. Op het bureau lag een map van fijn leer, waarin de voorbereide huwelijksakte lag. Daarnaast lag een grijze stalen helm, die symbool stond voor de afwezige bruidegom.

Een vrouwelijke ambtenaar van de burgerlijke stand begroette hen met een grillig 'Heil Hitler' en vroeg hun plaats te nemen. Hun persoonlijke gegevens werden vastgelegd, waarna de vrouw een tekst las die langs Paul heen ging omdat hij naar het starre gezicht van zijn nichtje keek en meeleefde met haar verdriet. Het was heel goed mogelijk dat Felix Burmeister op dat moment niet meer in leven was. Toch was het huwelijk met de handtekening van de bruid op de huwelijksakte geldig. In dat geval zou Henni direct na hun huwelijk een oorlogsweduwe zijn.

Henni pakte de vulpen plechtig op en schreef voor het eerst haar nieuwe naam.

Henriette Burmeister, meisjesnaam Bräuer

Daarmee was alles geregeld. De ambtenaar van de burgerlijke stand feliciteerde haar, schudde ook de hand van de twee getuigen en wees op het belang van het huwelijk en het moederschap voor de welvaart van het Duitse volk. Ze sloot af met de wens dat het Duitse Rijk onder leiding van Adolf Hitler spoedig de eindoverwinning in deze volkerenstrijd beschoren mocht zijn.

Henni bedankte haar stijfjes en beleefd, betaalde de kosten, vouwde de huwelijksakte op en stopte hem in haar tas.

Het was opgehouden met regenen, de wind dwarrelde stofwolken uit het puin op. Er reed een tram langs die bij de volgende bocht stopte. Stroomstoring.

Paul omhelsde zijn nichtje. 'Ik wens je al het geluk van de wereld, Henni,' zei hij liefdevol. 'Moge God Felix beschermen en weer bij ons terugbrengen.'

Ook Hilde feliciteerde Henni. Ze trok een envelop uit haar tas en zei met een glimlach: 'Omdat ik helaas geen bloemen voor je heb...'

In de envelop zat een kaartje, waarop ze met de verfdoos een bont boeket had geschilderd. Het zag er prachtig uit. Ze kon goed tekenen en schilderen en was er vast lang mee bezig geweest, want de bloemen en bladeren waren fijn getekend en zorgvuldig met verf ingekleurd. Daaronder stonden de woorden: *Gefeliciteerd met je huwelijk.*

Henni was zo blij met dit liefdevol gemaakte geschenk dat ze Hilde Haller om de nek viel.

'O, juffrouw Haller,' zei ze en ze moest nu toch een traantje wegpinken. 'We hebben het altijd goed met elkaar kunnen vinden, maar nu weet ik hoe bijzonder en geweldig u bent.'

'Nou moet je niet overdrijven, mevrouw Burmeister,' zei Hilde met een glimlach.

'Jawel, echt waar! Weet u, u lijkt erg op mijn tante Marie.'

Paul schrok toen ze de naam van zijn vrouw noemde. Hij had al een tijdje niet meer aan Marie gedacht. Om precies te zijn, niet meer sinds Hilde Haller in de villa woonde.

24

Januari 1945

Het was de aanblik van de stad die hem de kracht gaf om te overleven. Als ze in de zomer een paar minuten over vijf van de barakken naar hun werkplek marcheerden, lag Augsburg voor hen in een vredige ochtendslaap, gehuld in een lichte nevel die meestal al was opgetrokken voordat de dwangarbeiders zich in de hallen van de Messerschmitt-fabriek verspreidden. En 's avonds, na een werkdag van twaalf uur, kon hij op de terugweg nog een keer naar de huizen en torens van de stad kijken, en dan voelde hij altijd een vreemde mengeling van verlangen en vertrouwen. Ondanks de schade van de bombardementen bestond Augsburg nog. Er liepen mensen door de straten, de huizen waren bewoond, kinderen speelden onbevangen tussen het puin. En daarginds, in noordoostelijke richting, lag de villa, op slechts een half uur lopen en toch onbereikbaar. Daar woonden Lisa en Charlotte, die hem hadden vergeven en op hem wachtten. Althans, dat wilde hij geloven, ook al had hij al twee jaar geen brief mogen schrijven of ontvangen.

'Als ik jou was,' had een Poolse medegevangene tegen hem gezegd. 'Dan zou ik er bij het volgende bombardement vandoor gaan en ernaartoe rennen. Wat is nou een half uur lopen? Helemaal niets! Als ik naar huis zou willen rennen, zou ik weken of zelfs maanden onderweg zijn. Voor jou is het maar een half uur!'

Sebastian gaf toe dat hij er vaak over had nagedacht. Maar hij had de moed niet gehad. Vooral omdat hij zijn vrouw en dochter dan in groot gevaar zou brengen. Iedereen die een ontsnapte dwangarbeider in huis verstopte, kon naar een concentratiekamp worden gestuurd. Hij had verschillende ontsnappingspogingen van dwangarbeiders meegemaakt en de meeste waren mislukt. De soldaten die hen bewaakten schoten zonder mededogen. Twee van de arme jongens waren tijdens hun vlucht in de rug geschoten en doodgebloed. Drie anderen, die het samen hadden geprobeerd en waren gepakt, waren achter de kazerne opgehangen. Twee dagen lang hadden de lijken aan de geïmproviseerde galg gehangen om iedereen duidelijk te maken hoe zo'n ontsnappingspoging afliep. Sebastian was geen jonge man meer, sterker nog, hij was eerder een van de oudsten onder de dwangarbeiders, en was nooit sportief geweest. Een ontsnappingspoging zou bij voorbaat gedoemd zijn te mislukken.

Nu in de winter, als ze in de diepste duisternis naar hun werk gingen en de kou hun dunne kleren als messen doorboorde, kon hij de stad alleen maar vermoeden, omdat die stil en zwart voor hem lag. Alle ramen waren verduisterd om vijandelijke piloten geen doelwit te bieden. Augsburg dook als een angstig dier naar de grond en probeerde met de ochtendschemering samen te smelten om onzichtbaar te blijven.

Hij was niet de hele tijd in het kamp Haunstetten geweest, ze hadden hem tussendoor ook een tijdje in Pfersee en Gablingen ondergebracht. Wel had hij de gruwelijke luchtaanval in Haunstetten in maart vorig jaar meegemaakt, waar veel van zijn medegevangenen zich in het bos hadden willen redden en onder de brandende, omvallende bomen terecht waren gekomen. Zelf had hij alleen de scherfvrije loopgraaf gehaald, waar hij zich met zijn laatste kracht in had laten rollen. In gedachten had hij al afscheid van het leven genomen, want bij de vorige aanval waren de meeste bommen in de loopgraven gevallen. Maar wonder boven wonder bleef hij vrijwel ongedeerd, terwijl vijftig van zijn kameraden in het bos het leven lieten.

'Je hebt een beschermengel,' zei een Russische medegevangene tegen hem. 'Of een pact met de duivel. Een van de twee.'

'Ik heb een dochter,' bekende hij. 'Ik denk dat zij mijn beschermengel is.'

'Een dochter? Ik heb er drie in Moskou. En nog een van mijn eerste vrouw, die in Kazan is... Hoe oud is je dochter?'

Sebastian rekende het uit. Charlotte zou dit jaar zestien worden. Het kind dat hij negen jaar geleden had achtergelaten, was een jonge meid geworden.

'Zestien? Dan zal ze wel een bruidegom hebben,' zei de Rus lachend. 'Als je thuiskomt, ben je opa geworden, kameraad.'

'Dat denk ik niet...'

'O, dat kan snel gebeuren, hoor!'

Sebastian had inmiddels talen geleerd. Hij verstond vrij goed Russisch en Pools en ook een beetje Hongaars. Het was makkelijk voor hem omdat hij een goed geheugen had. Hij onthield de woorden en prentte zich in hoe je ze gebruikte. Hij vroeg de gevangenen om hem te corrigeren en stoorde zich er algauw niet meer aan dat hij geen gestructureerd opgebouwde grammatica leerde en geen woordenboek had. In tegenstelling tot zijn eerdere overtuigingen merkte hij nu dat je ook een taal kon leren door simpelweg te luisteren en te spreken.

Wat hij aanvankelijk alleen had gedaan om te kunnen communiceren, bleek al snel een manier om zijn situatie te verbeteren. De officiële taal voor de dwangarbeiders was Duits, maar slechts weinigen van hen verstonden die omdat ze van over de hele wereld kwamen. Naast Tsjechen, Polen, Russen en Hongaren waren er ook Fransen, Noren en zelfs Amerikanen onder de dwangarbeiders. Sebastian maakte zich dus nuttig door te vertalen. Eerst alleen vanuit het Duits naar de vreemde taal als een dwangarbeider een bevel niet begreep, maar algauw werd hij ook door de bewakers als tolk ingezet als ze een gevangene ondervroegen. Dat was niet altijd prettig, vooral niet als het om overtredingen ging. Dan probeerde hij de antwoorden van zijn kameraden zo te verdraaien dat ze er ongestraft vanaf kwamen. Meestal werd er echter niet veel gevraagd, maar meteen gestraft. De bewakers, die 'kapo's' werden genoemd, hadden een wapenstok die ze volop inzetten. De kapo's waren vooral gevreesd omdat ze zelf gevangenen waren die wegens strafbare feiten tot dwangarbeid waren veroordeeld. Het waren wrede misdadigers, mensen zonder geweten, die zich graag bij de opzichters onderscheidden door zogenaamde of werkelijke vergrijpen van andere gevangenen op te sporen en te bestraffen. Met name de Joden onder de dwangarbeiders hadden het zwaar. Zij kregen altijd twee keer zo veel slagen als de anderen.

Sebastian had veel kameraden zien sterven. Het feit dat hij zelf nog leefde verbaasde hem, want fysiek was hij een van de zwakkeren onder de gevangenen. Maar hij had in de jaren van zijn gevangenschap geleerd dat fysieke kracht en jeugd geen garantie waren om als dwangarbeider te overleven. Het kwam er meer op aan dat je elke nieuwe dag waardig overwon en het vertrouwen in het goede in de wereld niet verloor. Degenen die gedachten van haat en wraak koesterden, kweekten zelf de dodelijke slang die hen van binnenuit verteerde. Degenen die te veel hoop koesterden, stortten in als ze werden teleurgesteld. Degenen die hun kameraden leed toebrachten, kregen onvermijdelijk een koekje van eigen deeg. Het waren juist de vele jongeren die ze de afgelopen maanden vanuit Polen en Rusland naar het kamp hadden gedeporteerd die het minst in staat waren om met de barre omstandigheden om te gaan. Zij werden vaak het slachtoffer van uitputting en ziekte omdat ze wanhoopten en het opgaven. De jongsten waren slechts veertien jaar oud, niet ouder dan de kinderen die Sebastian vroeger op de dorpsschool had onderwezen. Ze hadden oorlog en geweld meegemaakt, vreselijke dingen gezien, waren gescheiden van hun ouders, broers en zussen en naar het buitenland gebracht waar ze als rechteloze werkpaarden onder de duim van de bewakers moesten leven. Sebastian probeerde voor hen te zorgen. Moe en uitgeput van de twaalf uur durende dienst en de daaropvolgende mars terug naar het kamp ging hij vaak bij de jongeren zitten om in zijn gebrekkige Russisch of Pools een praatje met hen te maken.

Ondanks de strenge bewaking bereikten er herhaaldelijk berichten het kamp die eigenlijk voor de gevangenen geheim moesten worden gehouden. Vaak vertelden nieuwkomers dergelijke geruchten, maar er waren ook pamfletten gevonden die de geallieerde piloten hadden gedropt en die in het geheim onder de dwangarbeiders circuleerden. De meeste bewakers verstonden geen Russisch of Pools, maar ze moesten voorzichtig zijn, dus dat soort dingen werden pas na tien uur in de stapelbedden besproken.

'Er staat dat de Amerikanen en de Britten al op Duitse bodem zijn,' legde Sebastian aan de man op het bed naast hem uit. Hij kwam uit Warschau en kon de tekst op de pamfletten niet lezen. 'Ze hebben de stad Straatsburg ingenomen en zijn in Aken. Die stad ligt in Duitsland.'

'Dan zijn ze misschien snel hier!' fluisterde de Pool. 'Wat zullen ze doen? Zullen we dan naar huis mogen?'

'Ik weet het niet. Het is ook niet zeker of het waar is wat op deze pamfletten staat. Maar het zou kunnen...'

'Zeg niet altijd zulke vage dingen. Vertel me hoe het zit. Komen ze nu wel of niet?'

'Ik denk dat ze eraan komen. Maar het zal nog wel even duren.'

'Omdat de Duitsers terugvechten, zeker? De Duitsers zijn goede soldaten. Ze zullen vechten tot ze erbij neervallen.'

'Dat zullen ze... Ik ben inderdaad bang dat het zo zal gaan.'

Sebastian dacht aan zijn twee zonen en voelde een diepe pijn. Hij had ze verlaten omdat hij meende dat hij ondergronds tegen het naziregime moest vechten. Wat was dat zinloos geweest. Wat belachelijk! Nu wist hij dat het beter en moediger was geweest om bij zijn vrouw en kinderen te blijven in plaats van de held te willen spelen. Maar wat had hij aan dit besef? Hij kon de tijd niet terugdraaien.

'Pavel zei dat het Russische leger ook al in Duitsland is,' fluisterde de Pool. 'In het noorden, aan zee. Pomorze, ken je dat?'

'Je bedoelt Oost-Pruisen? Pommeren?'

'Precies.'

'Ze zullen de Wehrmacht ook uit Polen verdrijven,' zei Sebastian. 'Dan is je vaderland weer vrij.'

Maar zijn buurman was minder hoopvol. 'Stalin zal heel Polen innemen. Stalin of Hitler... Het is als de pest of de cholera. Ik bid voor de mensen in mijn vaderland.'

Sebastian had in het kamp vreselijke dingen gehoord over het optreden van de Wehrmacht in Rusland en Polen. Maar er werd ook gezegd dat de Russen wat wreedheid betrof absoluut niet onderdeden voor de Duitsers. Hij dacht aan het landgoed Maydorn, waar hij drie jaar als bibliothecaris had gewoond. Wat zou er met de mensen gebeuren als de Russen daar nu zouden binnenvallen? Wat zouden ze de personeelsleden en de mensen in de omliggende dorpen aandoen?

De Pool zweeg ook een poosje. Daarna fluisterde hij: 'Weet je? Ik denk dat als de Duitsers de oorlog verliezen ze ons eerst nog allemaal vermoorden.'

Die angst circuleerde ondertussen ook in het kamp. De dood was alomtegenwoordig, iedereen kwam hem dagelijks tegen, vooral degenen die vanuit een concentratiekamp hiernaartoe waren gebracht wisten dat ze ternauwernood aan de dood waren ontsnapt. Ze konden zich voorstellen dat de Duitsers hen allemaal naar Hartheim zouden sturen. Bovendien wisten ze nu dat er andere vernietigingskampen waren die de nazi's in het oosten hadden ingericht. Die plaatsen heetten Auschwitz en Treblinka. Daar scheen het nog veel erger te zijn dan in Dachau en Hartheim.

'Dat doen ze niet,' probeerde Sebastian de Pool gerust te stellen. 'Ze hebben ons nodig omdat we de gevechtsvliegtuigen bouwen.'

'Dan gaan we dood aan tyfus of longziekte. Of ze laten ons verhongeren...'

'Stop met die pessimistische gedachten. Daarmee maak je het alleen maar moeilijker. Morgen komt de zon weer op en begint een nieuwe dag.'

Ze zwegen. De stapelbedden waren overvol, er werd constant gehoest en sommigen hadden koorts en koude rillingen. Het kille weer en de veel te dunne kleding eisten veel slachtoffers. Er waren gevallen van tuberculose geweest, die niet in de vroege stadia werden opgemerkt. Het risico op infectie was hoog omdat ze allemaal ondervoed waren en uitgeput van het harde werk.

De volgende dag begon voor de dwangarbeiders even na vier uur 's ochtends toen ze werden gewekt. Het ontbijt werd uitgedeeld, twee mensen meldden zich ziek, meer zieken werden niet geaccepteerd. Een paar minuten over vijf vormde zich de colonne voor de barakken, die van het kamp Pfersee naar de productielocatie in Kriegshaber marcheerde. Er stond vandaag een ijzige wind, die naaldscherpe sneeuwvlokken in de gezichten van de mannen sloeg en door de lichte kleding diep in hun lichaam doordrong. Je moest in beweging blijven, de kou zo veel mogelijk negeren en eraan denken dat het later op het werk in de hal warm zou worden. De hal was van hout en in allerijl door dwangarbeiders gebouwd nadat de productie in de Messerschmitt-fabriek aan de Inningerstraat bijna tot stilstand was gekomen door de constante luchtaanvallen. Ze maakten vleugels voor gevechtsvliegtuigen, die later ergens anders werden gelakt en verder werden vervoerd. De stukken plaatstaal lagen op een lopende band en het was de taak van de dwangarbeiders om ze te snijden, te buigen en van klinknagels te voorzien. Omdat er nauwelijks machines waren, moest het meeste werk met de hand worden gedaan, wat vaak leidde tot verwondingen onder de ongeschoolde arbeiders.

Sebastian was een van de gevangenen die de voltooide vleugels moesten controleren en eventuele defecten onmiddellijk moesten melden. Het was een lastige taak, want als hij iets meldde, werd de verantwoordelijke persoon ter plekke met stokslagen gestraft. Als hij een fout echter niet meldde, kon het gebeuren dat hij zelf klappen kreeg. De eindinspectie werd uitgevoerd door een van de niet-militaire opzichters, een medewerker van de Messerschmitt-fabriek die verantwoordelijk was voor de productie in Augsburg-Kriegshaber.

Sommige van deze opzichters waren tegemoetkomend en zagen de erbarmelijke omstandigheden waarin de gevangenen moesten werken, maar stonden zelf zo erg onder druk dat ze weinig deden om hun situatie te verbeteren. In tegenstelling tot de kapo's waren ze soms geneigd om een kort praatje met een van de gevangenen te maken.

'En?' vroeg de opzichter en hij bleef even naast Sebastian staan, die een voltooide vleugel aan het testen was. 'Al een fout gevonden?'

'Nog niet, chef...'

De man was van middelbare leeftijd en zijn witte jas zat altijd onder de vlekken omdat hij zelf meehielp als er ergens iets niet goed ging.

'Houdt u uw ogen dan maar open!' zei hij met een grijns en hij liep verder. 'Er zijn overal saboteurs.'

'Bij ons zijn er geen saboteurs, chef,' verzekerde Sebastian op geloofwaardige toon.

'Dat kun je nooit weten. Voor kerst hebben ze in de textielfabriek drie saboteurs betrapt...'

'In de textielfabriek?'

'Ja, in de voormalige textielfabriek van Melzer. De vrouwen zijn erin geslaagd om een hele reeks instrumentenpanelen te verknoeien. Net toen de hal weer draaiende was en de productie goed op gang kwam.'

'Is de fabriek dan gebombardeerd?'

De man aarzelde omdat het niet gepast was om te lang met een gevangene te praten. Maar omdat er geen kapo's in de buurt waren, kletste hij verder. 'Meerdere keren zelfs. De fabriek en ook de mooie villa van de directeur. Maar daar hebben ze niets aan, want de hal staat er alweer en de levering werkt nu perfect...'

De rest hoorde Sebastian niet meer. Het flikkerde voor zijn ogen, zijn hart bleef even stilstaan en een paar tellen lang leek de duisternis hem te verslinden. Er was een bom op de villa gevallen! Hoe had hij er de hele tijd op kunnen vertrouwen dat er niets kon gebeuren met de twee mensen die daar op hem wachtten? Waren ze allemaal dood? Was er iemand aan de vuurzee ontsnapt? Lisa, zijn vrouw, die zich met hem had verzoend. Charlotte, zijn dochtertje, die zulke liefdevolle en optimistische brieven had geschreven. In april werd ze zestien. Ze had nog een heel leven voor zich...

De opzichter had zich inmiddels van hem afgewend en ging verder met zijn ronde door de hal. Hij spoorde de arbeiders aan omdat ze achterbleven op de gestelde norm. Sebastian staarde naar de plaatdelen die langs hem heen gleden. Ze vervormden zich plotseling tot groteske wezens, die hem vanuit ronde zwarte ogen aanstaarden en hun brede monden tot een smalende lach vertrokken.

Er brak iets in hem. Het had geen zin om vast te houden aan de volhardende wil om te overleven als er niemand meer op hem wachtte. Wat hij zo ijverig aan zijn protegés had gepredikt, gold niet meer voor hemzelf. Het maakte hem niet uit of hij doodging of in leven bleef.

Hij reageerde nauwelijks toen de sirenes loeiden. De kameraden renden langs hem heen naar buiten, waar een greppel was gegraven waarin de dwangarbeiders zich voor de bommen en projectielen in veiligheid konden brengen.

'Wat is er met jou aan de hand!' riep de Pool die zijn bed naast het zijne had, in zijn oor. 'Wil je verbranden?'

Hij greep Sebastian bij de arm en sleepte de willoze man met zich mee. Boven hun hoofden dreunden de Amerikaanse bommenwerpers en jachtvliegtuigen. De Pool wierp zich in de greppel en bedekte zijn hoofd met zijn handen. Sebastian stond als verdoofd midden in de om hem heen inslaande projectielen, voelde de drukgolven die hem tegen de grond wierpen en voelde iets hards zijn been raken. Naast de hal was een projectiel ingeslagen. Stenen en klompen aarde werden in het rond geslingerd.

Hij krabbelde overeind en zag dat de lucht vol vliegtuigen en vallende grijze bommen was. In zijn oren klonk het gekraak van gebouwen en versplinterend glas. De auto van de voorman ontplofte met een luide knal en ging in vlammen op. Sebastian bewoog zich als een zombie door de dodelijke vlammen van het inferno. Hij stak de Wertach over, klom over de verwoeste spoorlijn en begreep dat ze eigenlijk het station hadden willen bombarderen, maar dat de wind de projectielen naar het westen had gedreven. Het stadscentrum lag onder vuur. Hij zag voor het eerst de verwoeste huizen en de bergen puin, haastte zich erlangs, struikelde en wankelde, maar kwam toch vooruit. De straten waren verlaten, de mensen waren naar de kelders gevlucht. Hij liep moederziel alleen langs brandende gebouwen, ontkwam slechts op een haar na aan vallende gevels en liep verder. Hij vond zijn weg, zonder te weten hoe en waarom. Toen hij opkeek, zag hij in de verte een hoekige grijze vorm. Hij herkende de gevels en schoorstenen. Het dak van de villa, dat boven de sparren van het park uittorende.

De villa stond er nog! Was slechts een deel ervan vernietigd? Hij was uitgeput, struikelde tegen een muur en klampte zich vast aan een kozijn. Op dat moment hoorde hij achter hem de motor van een vrachtwagen. Tegelijkertijd gaf de sirene het sein veilig.

Een brandweerwagen reed vlak langs hem heen en hij besefte dat hij aan zijn gescheurde kleren gemakkelijk te herkennen was als een weggelopen dwangarbeider. De straat was nog leeg, hij kon hem heel snel oversteken en dan door tuinen en weilanden in het park van de villa proberen te komen.

Hij moest weten of ze nog leefden. Alleen dat. Daarna zou hij teruggaan naar het kamp.

25

'Ik kan niet veel meer voor haar doen,' zei Tilly bedroefd. 'Ze is ons langzaam aan het verlaten.'

Kitty staarde naar het bleke, ingevallen gezicht van de stervende en naar de diepliggende ogen die sinds een paar weken bijna altijd gesloten waren. Haar moeder zou haar verlaten. Ja, eigenlijk was ze al gegaan, ook al lag ze nog ademend op haar kussen. Haar geest, haar kracht, haar vastberaden persoonlijkheid... Dat alles bestond niet meer. Wat hier voor haar lag was slechts een zwak lichaam, een schaduw van de voormalige eigenaresse van de villa en niet meer Alicia Melzer. Kitty voelde weer de pijn in haar hart. Ze boog zich naar voren, streelde zachtjes het voorhoofd van de zieke en schoof een losgeraakte grijze haarpluk naar achteren.

'Als ze nu op zijn minst in vrede kon sterven,' zei Henni, die naast Kitty stond. 'Maar we moeten haar de hele tijd naar de schuilkelder dragen als er weer een aanval komt.'

De luchtaanval van die middag had het oosten van de stad bij wijze van uitzondering gespaard, wat vermoedelijk kwam door de harde wind die de dodelijke lading van de bommenwerpers naar het westen had gedreven. Het brandde in de stad, waarschijnlijk was het centrum weer getroffen. Kitty had geen hoop meer om iets te redden uit het puin van haar verwoeste huis.

'Ik denk dat je moeder het nauwelijks meer voelt als ze naar de kelder wordt gedragen,' zei Tilly. 'Ze is al ver weg. Het ene na het andere orgaan valt uit.'

‘Moeten we haar hier nog wat van geven?’ vroeg Kitty, wijzend naar het bruine glazen flesje, waarvan ze een paar druppels in de thee van de zieke hadden gemengd als ze kreunde van de pijn.

‘Alleen als ze onrustig wordt,’ zei Tilly. ‘Hanna kan haar thee toedienen, zij kan het het beste. Er is aan Hanna een verpleegster verloren gegaan.’

‘Ik kan het ook,’ zei Henni. ‘Ik zal hier sowieso blijven zodat tante Elvira een beetje kan slapen.’

Tante Elvira zat zwijgend en uitgeput in de fauteuil terwijl de dokter de zieke vrouw onderzocht.

‘Ik heb niet veel slaap nodig op mijn leeftijd,’ zei ze. ‘Ik kan later lang genoeg slapen. Maar als je hier wilt blijven, Henni, is dat heel aardig van je.’

‘Dat is toch logisch, tante Elvira. Ik laat grootmoeder nu niet alleen.’

Kitty zei niets. Ze voelde zich vreselijk verdrietig omdat haar moeder niet lang meer bij hen zou zijn, maar ze was niet in staat om voor de zieke vrouw te zorgen of zelfs maar naast haar te zitten als ze stierf. Misschien had ze het gekund als het een vreemdeling was geweest. Maar niet bij haar eigen moeder, die voor haar altijd een achtbaar persoon was geweest. Het was al erg genoeg om haar in deze staat te zien. Zo dun en gerimpeld. Het haar, dat ze altijd zorgvuldig had gekapt, lag in de war en grijs rond haar schedel. En haar neus – o god – de neus van haar moeder was heel dun en spits geworden.

‘Zal ze de nacht overleven, Tilly?’ vroeg ze zachtjes.

‘Dat kan. Maar jullie moeten erop voorbereid zijn dat het niet lang meer duurt.’

Kitty knikte en moest slikken omdat ze ineens een brok in haar keel had.

‘Dank je wel, Tilly,’ zei tante Elvira. ‘Het is echt een geluk dat je altijd voor haar zorgt. In deze tijden krijg je geen dokter aan huis.’

Tilly glimlachte vermoeid. Ze was constant op de been omdat

er in het hoofdziekenhuis talloze gewonden verzorgd moesten worden. Bovendien was het oostelijke deel van het gebouw ernstig beschadigd door de bommen en moesten operatiekamers en ziekenkamers deels naar de kelder worden verplaatst. Er was een tekort aan artsen omdat alle artsen die in staat waren de militaire dienst te vervullen inmiddels waren opgeroepen. Nu werd ineens overal geroepen hoe trots de Führer was op de vrouwelijke artsen die het werk van hun mannelijke collega's in de ziekenhuizen overnamen. Dat er talloze hobbels en obstakels voor Tilly's voeten waren gegooid op haar professionele pad leek vergeten. Maar ze klaagde niet. De stafartsen aan het front hadden het slechter, heel wat van haar collega's waren tijdens hun missie gesneuveld. Ze had Kitty een van Jonathans oudere veldpostbrieven laten zien waarin hij de tragische situatie van de stafartsen aan het front beschreef.

Elke avond richten we vlak achter de frontlinie ons veldhospitaal op. We zitten met onze kameraden bij elkaar en weten dat de volgende dag velen niet meer onder ons zullen zijn. Het Duitse front trekt zich steeds verder naar het westen terug, maar het bevel is dat elk dorp, elke heuvel en elke steen fel bestreden moet worden. Wat vandaag wordt veroverd, zal morgen verloren gaan. De arme mensen in de Russische dorpen zullen sterven in het geweervuur van onze Wehrmacht en degenen die ontsnappen zullen de volgende dag worden gedood door de oprukkende soldaten van het Rode Leger. Zinlozer kan een oorlog niet zijn. Gisteren wilde een collega zich ontfermen over een soldaat die op de grond lag, toen een kogel hem in de rug raakte. We konden hem niet meer helpen. De gewonden worden per vrachtwagen naar het achterland gebracht om in het lazaret behandeld te worden. Maar we weten heel goed dat sommige arme jongens het transport niet zullen overleven. De meesten van hen zijn jong, amper twintig jaar oud. Ze hadden nog zo veel plannen voor hun leven...

'Gisteren kreeg ik weer een brief van Jonathan,' vertelde Tilly aan Henni. 'Behalve alle vreselijke dingen die hij daar meemaakt, heb ik ook goed nieuws voor je. Stel je voor, hij is erin geslaagd om iets over Felix te weten te komen.'

Kitty zag dat Henni's ogen groot werden van angst. Ze had sinds het huwelijk bij volmacht geen veldpostbrief van Felix ontvangen, maar ze hoopte natuurlijk dat niet het ergste was gebeurd.

'Goed nieuws?' vroeg Henni bijna onhoorbaar.

'Het is in elk geval hoopgevend. Hij schrijft dat het ziekenhuis bij Königsberg nog op tijd geëvacueerd kon worden en dat Felix een van de zieken was die naar Stettin werden vervoerd. Dat was ongeveer twee weken geleden. Het is dus aan te nemen dat hij aan de beterende hand is.'

'Dan leefde hij op dat moment ten minste nog,' zei Henni toonloos. 'Dank je wel, tante Tilly. Als je oom Jonathan schrijft, vertel hem dan dat ik hem heel dankbaar ben. En dat ik hem het allerbeste wens...'

'Ach, Henni, lieverd!' riep Kitty, die het niet meer uithield van de pijn in haar hart. Ze nam Henni in haar armen en drukte haar dochter tegen zich aan. 'Je zult zien, hij gaat het redden. Alles komt goed, mijn meisje. Je zult nog aan mijn woorden denken!'

Henni onderging de knuffel in stilte, maar Kitty voelde dat ze niet tot haar dochter kon doordringen. Henni sprak met niemand over haar gevoelens en hield haar verlangen naar en verdriet om Felix voor zich. Kitty vroeg zich vaak af hoe ze Henni kon helpen als Felix niet uit de oorlog zou terugkeren. Hoe zou ze dat verwerken? Het meisje had een taak nodig om met haar situatie om te gaan. Zelf had ze een jonge dochter toen ze weduwe werd, wat haar enorm had geholpen. Maar Henni had geen kind om voor te zorgen en de fabriek waar ze zo hard voor had gewerkt was verwoest.

Kitty besloot er eens met Robert over te praten. Hij had altijd een goed idee.

Tilly liep naar de herenkamer waar Kitty met Robert logeerde. Gelukkig ging het al best goed met Robert, alleen zijn knie zorgde voor problemen. Die was nog steeds gezwollen en deed pijn als hij hem belastte. Tilly had hem een zalf voorgeschreven, maar dat hielp weinig. Nu probeerden ze het met bewegingsoefeningen.

Robert beweerde dat het elke dag beter ging.

'Auguste? Hanna?'

Het was een beproeving met het personeel in dit overvolle huis. Ze waren er nooit als je ze nodig had. Humbert leek er ook niet te zijn. Kitty klopte op de deur van Kurts kamer, waar Gertrude nu verbleef. Geen antwoord. Waarschijnlijk zat haar schoonmoeder weer bij de personeelsleden in de keuken om met mevrouw Brunnenmayer over recepten te kletsen. Zoiets zou in vroegere tijden ondenkbaar zijn geweest, toen had de familie niets te zoeken in de keuken. Maar de tijden waren nu eenmaal veranderd.

'Else? Waar zijn jullie allemaal?'

Beneden in de hal was niemand te zien en daarom besloot Kitty op de keukendeur te kloppen. Ze klopte twee keer, blijkbaar hoorde niemand haar. Ongelofelijk! Binnen klonk opgewonden gepraat.

'Jezus Maria, nu u het zegt, mevrouw!' hoorde ze Else uitroepen. 'Ja, natuurlijk! Dat is hem zeker!'

'Voorzichtig, Marek,' zei mevrouw Brunnenmayer. 'Leg hem op mijn bed. Hij is half bevroren!'

'Maar hij is heel vies, mevrouw Brunnenmayer,' klonk Liesls stem.

'Dat maakt nu niet uit. Hanna, sla de deken open. Wat sta je daar nu, Auguste? Ga een kop thee zetten!'

'Ik denk dat hij iets sterkers nodig heeft,' zei Gertrude. 'Een likeurtje of een goede cognac.'

'Een uitstekend idee, mevrouw Bräuer,' riep de kokkin. 'Er staat nog een half flesje kirsch in de voorraadkast.'

'Mijn hemel, kirsch!' zei Auguste denigrerend. 'Willen jullie de arme man vergiftigen?'

Wat deden ze daar? Kitty klopte harder en ineens werd het stil in de keuken.

'Doe de kamerdeur dicht,' fluisterde iemand. 'Hanna, kijk wie het is.'

Kitty hoorde voetstappen en daarna opende Humbert de keukendeur op een kier. Toen hij Kitty herkende, trok hij de deur helemaal open en Kitty zag dat hij erg opgelucht was.

'Mevrouw, neemt u me niet kwalijk dat ik niet op mijn plek ben. Er is iets gebeurd... Ik wilde het net aan de meneer melden, maar ik was er nog niet aan toegekomen...'

'Wat is er in hemelsnaam aan de hand?' vroeg Kitty boos. 'Ik heb een paar keer geroepen, maar niemand liet zich zien!'

'Wilt u alstublieft bij ons in de keuken komen...'

'In de keuken? Is dat echt nodig?'

'Ja, mevrouw... alstublieft, mevrouw.'

Hij stapte opzij om plaats voor haar te maken en Kitty ging de keuken binnen, waar het personeel haar gespannen aankeek. Auguste snelde naar haar toe en maakte de deur naast het fornuis open. Daarachter was de slaapkamer van de kokkin. Kitty zag eerst Marek en Hanna, die voor het bed van de kokkin stonden maar nu een stap opzij deden.

'We hebben hem in het park gevonden,' zei Marek. 'Hij was in een van de bomkraters gevallen en lag half in het water. Ik heb hem eruit getrokken...'

Kitty liep naar het bed en staarde vol afschuw naar de uitgemergelde persoon die daar in de kussens lag. Zijn gezicht was besmeurd met roet, zijn gescheurde kleren stonden stijf van het vuil en de sokken aan zijn voeten zaten vol gaten.

'Herken je hem niet?' hoorde ze Gertrude vragen, die achter haar was binnengekomen.

'Nee. Wie is dit?'

'Ik herkende hem ook slechts met moeite. Kijk naar de bril...'

Inderdaad, hij droeg een bril die hij met een touwtje om zijn nek had bevestigd om hem niet te verliezen. Een bril met ronde glazen, een goudkleurig montuur... Waar kende ze die van?

'Dit... dit is toch niet...' fluisterde Kitty. 'Nee, dit kan hem niet zijn... Of wel? Sebastian?'

De man op mevrouw Brunnenmayers bed opende zijn ogen en keek haar verbaasd aan. Hij was het! Dit was de dromerige, wereldvreemde blik van haar zwager Sebastian Winkler. Lisa's man was terug.

'Kitty!' fluisterde hij en hij glimlachte naar haar. 'Kitty, wat fijn om je te zien. Ik kwam hier alleen omdat ik me zorgen maakte over Lisa en Charlotte...'

Hij was hiernaartoe gekomen? Had Lisa niet verteld dat Sebastian ergens naartoe was gestuurd om dwangarbeid te verrichten?

'Sebastian?' zei ze zachtjes. 'Hoe is dit mogelijk? Waar kom je vandaan?'

Hij reageerde niet op haar vragen, maar bleef gelukzalig naar haar glimlachen. Ze vroeg zich af of hij misschien zijn verstand was verloren. Met alle vreselijke dingen die hem waren aangedaan, was dat heel goed mogelijk.

'Charlotte,' fluisterde hij. 'Leeft ze nog? En Lisa?'

'Jazeker,' zei Kitty op geruststellende toon. 'Het gaat goed met hen. Je hoeft je geen zorgen om hen te maken.'

Hij sloot even zijn ogen, alsof hij moest nadenken. Daarna keek hij weer naar haar op en mompelde: 'Ze zeiden dat de villa was geraakt. Toen vielen de bommen en liep ik door de stad naar de villa... Omdat het toch geen zin had om verder te leven als Charlotte en Lisa niet op mij wachtten...'

Kitty begreep niet helemaal wat hij haar probeerde uit te leggen. Ze keek vragend naar Marek, die met een ernstig gezicht naast het bed stond en naar de half uitgehongerde man keek. 'Volgens mij is hij gevlucht uit een van de dwangarbeiderskampen in de stad. Vandaag om twaalf uur, tijdens het bombardement,' zei hij.

Dat klonk logisch. Tegelijkertijd besefte Kitty dat Sebastian ongetwijfeld gezocht zou worden. Ze zouden erachter komen dat hij uit Augsburg kwam en in de villa had gewoond.

'Dat wilde ik alleen maar weten. Meer niet. Ik wil jullie niet tot last zijn,' zei Sebastian. 'Ik ga terug naar waar ik vandaan kwam.'

Dat leek Kitty absurd. Wie ging er nu vrijwillig terug naar een dwangarbeiderskamp? Alleen een dwaas.

'U moet onder geen beding teruggaan,' zei Marek. 'Ze schieten gevluchte dwangarbeiders neer.'

Sebastian richtte zich op om te gaan zitten en Kitty zag dat hij diverse wonden op zijn lichaam had.

'Maar nee,' zei hij tegen Marek. 'Als ik in alle rust naar het kamp ga, geven ze me hooguit een straf.'

Marek greep met zijn handen naar zijn hoofd om zo veel naïviteit. 'Ze zijn waarschijnlijk al naar u op zoek,' zei hij gespannen. 'Ze pakken u onderweg op en niemand gelooft dat u vrijwillig terug wilde keren!'

'Ik zal voorzichtig zijn.'

Kitty's gedachten raasden. Hemel! De Gestapo had de villa toch al op de lijst staan. Als ze hier een ontsnapte dwangarbeider ontdekten, was alles voorbij.

'We moeten hem verstoppen!' riep ze. 'Hij mag hier absoluut niet blijven liggen. Let op hem, ik haal mijn broer.'

Ze stormde de keuken uit. In de hal kwam ze Tilly tegen, die haar jas aantrok om naar huis te gaan.

'Waar is Edgar? Het wordt donker, ik wil niet...'

'Geen tijd!' riep Kitty en ze duwde haar opzij. 'Een ramp. De Gestapo zal hier zo zijn. Waar is Paul?'

Tilly staarde haar verward aan, maar reageerde prompt. 'In... in zijn kantoor. Wat is er aan de hand?'

Kitty rende zonder antwoord te geven de trap op en trok de deur van Pauls werkkamer open. Hij was niet alleen, Hilde Haller zat bij hem aan zijn bureau. Ze hadden duidelijk iets met elkaar besproken. Hemeltjelief. Dat mens zat constant achter haar broer aan.

'Kom gauw naar de keuken, Paul!' riep Kitty opgewonden. 'We moeten iets doen voordat de Gestapo komt.'

'De Gestapo? Waarom de Gestapo?'

'Schiet op! Het is een kwestie van minuten!'

Paul stond met tegenzin op. Hij leek Kitty niet erg serieus te nemen, want hij verontschuldigde zich bij Hilde Haller voor deze plotselinge overval.

'Wat is er aan de hand, Kitty?' vroeg hij in de gang geïrriteerd.

Kitty wist het kort te houden. 'Sebastian is terug. Weggelopen uit een kamp. Ze zullen zeker hier komen om hem te zoeken.'

'Wat?' fluisterde hij. 'Waar is hij?'

'In de keuken. We moeten hem ergens verstoppen.'

Ze renden de trap af naar de hal en haastten zich naar de keuken. Daar was Tilly inmiddels ook, die wilde weten wat er was gebeurd. Hanna kwam hun tegemoet met een hoopje vies, met bloed besmeurd beddengoed.

'In de wastobbe bij de andere ingeweekte lakens,' beval mevrouw Brunnenmayer vanaf haar troon. 'Doe het gebloemde beddengoed erop, Auguste.'

'Waar is hij?' vroeg Paul aan de kokkin. 'Kan hij lopen? We verstoppen hem op zolder...'

'Dat is niet nodig, meneer,' zei mevrouw Brunnenmayer kalm. 'Marek is met hem naar de paardenstal. Daar heeft hij een veilige schuilplaats.'

Paul veegde het zweet van zijn voorhoofd en zei dat hij hen allen oneindig dankbaar was. 'Het spijt me enorm dat jullie bij onze familiezaken betrokken raken.'

'We hebben ons altijd nauw met de familie Melzer en hun verwanten verbonden gevoeld,' zei Humbert waardig. 'Uw zorgen zijn onze zorgen en uw geluk is ons geluk.'

'Ik weet niet hoe ik jullie moet bedanken...'

'Ieder op zijn post, meneer,' zei mevrouw Brunnenmayer. 'En stil nu, Liesl komt met de kinderen en de hond uit het tuinhuisje. Geen woord. We weten van niets.'

Tilly besloot na enige aarzeling om met Edgar naar huis te gaan omdat ze niet wilde dat de jongen door de Gestapo ondervraagd en geïntimideerd zou worden. Kitty en Paul gingen naar de eerste verdieping en bespraken hoe ze zich moesten gedragen.

'Zeg geen woord tegen Lisa en de anderen,' zei Paul. 'Hoe minder ze weten, hoe beter. Ik praat met Hilde, zij zal zich zorgen maken.'

'Denk je nog weleens aan Marie?' vroeg Kitty boos.

'Wat is dat nu voor een vraag?'

'Je weet heel goed wat ik bedoel. Marie is je vrouw en ze houdt van je, Paul!'

'Daar hoeven we nu geen ruzie over te maken,' antwoordde hij nerveus. 'Ik zorg nu voor de dingen die nu belangrijk zijn.'

'Doe dat!'

Het werd avond en er gebeurde niets. Kitty had geen rust. Ze liep constant naar het raam en staarde in de duisternis om te zien of ze de koplampen van een auto op de oprijlaan zag. Dan dacht ze weer aan Marek en Sebastian, die het nu buiten in de paardenstal in de kou moesten uithouden. Misschien kwamen ze pas morgen om Sebastian te zoeken? Misschien ook helemaal niet? Tijdens het eten liet ze haar angst niet merken. Ze sprak rustig met Lisa en Henni over de toestand van de zieke Alicia, vroeg Gerti naar de kleine Herrmann, die een lichte verkoudheid had, en liet Charlotte uitleggen hoe ze twee brandweerslangen met elkaar moest verbinden, want het meisje werd nu ingezet bij de brandbestrijding.

Robert was de enige die haar spanning merkte. Hij legde troostend zijn hand op haar arm en ze voelde zich schuldig omdat ze ook hem niets over Sebastian had verteld. Hij dacht dat ze het moeilijk had omdat haar moeder op sterven lag.

'Het zal snel voorbij zijn, schat,' zei hij zacht. 'Dan is ze verlost en hoeft ze niet meer te lijden.'

De Gestapo arriveerde tegen twee uur 's nachts. Ze hadden de villa omsingeld en waren het park al met koplampen aan het doorzoeken. Toen Humbert voor hen opendeed, duwden ze hem ruw opzij en begon de gebruikelijke procedure.

Alle bewoners naar de hal!

Eerst wilden ze niet geloven dat er een stervende vrouw in het huis was. Ze drongen de slaapkamer van Alicia Melzer binnen, trokken de kasten open, klopten op de vloer om na te gaan of er holle plekken waren en keken zelfs onder haar bed. Lisa wond zich er vreselijk over op hoe ze konden denken dat haar arme man in de villa was. Ze had al twee jaar niets meer van hem gehoord, misschien leefde hij niet meer. De villa werd tot in alle hoeken en gaten uitgekamd, de personeelsleden werden verhoord en Liesl en Annemarie werden uit het tuinhuisje gehaald. Tot slot woelden ze een tijdje in het puin van de aanbouw rond. Omdat daar echter ook niets te vinden was, vertrokken de nachtelijke bezoekers teleurgesteld. Maar niet zonder eerst Paul met gevangenisstraf te bedreigen als hij zijn zwager verborgen zou houden.

'Gelukkig,' verzuchtte Kitty toen ze weg waren. 'Laten we even wachten en daarna vertellen we het aan Marek en Sebastian.'

'Sebastian?' vroeg Lisa. Haar ogen werden groot van verbijstering. 'Je wilt me toch niet zeggen dat hij...'

'Ja, hij is hier, Lisa,' zei Paul, terwijl hij zijn arm om zijn zus sloeg. 'Je moet nu heel sterk zijn.'

'Nee!'

Auguste moest koud water halen omdat Lisa bijna flauwviel. Charlotte wilde onmiddellijk naar de paardenstal rennen, maar Paul verbood het haar. 'Geen sprake van. Misschien houden ze ons in de gaten.'

'Maar hij vriest nog dood in de kou.'

'Marek heeft daar een schuilplaats, hij heeft er vast een paar dekens neergelegd. We kunnen beter wachten tot ze vanzelf met z'n tweeën in de villa terugkomen.'

Niemand in de villa deed die nacht een oog dicht. Ze zaten in de kamers bij elkaar en ook beneden in de keuken brandde het licht achter de verduisterde ramen. 's Ochtends viel Kitty in Roberts armen in slaap en in haar dromen werd ze nog steeds achtervolgd door de angst. Ze zag schimmige figuren in donkere jassen, die met bijlen door het park liepen en alle bomen omhakten. Toen ze badend in het zweet wakker werd, was Robert het bed uit gegaan en hinkend de gang in gelopen. Daar hoorde ze Lisa's hysterische gesnik.

'Hoe kun je ons dit aandoen? En wat zie je eruit? Als een haveloze zwerver...'

'Hou op mijn vader te beledigen!' siste Charlotte. 'Hij is ziek en moet verzorgd worden. Papa, kom met ons mee naar onze kamer. Je moet gaan liggen, ik breng je iets te eten...'

'Ik wil jullie niet tot last zijn,' hoorde ze Sebastian stamelen.

'Dat doe je niet, papa. Ik ben zo blij dat je er weer bent...'

Kitty stond slaapdronken op. Dus nu was het gebeurd, Lisa had haar man terug en Charlotte haar vader. De vraag was alleen hoelang deze hereniging kon duren. De Gestapo zou waarschijnlijk terugkomen.

Toen ze in de gang kwam, was Charlotte al met Sebastian naar Pauls echtelijke slaapkamer gegaan. Lisa was verbijsterd en in tranen blijven staan en Paul en Robert ontfermden zich over haar. Gerti en Hilde Haller waren ook hun kamers uit gekomen en volgden bezorgd de gebeurtenissen.

'Charlotte is toch naar de stal gegaan,' vertelde Robert. 'Toen ze haar vader riep, ging er een luik in de houten vloer open, waaronder Marek een kuil heeft gegraven die hij met dekens heeft bekleed. Sebastian lag er de hele tijd in en durfde er niet uit te komen. Pas toen hij de stem van zijn dochter hoorde, tilde hij de plaat op...'

‘En waar is Marek?’ wilde Kitty weten.

‘Hij zal beneden in de keuken zijn.’

Maar Marek was niet in de keuken. Sebastian wist ook niet waar hij naartoe was gegaan. De kuil was smal en bood maar ruimte voor één persoon.

26

Maart 1945

‘Vermist wil niet meteen zeggen dat het ergste is gebeurd,’ zei Lilly. ‘Misschien is hij wel gevangengenomen.’

‘Vast...’ antwoordde Dodo kort.

Ze waren nog steeds bij elkaar en deelden samen een kamer. Door het constante levensgevaar en alle verschrikkingen die met de nieuwe taak gepaard gingen, waren de twee jonge vrouwen nader tot elkaar gekomen. Ze vertelden elkaar over hun missies, praatten over hun familie en vrienden, en probeerden elkaar te troosten als er slecht nieuws was. Lilly’s verloofde was al een aantal weken vermist in Roemenië en een paar dagen geleden had Dodo vernomen dat Ditmar Wedel niet was teruggekeerd van een missie in Normandië.

‘Ze nemen vaak soldaten in krijgsgevangenschap,’ legde Lilly uit. ‘En de Engelsen en Amerikanen behandelen hun krijgsgevangenen fatsoenlijk, dat is bekend.’

‘Maar als hij in handen van de Fransen is gevallen...’ zei Dodo zachtjes. ‘Dan gaat het niet goed met hem.’

‘Denk er niet over na, Dodo,’ antwoordde Lilly. ‘We kunnen het toch niet veranderen, we kunnen alleen maar hopen. Weet je, ik denk altijd dat Norbert misschien Hongarije heeft gehaald en dat uitgerekend ik hem met een vliegtuig moet evacueren.’

‘Dat zou een enorm toeval zijn,’ zei Dodo met een glimlach.

'Dat soort dingen gebeuren,' zei Lilly. 'Dat is de voorzienigheid, Dodo. Ik ben ervan overtuigd dat God hem gespaard heeft en dat we elkaar na de oorlog weer zullen zien.'

Misschien heeft ze gelijk, dacht Dodo. Je moet ergens in geloven, anders word je gek in deze ellende. Als je nergens meer in gelooft en nergens meer op hoopt, word je krankzinnig.

Ze waren nu in Hörsching gestationeerd, ten westen van Linz, om gewonde Duitse soldaten uit Hongarije te evacueren. Ook dit werk was gevaarlijk, omdat de vliegtuigen van het Rode Leger luchtsoevereiniteit hadden en niet aarzelden om op de Duitse reddingsvliegtuigen te schieten. Op haar laatste vlucht was Lilly alleen met veel geluk aan een crash ontsnapt. De soldaten van het Rode Leger hadden door een vleugel van haar Junker-vliegtuig geschoten.

Lilly mocht een dag rusten. Vandaag kwam Dodo vroeg in de ochtend in actie. 'Veel succes, meisje,' zei Lilly tegen haar terwijl Dodo een broek en jas aantrok. 'Tot vanavond. Er is een speciaal rantsoen: worstjes met spek en de gebruikelijke pure chocolade.'

Dodo had geen trek in dat soort lekkernijen. Haar maag was al een tijdje van streek. Ze had al moeite om 's ochtends de moutkoffie en het brood met margarine naar binnen te werken.

'Slaap uit, Lilly. Tot vanavond en hou je taai!'

Ze omhelsden elkaar en Dodo voelde dat haar vriendin haar stevig tegen zich aan drukte. Je wist nooit of je elkaar weerzag. Maar als je afscheid nam, deed je altijd alsof dat vanzelfsprekend was. *Ik niet. Ik kan het. Het is een kleinigheid. Een lachertje!*

Ze hadden drie vliegtuigen getankt die achter elkaar zouden opstijgen omdat het veiliger was om niet in formatie te vliegen. Dodo meldde bij de verantwoordelijke officier dat ze klaar was om te vliegen en hield toezicht op het tanken, wat altijd een beetje lastig was met de Bf 109 omdat je moest opletten dat alle tanks volliepen. Als een van de tanks leeg bleef, kon dat op de terugvlucht fataal zijn.

'Goede vlucht!' riep de mecanicien terwijl ze de canopy van de cockpit sloot. Wilhelm was een aardige jongen en had de tanks perfect gevuld. Ze mocht hem wel. Ze grijnsde naar hem en startte de motor. De propeller sputterde, stopte twee keer en kwam pas bij de derde poging op gang. Dodo accepteerde het gelaten. Er waren altijd onvoorziene problemen. Je moest kalm blijven en improviseren. Daarmee had ze het altijd gered.

Het opstijgen was routine, ze kende de handelingen. Vandaag moest ze een half rondje om het vliegveld draaien omdat de wind van de verkeerde kant kwam. Na de vele missies kende ze de route ook vrij goed. Alleen bij slecht weer of mist, als ze een tijdje blind moest vliegen, was het kritiek. Vandaag beloofde het een heldere dag te worden, wat aan de ene kant prettig was, maar aan de andere kant moest ze oppassen voor Russische vliegtuigen. Ze volgde de loop van de Donau naar Wenen. Daarna vloog ze verder in zuidoostelijke richting totdat het Neusiedlermeer in zicht kwam. Het laatste stuk was het onaangenaamst omdat het lastig was om zich te oriënteren. Bovendien nam de kans dat ze door vijandelijke vliegtuigen werd opgemerkt toe naarmate ze verder naar het oosten vloog. Het vliegveld waar ze naartoe ging was een militair vliegveld van de Wehrmacht in Taszár, ten zuiden van het Balatonmeer.

Het was de vraag hoelang deze missies nog mogelijk zouden zijn. Ook in Hongarije was de situatie van de Wehrmacht nu hopeloos. Het land dat aanvankelijk een bondgenootschap met Hitler had gesloten, was vorig jaar overgelopen naar de Russen. Toen had de Wehrmacht Hongarije bezet en het wapenbroederschap afgedwongen. Nu rukte het Rode Leger genadeloos op naar Hongarije. Pas in februari was Boedapest na een lange belegering gevallen. Er waren bloedige gevechten gemeld en vooral de burgerbevolking moest gruwelijke gebeurtenissen hebben meegemaakt. Nog steeds vocht een restant van de Duitse Wehrmacht tegen het naderende Russische front. Hitler had troepen uit het westen teruggetrokken om te voorkomen dat de oliegebieden en brandstofdepots op het Balatonmeer in Russische handen zouden vallen, maar als je de gewonde soldaten die ze terugvloog moest geloven, was ook deze laatste, wanhopige opmars van de Wehrmacht allang mislukt. Het Rode Leger was goed uitgerust en in aantallen superieur, terwijl de Wehrmacht zonder voorraden zat, de tanks achtergelaten moesten worden omdat er geen benzine meer was en de soldaten tot hun heupen in de modder marcheerden.

Was het maar al voorbij, dacht Dodo, terwijl ze de instrumenten controleerde en herhaaldelijk de lucht scande op Russische vliegtuigen. Alles is toch al verloren, waarom stuurt hij de arme jongens nog de dood in? De enkele mannen die ze met hun vluchten konden redden waren slechts een fractie van de verslagen Wehrmachteenheden, van wie de meeste soldaten ofwel in de bossen zouden verhongeren of in Russische gevangenschap zouden belanden.

Vandaag had ze geluk. De Bf 109 vloog perfect, ze werd niet gestoord door vijandelijke vliegtuigen en landde veilig op haar bestemming. De militaire luchthaven in Taszár had een betonnen landingsbaan, waar de Bf 109 helemaal niet van hield. Het toestel startte en landde beter op gras. Dodo kende het probleem en liet het toestel langzaam dalen. Het kritieke moment kwam toen de wielen op de grond kwamen. Daarbij hadden al talloze collega's een crash veroorzaakt.

Er werd reikhalzend naar haar uitgekeken. Er renden mensen naar haar toe en ze zag meteen dat het bijna alleen gewonden waren. De laatste tijd verloren de gestationeerde troepen de controle en verliep het instappen niet meer ordelijk. Als een van de reddingsvliegtuigen landde, renden de gewonde soldaten ook zonder toestemming de landingsbaan op. Ze duwden elkaar opzij en iedereen probeerde wanhopig een plekje in het kleine toestel te bemachtigen. Het was tragisch omdat ze er maar een paar mee kon nemen. De opzichters die uiteindelijk aan kwamen rennen moesten enkele van de arme jongens met geweld uit het vliegtuig slepen. De scènes die zich afspeelden waren hartverscheurend en achtervolgden haar in haar dromen.

'Er komen nog twee vliegtuigen aan,' riep ze in de chaos die ook dit keer rond het vliegtuig was uitgebroken. 'Ik kan hooguit vijf mensen meenemen.'

Dat waren eigenlijk twee mensen te veel, maar in deze extreme noodsituatie was ze bereid om het uiterste te riskeren en tot nu toe had ze alle passagiers veilig naar Hörsching gevlogen.

De militairen moesten een paar mannen die zich aan het landingsgestel hadden vastgeklampt met geweerkolven slaan zodat ze loslieten. Dodo klom op haar pilotenstoel, die nog net vrij was naast de twee gewonden die zich in de stoel ernaast hadden geperst. Achterin zaten vier mannen. Ze had vandaag drie mensen te veel aan boord. Eigenlijk had ze niet mogen starten, maar ze kon het niet over haar hart verkrijgen om nog een wanhopige, gewonde man aan de slaande militairen over te laten.

'Schuif eens wat dichter bij elkaar,' zei ze zo vriendelijk mogelijk. 'Ik moet bij de instrumenten kunnen. Of willen jullie dat we neerstorten?'

'We zijn zo dun als haringen,' grapte een van de jonge soldaten. 'Samen wegen we hooguit zo veel als drie goed gevoede Russen met machinegeweren.'

Het waren allemaal mannen die geen levensbedreigende verwondingen hadden opgelopen, maar alleen een tijdje niet konden vechten en nog wel in het lazaret konden herstellen. De anderen hadden sowieso geen kans om met het vliegtuig geëvacueerd te worden. Men liet ze sterven. Van de jongeman naast Dodo waren beide handen bevroren waardoor hij geen geweer meer kon afvuren. Zijn kameraad naast hem had een schot in zijn arm gehad en achter hem zat een jongen met een verband om zijn hoofd. Wat er met de rest aan de hand was, kon ze niet zien. Iedereen was nu in een opgewekte stemming en vol hoop omdat ze erin waren geslaagd om aan boord van het vliegtuig te komen. Grove grappen vlogen heen en weer, sommigen lachten, anderen wezen naar de jonge pilote, die ze de meest schuine moppen toch moesten besparen.

'Geen probleem,' zei Dodo. 'Ik kan veel hebben. Bovendien maken de motoren zo meteen zo veel lawaai dat je je eigen woorden niet meer kunt verstaan.'

De vlucht was extreem gevaarlijk, omdat ze hier in de vlakte al hoogte moest winnen, want achter Wenen steeg het terrein en zou ze het toestel met dit overgewicht niet meer kunnen optrekken. Om veiligheidsredenen laag aan de grond vliegen was dus niet mogelijk. Tot aan het Neusiedlermeer ging alles goed. Ze zagen een Junker onder zich, dat was haar collega die op weg was naar Taszár om ook gewonden te evacueren. Vlak voor Wenen kwamen er vijf Russische Jak-3's, maar die wendden zich al snel af en waren niet geïnteresseerd in de kleine Bf 109. Het zweet brak Dodo uit. Met het overgewicht zou ze nauwelijks hebben kunnen profiteren van de hogere snelheid van haar vliegtuig. De gezichten van de mannen waren bleek geworden. Iedereen had het dreigende gevaar opgemerkt en was opgelucht dat de jonge pilote kalm bleef.

Ze landde weer eens op een bijna lege tank omdat ze in Taszár slechts een beetje brandstof hadden bijgetankt. Maar de vreugde van de mannen die haar een voor een de hand schudden toen ze uit de cabine klommen was zo hartverwarmend dat ze blij was dat ze deze vlucht had gewaagd.

Later, toen ze van de missie verslag uitbracht, kreeg ze een flinke uitbrander van de commandant. 'Bent u gek geworden? U hebt roekeloos het leven van mensen en het toestel op het spel gezet. Wat haalde u zich in het hoofd?'

'Ik ken de Bf 109 en weet wat ik van haar kan verwachten,' antwoordde ze koppig.

Tot haar verbazing accepteerde hij haar zelfverzekerde antwoord en hij wendde zich hoofdschuddend af. Dodo bracht de avond door met Lilly, die tot de middag had geslapen en niet kon begrijpen dat Dodo geen trek had in worstjes met spek en alleen de chocolade in haar tas stopte om later op te eten.

'Je zult helemaal vermageren,' verzuchtte Lilly toen ze gingen slapen. 'Je ziet er nu al uit als een jongen.'

Dodo hoorde de vermaning amper nog. Ze was doodmoe en viel meteen in een diepe slaap.

's Ochtends schrok ze wakker van een harde klap. Lilly maakte zich klaar voor haar missie en had per ongeluk een stoel omvergestoten.

'Sorry,' zei ze. 'Slaap maar verder. We zien elkaar vanavond.'

'Goede vlucht!'

Een snelle knuffel en weg was haar vriendin. Dodo voelde zich goed uitgerust en kleedde zich aan. Toen ze naar de kantine liep, zag ze Lilly in haar Junker opstijgen.

'Juffrouw Melzer!' hoorde ze op dat moment de stem van de commandant. 'We hebben vandaag een speciale missie voor u.'

Ze vond het niet erg. Het was beter om hulp te bieden dan hier nutteloos rond te hangen en te piekeren.

De commandant werd vergezeld door een man in een licht pak, die Dodo hier nog nooit had gezien. Hij was van gemiddelde lengte en waarschijnlijk rond de veertig. Hij had elegante gelaatstrekken maar een koele blik in zijn kleine grijze ogen.

'Dit is de pilote over wie ik je vertelde,' zei de commandant tegen zijn metgezel.

De man in het lichte pak liet merken dat hij charmant kon zijn en graag grapjes maakte. Hij gaf Dodo glimlachend een hand. 'Aangenaam, juffrouw Melzer. Ik ben Arnold Schmidt. Ik kreeg het advies om me aan uw vliegkunsten toe te vertrouwen.'

Dodo voelde een stevige handdruk. Ze beantwoordde zijn glimlach niet.

'Ik begrijp het niet helemaal...'

'Ik heb u aanbevolen bij de heer Schmidt omdat u onze beste pilote bent, juffrouw Melzer,' zei de commandant. 'U gaat hem naar Berlijn vliegen.'

Wat was dit nou weer? Ze was hier om gewonde soldaten uit de gevarenzone te halen, niet om als taxi naar Berlijn te dienen voor deze gladde kerel. En het feit dat ze hier de beste pilote was, hoorde ze nu ook voor het eerst.

'Gaat u rustig ontbijten. Het toestel wordt nu klaargemaakt en getankt. Tussenstop in Leipzig, dan door naar Berlijn. Vertrek over iets minder dan een uur.'

'Maar... Ik heb vandaag eigenlijk...'

'Nog vragen?' vroeg hij streng.

Tegenspraak was niet mogelijk. Ze was in militaire dienst en moest gehoorzamen.

'Nee,' zei ze boos en ze liep weg in de richting van de kantine. Daar ging ze bij haar collega's Wilhelm en Harald aan tafel zitten en probeerde een broodje met jam naar binnen te werken.

'Hebben jullie die man weleens gezien?' vroeg ze aan Harald.

'Ik heb hem gisteren uit Hongarije gevlogen,' zei hij. 'Hij schijnt een hoge pief te zijn. Hij sleept een aktetas met zich mee. Doet heel joviaal, maar hij is zo sluw als een vos.'

'Pas alsjeblieft goed op jezelf, meisje,' waarschuwde Wilhelm ongerust.

'Ik ben niet bang voor hem,' bromde Dodo.

Haar passagier stond al klaar toen ze naar haar Emil liep. Hij klom in zijn stoel en volgde ongeduldig Dodo's controlegang rond het vliegtuig.

'Dit is de eerste keer dat ik met een vrouwelijke piloot vlieg,' zei hij opgewekt toen ze de canopy van de cockpit sloot. 'Ik ben heel benieuwd. Onze Duitse meiden zijn immers behoorlijk succesvol in de kunstvliegerij, nietwaar?'

'Mijn collega's en ik vliegen al maanden missies voor de Wehrmacht,' reageerde ze kortaangebonden. Ze controleerde de instrumenten en startte de motor. Daarmee was het gesprek godzijdank meteen ten einde, want hij zou moeten schreeuwen om boven het motorgeluid uit te komen.

Het weer was onstabiel. Vooral de wind maakte het haar lastig. Ze moest bij het opstijgen flink haar pedalen gebruiken. Verder naar het noorden pakten zware wolken zich samen, hopelijk kwam er geen onweer opzetten. Na bijna twee uur bereikte ze Leipzig en de landing op de geïmproviseerde landingsbaan lukte perfect.

De rest van de vlucht verliep probleemloos, want de wind was gaan liggen en de lucht was opgeklaard. Er waren geen vijandelijke vliegtuigen in zicht. Ze zag een wijde vlakte onder zich, waarvan het geometrische patroon van talloze velden en weiden werd onderbroken door donkere dennenbossen en groenachtige meren. Daarna kwamen de eerste uitlopers van de hoofdstad in zicht en ze zag dat Berlijn ook flinke schade had opgelopen door bombardementen.

'Ziet u die hoeve daarbeneden?' schreeuwde Arnold Schmidt plotseling in haar oor.

Zijn uitgestrekte arm wees naar een bakstenen gebouw dat omringd was door verschillende bijgebouwen. Een Brandenburgs landgoed.

'Wat is daarmee?' riep ze terug.

'Daalt u naar die weide daarbeneden!'

'Waarom?'

'Ik moet daar iets doen.'

Nou, geweldig. Ze was niet alleen zijn taxi naar Berlijn, ze mocht hem ook naar andere plekken vliegen waar hij 'iets moest doen'.

'Dat was niet gepland!' stribbelde ze tegen.

'Gaat u nu maar naar beneden. Het zal niet in uw nadeel zijn. Ik zal u zeer erkentelijk zijn, juffrouw Melzer.'

Daar hechtte ze totaal geen waarde aan, maar blijkbaar had ze geen andere keuze dan op een van de weilanden rond het landgoed te landen. In elk geval waren ze hier veiliger voor vijandelijke jagers of bommenwerpers dan in de hoofdstad.

'Uitstekend,' zei hij nadat hij met zijn aktetas uit het vliegtuig was geklommen. 'We gaan naar het hoofdgebouw. Terwijl ik daar een gesprek heb, zullen ze u goed te eten en te drinken geven.'

Ook daar gaf ze eigenlijk niets om, want ze had nog steeds last van haar maag. Zwijgend liep ze achter hem aan door de vochtige weide en daarna over een zanderige veldweg naar het landhuis. Hij vloekte omdat de onderkant van zijn broekspijpen nat werd en er zand in zijn schoenen kwam.

In het landhuis werden ze al verwacht. Een jonge, mollige meid met een wit schort voor opende de voordeur en maakte blozend een knicksje voor Arnold Schmidt, die haar aansprak met de naam Linchen en haar complimenteerde. Zo'n type is hij dus, dacht Dodo. Een donjuan die zichzelf onweerstaanbaar vindt.

'De mevrouw wacht boven op u.'

'Mooi, mooi. Mijn jonge metgezel heeft een stevig middagmaal nodig,' zei hij onverschillig. Daarna liet hij Dodo achter in de sombere hal en liep de trap op.

'Als u mij alstublieft zou willen volgen...' Een oudere man in donkere kleding en met een dienblad in zijn hand was de hal binnengekomen. Waarschijnlijk was hij de huisknecht. Ze liepen de trap op naar een kamer die blijkbaar dienstdeed als eetkamer, want er stond een lange eikenhouten tafel waar ouderwetse stoelen met hoge rugleuningen met houtsnijwerk omheen stonden. De landgoedeigenaresse moest een grote familie hebben, want Dodo telde meer dan dertig stoelen en tegen de muren stonden er nog meer.

Aan het hoofd van deze enorme tafel kreeg ze een maal geserveerd waar ze op een ander moment ontzettend blij mee zou zijn geweest: vers brood, vette paté, ham, boter en allerlei soorten jam. Bovendien een kan met echte bonenkoffie. Onvoorstelbaar! Overal in Duitsland stierven mensen van de honger en hier genoten ze van vet, vlees en boter!

‘Laat het u smaken,’ zei de bediende vriendelijk tegen haar. ‘U kunt wel wat spek op uw ribben gebruiken.’

Daarna liet hij haar alleen met al die lekkernijen. Verbijsterd zat ze voor het overvloedige voedsel dat haar maag zeker niet zou verdragen. Ze at wat brood met boter en belegde er nog een dik met paté en ham om mee te nemen voor Lilly.

Ze bedacht dat het misschien beter was om naar haar Emil te kijken. Niet dat de dorpelingen iets met haar vliegtuig zouden uithalen. Helaas keken de ramen van de eetkamer uit op het zuidwesten. Ze kon haar vliegtuig vanaf hier niet zien, omdat de weide waarop ze was geland aan de oostkant lag. Maar er moesten nog meer ramen in dit huis zijn.

In de gang was niemand te bekennen. Ze liep langs verschillende deuren en besloot de derde deur aan de rechterkant te proberen. Daarachter was een kleine kamer met een open haard. Vanaf de muren staarden opgezette dierenkoppen haar uit glazen ogen aan en talloze geweien getuigden van het jachtplezier van de lokale landheren. Een van de ramen stond open, wellicht om de muffe kamer te ventileren. Dodo duwde het raam iets verder open en zag tot haar vreugde haar goede Emil, die eenzaam op de weide stond en op haar wachtte. Niet ver van het vliegtuig stonden een paar zwart-witte koeien bij elkaar, maar ze hielden zorgvuldig afstand van de grote tinnen vogel en graasden aan de eerste groene sprieten.

‘Je bent gek, schat,’ hoorde ze ineens een vrouwenstem zeggen. ‘Heb je niet door waar het op uitloopt? Over een paar weken is het over en uit.’

Dodo bleef verbaasd bij het raam staan en luisterde. De stem kwam van boven. Misschien stond er in een van de bovenkamers een raam open.

‘Bevel is bevel, Marga,’ zei een mannenstem. ‘Ik heb het bevel om deze papieren naar de Führerbunker te brengen. Je weet wat het betekent als ik daar niet aankom.’

Dat was de man die zich Arnold Schmidt noemde. Ze had het dus goed geraden – hij was onderweg voor een geheime missie. En zoals het leek, was hij zeer vertrouwelijk met de dame van het landgoed, want daarboven waren vast de slaapkamers. Was ze zijn vrouw? Zijn minnares?

'Je hebt het nog steeds niet begrepen, schat,' zei de vrouw. 'Over een paar weken keert de situatie zich. Dan zullen de Russen in Berlijn zijn en de geallieerden zullen niet lang meer op zich laten wachten. Wil je in hun handen vallen? In jouw functie? Wat denk je dat er met je gebeurt als ze deze lijsten vinden?'

'Er is geen uitweg, Marga. We hebben onze plicht gedaan en Hongarije gezuiverd van de Joden. Deze lijsten horen in de handen van de Führer.'

'En hiervoor worden jullie afgeslacht door de Russen!'

Het werd stil boven. Dodo's hoofd gonsde. De charmante donjuan was in werkelijkheid een van de Gestapo-officieren die belast was met de Jodenvervolging in Hongarije. Vanuit dat land waren duizenden mensen naar Auschwitz en Theresienstadt gedeporteerd.

Wat een walgelijke kerel, dacht Dodo huiverend. Hij heeft geen idee dat de pilote aan wie hij zijn leven heeft toevertrouwd half Joods is.

'Wat stel je voor, Marga?' hoorde ze zijn stem weer.

'Heel simpel. Je krijgt van mij andere kleding, geld en een adres waar je veilig bent. Officieel ben je neergestort en met het vliegtuig verbrand...'

'Daarvoor zou het vliegtuig over de veldweg getrokken moeten worden, zodat het niet te dicht bij het landgoed staat. Dan moet er benzine overheen worden gegoten en moet het tot ontploffing worden gebracht. Het liefst vanavond, zodat het personeel geen argwaan krijgt.'

'Maak je geen zorgen, ik kan op mijn mensen vertrouwen.'

'Maar wat doen we met het meisje?'

'Daar vinden we wel een oplossing voor...'

Dodo stond bij het raam en dacht dat ze droomde. Was dit een spelletje? Voerden ze een toneelstuk op? Daar stond het grijze vliegtuig op het groene veld, de zwart-witte koeien plukten grasjes, het vriendelijke lentezonnetje scheen over het rustige landschap. Een beeld van stilte en vrede. Toen voelde ze plotseling de starre blikken van de glazen dierenogen in haar rug en ze raakte in paniek.

Daar vinden we wel een oplossing voor...

Ze moest zo gauw mogelijk weg hier!

Ze liep snel de kamer uit en de trap af naar de hal, duwde de zware houten voordeur open en rende over de onverharde weg naar de weide. Wegwezen hier! Gauw in het brave vliegtuig klimmen, de cockpit sluiten, snel de instrumenten controleren en de motor starten.

De motor startte pas bij de tweede poging. Bij het landhuis was iemand naar buiten gekomen, die met zijn armen zwaaide om haar duidelijk te maken dat ze terug moest komen.

Laat me nu niet in de steek, smeekte ze haar Bf 109. Het gaat om ons allebei. Doe je best, anders is het afgelopen met ons!

De propeller sputterde maar begon toen te draaien. Ze liet de Emil rustig over het weiland rollen, draaide in de richting van de wind en gaf pas vol gas toen ze voelde dat de staart van het vliegtuig omhoogging. De koeien stoven verbijsterd uiteen en het toestel hobbelde en schokte vreselijk omdat een ijverige mol de weide had bedekt met kleine bergjes. Ze slaagde er op het nippertje in om het vliegtuig vlak voor het nabijgelegen dennenbos op te trekken, vloog in een lus en draaide in zuidoostelijke richting.

Dit kan toch allemaal niet waar zijn, dacht ze toen ze naar Leipzig vloog. Ik heb het me gewoon ingebeeld. En ik heb ook nog het broodje voor Lilly laten liggen. Waarom heb ik me zo bang laten maken? Er is vast een logische verklaring voor wat ik heb gehoord.

Een paar uur later landde ze in Hörsching en rapporteerde ze aan de officier dat ze haar taak had uitgevoerd. Er werden haar verder geen vragen gesteld. En in de paar weken dat ze hier nog diende werd haar passagier Arnold Schmidt niet meer genoemd.

27

April 1945

Alicia Melzer sloot op 20 februari voorgoed haar ogen. Hoewel de dood van zijn moeder Paul erg aangreep, was hij opgelucht dat ze zo vredig was ingeslapen. Het was moeilijk voor hem geweest om haar in deze droevige toestand te zien. Hij had slechts af en toe aan haar bed gezeten en had meestal een reden gevonden om zich als zoon aan deze plicht te onttrekken. Hij moest voor zichzelf toegeven dat zijn zus Lisa en vooral zijn nichtje Henni sterker waren geweest dan hij. Zij hadden om de beurt bij de stervende gewaakt en ook Hanna en Auguste hadden het zich niet laten ontnemen om de voormalige eigenaresse van de villa tijdens haar einde bij te staan.

'Zieken verplegen is nu eenmaal een vrouwenzaak,' had Hilde Haller troostend gezegd toen hij aan haar bekende dat hij zich schuldig voelde. 'Ik denk dat je altijd het beste voor je moeder hebt gewild en gedaan. Ze kon zich geen betere zoon wensen dan jij.'

De gesprekken 's avonds met Hilde waren een vast ritueel geworden. Meestal spraken ze elkaar in de kamer van Hilde, omdat alle andere kamers bezet waren en ze graag alleen wilden zijn. Ze woonde in Leo's oude kamer en deed haar best om er zo min mogelijk aan te veranderen. De piano, die er jarenlang ongebruikt stond, stofte ze persoonlijk af, maar ze had er nog nooit op durven spelen. Ze schroomde ook om de bibliotheek te betreden, omdat Henni daar meestal was. Daarom zocht Paul geschikte boeken voor haar uit en nam hij die mee als hij 's avonds naar haar toe ging.

Het onvermijdelijke was gebeurd. Hij had jarenlang als een monnik geleefd en was aan Hilde gehecht geraakt, zij was al sinds een hele tijd verliefd op hem en ze waren gezwicht voor de verleiding. Ze deden het als in een roes en met hartstochtelijke begeerte. Na afloop hielden ze zich nog lang aan elkaar vast en pas als Paul door de donkere, lege gang terug naar zijn kamer liep, kreeg hij het ongemakkelijke gevoel dat hij iets verkeerds, misschien zelfs tragisch had gedaan. Hij wist dat Hilde ook geplaagd werd door zulke gedachten en probeerde telkens haar twijfels weg te nemen.

'Mijn vrouw heeft me verlaten, Hilde. Tegen mijn uitdrukkelijke wil in is ze destijds vertrokken. Ik ben nu negen jaar alleen...'

'Dat weet ik,' zei ze, terwijl ze haar ogen neersloeg. 'En toch is het niet juist wat we doen. Ik hou van je, Paul. Maar ik wil niet de plek van iemand anders inpikken.'

'Als deze ellendige oorlog eindelijk voorbij is, zal ik de scheiding aanvragen. Dan kunnen wij tweeën trouwen. Natuurlijk alleen als je me wilt...'

'O, Paul... hoe ga je dit aan je kinderen uitleggen?'

'Ze zullen mijn beslissing begrijpen.'

Hij meende het oprecht. Hij was vastbesloten om deze stap te zetten. Al moest hij voor zichzelf toegeven dat Marie nog steeds een groot deel van zijn gedachten domineerde. Hoezeer hij ook probeerde haar van zich af te zetten en zich te bevrijden van deze verloren liefde, het lukte hem niet. In zijn dromen was ze dicht bij hem. Dan voelde hij weer het verlangen naar haar en soms dacht hij zelfs aan haar terwijl hij met Hilde sliep. Het maakte hem boos, maar hij hield zichzelf voor dat deze onzinnige afhankelijkheid na verloop van tijd voorbij zou gaan en dat het gewoon door hun lange, gemeenschappelijke verleden kwam. Dit jaar waren ze immers al dertig jaar getrouwd.

Des te meer moeite deed hij nu om zijn beslissing aan zijn familie uit te leggen, want hij ergerde zich eraan dat Hilde niet in de familie werd opgenomen. Ze deden zelfs onvriendelijk tegen haar en gaven haar bij elke gelegenheid het gevoel dat ze niet welkom was in de villa. Hij had er een kort gesprek over gehad met Lisa, die niet blij was geweest met dit nieuws, maar het wel had geaccepteerd. Maar Lisa was de gemakkelijkste geweest, want zij was volledig bezig met de teruggekeerde Sebastian, die nu bij haar in Pauls echtelijke slaapkamer woonde en dankzij de liefdevolle zorg van zijn vrouw en dochter weer op de been was. Samen met Humbert had hij in de kledingkast een schuilplaats ingericht en Paul had geholpen met het plaatsen van de tweede achterwand. Of Sebastian hiermee zou kunnen voorkomen dat hij tijdens een huiszoeking gevonden zou worden, was niet helemaal zeker, maar tot hun opluchting was de Gestapo nog niet teruggekomen.

Uiteindelijk greep Paul de begrafenis van zijn moeder aan als een gelegenheid om de rest van de familie duidelijk te maken hoe zijn relatie met Hilde ervoor stond.

Hilde was tijdens de plechtigheid bij Gerti gaan staan, die ook een buitenstaandersrol in de villa had, maar toen Paul naar het graf liep om een kort gebed op te zeggen en wat aarde op de kist te werpen, pakte hij Hilde stevig bij de hand. Zo stond ze naast hem toen hij voor het laatst afscheid van zijn moeder nam en iedereen op de begraafplaats kon zien dat Hilde Haller bij hem hoorde. Het werd in stilte geregistreerd. Pas op de terugweg naar de villa, waar vanwege de oorlog slechts een klein hapje voor de gasten was bereid, hoorde hij dat er over hen werd gefluisterd.

'Ze zat altijd in de voorkamer... Geen wonder dat ze de directeur heeft ingepikt...'

'Dan is hij zeker van de Jodin gescheiden...'

'De arme kinderen!'

'Och, die zijn volwassen. Leo is met Marie Melzer naar Amerika gegaan...'

'Maar eerlijk gezegd vond ik Marie Melzer leuker. Ook al is ze Joods. Ze had meer waardigheid.'

'Als Haller eenmaal de vrouw van de directeur is, krijgt ze vanzelf een waardigere houding...'

'Directeur van wat? De fabriek ligt in puin. Het is niks meer met "meneer de directeur". Over en uit. Die moeten nu ook zien waar ze blijven.'

'Na de eindoverwinning zullen ze de fabriek herbouwen!'

'Was die eindzege er maar!'

'Het is bijna zover. De Führer wil zijn enorme legers naar Rusland laten trekken. En vergeet niet dat wij de V2 hebben!'

'Het wonderwapen. Die zal het oplossen!'

Paul hield tijdens de hele terugweg Hildes hand vast en voelde dat ze haar passen aan de zijne aanpaste. Hij was blij dat ze vastbesloten leek om stevig aan zijn zijde te blijven en eventuele vijandigheden te weerstaan.

Terwijl de enkele rouwenden die aan de uitnodiging gehoor hadden gegeven in de eetkamer van de villa boterhammen met margarine en moutkoffie namen, reageerde de familie maar matig. Alleen Henni fluisterde hem op een onbewaakt moment toe: 'Je zult wel weten wat je doet, oom Paul.'

Het klonk geïrriteerd, maar hij accepteerde het zwijgend. Lisa keek hem telkens gelaten aan en tante Elvira negeerde hem volledig. Charlotte was maar even in de eetkamer verschenen en verdween meteen weer om bij haar vader te kunnen zijn, die zonder dat de gasten het wisten in de slaapkamer bleef. Waarschijnlijk hadden de personeelsleden er ook een mening over, want behalve mevrouw Brunnenmayer was iedereen naar de begraafplaats gekomen. Maar van hun kant viel weinig te vrezen. Zij zouden zijn beslissing zoals altijd zonder enig commentaar accepteren.

De enige die zich er fel tegen zou verzetten, was zijn zus Kitty. En de scène die hij al angstig had verwacht, liet niet lang op zich wachten. Zodra de laatste gast de villa had verlaten, stond ze al met fonkelende ogen voor hem.

'Laten we naar mijn kantoor gaan,' zei hij snel, bang dat de situatie zou escaleren in de eetkamer, waar Humbert net de tafel afruimde.

'Waar je maar wilt!'

Hij had nog net tijd om de deur achter zich dicht te trekken of de storm brak al los. Kitty was woedend en zoals altijd was ze meteen vol vuur.

'Hoe kun je Marie dit aandoen?' zei ze fel. 'Je weet heel goed waarom ze Augsburg moest verlaten. En je weet ook hoe moeilijk het voor haar was. Ze deed het voor jou zodat jij die stomme fabriek kon houden...'

'Ik smeek je, schreeuw niet zo, Kitty.'

Het kostte hem zelf moeite om rustig te blijven. Ze was op zijn bureau gaan zitten en had de papieren die er lagen gewoon opzijgeveegd.

'Ik praat zo hard als ik wil! Want ik ga niet staan toekijken terwijl jij Maries trouwe liefde verraadt en ons dat mens... die... die typiste voorschotelt.'

Nu had hij er schoon genoeg van. Ook al was hij vastbesloten om zich niet te laten provoceren, ze had niet het recht om Hilde te beledigen.

'Ik verbied je om zo te spreken over de vrouw van wie ik hou en met wie ik zal trouwen!' riep hij boos uit. 'Marie heeft me verlaten. Ze heeft in Amerika haar geluk gevonden en wordt gesteund door een man die dat zeker niet alleen uit liefdadigheid doet. Dat is de realiteit, lieve Kitty. Dus hou nu eindelijk op met dat gezwam over Maries trouwe liefde!'

Dat zag ze natuurlijk niet in. Ze greep met haar handen naar haar hoofd, maakte een wanhopig gebaar en bleef tegen hem tekeergaan.

'Ik had nooit gedacht dat mijn enige broer zo bekrompen kon zijn,' riep ze boos uit. 'Denk je dan helemaal niet aan je kinderen? Wat zal Kurt zeggen als hij dit hoort? En Dodo, denk je dat ze blij is met deze stiefmoeder? Weet je niet dat Marie er reikhalzend naar uitkijkt om naar jou terug te kunnen keren? Waar is je verstand gebleven? En je gevoel? Heeft die heks je brein beneveld?'

'Ik vraag je nog één keer om mijn toekomstige vrouw niet te...'

'O, ik heb het wel begrepen,' onderbrak ze hem met een spottende lach. 'Het stoort je dat Marie daar voet aan de grond heeft gekregen, en dat ze zelfs een succesvolle zakenvrouw is, terwijl de fabriek van je is afgepakt en jij nu met lege handen staat. Is dat het? Wat deerniswekkend! Wat kleinzielig!'

Nu zei ze echt idiote dingen, maar hij besefte dat het beter was om haar niet verder tegen te spreken, want dan werd ze alleen maar nog kwader.

'Denk wat je wilt, Kitty. Mijn besluit staat vast en je zult er niets aan veranderen,' zei hij op vastberaden toon.

Ze keken elkaar in de ogen en het was net als vroeger, toen ze kinderen waren. Achter Kitty's energieke karakter en haar capriolen zat een ijzeren wil die hij nog nooit had kunnen verslaan.

'Als je dat echt wilt doen,' antwoordde ze koeltjes, 'dan moet je weten dat je niet meer op mij kunt rekenen. Vanaf vandaag heb ik geen broer meer.'

Ze sprong van zijn bureau af, duwde hem opzij en liep het kantoor uit, waarbij ze de deur met een knal achter zich dichtsloeg.

Paul twijfelde er niet aan dat ze haar dreigement serieus meende en in de weken die volgden bleek dat inderdaad zo te zijn. Kitty negeerde hem, praatte aan tafel niet met hem en keek langs hem heen als ze elkaar toevallig in huis tegenkwamen. Robert had verschillende pogingen gedaan om de gemoederen te sussen, maar vergeefs. Henni was ook zwijgzaam. Ze mocht Hilde Haller graag, maar kon niet accepteren dat ze de plaats van haar tante Marie zou innemen. Alleen Lisa gedroeg zich tegemoetkomend. Ze praatte af en toe met Hilde over alledaagse dingen, accepteerde haar hulp bij haar naaiwerk en ging naast haar aan tafel zitten. Charlotte daarentegen bleef uit de buurt van Hilde Haller, maar was vriendelijk tegen Gerti en ontfermde zich soms over de kleine Herrmann.

Maart begon rustig. Er was slechts één luchtaanval in het westen van de stad, die opnieuw talloze slachtoffers eiste. De stemming was bedrukt. Ondanks de constante 'hou vol'-slogans op posters en in de kranten, was bekend dat het einde van de oorlog nabij was. En het zou een slecht einde zijn. De geallieerden hadden de brug van Remagen veroverd en waren de Rijn overgestoken, en het Russische front rukte onverbiddelijk vanuit het oosten op Duits grondgebied op. Bovendien had Sebastian gruwelijke dingen verteld over moordkampen in het oosten, die aanvankelijk niemand echt kon geloven en waarvan werd gedacht dat het horrorverhalen waren die in de dwangarbeiderskampen werden verteld.

'Geloof het of geloof het niet,' zei hij. 'Maar de mensen uit Hartheim weten het heel goed, want de rook van de crematoria waait de lucht in. Als de Amerikanen daar aankomen, zal het duidelijk worden. Dan worden we allemaal verantwoordelijk gehouden voor deze misdaden.'

Eind maart kwam er slecht nieuws. Hanno lag gewond in een lazaret bij Hamburg. Johann had in de Ardennen 'onverschrokken gevochten voor rijk en Führer' en zijn eenheid was op de terugtocht. In zijn veldpostbrieven schreef hij over Nibelungen-trouw en een heldhaftige dood. Lisa en Sebastian vreesden het ergste voor hun zonen. Kurt leek tot nu toe ongedeerd te zijn gebleven, hij was gelegerd in het Ruhrgebied. De arme Liesl had nu echter zekerheid: soldaat Christian Torberg was in Roemenië gevallen.

'Ze hebben die arme man gewoon met een slecht been naar het front gestuurd,' mopperde Lisa boos. 'Hoe moest hij dan nog vechten? Hij kon alleen maar sterven. Voor niets en nog eens niets offeren ze het leven van onze mannen en zonen op!'

'Het zal nog erger worden,' zei Robert. 'De Amerikaanse tanks zullen Augsburg met de grond gelijkmaken als de Volkssturmbataljons de stad verdedigen.'

De Volkssturm-actie was sinds oktober vorig jaar aan de gang en was gebaseerd op een Führerdecreet. Geen dorp, geen huis, geen plek op Duitse bodem mocht zonder slag of stoot aan de vijanden worden overgelaten. Alle strijdbare mannen tot zestig jaar en jongens vanaf zestien jaar waren opgeroepen om barricades op te werpen en bruggen op te blazen om hun vaderland te verdedigen. Dergelijke bevelen werden ook in Augsburg gegeven, maar slechts halfslachtig uitgevoerd. Robert legde uit dat hij niet deel kon nemen omdat hij een stijve knie had en Paul negeerde de bevelen volledig. Kitty en Lisa legden witte lakens klaar die ze aan het dak van de villa zouden bevestigen, want niemand wilde het laten aankomen op een verloren 'eindstrijd'.

Vanaf half maart zwermden laagvliegende vliegtuigen uit boven Augsburg en omgeving en beschoten alles wat zich in de straten bewoog. De mensen die in de stad waren gebleven, durfden nauwelijks hun huizen te verlaten. Telkens weer loeiden de sirenes en dan haastten de mensen zich naar de schuilkelders, biddend dat ze gespaard zouden blijven. De productie voor Messerschmitt in de textielfabriek van Melzer, die in een geïmproviseerde hal was voortgezet, kwam na verschillende zware klappen uiteindelijk tot stilstand. De buitenlandse arbeidsters werden weggehaald. Paul wist niet waar ze naartoe werden gebracht.

Hij had meer last van Kitty's protest dan hij wilde toegeven. Niet dat hij twijfelde aan zijn besluit, want dat stond vast, zo verzekerde hij Hilde keer op keer. Maar hij bezocht Hilde minder vaak dan voorheen. Hij rechtvaardigde zijn afwezigheid met verplichtingen, nam deel aan de evacuatie van schilderijen en beelden uit de gemeentelijke musea naar privédepots en had daarvoor een ruimte ingericht in de kelder van de villa.

In april volgden de gebeurtenissen elkaar razendsnel op. Elke dag waren er nieuwe berichten, die niet allemaal in de kranten stonden.

'In het Ruhrgebied heeft de Wehrmacht definitief gefaald. Duizenden Duitse soldaten zijn door de Amerikanen krijgsgevangen genomen,' zei Robert, die het nieuws van een van zijn kennissen had gehoord. 'Laten we hopen dat Kurt erbij is, want de Amerikanen behandelen hun krijgsgevangenen fatsoenlijk.'

Paul zweeg. Hij maakte zich zo veel zorgen om Kurt dat hij het benauwd kreeg. De laatste veldpostbrief van zijn jongste zoon had erg optimistisch geklonken, maar misschien was zijn jonge leven nu ten einde gekomen.

De stemming in Augsburg was erg fatalistisch. De mensen probeerden te overleven, woonden tussen het puin en wachtten gewoon op het einde. Toen bekend werd dat de slag om Würzburg meer dan duizend levens had geëist, vonden in Augsburg geheime bijeenkomsten plaats. Een aantal mensen planden zorgvuldig een vreedzame overgave van de stad. Een levensgevaarlijke actie, want de krijgsraad veroordeelde iedereen die de bevelen om de stad te verdedigen ondermijnde tot de doodstraf. Op 20 april viel Neurenberg na zware gevechten, het 7e Amerikaanse leger was over een Donaubrug in Dillingen Zuid-Beieren binnengetrokken, Nördlingen was bezet en het kon niet lang meer duren voordat het leger voor Augsburg stond. De verantwoordelijke troepengeneraal in Augsburg was echter vastbesloten om de missie van de Führer uit te voeren: de stad tot de laatste man verdedigen.

Deel III

28

Mei 1945

Zeer geachte, beste mevrouw Melzer,

De afgelopen dagen waren vol ongelofelijke, opbeurende en tegelijkertijd toch beangstigende indrukken voor mij. Nu pas ben ik in staat om deze regels op te schrijven die mijn vriend Leo me vroeg te schrijven. Ja, u zou de eerste moeten zijn aan wie ik over deze ervaringen vertel, waar ik nog steeds helemaal vol van ben.
Op 28 april trok ik met het 7e Amerikaanse leger, waartoe ik behoor, naar mijn voormalige woonplaats Augsburg. Het binnentrekken verliep rustig, er waren slechts een paar straatbarrières opgetrokken, die gemakkelijk door onze tanks platgewalst konden worden. Aan de top van de kerktoren van de St. Ulrich wapperde de witte vlag. Een aantal moedige Augsburgse burgers had contact opgenomen met onze eenheid en ervoor gezorgd dat de stadscommandant het laatste bevel van Adolf Hitler niet kon uitvoeren. Vanuit Gersthofen trokken we over de Wertachbrug de stad in, langs de Karolinenstraat naar het gemeentehuis.
Dit is waar mijn verslag hapert, want de opluchting en de trots van deze gemakkelijke verovering gaan gepaard met afschuw over wat er met mijn oude woonplaats is gebeurd.

Ik had me voorbereid, Augsburg was niet de eerste verwoeste Duitse stad die ik zag en ik vond altijd dat de Duitsers deze vernietiging verdienden. Maar ik hield mijn hart vast toen ik de bekende gebouwen in puin zag liggen. De kloosters, het conservatorium, het stadhuis, ook de oude Fuggerei en nog veel meer. Zij hoorden bij mijn jeugd. Er waren veel mooie herinneringen aan deze gebouwen en straten verbonden, niet in de laatste plaats aan de uren samen met u en mijn vriend Leo in uw kleine modeatelier in de Karolinenstraat. Nu is de oude stad één grote puinhoop, net als de buitenwijken. Vooral die waar MAN *en de Messerschmitt-fabrieken zich bevinden zijn zwaar getroffen. Lechhausen is meerdere keren gebombardeerd en de fabriek van uw man heeft zwaar geleden.*
Maar ik heb ook goede dingen te melden.
Kort na mijn aankomst heb ik, toen we werden ingekwartierd, contact opgenomen met uw schoonzus Tilly, die me graag informatie gaf. Ik kan u vertellen dat de villa wel is beschadigd, maar dat het grootste deel nog overeind staat. Met uw twee schoonzussen, uw nichtjes Henni en Charlotte en uw man gaat het goed, net als met uw zwager Robert en de man van uw schoonzus Lisa, die zorg nodig heeft maar vol goede moed is. Ook de personeelsleden leven allemaal, behalve de tuinman Christian. Uw zoon Kurt zit in Amerikaanse krijgsgevangenschap, net als uw neven Hanno en Johann. Over de verblijfplaats van uw dochter Dodo, die als pilote in de Wehrmacht diende, is helaas nog niets bekend.
Bij deze post voeg ik een brief van uw schoonzus Kitty bij, die ze me haastig via haar schoonzus Tilly gaf. Zij zal u ongetwijfeld gedetailleerder over de gebeurtenissen vertellen dan ik.
Mijn vriend Leo, die in het 3e leger dient en momenteel in Kassel is, zal toestemming vragen om op een verlofdag naar

Augsburg te mogen reizen om zijn familie te bezoeken. Ik hoop hem hier van harte te ontmoeten, maar ik weet niet of het mogelijk zal zijn, omdat mijn eenheid binnenkort uit Augsburg zal worden teruggeroepen.

Ik groet u vanuit het bevrijde Duitsland en verblijf in vriendschap en met eerbied,
Walter Ginsberg

Marie huilde toen ze de brief las. Wekenlang had ze in koortsachtige spanning gezeten en geleefd tussen angst en hoop, want eind april stond in *The New York Times*:

AUGSBURGSE REBELLEN GEVEN DE STAD OP

De stad was dus vreedzaam overgedragen. Meer had ze tot nu toe niet kunnen achterhalen, omdat Leo niet bij de eenheid zat die Augsburg was binnengevallen. Op 9 mei hadden de mensen in New York de kranten bijna uit elkaars handen gerukt, want de enorme kop luidde:

NAZI'S GEVEN HET OP – OVERGAVE AAN GEALLIEERDEN EN RUSLAND AANGEKONDIGD

De oorlog in Europa was voorbij. De naziregering had gecapituleerd! Marie had de krant voorzichtig op haar dressoir gelegd. Ze zou hem bewaren om zich deze dag ook later telkens opnieuw te herinneren. De eerste stap was gezet. Haar vaderland was iets dichterbij gekomen.

Ondanks de waarschuwingen van president Truman, die erop wees dat Japan nog niet verslagen was en dat de oorlog voor Amerika nog niet voorbij was, waren er enthousiaste overwinningsfeesten geweest op Times Square en 5th Avenue. Onbekenden waren elkaar in de armen gevallen, er waren optochten en de New Yorkers strooiden confetti en vierden de overwinning tot laat in de avond. Ook Marie was met Karl Friedländer naar Times Square gelopen, maar haar vreugde over deze verlossende wending van de oorlog in Europa was minder uitbundig geweest. Ze hadden maar kort naar de passerende mensen gekeken en waren naar een restaurant gegaan, waar ze bezorgd over de toekomst van Duitsland en de familie van Marie praatten.

'Ik maak me geen illusies, Karl,' had ze gezegd. 'Terwijl ik hier in New York veilig ben, zijn er in Augsburg bommen gevallen, misschien zelfs op de villa. Mijn zoon Kurt en mijn neven vochten in de Wehrmacht. Ik ben blij dat er een einde is gekomen aan de naziheerschappij, maar weet dat er slecht nieuws op me wacht.'

'Heb je uiteindelijk spijt dat je Duitsland hebt verlaten?' vroeg hij.

Marie had er vaak over nagedacht en het berouw dat ze haar familie had verlaten had haar slapeloze nachten bezorgd.

'Ja,' zei ze zachtjes. 'Het was trouweloos en laf. En ik heb er niemand een plezier mee gedaan. Mijn zoon Kurt niet en mijn man al helemaal niet. Ik had moeten blijven, Karl.'

Hij schudde zijn hoofd. In de laatste maanden van de oorlog was haar relatie met Karl Friedländer weer hechter geworden. Hij respecteerde de grens die ze tussen hen had gesteld, maar was erin geslaagd een vriend en metgezel voor haar te blijven, een attente en begripvolle gesprekspartner die ze in vertrouwen kon nemen.

'Je hebt toch de foto's van Auschwitz en Theresienstadt in de kranten gezien?' vroeg hij. 'Hoe kun je dan zeggen dat het beter voor je was om in Augsburg te blijven?'

'Ik ben getrouwd met een niet-Joodse man, Karl. Ze zouden me niets hebben aangedaan.'

'Dat is niet waar, Marie,' hield hij boos vol. 'Je weet dat dat niet waar is. Je hebt het juiste gedaan. Je hebt geen reden om jezelf iets te verwijten.'

'En toch moet ik het doen. Ik hoorde aan de zijde van mijn man...'

'Je bent echt onverbeterlijk!' kreunde hij. 'Denk je dat je man blij was geweest als ze je naar het concentratiekamp hadden gedeporteerd?'

Ze zweeg. Maar stiekem voelde ze dat ze op de een of andere manier moest boeten voor de veiligheid die ze had genoten terwijl er op de huizen en mensen daar bommen vielen. Mogelijk door het nieuws van de dood van dierbaren.

En toen had Walters brief haar bevrijd van die vreselijke angst! Haar geliefden in Augsburg hadden de bombardementen overleefd. Kurt was niet gevallen en was niet in Russische krijgsgevangenschap, evenmin als Hanno en Johann. Het was geen goed nieuws, maar wel bevredigend nieuws dat reden gaf om te hopen dat ze de mensen van wie ze hield weer levend terug zou zien. Kitty's brief was enthousiast en liefdevol. Ze vertelde dat Henni nu getrouwd was en dat haar man Felix, die ernstig gewond in het lazaret had gelegen, aan de beterende hand was en goede vooruitzichten had om binnenkort uit krijgsgevangenschap terug te keren.

Iedereen hier in de villa is blij en opgelucht dat de oorlog voorbij is en dat de constante bombardementen ons leven niet langer tot een levende hel maken. Maar overal in de stad zie je Amerikaanse soldaten, die niet allemaal vriendelijk kijken, want het is hun verboden om contact met ons te hebben. Verbroederingsverbod heet zoiets. De bezettingssoldaten moeten er altijd aan denken dat wij Duitsers kwaadaardige nazi's zijn en dat de Duitse vrouwen niets anders in gedachten hebben dan een arme GI *te verleiden en hem vervolgens in bed met een keukenmes dood te steken. Dergelijke verhalen worden aan Amerikaanse soldaten verteld en velen lijken het te geloven. Maar ze zijn aardig voor de kinderen.*

Ze geven hun chocolade en kauwgom en als de kinderen met hun tinnen emmertjes naar de kantine van de Amerikanen gaan, mogen ze in de vuilnisbakken op zoek naar overgebleven voedsel. Annemarie kwam laatst thuis met een sinaasappel en zei dat die niet te eten was omdat hij vreselijk bitter was. Het arme meisje heeft nog nooit een sinaasappel gezien en weet niet dat je hem moet schillen...
Wat er van ons zal worden is onzeker. De Amerikaanse militaire regering voert een hard commando in Augsburg. Bij het stadsbestuur zijn (godzijdank!) de eerste ontslagen gevallen en er zullen er meer volgen. We hebben een strikte avondklok: vanaf 18.00 uur mag niemand meer buiten zijn woning zijn en het is ook verboden om zonder speciale toestemming van de militaire regering de stad te verlaten. Terwijl veel Augsburgers helemaal geen echte woning hebben. Ze wonen in ruïnes, hebben zo goed en zo kwaad als het ging muren en plafonds gestut en zitten nog steeds half buiten. Veel woningen die nog intact waren, zijn door de bezetters in beslag genomen en de Duitse huurders moeten maar zien waar ze blijven. Augsburg zit vol met mensen die in kleine onderkomens opgepropt zitten. Daarbij komen de terugkeerders uit de oorlog, de dwangarbeiders die de Amerikanen 'displaced persons' noemen, en veel vluchtelingen uit het oosten, die ook ergens moeten verblijven. Scholen en openbare gebouwen – voor zover ze nog overeind staan – zijn ingericht als militaire ziekenhuizen of kampen. Iedereen zoekt in het puin naar nuttige dingen. Een pan, een onbeschadigd bord, bestek, een kachelpijp, een half bedframe, een gescheurd matras... Je kunt je niet voorstellen hoe belangrijk een simpel voorwerp als een kopje of een lepel ineens kan zijn als je niets meer hebt. Een heel aardig vluchtelingengezin woont bij Riecke Bliefert en de kleine in huis, zij zorgen voor de tuinderij. Heeft Walter je geschreven dat de arme Maxl en

Hansl gesneuveld zijn? Gelukkig is Fritz weer veilig en wel teruggekeerd. Hij is bij zijn halfzus Liesl en Annemarie in het tuinhuisje ingetrokken. De arme Liesl is hier erg blij mee, want ze mist Christian heel erg, die het tuinhuisje zo liefdevol voor haar en hun dochtertje had ingericht. Ach, die gruwelijke oorlog, die verslindt altijd degenen die er het minst aan kunnen doen. Maar er zit niets anders op, we moeten doorgaan met ons leven en Liesl zal dat ook doen, al was het maar omdat ze een dochtertje heeft voor wie ze moet zorgen. Het zal ook niet gemakkelijk zijn voor ons, maar er is hoop. Stel je voor, te midden van al deze chaos is met toestemming van de militaire regering een van de textielfabrieken van Augsburg weer gaan produceren! Dat betekent dat ze ons Duitsers op de been willen helpen. Dit is een begin, Marie. Ook Henni is vastbesloten om zich sterk te maken voor een nieuw begin van de fabriek. Wanneer jij, mijn liefste vriendin, uit Amerikaanse ballingschap naar ons terugkeert, zullen we samenwerken om textielfabriek Melzer weer op gang te krijgen. Ik hoop het echt.
O jee, nu wilde ik zo veel vertellen, maar helaas is het blad aan beide kanten al vol en is er geen ruimte meer aan de randen. Dus tot de volgende brief, mijn lieve, hervonden Marie.

Groetjes en kusjes,
Kitty

Marie had de brief met veel medeleven gelezen, maar toen ze klaar was, voelde ze een steek. Waarom schreef Kitty geen woord over Paul? Was het niet vooral aan hem om de fabriek weer op te bouwen? Waarom noemde ze hem helemaal niet? Was hij misschien ziek? Had zijn hart, dat sinds de ontsteking van het hartzakje verzwakt was, het misschien begeven? Lag hij ziek in bed? In het ziekenhuis? Of was er slecht nieuws dat niemand haar nog had durven vertellen?

Ze bracht het weekend door tussen hoop en angst. Ze schreef verschillende brieven, die ze allemaal weer weggooide, en besloot uiteindelijk een paar dagen voorbij te laten gaan voordat ze Kitty's brief beantwoordde.

Op maandag ging ze zoals gewoonlijk naar haar atelier. Ze was blij dat ze even op andere gedachten kon komen tijdens haar werk en het bedienen van haar klanten. Ondanks alle moeilijkheden die met het geschil met Karl Friedländer en haar internering gepaard waren gegaan, was haar bedrijf dankzij een trouwe klantenkring niet failliet gegaan. Bovendien waren de New Yorkers zich door de krantenpublicaties over de concentratiekampen bewuster geworden van het drama van de Duitse Joden en de ene na de andere klant die aanvankelijk Maries atelier had vermeden was nu teruggekeerd.

De New Yorkers waren open en draaiden niet om de hete brij heen, maar zeiden wat ze dachten.

'O, mevrouw Melzer. Ik heb gelezen wat de nazi's de Joden hebben aangedaan. U bent Joods, toch, mevrouw Melzer? Och, ik vind het zo naar voor u en uw familie!'

Anderen begrepen er minder van en zeiden: 'Ik weet dat u een nazi bent. Maar u maakt de beste mantelpakjes van heel New York. Daarom ben ik hier.'

Marie was een zakenvrouw. Ze accepteerde de onwetendheid van haar klanten en probeerde zelden de omstandigheden in Europa beter aan hen uit te leggen. De meeste klanten gaven er sowieso weinig om. Ze waardeerden mevrouw Melzer om haar fantasierijke creaties en het goede kleermakerswerk van haar atelier.

'Ik ben nog steeds van mening dat je meer filialen moet openen,' had Karl Friedländer een tijdje geleden gesuggereerd. Ze had het weggewuifd en de oude argumenten naar voren gebracht: ze kon maar op één plek tegelijk zijn en een atelier dat onder haar naam draaide, moest ook haar eigen ontwerpen verkopen en niet die van een medewerker. Bovendien werkte ze graag met de klanten. Ze wilde niet alleen haar winkels organiseren en geld verdienen.

Maar de echte reden had ze niet genoemd. Marie zag haar toekomst niet in New York. Deze stad was haar toevluchtsoord geweest. Ze had hier gevochten en geleden, zich uiteindelijk met de stad verzoend en was er zelfs aan gewend geraakt. Maar het was nooit haar thuis geworden.

's Avonds had ze een dinerafspraak met Karl Friedländer. Ze ontmoetten elkaar in een klein restaurant in Greenwich, dat ze allebei erg leuk vonden omdat je er buiten onder een luifel kon zitten. De chef-kok was van Italiaanse afkomst, maar had zich aangepast aan de Amerikaanse eetgewoonten en bood niet alleen pizza- en pastagerechten aan maar ook malse steaks, waar Karl erg van hield.

'Ik zal nooit begrijpen dat je zo'n bloederig stuk vlees kunt eten,' zei ze fronsend terwijl hij hongerig aanviel.

Hij grijnsde en liet het zich smaken. Het spel was niet nieuw, Marie liet het nooit na om hem ermee te plagen, terwijl hij graag grappen maakte over haar voorkeur voor knoedels en spätzle, die hier in New York moeilijk verkrijgbaar waren.

'Je kijkt alsof je nieuws hebt,' zei hij.

'Dat klopt. Ik heb een brief van Walter gekregen. En ook een van Kitty...'

Hij luisterde aandachtig naar haar en knikte bedroefd toen ze over de verwoesting van het stadscentrum van Augsburg vertelde. Ja, hij had ook veel herinneringen aan de smalle steegjes en oude huizen. Die waren nu waarschijnlijk voorgoed verdwenen. 'Deze laatste zware bombardementen op de burgerbevolking waren misschien niet nodig geweest,' zei hij onzeker. 'We waren al zeker van de overwinning.'

'Ik weet het niet,' antwoordde ze. 'Om Neurenberg is dagenlang gevochten, de Wehrmacht gaf zelfs een verloren zaak niet op.'

‘Maar goed, het is voorbij en je hoeft je geen zorgen meer te maken over het leven van je zoon.’

‘Ik heb twee zonen, Karl,’ zei ze met een droevige glimlach.

Hij sneed het laatste stukje vlees in twee hapklare stukjes en zei dat Kurt vast snel uit Amerikaanse gevangenschap zou worden bevrijd.

‘Misschien wil hij wel naar de States komen om te studeren,’ opperde hij.

‘Dat zou kunnen...’

Hij keek haar argwanend aan en nam een slok bier terwijl zij haar wijn met ijsklontjes dronk.

‘Voor zover ik me kan herinneren, is hij geïnteresseerd in techniek, toch? Destijds hield hij meer van raceauto’s dan van wat dan ook.’

‘Ik weet het niet, Karl,’ zei ze afwezig. ‘Ik heb al bijna vier jaar geen contact meer mogen hebben.’

‘Sorry...’

Ze zaten een tijdje zwijgend tegenover elkaar. Ze nipten peinzend aan hun drankjes, keken naar de bloeiende struiken en de passerende mensen die genoten van de zachte avond. Aan de tafeltjes rechts en links van hen zaten de mensen luid te praten, kinderen renden vrolijk rond, een hondje had een stuk pizza gestolen en bewaakte zijn prooi grommend onder een tafel.

Uiteindelijk vroeg Karl wat al de hele avond in de lucht hing: ‘Ben je van plan naar Duitsland terug te gaan?’

‘Ja, Karl.’

‘Dan kun je er maar beter de tijd voor nemen. Het is nu nog te vroeg, denk ik.’

‘Ik wil zo snel mogelijk gaan,’ bekende ze.

Ze keken elkaar in de ogen. Hij kende haar veel te goed om niet het ergste te vrezen.

‘Laat Leo je adviseren, Marie. Een bezoek aan Duitsland moet zorgvuldig gepland worden. Er is waarschijnlijk niet eens een hotel waar je zou kunnen verblijven.’

'Dat zou kunnen. Maar als ik ernaartoe ga, is het niet voor een bezoek, maar omdat ik er wil blijven.'

Het hoge woord was eruit. Hij zwaaide boos met zijn handen in de lucht en beweerde dat ze helemaal gek was geworden en niet wist wat ze deed.

'Wat wil je daar, Marie? Denk je nu echt dat ze je met open armen zullen ontvangen? Na zo'n lange tijd?'

'Ik ben niet naïef,' antwoordde ze geïrriteerd. 'Ik weet dat niets meer zal zijn zoals het ooit was. Maar ik zal toch teruggaan en een nieuw begin wagen. Ik ben vastbesloten om dat te doen.'

'En je denkt dat ze op je hebben gewacht, ja?'

'Kitty heeft dat zeker. Dat is al heel wat!'

Hij aarzelde even omdat hij bang was om te ver te gaan. Maar toen zei hij het. 'En je man?'

Ze voelde een steek. Maar ze deed alsof het een onzinnige vraag was. 'Wat zou er met hem moeten zijn?'

'Heeft hij je ook geschreven?'

'Kitty schreef me.'

'Hij dus niet. Vind je dat niet... vreemd?'

'Je vragen zijn niet erg tactvol, Karl,' antwoordde ze bozig. 'Sterker nog, hij heeft me niet geschreven en Kitty heeft hem ook niet genoemd. Ik maak me grote zorgen over zijn gezondheid.'

Hij leek onder de indruk en keek haar weer aandachtig aan. Toen trok hij zijn wenkbrauwen op en stelde een fatale vraag. 'Zou er misschien een andere reden kunnen zijn waarom hij zwijgt?'

'Ik begrijp niet wat je bedoelt.'

'Je begrijpt me heel goed, Marie. Sorry als ik je illusies vernietig, maar ik ben een man en denk als een man. Paul heeft negen jaar zonder jou geleefd. Kun je je echt niet voorstellen dat hij in de tussentijd om zich heen heeft gekeken?'

Het werd Marie even te veel. Waarom had ze geen moment aan deze voor de hand liggende mogelijkheid gedacht? Hoe had ze kunnen denken dat Paul al die jaren trouw op haar zou wachten?

Vooral omdat ze de afgelopen vier jaar geen contact met elkaar hadden gehad.

'Het spijt me,' zei hij bezorgd, toen hij zag wat hij had aangericht. 'Maar ik vond dat ik je moest waarschuwen, Marie. Dat ben ik je verschuldigd. Maar ik kan het natuurlijk mis hebben.'

'Ja,' zei ze zachtjes. 'Je hebt gelijk. Dank je wel voor je openheid.'

Die avond schreef ze een lange brief aan Kitty, die ze naar Walter stuurde om hem bij de villa af te geven. Ze voegde er niet de regels aan toe die ze aan Paul had willen richten.

29

Juni 1945

'Waarom komt papa niet terug?'

Liesl slaakte een diepe zucht. Nu ze wist dat Christian ergens in Roemenië op ellendige wijze was gestorven, was ze vreselijk verdrietig. Nachtenlang had ze wakker gelegen en gehuild, zich voorstellend dat hij bloedend in de modder lag, zich misschien kromde van de pijn en haar naam riep. Waarom had hij helemaal alleen moeten sterven, ver weg van zijn vaderland, zonder hulp, zonder een liefdevol woord? Maar voor haar dochter probeerde ze haar verdriet te verbergen.

'Papa komt niet terug omdat hij in de oorlog is gebleven,' legde ze rustig uit.

'Maar hij heeft me beloofd dat hij terug zou komen!'

Wat was het meisje volhardend. Liesl moest deze vragen elke dag beantwoorden, maar de kleine was nooit tevreden. 'Hij wist het toen nog niet, Annemarie. Als hij het had geweten, had hij het je ook niet beloofd.'

Mevrouw Brunnenmayer zei tegen het meisje dat ze een stoel moest bijschuiven zodat ze naast haar kon gaan zitten.

'Denk je niet dat je vader graag bij je terug was gekomen?' vroeg ze.

Annemarie keek de kokkin aan en knikte traag.

'Maar hij kan niet terugkomen,' vervolgde mevrouw Brunnenmayer. 'Net als de vader van je vriendin Karla. En er zijn vast nog meer kinderen in je klas van wie de vaders in de oorlog zijn gebleven, toch?'

Annemarie keek nadenkend in de lucht en zei toen: 'Alleen Karla en Steffi. Ik weet niet hoe het bij de anderen is, want we hebben geen school.'

In de school bij de Rode Poort was een vluchtelingenkamp ingericht. Ook de middelbare en hogere scholen waren gesloten. Het hing af van de Amerikaanse militaire regering, die de leiding had in Augsburg, wanneer de kinderen weer les zouden krijgen.

'Nou, zie je wel. Het is niet alleen jouw papa. Andere kinderen voelen hetzelfde,' probeerde mevrouw Brunnenmayer het meisje verder te troosten.

Het leek te werken, want Annemarie zweeg nu. Ze keek toe terwijl haar moeder behendig de kleine aardappeltjes zo dun mogelijk schilde. De schillen werden later gekookt en gebruikt als meststof voor de moestuin die Hanna samen met Fritz in het park had aangelegd.

'Papa komt niet meer terug omdat hij dood is!' zei Annemarie ineens, terwijl ze mevrouw Brunnenmayer uitdagend aankeek.

Liesl en de kokkin wisselden een geschrokken blik uit. Alle personeelsleden hadden er tot nu toe alles aan gedaan om dit vreselijke feit te verbergen om het meisje te sparen. Maar blijkbaar had Annemarie de waarheid allang begrepen. 'Dat is toch zo?' vroeg ze heftig knikkend.

'Ja, Annemarie,' zei Liesl bedroefd. 'Dat is helaas zo.'

Toen gebeurde er iets totaal onverwachts. De negenjarige sprong van haar stoel op en sloeg stormachtig haar armen om haar moeder heen. 'Je hoeft niet zo vreselijk verdrietig te zijn, mama,' zei ze snikkend. 'Je hebt mij toch.'

Op dat moment klonk Augustes stem, die met Else terugkwam van het boodschappen doen. 'Wat hebben jullie met het kind gedaan?'

'Helemaal niets,' stelde de kokkin haar gerust. 'Er komt eindelijk een einde aan de leugen en dat is maar goed ook.'

'Jeetje, het arme meisje,' verzuchtte Else en ze liet zich uitgeput op een keukenstoel zakken. 'Dat je een kind zoiets aan kunt doen...'

'Pas op!' onderbrak Auguste haar. 'Willi heeft zijn neus al in de boodschappenmand gestoken!'

Ze haastten zich allebei om het eten dat ze met moeite hadden kunnen bemachtigen uit Willi's gulzige bek te redden. Bemachtigen was inderdaad het juiste woord, want overal waar nog iets eetbaars verkrijgbaar was, vormden zich lange rijen. Natuurlijk kreeg je alleen iets als je een levensmiddelenkaart had. Iedere bewoner had per dag recht op een bepaalde hoeveelheid vlees, vet, meel, zeep en andere dingen. Die stonden in kleine vakjes op de kaart afgedrukt en elke keer dat ze iets kochten werden die vakjes er meedogenloos met een schaar afgeknipt. Betalen moest je evengoed en de prijzen stegen elke dag.

'Wat hebben jullie voor lekkers meegebracht?' vroeg Liesl en ze depte haar ogen met het puntje van haar schort. Annemarie was weer onder de tafel gekropen en zat bij Willi. Ze wilde niet huilen in het bijzijn van Else en haar grootmoeder.

'Verschrompelde aardappelen, drie bosjes uien die al ontkiemen, een stuk soepvlees met veel pezen erin – vast van een stokoude koe – en drie broden.'

'Geen bouillonblokjes?'

'Jawel,' zei Hanna en ze haalde triomfantelijk acht bouillonblokjes uit haar mandje. 'En zelfs een zak suiker en twee pakjes koffiesurrogaat. Daarvoor heb ik maar liefst een half uur in de rij gestaan.'

'En boter en koffie?' vroeg de kokkin.

'Helaas,' bromde Auguste en ze legde het in krantenpapier gewikkelde stuk vlees voor mevrouw Brunnenmayer op tafel. 'Op de zwarte markt willen ze vijftig rijksmark en drie zilveren lepels voor een pond boter. En koffie is helemaal niet te betalen. Voor een pond echte bonenkoffie heb je de bruidssieraden van de mevrouw nodig.'

Mevrouw Brunnenmayer zei er niets over, maar ze nam zich voor om met mevrouw Henni Burmeister te gaan praten. Die was een stuk behendiger op de zwarte markt en had al twee keer een half pond koffie en boter gekregen.

'De zwarte markt is niets voor mij,' zei Else chagrijnig. 'Weet je nog, Auguste, dat ze gisteren die twee arme jongens fouilleerden die een zakje suiker en een pakje boter onder hun jasje hadden verstopt? Het is een schande. De Amerikaanse soldaten hebben genoeg te eten en gooien zelfs wit brood en andere dingen in de vuilnisbak. En ons laten ze verhongeren.'

Mevrouw Brunnenmayer haalde haar schouders op en zei dat ze in de tijd na de Eerste Wereldoorlog ook honger hadden moeten leiden, maar dat er toen geen bommen waren gevallen en geen kampen waren zoals in Dachau en Hartheim.

'Natuurlijk,' gaf Auguste toe. 'Maar de arme meneer Winkler die in Dachau was en sindsdien ziek boven in de kamer ligt moet net zo honger lijden als wij.'

Liesl was ondertussen weer aan het werk gegaan, terwijl de kokkin het vlees kritisch bekeek en met een mes in stukken sneed. Er waren inmiddels negentien mensen in de villa en ze hadden afgesproken dat het beter was om de rantsoenkaarten samen te voegen, zodat er tenminste één keer per dag een warme maaltijd kon worden gekookt en iedereen enigszins verzadigd was. Er werd geen onderscheid meer gemaakt tussen de familie en het personeel. Iedereen kreeg dezelfde aardappelstamppot die mevrouw Brunnenmayer en Liesl bereidden. Alleen kreeg de familie de maaltijd zoals gewoonlijk boven in de eetkamer op het goede servies geserveerd, terwijl de personeelsleden hun portie aan de lange keukentafel oplepelden. Het geld voor de boodschappen kregen ze van mevrouw Lisa Winkler. De personeelsleden hadden al weken geen salaris meer gekregen. In april had de meneer hen allemaal in de hal bij elkaar geroepen en hun het droevige nieuws meegedeeld dat het bedrijf Messerschmitt, dat de hallen van de fabriek had gehuurd, momenteel niet in staat was om de huur te betalen en dat hij zijn werknemers voorlopig niets meer dan eten en onderdak kon bieden. Wie onder deze omstandigheden nog in de villa wilde verblijven, zou hij later het verschuldigde salaris betalen zodra hij daartoe in staat was.

Niemand had de villa willen verlaten en Humbert had uitgesproken wat iedereen dacht: 'We zijn getuige geweest van de goede tijden in dit huis, meneer, en nu zullen we ook samen de moeilijke tijden doorstaan.'

De meneer was erg ontroerd geweest en was telkens met zijn hand door zijn haar gegaan. Maar bovenaan de trap stond Hilde Haller en zij had zo neerbuigend geglimlacht dat de personeelsleden zich eraan hadden geërgerd. En nadat de meneer iedereen had bedankt en weer naar boven was gegaan, had juffrouw Haller haar hand naar hem uitgestoken en gezegd: 'Zie je wel, Paul? Wat zei ik je?'

'Ik kan het niet uitstaan dat ze zich nu voordoet als de mevrouw,' had Hanna gefluisterd.

'Ik vind het ook vreselijk. Maar ze past in elk geval beter bij hem dan die Serafina van Dobern,' zei Humbert berustend.

'Daar is niet veel voor nodig,' zei Auguste op een droge toon. 'Maar het is gewoon niet juist. Hij is tenslotte getrouwd met mevrouw Marie. Mevrouw Kitty Scherer heeft al weken geen woord meer met haar broer gesproken. Trouwens, nu het zo'n chaos is in de villa help ik maar gewoon mee in de keuken. Hoe kan ik de kamers doen als overal iemand in zit? Als ik de bedden wil opmaken, moet ik eerst alles eraf halen omdat ze de bedden als bank gebruiken. Als ik de tapijten wil kloppen en de vloer wil vegen, klagen ze dat ik stoor en alleen maar stof op laat dwarrelen. Bij Gerti ga ik sowieso niet schoonmaken. Dat kan mevrouw Von Klippstein zelf.'

'Natuurlijk,' beaamde Else. 'Die Gerti zal nog opkijken als ze de vragenlijsten moet invullen die ze nu overal rondsturen. Voor de denafi… fazi… nazicatie.'

'Voor de wat?'

'Voor denazifacatie… Nee, de defazi… Nou ja, je moet gewoon invullen of je bij de partij zat en dat soort dingen…'

'Denazificatie heet dat,' corrigeerde de kokkin.

'Dat zeg ik,' beweerde Else. 'En bij die denaficatie zal Gerti er slecht af komen. Omdat ze getrouwd was met een nazipief.'

'Misschien moet ze wel naar de gevangenis?' bedacht Auguste blij.

'Wie weet? Maar misschien praat ze zichzelf er wel uit omdat ze haar nazi-echtgenoot een buitenechtelijk kind van een Jood in de maag heeft gesplitst?' zei Else. 'Maar ik denk niet dat de Amerikanen dat zullen laten gelden. Ze zijn allemaal nogal vroom. Vorige week hielden ze nog een velddienst in de St. Anna.'

'Het huis in de Steinsteeg is ze in elk geval kwijt. En het geld dat ze heeft geërfd, pakken ze ook van haar af.'

'Hou eens op met dat geroddel over Gerti,' zei de kokkin, die altijd voor gerechtigheid was. 'Sinds ze terug is, heeft ze zich van haar goede kant laten zien en geholpen waar ze maar kon.'

Auguste zweeg en schoof de gepelde uien naar Liesl. Daarna stond ze op om haar handen te wassen en ze keek uit het raam.

'Jeetje, het regent!' riep ze. 'En Fritz is nog steeds bezig met het omspitten van de tuin.'

'Een warme voorjaarsregen zal hem niet schaden,' zei de kokkin. 'Hier, Liesl. Je kunt het vlees bakken en de uien eraan…'

Fritz en Hanna kwamen het voorplein op. Ze waren allebei kletsnat en moesten hun rubberen laarzen uitdoen voordat ze de keuken binnenkwamen. Hanna was blij, want ze werkte graag in de frisse lucht, maar Fritz keek somber voor zich uit. Hij was veranderd sinds hij uit de oorlog terug was. Hij meed het gezelschap van anderen, liep liever alleen door het park of ging in het tuinhuis zitten en staarde uit het raam. Soms praatte hij met Humbert, maar als er iemand langskwam, braken ze het gesprek af en verstomde Fritz.

'Hij heeft tijd nodig,' had Humbert tegen de bezorgde Auguste gezegd. 'Laat hem maar. Hij trekt wel weer bij.'

'Hij is de enige die is teruggekomen,' had Auguste verdrietig gezegd. 'En dan zal hij toch niet ziek zijn?'

Omdat Humbert geen antwoord had gegeven, deed Auguste er alles aan om haar zoon te verwennen.

'Wil je muntthee, Fritz?'

'Dank je wel, mama... Het gaat goed met me, ik heb niets nodig.'

Hanna was naar het raam gelopen om te kijken of de rubberlaarzen naast de ingang niet nat werden, want het begon harder te regenen.

'O, hemel!' riep ze geschrokken. 'Nu komen ze naar ons. Twee auto's achter elkaar...'

Iedereen schrok. Dit keer was het niet de Gestapo, maar waren het Amerikaanse jeeps.

'Ze willen toch hopelijk niet de villa in beslag nemen?' fluisterde Liesl. 'In Bärenkeller hebben ze al woningen in beslag genomen en ze hebben de arme mevrouw Tilly Kortner ook bijna op straat gezet. Als Walter Ginsberg er niet was geweest... Hij heeft haar geholpen...'

'Toch niet de villa,' riep Hanna. 'Waar moeten we dan allemaal naartoe?'

'Wie weet? Misschien hebben ze een mooie villa nodig voor hun generaal,' kreunde Auguste, die nu ook met Liesl bij het raam stond. Annemarie was onder de tafel vandaan gekomen en had zich tussen de vrouwen geperst om de Amerikanen in hun jeeps te zien. Willi, die inmiddels een beetje stijf en moe was geworden, merkte nu ook dat er iets aan de hand was en begon schor te blaffen.

'Koest! Stomme hond!'

'Dat is een officier met kerstversiering op zijn schouders...'

‘Maar met zo’n ronde helm zoals de anderen…’

‘Jemig, ze hebben allemaal machinegeweren…’

‘Ze lopen de treden al op. Hanna, je moet opendoen!’

‘Maar ik ben bang…’

‘Ze gaan naar binnen… Ik geloof dat Humbert al open heeft gedaan…’

‘O, hemel. Als ze hem nu neerschieten…’

Hanna rende naar de keukendeur die naar de hal leidde en de anderen liepen achter haar aan. Zelfs de kokkin stond moeizaam op, keek snel naar het fornuis om te zien of Liesl de pan van het vuur had geschoven en strompelde naar de deur.

Door de deuropening zagen ze Humberts rug. Hij benam helaas het zicht op de Amerikanen, maar ze hoorden wel de stem van de meneer.

‘Walter Ginsberg! Ik hoorde al van mijn zus dat je een Amerikaanse soldaat bent en dat je in Augsburg bent. Gefeliciteerd, nu keer je als winnaar naar huis…’

‘Ik ben vrijwillig in het Amerikaanse leger gegaan, meneer Melzer, omdat ik wilde vechten tegen het onrecht dat Adolf Hitler en zijn volgelingen Duitsland hebben aangedaan. Net als uw zoon Leo trouwens.’

‘Leo?’

Het was duidelijk te horen dat de meneer schrok van dit nieuws. Else sloeg haar hand voor haar mond. Leo was ook een Amerikaanse soldaat geworden en had tegen Duitsland gevochten!

‘Helaas heb ik geen tijd voor privégesprekken,’ zei Walter Ginsberg op formele toon. ‘Ik ben als tolk ingezet voor sergeant Harrisson. Het gaat om een man die gisteren door ons is opgepakt. Hij beweert Joods te zijn en zegt dat zijn papieren hier in de villa liggen.’

‘Marek Brodskij?’ vroeg de meneer. ‘Is dat zijn naam? Dan heb ik inderdaad zijn papieren.’

‘*Get him out of the car!*’ zei iemand.

Humbert liep snel weg om de deur te openen en nu konden ze eindelijk de Amerikaanse soldaten zien en ook de meneer die in een stijve houding voor hen stond.

'Jeetje, Walter Ginsberg,' fluisterde Auguste. 'Hij is een echte man geworden. Hij zag eruit als een klein jongetje toen hij met zijn moeder naar Amerika ging...'

'Nou, de meneer is anders niet erg blij om hem weer te zien,' merkte Else op. 'Hij ziet eruit alsof hij een bittere pil moet inslikken.'

'Het is ook wat,' fluisterde Hanna. 'Walter is nu immers een vijandelijke soldaat. En onze Leo ook. Ik begrijp de wereld niet meer...'

'Ze zijn geen vijanden meer, Hanna,' zegt Liesl. 'Het zijn alleen maar bezetters.'

'Sst! Ze komen eraan,' fluisterde Auguste. 'Niet te geloven! Het is onze Marek, die ze tussen hen in leiden. Marek leeft. Godzijdank!'

'Is dit de man wiens papieren u hebt?' vroeg Walter Ginsberg.

Nu sprak de meneer in het Engels met de sergeant, wat niemand van de personeelsleden kon verstaan. Maar ze begrepen dat de meneer Marek Brodskij had herkend en nu naar boven ging om zijn papieren te halen.

Daarna werd het spannend. De meneer liet Mareks paspoort aan de GI zien, de sergeant kneep zijn ogen tot spleetjes om de foto beter te kunnen herkennen en keek vervolgens weer naar Marek, die haveloos en met een baard voor hem stond en waarschijnlijk niet erg op zijn foto leek. Hij vroeg iets en Marek knikte. Hij trok een gescheurd boekje en een potlood uit zijn jaszak.

'Wat doet hij?' fluisterde Auguste.

'Hij schrijft iets op...' vermoedde Hanna.

'Nee, hij tekent,' zei Annemarie.

De sergeant bekeek het boekje dat Marek hem even later overhandigde gefascineerd, begon te lachen en liet het rondgaan. Helaas konden ze van een afstandje niet zien wat Marek had getekend. Maar de sergeant leek er zo enthousiast over te zijn dat hij Marek op de schouder sloeg.

'Hij heeft het gezicht van de Amerikaan getekend,' zei Annemarie. 'Marek kan dat.'

Natuurlijk! Daarmee had hij bewezen dat hij inderdaad kunstenaar was en dat dit zijn paspoort was.

De Amerikanen lieten Marek in de villa achter, stapten weer in hun jeeps en reden weg. De meneer schudde Mareks hand en liep vervolgens langzaam de trap op naar de eerste verdieping. Zijn stappen waren zwaar, alsof er gewichten van honderd kilo aan hingen. Het kwam vast doordat hij had gehoord dat zijn zoon Leo een Amerikaanse soldaat was.

Toen barstte er een chaos los. Humbert omhelsde Marek en nam hem mee naar de keuken.

'Onze Marek is terug!'

Iedereen omringde Marek, van wie was aangenomen dat hij dood was. Hij kreeg thee, Humbert pakte de fles schnaps uit de kamer, Auguste bracht een stuk brood met pruimenpuree, Willi likte Mareks schoenen af en Annemarie kroop op zijn schoot.

'Waar ben je geweest? Vertel het ons!'

'Overal en nergens. Het was niet altijd leuk. Maar ik heb het overleefd...'

Humbert had geen tijd om te luisteren. Hij moest snel naar mevrouw Kitty Scherer, want Walter Ginsberg had hem discreet een brief voor haar gegeven.

30

'Ik kan niet meer,' kreunde Dodo. 'Mijn rug is kapot.'

Het was al na negen uur 's avonds, maar onder het lage dak van de oude boerderij had de hitte van de dag zich opgehoopt, waardoor ze nauwelijks konden ademen. En dit zou in de loop van de nacht waarschijnlijk niet veel beter worden.

'Neem een slok,' zei Lilly, terwijl ze haar de waterfles overhandigde. 'Het komt wel goed, Dodo. Blijf lekker op je rug liggen, dan gaat het morgenochtend weer beter.'

'Dat hoop ik al dagen,' zei Dodo met een zucht en ze zette de waterfles aan haar mond. 'Toen ik tijdens de arbeidsdienst in het veld moest werken had ik ook zo'n last.'

Dodo lag plat op haar rug en voelde de harde planken pijnlijk door de wollen deken heen. De zolder had schuine balken, waar ze de donkere dakspanen door konden zien. Er hingen spinnenwebben aan. Er leefde een hele generatie donkere insecten tussen de balken die het blijkbaar op een akkoordje met de spinnen hadden gegooid want die deden hen niets. Aan de ene kant was een klein raam, maar dat liet weinig lucht binnen. De andere kant was donker omdat daar de koeienstal was aangebouwd. Onder het schuine dak stonden drie goedgevulde zakken rogge, alle andere voorraden zoals ham, worst en ingemaakt voedsel had de boerin naar de kelder gedragen. Omdat het hierboven te warm was in de zomer, had ze gezegd. Maar ze had het vast ook gedaan zodat de drie jonge mensen die voor kost en onderdak met het hooien hielpen zich niet aan haar voorraden te goed deden.

'Als je wilt, mag je mijn deken hebben,' bood Wilhelm Dodo aan. 'Als je die eronder legt, is het niet zo hard.'

'Dat is lief van je, Wilhelm, maar het gaat wel...'

'Laten we proberen te slapen,' zei Lilly en ze schudde een eigenwijs kevertje van haar deken. 'Morgenochtend moeten we om vier uur alweer aan de slag. Eerlijk gezegd had ik nooit gedacht dat hooien zo zwaar is...'

Ze hadden een avontuurlijke odyssee achter de rug. In april hadden de Russen Berlijn al omsingeld. Het vliegveld Staaken, waar ze voor het laatst gestationeerd waren, was naar het westen verplaatst, naar een geïmproviseerd gebied dat ooit voor militaire doeleinden was gebruikt en al wat bomschade had opgelopen. Ondanks de uitzichtloze situatie waren de vliegeniers van de Luftwaffe vastbesloten om het bevel van de Führer tot onvoorwaardelijke inzet uit te voeren en zo was Dodo in een Bf 109 naar Leipzig gevlogen om het toestel op de lokale luchtmachtbasis klaar te zetten. Het was een levensgevaarlijke taak geweest. Ze was meerdere keren beschoten en een vleugel was geraakt, maar ze landde veilig in Leipzig, waar ze een schouderklopje kreeg, van koffie en chocolade werd voorzien en men het vervolgens aan haar overliet hoe ze weer terug naar haar standplaats wist te komen. Alles was troosteloos. De piloten die er nu nog op uit werden gestuurd om tegen de machtige Sovjetsuprematie te vechten hadden geen schijn van kans, en ze wisten het. De Russen hadden inmiddels uitstekende gevechtsvliegtuigen die niet onderdeden voor die van de Duitsers. Een paar jaar geleden had niemand dit voor mogelijk gehouden. Toen werd altijd gezegd dat de Russen nog in de middeleeuwen leefden en alleen ongeschikt en verouderd oorlogsmaterieel hadden.

'Het ga je goed, Dodo,' had een van de kameraden naar haar geroepen. 'Na de oorlog drinken we een kopje koffie samen! Afgesproken?'

In het Walhalla, dacht ze depressief. Maar ze stak haar duim op en de piloot klom opgewekt in zijn vliegtuig om naar de landingsbaan te taxiën.

Ze had overwogen om gewoon naar Augsburg te gaan in plaats van terug te keren naar haar standplaats. Er reden nauwelijks nog treinen en de legervoertuigen van de Wehrmacht namen niemand mee, dus als ze niet meer in Berlijn verscheen, zouden ze aannemen dat ze ergens onderweg was blijven steken. Maar ze had haar papieren en de brieven van Ditmar daar achtergelaten en die wilde ze in elk geval meenemen. Daarom perste ze zich in een van de treinen die vol zaten met vluchtelingen. Ze reden telkens maar een klein stukje en dan moest je uitstappen, om een hindernis heen lopen en op het volgende station hopen op een aansluiting. De meeste vluchtelingen hadden niet veel meer dan de kleren die ze droegen en een buidel met een paar persoonlijke bezittingen en wat eten.

Later kon ze een stukje mee met een transport van het Rode Kruis, dat de gewonden naar het westen bracht. De laatste twintig kilometer liep ze door de koude aprilregen. Ze kon het kanongebulder van de Sovjettroepen die Berlijn hadden omsingeld al horen. Ze werd doodsbang, want er verschenen telkens weer Russische bommenwerpers in de lucht.

Doorweekt en uitgeput arriveerde ze op de vierde dag van de reis rond het middaguur op het vliegveld. Haar vermoeden was uitgekomen: de standplaats werd opgeheven. Er reed een Wehrmachtvoertuig vlak langs haar heen en ze zag vaag het silhouet van de officier door het raam van de passagiersstoel. Hij draaide het raampje naar beneden en riep naar haar: 'Maak dat je wegkomt. Over twintig minuten zijn de Russen hier!'

De auto reed door en ze rende weg om in elk geval haar spullen en Ditmars brieven te redden. Op het veld stonden drie toestellen die nog niet waren gerepareerd en daarom achtergelaten waren. Iemand was met een ervan bezig, maar in de haast kon ze niet zien wie het was. Binnen kwam ze Lilly tegen, die ook haar spullen pakte en van blijdschap een gilletje slaakte toen Dodo binnenkwam.

'Jeetje, Dodo! Dat je uitgerekend nu terugkomt... De anderen zijn allemaal weg. Ik had een missie naar Maagdenburg, maar die hebben ze afgezegd omdat het toestel niet is gerepareerd. En nu wil ik met Wilhelm naar Würzburg gaan, naar mijn ouders...'

'Hoe dan?' vroeg Dodo terwijl ze haar kleren bij de brieven in haar rugzak propte. 'Te voet? Of met de trein?'

'Nee, joh. Met de Fieseler Storch die daar staat. Wilhelm tankt hem. We nemen je natuurlijk mee.'

'Ik denk dat de drie toestellen allemaal defect zijn.'

'Wilhelm zegt dat de Storch vliegt, hij heeft het nagekeken.'

'Laten we dan gaan voordat de Russen hier zijn!'

Wilhelm Kayser was als vliegtuigmonteur in Berlijn-Staaken gestationeerd geweest en was samen met hen naar de alternatieve locatie overgeplaatst. Hij was lang en erg slank en droeg een bril met dikke glazen. Hij was een aardige kerel die een betrouwbare indruk maakte en weinig zei. Slechts één keer, toen hij Dodo's vliegtuig had getankt en ze in de cockpit klom, had hij zachtjes tegen haar gezegd: 'Weet je wel hoe jaloers ik op je ben?'

'Waarom?' had ze verbaasd gevraagd.

'Ik had graag piloot willen worden. Maar dat ging niet vanwege mijn ogen.'

'O, wat vervelend,' zei ze bezorgd. 'Je bent erg bijziend, hè?'

'Als een mol.'

'Wat naar...'

Wilhelm was nu dus trouw en dapper op het vliegveld gebleven, terwijl de rest van de medewerkers er al vandoor was gegaan. Lilly en Dodo liepen met hun rugzakken naar hem toe.

'Hoor jij het ook?' vroeg Lilly terwijl ze naast het vliegtuig stonden.

'Schoten,' zei Wilhelm dof. 'Ze zijn niet ver weg.'

Dodo zat al in de cockpit en gooide de rugzakken op de achterbank.

'Wie gaat de kist besturen?' wilde ze weten.

'Wat mij betreft vlieg jij,' antwoordde Lilly. 'Schiet op, stap in, Wilhelm. Stop de rugzakken onder de stoelen, dan hebben we genoeg ruimte.'

'Het belangrijkste is dat de Storch überhaupt vliegt...' merkte Dodo sceptisch op.

'Hij is prima, ik heb hem gecontroleerd,' zei Wilhelm kreunend, die met zijn bagage worstelde.

Dodo draaide de stoel van de piloot goed en Lilly nam achter haar plaats.

'Brandstof primen! Ontsteking. Starten.'

'Hou je mond, Lilly!'

Dodo was nerveus. De propeller draaide twee keer rond, daarna stond hij weer stil.

'Ik dacht dat je hem had gecontroleerd?'

'Start opnieuw. Het gaat wel lukken.'

De propeller draaide na twee pogingen. Er kwam zwarte rook vrij, wat niet normaal was. Dodo liet het toestel over het veld rollen en draaide het tegen de wind in.

'Vol gas!' commandeerde Lilly achter haar. 'Inlaatdruk is goed. Snelheid voldoende...'

'Vlieg jij of vlieg ik?' riep Dodo tegen het lawaai in.

'Pas op, er is daar een kuil in het veld!'

'Ik weet het. Denk je dat ik hier voor het eerst start?'

Met deze tegenwind had de Fieseler Storch slechts krap vijftig meter nodig om te starten. Met zijn hoge landingsgestel was het geen elegant toestel. Hij leek meer op een grote mug, maar kon op bijna elk terrein opstijgen en landen.

'Opstijgen!' commandeerde Lilly van achteren.

'Ja,' bromde Dodo boos en ze trok het toestel op. 'Ik zal je iets vertellen, Lilly Schweinsberg, ik vlieg nooit meer met jou!'

Of Lilly had de waarschuwing niet gehoord, of het kon haar niets schelen.

'Blijf dicht aan de grond, Dodo. Vanwege de Sovjetjachtsquadrons die hier rondvliegen...'

Toen Dodo zich snel omdraaide om naar Lilly te sissen, zag ze dat Wilhelm zijn hand op Lilly's schouder had gelegd en iets in haar oor zei.

'Het is al goed...' zei Lilly. 'Sorry. Ik word gewoon meegesleurd, ik kan mezelf niet beheersen...'

Ze vlogen naar het zuiden-zuidwesten en dachten maar aan één ding, namelijk de Sovjettanks achter zich laten. Berlijn was omsingeld, waarschijnlijk zouden ze de stad binnen een paar dagen hebben veroverd. Dan zou Duitsland capituleren en was de oorlog hopelijk voorbij. Lilly wilde naar Würzburg, Dodo hoopte Augsburg te bereiken. Wilhelm, die uit Hamburg kwam, maakte het niet uit. Zijn ouders waren bij een bombardement omgekomen en hij had geen andere familieleden. Hij wilde onder geen beding teruggaan naar Hamburg.

De vlucht verliep rustig. Dodo vloekte zo nu en dan want de Storch was een traag vliegtuig en ze had al in heel andere, snellere toestellen gevlogen.

Ondanks de kleine ruzie met Lilly was Dodo erg blij dat ze niet alleen was, want de hopeloosheid en alle vreselijke dingen die om haar heen gebeurden maakten haar neerslachtig en af en toe wanhopig. Lilly's onbevangen, naïeve vrolijkheid hielp haar om de moed erin te houden. Op de een of andere manier zouden ze het wel redden.

Eén ding was voor hen volkomen duidelijk: de Fieseler Storch kon niet ver vliegen. Ze zouden er niet mee in Würzburg komen en zeker niet in Augsburg. Op de laatste druppel brandstof landde Dodo op een weiland ergens in de buurt van Bayreuth. En dat was het einde van hun vlucht.

'We hebben brandstof nodig,' merkte Lilly op.

'Slim meisje,' grapte Dodo en ze deed haar rugzak om. 'Vraag even in het dorp of ze een paar liter voor ons hebben.'

‘Ze hebben alleen varkensmest,’ zei Lilly en ze snuffelde in de lucht.

‘Laten we maken dat we hier wegkomen,’ zei Wilhelm.

Bedroefd lieten ze de goede Storch op de weide staan en ze liepen langs het dorp een bos in. Het zakkompas uit de nooduitrusting voor luchtmachtpiloten bleek nuttig bij het vinden van hun weg. Toen aan de rand van het bos een dorpje in zicht kwam, gingen ze zitten om krijgsraad te houden.

‘We moeten er vooral achter zien te komen waar de geallieerde troepen zijn en welke plaatsen ze al hebben ingenomen,’ zei Wilhelm. ‘Als we hun tegen het lijf lopen, stoppen ze ons in het eerste het beste krijgsgevangenenkamp.’

‘Jou zeker, in je Wehrmacht-hemd,’ zei Lilly.

Dodo en zij hadden burgerkleding in hun rugzakken. Ze kleedden zich om en verstopten de vliegpakken in de struiken. Lilly had nog een blouse over, maar die was helaas veel te kort voor Wilhelm. Dodo’s trui paste iets beter. Hij zat vrij strak, maar kwam net tot zijn riem.

‘Heel chique!’ zei Lilly vrolijk toen de lange, dunne man in Dodo’s groene trui voor haar stond. Wilhelm grijnsde zwak. Hij werd er verlegen van dat de meisjes hem zo aanstaarden.

‘We hebben iets te eten en een overnachtingsplek nodig,’ zei Dodo. ‘Voordat we hier verhongeren en nog verkouden worden in de regen, moeten we het bij een boerderij proberen.’

Pas bij de derde hoeve hadden ze geluk. De boerin liet hen de keuken binnen en zette voor ieder van hen een beker melk neer. Dodo vond melk vies, maar had nu zo’n honger dat ze alles best vond en de melk haar verbazingwekkend goed smaakte. Tot hun schrik hoorden ze dat de geallieerden de stad Hollfeld al hadden ingenomen en vervolgens verder naar Bayreuth en Neurenberg waren getrokken. In Neurenberg waren zware gevechten aan de gang, dus daar moesten ze wegblijven. En in Würzburg was het niet beter.

'Waar komen jullie drieën vandaan?'

Ze jokten dat ze op de vlucht waren en uit het oosten kwamen. Ze raakten echter verstrikt omdat Lilly uitlegde dat ze uit Dresden kwamen en Dodo iets over Pommeren vertelde omdat het landgoed Maydorn in haar opkwam, dat ooit van haar oudtante was geweest. Gelukkig leek de boerin geen goede geografische kennis te hebben. Ze vertelde dat haar man en twee zonen vermist waren en dat zij en haar zussen de boerderij alleen moesten runnen.

'De Franse dwangarbeider die ze ons hebben gestuurd, is ervandoor gegaan. Nu zitten we in de problemen. De mest moet naar de akkers... Hebben jullie tijd om te helpen? Ik kan jullie geen geld geven, maar er is genoeg te eten en jullie kunnen boven in de kamers slapen.'

'Toch geen varkensmest?' vroeg Lilly, die een fijne neus had.

'Natuurlijk. We hebben varkens en koeien.'

Lilly wilde niet op het vriendelijke aanbod ingaan, maar Dodo en Wilhelm vonden het wel een goed idee. De geallieerde troepen waren overal in de omgeving, het had geen zin om hun tegen het lijf te lopen. Het was beter om af te wachten hoe de situatie zich ontwikkelde.

Een hele week lang schepten ze mest en reden ze het stinkende spul op een door een koe getrokken kar naar de velden, waar ze het verspreidden. Ze kregen goed en overvloedig te eten en de accommodatie was ook niet slecht. Nadat het werk was gedaan, legde de boerin uit dat ze nu elders moesten kijken omdat zij hen niet de hele zomer kon voeden. Daarom trokken ze weer verder.

Het ging eigenlijk niet slecht met de boeren, merkten ze. De boeren klaagden alleen dat er onder Hitler strenge controles waren geweest en dat ze de melk hadden moeten afstaan en geen boter hadden mogen maken. Van de centrifuge waarmee geboterd werd, hadden ze de zwengel af gehaald en meegenomen, maar de boeren hadden het oude botervat nog en hielden stiekem melk achter om boter van te maken.

'Ze hebben in elk geval geen honger geleden,' zei Lilly. 'Aardappelen, melk, spek en boter... Daarmee kun je het wel uithouden.'

Alleen was het lastig om aan kleding te komen, want die was niet te koop op het platteland. Maar inmiddels hingen er zelfs dure Parijse kledingstukken in de kasten van sommige boeren, en hun woonkamers werden steeds voller met tapijten, porseleinen schalen en prachtige meubels. Allemaal te danken aan de zwarte markt, die eigenlijk verboden was, maar in het geheim volop bloeide. Zelfs nu de geallieerden de omliggende steden al bezetten, werd er nog steeds veel geruild.

De lente ging voorbij. Op 30 april had Adolf Hitler zichzelf van het leven beroofd en op 8 mei kondigden de kranten de onvoorwaardelijke overgave van de Wehrmacht aan. Augsburg was eind april al door geallieerde troepen ingenomen, in Würzburg waren veel slachtoffers gevallen door de onzinnige gevechten.

'We kunnen beter nog even afwachten,' zei Wilhelm.

Dodo was het met hem eens en Lilly legde zich erbij neer. Het hooiseizoen was begonnen en ze vonden gemakkelijk werk op de boerderijen. Ze konden het goed met elkaar vinden. Dodo dacht nog steeds aan Ditmar en hoopte dat hij nog leefde. Lilly verlangde naar haar vriend Norbert, die in Roemenië was gestationeerd en van wie ze al heel lang niets had gehoord. Wilhelm sprak niet over privérelaties, maar hij gedroeg zich als een grote broer voor de twee vrouwen. Hij had nooit toenaderingspogingen ondernomen.

'Hij zal toch geen homo zijn?' fluisterde Lilly tegen Dodo toen ze tijdens het werk een poosje met z'n tweeën waren.

'Ik denk het niet,' zei Dodo. 'Hij is gewoon geen haantje-devoorste.'

'Wie weet? Misschien heeft hij een bruid?'

'Zou kunnen. Hij praat er gewoon niet over.'

Zoals altijd eindigde de nacht vroeg, want voor zonsopgang begonnen de verdomde hanen overal te kraaien. Dodo stond met veel moeite op. Ze had amper een oog dichtgedaan omdat haar rug pijn deed.

'Luister,' zei Wilhelm zachtjes tegen Dodo. 'Je maait een stukje, dan wisselen we, en ik maai snel voor jou een stuk verder. Dan kun jij zolang uitrusten.'

De vorige dag had Dodo dit aanbod afgewezen, maar nu voelde ze zich zo slecht dat ze akkoord ging. En zo maaide Wilhelm voor twee en hij deed het zo vakkundig dat ze de schoondochters van de boerin konden bijhouden. Tegen de middag was het gras gemaaid en lag het in de zon te drogen. Ze konden naar het erf lopen en iets eten voordat het hooi keren begon.

Op de boerderij wachtte hun een verrassing. Er stond een paard op het erf en er was een familielid gekomen met een kar vol kisten.

'Help eens mee!' beval de boerin van achter het raam. 'Alles moet naar de kelder.'

De kleine man had een grijze baard en smalle, donkere ogen. Hij lachte om Lilly's grappen en pakte een fles drank omdat het gerookte vlees dan makkelijker te verteren was. Nadat ze hadden geproost zei hij dat hij die dag nog naar Ebelsbach wilde omdat hij daar woonde.

'Dat ligt achter Bamberg,' zei Lilly. 'Zijn daar geen Amerikanen?'

'In Bamberg wel. Maar bij ons in het dorp is het rustig. Wil je meerijden? Vanuit Ebelsbach is het niet ver meer naar Würzburg.'

Lilly wilde wel. Ze was het zat om hooi te keren en varkensmest te scheppen. Ze wilde eindelijk naar huis en naar haar ouders. Wie weet hadden zij al iets over haar verloofde vernomen.

'Ik zou die kerel niet vertrouwen, Lilly,' waarschuwde Dodo. 'Hij is een zwendelaar. Een boef.'

'Nou en? Het belangrijkste is dat hij me meeneemt. En jij, Wilhelm? Blijf je hier of wil je met me mee?'

Ineens was de tijd dat ze met z'n drieën waren voorbij. Lilly ging haar eigen weg en ook Dodo bedacht dat ze vroeg of laat naar Augsburg zou moeten terugkeren.

‘Misschien is het beter als je met Lilly meegaat,’ zei ze aarzelend tegen Wilhelm. ‘Ze kan wel mannelijke bescherming gebruiken als ze met deze kerel op stap is.’

‘Je hebt waarschijnlijk gelijk,’ zei Wilhelm langzaam en gespannen. ‘Maar ik ga toch liever met jou mee, Dodo.’

Het was een serieuze bekentenis die ze niet had verwacht. En ze was er erg blij mee, want Wilhelm was een prettige metgezel.

31

Ik wil dat je me de waarheid schrijft, lieve Kitty. Wees niet bang, ik ben op alles voorbereid, ook op de mogelijkheid dat Paul inmiddels verliefd is geworden op een ander. Zelf heb ik – en dat weet je – nooit getwijfeld aan ons huwelijk en ik hoop zo snel mogelijk naar Duitsland terug te kunnen keren. Als het echter zo zou zijn dat Paul zich van mij heeft afgekeerd en serieus besloten heeft om dit huwelijk te beëindigen, zou ik zijn beslissing niet in de weg staan. Alleen mag deze scheiding niet uitgesproken worden zonder een laatste gesprek tussen ons tweeën, dat is het minste wat hij mij verschuldigd is...

De brief van Marie, die Walter Ginsberg naar de villa had gebracht, bezorgde Kitty een slapeloze nacht.

'Hoe komt ze erop?' had ze 's avonds aan Robert gevraagd. 'Ik heb zoiets met geen woord genoemd.'

'Vrouwen hebben een zesde zintuig voor dat soort dingen,' zei Robert zuchtend. 'Die horen zelfs aan de overkant van de oceaan het gras groeien.'

'We moeten iets doen, Robert,' zei ze. 'Als Paul zo doorgaat, loopt hij met open ogen zijn ongeluk tegemoet. Hilde Haller is immers... maar een typiste... Ze is tweede keus. Hoe kan Paul met zo iemand iets beginnen terwijl Marie in Amerika zichzelf altijd als zijn vrouw heeft beschouwd...'

'Misschien kun je je er maar beter niet mee bemoeien, Kitty,' waarschuwde hij. 'Schrijf Marie hoe de situatie is en laat de beslissing aan haar over.'

Maar dat was niets voor Kitty. Nee, er moest iets gebeuren en wel nu. Straks vroeg Paul nog de scheiding aan en had Marie door alle wroeging niet meer de moed om zich ertegen te verzetten. Zover mocht ze het niet laten komen.

'Doe wat je niet laten kunt, schat,' zei Robert glimlachend. 'Je doet het immers toch.'

'Inderdaad!'

Het was zinloos om met Paul te praten. Haar arme broer was helemaal de weg kwijt en luisterde niet naar haar. Ze moest hulp zoeken.

Eerst besprak ze de zaak met haar dochter Henni. Maar tot haar teleurstelling vond ze niet de steun die ze had verwacht. 'Ik vind het ook niet leuk, mama. Maar aan de andere kant is Hilde Haller heel aardig en ze past goed bij oom Paul.'

'Wat? Ik ben verbaasd over je gebrek aan mensenkennis, Henni! Dat mens past totáál niet bij Paul. Hij vindt haar leuk omdat ze hem mateloos aanbidt en hem naar de mond praat. Dat is waar mannen van houden. Maar Paultje heeft een vrouw nodig die gelijkwaardig is aan hem. Een vrouw die ruggengraat heeft, een onafhankelijke persoonlijkheid, een zakenvrouw die het overzicht kan bewaren...'

'Jaja, mama... Toch vind ik dat je het aan oom Paul moet overlaten. Hij is immers volwassen.'

'Lieve hemel!' kreunde Kitty. 'Is het je nog niet opgevallen dat mannen in bepaalde zaken nooit volwassen worden?'

'O, jij en je theorieën!' wuifde Henni het weg. 'De tijden zijn veranderd, mama. De mannen van nu zijn anders.'

'Misschien,' zei Kitty misnoegd. 'Maar je oom Paul is nog ouderwets.'

Tante Elvira, die anders altijd openstond voor een openhartig gesprek, liet Kitty weten dat ze niet van plan was zich met Pauls zaken te bemoeien. Gertrude voelde zich ook niet verantwoordelijk en Tilly zei dat ze Maries beslissing om samen met Leo naar Amerika te emigreren destijds al niet had begrepen en dat Marie daarom niet verbaasd moest zijn als Paul twijfelde aan haar trouw.

Wat is dit voor een familie, dacht Kitty boos. Marie heeft zich voor ons allen uit de naad gewerkt toen ze nog bij ons was. Ze heeft de fabriek door de Eerste Wereldoorlog en de moeilijke naoorlogse jaren geloodst, nam tante Elvira op in de villa, zette zich in voor Tilly en ook Henni heeft veel aan haar te danken. O, kon ik Leo maar bereiken! Maar hij heeft waarschijnlijk nog minder invloed op zijn vader, want Paul weet dat Leo in het Amerikaanse leger zit. Kurt zou het meest kunnen bereiken, naar hem zou Paul wel luisteren. En Dodo zou zeker vechten voor haar moeder. Maar Kurt was een Amerikaanse krijgsgevangene en waar de arme Dodo was, wist niemand. Als het lieve meisje nog in leven was...

Kitty was vastbesloten om op zijn minst Lisa te overtuigen. De zussen moesten elkaar steunen als Paul op het punt stond zich in het ongeluk te storten. Lisa was op dit moment echter erg druk met haar eigen problemen, die – toegegeven – niet bepaald klein waren. Er was geen nieuws over Hanno en Johann, behalve dat ze krijgsgevangen waren genomen door de Amerikanen, en Charlotte besteedde nauwelijks aandacht aan haar moeder, maar zorgde uitsluitend voor haar vader. Tilly kwam twee keer per week naar de villa om Sebastian te onderzoeken, met wie het elke dag slechter ging.

'De vreugde dat hij zijn vrouw en dochter weer heeft gevonden, hielp hem in het begin en verzachtte de pijn,' had Tilly in vertrouwen tegen Lisa gezegd. 'Maar nu hij hier al een tijd is, wordt hij overweldigd door het lichamelijke letsel en vast ook door de verschrikkelijke ervaringen. Je zult geduld met hem moeten hebben, Lisa.'

Lisa was vastbesloten om alles te doen wat ze kon. De woede die ze jarenlang jegens haar man had gekoesterd, was allang weg. In plaats daarvan had ze gevoelens van tederheid en moederlijke bezorgdheid.

'Weet je, Kitty,' had ze gezegd. 'Ik ben Paul dankbaar dat hij bereid was om Sebastian hier te verstoppen.'

En daar had ze natuurlijk gelijk in. Ze vergat echter te noemen dat Paul deze beslissing niet alleen had genomen. Ze hadden een familieberaad gehouden.

Toen Kitty op de deur van Pauls echtelijke slaapkamer klopte, waar Lisa en Sebastian momenteel verbleven, werd ze begroet met een overspannen zucht.

'Wat is er nu weer?' vroeg Lisa geïrriteerd.

'Ik ben het, Kitty. Ik wilde jullie even kort spreken.'

'Moet dit per se nu?'

'Het is belangrijk, Lisa!'

'Kom dan maar binnen. Maar doe de deur alsjeblieft niet zo wijd open, anders vallen de spullen die ik erachter heb gezet om...'

Ze had allerlei spullen in huis verzameld om op de zwarte markt te ruilen voor voedsel. Er waren ook een paar dingen bij uit Maries bezittingen die ze niet had meegenomen naar Amerika. Kleding, dure schoenen, modieuze sieraden... Dat soort dingen konden op de zwarte markt goed worden geruild.

In de kamer hing zoals gewoonlijk een muffe geur. Lisa ventileerde zelden omdat Sebastian anders misschien verkouden werd.

Kitty hield haar mening voor zich. Lisa had een man nodig die ze met zorgen kon omringen, zelfs als ze hem daarmee ontmoedigde. Charlottes zorg was anders. Zij zat aan het bed van haar vader en voerde gesprekken met hem, ging in de bibliotheek op zoek naar de boeken die hij haar aanraadde en soms las ze hem voor.

'Wilde je met me praten over die onnozele formulieren die we moeten invullen?' vroeg haar zus, die terugliep naar het tafeltje dat ze naast het bed had geschoven. Daarop lagen drie van de onheilspellende 'denazificatieformulieren' die de militaire regering aan alle Augsburgers had gestuurd.

'Het is mensonterend,' riep ze. 'Die pietluttige ondervraging. Of ik lid van de partij was. Zo ja, sinds wanneer, voor hoelang, in welke functie, enzovoorts. Of mijn man lid was van de partij. Of onze kinderen bij de Hitlerjugend zaten... Lieve hemel, mijn man zat jarenlang gevangen in het kamp van Dachau omdat hij tegen de nazi's vocht!'

Kitty ging naast haar zitten en keek naar Lisa's formulieren. Zelf had ze de hele procedure al samen met Robert doorlopen. Boven de vragen stond de waarschuwing dat valse informatie bestraft zou worden.

'Robert zei dat je het feit dat Sebastian bij de KPD heeft gezeten beter weg kunt laten,' zei ze aarzelend.

'Maar ze vragen erom! Er staat: was u voor 1933 lid van een partij? Welke partij?'

'Schrijf SPD,' stelde Kitty voor. 'De Amerikanen hebben iets tegen communisten.'

'Nee,' zei Sebastian, die het had gehoord. 'Ik hou me aan de waarheid. Ik spreek me uit voor mijn partij. Dat heb ik altijd gedaan en dat wil ik nu ook doen!'

'Wat jij wilt,' zei Kitty, terwijl ze haar schouders ophaalde. 'Het was maar een suggestie.'

Hij krijgt het weer eens voor elkaar om alles te verprutsen, dacht ze. Maar op de een of andere manier is het ook geweldig. Dom, maar geweldig. Hij blijft een aparte man, die Sebastian Winkler.

'Gerti zal het lastig krijgen als de formulieren eenmaal zijn beoordeeld,' sprak Lisa verder. 'Ze zullen haar vast in Göggingen opsluiten. Ik heb gehoord dat de vrouwen van de nazibobo's daarnaartoe gaan.'

Kitty wist het ook omdat Auguste altijd allerlei nieuws hoorde als ze in de rij stond voor de levensmiddelen. In het kamp Göggingen hadden de bezetters de voormalige kampbewakers en de vrouwen van de grote nazibobo's, zoals mevrouw Göring, gevangengezet. Naar verluidt ging het er daar vrij vrolijk aan toe. Niemand hoefde er honger te lijden, ze hadden de zomerzonnewende gevierd met mousserende wijn en sterkedrank en naziliederen gezongen. Kitty wist niet of dat waar was. Auguste kraamde vaak allerlei onzin uit. Maar het was in elk geval beter dat Sebastian dat soort dingen niet hoorde.

Eigenlijk had Kitty inmiddels medelijden met de onfortuinlijke Gerti. Ze had geloofd dat ze het als mevrouw Von Klippstein eindelijk had gemaakt en nu was ze van de regen in de drup terechtgekomen. Helaas pindakaas.

'En onze arme Paul zal het ook moeilijk krijgen,' verzuchtte Lisa. 'Hij zat in de partij en ze hadden in de fabriek dwangarbeiders in dienst. Dat zorgt ook voor problemen.'

'Dat heeft Ernst von Klippstein hem opgedrongen,' wierp Kitty tegen. 'Paultje kon er niets aan doen...'

'Maar het was in de tijd dat de fabriek nog onder Pauls leiding stond,' hield Lisa vol.

'Dat is onzin!' riep Kitty. 'En hoe dan ook, Marek zal voor hem getuigen. En Sebastian...'

'Natuurlijk,' riep hij vanuit de kussens. 'Paul heeft me wekenlang voor de Gestapo in de villa verborgen, daar kan ik van getuigen.'

'En ze zullen het Paul verwijten dat Marie hem heeft verlaten,' vervolgde Lisa onverdroten. 'Ze zullen beweren dat hij zijn Joodse vrouw naar Amerika stuurde omdat ze in Duitsland hinderlijk voor hem was...'

'Dat is precies waar ik het met jullie over wilde hebben,' zei Kitty. 'Jullie weten net zo goed als ik dat Marie van de eerste de beste gelegenheid gebruik zal maken om bij ons terug te keren...'

'O, echt?' vroeg Lisa lichtelijk verbaasd. 'Daar weet ik helaas niets van af.'

'Dan moet je deze brief lezen...'

Lisa pakte Maries brief en las hem snel door. Vervolgens overhandigde ze hem aan Sebastian, die Kitty vragend aankeek.

'Natuurlijk,' zei Kitty. 'Lees het alsjeblieft. Ik denk dat we absoluut met Paul moeten praten voordat hij iets doet waar hij later misschien spijt van krijgt.'

Lisa haalde haar schouders op. 'Weet je, Kitty, Marie had toen gewoon niet moeten emigreren. Dat was een ernstige fout en als je het je goed herinnert, was Paul erg gekwetst door de beslissing die ze toen helemaal zelf heeft genomen.'

'Je weet heel goed waarom Marie Duitsland moest verlaten...'

Lisa maakte een afwimpelend gebaar en noemde natuurlijk het belachelijke argument dat je nu de hele tijd te horen kreeg. 'Als vrouw van een arische man hadden ze haar niets aangedaan.'

'Dat is helemaal niet waar,' zei Kitty. 'Je weet zelf hoe vaak de Gestapo in de villa is geweest.'

'Ik moet Kitty gelijk geven, schat,' bemoeide Sebastian zich ermee. 'Het was verstandig van Marie om Duitsland te verlaten. Ik heb het niet gedaan en er een hoge prijs voor betaald.'

'Hoe dan ook!' zei Lisa nerveus. 'Marie heeft geen nachten hoeven doorstaan waarin de stad werd gebombardeerd. Zij heeft niet meegemaakt dat de Gestapo kwam. Zij heeft daar een mooi appartement, genoeg te eten en verdient veel geld. Hilde was degene die in deze moeilijke tijden aan Pauls zijde stond. Dan is het niet zo gek dat hij verliefd op haar werd. Bovendien is ze een heel aardige, keurige vrouw.'

Kitty realiseerde zich dat Lisa geen snars was veranderd. Ze voelde zich altijd achtergesteld, in haar opinie hadden alle anderen het beter getroffen. Dat Marie in New York ook moeilijke tijden had meegemaakt, kwam niet bij haar op.

'Dus jij vindt het juist dat Paul zijn vrouw en de moeder van zijn kinderen gewoon aan de kant zet en een ander neemt?' riep ze verontwaardigd uit.

'Of ik het juist of niet juist vind, doet er niet toe, Kitty,' antwoordde Lisa. 'Dit is een zaak tussen Paul en Marie en ik ben niet van plan me ermee te bemoeien.'

'Zo!' zei Kitty boos. 'Dus jij houdt je er laf buiten. Als mama dit nog had meegemaakt...'

'Mama?' riep Lisa. 'Zij zou het zeker met me eens zijn geweest.'

'Maar papa beslist niet!'

Lisa gooide boos de pen op het tafeltje en stak haar kapsel steviger vast. 'Waarom haal je papa erbij? Hij is allang dood. Wat is dit eigenlijk voor een doortrapte manier om invloed uit te oefenen? We hebben het zonder die verwaande Marie al moeilijk genoeg!'

Kitty keek vragend naar Sebastian, die met een droevige blik Maries brief aan haar overhandigde. 'Het is tragisch, Kitty. Ik begrijp Marie, maar ik kan Paul ook begrijpen. En niet in de laatste plaats Hilde. Hij heeft haar waarschijnlijk een huwelijksbelofte gedaan...'

Kitty pakte Maries brief zwijgend aan en keek hen minachtend aan. 'Dan heb ik niets meer te zeggen!' zei ze op koele toon en ze liep de kamer uit.

In de gang haalde ze eerst eens diep adem om haar woede en teleurstelling te laten wegebben, maar dat lukte niet. Hoe had ze kunnen denken dat Lisa voor Marie zou opkomen? Lisa was altijd al een egoïst geweest. Ze had Marie verwaand genoemd! Wat een ongelofelijke...

Op dat moment ging er een deur open en liep Hilde Haller de gang in, gevolgd door Charlotte, die waarschijnlijk een boek van haar had geleend. Ze kletsten geanimeerd met elkaar.

'Het is een prachtig boek,' zei Hilde met een glimlach tegen Charlotte. 'Je vader zal het vast leuk vinden.'

'Bedankt voor de tip,' zei Charlotte. 'Het is geweldig hoeveel u hebt gelezen.'

Het meisje ging de slaapkamer van haar ouders binnen en Hilde maakte aanstalten om de trap af te gaan naar de bibliotheek. Ze kwam echter niet ver.

'Juffrouw Haller?'

Hilde kromp ineen toen Kitty haar riep, bleef staan en draaide zich langzaam naar haar om.

'Ja, mevrouw Scherer?'

'Mijn schoonzus Marie heeft me geschreven dat ze binnenkort terugkomt naar Augsburg,' zei Kitty, terwijl ze Hilde strak aankeek.

Schrok ze? Als dat zo was, kon ze het goed verbergen. Ze werd alleen een beetje bleek, meer niet.

'Ik weet dat mijn broer van zijn vrouw houdt,' vervolgde Kitty. 'U zou er goed over moeten nadenken of u een huwelijk kapot wilt maken!'

Zo, die zat. Hildes ogen werden even heel groot. Daarna draaide ze zich abrupt om en liep de trap af. Kitty hoorde dat de deur van de serre werd opengetrokken en weer werd dichtgeslagen.

'Je bent onmogelijk, mama!' Henni kwam haar kamer uit. Waarschijnlijk had ze alles gehoord.

'Ik vind dat ze het moet weten,' verdedigde Kitty zich.

'Is dat jouw zaak? Tante Marie zou zoiets nooit hebben gezegd, daar is ze veel te aardig voor.'

'Ik weet het,' zei Kitty. 'Daarom zeg ik het. Ik ben niet aardig als het gaat om het geluk van Paul en Marie.'

'Je bent echt onverbeterlijk, mama!' riep Henni en ze liep de badkamer in.

In dit overvolle huis hoort echt iedereen alles, dacht Kitty boos. Wat een toestand! Je hebt hier geen enkele privacy.

Toen viel haar blik op Hanna, die zich blijkbaar in een nis tussen de gangkasten had verstopt. Ze straalde.

'Dat was helemaal juist, mevrouw,' fluisterde ze tegen haar. 'Eindelijk heeft iemand het een keer gezegd. O, ik ben zo blij dat de lieve mevrouw terugkomt! Weet u wanneer ze komt?'

'Nog niet, Hanna. Maar het kan niet meer lang duren.'

'Als mevrouw Brunnenmayer dit hoort! Ze zal dolblij zijn...'

'Nou, je kunt het haar rustig vertellen, Hanna. En de anderen ook.'

'Dank u wel, mevrouw!'

Het personeel! Ze had helemaal niet aan het personeel gedacht. Zij hadden immers ook een stem in dit huis. Een heel gewichtige stem zelfs!

32

De arrogantie van de bezetters was haast niet te verdragen. Paul was tien minuten na de avondklok nog op de Haagstraat geweest omdat hij in de stad een paar schoenen voor Hilde had proberen te bemachtigen, toen er plotseling drie Amerikaanse soldaten voor hem stonden. Ze hielden een machinegeweer voor zijn neus en eisten zijn papieren. Hij had hun uitgelegd dat hij op weg was naar huis en amper twee minuten verderop woonde. Maar het was tevergeefs. Ze behandelden hem als een crimineel, dreigden hem te arresteren en lieten hem pas gaan toen ze zeker wisten dat hij inderdaad in de villa woonde die vanaf de Haagstraat te zien was. Ze genoten ervan een nazi te vernederen, voelden zich de heersers van de stad en praatten luid tegen elkaar, ervan uitgaande dat hij geen Engels verstond. Hij was boos naar huis gegaan, denkend dat Amerikanen geen cultuur en beschaving kenden, wat hem al was opgevallen toen hij Marie en Leo in New York bezocht. Op de oprijlaan die door het park naar de villa leidde, nam zijn woede langzaam af. Alles groeide en bloeide in het park. De bomen en struiken waren vol gebladerte en in de nieuw aangelegde moestuin naast de villa groeiden de stokbonen omhoog.

Ik moet niet zo geprikkeld zijn, dacht hij toen Humbert de voordeur voor hem opendeed. Deze oorlog, die Hitler heeft ontketend, heeft het volk onnoemelijk veel leed bezorgd. Is het dan een wonder dat ze de nazi's verachten? Ze hebben de verschrikkelijke beelden van Auschwitz en Theresienstadt gezien en denken dat we allemaal monsters zijn.

In elk geval werd het vuil nu weer opgehaald in Augsburg, wat dringend nodig was want de ratten en muizen hadden zich vermenigvuldigd en de mensen waren bang voor ze. Af en toe reed er zelfs weer een tram en de mensen begonnen het puin in het oude centrum op te ruimen. Hiervoor werden Duitsers opgeroepen, vooral vrouwen, omdat er een tekort was aan mannen die in staat waren om te werken. Twee textielfabrieken werkten weer. Dat was een hoopgevende ontwikkeling, maar had geen betekenis voor textielfabriek Melzer, want daarvan waren op een paar restanten na alle gebouwen verwoest. Voor een nieuw begin zouden ze eerst het puin moeten opruimen en daarna minstens een van de hallen herbouwen. Ook moesten er nodig nieuwe machines worden aangeschaft, want Ernst von Klippstein had alle ringspinmachines en weefgetouwen weg laten halen. Maar hoe? En van welk geld? Er waren geen reserves meer. De levensmiddelen betaalden ze inmiddels door allerlei dingen op de zwarte markt te verkopen. Paul vond het vooral verschrikkelijk dat zijn werknemers, aan wie hij niet eens loon kon uitkeren, de boodschappen uit eigen zak waren gaan betalen. Ze deden dat stilzwijgend en wilden niet dat hij het wist, maar hij kon natuurlijk rekenen. Het ontroerde hem en tegelijkertijd schaamde hij zich voor deze trouwe aanhankelijkheid. Alleen al om die reden moest hij een manier zien te vinden om de fabriek weer operationeel te krijgen.

's Avonds zat hij vaak met Robert en Marek in de serre, die aan de bibliotheek grensde. Hilde kwam er meestal bij zitten en Henni ook. Marek had hun verteld hoe hij zich in schuren en loodsen had verstopt. Hij had voor een paar weken een schuilplaats gevonden op een boerderij en in april had hij zelfs een tijdje in het bos gekampeerd. Hij bracht er de dag door in een zelfgebouwde, primitieve hut en 's nachts sloop hij de dorpen in om eieren uit de kippenhokken te stelen.

'Ik dacht: als ze me pakken, dan verdien ik het. Maar ik maak het hun niet makkelijk,' zei hij.

Hij was nog steeds van mening dat hij verantwoordelijk was voor de zelfmoord van Von Klippstein, maar na zijn terugkeer had hij verschillende pogingen gedaan om toenadering tot Gerti en zijn zoon te zoeken. Vergeefs. Gerti had het hem kwalijk genomen dat hij, geplaagd door wroeging, afstand van haar had genomen.

'Nu het goed met je gaat en ik een nazivrouw ben, hoef je ook niet meer naar me toe te komen,' had ze hem laten weten.

Hij had haar gevraagd er rustig over na te denken. Herrmann was immers zijn kind, zijn eigen vlees en bloed, en hij wilde zo goed mogelijk voor hem zorgen.

'Ik kan prima zelf voor Herrmann zorgen!' had ze koel geantwoord. 'Iemand die me alleen neemt omdat hij een kind met me heeft, hoef ik niet!'

Paul had geen commentaar gegeven op Mareks verhaal, maar Henni had natuurlijk haar mond niet kunnen houden.

'En?' had ze doorgevraagd. 'Is dat echt zo? Ben je alleen geïnteresseerd in de kleine?'

Marek had een tijdje voor zich uit gestaard en Paul dacht al dat hij niet wilde antwoorden. Maar dat deed hij wel.

'Ik weet het niet...' mompelde hij. 'In het begin, toen ik in haar huis was en de muurschilderingen maakte, was het anders. Ze was echt verliefd en dat gold ook voor mij. Ook later nog, toen ze in de villa kwam wonen. Maar algauw vond ik het niet meer juist, omdat ik wist dat haar man het doorhad. Begrijpen jullie dat? Hij had me makkelijk aan de Gestapo kunnen uitleveren, maar dat deed hij niet. Om wat voor reden dan ook. En toen dacht ik dat het niet fatsoenlijk was dat Gerti en ik hem bedrogen. En ineens pleegde hij zelfmoord...'

'Ik begrijp het...' zei Henni. 'Je voelde je een schoft omdat Ernst von Klippstein zich zo "nobel" gedroeg. Maar misschien had hij andere redenen om je niet naar een kamp te sturen?'

'Ik weet het niet... Gerti zei ooit dat hij het zich niet kon permitteren...'

'Ik denk ook dat er meer speelde. Mogelijk wilden ze hem aan de kant zetten,' zei Robert. 'Hij heeft zichzelf zeker niet uit liefdesverdriet van het leven beroofd.'

Marek ademde zwaar. Paul zag aan hem dat hij Roberts versie graag wilde geloven, maar dat niet zonder meer kon.

'Misschien was dat zo...' zei Marek uiteindelijk. 'Maar het heeft Gerti en mij uit elkaar gedreven. Ik weet niet of ik nog wel van haar hou. Ik denk alleen dat ik het niet zou kunnen verdragen als ze gewoon met het kind wegloopt en ik hen nooit meer zie.'

'Vooral het kind of ook Gerti?' wilde Henni koppig weten.

'Allebei...'

Ze zwegen een tijdje. Robert nam wat slokjes van zijn koffiesurrogaat, Paul had zichzelf getrakteerd op een glas schnaps en Henni en Hilde dronken muntthee.

'Ik denk dat je eerst voor jezelf duidelijk moet krijgen wat je gevoelens zijn voordat je iets doet, Marek,' zei Paul. 'Het is belangrijk om te weten wat je echt wilt.'

Marek knikte en keek nogal wanhopig.

'Ik zou eens voorzichtig met Gerti kunnen praten,' bood Hilde aan.

Maar dat wilde Marek absoluut niet. Het was dus duidelijk dat ze hem voorlopig niet konden helpen en ze gingen over op andere gespreksonderwerpen. Ze spraken erover dat in herberg Eckstuben een officierskantine voor de bezetters was ingericht, waar de Augsburgse kinderen stonden te bedelen om de restjes.

'Wat erg,' zei Hilde bedroefd. 'Veel gezinnen hebben nauwelijks te eten omdat ze geen geld hebben. De kloosters delen maaltijden uit. Maar het is niet genoeg voor iedereen...'

Paul zei er niets over, want ook in de villa was het geld schaars. Maar Henni vertelde dat er ook goed nieuws was: MAN werkte weer, daar werden locomotieven gerepareerd en de ijzersmelterij

Fritsch had ook een grote order gekregen van het Amerikaanse hoofdkwartier.

'Geweldig,' bromde Paul verbitterd. 'De voormalige wapenfabrikanten mogen weer aan de slag, maar textielfabriek Melzer is geruïneerd.'

'Wij komen er ook weer bovenop, oom Paul!' zei Henni zelfverzekerd. 'Laten we morgen eens kijken hoe we het moeten aanpakken.'

Paul had een paar keer over het fabrieksterrein gelopen, maar de situatie was deprimerend geweest.

'Voor mijn part, Henni, als je denkt dat het iets oplevert,' zei hij zonder veel enthousiasme.

'In elk geval heb jij daar nu weer de leiding,' zei Henni.

'Ja, ik ben de directeur van een puinhoop,' zei hij spottend.

'Je zult er een nieuwe, bloeiende fabriek van maken,' zei Hilde en ze keek hem glimlachend aan.

Hij was niet overtuigd, maar wilde zijn twijfels verder niet laten merken en begon over iets anders.

Auguste had twee dagen eerder verteld dat de bezetters Duitse krijgsgevangenen door Augsburg hadden geleid en dat ze er zeker van was dat Johann erbij was.

'Ik heb gezegd dat ze het niet tegen Lisa mag vertellen. Ze heeft genoeg zorgen aan haar hoofd en mag niet nog meer van streek raken,' zei hij.

Ook Henni wist het al.

'Auguste zei dat ze zijn gezicht herkende en zijn naam riep. Hij zou haar geschokt hebben aangekeken en zijn hoofd meteen weer hebben weggedraaid.'

'Dan was hij het misschien toch niet?' dacht Hilde.

'Hij was het zeker,' zei Henni. 'Maar hij schaamt zich dat hij als gevangene door Augsburg wordt geleid en wil niet herkend worden. Zo is Johann wel.'

'Zou hij nog steeds in het nationaalsocialisme geloven?' vroeg Robert zich peinzend af en hij zuchtte. 'Had hij zich niet vlak voor het einde van de oorlog aangemeld bij de Waffen-ss?'

'Daar zie ik hem wel voor aan,' zei Henni. 'Hij was als jongen al behoorlijk fanatiek.'

'Is bekend waar de gevangenen naartoe worden gebracht?' vroeg Paul.

'Naar Frankrijk, zeggen ze,' zei Henni. 'Naar een Amerikaans krijgsgevangenenkamp.'

Er was geen nieuws over Hanno, maar Tilly was vol goede moed, want Jonathan had haar geschreven dat hij spoedig uit gevangenschap zou worden vrijgelaten.

Paul vroeg niet hoe het met Felix ging. Ook hij zou vrijgelaten worden, maar het was onduidelijk hoe het met zijn gezondheid ging. Hij had Henni een paar weken geleden in een korte brief geschreven dat hij een schot in zijn long had gekregen en dat het projectiel was blijven steken. Tilly had Henni gerustgesteld en gezegd dat als Felix eenmaal terug was, hij goed onderzocht en zo nodig geopereerd kon worden. Paul wist hoeveel zorgen Henni zich om Felix maakte en hoopte innig dat Tilly gelijk had. Felix was een fatsoenlijke en aardige jongen. Paul mocht hem graag.

Ze bleven bijna tot middernacht met elkaar praten. Daarna liepen ze zo zacht mogelijk naar hun slaapkamers om de anderen niet te wekken. Zoals altijd ging Paul met Hilde mee naar haar kamer. Ze deed de deur open en hij volgde haar, sloot de deur achter zich en trok haar in zijn armen.

'Je ziet zo witjes vandaag,' zei hij. 'Gaat het wel goed met je?'

'Ik heb nagedacht, Paul,' antwoordde ze. 'Ik weet niet of het goed is wat we doen.'

'Waarom begin je daar nu alweer over?' vroeg hij geïrriteerd. 'We hebben er lang en uitvoerig over gepraat. Binnenkort is het mogelijk om de scheiding door te zetten en ik denk niet dat mijn vrouw erg moeilijk zal doen...'

'Daar kom je waarschijnlijk snel achter, Paul,' zei ze, terwijl ze hem veelbetekenend aankeek.

'Wat bedoel je daarmee?'

'Je vrouw is van plan binnenkort naar Augsburg te komen.'

Hij staarde haar aan, onzeker of hij haar wel goed had verstaan. 'Wat zeg je? Mijn vrouw... Wil Marie naar Augsburg komen? Hoe kom je daarbij?'

Hilde glipte uit zijn armen en liep een paar stappen de kamer in. Daarna draaide ze zich om en hij zag dat haar ogen boos fonkelden. Tjonge, zijn zachtaardige Hilde kon boos zijn. Dat was een nieuwe kant van haar.

'Je zus Kitty heeft het me vanmiddag op haar onnavolgbaar diplomatieke wijze verteld. Ze verweet me dat ik je huwelijk kapotmaak.'

'Dat... dat is niet te geloven!'

Hij werd ontzettend kwaad. Hoe durfde Kitty zo'n botte opmerking naar Hildes hoofd te slingeren? Wat een ongelofelijke bemoeienis met dingen die haar niets, maar dan ook helemaal niets aangingen! Hij was zo kwaad dat hij het liefst meteen naar de herenkamer was gestormd, waar ze met Robert logeerde. Maar Hilde hield hem tegen.

'Alsjeblieft, maak er geen punt van, Paul,' vroeg ze. 'Jij kent je zus beter dan ik. Zij laat nu eenmaal onomwonden merken wie ze aardig vindt en wie niet...'

'Er zijn grenzen,' zei hij boos. 'En hoe dan ook... Hoe kan ze beweren dat Marie naar Augsburg komt? Hoe weet ze dat?'

'Ik heb geen idee, Paul. Maar misschien heeft ze via... Hoe heet hij ook alweer? Via Walter Ginsberg contact met New York gelegd.'

Natuurlijk. En als het niet via Walter was, dan misschien via Leo, die had besloten om zich bij het Amerikaanse leger aan te sluiten om tegen zijn vaderland te vechten. Waarschijnlijk was hij zelfs ook in de buurt. Kitty moest Marie hebben geschreven en haar hebben overgehaald om zo snel mogelijk naar Duitsland te reizen. Wat voor een venijnige intrige beraamde zijn zus tegen hem?

'Nou, goed,' zei hij, terwijl hij deed alsof hij kalmeerde. 'Het is alleen maar goed als ze naar Duitsland komt, dan kunnen we de scheiding in alle rust bespreken en zijn de formaliteiten minder ingewikkeld. Toch zal ik Kitty morgen eens flink mijn mening zeggen...'

'Dat wil ik niet, Paul. Als het al gebeurt, is het aan mij om met haar te praten. Maar ik denk dat het op dit moment heel lastig is.'

'Inderdaad,' zei hij grimmig. 'Tot nu toe is niemand erin geslaagd mijn zus van een mening af te brengen als ze die eenmaal heeft gevormd. Probeer haar maar gewoon niet serieus te nemen, Hilde, dat is de beste remedie. Maak je geen zorgen, het zal onze plannen niet beïnvloeden, dat beloof ik je.'

Ze knikte en glimlachte naar hem. 'Vind je het vervelend om vannacht in je eigen kamer te slapen?' vroeg ze vriendelijk. 'Ik ben een beetje nerveus en zou je alleen maar wakker houden.'

'Helemaal niet,' zei hij iets te snel. 'Ik zal vannacht ook onrustig slapen. Welterusten, lieverd. Laten we er morgen in alle rust over praten.'

Hij kuste haar en hield haar even vast voordat hij de kamer uit liep. De smalle, lange gang werd verlicht door het maanlicht dat door een raam naar binnen scheen en leek plotseling vreemd en onwerkelijk. Op een ladekast stond een zilverachtig glanzend droogboeket in een vaas. Was dat niet Maries bruidsboeket geweest? Ach, onzin, dat stofnest was vast van Lisa of misschien zelfs van zijn moeder geweest. Hij begon al spoken te zien... Het werd hoog tijd dat hij naar bed ging.

In de linnenkamer was de lucht benauwd. Het smalle veldbed dat voor hem was opgezet was niet erg comfortabel en zoals hij al had gevreesd, had hij moeite om de slaap te vatten.

Marie zou dus naar Augsburg komen. Waarom voelde hij bij die gedachte zo'n pijnlijke rusteloosheid? Hij had Hilde zojuist verzekerd dat Maries aanwezigheid in Augsburg hun huwelijksplannen zou vergemakkelijken en versnellen. Nu besefte hij dat hij tegen zichzelf had gelogen. Hij kreeg het benauwd bij de gedachte om weer tegenover Marie te staan. Wat zou hij tegen haar zeggen? Hoe kon hij zijn bedoeling verklaren als hij haar in de ogen keek? Hij had heel veel van haar gehouden. Ze was zijn naaste vertrouweling geweest, zijn geliefde, de moeder van zijn kinderen… Was dat allemaal verleden tijd? Over en uit? Of hield hij zichzelf voor de gek? Zou het kunnen dat hij nog steeds van Marie hield?

Waarom kwel ik mezelf met dit sentimentele gedoe, dacht hij en hij draaide zich op zijn andere zij. Ze heeft me allang aan de kant gezet en heeft iets met die Karl. Die gladde kerel die haar van hem afhankelijk heeft gemaakt en geduldig op zijn kans heeft gewacht. Hij zal zijn doel inmiddels wel hebben bereikt, daar had hij immers genoeg tijd voor gehad. Wie zegt trouwens dat ze alleen komt? Het is veel logischer dat hij haar op deze reis vergezelt en ze met z'n tweeën in de villa verschijnen.

Ook die gedachte, die nu pas in hem opkwam, deed meer pijn dan hij had verwacht. Zijn Marie aan de arm van een ander. Voor altijd verloren. Een laatste afscheid, een handdruk, een vaarwel… En daarna zagen ze elkaar nooit meer terug.

Ze wilde het zo, zei hij tegen zichzelf en hij draaide zich weer op zijn rug. Hij staarde een hele tijd in de duisternis en zag beelden uit lang vervlogen tijden. Marie, het verlegen keukenmeisje, Marie, zijn jonge charmante verloofde, Marie, die bewusteloos in zijn armen lag toen hij terugkeerde uit krijgsgevangenschap. Het hielp niet om zijn ogen te sluiten, de beelden achtervolgden hem zelfs als hij zijn ogen dichtdeed. En pas toen de grote staande klok in de hal drie keer had geslagen, zakte hij weg in een verlossende slaap.

De volgende ochtend werd hij vroeg wakker doordat de kleine Herrmann in Gerti's kamer hard huilde. De enige badkamer was natuurlijk bezet. Hij liep gelaten terug naar de linnenkamer, kleedde zich aan en ging naar de hal, waar een tweede toilet was. Gelukkig vond het ontbijt in etappes plaats, want niet alle bewoners stonden op hetzelfde moment op. Alleen tijdens de lunch zaten er elf mensen aan tafel, wat Paul altijd deed denken aan vervlogen tijden, toen zijn ouders nog leefden en er vaak gasten in de villa werden ontvangen.

Toen Paul binnenkwam, zag hij Gerti zitten, die haar zoontje warme melk uit een beker te drinken gaf. Ook dit had bij sommige huisgenoten afgunst gewekt, want peuters kregen een speciaal rantsoen. Marek en Sebastian, die als slachtoffers van de nationaalsocialistische regering ook extra rantsoenen kregen, deelden hun extra voedsel met de andere bewoners van de villa. Toch was er voor het ontbijt alleen voldoende voor een sneetje brood met bietenstroop of kookkaas en een kopje koffiesurrogaat.

Henni was vandaag ook vroeg opgestaan. Ze ging bij Gerti zitten, nam Herrmann op schoot en kletste een tijdje over de radijsjes en slakroppen die in de moestuin tussen de peterselie en bieslook groeiden en de lunch zouden verrijken.

'Marek schijnt echt groene vingers te hebben,' zei ze luchtig. 'Wat hij zaait, gedijt. Zelfs de wortels en bleekselderij doen het goed.'

'Dat verbaast me,' zei Gerti vinnig. 'Vroeger lag hij liever in het gras te tekenen in plaats van te werken.'

'Sommige mannen zijn gewoon als een herfstappel. Zij worden pas rijp als de eerste stormen om hen heen hebben geblazen,' merkte Henni met een grijns op.

Omdat Gerti zweeg, wendde Henni zich tot Paul. 'Wat vind je ervan als wij zo na het ontbijt naar de fabriek gaan, oom Paul? Ik geloof dat er in een van de kelderruimtes nog twee weefgetouwen staan, die zouden we weer kunnen opstellen.'

'Waar dan? Onder de blote hemel?' zei hij met een verbitterd lachje. 'Maar goed, voor mijn part, laten we er maar heen gaan.'

Hilde, die vlak daarna in de eetkamer kwam, wilde mee, en in de hal kwamen ze Kitty en Robert tegen, die ook mee wilden. Paul hield zijn adem in, maar Hilde liet niets merken van haar boosheid en Kitty deed ook alsof alles in orde was. Hij besloot ook zijn mond te houden, maar nam zich voor om zijn zus bij de eerste de beste gelegenheid apart te nemen en haar zijn mening te zeggen.

De aanblik van de verwoeste hallen was nog steeds deprimerend. Overal lagen bergen bakstenen, verschroeide balken en glassplinters van de sheddaken. Her en der stond nog een stukje muur overeind. Ze zagen kapotte stoelen, werktafels die voor de buitenlandse arbeidsters waren opgesteld en ze vonden zelfs enkele vliegtuigonderdelen van aluminium die niet meer verwerkt waren.

'Pas alsjeblieft op dat jullie niet gewond raken door de glassplinters!' waarschuwde Hilde. 'O, kijk eens, Paul. Dit moet van jouw bureau komen.'

Ze pakte een gesmolten zwarte klomp uit het puin waar groenachtige vlekken op zaten. De bureauset van zijn vader.

'Hij zei altijd dat het jade was,' grapte Paul met galgenhumor. 'Maar het lijkt erop dat het gewoon glas was. Nou ja, alles in het leven heeft een begin en een einde.'

'Kom eens hier, oom Paul!'

Henni had met de hulp van Kitty en Robert een van de kelderdeuren vrijgemaakt. Het was niet de deur die leidde naar de voormalige schuilkelder, maar een de toegang gaf tot een van de lage opslagruimtes.

'Hij klemt. Hard trekken.'

Robert deed zijn best, maar pas toen Paul hem hielp, ging de deur open. Daarachter was het donker. De schachten waardoor wat licht kon binnendringen, waren allemaal bedekt met puin. Er ging een vlammetje aan. Henni had uit voorzorg lucifers meegenomen.

'Daar achterin!' riep ze opgewonden. 'Ik wist het. Daar staan ze nog...'

Paul zag alleen een chaos van stoffige machineonderdelen en toen ging het lichtje weer uit.

'Geef eens!'

Hij liep een paar stappen de donkere ruimte in, stak een lucifer aan en verlichtte de metalen onderdelen, die duidelijk van twee weefgetouwen waren. Het zou echter veel tijd kosten om alles schoon te maken en weer een functionerende machine in elkaar te zetten.

'Ik heb weinig hoop...' zei hij, terwijl hij de lucifer doofde voordat hij zijn vingers verbrandde.

'Het is beter dan niets,' zei Henni onverschrokken. 'Als Dodo terug is, heeft ze het in een mum van tijd voor elkaar.'

'Ik denk dat het met een paar handige mensen mogelijk zou zijn om het puin op te ruimen en een tijdelijke hal te bouwen,' zei Robert.

'Zelfs als we dat zouden kunnen doen, zouden we materiaal en vooral de goedkeuring van de militaire regering nodig hebben,' temperde Paul hun enthousiasme.

'Stap voor stap!'

Ondanks zijn scepsis leek Henni best tevreden met dit resultaat. Ze vonden nog twee bijna onbeschadigde stoelen in het puin en zetten ze in de kelderruimte. Henni had de sleutel van de kelder bij zich en deed de deur zorgvuldig op slot. Er waren veel mensen die in het puin rondsnuffelden naar iets bruikbaars, dus je kon niet voorzichtig genoeg zijn.

Op de terugweg praatte Henni druk met Robert en Hilde. Paul bleef een beetje achter en Kitty vertraagde ook haar pas.

Ze liepen even naast elkaar, kijkend naar de drie anderen die druk over Henni's voorstellen discussieerden, waarna Paul op gedempte toon het gesprek opende.

'Hoe kom je erbij om zulke botte dingen tegen Hilde te zeggen?'

'Ik weet dat je van Marie houdt.'

'Laat het verdorie aan mij over van wie ik hou.'

'Dat zou ik mezelf nooit vergeven, Paultje. Want je staat op het punt een grote fout te begaan.'

Het was zinloos. Ze was niet voor rede vatbaar. Waarom sprak hij überhaupt met haar?

'Ik wil geen bemoeienis. Heb je dat eindelijk begrepen?' zei hij tegen haar. 'Vergeet niet dat je in mijn huis woont.'

'Wil je me eruit gooien?'

'Ik zou echt willen dat ik dat kon.'

'Op een dag zul je me op je knieën... Hé, wat is daar aan de hand?'

Ze waren inmiddels op het voorplein van de villa aangekomen en Kitty bleef verbaasd staan. Ze pakte zelfs Pauls hand en kneep er zo stevig in dat hij het bijna uitschreeuwde.

'Nee!' riep ze. 'O, mijn god! Hij is het. Kijk, Paultje! Wat een geluk. Ze huilen allebei!'

Voor de treden van de villa stonden twee jonge mensen die elkaar stevig vasthielden. Een van hen was Henni. Haar haar glansde in de zon. De ander was... Felix.

Paul staarde naar de twee zielsgelukkige mensen die zo blij waren dat ze elkaar weer zagen dat ze elkaar niet meer wilden loslaten. Ze kusten elkaar eindeloos terwijl er tranen van vreugde over hun gezichten liepen. Toen werd het prachtige beeld wazig voor zijn ogen. Hij hoorde zichzelf snikken en draaide zich snel om zodat niemand zag dat hij als een klein kind huilde.

33

Augustus 1945

Leo voelde zich niet op zijn gemak in de treincoupé. Aan zijn uniform was hij duidelijk herkenbaar als iemand van het Amerikaanse leger. Hij zag het aan de reacties van zijn medereizigers. Hoewel de trein vol was, liepen sommigen door naar de volgende coupé. Anderen probeerden in gebrekkig Engels toenadering te zoeken. Ze vroegen hoe hij het in Duitsland vond en waar hij vandaan kwam. Weer anderen zaten zwijgend tegenover hem, staarden hem vijandig aan of hielden een krant voor hun gezicht. Het was vreemd om als Duitser en tegelijkertijd als bezetter naar huis terug te keren.

Hij was nu bijna anderhalf jaar soldaat. Hij had alle gevechten ongedeerd overleefd en het ambacht van oorlogvoering, dat hij aanvankelijk weerzinwekkend en ondraaglijk had gevonden, was zijn dagelijks leven geworden. Hij was in Luik geweest, had deelgenomen aan de verovering van Aken, had gevochten in de Ardennen en was ten slotte met zijn kameraden bij Remagen de Rijn overgestoken. Het was een vreemde wereld waarin hij zich na een impuls had gestort. Een wereld die volgens andere regels functioneerde dan zijn burgerleven. Een wereld waarin moed, doorzettingsvermogen en gehoorzaamheid telden, het doden van een vijand iets vanzelfsprekends was, maar mededogen zwakte betekende. Ook hij had gedood, niet uit haat, zoals sommige van zijn kameraden, maar volgens het bevel, en hij had geleerd geen schuldgevoelens op te laten komen. Oorlog was oorlog, de wetten van de mensheid golden niet meer. Of jij sterft of ik. Een land is pas verslagen als zijn leger niet in staat is om te vechten.

Nu de oorlog voorbij was, dacht hij vaak dat het genoeg was. Hij had zijn doel bereikt. Hij had geholpen zijn vaderland te bevrijden van Hitlers heerschappij. Het was tijd om naar zijn echte, burgerlijke leven terug te keren, om de oorlog achter zich te laten en weer een normaal mens onder de mensen te zijn. Het was tijd om zijn moeder weer te zien. Zijn vrienden. En om opnieuw te componeren, een orkest te leiden, aan de piano te zitten en Beethoven te spelen.

Maar hij had zich verplicht tot twee jaar en die zou hij moeten uitdienen.

Hij had lang geaarzeld, maar omdat zijn vriend Walter binnenkort van Augsburg naar een andere locatie zou worden overgeplaatst, had hij een verlofdag gebruikt om hem op te zoeken. In Augsburg, ooit hun beider woonplaats. Walter had hem in een brief beschreven hoe het er daar uitzag en ook details over de villa verteld, maar Leo voelde veel schroom om daar als Amerikaanse soldaat te verschijnen. Hij zou de villa voorzichtig benaderen. Zeker zijn vader, met wie de relatie toch al moeizaam was, zou niet blij zijn hem weer te zien.

De treinverbinding vanuit Nordhausen, waar hij nu gestationeerd was, naar Augsburg, was omslachtig. Niet alle treinen reden, hoewel het spoor grotendeels was gerepareerd. Hij had met voldoening geconstateerd dat de Amerikanen Duitsland een nieuwe kans probeerden te geven. Hopelijk niet te vroeg. Veel mensen koesterden nog de oude, destructieve ideeën en dat zou niet zo snel verdwijnen. Leo was aanwezig geweest bij de bevrijding van het Dorakamp, waar concentratiekampgevangenen en dwangarbeiders het vermeende wonderwapen, de V2, in tunnels onder de grond in elkaar moesten zetten. De aanblik van de laatste gevangenen, uitgemergeld tot op het bot, stond nog steeds op zijn netvlies gebrand.

Hij had Walter niet het exacte tijdstip van zijn aankomst in Augsburg kunnen doorgeven, maar zijn vriend was op het station toen Leo's trein arriveerde. Het weerzien was geweldig en ontroerend. Ze moesten allebei hun tranen bedwingen toen ze elkaar omhelsden.

'Wat een reis!' zei Walter glimlachend. 'Maar je bent er. En je ziet er goed uit, ouwe makker.'

'Alleen vanbuiten,' grapte Leo. 'Jij ziet er trouwens ook niet slecht uit!'

Het station was haast onherkenbaar. De gebouwen lagen nog in puin, de rails was zo goed en zo kwaad als het ging hersteld, maar toch werden de treinen volop ingezet. De strenge voorschriften van de bezetters waren inmiddels versoepeld. Het was mogelijk om je buiten de stad te verplaatsen, maar er werden wel controles uitgevoerd.

Terwijl ze door de bekende straten liepen, werd Leo steeds stiller bij het zien van de gebombardeerde huizen. Het was pijnlijk om te zien dat de oude gebouwen, de kloosters, het stadhuis en hele straten in het stadscentrum nu ruïnes waren. Vrouwen gooiden puin in emmers en tilden die op een kar, zaten aan de rand van de weg en tikten de specie van bakstenen. Een oude man trok een gammele ladderwagen achter zich aan, waarop voorwerpen stonden die hij uit het puin had gegraven. Een pan, een gedeukte kan, metalen onderdelen en verkoold hout. Kinderen speelden tussen de restanten van de voormalige huizen en gooiden een bal over. Een klein meisje drukte een vieze pop tegen haar borst.

'Er zijn niet veel levensmiddelen,' zei Walter zachtjes. 'Ze hebben altijd honger.'

Ze liepen de kantine van de Amerikaanse officieren in, want Walter was inmiddels luitenant. Hij begroette enkele kameraden en stelde hen aan Leo voor. Ze klopten elkaar op de rug, vertelden elkaar kort wat ze hadden meegemaakt en daarna gingen ze zitten voor de lunch.

‘Hoe gaat het met je, nu je dit allemaal ziet?’ vroeg Walter meelevend terwijl ze biefstuk en maïs aten.

‘Wat kan ik zeggen?’

‘Het doet pijn, hè?’

‘Ja…’ bekende Leo zwijgzaam.

‘Ik voel me net zo,’ zegt Walter. ‘Maar ik heb een tegenmiddel dat me helpt als ik dreig te worden overweldigd door medelijden. Hier, mijn pols. Hij is weer hersteld, maar ik heb er nog steeds last van. En dat zal de rest van mijn leven zo blijven.’

Leo dacht aan het moment waarop ze waren aangevallen en in elkaar waren geslagen door hun klasgenoten. Omdat Walter Joods was. Hij was toen zo ongelukkig gevallen dat hij zijn pols had gebroken.

‘Je hebt gelijk,’ zei hij verbitterd. ‘Ik heb ook een souvenir.’

Hij wees naar het litteken dat nog boven zijn oog te zien was. Dat had hij opgelopen toen hij zijn Joodse professor verdedigde tegen medestudenten van de Duitse studentenbond.

Ze aten zwijgend verder. Leo keek om zich heen en zag dat ook hier agenten met een donkere en agenten met een witte huidskleur aan dezelfde tafel zaten te eten en onbevangen met elkaar praatten. Ze hadden zij aan zij gevochten en dezelfde gevaren onder ogen gezien. Dat had hen dichter bij elkaar gebracht en vooroordelen opgeheven. Het was echter de vraag hoe het zou zijn als ze terugkeerden naar het burgerlijke leven. Walter haalde een toetje en zei toen met een glimlach: ‘Ik heb ook goed nieuws voor je: we kunnen vanmiddag samen muziek maken. Ik heb bladmuziek en een viool geleend.’

‘Nee, echt?’

‘Jazeker. Er worden hier alweer huisconcerten gegeven. Ik ben naar een daarvan gaan luisteren en heb gevraagd of ze me een viool konden lenen. Het echtpaar Schmidtkunz was in het begin sceptisch, maar toen ik een paar maten speelde, stemden ze toe en mocht ik het instrument die middag bij me houden.’

'En de piano?'

'In de officiersmess. De kameraden verheugen zich al op ons.'

'O jee!' zei Leo lachend. 'Ik heb al meer dan een jaar geen toets meer aangeraakt.'

'Nou en? Ik ben er ook helemaal uit. Maar een beetje muziek maken zal wel lukken.'

Leo was enthousiast. Hij had het niet verwacht. Het was als een korte terugkeer naar het oude leven en tegelijkertijd een intieme, vriendschappelijke ontmoeting met Walter, de enige echte vriend die hij ooit in zijn leven had gehad.

'Wil je naar de villa gaan?' vroeg Walter bij de koffie.

Leo haalde zijn schouders op. 'Het hangt ervan af...' zei hij vaag. 'Mijn moeder is vastbesloten om New York te verlaten en terug te komen naar Augsburg.'

'Ik weet het, ze heeft het me geschreven...'

'En? Wat vind je ervan?'

Walters gezicht werd ernstig. Hij vond het zichtbaar lastig om de moeilijke situatie aan zijn vriend uit te leggen. Maar het moest wel.

'Het zal niet zo makkelijk zijn, Leo. Ik heb gehoord dat je vader inmiddels een ander heeft.'

Leo staarde hem aan en was sprakeloos. Zijn vader met een andere vrouw? Was de plek van zijn moeder hier in Augsburg ingenomen? Zou dat waar zijn? Leo was er altijd heilig van overtuigd geweest dat zijn ouders van elkaar hielden. Zelfs met de oceaan tussen hen had deze liefde standgehouden. In elk geval tot de dag dat de VS deel ging nemen aan de oorlog en er geen contact meer mogelijk was.

'Weet je het zeker?' vroeg hij angstig. 'Hoe weet je dat?'

'Ik heb contact met je tante Kitty. Maar ik weet het niet van haar, maar van Henni. Je vader lijkt vastbesloten om zijn voormalige secretaresse tot zijn vrouw te maken.'

Leo groef in zijn geheugen, maar kon zich eerst alleen de bejaarde juffrouw Lüders herinneren. Maar ineens herinnerde hij zich dat er een jongere vrouw was aangenomen. Een donkerharige, serieuze vrouw met wat hoekige gelaatstrekken… Juffrouw Haller.

Hij voelde pijn en woede opwellen. Zijn moeder was zijn vader altijd trouw gebleven. Ze had de toenaderingspogingen van Karl Friedländer fel afgewezen en had daarvoor nogal wat nadelen op de koop toe moeten nemen!

'Als dat waar is, wil ik nooit meer iets met mijn vader te maken hebben,' zei hij boos. 'Als hij mijn moeder zo kan verraden…'

'Hij heeft heel lang zonder je moeder moeten leven,' zei Walter voorzichtig.

'Daar kon zij toch niets aan doen? Zij was net zo eenzaam als hij, maar ze heeft hem nooit verraden!'

'Je moeder is een bewonderenswaardige vrouw, Leo. Je weet hoe enorm ik haar waardeer. Ze zal weten hoe ze het probleem op haar eigen manier kan oplossen.'

'Weet ze het?'

'Je tante Kitty zal het haar geschreven hebben. Ik bemiddel momenteel in de correspondentie.'

Leo zweeg even. Zijn moeder wist dus van de andere vrouw. Ze had hem er niets over geschreven. Waarom niet? Omdat ze hem wilde ontzien?

'Het spijt me, Leo,' zei Walter na een tijdje. 'Maar ik moest het je vertellen. Het is niet leuk van je vader, maar ondanks alles blijft hij toch je vader…'

Leo hief zijn hoofd op en keek zijn vriend boos aan. 'Mijn vader? Wat voor vader is hij nou ooit voor mij geweest? Ik was nooit de zoon die hij wilde. Alles wat ik nu ben, heb ik aan mijn moeder te danken. En aan mijn tante Kitty, die altijd voor mij is opgekomen. Mijn pianolessen, de muziekstudie, alles wat daarmee te maken had… Voor al die dingen heb ik altijd tegen mijn vader moeten vechten…'

Walter wachtte geduldig tot Leo's woede was weggeëbd en zei toen zachtjes: 'En toch is het goed om een vader te hebben. Geloof me, Leo.'

Leo wilde ertegen ingaan, maar toen begreep hij het. Walter had zijn vader verloren toen hij heel jong was en had geen contact meer met zijn moeder, die hertrouwd was. Hij was alleen op de wereld.

'Het is vooral goed om een vriend te hebben, Walter,' zei hij, terwijl hij zijn hand op zijn schouder legde.

'Je hebt gelijk,' antwoordde Walter nauwelijks hoorbaar. 'En die heb ik. De beste van de wereld.'

Om de stemming wat minder sentimenteel te maken stond Leo op en zei hij dat het misschien goed zou zijn als ze even konden inspelen.

'Laten we gaan,' zei Walter met een glimlach. 'Het is niet ver. De officiersmess zit in de oude raadskelder.'

Ze gingen op weg en liepen door het oude centrum en over de markt.

'Moet je kijken.' Walter wees met een hoofdbeweging naar de fontein. Rond het rooster van de fontein zaten Amerikaanse soldaten en bij hen jonge Augsburgse meisjes. Ook hier was de verbroedering dus al gevorderd.

'Hopelijk weten ze wat ze doen,' mompelde Leo.

'Er zijn klootzakken bij ons die er misbruik van maken,' gaf Walter toe. 'Maar ook mannen die serieus zijn. Misschien wordt binnenkort wel de eerste Duits-Amerikaanse bruiloft gevierd.'

'Heb je de ware gevonden?' grapte Leo.

'Ik? Nee, helaas niet,' antwoordde Walter grijnzend. 'Ik ben slechts een toeschouwer en soms ook een raadgever als het om Duitse dames gaat.'

Ze lachten allebei en Leo zei dat Walter heel voorzichtig moest zijn. 'Met zoiets kun je flink in de problemen komen, stel je voor...'

Hij onderbrak zichzelf en stond abrupt stil. Zag hij het nu goed? Ja... ze was het. Ze stond met haar rug naar hem toe en wachtte in een rij voor een kraampje waar nog wat laatste aardappelen en een paar bosjes soepgroenten werden aangeboden.

'Wat is er?' vroeg Walter. 'Heb je een kennis ontdekt?'

'Liesl,' antwoordde Leo zacht. 'Daar, bij de groentekraam. Ze ziet er nog precies zo uit als vroeger. En degene naast haar, dat zou Hanna moeten zijn. Haar zou ik amper hebben herkend, ze heeft al grijze lokken in haar haar...'

'Wil je met hen praten?'

Leo stond in dubio. Als hij hen nu zou aanspreken, zouden ze natuurlijk in de villa vertellen dat hij in de stad was. Aan de andere kant, wat was daar mis mee? Hij zou tante Kitty schrijven en zijn bedenkingen toelichten.

Ze wachtten geduldig tot Liesl haar aankoop had gedaan en ontdekten dat de prijzen hoog waren. Toen Liesl en Hanna door wilden lopen in de richting van de Augustusfontein, riep hij haar naam.

'Liesl! Liesl Torberg!'

Ze schrok en draaide zich om. Ze staarde de twee Amerikaanse soldaten aan en pas na een paar seconden besefte ze wie haar had geroepen. Van verbazing liet ze bijna haar mand vallen.

'O... Leo!' zei ze en ze corrigeerde zichzelf meteen. 'Meneer Melzer, bedoelde ik. Ik herkende u bijna niet in uw uniform...'

Leo voelde dat hij rood werd. Hij had jarenlang regelmatig aan Liesl gedacht en nu ze in levenden lijve voor hem stond, voelde hij zich bijna als toen hij met zijn moeder de villa had verlaten en ook van Liesl afscheid moest nemen.

'Ik zal dit uniform nog ruim een jaar dragen,' zei hij glimlachend tegen haar. 'Ik wilde dat mijn vaderland weer werd wat het ooit voor mij is geweest. Daarom ben ik soldaat geworden.'

Hij vond het plotseling belangrijk om zijn beslissing aan haar uit te leggen en ze nam zijn woorden heel serieus. Hanna had zichzelf nu pas weer onder controle en begon druk te praten.

'Jeetje, meneer Leo!' zei ze, hoofdschuddend van verbazing. 'En ik dacht nog wel dat we iets hadden misdaan omdat jullie zo naar ons keken. O god, meneer Walter, ik bedoel, luitenant Ginsberg. U was al in de villa, toch? Wij hebben u in de hal gezien.'

'Jullie stonden zeker met z'n allen bij de keukendeur, hè?' zei Leo opgewekt. 'Je moet weten, Walter, dat belangrijke dingen onze medewerkers niet zo snel ontgaan. En dat is maar goed ook.'

'U moet niet denken dat we hebben afgeluisterd...' zei Hanna geschrokken.

'Nee, joh! Ik weet toch dat jullie nooit afluisteren, Hanna!' verzekerde hij haar met een ernstig gezicht.

'Het is alleen omdat we meeleven met wat er met de familie gebeurt,' vervolgde Hanna. 'Maar jeetje, wat zullen ze zeggen als we thuis vertellen wie we hier zijn tegengekomen. Toch, Liesl?'

Liesl had gezwegen en Leo zag dat ze hem nieuwsgierig van top tot teen opnam. Nu viel hem op dat ze toch veranderd was. Haar gezicht was smaller geworden en het kinderlijke dat ze destijds nog in haar gelaatstrekken had gehad, was verdwenen. Ze moest nu begin dertig zijn. Een volwassen vrouw. Hij vond haar lieflijk, maar ook ongenaakbaar, en haar bruine ogen hadden een droevige uitdrukking.

'Komt u ons ook in de villa bezoeken, meneer Melzer?' vroeg ze hem.

'Ik heb helaas niet veel tijd,' jokte hij. 'Ik ga later op bezoek bij mijn familie. Ik moet vanavond weer weg.'

'Dat is erg jammer,' zei Hanna. 'Iedereen zou ontzettend blij zijn geweest. Vooral mevrouw Scherer natuurlijk. En mevrouw Burmeister. O, dat weet u misschien nog niet eens, uw nicht is getrouwd. En haar man is terug uit gevangenschap. Hij is nog niet helemaal beter, maar het komt wel goed, we zorgen zo goed mogelijk voor hem...'

'Mijn moeder had het me geschreven,' antwoordde hij op haar woordenvloed. 'Ik zal snel contact opnemen, dat mag u gerust doorgeven, Hanna.'

In haar verwarring maakte Hanna midden op het Raadhuisplein een knicksje en ze lachte vervolgens beschaamd om zichzelf. Liesl leek vastbesloten om het gesprek te beëindigen, want ze zei: 'We moeten weer naar huis. Het is laat geworden en mevrouw Brunnenmayer wacht op de soepgroente...'

Leo begreep het. Ze wilde waarschijnlijk niet gezien worden terwijl ze een vertrouwelijk gesprek voerde met twee Amerikaanse soldaten.

'Als dat zo is, zal ik jullie niet ophouden,' zei hij spijtig. 'Ik vond het erg leuk om jullie weer te zien.'

Liesl beantwoordde zijn glimlach niet, maar in plaats van weg te gaan aarzelde ze en ze zei: 'Willi draagt nog steeds de rode halsband die u me toen hebt gegeven.'

'Echt?' vroeg Leo blij. 'Dan heb ik die goed uitgekozen, want ik wilde dat u aan mij dacht, Liesl. Weet u nog dat we ooit "je" tegen elkaar zeiden?'

'Dat is lang geleden,' zei ze afwijzend. 'Er is in de tussentijd veel gebeurd, meneer Melzer.'

'Ik weet het, Liesl,' zei hij zachtjes. 'En het spijt me ongelofelijk. Ik mocht Christian heel graag. Dat wilde ik u nog zeggen voordat we afscheid nemen.'

'Dank u wel,' antwoordde ze en ze sloeg haar ogen neer. Had ze tranen in haar ogen? Hij kon het niet zien omdat ze zich snel afwendde. Ze knikte even naar Walter en liep met Hanna weg. Leo keek hen na totdat ze tussen de rondlopende mensen verdwenen waren.

'En?' vroeg Walter en hij keek Leo grinnikend van opzij aan. 'Je vindt haar nog steeds leuk, hè?'

'Betrapt,' zei Leo bedroefd. 'Maar ze heeft gelijk, er is sindsdien veel veranderd.'

'Sommige dingen veranderen nooit. Liefde bijvoorbeeld...'

Toen Leo hem verwijtend aankeek, voegde Walter er met een grijns aan toe: 'Ik bedoel de liefde voor de muziek. Laten we eindelijk gaan, Vrouwe Musica wacht op ons.'

34

Dagenlang vergat Henni alles om zich heen. Er was alleen Felix, zijn nabijheid, zijn knuffels en zijn glimlach die gelukkig en tegelijkertijd serieus was, heel anders dan de manier waarop hij vroeger had geglimlacht. Iedereen had hem hartelijk begroet en sommigen zelfs uitbundig. Tante Lisa moest natuurlijk huilen en oom Paul, die de laatste tijd nogal zwaarmoedig en depressief was, had Felix omhelsd.

'Welkom thuis, Felix,' had hij gezegd en hij had echt tranen in zijn ogen gehad.

Ze hadden de rode salon helemaal voor zichzelf. Er was een bed voor Felix neergezet, terwijl Henni officieel op de bank sliep. Wat ze natuurlijk niet deed, want ze lagen bijna altijd samen op het smalle veldbed, met hun armen om elkaar heen geslagen. Zelfs in hun slaap hielden ze elkaar vast, en toch werd Henni soms 's nachts wakker omdat ze had gedroomd dat hij in het lazaret was overleden. Dan nestelde ze zich nog dichter tegen hem aan en voelde ze hoe onbeschrijfelijk gelukkig ze was, en hoe bevoorrecht tegenover vele andere vrouwen en bruiden die nog steeds wachtten op de terugkeer van hun geliefde en niet wisten of het tevergeefs was. Er kwamen nog steeds overlijdensberichten in Augsburg aan. De meeste werden gebracht door terugkeerders die de trieste plicht op zich hadden genomen om de familieleden op de hoogte te stellen van de dood van een familielid.

Henni en Felix praatten veel met elkaar, maar meestal was Henni degene die sprak. Ze vertelde hem hoe ze in de schuilkelder hadden gezeten toen de villa door een bom was getroffen, wat er gebeurde toen oom Sebastian plotseling in het park van de villa verscheen, dat Ernst von Klippstein zelf had besloten uit het leven te stappen en duizend andere dingen die hij niet had meegemaakt. Hij luisterde naar haar en stelde slechts af en toe korte vragen. Maar toen ze hem vertelde hoeveel zorgen ze zich om hem had gemaakt en hoe erg ze naar hem had verlangd, drukte hij haar tegen zich aan en kuste hij haar.

'En jij? Verlangde je niet naar mij?' vroeg ze.

'Wat is dat nou voor een vraag?'

Pas dagen later viel haar op hoe weinig hij sprak. Soms vertelde hij hoe het in het lazaret was geweest. Hij zei dat hij een tijdlang had geloofd dat hij het niet zou redden, dat hij geweldige artsen had gehad en dat hij uiteindelijk een Britse krijgsgevangene werd, maar dat hij vanwege zijn slechte gezondheid al snel werd vrijgelaten.

'Ouderen en zieken komen het eerst thuis,' zei hij. 'Want oorlogsinvaliden kunnen geen schade aanrichten.'

Hij had altijd een droog gevoel voor humor gehad, maar nu was hij af en toe cynisch. Ook die kant kende ze niet van hem. Soms had ze het gevoel dat ze hem opnieuw moest leren kennen omdat de oorlog iets in hem had veranderd. Hij was stil en gesloten geworden. Soms leek hij afwezig en was hij elders met zijn gedachten. Als ze samen aan de grote tafel in de eetkamer zaten, merkte ze dat hij zich niet op zijn gemak voelde tussen de vele familieleden. Hij reageerde beleefd maar met korte antwoorden op de vragen, lachte nooit, maar luisterde belangstellend naar wat er werd gezegd. Als ze stiekem zijn hand onder de tafel pakte, keek hij haar aan en glimlachte hij.

'Waarom vertel je niets?' vroeg ze toen ze met z'n tweeën waren.

'Wat moet ik vertellen?'

'Over Rusland en waar je overal hebt gevochten...'

'Er valt niet veel te vertellen...'

'Echt niet?'

Hij nam haar in zijn armen en kuste haar. Veel dingen die hij niet kon zeggen drukte hij uit met blikken en aanrakingen. 'Je wilt het niet weten, Henni, geloof me.'

'Ik dacht dat het je goed zou doen om het te vertellen.'

'Nee,' zei hij. 'Het is voorbij. Dikke streep eronder. We beginnen opnieuw, Henni. Wij samen. Jij en ik.'

Op een dag zal hij wel praten, dacht ze. Ik moet niet aandringen, hij moet het zelf besluiten. Het gaat erom dat hij weer bij me is. En dat hij weer helemaal gezond wordt.

'Dat doen we,' zei ze vastberaden. 'Het verleden is voorbij. Wat nu telt, is het heden. En onze gezamenlijke toekomst!'

Na een paar weken leek hij weer meer zichzelf te zijn. Hij bewoog zich vrij in de villa en maakte zich zo nuttig mogelijk. Vaak zat hij bij oom Sebastian, die maar langzaam herstelde en nog steeds veel moest liggen. Henni wist niet waar ze het over hadden, maar tante Lisa, die vaak in dezelfde kamer was, zei alleen dat het 'oorlogsverhalen' waren.

'Je arme Felix ziet er nog steeds vrij bleek uit,' zei ze. 'Ik weet niet of het goed voor hem is als Sebastian hem zo veel over dat verschrikkelijke kamp vertelt. Maar hij vraagt er telkens naar.'

Felix was geopereerd en de kogel die zijn longen was binnengedrongen was verwijderd, maar de wond was kort na de operatie ontstoken geraakt en nog steeds niet volledig genezen. Hij was in behandeling bij dokter Kortner, de man van tante Tilly, en elke keer als hij terugkwam, zei hij dat het beter ging.

'We moeten nadenken over hoe de fabriek van je oom weer opgebouwd kan worden,' zei hij op een ochtend tegen Henni.

Godzijdank, dacht Henni blij. Nu begint hij echt na te denken over de toekomst. Hij heeft het gered.

Vanaf dat moment spraken ze vaak over de fabriek. Ze dachten na over manieren om de hallen te herbouwen en Henni legde uit dat ze de weefgetouwen weer konden laten functioneren en dat ze moesten rondkijken of er ergens in Augsburg meer machines te vinden waren. Misschien zelfs met de hulp van de Amerikanen, die een vreedzame wederopbouw in Duitsland probeerden te bevorderen. Ze spraken vaak met tante Kitty en oom Robert en maakten plannen voor de toekomst. Oom Robert zei dat hij kapitaal in Zwitserland had, maar dat hij er op dit moment niet bij kon. Hij hoopte echter dat zijn geld op een dag weer vrijkwam en dan wilde hij het graag investeren in de fabriek. Oom Paul nam nooit deel aan die gesprekken. Hij leek met andere dingen bezig te zijn en was meestal samen met Hilde Haller.

'Wil hij echt met haar trouwen?' had Felix Henni gevraagd.

'Blijkbaar…'

'Nou ja, hij zal wel weten wat hij doet,' had hij gezegd, terwijl hij zijn schouders had opgehaald.

Het was zondag en ze zaten allemaal aan het middagmaal, dat slechts bestond uit een aardappelstoofpot met piepkleine spekblokjes. Lisa en Charlotte waren zonder oom Sebastian aan tafel gegaan, wat af en toe gebeurde als hij zich niet fit genoeg voelde om uit bed te komen.

'O god,' verzuchtte tante Lisa. 'Mijn arme Sebastian voelt zich weer niet lekker. Zijn rug doet pijn en hij heeft ook heel erg hoofdpijn. Hij is zelf natuurlijk niet helemaal onschuldig aan wat hem is overkomen, maar toch vind ik…'

Opeens nam Felix het woord. Hij sprak luid en keek met een boze blik naar tante Lisa, die van schrik stopte met praten.

'Sebastian Winkler is de enige in dit gezelschap die zich dapper en eervol heeft gedragen!' zei hij tegen de groep. 'Ik zou willen dat ik zo moedig was geweest als hij, maar ik was te laf. Ik liet een soldaat van me maken en vocht voor iets waar ik nooit in heb geloofd. Ieder van ons heeft op zijn eigen manier een verbond met de nationaalsocialisten gesloten… Behalve Sebastian. En daarvoor verdient hij ons respect!'

Na deze onverwacht emotionele toespraak volgde een diepe stilte. Iedereen had zijn bestek laten zakken en staarde Felix verschrikt aan. Henni voelde dat sommigen meewarig naar haar keken. Zelf was ze nog te verbijsterd om te reageren.

Felix bleef even zitten en leek zelf verbaasd over zijn eigen woorden. Daarna stond hij op en verliet de eetkamer.

'Dat is toch...' zei tante Lisa fluisterend. 'Wat bezielt hem?'

'Maken jullie je maar niet druk,' zei Hilde Haller sussend. 'Dat doet de oorlog. Die laat nu eenmaal sporen na bij mensen...'

Nu ontwaakte Henni weer uit haar verstarring. Ze legde haar bestek neer en stond ook op. 'Het is altijd ongemakkelijk om de waarheid te horen,' zei ze. 'Maar Felix heeft helemaal gelijk.'

Daarna liep ze de eetkamer uit en liet de anderen verbijsterd achter. Humbert stond met een strak gezicht in de gang. Hij had Felix' uitbarsting ongetwijfeld gehoord. Hij zweeg gegeneerd toen Henni langs hem liep.

Ze trof Felix in de rode salon aan. Hij zat op de bank en verborg zijn hoofd achter zijn handen.

'Het spijt me,' zei hij toen ze binnenkwam.

'Waarom?'

Hij keek naar haar op en schudde vertwijfeld zijn hoofd. 'Ik weet niet wat er in me opkwam. Ik heb niet het recht om als moraalprediker op te treden.'

'Je hebt net zo veel recht als iedereen om je mening te geven,' zei ze.

'Ze zullen me haten.'

Henni zag de zaak niet zo dramatisch. 'Ach, onzin. Ze kunnen wel tegen een stootje. We zijn tenslotte een familie.'

Ze ging naast hem zitten en sloeg haar armen om hem heen. 'Maar het zou wel fijn zijn als je me de volgende keer even waarschuwt als je weer eens ongezouten de waarheid gaat zeggen...' zei ze opgewekt.

'Het zal niet meer gebeuren. Beloofd.'

Hij bracht de middag in zijn eentje in de rode salon door. Pas ’s avonds lukte het Henni om hem over te halen om een wandeling door het park te maken. In de gang kwamen ze tante Lisa tegen, die wegkeek. Grootmoeder Gertrude kwam de kamer van tante Elvira uit en knikte vriendelijk naar hen. Gelukkig. Toen ging er een deur achter hen open en hoorden ze Charlottes heldere stem.

‘Wacht…’

Ze was zestien en zo dun als een bonenstaak. Haar blonde haar zat zoals vrijwel altijd in de war, haar gezicht was niet erg aantrekkelijk en zat vol rode puistjes en haar blik was afwijzend. Sinds een tijdje gebruikte ze een van Hanno’s oude brillen. Ze ging voor Felix staan en haalde diep adem. ‘Het was geweldig wat u zei, meneer Burmeister,’ flapte ze eruit. ‘Ja, mijn vader is een held, dat weet ik, ook al hoort hij het niet graag. En ik kan er heel boos om worden dat mama altijd doet alsof het zijn eigen schuld is dat ze hem in het kamp hebben opgesloten.’

Ze pakte Felix’ hand en schudde hem krachtig. Daarna rende ze terug naar Pauls echtelijke slaapkamer, die ze met haar ouders deelde.

Felix was helemaal beduusd. Pas toen hij met Henni de trap afdaalde, glimlachte hij.

‘Ze vereert haar vader heel erg, hè?’

‘O ja,’ antwoordde Henni.

Tijdens het diner noemde niemand het incident. Iedereen gedroeg zich beleefd en deed alsof er niets was gebeurd. Alleen Hilde vroeg meelevend aan Felix of hij zich nu wat beter voelde.

De volgende ochtend gebeurde er iets wat al het andere deed vergeten. Voor het ontbijt klopte Henni’s moeder Kitty op de deur van de rode salon. Toen Henni slaperig in haar nachthemd de deur voor haar opendeed, hield ze een brief voor haar neus.

‘Deze heb ik net ontvangen. Hij is van Leo. Stel je voor, Marie is al aan boord van een schip. Ze kan hier over iets meer dan een week zijn...'

'Wat?'

'Lees het zelf maar. De letters dansen voor mijn ogen omdat ik zo opgewonden ben. Robert zei dat ik moest kalmeren, dat het allemaal wel in orde zou komen. Maar ik ben nu al op van de zenuwen...'

Henni pakte de brief aan en ging haar kamer weer in. Felix was net opgestaan.

'Wat is er aan de hand?' bromde hij.

'Tante Marie is op weg naar Duitsland.'

'O, echt?'

Haar moeder was attent genoeg om in de gang te blijven staan en het liefdesnest van de jongeren niet binnen te dringen. 'Komen jullie alsjeblieft naar de herenkamer als jullie het hebben gelezen. We moeten krijgsraad houden. Robert zei dat het in geen geval een drama mag worden...'

'Ja, is goed...'

Henni begreep nog steeds niet helemaal hoe haar moeder erin slaagde om zowel met Walter als met Leo via het postsysteem van de Amerikaanse bezetting te corresponderen en ook nog briefcontact met tante Marie te onderhouden. Maar ook nu Walter Ginsberg al enkele weken niet meer in Augsburg was, lukte het. Van de Duitse post was op dit moment helaas niet veel te verwachten.

Aan het handschrift te zien was de brief in allerijl geschreven, hoewel Henni wist dat Leo's handschrift nooit erg netjes was geweest.

Lieve tante Kitty,

Ik ben blij dat je Walter en mij de kans wilt geven om nog een keer samen muziek te maken en natuurlijk weet ik ook

dat je daarmee het plan van een voorzichtige familieverzoening nastreeft. Daar ben ik je heel dankbaar voor. Het zal echter niet eenvoudig zijn om zo'n bijeenkomst te organiseren. Walter heeft meer kans om het voor elkaar te krijgen omdat hij luitenant is en betere connecties heeft. Hij is er heel enthousiast over en wil zich ervoor inzetten.
Ik denk dat het nu nog belangrijker is dat ik in Augsburg kan zijn, want gisteren kreeg ik een kort berichtje van mijn moeder. Ze heeft al een scheepsticket en wil op 3 september in New York inschepen, wat betekent dat ze al rond 10 september in Augsburg zou kunnen zijn. Hoe ze zich dit weerzien voorstelt, weet ik niet, maar ze is vastbesloten om het te doen en vroeg me om het je te vertellen.

Hartelijke groeten van je huidige 'favoriete neefje' (zoals je me in je brief noemde),
Leo

'Snap jij dit?' vroeg Henni en ze overhandigde de brief aan Felix.

Hij las hem snel door, haalde zijn schouders op en zei: 'Het is heel simpel. Vanaf 10 september kunnen we je tante Marie verwachten.'

'Ja, dat snap ik. Maar over wat voor een ontmoeting zou het gaan, waarbij Walter en Leo moeten musiceren? Wat heeft mama nu weer bekokstoofd?'

'Dat zal ze ons zo meteen vast uitleggen.'

Ze kleedden zich aan. Henni wilde snel naar de badkamer, maar helaas was haar grootmoeder Gertrude eerder en zij hield hem meestal lang bezet. Daarom nam ze genoegen met het toilet beneden in de hal, dat bij wijze van uitzondering vrij was. Haar moeder had in de herenkamer het beddengoed al opzijgelegd zodat ze gebruik konden maken van de zithoek.

'Het is echt zo krap in dit huis, het is gewoon verschrikkelijk,' zei ze kreunend toen Henni en Felix binnenkwamen. 'Elke kamer is bezet, overal staan spullen en toch ontbreken de meest noodzakelijke dingen. Robert heeft maar één pak en de paar kleren die ik uit het puin van mijn huis heb kunnen halen, zijn helemaal verpest...'

Oom Robert legde geruststellend zijn hand op haar schouder en zei dat het allemaal heel vervelend was, maar dat er op dit moment andere problemen waren.

'Maar begrijp je het dan niet, schat? Daar gaat het juist om. Als Marie naar de villa komt, waar moeten we haar dan laten slapen? Alle kamers zijn bezet. We zouden hooguit in de serre een bed voor haar kunnen zetten, maar we hebben geen bedframe of matras meer. De enige slaapplek die nog beschikbaar is, is het bed van mijn overleden moeder, maar daar zal Marie zeker niet in willen slapen, vooral niet omdat tante Elvira keihard snurkt...'

Henni wist dat als haar moeder zich druk maakte, ze niet kon stoppen met praten en meestal chaotische zinnen uitkraamde. Ze wachtte totdat haar moeder adem moest halen en greep toen snel in.

'Ik denk dat de slaapplek in dit geval het kleinste probleem is...'

'Dat denk jij,' zei haar moeder. 'Er is in de hele stad geen enkel hotel, alle woningen zitten vol met mensen, velen hebben niet eens een dak boven hun hoofd en zitten in een of andere groepsaccommodatie. En dan de vele vluchtelingen...'

'We moeten het bovenal aan oom Paul vertellen,' onderbrak Felix haar vriendelijk maar beslist. 'Hij moet het weten, zodat hij zich erop kan voorbereiden.'

Henni's moeder viel even stil. Dat was natuurlijk de kern van de zaak. Oom Paul moest op de hoogte worden gebracht en zou waarschijnlijk niet erg enthousiast reageren.

'Hij zal kwaad zijn,' zei ze. 'Wie weet wat hij zich in het hoofd haalt. Maar ik zeg jullie één ding: als hij op het idee komt om Marie de deur uit te zetten, dan verlaat ik ook onmiddellijk de villa...'

Oom Robert wierp Henni een geamuseerde blik toe. Het was

altijd verbazingwekkend met hoeveel humor hij de uitbarstingen van zijn echtgenote doorstond.

'Natuurlijk, Kitty, lieverd,' zei hij glimlachend tegen haar. 'Dan ga ik met je mee. En dan slapen we met z'n drieën in het park onder een dennenboom...'

'Ach, Robert,' zei ze zuchtend en ze leunde tegen hem aan. 'Ik heb Marie al zo lang niet meer gezien. En nu komt ze eindelijk terug en dan zou ze niet eens...'

'Alles komt goed...' zei hij, terwijl hij haar rug streelde.

'Kunnen we nu eindelijk overleggen hoe we het gaan aanpakken?' vroeg Henni geïrriteerd. 'Ik stel voor dat ík het nieuws aan oom Paul vertel. Hij moet het in elk geval als eerste horen. Hem kennende zal hij er in eerste instantie niet echt op reageren. Maar misschien kun jij, oom Robert, de situatie over een paar dagen peilen. Zo'n gesprek tussen mannen onder elkaar, snap je?'

Oom Robert stemde ermee in. 'Ik zal het proberen. Maar ik kan geen succes garanderen.'

'Het is al fijn als je het wilt proberen,' zei Henni en ze gaf hem een knipoog.

'En hoe zit het met die typiste van hem?' herinnerde Henni's moeder zich. 'Die moeten we niet vergeten. Ik denk dat ik eens...'

'Nee!' zei Henni fel. 'Laat dat maar aan oom Paul over, mama! Hij zal het Hilde vertellen wanneer hij denkt dat het goed is.'

'Hij moet haar eruit zetten!'

Henni zuchtte. Zo ging het echt niet. 'Denk je nu serieus dat je oom Paul kunt dwingen om zich met tante Marie te verzoenen, mama?' zei ze. 'Met dat theater van je doe je niemand een plezier en tante Marie al helemaal niet! Het enige wat je bereikt is dat oom Paul steeds geïrriteerder raakt.'

'Jij begrijpt het niet, Henni!' hield haar moeder vol.

Henni ging er verder niet op in. Haar moeder week nooit van haar mening af, maar als dochter had ze al op jonge leeftijd geleerd hoe ze toch haar zin kon krijgen.

'Ik weet zeker dat tante Marie er ook over heeft nagedacht en hier niet als een wilde furie wil verschijnen,' vervolgde ze. 'Ze zal met oom Paul willen praten. Hoe dat uitpakt, moeten zij onderling uitmaken. Maar ik stel voor om tante Tilly in elk geval op de hoogte te brengen.'

'Denk je dat een van hen na dit gesprek medische bijstand nodig zal hebben?' vroeg Felix ironisch.

'Ach, onzin!' zei Henni lachend. 'Maar tante Marie zou bij de Kortners kunnen logeren. Zij hebben nog plek in hun woning. Dat zal ze vast fijner vinden dan hier in de villa.'

'Dat klinkt verstandig,' zei oom Robert, terwijl hij waarderend naar Henni knikte. 'Ik denk dat we het zo moeten aanpakken. Wat denk jij, Kitty?'

Henni's moeder trok een ontevreden gezicht, maar ze zweeg en leek voorlopig geen bezwaar te hebben.

'Zeg, mama,' ging Henni over op het volgende onderwerp. 'Hoe zit het met Walter en Leo? Ze moeten muziek maken? Waar dan?'

'Hier in Augsburg natuurlijk,' verklaarde haar moeder gretig. 'Ik heb een kleine tentoonstelling ingericht. Mevrouw Wiesler heeft me erbij geholpen. Zij woont nu met haar man in een klein appartement, omdat ze de ijzersmelterij niet meer hebben. Maar ze is nog steeds dol op kunst en heeft mevrouw Schmidtkunz overgehaald om haar huis ter beschikking te stellen...'

'Een tentoonstelling?'

'Ja. Helaas zijn veel schilderijen van Maries moeder in mijn huis verbrand. Het was geen goed idee om ze op zolder te zetten. Maar hier in de villa zijn nog een paar van haar werken. Paul heeft ze boven in de rommelkamer gezet. En Marek en nog wat andere kunstenaars willen ook een bijdrage leveren...'

'Ik begrijp het. En je wilt dat Walter en Leo bij de opening van de tentoonstelling muziek maken?'

'Precies,' zei haar moeder met een trotse glimlach. 'En natuurlijk wil ik alle bewoners van de villa ervoor uitnodigen.'

'Oom Paul ook?'

Kitty haalde haar schouders op. 'Waarom niet?'

Het was ongelofelijk wat haar moeder had bedacht. Hoewel Henni deze verzoeningspoging geen kans gaf, was het ergens wel ontroerend hoe haar moeder probeerde de familie te herenigen.

'En wanneer moet deze tentoonstelling plaatsvinden?'

'Half september...' zei haar moeder glimlachend en ze wisselde een triomfantelijke blik uit met oom Robert. 'Marie zal hem zien. Is dat niet geweldig?'

35

Drie dagen lang was de aanstaande terugkeer van mevrouw Marie het belangrijkste gespreksonderwerp in de keuken. Iedereen was van mening dat het goed en juist was, want zij was de oorspronkelijke vrouw des huizes en ze hadden haar al die jaren erg gemist.

'Zij is de ziel van onze villa,' zei mevrouw Brunnenmayer geëmotioneerd. 'Sinds haar vertrek is het bij ons alleen maar bergafwaarts gegaan. Dat ik dit nog mag meemaken, dat Marie Melzer bij ons terugkomt!'

Ze vertelde hoe de jonge Marie Hofgartner in 1913 als keukenmeisje naar de villa was gekomen. Dat ze heel verlegen was geweest, maar dat de toekomstige vrouw des huizes al in haar had gezeten. Zij, mevrouw Brunnenmayer, zou dat meteen aan haar hebben gezien en Eleonore Schmalzler zaliger, de huisdame, had het ook gemerkt.

Hanna knikte bij al deze woorden en voegde eraan toe dat mevrouw Marie Melzer haar na het zware ongeluk in de fabriek naar de villa had gebracht en dat ze haar daar eeuwig dankbaar voor was. Humbert zei ook dat ze veel aan mevrouw Melzer te danken hadden. Hij vond het een zegen voor de villa als mevrouw Marie terug zou komen.

'Misschien gaat het dan ook weer bergopwaarts met de fabriek,' voorspelde hij. 'Mevrouw Marie Melzer heeft zakelijk instinct.'

'Dat is zo,' beaamde Auguste. 'Marie Melzer heeft de fabriek al een keer gered en dat zal ze weer doen. Iedereen kan zien dat de meneer zonder zijn vrouw niets voor elkaar krijgt.'

'Nu moet je niet overdrijven,' sprak Else haar tegen, die nooit een kwaad woord over de meneer wilde horen. 'De meneer weet echt wel wat hij doet.'

'Dat hoop ik van harte,' merkte de kokkin grimmig op en ze wierp een geschilde aardappel in de pan. Iedereen wist heel goed wat ze bedoelde en de anderen keken elkaar bezorgd aan. Alleen Hanna zei zachtjes: 'Hij zal vast wel het juiste doen.'

Liesl zei er weinig over, maar ze was over het algemeen vrij stil geworden, wat zeker kwam doordat ze Christian miste. Maar de negenjarige Annemarie, die geen herinnering had aan Marie Melzer, vroeg nieuwsgierig hoe ze eruitzag en of ze mooier was dan Hilde Haller.

'Stel niet zulke domme vragen!' zei haar moeder. 'Marie Melzer is de moeder van Leo en Dodo en ook van Kurt, die nog steeds in krijgsgevangenschap zit.'

'Dan is ze zeker al heel oud, hè?'

'Ga je huiswerk maken!'

Annemarie ging braaf aan de keukentafel zitten. Uiteraard helemaal aan het einde, waar Elses plek was en waar ze niet stoorde bij de werkzaamheden. Zoals elke dag had Annemarie haar boekentas naar de keuken meegenomen. Ze legde haar schriften en leesboeken klaar, sleep haar potlood en begon een opstel te schrijven. De scholen waren nog steeds gesloten. Er was een kleine ruzie in het tuinhuisje geweest omdat Fritz, de oom van Annemarie, er absoluut voorstander van was om zijn nichtje naar een gymnasium te sturen. Na zijn terugkeer uit gevangenschap was hij begonnen het meisje dagelijks opdrachten te geven en hij was verbaasd hoe snel ze vooruitging.

'Naar een gymnasium?' Liesl had haar halfbroer uitgelachen. 'Waar moet ik het geld vandaan halen? En hoe dan ook, een meisje heeft geen middelbareschooldiploma nodig.'

Maar tot Liesls grootste verbazing was Auguste, de grootmoeder van Annemarie, het met Fritz eens. 'Al moet ik er op mijn oude dag nog krom voor liggen,' had ze gezegd, 'Annemarie moet eindexamen gymnasium doen als ze daar het talent voor heeft.'

Het maakte Annemarie niet uit op welke school ze kwam, als de lessen eindelijk maar weer begonnen. Hoewel ze school vroeger niet altijd leuk had gevonden, miste ze die nu vreselijk en daarom ging ze elke dag vrijwillig in de keuken zitten om de taken te voltooien die oom Fritz haar gaf.

In de stad begon het leven langzaamaan weer op gang te komen. Voedsel en huisvesting waren nog schaars, mensen leden honger en leefden op een benauwend kleine oppervlakte, maar de Amerikaanse bezetters waren nu veel vriendelijker. Vooral de kinderen hielden van de Amerikaanse soldaten en waren niet langer bang voor de zwarten onder hen. Zij waren zelfs bijzonder aardig voor de Duitse kinderen. Ze gaven hun kauwgom en chocolade en Annemarie had laatst opgewonden verteld dat een zwarte soldaat hun zijn roze voetzolen had laten zien. Hij had vreselijk moeten lachen omdat ze allemaal zo verbaasd waren.

'Niet alle soldaten zijn aardig,' wierp Auguste tegen. 'Mevrouw Manzinger zei dat ze flink huishouden in de bezette woningen en ook waardevolle spullen stelen.'

Een paar bioscopen waren al heropend. Als je een paar centen over had, kon je Charlie Chaplins *Gold Rush* en *The Song of Bernadette* bekijken. Ook de treinen reden regelmatig naar nabijgelegen steden. Alleen het postkantoor was nog niet klaar, maar binnenkort zou er in elk geval weer binnenlands postverkeer tussen de steden mogelijk zijn. In het officiële publicatieblad stond dat de kinderen voor de scholen konden worden aangemeld omdat de lessen uiterlijk in oktober zouden worden hervat. En de stedelijke gasvoorziening zou ook weer snel werken. Alleen met de elektriciteit was het nog steeds slecht gesteld. De stroom viel regelmatig uit. Laatst moest mevrouw Winkler een handdoek om haar natte haar wikkelen omdat de elektrische föhn het niet deed.

Terwijl ze in gespannen verwachting uitkeken naar de terugkeer van mevrouw Marie Melzer, gebeurde er op een ochtend iets ergs. Een Amerikaanse auto reed over de oprijlaan naar de villa, stopte voor de ingang en er stapten vier Amerikaanse soldaten uit.

Hanna, die de deur voor hen had geopend, haastte zich geschrokken naar de keuken en zei: 'Ze vroegen naar mevrouw Gertraut von Klippstein... Jeetje, ze willen haar toch niet oppakken?'

Liesl pakte voor de zekerheid Willi, die onder de tafel had geslapen, stevig bij zijn halsband. Else liet de ui vallen die ze aan het pellen was en liep naar de keukendeur, maar er was niemand meer in de hal. Maar meteen daarna hoorden ze de kleine Herrmann hard huilen en ze keken elkaar bezorgd aan. Humbert, die boven in een van de kamers de pakken van de meneer had geborsteld, kwam door de bediendengang de keuken in.

'Het is zover,' zei hij bedroefd. 'Gerti moet verhoord worden, ze hebben haar tien minuten de tijd gegeven om snel iets anders aan te trekken.'

'Jezus Maria,' zei de kokkin kreunend. 'En het arme kind?'

'Charlotte heeft Herrmann in haar armen genomen. Maar hij krijst, want hij heeft vast door dat ze zijn moeder mee willen nemen... O, wat een ellende. De kleine kan er niets aan doen...'

'Vooral omdat hij niet de zoon van Von Klippstein is,' voegde Auguste eraan toe.

'Waar is Marek eigenlijk?' vroeg Else.

'Met Fritz in de moestuin,' zei Liesl. 'Ze rooien de vroege aardappelen.'

'Rennen!' beval de kokkin. 'Ga hem halen.'

Liesl schoof de pan van het fornuis en haastte zich naar het voorplein, maar daar stond Marek al in zijn vieze tuinbroek en met zwarte handen van het aardappelen rooien. Vanuit het keukenraam zagen ze hem opgewonden tegen Liesl praten en vervolgens naar de ingang van de villa kijken, waar de Amerikaanse soldaten nu met Gerti in hun midden verschenen.

'Goede hemel,' zei Humbert. 'Als Marek maar niets stoms doet.'

Ze verdrongen elkaar allemaal voor het raam. Auguste moest Willi vasthouden, die nu boos blafte. Marek was naar het groepje gerend. Ze zagen hem druk met zijn handen gebaren en hoorden flarden Engelse woorden die hij opgewonden naar de soldaten schreeuwde.

'*She is my wife... I am a Jew... We have a child...*'

Het zag er gevaarlijk uit, want twee van de Amerikanen richtten hun machinegeweer op de tekeergaande man, maar de officier bleef kalm. Hij sprak met een heel lage stem en de woorden klonken alsof hij een dikke klomp kauwgom in zijn mond had. Niemand in de keuken verstond er iets van, maar Marek kalmeerde. Hij bleef met zijn armen in de lucht zwaaien, maar zijn gebaren hadden nu iets smekends. Uiteindelijk maakte de agent een uitnodigend handgebaar en Marek, zo vies als hij was, klom in hun auto.

'Daar gaan ze...' fluisterde Else. 'Nu zal Gerti zeker in Göggingen bij de andere nazivrouwen in het kamp worden opgesloten. Dat krijg je ervan als je hogerop wilt komen. Dan val je alleen maar des te dieper in het slijk...'

Niemand reageerde op haar opmerking, maar mevrouw Brunnenmayer, die ook naar het raam was gestrompeld, wierp haar een boze blik toe. Liesl kwam terug in de keuken en Fritz was ook bij haar. Hij had geen fut meer om te tuinieren.

'Toen Marek de auto zag, gooide hij de spade op de grond en rende hij weg,' zei hij. 'Ik wist eerst niet eens wat er aan de hand was.'

'Ik denk dat hij het al vermoedde,' zei Liesl. 'Hij verwachtte al een tijd dat het zou gebeuren.'

'Maar wat was hij boos en wat nam hij het fel voor Gerti op,' zei Hanna enthousiast. 'Ik denk dat hij van haar houdt.'

'Dat bedenkt hij nu, nu het te laat is,' zei Auguste hoofdschuddend. 'Nu kan hij haar in de gevangenis bezoeken.'

Op de tweede verdieping werd de bel geluid en Auguste liep

haastig achter Hanna aan, die al op de bediendentrap stond. Else was te traag, wat ze zelf heel vervelend vond, want ook zij had graag meegekregen hoe de familie deze gebeurtenis opnam.

'Ik denk dat ik alvast voor het middagmaal ga dekken,' kondigde Humbert aan en hij liep ook de bediendentrap op. Mevrouw Brunnenmayer ging weer op haar troon zitten en schilde de laatste aardappelen. Het duurde niet lang voordat Hanna weer in de keuken terugkeerde. Ze zei dat de familie nogal gelaten was onder de kwestie en dat niemand van hen om Gerti zou huilen.

'Henni en Felix Burmeister willen de kleine Herrmann voorlopig opnemen,' meldde ze. 'Ze hebben hem meegenomen naar de rode salon. Felix Burmeister laat hem op zijn knieën rijden, dus het mannetje is weer helemaal gelukkig.'

Marek was nog niet teruggekomen. Omdat het nog steeds goed weer was, gingen de familieleden en de personeelsleden verder met de opruimwerkzaamheden. Iedereen deed zijn best om te helpen. Het was fijn om na alle slechte oorlogsjaren en de vernietiging eindelijk weer iets zinvols te kunnen doen. Humbert en Robert Scherer hadden de auto in het door bommen beschadigde koetshuis bevrijd van het puin en ontdekt dat die de ramp relatief goed had doorstaan. Zeker, het dak was gedeukt en de stoelen waren door het vuur verschroeid, maar Robert Scherer was ervan overtuigd dat de motor nog steeds werkte en alleen uit elkaar gehaald en grondig schoongemaakt hoefde te worden. En zo zaten ze naast het droevige restant van de eens zo statige auto en sleutelden ze met tangen en moersleutels, af en toe vloekend omdat ze eigenlijk een lasapparaat nodig hadden.

'Wat willen ze met de motor als de auto zelf vernietigd is?' vroeg Auguste zich af.

'Misschien zetten ze er een bank op en rijden ze ermee door Augsburg,' vermoedde Annemarie.

'Jij hebt fantasie!' zei Hanna lachend.

Ze waren met z'n vieren het zilver aan het poetsen. Een taak die in het verleden niemand leuk had gevonden, maar die vandaag bijzonder moeilijk was voor Hanna, Else en Auguste, omdat de prachtige zilveren lepels, het roomkannetje en het kostbare bestek bedoeld waren voor de zwarte markt. Dat wilde mevrouw Winkler, die de spullen had uitgekozen en naar de keuken had gebracht om schoon te maken. 'Doe jullie best,' had ze tegen Hanna gezegd. 'Hoe mooier de spullen glanzen, hoe meer boter en spek we ervoor kunnen krijgen.'

'Jammer,' verzuchtte Else. 'Hoe vaak heb ik dit roomkannetje niet in mijn handen gehad en me altijd geërgerd omdat dit krullerige oortje zo lastig is om te poetsen. En nu moet ik het voor de laatste keer doen...'

'Marek!' onderbrak Annemarie haar. 'Hij komt eraan gelopen. Willi springt tegen hem op, hij was de eerste die hem zag!'

Ze vergaten het roomkannetje en de lepels en haastten zich naar het keukenraam. Marek stond samen met Humbert en meneer Robert Scherer bij het koetshuis.

'O jee,' zei Auguste. 'Hij kijkt heel verdrietig. Hij heeft zeker niets bereikt.'

'Had je iets anders verwacht?' vroeg Else.

Marek kwam niet naar hen in de keuken, maar bleef bij Humbert en meneer Scherer om te helpen de motor uit de gedeukte auto te halen. Later ging hij naar Fritz in de moestuin en maakte zich daar nuttig. Ze zetten palen en spanden prikkeldraad, dat nog beschikbaar was van de paardenweide. Zeker nu de groenten eindelijk aan het rijpen waren, moesten ze oppassen dat er 's nachts geen duistere figuren kwamen die dingen oogstten die ze niet hadden gezaaid. Augsburg zat vol vreemden die de Amerikanen displaced persons noemden en de nood was zo hoog dat sowieso niemand te vertrouwen was. Daarom moest de hond Willi, die veel liever bij zijn baasjes in het tuinhuisje sliep, 's nachts buiten blijven.

Voor het avondeten was er verse salade met kruiden in azijn

en olie, met een sneetje brood dat was gebakken met maïsmeel en raar smaakte. Maar het was altijd nog beter dan het brood dat Hanna laatst op de markt had gekocht, want dat had verdacht veel naar zaagsel geroken. Marek zat ook bij hen, maar hij was vrij stil en toen ze hem naar Gerti vroegen, haalde hij alleen verdrietig zijn schouders op. Na het eten ging hij weg, maar Hanna vertelde dat hij met Henni en Felix in de rode salon zat en zijn zoontje op schoot hield. Dat wist ze omdat ze hun een kan kamillethee had gebracht.

De anderen waren zoals gewoonlijk aan de lange tafel gaan zitten om wat te kletsen. Ze genoten van een kopje pepermuntthee, alleen Else gaf de voorkeur aan haar glas water, want ze beweerde dat ze van pepermuntthee nerveus werd en dan de hele nacht niet kon slapen. Mevrouw Brunnenmayer was vandaag in een goed humeur en vertelde over het verleden, toen Alicia Melzer zaliger haar had ingehuurd en ze drie dagen op proef moest koken, waarna de huisdame Eleonore Schmalzler zaliger tegen de mevrouw had gezegd dat de nieuwe kokkin wel geschikt was en mocht blijven.

'Mevrouw Schmalzler sprak ons elke ochtend toe,' zei Auguste. 'Ze zei altijd dat het voor ons allemaal een grote eer was om in de villa te mogen werken en dat ieder van ons zijn best moet doen om deze eer waar te maken.'

'Ze was een heel respectabel persoon,' zei Humbert met waardering. 'In de beste zin van het woord. Een huisdame als Eleonore Schmalzler bestaat tegenwoordig niet meer...'

Hij werd onderbroken doordat op het voorplein Willi boos begon te blaffen.

'O jee!' riep Fritz. 'Er loopt weer gespuis door het park.'

'Misschien is het maar een kat...' zei Humbert hoopvol, want hij had niet veel zin om buiten in het donker rond te lopen.

Maar Fritz stond al bij de deur en Hanna had de lantaarn aangestoken.

'We kunnen maar beter even gaan kijken. De bonen zijn rijp en de erwten kunnen al geoogst worden. En de soepkruiden...'

Fritz had zich bewapend met een stok, die hij voor dit soort doeleinden had klaargezet, en Humbert pakte met doodsverachting een rijzweep uit de oude uitrusting van Elvira von Maydorn.

'Vervelend dat Marek niet beneden is...' zei hij met een spijtige zucht.

'Kom nu, voordat ze onze hele moestuin plattrappen!'

Ze liepen met z'n drieën het voorplein op, terwijl de anderen zich voor de deur verdrongen, klaar om in geval van nood snel te hulp te schieten. Mevrouw Brunnenmayer strompelde naar de hal om de buitenlampen aan te doen. Er gebeurde echter niets, want de stroom was weer uitgevallen. Uitgerekend nu lagen de keuken en het hele huis er donker bij.

Willi was niet meer op het voorplein. Ze hoorden hem een eindje verderop blaffen, maar niet daar waar de moestuin was. Boven in het huis werden de gordijnen opengeschoven, iemand deed de deur van het balkon boven de voordeur open en hield een brandende kaars omhoog.

'Wat is er aan de hand?' klonk de stem van Kitty Scherer.

'We weten het niet!' riep Hanna naar boven en ze zwaaide met de lantaarn.

Willi stopte met blaffen en het werd stil. Hanna liep dapper een paar stappen en probeerde de struiken te verlichten. Waarom sloeg de hond niet meer aan?

'Nu hebben ze onze arme Willi vermoord,' fluisterde Else, die helemaal achteraan bij de keukendeur stond.

'Kom terug, Hanna,' riep Humbert bezorgd. 'Straks krijg je nog een klap...'

Ineens rende er iets uit de struiken en Hanna sprong met een gilletje naar achteren. Maar het was Willi maar, die als een bezetene met zijn staart kwispelde en vervolgens weer de struiken in rende.

'Geen paniek, wij zijn het maar!' riep iemand uit de duisternis.

Er kwamen twee personen aan, een lange en een kleinere.

‘Pas op, Wilhelm,’ zei de kleinere. ‘Er is hier een stoeprand. Kijk uit dat je niet valt.’

Daarna bukte ze zich om de hond te aaien, die vrolijk hijgend voor haar zat en haar hand likte.

‘Dodo?’ riep mevrouw Scherer vanaf het balkon. ‘Het is Dodo, ik herken haar stem! Robert, hou me stevig vast, ik val flauw...’

‘Hallo, tante Kitty. Hanna, je kunt de lamp weer naar beneden doen. Wat ben jij met die knuppel van plan, Fritz?’

‘Goh, juffrouw Dodo...’ stamelde Hanna. ‘En wie hebt u meegenomen?’

‘Dit is Wilhelm, een goede vriend...’

Mevrouw Brunnenmayer ging terug naar de keuken om een kaars aan te steken, toen het ineens heel licht werd om haar heen. Ze kneep haar ogen dicht omdat het felle licht pijn deed. De stroom deed het weer! Het huis kwam tot leven, overal gingen deuren open, mensen liepen de trap af, riepen, lachten en huilden.

‘Dodo! Mijn meisje! Waar kom jij midden in de nacht vandaan? Mijn god, wat fijn dat je er weer bent!’

Dat was de stem van de meneer. Wat klonk hij ineens jong. En blij!

‘Maak er maar geen ophef van!’ zei juffrouw Dodo. ‘We zijn stiekem over de brug geslopen zodat niemand ons zag.’

36

Die avond geloofde Paul plotseling dat alles goed zou komen. Hij hield zijn dochter een hele poos in zijn armen. Daarna wilde iedereen haar begroeten. Ze knuffelden en kusten haar, schudden haar handen en lachten om haar rare kleren. Uiteindelijk zaten ze met z'n allen in de eetkamer bij elkaar om te horen wat ze te vertellen had. Humbert bracht ongevraagd twee grote kannen thee en een bord met boterhammen die met kookkaas waren besmeerd.

'Een welkom van de personeelsleden,' zei hij. 'We zijn allemaal erg blij dat juffrouw Dorothea weer bij ons is.'

De jongeman, die ze had voorgesteld als Wilhelm Kayser, had een plek naast Dodo gekregen. De hele familie bekeek hem met verbaasde, maar ook wantrouwige blikken. Hij was mecanicien, droeg een bril met dikke glazen en leek zich ongemakkelijk te voelen in deze kringen. Hij staarde verlegen voor zich uit en praatte alleen als hem iets werd gevraagd. Dat gold niet voor Dodo, die ongelofelijk gelukkig leek dat ze eindelijk weer bij haar familie in de villa was.

'We waren vreselijk bang om krijgsgevangen te worden genomen,' vertelde ze. 'Daarom hebben we uit voorzorg onze papieren weggegooid.'

Paul dacht dat er, nu de oorlog voorbij was, geen mensen meer krijgsgevangen zouden worden genomen, maar Dodo zei dat ze hadden gehoord dat de Russen dat in elk geval wel deden en dat ze daarom hadden besloten dat ze maar beter voorzichtig konden zijn.

Wat voor verschrikkelijke dingen moet ze hebben meegemaakt, dacht Paul angstig, terwijl Dodo aan één stuk door praatte. Is het het optimisme van de jeugd, dat ze doet alsof dit allemaal slechts een spannend avontuur was? Ach nee, het komt doordat de gruwelijke dingen niet zo makkelijk te vertellen zijn en niet iedereen het wil horen. Zelf had hij ook alleen aan Marie kunnen vertellen wat hij in de Eerste Wereldoorlog had meegemaakt en had hij ook veel dingen voor zich gehouden.

'Ik denk dat jullie je allebei moeten melden bij het militaire bestuur. Al was het maar vanwege de voedselbonnen,' zei hij uiteindelijk.

'Goed dan,' zei Dodo zuchtend. 'Als jij het zegt, papa. Wat denk jij, Wilhelm?'

'Ik denk dat je vader gelijk heeft.'

Die Wilhelm Kayser is wel erg verlegen, dacht Paul. Maar Dodo lijkt hem graag te mogen. En zo te zien is hij erg op haar gesteld. De gedachte kwam in hem op dat hij zich als echtgenoot voor zijn enige dochter eigenlijk een knappere man had voorgesteld. Een die iets voorstelde en een vrouw kon onderhouden. Maar wie zei dat ze iets met elkaar hadden? Misschien waren ze gewoon uit nood bij elkaar, zoals dat met duizenden zo ging in de oorlog.

'Je kamer is vrij,' zei Lisa. 'Gerti sliep daar, maar het ziet ernaar uit dat ze voorlopig niet terugkomt.'

Dodo had Gerti's verhaal gehoord en vond het oneerlijk dat de Amerikanen haar gevangen hadden gezet.

'Misschien komt ze terug,' zei ze. 'Ik wil haar kamer absoluut niet inpikken, al was het maar omdat ze een kind heeft. Wilhelm en ik kunnen ook op zolder slapen, dat zijn we gewend.'

Lisa schraapte verbouwereerd haar keel. 'Jullie slapen samen... Ik bedoel... samen... op zolders?'

'We zijn oorlogskameraden, tante Lisa,' antwoordde Dodo lachend. 'Dan neem je het niet zo nauw met de zedigheid.'

Wilhelm Kayser vond dit gesprek erg gênant. Hij verbrak zijn stilzwijgen en verzekerde Lisa: 'U moet niet denken dat ik van deze noodsituatie misbruik heb gemaakt, mevrouw. Uw nichtje en ik, we zijn goede vrienden, meer niet. Gelooft u mij alstublieft.'

'Wat is dat nou voor een vraag, tante Lisa!' wond Henni zich op. 'Het is te merken dat je nog uit de vorige eeuw stamt.'

Lisa verdedigde zich door te zeggen dat ze bij afwezigheid van haar schoonzus Marie als het ware de moeder van haar nichtje verving, maar daar moest iedereen om lachen. Alleen grootmoeder Gertrude vond dat Lisa het recht had om zulke dingen op te helderen. 'Als je moeder hier al was, Dodo, zou ze ook zulke vragen stellen,' zei ze.

'Dat mama binnenkort terugkomt naar Augsburg en ik Leo weer zal zien...' riep Dodo, die helemaal opgewonden was van blijdschap. 'Dat is zo ongelofelijk fijn... Ik kan het nog steeds niet geloven. Ben jij ook zo blij, papa?'

Paul voelde de nieuwsgierige blikken van de hele familie op zich gericht en was blij dat Hilde er de voorkeur aan had gegeven om in haar kamer te blijven. Tot nu toe was zijn aanstaande huwelijk nog helemaal niet genoemd en hij besloot de delicate kwestie zo snel mogelijk aan Dodo uit te leggen voordat ze het van een ander familielid hoorde. Van Kitty bijvoorbeeld.

'Zeker,' zei hij lachend tegen zijn dochter. 'Ik denk dat we allemaal op de goede weg zijn naar een nieuw begin.'

'Ik hoop het!' riep Kitty en ze keek hem uitdagend aan.

Paul leidde het gesprek snel in een andere richting en vertelde over de twee weefgetouwen die in de kelder van de fabriek stonden. 'Ik ben bang dat ze nutteloos zijn, maar als je zin hebt, kun je ze eens bekijken,' stelde hij aan Dodo voor.

'Nou en of,' zei ze. 'Wekenlang hebben we alleen maar met hooivorken en zeisen gezwaaid, mijn rug doet nog steeds pijn. Wat denk jij, Wilhelm? Een weefgetouw is toch ook gewoon een machine?'

Wilhelm verklaarde bescheiden dat er wel wat verschillen waren tussen een weefgetouw en een vliegtuig, maar Dodo was vol goede moed en zei dat ze ook bereid was om te helpen om de motor van de auto te repareren.

Ze bleven tot ver na middernacht praten. Daarna namen eerst Lisa en Sebastian afscheid. Sebastian zag er erg uitgeput en ziek uit. Charlotte vergezelde haar ouders en de anderen trokken zich ook een voor een terug. Dodo ging uiteindelijk akkoord om voorlopig weer in haar kamer te slapen en voor Wilhelm werd van dekens een bed in de serre klaargemaakt. Voordat hij zich daar terugtrok, verontschuldigde hij zich een paar keer bij Paul omdat de familie zo veel moeite voor hem moest doen.

'Dat is het minste wat ik voor u kan doen, meneer Kayser,' zei Paul tegen hem. 'U hebt mijn dochter maandenlang vergezeld en beschermd, daar ben ik u veel dank voor verschuldigd. Ik zou willen dat ik u een beter bed kon aanbieden, maar het huis is momenteel tot de nok toe vol.'

Wilhelm leek blij te zijn met deze woorden en ging tevreden naar het geïmproviseerde bed. Nou ja, het was een aardige kerel. Hij kwam uit Hamburg, dat was te horen als hij praatte. Misschien paste hij wel goed bij Dodo?

Nadat de rust in de villa was teruggekeerd en Paul eindelijk de gelegenheid had gehad om de badkamer te gebruiken, bleef hij besluiteloos voor Hildes kamer staan. Moest hij haar wakker maken om een paar woorden tegen haar te zeggen? Ze was de laatste tijd erg zwijgzaam geweest. Maries aangekondigde terugkeer baarde haar vast meer zorgen dan ze wilde toegeven en hij had nog niet de juiste woorden gevonden om haar zorgen weg te nemen. Dodo's plotselinge terugkeer had haar vast nog onzekerder gemaakt. Maar voor vandaag was het echt te laat, het was al bijna drie uur 's nachts. Hij zou morgen rustig met haar praten.

Hij nam zich voor om vroeg op te staan, wat meestal geen probleem was, want de kleine Herrmann maakte alle bewoners van de tweede verdieping voor zes uur wakker met zijn gekrijs. Maar toen Paul de volgende ochtend wakker werd en op zijn horloge keek, was het al half negen. Hij had er niet aan gedacht dat het kind nu beneden in de rode salon bij Henni en Felix sliep en het ochtendgekrijs daardoor minder luid klonk. Hij kleedde zich haastig aan en ging naar de eetkamer, maar trof daar alleen tante Elvira en Gertrude aan.

'Dodo is in het verwoeste koetshuis,' zegt tante Elvira glimlachend. 'Ze legt de mannen uit hoe ze een automotor moeten demonteren.'

'O ja...' zei hij verstrooid. 'Heeft Hilde al ontbeten?'

'Dat zal wel. We hebben haar niet gezien.'

Het antwoord klonk nogal koeltjes. Tante Elvira had nooit commentaar gegeven op zijn huwelijksplannen, maar maakte geen geheim van haar afkeer van Hilde. Met een ontevreden gevoel dronk hij een kopje thee, besmeerde zijn snee brood met jam en dacht na over hoe hij Dodo het beste voor een gesprek onder vier ogen kon vragen. Op dit moment – hij kon het uit het raam zien – was ze alweer samen met Wilhelm, die duidelijk van plan was om constant aan Dodo's zijde te blijven.

Humbert kwam binnen en wenste hem goedemorgen.

'Juffrouw Haller heeft al ontbeten,' zei hij toen Paul ernaar vroeg. 'Ze is naar dokter Kortner om te vragen of hij even langs kan komen. Uw zwager heeft helaas een slechte nacht gehad.'

O jee! Sebastian had er 's avonds al erg ziek uitgezien, hopelijk was het niets ernstigs. Paul besloot even snel naar boven te gaan om Lisa en Charlotte gerust te stellen. Hij vond het allemaal niet makkelijk. Gisteravond was hij dolblij geweest dat Dodo veilig en wel was thuisgekomen en nu moest hij zich misschien zorgen maken om Sebastian.

De situatie in zijn voormalige echtelijke slaapkamer, waar Lisa nu met haar man en dochter woonde, was zorgwekkend. Sebastian lag op zijn rug en ademde heel snel, zijn gezicht was rood en af en toe trokken zijn gezichtsspieren samen. Waarschijnlijk had hij veel pijn.

'O, Paul,' zei Lisa ongelukkig. 'Waarom kan Tilly niet even snel komen? Hij heeft sinds de vroege ochtend hoge koorts en vreselijke rugpijn.'

Charlotte goot bij haar vader wat water naar binnen. Ze deed het als een goede verpleegster vakkundig met een eetlepel.

'Tante Tilly kan niet komen omdat ze dienst heeft in het ziekenhuis, mama. Dat heb ik je al drie keer verteld.'

'Waarom kan ze geen uitzondering maken als het om een naast familielid gaat?'

'Dokter Kortner zal vast snel komen,' zei Paul. 'Helaas duurt het nu veel langer, omdat hij te voet moet komen.'

'Ik word gek van het wachten!' zei Lisa kreunend. Ze liep druk heen en weer in de kamer, verplaatste allerlei dingen van de ene naar de andere hoek en ging telkens bij het raam staan om te kijken of de dokter er al aan kwam.

Paul besefte dat hij weinig kon doen. Hij keek bezorgd naar de zieke man, die zijn aanwezigheid niet eens had opgemerkt. Daarna verliet hij de kamer en sloot de deur zo zacht mogelijk achter zich. In de gang kwam hij Auguste tegen, die een kom koud water en een stapel doeken droeg om een priesnitzverband om de kuiten van de zieke aan te brengen.

'Het zijn zijn nieren, meneer,' zei ze. 'Hij heeft dit in het verdomde kamp opgelopen, de arme meneer Winkler.'

Hij knikte naar haar en haastte zich de trap af. Op de eerste verdieping klonk het gebrul van de kleine Herrmann uit de rode salon. Hij hoorde Henni's stem, die de kleine probeerde te sussen.

'Waarom moet je weer huilen? Kom, je mag hop paardje hop bij oom Felix doen.'

'Wèh! Neeee!'

'Helaas,' zei Felix. 'We gaan met hem naar het park, misschien vindt hij dat wel leuk.'

‘Weet je?’ zei Henni. ‘Ik wil nooit een kind. Ik ben na één dag al helemaal op.’

Paul klopte op de deur en probeerde zich boven het gekrijs uit verstaanbaar te maken. ‘Waarom zorgt Marek niet voor zijn zoon?’ vroeg hij.

Henni antwoordde niet, ze was druk bezig om het kronkelende kind een jasje aan te trekken. Paul merkte geamuseerd dat zijn nichtje, die anders zo pittig en praktisch was, veel moeite had om met de kleine om te gaan.

‘Marek is met uw zus Kitty naar de Prinzregentenstraat,’ riep Felix. ‘Ze willen nog een poging doen om Gerti vrij te krijgen.’

Kijk eens aan, Kitty was toch altijd goed voor een verrassing. Had Henni laatst niet gezegd dat haar moeder contacten had met kolonel Norton, het hoofd van de militaire regering? Het ging over de correspondentie die ze met Walter, Leo en waarschijnlijk ook met Marie had gehad. Nu wilde ze haar vriend Marek bijstaan. Paul was er blij mee. Alleen jammer dat ze zo koppig was. Eigenlijk hield hij heel veel van zijn zus Kitty en had hij veel waardering voor haar. Wel, ze zou zijn beslissing om met Hilde te trouwen op een gegeven moment moeten accepteren. In elk geval was Kitty niet in de villa en kon hij in alle rust met Dodo praten.

Hij ging het voorplein op en liep ontspannen naar het koetshuis, waar Dodo samen met Robert en Wilhelm Kayser aan de kapotte auto sleutelde.

‘Goedemorgen, allemaal,’ groette hij vriendelijk. ‘En? Lukt het een beetje?’

‘De cilinders zijn kapot,’ zei Dodo. ‘Maar die kunnen worden vervangen. Voor de rest is zo’n Benz-motor onverwoestbaar…’

‘Klinkt goed,’ zei hij. ‘Heb je even een momentje, Dodo? Ik wil graag iets met je bespreken…’

‘Tuurlijk, papa. Geef die lap eens, Wilhelm. Ik moet even mijn handen afvegen…’

Hij ging met haar naar het park, dat er nog erg onverzorgd uitzag omdat niemand de tijd had gevonden om het gazon te maaien of de struiken te snoeien. In de bloembedden bloeiden een paar viooltjes tussen lichtblauwe vergeet-me-nietjes, die weelderig waren gaan woekeren. In het hoge gras glom her en der het puin dat in de bomkraters was gedumpt. Het zou jaren duren voordat het park zijn oude schoonheid terug had. Voor nu waren ze blij dat ze groenten en keukenkruiden op het terrein konden planten. Er waren ook aardappelen gepoot, die hopelijk binnenkort geoogst konden worden.

'Je wilt zeker met me praten over je huwelijksplannen, hè?' onderbrak Dodo zijn gedachten.

Ze wist het dus al!

'Inderdaad. Wie heeft het je verteld? Kitty?'

Dodo schopte een kiezelsteen over het pad. Een mus die in de struiken had gezeten, fladderde geschrokken op.

'Nee. Henni vertelde het me.'

Natuurlijk. De twee nichten waren vroeger ook altijd twee handen op één buik geweest. Hoe had hij dat kunnen vergeten?

'Nou, dan kan ik mezelf een langere uitleg besparen. Ik wilde je echter vertellen dat het geen makkelijke beslissing voor me was. Maar helaas was die onvermijdelijk omdat je moeder...'

'Je hoeft me niets uit te leggen, papa,' onderbrak ze hem. 'Als jij denkt dat je van mama moet scheiden om met iemand anders te trouwen, is dat jouw zaak. Punt uit.'

Het klonk tartend. Dit was precies wat hij had gevreesd. Dodo was spontaan en eerlijk in haar reacties en stak haar teleurstelling niet onder stoelen of banken.

'Ik weet dat het voor jou moeilijk te begrijpen is, Dodo,' zei hij zachtjes. 'En het spijt me dat ik je verdriet doe. Toch vraag ik je...'

Ze bleef staan en keek hem strak aan.

'Jij hebt je besluit genomen, papa,' zei ze vijandig. 'Daarmee is alles duidelijk. Hoe ik erover denk, is mijn zaak. Punt uit.'

'Alsjeblieft, Dodo... Doe nou niet zo...' zei hij geërgerd.

Ze had zich omgedraaid en leek niet meer te luisteren. In plaats daarvan stak ze een hand op en zwaaide druk. Op de treden voor de voordeur van de villa stonden Henni en Felix, met de huilende Herrmann tussen hen in. Henni zwaaide terug en wees naar links. Ze wilden kennelijk naar de fabriek.

'Sorry, papa,' zei Dodo. 'Als er verder niets te bespreken is... Ik heb een afspraak. We willen naar de weefgetouwen kijken.'

'Ga maar,' zei hij zachtjes.

Gedeprimeerd keek hij toe hoe ze wegliep. Aangekomen op het voorplein nam ze de huilende jongen in haar armen, draaide hem in de rondte en zette hem vervolgens weer op de grond. Het kind keek haar met grote ogen verbaasd aan. Ze strekte uitnodigend haar hand naar hem uit. Hij tilde langzaam en aarzelend zijn arm op en stond toe dat ze zijn handje vastpakte. Dodo kon wel met kinderen omgaan? Dat was wel het laatste wat Paul had verwacht. Hij zuchtte en voelde zich ineens oud. De jongeren gingen hun eigen weg en hij kon ze niet inschatten of tegenhouden. Als Hilde nu op zijn minst bij hem was, zou ze hem op haar zachte, intelligente manier hebben verteld dat hij geduld moest hebben en de jonge generatie moest vertrouwen. Natuurlijk kon hij het ook tegen zichzelf zeggen, maar het klonk geloofwaardiger als zij het tegen hem zei. Hij wachtte tot het groepje, waar Wilhelm zich nu ook bij had aangesloten, uit het zicht was en liep om het huis heen naar de ruïne die ooit het bijgebouw was geweest. Niemand ging daarmee aan de slag, zelfs Hanna of Humbert niet. Die probeerde de laatste tijd steeds onder het werk buitenshuis uit te komen, dat hem niet erg lag, en hij liet het graag aan Marek en Fritz Bliefert over om puin weg te brengen of brandbaar hout te stapelen. En Hanna, die dat anders graag deed, had het op dit tijdstip altijd druk in huis met het schoonmaken van de kamers. Paul pakte een hamer uit de gereedschapskist, raapte een baksteen op en ging op de grond zitten om de mortel eraf te slaan. Hij had ontdekt dat dit stompzinnige werk hem erg hielp bij het denken. En in de huidige, moeilijke situatie was het nodig om grondig over de problemen die op hem afkwamen na te denken.

Ze zou dus naar Augsburg komen, daar was niets aan te veranderen. Hij kende zijn Marie, als ze zich iets in het hoofd had gehaald, deed ze het ook. Zelfs tegen zijn zin, net als negen jaar geleden, toen ze hem verliet. Ja, ze had hem verlaten. Dat moest hij ook telkens voor zichzelf duidelijk maken. Zeker, ze was Joods, maar haar zou niets zijn overkomen omdat ze zijn vrouw was. Daar waren voorbeelden van. Ook nu waren er nog Joodse Augsburgers in de stad, zij waren ondergedoken of hadden een onopvallend bestaan geleid als echtgenoten van niet-Joodse medeburgers en zo het Derde Rijk overleefd. Toegegeven, het waren er niet veel en tegen het einde van de oorlog waren ook sommigen van hen naar concentratiekampen gestuurd. Maar het was mogelijk geweest. Dat zou hij bij Marie blijven benadrukken. Ze had hier kunnen blijven. Hij had in zijn kantoor een aantal vellen papier volgeschreven met aantekeningen om op alles voorbereid te zijn. Voor elk verwijt dat Marie kon noemen, had hij een passend antwoord bedacht. Alleen al om zijn standpunt voor zichzelf duidelijk te hebben, maar ook omdat hij zich wilde wapenen. Marie kon heel overtuigend zijn.

'Verdomme!' Hij kromp ineen en liet de steen vallen. Hij had op zijn wijsvinger geslagen. Geïrriteerd onderzocht hij zijn vinger. Het was niet ernstig, alleen zou zijn nagel waarschijnlijk blauw worden, dat had hij al eerder meegemaakt. Als je al jarenlang niet meer zelf met een hamer, beitel of moersleutel had gewerkt, gebeurden dat soort ongelukken. Hij schudde zijn hand totdat de pijn afnam en wilde zijn gedachtegang hervatten, maar raakte op een sombere dwaalweg.

Het verlies van zijn fabriek was een zware nederlaag in zijn leven, die hem meer deed dan hij naar buiten toe liet zien. Het was vooral zo vreselijk ontmoedigend omdat hij op zijn zevenenvijftigste niet meer de energie en kracht van een jonge man had. Zeker, hij was niet de enige die werkloos was en geen vooruitzichten had. Voor anderen had de oorlog nog veel naardere gevolgen gehad. Maar de verantwoordelijkheid voor de mensen die in de villa woonden of daar een toevlucht hadden gevonden, lag als een verlammende last op hem, en om plannen te maken voor een nieuw begin, zoals Henni deed, ontbrak het hem vaak aan energie en vertrouwen.

Hij vermande zich en ergerde zich aan zichzelf omdat hij zwolg in zelfmedelijden. Wat had het voor zin om te treuren om verloren dingen? Hij stond op het punt opnieuw te beginnen. Hij had een vrouw gevonden die op Marie leek en die trouw en liefdevol aan zijn zijde zou staan. Als ze eenmaal getrouwd waren en de rest van de familie besefte dat ze een geweldig, beminnelijk persoon was, zou ze net als Marie de lotgevallen in de villa in goede banen leiden. Het zou misschien nog een poosje duren, maar ze zou het zeker voor elkaar krijgen. Ook Dodo zou dat inzien. En Kurt ook. Kwam zijn jongen maar snel terug uit gevangenschap. Als Kurt weer bij hen zou zijn, zou het makkelijker zijn om opnieuw te beginnen. Want dan wist hij voor wie hij het allemaal deed.

Hij overwoog om Kurt te vertellen dat hij nu twee moeders had, een in New York en een hier in Augsburg, en dat Hilde absoluut geen boze stiefmoeder was. Op dat moment ging de terrasdeur open en verscheen Humbert.

'Meneer... Of u naar het huis zou willen komen... Dokter Kortner is er... Er is een probleem.'

O jee! Hij legde de steen en de hamer weg, klopte het stof van zijn broek en liep door de hal naar de tweede verdieping. Daar zag hij tante Elvira en Gertrude, die druk op de blonde dokter Kortner in praatten. Charlotte kwam opgewonden de slaapkamer uit en bemoeide zich er ook mee.

'Wat is er aan de hand?'

Zodra Charlotte hem zag, liep ze naar hem toe en viel ze hem huilend om de nek.

'Ze wil niet dat papa naar het ziekenhuis gaat, oom Paul. Maar dokter Kortner heeft gezegd dat het moet, want anders zou hij kunnen sterven...'

O god! Zo erg was het dus. Hij streelde teder het haar van het wanhopige meisje en fluisterde dat ze moest kalmeren. Hij zou met haar moeder praten. Opgelucht liet Charlotte hem los. Ze pakte zijn hand en trok hem mee naar de kamerdeur.

'Nierbekkenontsteking,' zei Jonathan Kortner. 'Helaas te laat herkend. Kan ik de telefoon gebruiken?'

'Natuurlijk. Beneden in mijn kantoor.'

Het telefoonverkeer was nog steeds niet toegankelijk voor burgers van Augsburg, maar voor artsen en ziekenhuizen was er een speciale vergunning voor noodgevallen.

Paul betrad de slaapkamer en zag zijn zus aan het bed bij haar man zitten. Hij liep naar haar toe en raakte voorzichtig haar schouder aan.

'Je kunt met hem mee, Lisa.'

Ze stopte met snikken en draaide haar hoofd naar hem toe. 'Zou dat kunnen?'

'Natuurlijk. Tilly zal het kunnen regelen. De ambulance zal er zo zijn, dan rij je samen met Sebastian naar het ziekenhuis.'

'O god!' kreunde ze. 'Hij moet eerst een schone pyjama aan en ik zit nog in mijn kamerjas...'

'Charlotte helpt je...'

Inmiddels waren Auguste en Hanna gearriveerd, evenals Else, die echter in de weg stond. Lisa gaf opgewonden instructies, ze pakten een tas in, Auguste hielp haar met aankleden en Paul verliet de kamer omdat het er te druk was. Hij was opgelucht en tevreden met zichzelf. In dit geval had hij tenminste kunnen helpen.

Jonathan Kortner kwam de trap op met het goede nieuws dat de ambulance onderweg was en dat Tilly de opname in de kliniek zou leiden.

'Ik heb hem penicilline gegeven,' zei hij tegen Paul. 'Hij is taaier dan hij eruitziet, hij zal het redden.'

Plotseling was Hilde terug. Ze hielp Lisa in haar mantel, bracht Charlottes jas en hield de deur open toen twee ambulancebroeders met een brancard verschenen. Omringd door ieders zorgen werd Sebastian de trap af gedragen. Auguste steunde Lisa, die van de spanning amper kon lopen, Charlotte rende er met de tas achteraan. Jonathan Kortner schudde Paul de hand en daarna haastte hij zich ook weg, want in zijn praktijk wachtten de patiënten op hem.

'Wat goed dat hij nu geholpen wordt,' zei Hilde tegen Paul toen de rust was wedergekeerd en de ambulance was vertrokken.

Hij sloeg zijn arm om haar heen en trok haar naar zich toe. 'Waar bleef je zo lang?' vroeg hij.

'Ik ben op de terugweg even langs het ziekenhuis gegaan,' bekende ze.

'In het hoofdziekenhuis?' vroeg hij geschrokken. 'Waarom?'

Ze glimlachte en keek hem aandachtig van opzij aan.

'Maak je geen zorgen, Paul. Ik ben niet ziek of zwanger. Ik had daar gesolliciteerd. Je schoonzus Tilly gaf me de tip...'

Veel artsen en medewerkers van het hoofdziekenhuis moesten in het kader van de denazificatie hun posities verlaten, dus er waren functies vacant geworden.

'Stel je voor, ik word aangenomen bij de administratie,' zei ze stralend.

37

Marie had gedacht dat ze immuun was voor zeeziekte, want jaren geleden, op de heenreis naar New York, had ze er niets van gemerkt. Dit keer moest ze echter twee hele dagen in haar hut blijven en voelde ze zich zo slecht dat ze dacht dat ze doodging. Pas op de derde dag ging het iets beter. Ze stond op en liep met voorzichtige passen door de schommelende gangen en over de trappen naar het dek. Ze hield zich vast aan de reling en ademde de frisse zeelucht diep in.

Het komt vast door de spanning, dacht ze. Door de angst om de grond onder mijn voeten te verliezen. O, ik heb alles op het spel gezet en kan alles kwijtraken.

Ze bleef zo ver mogelijk uit de buurt van de andere passagiers, woonde geen evenementen bij en gebruikte nooit de uitnodigende ligstoelen, die toch bijna altijd bezet waren. Meestal wandelde ze langzaam op het dek heen en weer, zette zich schrap tegen de wind of liet zich met de wind meedrijven. Ze dacht eraan dat het schip onverbiddelijk in de richting van Europa voer en dat ze elke keer dat de romp omhoog- of omlaagging iets dichter bij Augsburg kwam. Nu ze niet langer zeeziek was, kwamen de gedachten terug die haar wekenlang hadden achtervolgd, waar ze mee worstelde en waar ze wanhopig over piekerde zonder een oplossing te vinden. Er was geen alternatief voor wat ze van plan was. Ze moest het doen. En hoe het uiteindelijk ook zou eindigen, ze moest dat accepteren.

Paul was verliefd geworden op een andere vrouw. Kon ze het hem kwalijk nemen? Negen lange jaren waren ze van elkaar gescheiden geweest. Welke man zou zo'n lange periode van eenzaamheid hebben doorstaan zonder compensatie te zoeken? Ze had altijd heilig geloofd dat Paul dat zou kunnen. Dat zijn liefde sterk genoeg was om alle obstakels, alle moeilijkheden van deze tijd te trotseren en te leven op de hoop van een gelukkig weerzien. Maar dat was naïef geweest. Paul was een man en geen heilige. Hoe had ze kunnen aannemen dat hij negen jaar lang zonder haar als een monnik zou leven? O, ze had dezelfde fout gemaakt die alle liefhebbende vrouwen maakten: ze had haar geliefde man op een voetstuk geplaatst en hem eigenschappen toegerekend die hij in werkelijkheid niet bezat. Terwijl ze in de loop van haar huwelijk al eerder had gemerkt dat Paul af en toe koppig en zelfs dominant kon zijn. Jaloezie was hem ook niet vreemd, dat was haar tijdens zijn bezoeken aan New York niet ontgaan.

Maar waarom moest hij meteen trouwen als hij verliefd was geworden? Verliefdheid was bij zo'n lange scheiding heel menselijk en vergeeflijk. Zoiets kon gebeuren als je je eenzaam voelde. Een grote, levenslange liefde zou tegen zo'n fout bestand kunnen zijn.

Zou ze hem hebben vergeven? Ja, dat zou ze. Maar hoe zou het zijn gelopen als zij was gezwicht voor een dwaling? Wat nooit was gebeurd. Zou Paul haar ook hebben vergeven? Ze betwijfelde het. Hij zou daar waarschijnlijk erg veel moeite mee hebben gehad.

In feite had de trouw van een vrouw in het aanzien van de samenleving een ander gewicht dan de trouw van een man. Paul was conservatief. Sterker nog, hij was in veel opzichten behoorlijk ouderwets.

Hij had dus besloten om te trouwen. Marie kon zich Hilde Haller wel herinneren. De secretaresse was aangenomen toen juffrouw Hoffmann met pensioen ging en ze kon het destijds slecht vinden met juffrouw Lüders. Dat lag niet aan Hilde Haller, maar aan de grillen van juffrouw Lüders, die de jonge collega het leven zuur maakte. Marie had zich deze jonge Hilde Haller keer op keer voor de geest gehaald. Voor zover ze zich kon herinneren, was ze een onopvallend figuur, die niet veel zei en vaak een boek voor haar neus had tijdens de pauzes, maar de taken die haar werden opgedragen zorgvuldig en foutloos uitvoerde. Marie had uit de zeldzame ontmoetingen de indruk gekregen dat de nieuwe secretaresse een slimme, sympathieke vrouw was die loyaal was aan de fabriek en de directeur.

Hilde Haller is verliefd op Paul, dacht Marie terwijl ze heen en weer liep. Natuurlijk. Alle secretaresses die ik in de fabriek zag, waren verliefd op de directeur. Het is zo simpel, hij hoefde niet te zoeken. Hij kreeg de liefde als het ware in de schoot geworpen. En hij tastte toe. Om wat voor reden dan ook.

'Ik hoop dat je weet wat je doet,' had Karl Friedländer hoofdschuddend tegen haar gezegd toen ze in haar lege flat op de twee laatste dozen zaten.

'Ik doe wat ik altijd van plan was,' antwoordde ze. 'Ik wilde terug zodra er een einde kwam aan het naziregime in Duitsland.'

Dat had ze vanaf het begin tegen hem gezegd, maar hij had het niet echt geloofd. Karl was een pragmaticus, hij wist dat mensen van mening veranderen. Maar hij had zich in Marie vergist.

'Het is onverstandig om al je schepen achter je te verbranden,' berispte hij haar. 'Normaal handel je toch ook niet zo halsoverkop.'

'Ik weet dat hij van me houdt.'

Dat laatste zei ze op een toon van volle overtuiging, hoewel ze er helemaal niet meer zo zeker van was dat het echt nog zo was. Karl keek haar met tot spleetjes geknepen ogen aan. In zijn blik lag lichte ironie. 'Hij heeft een ander,' merkte hij op.

'Het zal allemaal wel worden opgehelderd,' hield ze stug vol.

Ze had haar atelier in goede handen overgedragen en de huur van haar flat opgezegd. Leo zou er toch niet intrekken, hij moest nog een heel jaar in het Amerikaanse leger dienen en zo lang kon ze de flat niet leeg laten staan. Ze had haar meubels en de meeste van haar andere bezittingen verkocht of weggegeven en reisde alleen met een tas en een koffer.

'Ik neem niet meer spullen mee terug dan dat ik hiernaartoe heb meegenomen,' zei ze opgewekt. 'Het is beter om met lichte bepakking te reizen.'

In eerste instantie had Karl een keer voorgesteld om met haar mee te gaan naar Duitsland. Als reden gaf hij aan dat hij zijn oude vaderland ook weer graag wilde zien, maar ze begreep heel goed de bedoeling erachter en wees het vriendelijk maar beslist af.

'Dat is geen goed idee, Karl. De Duitse steden zijn zwaar beschadigd door de bombardementen. Je zou het oude Augsburg niet meer terugvinden en erg teleurgesteld zijn.'

'Ik zie dat je met open ogen je ongeluk tegemoet gaat,' zei hij uiteindelijk berustend. 'Maar omdat ik je niet kan tegenhouden, vraag ik je om me op zijn minst te schrijven als je ergens hulp bij nodig hebt. Kunnen we dat afspreken?'

'Ik zal je in elk geval schrijven, Karl,' verzekerde ze hem. 'Ik wil heel graag contact met je houden. En ik hoop dat we elkaar snel weer zien. In Augsburg.'

'Ik hoop het ook. In Augsburg of waar dan ook,' antwoordde hij, en ze kon aan zijn gezicht zien dat hij hoopte dat deze hereniging niet in Augsburg maar in New York zou plaatsvinden.

De reis naderde zijn einde. Ze zouden aan land gaan in Bremerhaven. Marie had zich voorbereid en wist dat de Duitse havens zwaar gebombardeerd waren. Het was een wonder dat je er überhaupt weer kon aanmeren. Niettemin was de aanblik van de grijze ruïnes van gebouwen en verwoeste havenfaciliteiten deprimerend, en ze vond het moeilijk om telkens tegen zichzelf te zeggen dat dit gebeurd was omdat ze het hadden verdiend. Ze hebben mij en talloze anderen uit Duitsland verdreven, onschuldige mensen in kampen opgesloten en op een gruwelijke manier vermoord. De hemel is rechtvaardig. Mededogen is niet op zijn plaats.

De formaliteiten waren veel sneller geregeld dan toen ze destijds

Duitsland wilde verlaten en langdurige, vernederende controles moest ondergaan. Nu was ze Amerikaans staatsburger. Ze wilde van de Engelse naar de Amerikaanse sector reizen om haar man en familie te bezoeken. De autoriteiten stelden slechts een paar vragen en daarna adviseerden ze haar hoe ze het beste in Augsburg kon komen. De treinen reden nog niet op alle routes, ze moest via een omweg en ergens overnachten. Ze moest zich in elk geval tot de plaatselijke militaire regering richten, waar ze verder zou worden geholpen. Omdat de koffer die ze bij zich had toch behoorlijk zwaar was, bracht een Britse officier haar galant met de auto naar het nabijgelegen treinstation. Onderweg vertelde hij haar dat hij uit Brighton kwam en dat zijn ouders daar een hotel hadden gerund dat door Duitse bommenwerpers was verwoest.

'Ik wens u het allerbeste, mevrouw Melzer,' zei hij terwijl hij afscheid nam en haar hand even vasthield. 'En als u op de een of andere manier in de problemen komt, neemt u dan contact met me op.'

Hij had zijn naam en rang genoemd, maar toen ze in de trein zat, realiseerde ze zich dat ze beide alweer vergeten was. Wat jammer, hij was zo vriendelijk geweest. Waarschijnlijk had de Amerikaanse, die helemaal alleen door bezet Duitsland wilde reizen, zijn ridderlijke gevoelens gewekt. Marie was nu negenenveertig, maar ze wist dat ze nog steeds een bepaald effect had op het mannelijk geslacht.

Toen ze in Augsburg aankwam, was het al donker en ze bleef even radeloos met haar bagage op het perron staan. Ook hier was het stationsgebouw beschadigd door de bommen. De overkapping van de perrons was zo goed en zo kwaad als het ging met hout hersteld zodat de reizigers niet in de regen hoefden te staan. Tot overmaat van ramp viel plotseling de verlichting uit en het station en de stad zonken weg in de duisternis. Alleen her en der flakkerde een lichtje op, van een lantaarn of een kaars die een raam verlichtte.

De stroom is uitgevallen, dacht ze angstig. Wat naar. Nu moet ik met een koffer en een tas door de donkere stad lopen en ik weet niet eens of de straten waar ik doorheen wil lopen er nog zijn.

Omdat de enkele reizigers zich snel verspreidden, pakte ze haar bagage op en ging op weg. Ze vond de Prinzregentenstraat algauw. Ze stuitte op een Amerikaanse militaire controle en nadat ze zich had geïdentificeerd, werd ze verder geholpen. De Hallstraat had enige schade opgelopen, maar het huis waarin de praktijk van dokter Kortner was gevestigd stond er nog. Ze liep erlangs en sloeg de hoek om. Leo had haar geschreven dat de woning van Tilly en Jonathan Kortner ook intact was gebleven. Ze wilde vragen of ze bij hen mocht blijven, voordat ze zich heel voorzichtig in de villa meldde.

Kennelijk maakte ze een nogal uitgeputte indruk, want Tilly slaakte een gilletje toen ze opendeed en Marie zag staan. 'Marie! Mijn hemel, het is al donker. O, wat fijn dat je er eindelijk weer bent. Ik hoopte al dat je naar ons toe zou komen... Jonathan! Marie is er!'

Marie was enorm opgelucht toen Tilly haar zonder omhaal in haar armen nam en Jonathan Kortner haar heel hartelijk begroette. De pas negenjarige Edgar gluurde verlegen door de kier van de deur en durfde pas de gang in te lopen toen zijn vader hem bij zich riep.

'Dit is Marie, de vrouw van oom Paul,' zei Jonathan, terwijl hij de jongen naar voren schoof. 'Je mag "tante" tegen haar zeggen.'

Hij maakte braaf een buiging voor de vreemde tante en trok zich daarna meteen terug in de slaapkamer.

'Ga maar lekker zitten,' zei Tilly tegen Marie. 'Ik maak snel een hapje eten voor je. De flat is niet groot, dat weet je. Maar we hebben het al voorbereid. Jij slaapt in de woonkamer.'

'Heel erg bedankt. Maar... jullie wisten toch helemaal niet dat ik hierheen zou komen?' vroeg Marie.

Tilly en haar man wisselden een geamuseerde blik uit.

'We hebben het geraden,' zei Jonathan grijnzend. 'Of wilde je vannacht nog naar de villa lopen?'

'Nee,' bekende Marie. 'Zeker niet.'

Uit de keuken kwam de heerlijke geur van gebakken aardappelen met spek, en Marie merkte nu pas dat ze erg honger had. Ze had onderweg nauwelijks iets gegeten. Het werd een lange avond waarin ze elkaar veel vertelden en veel bespraken. Marie hoorde dat Dodo in de villa was teruggekeerd, dat Leo en Walter over een paar dagen naar Augsburg zouden komen, maar ook dat Sebastian in het ziekenhuis lag en dat het niet goed met hem ging.

'Zijn nieren zijn beschadigd,' zei Tilly bedroefd. 'Geen wonder, want hij heeft jarenlang in de ijzige kou moeten slapen en werken. Momenteel voelt hij zich iets beter, maar ik ben bang dat de ontsteking chronisch is en telkens terug zal komen.'

'Wat triest,' zei Marie met een zucht. 'Hij is een bijzonder mens. Ik mag hem graag. Maar ik herinner me dat Paul niet altijd goed met hem kon opschieten.'

Nu de naam Paul was gevallen, durfde Tilly voorzichtig de vraag te stellen die iedereen bezighield.

'Ga je met Paul praten? Je weet zeker wel wat zijn plannen zijn...'

'Ja, ik weet het,' antwoordde Marie. 'Maar ik ben nog altijd zijn vrouw. We zullen met elkaar praten en deze zaak als verstandige mensen ophelderen.'

Tilly en Jonathan knikten en Jonathan zei zachtjes: 'Ik wens je veel succes, Marie. Helaas kunnen we wat dit betreft weinig voor je doen. Maar je moet weten dat Tilly en ik geloven dat jouw plaats in de villa is en dat je die weer zou moeten innemen.'

Deze woorden deden Marie goed. Tilly was in elk geval niet veranderd, ze voelde nog net zo veel genegenheid voor Marie als vroeger. En Jonathan Kortner was een fantastische, sympathieke man.

Even later wensten ze elkaar welterusten en Marie kroop op de bank in haar geïmproviseerde slaapplek. Ze was zo moe van de lange reis dat zelfs het luide getik van de staande klok haar niet stoorde en ze algauw in slaap viel.

's Ochtends werd ze laat wakker. Ze kwam geschrokken overeind en knipperde met haar ogen in het daglicht dat door de kieren van de gordijnen naar binnen viel. Het was al negen uur geweest. Tilly was waarschijnlijk allang in het ziekenhuis en Jonathan in zijn praktijk. Toen ze zich aankleedde en door de gang naar de badkamer liep, ging de keukendeur open en keek de dunne blonde Edgar om de hoek.

'Goedemorgen,' zei hij. 'Mama zei dat ik je absoluut niet wakker mocht maken. Maar als je wakker bent, mag ik ontbijt voor je maken.'

'O,' zei Marie verbaasd. 'Ontbijt zou heel lekker zijn, Edgar. Moet je niet naar school?'

'School begint pas weer in oktober,' antwoordde hij. 'Maar ik heb eigenlijk geen school nodig want ik verveel me daar altijd. Ik lees liever papa's medische boeken.' Daarna verdween hij in de keuken.

Tilly's zoon, dacht Marie. Ik heb niet eens meegemaakt dat hij werd geboren en nu is hij negen. Is het niet idioot dat ik denk dat ik simpelweg terug kan komen en verder kan gaan waar ik toen ben gebleven?

Ze at het ontbijt in de keuken en zei dat ze de frambozenjam en de koffiesurrogaat heel lekker vond. Over het brood, dat een beetje hard was en vreemd smaakte, zei ze uit beleefdheid maar niets.

'Wat doe je de hele dag als je niet op school zit?' vroeg ze aan Edgar, die tijdens het ontbijt nieuwsgierig naar haar keek. 'Speel je buiten met je vrienden?'

'Nee,' zei hij, terwijl hij een minachtend gezicht trok. 'Ze zijn allemaal dom. Ik ga naar de praktijk van mijn vader en help hem met zijn werk.'

'En wat doe je dan?'

'Ik moet zijn instrumenten sorteren en steriliseren,' legde hij met een gewichtige blik uit.

Na het ontbijt hielp Marie hem met de afwas en daarna gingen ze allebei op pad. Edgar rende naar de praktijk van zijn vader en Marie ging naar de nabijgelegen Hermanbegraafplaats. Hier wilde ze haar terugkeer beginnen, op de plek waar haar moeder begraven lag en waar het familiegraf van de Melzers was, waar haar schoonmoeder Alicia nu ook haar laatste rustplaats had gevonden. De grafkerk van St. Michael was beschadigd door de bommen, de toren met de uienkoepel was ingestort. Maar de graven waren onaangetast en net als in het verleden hing hier nog de oude, vredige stilte. Ze stond een tijdje onder de bomen, waarvan het gebladerte al donker was en binnenkort zou verkleuren. Daarna draaide ze zich resoluut om en ging de stad in.

Overal lagen bergen puin. Al snel wist ze amper nog waar ze was. Om zich te oriënteren keek ze uit naar de Perlach, de torenspits van de kathedraal en de St. Ulrich en Afra. Het Raadhuis was een uitgebrande ruïne, maar op het plein ervoor hadden de boeren uit de omgeving hun kraampjes ingericht en kon je groenten, fruit, kruiden en aardappelen kopen. Haar Amerikaanse geld was zeer welkom. Ze kocht een zak appels en een zak pruimen en ging ermee op weg naar het hoofdziekenhuis. Het was een flink eind lopen, maar ze nam niet de tram, die op deze route alweer reed. Ze wilde door de bekende straten lopen, die er nu heel anders en mistroostig uitzagen. Maar ook al zag Augsburg er nu vreemd uit, het was haar geboortestad waar ze van hield en die ze in het vreemde land erg had gemist.

Het hoofdziekenhuis had ook bomschade, maar de grote entreehal was nog hetzelfde, behalve dat er nu geen non aan de poort zat, maar een jongeman. Hij vroeg wie ze wilde bezoeken.

'Meneer Sebastian Winkler...'

'Eerste verdieping, de derde kamer.'

Ze was niet verbaasd toen ze Lisa's stem hoorde toen ze op de deur van de ziekenkamer klopte.

'U kunt binnenkomen, het is bezoekuur...'

Ze liep zachtjes naar binnen, bleef bij de deur staan en wachtte af wat er zou gebeuren. Er stonden vier bedden in de kamer, die allemaal bezet waren. Sebastians bed stond bij het raam. Hij zat rechtop, had zijn bril op en een krant voor zich, die hij liet zakken toen ze binnenkwam. Lisa was net bezig een kopje thee in te schenken.

'Hé, wie zie ik daar?' riep Sebastian en hij pakte Lisa bij haar arm. 'Marie! Welkom in je oude vaderland, lieve Marie!'

De drie andere patiënten draaiden hun hoofd naar de deur. Lisa zette haastig het kopje neer en morste de thee.

'Je bent er!' zei ze. Ze stond er wat hulpeloos bij.

'Ja, ik ben er,' zei Marie zachtjes. 'Ik hoop dat ik je niet heb laten schrikken?'

'Nee hoor...' zei Lisa. 'We wisten dat je zou komen... Het is alleen allemaal... zo moeilijk...'

Ze onderbrak zichzelf en wist niet wat ze moest doen. Even bleef ze roerloos staan, alsof ze was veranderd in een zoutpilaar. Daarna spreidde ze plotseling impulsief haar armen uit en zei ze snikkend: 'O, Marie! Het is zo fijn om je weer te zien... Ik ben zo blij...'

Marie werd bijna door haar platgedrukt en kon nog net de zakken fruit die ze had meegenomen redden. Vervolgens begroette ze Sebastian, die haar ook in zijn armen trok. De drie medepatiënten glimlachten en een van hen zei: 'Gefeliciteerd!'

Lisa had haar remmingen nu laten varen. Ze schoof een stoel voor Marie bij, dwong haar te gaan zitten en praatte opgewonden tegen haar.

'O, hemel, Marie! Je ziet er precies zo uit als toen je wegging. Je bent totaal niet veranderd. Weet je dat Leo en Walter binnenkort hier zullen zijn? Heb je Kitty al ontmoet? Nee? Mijn hemel, ze zal dolblij zijn. En Henni ook. Zij is nu getrouwd en Felix is...'

Marie onderbrak haar niet, hoewel ze deze woordenvloed een beetje gênant vond in het bijzijn van de andere patiënten. Ze deelde het fruit dat ze had meegenomen onder alle patiënten uit en ging daarna weer bij Sebastian zitten, die haar hand pakte en hem zachtjes streelde.

'Het komt wel goed,' mompelde hij. 'Paul is geen dwaas. Hij zal de juiste beslissing nemen.'

'We zullen zien,' zei ze. 'Wanneer mag je het ziekenhuis verlaten?'

'Overmorgen al!' zei hij stralend. 'Ik ben weer kerngezond, nietwaar, Lisa?'

'Zo gezond als een vis,' zei Lisa, terwijl ze met een zakdoek haar gezicht depte.

Marie nam algauw afscheid. Het bezoekuur was maar kort en ze wilde terug naar Tilly's woning, omdat ze ervan uitging dat Kitty daar snel zou verschijnen.

'Tot morgen in de villa?' vroeg Lisa.

'Morgen nog niet,' zei Marie terughoudend. 'Maar wel gauw.'

Samen met andere bezoekers, die nu ook het ziekenhuis moesten verlaten, liep ze de trap af en door de hal naar de uitgang. Voordat ze bij de poort kwam, viel haar een jonge vrouw op die vlak bij de muur naast de deur van de kantoorruimtes stond en zeker geen bezoeker was. Marie liep aan haar voorbij en had het gevoel dat de vrouw haar bekeek. Pas toen Marie buiten voor het ziekenhuis stond, besefte ze dat ze deze vrouw kende.

38

Kitty was niet tevreden. Ze had enorm haar best gedaan om die aardige kolonel over te halen en was er vast van overtuigd geweest dat haar argumenten indruk op hem hadden gemaakt. Vooral omdat ze vloeiend Engels sprak. Hij had telkens vriendelijk geknikt, een paar korte vragen gesteld en ijverig aantekeningen gemaakt. Ze was helemaal op dreef geraakt en had er omwille van Marek van alles bij gehaald.

'Weet u, Ernst von Klippstein is officier geweest in de Eerste Wereldoorlog. Een man die vocht voor keizer en vaderland. Een officier zoals u, beste kolonel. En toen raakte hij ernstig gewond. En die verwonding, waar hij bijna aan doodging, veranderde zijn leven op tragische wijze. Hij raakte verbitterd en werd ontvankelijk voor de leugens van de nazi's. Zeker, in het begin geloofde hij in Adolf Hitler, maar geleidelijk aan... Ernst von Klippstein was immers een intelligente man... Langzaamaan besefte hij dat Hitler een gek was, een crimineel. De grootheidswaan van deze oorlog. De verschrikkelijke moorden in de kampen. Ernst von Klippstein verwierf in zijn functie kennis die voor ons ontoegankelijk was. Ja, en toen zag hij geen andere uitweg dan zichzelf van het leven te beroven...'

Ze was zo verstrikt geraakt in haar versie van de gebeurtenissen dat ze er bijna zelf in geloofde. Waarom zou het niet zo geweest zijn? De arme Klippi moest immers een reden hebben gehad om zelfmoord te plegen.

‘U moet toegeven dat Ernst von Klippstein niet kan worden gezien als een functionaris van de NSDAP,’ vervolgde ze. ‘Hij keerde zich van de nazi’s af en heeft uit wanhoop over zijn fout zelfs de hand aan zichzelf geslagen…’

Marek had naast haar gezeten, maar omdat zijn Engels gebrekkig was, had hij er amper iets van verstaan. Hij keek alleen gespannen van haar naar de kolonel en weer terug en klampte zijn vingers in elkaar. Uiteindelijk bedankte de kolonel haar hartelijk en informeerde hij naar de tentoonstelling. Hij wilde in elk geval met de hele officiersstaf de opening bijwonen en vertelde dat hij ook schilder was, maar dat hij vanwege zijn officiële verplichtingen slechts enkele schilderijen had gemaakt. Natuurlijk zei ze dat ze deze schilderijen heel graag wilde zien, waarop hij zei dat er in de komende maanden misschien tijd zou zijn voor een ontmoeting tussen Duitse en Amerikaanse kunstenaars.

‘Fantastisch. Trouwens, mijn lieve vriend Marek Brodskij is ook een begenadigd kunstenaar…’

Zoiets had de kolonel al vernomen. Hij glimlachte vluchtig naar Marek en wendde zich daarna weer tot Kitty. ‘Ik kijk ernaar uit u binnenkort in de villa van de familie Schmidtkunz weer te zien, beste mevrouw Scherer.’

‘En u laat de arme mevrouw Von Klippstein toch zeker vrij? Zij heeft niets kwaads gedaan, dat kan ik zweren!’

‘We hebben onze instructies, mevrouw Scherer.’

Daarmee was het gesprek ten einde en had Kitty de onaangename taak om onderweg naar huis het onbevredigende resultaat van deze missie aan Marek uit te leggen.

‘U hebt gedaan wat u kon,’ zei hij uiteindelijk gelaten. ‘Daar ben ik u erg dankbaar voor.’

‘Ik weet zeker dat hij erover na zal denken,’ zei ze optimistisch. ‘En zo niet, dan zal ik bij de opening van mijn tentoonstelling opnieuw op hem inpraten.’

Ze genoot ervan om de tentoonstelling te organiseren en zette er veel vaart achter, maar ze had wel gemerkt dat de zaak ingewikkelder bleek te zijn dan ze had gedacht. Dagenlang had ze zich zorgen gemaakt of Leo en Walter op de openingsdag wel verlof kregen en konden optreden. Dat was nu tot haar grote vreugde en opluchting gelukt. Maar inmiddels waren er andere problemen ontstaan. Gelukkig was de villa van de familie Schmidtkunz onbeschadigd gebleven, maar ze hadden de dochter met haar man en twee kinderen opgenomen die in de verschrikkelijke nacht van het bombardement in februari alles hadden verloren. Deze dochter was helaas een vreselijke cultuurbarbaar en totaal niet geïnteresseerd in de schone kunsten. Ze klaagde constant omdat de grote woonkamer en de hal van de villa moesten worden leeggemaakt voor de tentoonstelling en zij en haar gezin een paar weken lang nog maar drie kleine kamers tot hun beschikking hadden. Drie hele kamers voor vier personen, hemel. In de villa was het momenteel veel krapper voor iedereen. Door het gemopper van de dochter had mevrouw Schmidtkunz bijna besloten om de hele zaak af te blazen, en Kitty moest al haar overredingskracht inzetten om haar tentoonstelling te redden. Daarna waren er ellenlange discussies geweest omdat de afschuwelijke olieschilderijen in de woonkamer van de muren gehaald moesten worden om ruimte te bieden aan de schilderijen van Luise Hofgartner. Mevrouw Schmidtkunz kreunde bij elke spijker die Kitty in haar behang sloeg en herhaalde eindeloos dat ze nooit toestemming zou hebben gegeven als ze had geweten hoe erg haar huis zou worden toegetakeld.

'Ik laat het alleen maar toe omdat die charmante jonge luitenant komt, die zo fantastisch viool speelt. Omwille van hem laat ik dit allemaal gebeuren!'

Ach, het was moeilijk. Terwijl de bewoners van Augsburg nog wel zo blij waren dat er weer culturele evenementen waren. Bij de door particulieren georganiseerde lezingen en huisconcerten in de stad was het overvol. De mensen snakten naar muziek, literatuur en kunst, want die gaven de mensen het gevoel dat het mooie, dat wat ons bindt en gelukkig maakt, nog levendig was. Cultuur was een van de weinige dingen waarop de mensen in deze donkere tijd hun hoop hadden gevestigd.

De tiende september was voorbijgegaan zonder dat Marie in de villa was verschenen. Kitty werd met de dag ongeduldiger en elke keer als ze naar villa Schmidtkunz ging, maakte ze een omweg via het station in de hoop Marie op het perron te zien. Dat zou een ongelofelijk toeval zijn geweest, maar het was mogelijk. Helaas was de hoop tot nu toe tevergeefs geweest.

Die ochtend was Kitty aan de late kant. Ze had een aantal tekeningen van Marek ingepakt om ze naar villa Schmidtkunz te brengen en dacht erover om ook twee oudere werken uit haar eigen collecties tentoon te stellen, toen de telefoon in Pauls kantoor rinkelde.

De telefoon? O god, het telefoonnetwerk was geblokkeerd, dus er kon alleen iemand bellen met speciale toestemming. Tilly uit het ziekenhuis? Was er iets met Sebastian?

'Paul is op kantoor,' zei Robert toen ze er snel naartoe wilde gaan. 'Hij heeft al opgenomen.'

'Dank u wel,' hoorde ze Paul even later in zijn kantoor zeggen.

Blijkbaar had hij alweer opgehangen, want ze hoorde niets meer. Kitty keek Henni en Humbert, die ook in de gang waren gekomen omdat ze de telefoon hadden horen rinkelen, geschrokken aan. Dit klonk niet als goed nieuws. Ook Gertrude kwam eraan, evenals tante Elvira, die op een stok leunde.

'Wat is er aan de hand?' vroeg ze. 'Is er iemand overleden?'

Niemand antwoordde. De deur van het kantoor ging open en Paul stond met een somber gezicht op de drempel.

'Het was dokter Kortner,' zei hij. 'Sebastian wordt morgen uit het ziekenhuis ontslagen.'

Iedereen was opgelucht. Humbert glimlachte en Gertrude keerde tevreden terug naar haar kamer.

‘En daarom belt dokter Kortner speciaal?’ vroeg Henni argwanend.

Paul schraapte zijn keel en keek de anderen ontstemd aan. ‘Bovendien is Marie gisteravond in Augsburg aangekomen,’ voegde hij eraan toe.

Hij trok met een ferme ruk de deur achter zich dicht en haastte zich de trap af naar de hal. Kitty’s jubelkreet volgde hem op de voet, waardoor hij nog harder leek te willen vluchten.

‘Marie! Eindelijk! Waar is ze? Paul, blijf nou eens staan! Vertel me waar Marie is...’

Henni hield haar moeder, die al bijna bij de trap was, bij haar arm tegen. ‘Bij tante Tilly, waar anders?’ zei ze zachtjes. ‘Laat oom Paul alsjeblieft met rust, mama. Hij moet het eerst verwerken.’

‘Nou, dat wordt ook tijd!’ zei Kitty verontwaardigd.

Ze liet alles liggen, trok snel haar mantel aan en haastte zich naar buiten. Natuurlijk reed de tram, waarmee ze in elk geval tot het Raadhuisplein had kunnen komen, net voor haar neus weg. Maar dat was niet zo erg. Als het had gemoeten zou ze naar New York zijn gelopen om Marie weer te zien. Buiten adem en met een wapperende mantel kwam ze bij Tilly’s flat aan. Ze drukte lang op de bel en wachtte met een wild kloppend hart tot de deur werd geopend. Maar dat gebeurde niet.

Waar kan ze zijn, vroeg ze zich af. In de praktijk? Jonathan Kortner had natuurlijk van daaruit gebeld. Wat dom van me. Ze haastte zich de trap weer af en liep door de deur van de portiek naar buiten, waar ze tegen haar dochter Henni op botste.

‘Je rende als een hardloper, mama!’ zei Henni. ‘Hoorde je ons niet roepen?’

Nee, Kitty had het van de spanning niet gehoord. Voor het huis wachtten Felix en Dodo, die ook stonden te popelen om Marie weer te zien.

‘Ze is niet in de flat,’ zei Kitty. ‘Ik denk dat ze in Jonathans praktijk is.’

'Wat moet ze daar?' betwijfelde Dodo. 'Ik denk dat het logischer is dat mama in Augsburg rondkijkt. Straks is ze naar de villa gelopen en wachten we tevergeefs op haar. Heeft papa er niets over gezegd?'

'Hij zei niets, die vreselijke man!' mopperde Kitty. 'Wat doen we nu?'

'Wachten,' opperde Henni. 'Vroeg of laat zal ze wel komen.'

'Het is om gek van te worden!' zei Kitty kreunend. 'Nu is Marie in Augsburg en kunnen we haar niet vinden...'

'Daar!' riep Dodo. 'Daarginds zwaait iemand!'

Kitty liep naar voren en zwaaide druk met haar armen. Daarna stopte ze en liet ze teleurgesteld haar armen zakken.

'Het zijn Hanna en Auguste,' verzuchtte ze. 'Wat doen zij hier?'

De twee personeelsleden naderden met enige gêne. Hanna droeg een mandje met uien en aardappelen, Auguste had drie broden in haar boodschappennet liggen.

'We zijn boodschappen aan het doen,' legde Auguste uit. 'We hebben een kleine omweg gemaakt, omdat we dachten...'

'Omdat we de mevrouw zo graag wilden begroeten,' voegde Hanna eraan toe, die rode wangen had van de opwinding.

'Dat is aardig van jullie,' zei Kitty ontroerd. 'Maar Marie is er helaas niet.'

'O, wat jammer!' Hanna zuchtte teleurgesteld. 'Maar wat Humbert zei is wel waar, toch? De mevrouw is toch in Augsburg?'

'We nemen aan van wel,' zei Henni. 'De vraag is alleen...'

'Er komt nog iemand aan,' zei Felix en hij grijnsde.

'Wie? Marie?' riep Kitty opgewonden.

'Nee,' zei Dodo. 'Het is oom Robert met grootmoeder Gertrude. En Wilhelm is er ook. Nu hebben bijna alle bewoners van de villa zich hier op straat verzameld.'

Ze hadden met z'n drieën de tram genomen, maar omdat de tram zo vaak stopte en er zo veel mensen in- en uitstapten, had de rit naar het Raadhuisplein nogal lang geduurd.

‘Waarom staan jullie allemaal op straat?’ vroeg Gertrude.

‘We wachten op Marie,’ zei Kitty. ‘Ze moet ergens in Augsburg op pad zijn.’

‘Dat is echt niet leuk van haar,’ zei Gertrude. ‘Eerst gaat ze naar Amerika en nu loopt ze door Augsburg. Elvira zei dat ze de villa nog geen centimeter zal verlaten omdat ze denkt dat Marie daar vroeg of laat...’

‘Daar is ze!’ schreeuwde Dodo en ze duwde de verbaasde Gertrude opzij. ‘Mama! Mama, we staan hier allemaal op je te wachten...’

Dodo rende met uitgestrekte armen naar haar moeder toe, botste bijna tegen twee vrouwen op die een ladderkar achter zich aan trokken en Kitty kreeg natte ogen toen ze moeder en dochter in elkaars armen zag vallen. O, ze had zelf graag de eerste willen zijn die Marie in Augsburg had omhelsd. Maar Dodo was Maries dochter, dus zij had dat voorrecht.

‘Wie is die man die ze bij zich heeft?’ vroeg Gertrude, die slechte ogen had.

‘Man?’ vroeg Auguste en ze rekte haar nek uit.

‘Dat zal toch niet die Friedländer zijn?’ vroeg Robert en hij keek Kitty bezorgd aan.

‘Nee, joh!’ zei Henni lachend. ‘Het is onze Humbert. De grote cavalier Humbert Sedlmayer draagt twee tassen!’

‘Humbert?’ vroeg Hanna verbaasd. ‘Hij wilde naar de schoenmaker om nieuwe zolen onder de lage schoenen van mevrouw Elisabeth te laten zetten...’

‘Dan heeft hij zeker een kleine omweg gemaakt,’ zei Auguste vinnig. ‘O jee, hij staat er nu verlegen bij omdat die twee in elkaars armen liggen en elkaar kussen.’

Toen Dodo zich van haar moeder losmaakte, kon Kitty zich niet meer inhouden. Ze rende over de straat naar Marie toe en omhelsde haar stormachtig.

‘Marie, Marie, mijn lieve Marie... We mochten elkaar zo veel jaren niet zien… O, je bent nog net zo mooi en jong als altijd… En zo elegant gekleed… Mijn hemel, we hebben hier op je gewacht… Ja, Jonathan belde…'

Ze wist zelf niet wat ze allemaal uitkraamde. De woorden rolden over haar lippen en ze kon gewoon niet stoppen met praten. Marie hield haar armen om haar heen. Ze huilde en lachte tegelijk, zei slechts af en toe iets en wachtte geduldig totdat Kitty weer was bijgekomen.

'Je bent totaal niet veranderd, mijn liefste vriendin en schoonzus,' zei ze vol genegenheid en ze drukte Kitty weer tegen zich aan. 'O, wat is het fijn om weer thuis te zijn.'

De anderen begroetten Marie nu ook, ieder op zijn of haar eigen manier. Robert en Henni omhelsden haar, Felix deed na enige aarzeling hetzelfde. Gertrude streelde haar wang met moederlijke tederheid, Hanna en Auguste maakten volgens de oude gewoonte een knicksje en schudden haar de hand, en uiteindelijk stelde Dodo Wilhelm aan haar voor als haar beste vriend en kameraad. Wilhelm boog beleefd en mompelde: 'Welkom in Duitsland, mevrouw. Aangenaam kennis te maken…'

'Ik ben helemaal overweldigd door dit prachtige ontvangstcomité,' zei Marie opgewekt. 'Dit is echt een hele samenkomst.'

'Inderdaad,' merkte Robert op. 'Misschien kunnen we beter de flat binnengaan.'

Hij had gelijk. Overal in de straat waren voorbijgangers blijven staan om naar de hartverscheurende begroeting te kijken. Als er een Amerikaanse patrouille langskwam, had die er aanstoot aan kunnen nemen, want samenscholingen in het openbaar waren verboden.

'Heeft iemand een sleutel van Tilly's flat?'

'Ja, natuurlijk,' riep Marie. 'Ik!'

Voordat ze naar boven gingen nam Humbert afscheid en Hanna en Auguste zeiden ook dat ze nu snel terug moesten naar de villa, omdat de kokkin de uien nodig had voor het middagmaal.

'We wachten allemaal op u, mevrouw,' zei Humbert toen hij afscheid nam. 'Het is zoals mevrouw Brunnenmayer altijd zegt, u bent de ziel van de villa.'

Marie was zichtbaar ontroerd door deze woorden en bedankte Humbert en de twee vrouwen. 'Doe mevrouw Brunnenmayer alstublieft de hartelijke groeten van mij,' zei ze.

Boven in de kleine flat was het algauw een chaotische drukte en Kitty baalde er nu van dat ze zo'n grote familie had, want ze had Marie nog geen seconde voor haarzelf. De arme Marie werd door iedereen omringd en met vragen bestookt. Ze praatten opgewonden, stelden allerlei overbodige vragen en vertelden telkens dezelfde dingen. Het kon niet anders dan dat het hoofd van de arme Marie gonsde. Gelukkig ging Gertrude na een tijdje naar de keuken om van Maries boodschappen en Tilly's voorraad een lunch te bereiden. Henni, die vermoedde wat Gertrude van plan was, ging haastig achter haar aan om het ergste te voorkomen. Grootmoeder Gertrude had al een hele tijd niet meer in de keuken gestaan en in het verleden was al niet elk gerecht even geslaagd geweest.

De lege stoelen in de woonkamer werden nu ingenomen door Tilly en Jonathan, die rond het middaguur thuiskwamen. De wijsneuzige Edgar ging naast Marie zitten en vertelde iedereen dat hij die ochtend al ontbijt voor zijn tante had klaargemaakt. Daarna werden de gesprekken wat zinvoller, want Dodo vertelde dat ze samen met Wilhelm de twee weefgetouwen kon repareren die in de kelder van het verwoeste fabrieksgebouw waren gevonden.

'Ik heb het terrein nog niet gezien. Is alles met de grond gelijkgemaakt?' vroeg Marie angstig.

'Min of meer wel, ja,' zei Dodo. 'Maar als we in de verwoeste weverij het puin opruimen en de stenen uitzoeken die nog bruikbaar zijn, kunnen we een tijdelijke hal neerzetten.'

Robert legde Marie het bouwplan uit dat hij samen met Felix had ontworpen. Het dak zou alleen op sommige plaatsen van ruiten worden voorzien zodat er wat licht in viel, de rest van het dak moest met houten planken dicht worden gemaakt.

'Sommige ruiten zijn intact gebleven en die vergroten we en plaatsen we in het dak,' legde Felix uit. 'De vloer is nog bruikbaar. Dat is belangrijk omdat we een solide, vlakke ondergrond nodig hebben om de machines op te zetten.'

De lunch moest in twee fasen worden genuttigd omdat Tilly niet genoeg soepborden had, maar iedereen vond het heerlijk smaken en Gertrude koesterde zich in de lof van de gulzige eters. Henni vertelde hun tijdens de maaltijd dat ze inmiddels een paar van de ringspinmachines die vroeger van textielfabriek Melzer waren geweest in een van de stilgelegde textielfabrieken had ontdekt.

'Klippi beweerde dat hij ze had verkocht,' zei Henni. 'Maar ik heb nooit een verkoopovereenkomst gezien. Ik denk dat we die machines gewoon voor onszelf kunnen opeisen en meenemen.'

'Maar toch niet voordat de hal klaar is?' zei Robert.

'Zo snel mogelijk,' benadrukte Henni. 'Anders haalt iemand anders ze op en zien we onze machines nooit meer terug.'

Er werden plannen gesmeed. Kitty zei dat ze de hulp van de Amerikaanse bezetters konden inroepen om de machines te vervoeren. Dodo dacht na over waar het ruwe katoen vandaan moest komen en Felix berekende al hoeveel balen stof ze – onder de meest gunstige omstandigheden – in hoeveel tijd konden produceren.

Marie had het grootste deel van de tijd geluisterd en gezwegen. Ze keek Kitty lang aan en Kitty wist wat er in Marie omging.

'Dit zijn allemaal mooie plannen, die zeker gerealiseerd kunnen worden,' zei Marie. 'En wat vindt Paul ervan?'

In eerste instantie antwoordde niemand. Dodo haalde geïrriteerd haar schouders op, Henni rolde met haar ogen en keek naar het plafond, Felix kauwde op zijn potlood.

'Niet veel,' zei Robert uiteindelijk. 'Hij lijkt op dit moment nogal moedeloos te zijn.'

'Aha,' zei Marie peinzend. 'Ik vraag het gewoon omdat... het tenslotte zijn fabriek is, nietwaar?'

'Inderdaad...'

Ze veranderden van onderwerp en spraken over de komende tentoonstelling, waar Leo en Walter samen muziek zouden maken. Dodo vertelde over haar dienst als pilote, over haar ontsnapping samen met Lilly en Wilhelm en hoe ze van boerderij naar boerderij waren gedwaald om als landarbeiders te werken. Marie luisterde en streelde het kortgeknipte blonde haar van haar dochter. Kitty zag aan haar hoeveel zorgen ze zich om haar dochter had gemaakt.

'Leo heeft rondgevraagd naar Kurt,' vertelde Marie aan Dodo. 'Kurt zit in een Amerikaans krijgsgevangenenkamp in Frankrijk. Als we geluk hebben, komt hij begin volgend jaar vrij.'

Leo had nog niets gehoord over Lisa's zonen Hanno en Johann, maar hij had zijn moeder geschreven dat hij probeerde om ook over hen informatie te krijgen.

Ze bleven tot aan het begin van de avond bij elkaar zitten. Tilly zette koffiesurrogaat en Marie zette een blikje honingkoekjes op tafel. Dat was afkomstig van mevrouw Brunnenmayer, die – zo bleek – Humbert de opdracht had gegeven het naar Tilly's flat te brengen. Een klein welkomstgeschenk voor de teruggekeerde vrouw des huizes.

'Hoe gaat het nu verder?' vroeg Robert toen ze afscheid van elkaar namen.

'Dat is toch duidelijk?' riep Kitty. 'Marie, je neemt je intrek in de villa. Ik heb alles al geregeld, je kunt in de serre...'

'Nee, Kitty,' zei Marie vastberaden. 'Dat is heel aardig van je, maar ik wil voorlopig niet naar de villa. Ik heb Paul een brief geschreven. Zou iemand van jullie die willen meenemen en aan Paul kunnen overhandigen?'

Henni stopte de brief in haar tas, knikte waarderend naar Marie en zei dat ze het zou regelen. Daarna wenste iedereen elkaar een goede nacht en liepen de gasten door de stille, donkere stad terug naar de villa.

'Alweer een stroomstoring,' bromde Dodo. 'Zo krijgen we de machines niet aan de praat.'

'Als het water morgenochtend maar niet weer wordt afgesloten,' verzuchtte Henni. 'Vanmorgen had ik mezelf net ingezeept...'

'Ach, dat zijn allemaal kleinigheden,' zei Kitty lachend. 'Het belangrijkste is dat Marie weer bij ons is. Vanaf nu gaat het bergopwaarts!'

De villa lag in duisternis gehuld, slechts achter sommige ramen was het zwakke licht van een petroleumlamp of een kaars te zien. In Pauls kantoor brandde ook licht. Ze konden alleen maar gissen wat hij daar deed.

'Die zit nu aan zijn bureau te piekeren,' zei Dodo.

39

Ze waren er allemaal naartoe gerend! Alleen Lisa en Charlotte, die druk waren met Sebastian, en tante Elvira, die slecht ter been was, niet. Maar alle anderen wel. Ook Dodo. En waarschijnlijk zelfs een aantal personeelsleden.

Paul voelde zich door de familie in de steek gelaten. Hij had een tijdje kwaad op het terras gezeten en op de stenen geslagen, maar nadat hij er een aantal had gebroken, had hij het opgegeven en was hij weer naar binnen gegaan. In de hal bleef hij even staan omdat er vanuit de keuken opgewonden stemmen klonken, maar omdat hij het beschamend vond om zijn medewerkers af te luisteren, liep hij de trap op om zich in zijn kantoor te verschansen.

Ze was hier. Marie was in Augsburg. Hij zou haar onder ogen moeten komen.

Het huis leek angstaanjagend stil. Hij opende het raam en zag tot zijn opluchting Fritz en Marek, die in de moestuin aan het wieden waren. De kleine Herrmann zat met Annemarie op het grasveld en trok enthousiast pollen uit de grond. Ook Liesl was even te zien. Ze verzamelde kroppen sla in een mand en droeg ze naar de keuken. Het leven in de villa ging tenminste zijn gewone gangetje. Waar maakte hij zich dus druk om? Ze moesten Marie maar verwelkomen, dat was immers hun goed recht. Ze verbleef bij Tilly, dat had Jonathan hem aan de telefoon verteld. Paul had dat de anderen niet verteld, maar ze hadden het vast geraden.

In elk geval was dit een betere oplossing dan wanneer Marie zomaar naar de villa was gekomen. Dan zou het moeilijk voor hem zijn geweest, want met het oog op de rest van de familie had hij haar onmogelijk kunnen verbieden om in de villa te komen. Maar als Marie in de villa zou zijn, zou dat hem tegenover Hilde in een heel lastig parket hebben gebracht.

Hij sloot het raam en ging aan zijn bureau zitten. Het was dus zover. Hij had zich voorbereid, zijn argumenten op een rijtje gezet en naar onderwerp en belang gerangschikt. Hij had ook nagedacht over haar mogelijke tegenargumenten en zijn antwoorden genoteerd. Hij ging goed voorbereid dit gesprek in. Hij had niets te vrezen. Ze zou zijn beslissing moeten accepteren. Uiteindelijk zou het alleen een kwestie van onderhandelen zijn over de voorwaarden van de scheiding. Ook dat zou soepel verlopen. Zij had geen eigendomsrecht in de fabriek en hij eiste niets van het vermogen dat ze in New York had vergaard.

Nee, hij had echt niets te vrezen. En toch brak het zweet hem uit als hij aan dit weerzien dacht. Hij wist welk effect Marie op hem had. In de eerste periode dat ze gescheiden waren geweest, was het tijdens zijn bezoeken aan New York altijd hetzelfde geweest: hij was met ernstige bedenkingen aangekomen, maar zodra Marie tegenover hem stond, was alle boosheid weggeëbd en waren ze simpelweg gelukkig geweest met elkaar in de paar dagen die hun gegund waren.

Maar die magie was nu verbroken. Er waren zes jaren verstreken sinds hun laatste ontmoeting. Zes lange, slechte oorlogsjaren waarin veel dingen waren veranderd, waaronder zijn liefde voor Marie. Er was nu een andere vrouw in zijn leven, een jongere, een zachtaardige, slimme persoon van wie hij hield en die trouw aan zijn zijde zou blijven. Hij had Hilde beloofd dat hij met haar zou trouwen en hij zou die belofte nakomen. Hij was geen leugenaar, hij hield zich aan zijn woord.

Om complicaties te voorkomen besloot hij Marie een brief te sturen waarin hij een ontmoeting aankondigde. Niet in de villa, maar op een neutrale plek. Hij zou Tilly's flat voorstellen, hoewel hij het niet fijn vond om daarheen te moeten gaan. Maar hij zou zichzelf ertoe zetten. Het belangrijkste was dat Marie niet op het idee kwam om hier in de villa te verschijnen.

Hij had net een blad papier op zijn bureau gelegd toen hij beneden in de hal de deurbel hoorde. Hij schrok. Was ze dat al? Kwam ze, omringd door haar volgelingen, triomfantelijk naar de villa om hem duidelijk te maken dat zij, aangezien ze nog steeds zijn vrouw was, het recht had om dit huis te betreden? Zou ze dat durven? Hij zag haar er wel voor aan.

Humbert klopte op de deur van zijn kantoor, deed die op een kier open en zei: 'Neemt u me alstublieft niet kwalijk dat ik u stoor, meneer. Maar er is goed nieuws...'

Zie je wel...

'Wat voor nieuws?' onderbrak hij Humbert nerveus.

'Gerti is vrijgekomen, meneer.'

'Gerti?' vroeg Paul opgelucht. 'Dat is echt goed nieuws. Waar is ze?'

'Beneden in de hal, meneer.'

Paul stond haastig op en liep de trap af. Kitty had dus inderdaad succes gehad. Het was altijd weer verbazingwekkend wat zijn zus voor elkaar kreeg. Ten goede of ten kwade.

Gerti was niet meer alleen in de hal. De keukendeur stond open en ze werd omringd door de personeelsleden. Zelfs mevrouw Brunnenmayer, die slecht ter been was, stond erbij. Liesl omhelsde Gerti zelfs en Else schudde haar de hand.

'Welkom terug!' riep Paul vrolijk terwijl hij de trap af liep. 'Wat fijn dat blijkbaar alles is opgehelderd.'

De personeelsleden gingen opzij om plaats voor hem te maken en hij schudde Gerti de hand om haar te begroeten. Ze zag er bleek en uitgeput uit, haar haar zat slordig en haar dure mantelpakje was helemaal gekreukeld.

'Ze hebben me uiteindelijk toch laten gaan,' zei ze zacht. 'Ik mag de stad niet uit, maar dat was ik toch niet van plan...'

Paul wilde erop reageren, maar op dat moment klonk er een luide kreet.

'Mama!'

De kleine Herrmann rende zo snel als zijn dikke beentjes hem konden dragen door de hal naar zijn moeder en Gerti bukte zich om de kleine in haar armen op te vangen. Bij de ingang van de hal stond Marek, die zijn zoon in allerijl had meegenomen. Met een vertrokken gezicht keek hij naar het gelukkige weerzien van moeder en kind. Hij verplaatste zijn gewicht van zijn ene op de andere voet en leek niet te weten of hij naar Gerti toe moest lopen of beter kon blijven staan. Maar toen richtte Gerti zich op, liep langzaam met de kleine in haar armen naar Marek toe en zei iets wat Paul niet kon verstaan, maar wat een opgeluchte glimlach op Mareks gezicht toverde.

Nou, dacht hij ontroerd, het lijkt erop dat twee mensen weer bij elkaar zijn gekomen. Of nee, drie mensen, als je het kind meetelt. Hij keek nog één keer naar het groepje dat nu met de anderen in de keuken verdween. Daarna draaide hij zich om en ging terug naar zijn kantoor om de brief aan Marie te schrijven.

Dat bleek echter moeilijker dan hij had gedacht. Het ging al mis bij de aanhef. 'Lieve Marie' leek te vertrouwelijk, 'mevrouw Marie Melzer' was weer te formeel en leek idioot. Moest hij gewoon 'Marie' schrijven? Of de aanhef helemaal weglaten? Uiteindelijk koos hij voor het laatste, hoewel hij dat ook maar niks vond. Toen de etensgong voor het middagmaal klonk, liet hij de brief op zijn bureau liggen om er later nog eens over na te denken.

Later stopte Paul de brief in een envelop, schreef Maries naam en Tilly's adres erop en riep Humbert. 'Breng deze morgenochtend alstublieft naar de flat van mevrouw Kortner,' zei hij.

'Zoals u wenst, meneer.'

'Als mevrouw Winkler en juffrouw Charlotte morgen naar het

ziekenhuis gaan om meneer Winkler op te halen, moeten Fritz en Marek met hen meegaan. Zegt u dat alstublieft tegen hen. Ze zijn nodig om meneer Winkler onderweg te helpen.'

'Heel goed, meneer. Moeten ze daar eventueel de kleine ladderwagen voor klaarmaken?'

Paul kon zich niet voorstellen dat Lisa dat een goed idee zou vinden. 'Vraagt u dat maar aan mevrouw Winkler.'

'Dat zal ik doen, meneer. Auguste deed de suggestie om de heer Wilhelm Kayser van de serre naar de zolder te verhuizen...'

'Waarom?' vroeg Paul fronsend.

'Dan zou er in de serre eventueel een slaapplek voor uw vrouw kunnen worden klaargemaakt...'

'Zegt u tegen Auguste dat ze zich hierover geen zorgen hoeft te maken,' zei Paul kortaf. 'Mijn vrouw zal dit huis niet betreden.'

'Neemt u me niet kwalijk, meneer,' zei Humbert schaapachtig en hij maakte een lichte buiging. 'Ik zei dat al tegen Auguste, maar ze drong erop aan dat ik dit aan u moest voorstellen.'

'Het is goed, Humbert. Dank u, u kunt nu vertrekken.'

Tegen de avond kwam Hilde terug uit het ziekenhuis. Hij wachtte haar in de gang op, nam haar in zijn armen en gaf haar een vluchtige kus op haar wang. 'Hoe was je dag, lieverd?'

'Vermoeiend,' zei ze, terwijl ze haar gezicht wegdraaide. 'Geef me even de tijd om bij te komen.'

Haar afwijzende houding stelde hem teleur. Juist van Hilde had hij gehoopt op troost en steun in de huidige situatie.

'Laten we dan na het eten met elkaar praten, goed?'

'Natuurlijk, Paul. Wees alsjeblieft niet boos, maar het werk in het ziekenhuis brengt veel nieuwe dingen met zich mee. Ik moet overal aan wennen en dat kost moeite.'

'Dat begrijp ik goed, Hilde.'

Bovenal begreep hij dat ze hem vermeed. Tijdens het eten zaten ze met z'n vijven aan tafel. De rest van de familie was nog niet thuis.

Later klopte ze op de deur van zijn kantoor. Ze glimlachte verlegen en verontschuldigde zich omdat ze nu pas tijd voor hem had.

'Ga zitten,' zei hij en hij schoof een stoel voor haar bij. 'Je ziet er echt moe uit. Misschien was het toch geen goed idee om die baan aan te nemen.'

Ze reageerde niet op zijn opmerking. 'Laten we niet om de hete brij heen draaien, Paul. Marie is in Augsburg.' Ze keek hem met ernstige ogen aan, in afwachting van zijn reactie.

'Heeft Lisa je dat verteld?'

'Nee. Ik zag je vrouw vanmorgen in het ziekenhuis. Ze is nauwelijks veranderd, Paul. Alleen haar kleren zijn... Nou ja... Ze is Amerikaans.'

Hij meende bewondering in haar stem te horen. Dat beviel hem helemaal niet.

'Nou, dat is toch niet zo gek?' zei hij licht geïrriteerd. 'Ik heb haar geschreven en een ontmoeting geregeld. We zullen afspraken maken over de scheiding en daarna zal alles gaan zoals gepland.'

Ze zweeg even en keek weg. 'We zullen zien, Paul.'

Het klonk onzeker, bijna twijfelend. Hij stapte naar haar toe en legde zijn handen op haar schouders, boog zich naar haar toe en keek haar indringend aan.

'We hebben iets afgesproken, Hilde,' zei hij. 'Ik wil dat je mijn vrouw wordt. De aanwezigheid van Marie in Augsburg zal daar niets aan veranderen. Integendeel, we zullen eindelijk duidelijkheid krijgen en kunnen trouwen.'

Ze knikte en glimlachte op een manier die hij niet helemaal kon interpreteren. Het zag er in elk geval niet uit alsof ze blij was en er vertrouwen in had.

'Je staat toch nog steeds achter je belofte, Hilde?'

Ze legde teder haar hand op zijn arm en haar glimlach was nu warm, hoewel niet zo gelukkig als hij had gewild.

'Ik hou van je, Paul,' zei ze zachtjes. 'Dat weet je. Al het andere zal de toekomst uitwijzen.'

Ze stond op en liet toe dat hij zijn armen om haar heen sloeg. Hij kuste haar en ze beantwoordde zijn kusjes met onverwachte passie. Daarna maakte ze zich abrupt van hem los.

'Welterusten, Paul,' zei ze en ze ging met haar handen door haar in de war geraakte haar.

'Wil je al gaan slapen?'

'Ik ben moe, lieverd. Ik moet morgen vroeg opstaan.'

Hij begreep het en was niet boos over de afwijzing. Ook hij was vandaag niet in de stemming voor een liefdesnacht.

'Slaap lekker...'

Van een goede nachtrust kon echter geen sprake zijn. Hij zat in zijn werkkamer bij een kaars omdat de stroom alweer was uitgevallen. Hij wachtte. Pas toen de anderen thuiskwamen en hij hen in de hal hoorde, blies hij de kaars uit en ging hij naar bed.

De volgende dag stopte er nog voor het ontbijt een ambulance voor de ingang van de villa. En nadat Sebastian dankbaar de chauffeur en zijn begeleider de hand had geschud, liep hij de treden voor de ingang op. Tilly had deze rit geregeld. Lisa ontving haar man in een kamerjas die ze zelf had genaaid en Charlotte was nog in haar nachthemd. Alleen Wilhelm was al aangekleed en kwam snel de serre uit om de genezen patiënt de trap op te helpen.

Bij het ontbijt zat de tafel vol en werd er veel gepraat en verteld. Iedereen leek opgewekt te zijn, maar Paul voelde maar al te duidelijk dat er een spanning in de lucht hing.

Naast zijn bord vond hij een brief. Hij pakte hem haastig en stopte hem in de zak van zijn jasje, want hij had het handschrift herkend. Pas toen hij alleen in zijn kantoor was, haalde hij de envelop weer tevoorschijn.

Lieve Paul,

Ik ben gisteren in Augsburg aangekomen en het was verblijdend hoe liefdevol ik in mijn oude vaderland werd ontvangen. Aangezien ik je toekomstplannen ken, zal ik voorlopig niet naar de villa komen, want ik wil je niet in de problemen brengen. Ik stel voor dat we elkaar op neutraal terrein voor een gesprek ontmoeten. Tilly's flat is hier heel geschikt voor omdat we er 's ochtends alleen zijn.
Morgen is de opening van Kitty's tentoonstelling en ik heb beloofd haar te helpen met de voorbereidingen. Daarom zou het voor mij prettig zijn om overmorgen rond tien uur af te spreken. Laat me weten wat je van mijn voorstel vindt.

Marie

Hij las de brief twee keer en was zowel opgelucht als teleurgesteld. Het briefje was vriendelijk en zakelijk. Er viel weinig op aan te merken. De liefdevolle ontvangst had ze niet hoeven noemen, maar hij kon het haar ook niet kwalijk nemen. Nee, dit briefje gaf hem geen aanleiding om boos te zijn op Marie. Wat hij vreemd genoeg jammer vond.

Na een korte aarzeling ging hij zitten om haar brief te beantwoorden.

Lieve Marie,

Het lijkt erop dat onze brieven elkaar hebben gekruist. Aangezien wij dezelfde intentie hebben, ben ik het eens met je voorstel.

Hartelijk dank,
Paul

Nadat hij Humbert er met zijn antwoordbrief op uit had gestuurd, voelde hij zich gerustgesteld en geloofde hij dat hij de dingen kalm tegemoet kon zien. Blijkbaar was ze niet van plan om een scène te maken of de rest van de familie tegen hem op te hitsen. Ze was verstandig. Ze zouden alles in rust met elkaar bespreken en mogelijk zelfs in vriendschap uit elkaar gaan. De zaak kon zich niet beter ontwikkelen.

'sAvonds zat hij bij Hilde. Hij liet haar Maries brief zien en legde uit dat alles heel makkelijk en soepel zou verlopen. Ze leek blij te zijn. Ze smeedden een tijdje toekomstplannen, dachten na over een korte huwelijksreis en Paul voorspelde dat het dieptepunt van de economische neergang uiterlijk halverwege het volgende jaar zou zijn bereikt. Ze gingen allebei vroeg naar bed. Ieder apart.

Die nacht droomde Paul dat hij in New York was. Hij liep door eindeloze, brede, lawaaierige straten. Mensenmassa's snelden op hem af, voertuigen scheurden langs hem heen, voorbijgangers probeerden hem te verdringen. Hij vocht zich een weg naar voren, zweette van de inspanning, maaide met zijn armen en zag uiteindelijk het bruine bakstenen huis, de groen geschilderde voordeur, de met klimop bedekte ramen. Hij wilde de deur openen, maar die zat op slot. Hij klopte op het raam, maar niemand hoorde hem. En toen zag hij het silhouet van twee mensen die innig verstrengeld voor het raam stonden. Een man en een vrouw...

Badend in het zweet werd hij wakker. Hij ging in het smalle bed rechtop zitten en pakte de waterkaraf. Natuurlijk, dacht hij. Daarom is ze zo ontspannen. Hoe had ik dat kunnen vergeten? Hij voelde een trekkende pijn in zijn borst, die niet overging toen hij een slok water nam. Marie had hem niet meer nodig. Hij kon gerustgesteld zijn, alles zou vanzelf goed komen. Hij begon te snikken omdat de pijn hem overmande en hield snel het kussen voor zijn gezicht zodat niemand hem kon horen. Blijkbaar was hij gewoon op van de zenuwen.

De volgende dag brandde hij van ongeduld. Hij vervloekte Kitty's tentoonstelling, waardoor het gesprek pas een dag later zou plaatsvinden en probeerde de tijd te doden met verschillende bezigheden. Hij ging naar het fabrieksterrein, waar Wilhelm en Dodo de twee weefgetouwen in hun afzonderlijke onderdelen ontmantelden. Hij praatte even met hen en hielp een beetje. Later bezocht hij Sebastian, die het diep betreurde dat het hem de komende week strikt verboden was om naar buiten te gaan.

'Ik had heel graag bij de opening van Kitty's tentoonstelling willen zijn,' zei hij. 'Jij gaat er toch zeker naartoe, hè, Paul?'

'Ik? Ik denk het niet.'

Sebastian pakte zijn hand. 'Dat zou je wel moeten doen,' zei hij zachtjes. 'Leo is je zoon. Verzoen je met hem.'

Hij wist dat Sebastian het goed bedoelde en wilde hem niet kwetsen, dus mompelde hij dat hij erover na zou denken. Daarna veranderde hij snel van onderwerp. Hij vroeg van alles en nam vervolgens afscheid met de reden dat hij nog een paar vervelende formulieren moest invullen vanwege Dodo's registratie.

'Jaja, die bureaucratie...' Sebastian stak zijn hand op als afscheid.

Hij was er in principe niet afkerig van om zijn zoon Leo weer te zien. Hoewel het hem hard had geraakt toen hij hoorde dat Leo als Amerikaanse soldaat tegen zijn vaderland had gevochten, had hij dat inmiddels aanvaard. Zijn zoon was een volwassen man en had een eigen keuze gemaakt. Paul was bereid om die te accepteren en hem de hand te reiken om zich met hem te verzoenen. De reden waarom hij dit evenement onder geen beding wilde bijwonen, was een heel andere.

's Middags klopte Dodo op de deur van het kantoor. Ze droeg niet de gebruikelijke broek, waarin ze meestal rondliep als ze aan de machines sleutelde, maar een jurk.

'Je ziet er mooi uit,' merkte hij op. 'Nu zie ik eindelijk weer dat ik een charmante dochter heb.'

'Vleier!' zei ze en ze vertrok haar gezicht tot een dwaze grimas. 'Henni speelt de rol van de charmante dochter en dat doet ze al jaren met verve. Waarom zit je hier in je oude jasje, papa?'

'Wat moet ik volgens jou dan dragen als ik kantoorwerk doe? Mijn rokkostuum?'

Ze kreunde en rolde met haar ogen. 'Hou op met die poppenkast, papa. Kleed je om, ik wacht op je.'

Hij zuchtte. Het was niet makkelijk voor hem om haar teleur te stellen.

'Alsjeblieft, Dodo... Ik wil dit evenement niet bijwonen.'

'Wil je Leo niet zien?' riep ze boos. 'Hoe kun je mij dit aandoen? Ik verheug me er heel erg op om hem te zien en verheug me er minstens net zo op dat jij bij ons bent en dat deze familie eindelijk weer bij elkaar is...'

Hij schrok want ze begon te snikken. Zo kende hij zijn Dodo helemaal niet. Hij stond op en nam haar in zijn armen, drukte haar tegen zich aan en mompelde: 'Ga nou maar, meisje. Leo wacht vast al op je. Ik... Ik kom misschien later...'

'Wat betekent "misschien"?' vroeg ze snikkend.

'We zullen zien...'

'Je bent zo'n lafaard, papa!' snauwde ze tegen hem. Ze maakte zich van hem los en sloeg kwaad de deur achter zich dicht.

Een lafaard, dacht hij. Ja, dat ben ik waarschijnlijk. Je zou het ook voorzichtig kunnen noemen. Slim. Behoedzaam. Maar eigenlijk is het lafheid, ze heeft gelijk. Hij bleef aan zijn bureau zitten en liet de tijd verstrijken. Het begon te schemeren en hij hoorde mensen in de hal. Blijkbaar hadden ze besloten om samen naar de stad te gaan. Kitty was er al sinds de ochtend en de anderen maakten zich nu ook klaar. Henni, Felix, Robert, Gertrude, Dodo en Wilhelm. Hilde had zich ook bij hen aangesloten. Marek zou er zeker naartoe gaan, misschien samen met Gerti. Auguste en Hanna hadden een vrije avond en waren er ook bij. Paul stond bij het raam en zag de groep weglopen. Uit voorzorg hadden ze twee lantaarns meegenomen. Met de constante stroomuitval wist je immers maar nooit...

Even voor acht uur kleedde hij zich pas om. Hij koos een van zijn beste pakken, legde zijn mantel over zijn arm en liep haastig door de hal. Humbert had hem natuurlijk toch gezien en kwam aansnellen om hem zijn hoed aan te geven.

Toen hij bij villa Schmidtkunz aankwam, merkte hij dat hij vergeten was zijn mantel aan te trekken. De ramen op de eerste verdieping waren verlicht. Er klonk muziek, een compositie van Johann Sebastian Bach, gearrangeerd voor viool en piano. Dit stuk hadden Leo en Walter vroeger ook gespeeld. Bij de ingang stond een personeelslid dat de opdracht had om ongenode gasten buiten te houden. Toen Paul echter naderde, herkende hij hem en wees hij hem de weg naar boven.

De kamers waren bijna beangstigend vol. Hij stond een tijdje in de gang omdat hij zich niet tussen de mensen wilde wurmen en probeerde een glimp van de muzikanten op te vangen. Het buffet naast hem was allang opgegeten. Op een paar tandenstokers en een klein stukje ananas na was er niets meer over.

'Je komt te laat,' zei iemand achter hem. 'Er is niets meer over.'

Die stem… Hij bevroor, voelde dat zijn hart een paar slagen oversloeg en durfde zich niet om te draaien. Plotseling stond ze voor hem. Ze keek hem aan en glimlachte.

Marie. Haar donkere, zachte ogen, die hij in zijn dromen zo vaak had gezien en die hij nooit had kunnen vergeten. Haar lieflijke en sterke aanwezigheid. De aantrekkingskracht die nooit was overgegaan. Hij voelde zich machteloos en wist niet wat hij moest doen of zeggen.

'Ik ben niet gekomen voor het buffet,' mompelde hij uiteindelijk.

'Ik weet het, Paul…'

De magie was niet verbroken. Die was zelfs sterker dan ooit.

'We zien elkaar morgen,' zei ze. Daarna draaide ze zich om en verdween ze.

40

Wat was hij mager geworden. Zijn haar was grijs geworden in de zes oorlogsjaren en zijn gelaatstrekken waren verbitterd. En toch had ze gevoeld dat zijn liefde voor haar nog niet was gedoofd. O, haar Paul was koppig. Hij wilde zich niet laten kennen, speelde de ongenaakbare en deed alsof hij overal boven stond. Maar ze had gemerkt dat hij ineen was gekrompen toen hij haar stem had gehoord. Ze had zijn handen zien trillen. Hij had zijn gezicht dan misschien wel in de plooi gehouden, maar zijn handen hadden hem verraden.

Marie trok zich terug en verstopte zich tussen de andere bezoekers van de tentoonstelling. Ze applaudisseerde enthousiast toen Leo en Walter klaar waren met hun muzikale optreden en reageerde op de complimenten en vragen van een paar kennissen uit Augsburg, die haar hadden herkend en haar blij begroetten.

'Die Leo! Hij speelde vroeger al zo mooi piano.'

'Ik zou Walter Ginsberg echt niet herkend hebben.'

'Eindelijk weer een concert! Het was een genot, mevrouw. Mijn complimenten voor uw getalenteerde zoon…'

Terwijl ze de vragen beantwoordde bonkte haar hart zo luid dat ze vreesde dat iedereen kon merken hoe gespannen ze was. Waar was hij? Was hij alweer vertrokken? O, ze wilde zo graag dat hij bleef. Gewoon om hem te mogen zien, om te weten dat hij hier was, om naar hem te kijken en te zoeken naar tekenen dat ze zich niet had vergist. Dat hij misschien toch nog van haar hield.

'Paul is hier,' fluisterde Kitty tegen haar. 'Zie je wel, Marie. Ik wist dat hij het niet zou uithouden... Heeft hij je al begroet?'

Kitty was overdreven geestdriftig, zoals altijd bij dit soort gelegenheden. Ze lachte nog harder dan normaal, praatte aan één stuk door en leek zich in de menigte te bewegen als een vis in het water.

'We hebben elkaar even gesproken...'

'O.' Kitty zuchtte dolgelukkig. 'Hij heeft zich vast als een lummel gedragen. Maar dat zegt niets, Marie!'

'Ik weet het...'

Kitty ging weer verder. Ze deelde de rest van de sekt uit, giechelde, jubelde, maakte grapjes en flirtte. Marie verloor haar algauw uit het oog, maar ze kon nu haar zoon Leo door een opening tussen de bezoekers zien. Net als Walter was hij in uniform gekomen en hij was omringd door een aantal Amerikaanse officieren, die hem en Walter feliciteerden met het succesvolle optreden. Marie drong nog wat verder naar voren en ontdekte Paul, die met twee kennissen uit Augsburg stond te praten. Hij was dus gebleven, wat fijn. Ze keek naar zijn gezichtsuitdrukkingen, die haar zo vertrouwd waren, en was blij als er een glimlach over zijn gezicht gleed. Ze meende boven het luide geroezemoes in de kamer zijn stem te horen.

Wat deed hij nu? Hij hief zijn hoofd op en leek iemand te zoeken. Daarna liep hij weg en ze moest van plek veranderen om hem te kunnen blijven zien. Hij was naar de piano gegaan, waar Leo nog omringd was door bewonderaars. Marie zag dat Walter zijn vriend met zijn elleboog een por gaf. Leo keek op en zijn blik werd gespannen. Hij liep twee stappen in de richting van zijn vader, ze stonden tegenover elkaar... En uitgerekend nu moest mevrouw Schmidtkunz voor haar gaan staan en haar vragen hoe ze de tentoonstelling vond.

'Het is geweldig,' zei Marie met geforceerde beleefdheid. 'Het was heel genereus van u om uw kamers ter beschikking te stellen.'

'Dat heeft me heel wat zenuwen gekost, lieve mevrouw Melzer.

Maar ik ben helemaal weg van de jonge violist. Hij heeft zo'n prachtige, warme klank...'

Mevrouw Schmidtkunz wendde zich tot Walter en Marie maakte van de gelegenheid gebruik om een paar stappen verder naar links te doen. Daar stonden ze, Leo en Paul. Ze zeiden iets tegen elkaar en Paul reikte zijn zoon de hand. En Leo was zo overweldigd dat hij in plaats van de aangeboden hand te schudden zijn vader spontaan omhelsde. Marie kreeg tranen in haar ogen van geluk. Wat een avond! Het was allemaal aan Kitty te danken. Marie zou zich bij haar schoonzus moeten verontschuldigen omdat ze deze tentoonstelling aanvankelijk als een van Kitty's meest dwaze ideeën had beschouwd.

'Ik zou mijn zoon een draai om zijn oren hebben gegeven,' hoorde ze ineens een fluisterende stem achter haar rug. 'Een Duitse jongen die vecht voor de vijand! Het is een schande!'

Marie bevroor en besefte plotseling dat niet iedereen hier deze gelukkige verzoening op prijs stelde. Ze was nog niet bekomen van de schrik en voelde de harde woorden op zich inwerken toen er nog iets werd gefluisterd.

'Hij is een halve Jood en de ander een volle Jood. Nu kruipen ze weer uit de holen, krijgen mooie appartementen en extra rantsoenen, terwijl mensen als wij honger moeten lijden...'

'Die Jodin uit Amerika is ook terug. Zat er warmpjes bij in New York terwijl hier bommen vielen, en nu komt ze hier en houdt haar hand op...'

Maries verstarring maakte plaats voor ongebreidelde woede. Ze draaide zich om en keek de vrouw die dit had gezegd recht in de ogen. Ze kende dit mens. Ze was de dochter van de gastvrouw, Kitty had haar 's ochtends aan haar voorgesteld. Blijkbaar merkte ze Marie nu pas op en ze staarde haar met wijd opengesperde, geschrokken ogen aan. Maar voordat Marie iets kon zeggen, stond Dodo ineens naast haar.

'Had u het net over mijn broer en mijn moeder?' vroeg ze uitdagend.

'Hoezo?' was het bitse antwoord.

'Daarom!' zei Dodo en ze gooide de inhoud van haar glas in het gezicht van de vrouw.

De vrouw gilde het uit. Er droop sinaasappelsap over haar gezicht en hals en in haar decolleté. Dodo pakte haar moeder bij de arm en trok haar mee.

'Als ik geen rekening hoefde te houden met tante Kitty, had ik haar nu een klap gegeven,' zei ze boos. 'Wat een gemeen wijf. Maar maak je niet druk, mama. Wij steunen elkaar.'

'Het was toch ook voldoende geweest om haar stevig van repliek te dienen,' zei Marie, die ondanks alles geschokt was door Dodo's actie.

'Op zoiets is maar één antwoord mogelijk,' bromde Dodo. 'Dan is er geen sprake meer van beleefdheid en goed gedrag...'

Kitty kwam naar hen toe, helemaal uitzinnig van vreugde. 'Stel je voor, we hebben al drie schilderijen van Marek verkocht. En kolonel Norton vroeg me of het schilderij van je moeder te koop was, Marie. Je weet wel, een van die erotische afbeeldingen... Hé, wat is daar aan de hand?'

Ze strekte haar nek omdat er vanuit de kamer ernaast verontwaardigde kreten te horen waren. Iemand rende door de gang en duwde daarbij verschillende bezoekers opzij.

'Ik geloof dat er een glas sap is omgevallen,' zei Dodo onbewogen.

'Och, hemel,' zei Kitty. 'Wat zonde van die lekkere sinaasappelsap. Wil je even met de kolonel praten, Marie? Ik geloof dat hij echt enthousiast is. Ik vertelde hem dat dit schilderij ternauwernood is ontsnapt aan de vernietiging door de bombardementen...'

'Onderhandel jij er maar met hem over, Kitty,' zei Marie. Ze had nu geen zin in kolonel Norton of in zakendoen. 'De schilderijen van mijn moeder die nog bewaard zijn gebleven, zijn allemaal te koop. Ik ben er niet meer aan gehecht.'

'O, niet allemaal,' riep Kitty. 'Ik wil er absoluut een houden. Maar wees gerust, Marie, ik zal dit voor je regelen... O, Leo komt eraan en Walter is bij hem... Jullie hebben me allebei tot tranen toe bewogen, lieve Leo. Ik sta nog steeds te trillen.'

Ze viel eerst Leo en daarna Walter om de nek en deelde kusjes uit. Daarna haastte ze zich weg om kolonel Norton het goede nieuws te vertellen dat het schilderij van Luise Hofgartner te koop was. Maar dat er wel een prijskaartje aan hing.

'Leo!' zei Marie en ze pakte haar zoon bij de hand. 'Ik ben zo blij. Je hebt met Paul gesproken. Hebben jullie je verzoend?'

Leo knikte.

'Ja, mama. Hij was heel anders dan in Amerika. Heel hartelijk. Hij zei dat hij blij was me weer te zien en dat hij me kon begrijpen... Ik denk dat de oorlog hem heeft veranderd... Heb je... Heb je ook met hem gesproken?'

'Heel kort...'

Ze zwegen allebei. Leo wilde geen nieuwsgierige vragen stellen en Marie zou geen antwoord hebben kunnen geven. Walter redde hen uit de pijnlijke situatie. Hij had Hanna en Auguste ontdekt, die bescheiden op de achtergrond stonden te wachten totdat ze de twee muzikanten een hand konden geven.

'O, Leo,' zei Auguste. 'Ik heb je nog in je luiers zien liggen en je pap gevoed, jongen. En nu ben je een beroemde componist geworden! Daar willen wij je ook graag mee feliciteren!'

'Dank je wel, Auguste,' zei Leo en hij schudde haar de hand. 'Ik weet dat jullie trouwe zielen altijd liefdevol voor Dodo en mij hebben gezorgd. Is Liesl vanavond ook gekomen?'

'Liesl?' vroeg Hanna. 'Zij heeft vandaag geen vrije dag. Maar als u wilt, zal ik haar de groeten van u doen.'

'Ja, doe dat alsjeblieft, Hanna,' zei Leo. 'En wacht... wilt u dit aan haar geven?'

Een beetje gegeneerd trok hij het programma van die avond uit zijn zak en schreef er een paar woorden op. Hanna pakte het briefje aan, vouwde het zorgvuldig op en stopte het in haar zwartfluwelen handtas, die ze anders alleen gebruikte om naar de kerk te gaan.

'Laten we naar huis gaan, Auguste,' zei ze. 'Wij zijn geen nachtbrakers. De meneer is net met mevrouw Gertrude naar beneden gegaan, ze hebben hun jas al aan.'

Hij was dus vertrokken. Marie voelde zich ineens erg teleurgesteld en ontmoedigd. Hij was weg. Zonder afscheid van haar te nemen. Hij was gewoon stilletjes verdwenen. Misschien had ze zich toch vergist? Had de roes van het eerste weerzien na al die lange jaren haar iets voorgespiegeld wat overeenkwam met haar hoop en verlangen, maar niet met de realiteit?

Morgen zal alles duidelijk worden, dacht ze angstig. Morgen zal blijken of mijn beslissing juist was of dat ik misschien beter naar Karls waarschuwing had kunnen luisteren. Onwillekeurig kwamen de venijnige woorden die achter haar rug om waren gefluisterd weer in haar op. Het had haar zo makkelijk en vanzelfsprekend geleken om terug naar huis te reizen zodra dat weer mogelijk was. Maar nu zakte de moed haar in de schoenen.

Ze liep de gang in om te vragen of ze een glas water kon krijgen en terwijl ze haastig een paar slokken nam, kwam er een jonge vrouw naar haar toe, die ook al haar jas droeg en haar hoed op had. Dit keer herkende ze Hilde Haller meteen.

'Goedenavond, mevrouw Melzer.'

'Goedenavond. Wilt u al gaan?'

Hilde Haller trok de gordel om haar mantel strakker en keek Marie aan.

'Jazeker. Het is de hoogste tijd. Ik heb een kamer in de zusterafdeling van de hoofdkliniek gekregen. Om tien uur is het bedtijd.'

Ze glimlachte even om Maries verbazing en keek daarna heel serieus. 'Vanaf vandaag woon ik niet meer in de villa, mevrouw Melzer,' zei ze. 'Ik vond het belangrijk om u dat te vertellen.'

Maries adem stokte even. Wat betekende dat?

'Weet mijn man dat al?' vroeg ze kalm.

'Nee,' antwoordde Hilde. 'Hij zal het pas morgen weten. Ik zal hem een brief schrijven.'

'U weet hopelijk wat u doet, juffrouw Haller,' zei Marie benauwd.

'Dat weet ik maar al te goed,' antwoordde ze. 'Begrijpt u mij alstublieft, mevrouw Melzer. Het was een mooie droom, maar ik heb er nooit echt in geloofd. Ik wens u veel succes. Vaarwel.'

De laatste woorden klonken hees, bijna tartend. Hilde Haller stak haar handen in de zakken van haar mantel en liep de trap af. Ze liep een beetje stijf en bij de laatste stappen hield ze zich vast aan de trapleuning. Marie maakte een onwillekeurige beweging om achter haar aan te lopen en iets aardigs tegen haar te zeggen, haar misschien zelfs te troosten, maar op dat moment kwamen Leo en Walter de gang in.

'We moeten helaas afscheid nemen, mama,' zei Leo, terwijl hij zijn arm om haar heen sloeg. 'Een legervoertuig brengt ons naar Neurenberg. De chauffeur wacht bij het treinstation op ons.'

'Dan gaan we samen, Leo,' zei ze, snel een besluit nemend. 'Tilly's flat ligt vlak bij het station. Met een escorte van twee Amerikaanse soldaten voel ik me wel veilig.'

'Het is een eer voor ons,' zei Walter en hij maakte een buiging. 'We zullen u met gevaar voor eigen leven verdedigen tegen Russen, geesten, nachtbrakers en spoken.'

De goede Walter had duidelijk een glas sekt te veel op, dacht Marie en ze bedankte hem net zo humoristisch voor zijn uiterst ridderlijke inzet.

Ze nam alleen afscheid van Dodo en Felix die vlak bij haar stonden en vroeg hun om Kitty namens haar nogmaals te bedanken voor dit mooie evenement.

'Tot ziens...'

'Zeker weten, mama!'

Ze kusten elkaar bij het afscheid. Leo nam zijn zus in zijn armen en beloofde snel wat van zich te laten horen en Walter schudde Dodo de hand. Marie trok snel haar jas aan en liep de trap af, maar

Hilde Haller was allang verdwenen. Wat een oprechte en moedige vrouw was ze. Marie betrapte zichzelf op de gedachte dat Paul geen slechte keuze had gemaakt.

Misschien ben ik gewoon overbodig geworden, dacht ze angstig. Mijn plek is allang ingenomen, ik heb al die jaren een hersenschim nagejaagd. De hersenschim van een onwrikbare, grote liefde die alles doorstaat. Maar die liefde bestaat helemaal niet. Iedereen is vervangbaar. Ook ik.

Ze zeiden niet veel toen ze door de nachtelijke stad naar het treinstation liepen. Er brandde licht in Tilly's flat. Jonathan en zij hadden de tentoonstelling maar kort bezocht en waren daarna met Edgar naar huis gegaan om de jongen naar bed te brengen.

'Ik zou willen dat ik hier nog even kon blijven,' zei Leo toen hij afscheid nam. 'Maar de dienst roept. Ik heb a gezegd en nu moet ik ook b zeggen. Laat me je nog een knuffel geven, mama. Je redt het wel. Ik weet het.'

Marie vlijde zich tegen haar grote zoon aan, die een heel ander mens was geworden dan hij anderhalf jaar geleden was geweest. Hij was nog steeds de muzikant, een gevoelige jongeman. Maar de oorlog had hem veranderd. Hij was harder geworden, vastberadener, mannelijker.

'Tot ziens, Leo!'

Ze omhelsde Walter ook, die het zichtbaar gênant vond maar er tegelijkertijd heel gelukkig uitzag. Daarna opende ze de voordeur van het pand, draaide zich weer om, zwaaide naar haar begeleiders en liep de trap op.

Het licht in het trappenhuis was schemerig en ze was blij dat er geen stroomstoring was want ze had geen zaklamp bij zich. Plotseling hoorde ze iemand haar naam roepen en ze kromp ineen.

'Marie? Schrik niet. Ik ben het.'

Als de trap onder haar was ingestort, had ze niet meer geschrokken kunnen zijn. Het was Pauls stem. Nu zag ze ook zijn silhouet op de overloop.

'Ik heb hier op je gewacht,' zei hij, terwijl hij een trede naar haar afdaalde. 'Sorry voor deze overval. Maar op weg naar huis kwam er een vraag in me op die ik graag vóór ons gesprek van morgen zou willen ophelderen. Daarom ben ik teruggegaan.'

Ze geloofde er geen woord van, maar na de eerste schrik kreeg ze een warm gevoel van geluk vanbinnen dat zich langzaam in haar verspreidde. Hij was teruggekomen. Hij had zelfs ongeduldig op haar gewacht.

'Wilde je dat hier in het trappenhuis verduidelijken?' informeerde ze.

'Nee. Laten we een stukje lopen,' zei hij. 'Je hoeft niet bang te zijn. Als het licht uitgaat, heb ik een zaklamp bij me.'

'Wat slim van je. Ik ben er nog steeds niet aan gewend dat de stroom zo vaak uitvalt.'

'We hebben hier aan heel wat dingen moeten wennen die niet fijn zijn.'

Ze wachtte tot hij naast haar stond, maar hij liep langs haar heen de trap af en daarom volgde ze hem. Zwijgend liepen ze door de stille straat. Toen er voor hen vrolijke stemmen te horen waren, sloeg hij een zijstraat in. Hij moest de zaklamp aandoen omdat de straatverlichting hier niet werkte en er overal bergen puin in de weg lagen.

'Alles is vernietigd,' zei ze benauwd. 'Het hele oude centrum. Vast ook de oude herberg De Groene Boom, waar mijn moeder woonde...'

Hij zweeg, maar ze wist dat hij dacht aan de dag waarop hij het keukenmeisje Marie op deze plek had beschermd tegen een brute aanval. In die tijd was hij stapelverliefd op haar.

'Ook de huizen op de Milchberg, die ooit van Maria Jordan waren...' zei hij. 'Dat is nu allemaal verleden tijd en zal niet meer terugkomen.'

Het klonk hard in haar oren. Wat geweest was, was voorbij. Voorgoed. Wat komen ging, was onzeker.

Eindelijk bleef hij staan en hij draaide zich naar haar toe. Het was te donker om zijn gezicht te zien, maar hij stond zo dicht bij haar dat ze dacht dat ze zijn lichaamswarmte kon voelen.

'Er is iets waarover ik graag zekerheid wil,' zei hij. 'Het gaat om je relatie met Karl Friedländer.'

Waarom wilde hij dat per se deze avond nog ophelderen?

'Hij is een vriend,' zei ze. 'Hij heeft me veel geholpen en misschien ooit gedacht dat we meer voor elkaar konden zijn. Maar dat was nooit mijn bedoeling en daarom bleef het bij vriendschap. Is dat een antwoord op je vraag?'

Hij aarzelde. Waarschijnlijk vroeg hij zich af of hij haar kon geloven. Toen zei hij: 'Nou ja, hoe dan ook. Het is fijn dat je iemand hebt gevonden die je terzijde staat.'

Wilde hij zijn geweten sussen? Hij wist immers nog niet dat Hilde Haller allang haar conclusies had getrokken. Hij dacht er nog steeds aan om met haar te trouwen.

'Jou is hetzelfde overkomen, nietwaar?' zei ze zo onbevangen mogelijk.

'Zeker.'

Hij leek niet van plan om over zijn toekomstplannen uit te weiden, maar hij stond nog steeds dicht bij haar en maakte ook geen aanstalten om het gesprek te beëindigen. De gloed van de zaklamp gleed over stenen, scherven en enkele verkoolde balken. Hij deed de lamp uit.

'Ik denk dat je een goede keuze hebt gemaakt,' zei ze. 'Ik heb vanavond een kort gesprek met Hilde Haller gehad en vind haar erg sympathiek.'

'Je hebt met haar gepraat?' vroeg hij geschrokken.

'Ze kwam naar me toe.'

'Zo... En... Vond je dat niet vervelend?'

'Nee, Paul,' antwoordde ze op een vriendelijke toon. 'Ik besefte dat ik een droombeeld najoeg. Toen ik besloot naar Duitsland terug te keren, was ik ervan overtuigd dat er niets was veranderd tussen ons tweeën. Maar ik had het mis. Dat is bitter, maar ik zal het wel te boven komen.'

Ze kon nu zijn adem voelen en wist dat hij met zichzelf worstelde. Ze kreeg de sterke neiging hem in haar armen nemen, maar dat zou niet slim zijn en daarom deed ze het niet. Met een bonkend hart wachtte ze af.

'We blijven verbonden, Marie,' zei hij uiteindelijk. 'Nauw verbonden. Alleen al... door onze kinderen. En ook omdat...'

Hij zweeg en ze voelde dat haar hart tekeerging van de spanning.

'Omdat?' fluisterde ze vragend.

Hij schraapte zijn keel. Het moest ontzettend moeilijk voor hem zijn om zijn masker af te doen.

'Omdat ons lange huwelijk niet zo makkelijk is af te schrijven. Natuurlijk zijn er nog steeds gevoelens...'

'Ja, die zijn er...'

'Maar de realiteit is nu anders. Toch zou er een vriendschap tussen ons kunnen zijn... Een vertrouwde band... Ik hoop dat je me niet verkeerd begrijpt, Marie...'

'Ik begrijp je heel goed, Paul. Mijn gedachten gingen in dezelfde richting.'

'Daar ben ik blij om.'

Ze verroerden zich niet, maar bleven dicht bij elkaar staan in het donkere steegje. De betovering die als een onzichtbaar net over hen heen werd gelegd, werd steeds sterker waardoor de kloof tussen hen verdween. In de zijstraat klonk luid gelach. Iemand trapte tegen een deur, er werd een raam opengetrokken en boze scheldwoorden drongen door de stille nacht.

Paul deed een stap naar achteren en deed de zaklamp weer aan.

'Laten we gaan, Marie,' zei hij. 'Ik loop met je mee tot aan de voordeur.'

Ze zweeg. Het moment dat hen misschien weer bij elkaar had kunnen brengen, was voorbij. Teleurgesteld liep ze naast hem, duidelijk voelend dat hij ook ontevreden was, maar ze wist dat hij dat niet voor zichzelf zou toegeven.

'Welterusten, Paul.'

'Welterusten, Marie.'

Hij knikte naar haar en liep weg. Ze keek hem even na, zag hoe zijn gestalte zich langzaam verwijderde en versmolt met de schaduwen van de huizen. Daarna draaide ze zich om en opende de voordeur.

Toen gebeurde het wonder.

'Wacht!'

Ze draaide zich met een ruk om en hoorde haastige voetstappen. Eerst dacht ze dat ze het mis had, maar toen stond hij buiten adem voor haar.

'Je weet het wel!' zei hij boos tegen haar. 'Waarom speel je dit spelletje? Verdomme, Marie, dat is niet fatsoenlijk van je!'

'Ik begrijp niet...'

Toen trok hij haar in zijn armen. Boos en allerminst zachtaardig greep hij haar vast en drukte haar tegen zich aan. Hij begroef zijn handen in haar haar, kuste haar op haar wangen en voorhoofd, vond haar mond en liet haar amper op adem komen. Waar waren de jaren gebleven? Hij was weer de jonge meneer Melzer en zij het keukenmeisje van de villa.

'Wat doe je?' fluisterde ze toen hij haar een klein beetje ruimte gaf.

'Zeg me nu niet dat dit je verrast!'

'Ik had niet op zo'n overval gerekend.'

'Moet ik gaan?'

'Nee,' zei ze, terwijl ze haar armen onder zijn jas schoof om hem steviger te omarmen. 'Blijf alsjeblieft bij me, Paul. Ik hou van je. Het maakt niet uit wat je doet en waar je bent. Ik kan niet anders dan van je houden.'

'Ik ben bang dat het mij net zo vergaat,' gaf hij toe en hij liet zijn hoofd op haar schouder rusten. 'Je hebt me gevangen en me voor de rest van mijn leven aan je gebonden, Marie. Ook al bega ik soms stommiteiten, diep in mijn hart weet ik dat er maar één vrouw is bij wie ik hoor. En dat ben jij, mijn schat.'

Ze bleven een tijdje zo staan, met hun armen stevig om elkaar en genietend dat ze elkaar weer konden voelen en er niets meer tussen hen in stond. Geen oceaan, geen leugen, geen zelfbedrog.

'En wat doen we nu?' vroeg ze toen hun lippen zich van elkaar losmaakten.

'We gaan naar huis,' besloot hij.

'Naar de villa? Nu? Midden in de nacht?'

'Ik heb een huissleutel,' grapte hij.

'Maar Kitty zei...'

'Sst, Marie. Ik laat je niet meer gaan. Nog niet voor een seconde. En al helemaal niet voor een hele nacht.'

Ze liepen hand in hand door de straten. Her en der zagen ze tussen de ruïnes een huis dat was blijven staan. Hij liet haar de winkels zien die zich in kelders en in beschadigde gebouwen hadden gevestigd en de Augustusfontein, die weer op zijn plek op het Raadhuisplein stond.

In de Jakoberwijk zag het er helemaal verschrikkelijk uit en toen de stroom weer uitviel, zei Paul dat het goed was dat ze het nu allemaal niet hoefde te zien. Geleid door het schijnsel van de zaklamp liepen ze verder. Paul pakte haar hand stevig vast totdat ze bij de poort van het park van de villa kwamen.

'Pas op, schat. Er zitten wat kuilen in de oprijlaan, hou me vast...'

'Er brandt nog licht in de keuken. Het lijkt een petroleumlamp te zijn.'

'En boven ook. Dat is onze slaapkamer. Helaas wordt die momenteel bezet door Lisa, Sebastian en Charlotte.'

'En waar ga je mij vanavond laten slapen?' vroeg ze. 'In de linnenkamer?'

'Geen slecht idee,' grapte hij. 'Daar slaap ik al maandenlang.'

'O, hemel!'

Als hij had gedacht dat ze ongemerkt het huis konden binnensluipen, had hij zich vergist. Ze liepen de treden voor de voordeur op en Paul wilde net de huissleutel tevoorschijn halen toen de deur al werd geopend en Humbert op de drempel verscheen.

'Welkom!' zei hij op een ontroerde toon. 'Welkom in de villa, mevrouw. Ik kan niet in woorden omschrijven hoe blij ik ben, mevrouw...'

'Ik dank u uit de grond van mijn hart, Humbert,' zei Marie geëmotioneerd. 'Waarom bent u om deze tijd nog wakker?'

'Dat weet ik ook niet, mevrouw...'

Hij was niet de enige die nog op was. Toen ze de hal binnenkwamen, ging de keukendeur open en gluurde Auguste door de kier. Ze werd door Else opzijgeduwd en op de achtergrond was de stem van de kokkin te horen.

'Laat me erlangs. Ik wil het met eigen ogen zien! Anders kan ik het niet geloven.'

Mevrouw Brunnenmayer strompelde de hal in. Ze is gekrompen, dacht Marie. Haar ronde gezicht was gerimpeld, maar haar blik was nog net zo bazig als vroeger.

'Ze is het echt,' zei ze en ze bleef voor Marie staan. 'Welkom terug in de villa, Marie Melzer. Nu kan ik in alle rust mijn ogen sluiten, want het huis heeft zijn ziel terug.'

Marie kneep in haar brede, eeltige hand en moest een traantje wegpinken. O, wat had ze haar trouwe medewerkers gemist. En wat was het heerlijk om hen hier allemaal weer terug te zien, alsof er geen jaren verstreken waren.

Else en Auguste kwamen naar haar toe, Hanna volgde hen en Liesl was ook met Fritz in de keuken gebleven. Alleen Annemarie lag diep te slapen op de bank bij de kachel. Daaronder lag de hond Willi, die nu pas traag opstond en zich uitrekte om de hal in te schuifelen en Marie uitgebreid te besnuffelen. Het resultaat leek hem te bevallen, want hij kwispelde even met zijn staart en draaide zich vervolgens om om weer op zijn warme plekje bij de kachel te gaan liggen.

Paul had verrast maar tegelijkertijd opgetogen toegekeken hoe zijn medewerkers Marie in de villa ontvingen. Nu werd hij geplaagd door ongeduld, omdat hij graag alleen met haar wilde zijn.

'Nu jullie allemaal bekend zijn met de nieuwe situatie,' zei hij, 'denk ik dat we in alle rust kunnen gaan slapen. Ik wens jullie allemaal een goede nacht.'

Hij sloeg zijn arm om Maries schouders en wilde met haar de trap op lopen, maar Auguste versperde hun de weg.

'Neemt u me niet kwalijk, meneer. Maar we hebben... Nou ja, eh, het zit zo... De heer Wilhelm Kayser heeft inmiddels zijn intrek genomen in de linnenkamer.'

Paul bleef staan en fronste zijn wenkbrauwen.

'Waarom? Ik had je gezegd, Auguste...'

'Sorry, maar uw dochter wilde het zo,' zei Auguste snel. 'Ze droeg ons ook op om in de serre een bed klaar te maken met de kussens van het meubilair van de herenkamer.'

'Heeft Dodo dat... Ik begrijp het niet,' zei Paul verbaasd en hij keek Marie vragend aan. 'Weet jij hier iets van, Marie?'

'Nee, Paul. Het enige wat ik weet is dat mijn dochter Dodo een heel vastberaden meid is.'

'Dat weet ik ook,' grapte hij. 'Maar wat ze hier nu weer heeft bedacht...'

Marie was echt weer terug in de villa. Ze voelde het, want de ogen van de personeelsleden waren vragend op haar gericht. Het was aan haar om besluiten te nemen en de dingen te regelen.

'Dank je wel, Auguste,' zei ze met een glimlach. 'Dat was een heel goed idee van mijn dochter en jullie kennende hebben jullie het heel goed uitgevoerd.'

'We hebben gedaan wat we konden, mevrouw,' zei Else. 'Comfortabel is misschien iets anders, maar het is altijd beter dan in de linnenkamer.'

'Nou, dan wens ik jullie allemaal een goede nacht!' zei Marie en ze pakte Pauls hand om met hem naar de serre te lopen.

'Dat wordt morgen een feestelijk familieontbijt,' fluisterde Hanna beneden bij de keukendeur. 'Hebben we nog aardbeienjam, mevrouw Brunnenmayer?'

'Boven in de voorraadkast. We hebben ook eieren en Sebastian heeft een rantsoen spek gekregen...'

Marie en Paul keken elkaar aan en glimlachten. Voor de deur van de serre nam hij haar weer in zijn armen en kuste hij haar. Daarna gingen ze naar binnen en ze moesten grinniken om het moeizaam en liefdevol in elkaar geflanste bed van kussens. Er lag een oud verendekbed op dat ze met elkaar moesten delen.

'Kom,' zei hij. 'Ik wil je eindelijk voor mezelf hebben.'

Ze kropen onder het verendekbed en Marie had het gevoel dat ze zich haar hele leven nog nooit zo gelukkig had gevoeld als op dat moment, nu ze zo dicht bij hem was en wist dat ze elkaar niet meer zouden verlaten.

'Ik moet morgen met Hilde praten,' zei hij met een schuldgevoel. 'Ik heb me schandelijk gedragen tegenover haar.'

Ze wilde antwoorden dat hij gelijk had, maar dat Hilde al voorzorgsmaatregelen had genomen, toen er plotseling gefluister klonk voor hun deur.

'Allebei?'

'Ja, mevrouw. Ze zijn ongeveer een half uur geleden aangekomen.'

'Nou, wat zei ik u, Humbert?'

'Je zou veel geld kunnen verdienen als waarzegster,' zei een mannenstem grinnikend.

'Sst, Felix! Ze slapen waarschijnlijk al. Laten we gaan...'

Even was het stil en Paul haalde opgelucht adem. Maar toen klonk het gefluister weer.

'Wat doe jij hier, tante Elvira?'

'Gertrude zei dat Marie in de villa is.'

'Sst. Ze zijn in de serre.'

'Heb je dat gehoord, Lisa? Ze zijn in de serre. Terwijl het daar ijskoud is. Humbert, brengt u hun het dekbed van de overleden mevrouw!'

'Pardon, maar ik denk niet dat we de mevrouw en meneer nu moeten storen...'

'Wat is hier aan de hand?' klonk Kitty's onmiskenbare stem. 'Waarom staan jullie hier allemaal? Ga eens gauw jullie bed in. Een gelukkig stel mag onder geen beding gestoord worden.'

'Lieve hemel, het is geen bruidspaar meer,' zei tante Elvira.

'Dat denk jij, tante!' klonk Dodo's stem. 'Klaar nu. Bedtijd. Iedereen gaat slapen, anders word ik boos!'

De geluiden verwijderden zich, het gefluister en gegiechel verdween. Paul trok het dekbed dat van Maries voeten was gegleden recht.

'Het is heerlijk om met jou onder een deken te liggen,' fluisterde hij en hij kuste haar. 'De rest van de nacht is alleen van ons tweeën.'

'En morgen begint het leven opnieuw,' zei ze teder. 'Ons tweede leven, Paul. Dat gaan we hand in hand tegemoet.'

Al meer dan 275.000 exemplaren verkocht in Nederland en België!

Lees ook de *Landhuis*-serie van Anne Jacobs

Een prachtige trilogie over een verborgen verleden, waarin moed, hoop en onvoorwaardelijke liefde centraal staan.

Lees ook *Liefde op de savanne*

Het eerste deel in een gloednieuwe serie vol liefde en geheimen,
met in het middelpunt een sterke jonge vrouw.